凡一代有一代之文学：楚之骚、汉之赋、六代之骈语、唐之诗、宋之词、元之曲，皆所谓一代之文学，而后世莫能继焉者也。

——王国维

传统文化的永恒经典　受益终生的传世之作

元曲三百首

（元）关汉卿等　著

思履　主编

中国华侨出版社

图书在版编目（CIP）数据

元曲三百首 /（元）关汉卿等著；思履主编 . — 北京：中国华侨出版社，2013.8

ISBN 978-7-5113-3982-9

Ⅰ. ①元… Ⅱ. ①关… ②思… Ⅲ. ①元曲－选集 Ⅳ. ① I222.9

中国版本图书馆 CIP 数据核字（2013）第 199902 号

元曲三百首

著　　者：（元）关汉卿等

主　　编：思　履

出 版 人：方　鸣

责任编辑：孝　臣

封面设计：王明贵

文字编辑：黎　娜

美术编辑：杨玉萍

经　　销：新华书店

开　　本：720 mm × 1020 mm　1/16　　印张：27.5　　字数：730 千字

印　　刷：北京鑫海达印刷有限公司

版　　次：2013 年 10 月第 1 版　　2018 年 8 月第 3 次印刷

书　　号：ISBN 978-7-5113-3982-9

定　　价：29.80 元

中国华侨出版社　　北京市朝阳区静安里 26 号通成达大厦 3 层　　邮编：100028

法律顾问：陈鹰律师事务所

发 行 部：(010) 58815874　　　　　传　　真：(010) 58815857

网　　址：www.oveaschin.com

E-mail：oveaschin@sina.com

如果发现印装质量问题，影响阅读，请与印刷厂联系调换。

前 言

　　近代国学大师王国维说："一代有一代之文学。"这是中国文学发展历史的一个重要特色。元曲是继唐诗、宋词之后，我国文学史上取得的又一突出成就。元曲以其作品揭露现实的深刻以及题材的广泛、语言的通俗、形式的活泼、风格的清新、描绘的生动、手法的多变，在中国古代文学艺苑中放射着夺目的异彩。

　　元曲原本来自所谓的"蕃曲"、"胡乐"，起初在民间流传，被称为"街市小令"或"村坊小调"。它是金元时期在北方歌谣俗曲的基础上发展起来的新诗歌形式。它成长繁荣的环境是金元时期的城镇，作者大多是中下层文人和民间艺人，演唱者大多是勾栏里的歌伎。元曲有严密的格律定式，每一曲牌的句式、字数、平仄等都有固定的格式要求。

　　元曲包括两类文体：一是小令、带过曲和套数的散曲；二是由套数组成的曲文，间杂以宾白和科范，专为舞台上演出的杂剧。"散曲"是和"剧曲"相对存在的。剧曲是用于表演的剧本，写各种角色的唱词、道白、动作等；散曲则只是用作清唱的歌词。从形式上看，散曲和词很相近，不过在语言上要比词更通俗活泼；格律的要求也更自由。散曲从体式分有"小令"和"散套"两类。小令体制短小，通常只是一支独立的曲子（少数包含二三支曲子）。散套则由多支曲子组成，要求始终用一个韵。散曲比词更接近民歌。

　　继唐诗、宋词之后的元曲有着它独特的艺术魅力：一方面，元曲在表达上体现出直截明快、意到言随的艺术特色，以满足感官、心理的直接需要为旨归，告别了诗词的苦吟与刻意。另一方面，元代社会使读书人位于"七娼八医九儒十丐"的地位，政治专权，社会黑暗，因而使元曲锋芒直指社会弊端，透出反抗的情绪。元曲中描写爱情的作品也比历代诗词来得泼辣、大胆、直露、谐谑、尖巧，这些都使元曲永葆其艺术魅力。

　　元曲是一个多元文化的产物，汇聚了汉、蒙古、契丹、女真等多民族及外来文化的精粹，兼容并蓄，包罗万象。它通俗活泼的风格与贴近生活的内容，让人耳目一新。从发展上大致分为前后两期。前期的作品，比较鲜明地表现出民间文学的通俗性、口语化，以及北方民歌中的直率爽朗的精神与质朴自然的情致；随着南北文学的合流，后期的作品渐渐地脱离民间文学，在修辞和表现方面，注重含蓄洗练的手法，而步入雅正典丽的阶段。元曲这一独特的文学形式，是当时文学创作的主旋律，通过当时许多文学家的天才演绎，涌现出大量的杰作，取得了辉煌的成就。

这本《元曲三百首》，能让您花最少的时间读完最具代表性的元曲经典之作，书中收录了四百多首在思想上和艺术上具有较高成就的曲子：有著名曲家的代表作，有各类题材的作品精粹，也有广泛影响社会的名篇佳作等，比较全面地反映了元曲的全貌，能有效地帮助您了解名家名曲的概貌和更深入地领悟元曲的意蕴。

本书以曲家活动时间的先后为顺序，集合了元曲的精华。除了元曲原作之外，还设置了以下几个相关辅助性栏目："注释"，将难以理解的字句加以解释，扫除阅读障碍，方便阅读；"译文"力求忠于原作，使读者能直接了解原曲的语言风格；"赏析"，在尊重原文的原则上，将曲目的主题思想、神韵予以解析，使人会意怡情；"作者简介"介绍了作者的生平和作品风格，重要的作者则按照今人的推想画出了画像；"曲的格律知识"介绍元曲的字数、句数、对仗、押韵等方面的格式和规律；"曲的鉴赏知识"介绍元曲的各类风格、体式及元曲中常用的写作手法等。同时，书中与文字相契合的近五百幅精美插图，还原了元代社会生活风貌，生动贴切地展示了作品的主题和曲中人的思想感情，图文珠联璧合，营造出了一个彩色的、立体的、极具艺术力的阅读空间，能够帮助读者获得更多美的享受和阅读体验。科学的体例、精美的图片、优美的文字、丰富的内容、新颖开放的版式设计有机结合，引领读者跨越时空的距离，进入辉煌的元曲殿堂，领略曲目的艺术魅力，进而启迪心智、陶冶情操、提高个人的文学素养和人生品位。

目 录

人月圆 卜居外家东园①（一）

◎元好问

重冈已隔红尘断②，村落更年丰。
移居要就③，窗中远岫，舍后长松。
十年种木，一年种谷，都付儿童。
老夫惟有，醒来明月，醉后清风。

【注释】

①卜居：择定居所。外家：母亲的娘家。②重冈：层层的山冈。③就：靠近。

【译文】

重重山冈隔断了俗世红尘，村落又迎来丰年。即将移居新的住处了，窗中可见远山，舍后种有长松。十年种树，一年种谷，关于将来还是都交给年轻人吧。只要醒来时有明月相照，醉酒后有清风相伴，我就知足了。

【赏析】

此曲一开篇，作者便使用一个"红尘断"交代了移居的原因——远离凡尘喧嚣。紧接着又用一个"村落更年丰"说明自己移居的外家东园宁静丰足，虽地处偏僻，却并不荒凉，让人不由联想起世外桃源。而在新居，作者窗前有远山相望，屋后有长松相依，清静又不失意趣。与山、松为伴，人不止远离了尘世的烦扰，还投入进自然的怀抱。

此曲的上半部分着重描写新居的环境，而到下半部分，则笔锋一转，写起了迁居后的新生活。"十年种树，一年种谷，都付儿童"，何止是懒管喧嚣杂事，连生活琐事也无心过问，全都交付年轻人打理。作者自己则一心去过"醒来明月，醉后清风"的生活，无牵无挂，悠然淡泊。

整首曲子表现了隐者的情怀：不问世事，心向自然。作者元好问曾在金为官，金灭亡后，元好问和大批官员被俘，在山东聊城度过了两年被关押的岁月。虽然元世祖忽必烈爱惜他的才华，想留他在身边，但他早已无心政治。元好问在五十岁那年返回老家，过起了隐居的生活。此曲就是在此背景下写成。因此整首曲子在清静闲淡的隐士情怀之外，还有着深深的无奈之感。对作者来说，前朝种种已是往事，感慨哀叹无济于事，未来种种与己无关，没有必要再思虑过问，只有寄身自然，观明月，醉清风。在隐居之后，元好问专心著书，直到1257年离开人世。

◎作者简介◎

元好问（1190—1257），字裕之，号遗山，忻州秀容（今山西忻县）人，世称遗山先生。金、元之际著名文学家。著有《中州集》《南冠录》《壬辰杂编》等等。其为金宣宗兴定五年（1221）进士，历任尚书省掾、左司都事员外郎。金亡不仕，以著述为事。

元好问是金元间最有成就的诗人，其文章质朴沉郁。今存小令九首，大都清润疏浚，被奉为楷模。

人月圆 卜居外家东园（二）

◎元好问

玄都观里桃千树^①，花落水空流。
凭君莫问^②，清泾浊渭^③，去马来牛。
谢公扶病^④，羊昙挥涕^⑤，一醉都休。
古今几度，生存华屋，零落山丘^⑥。

【注释】

① "玄都"句：唐刘禹锡《戏赠看花诸君子》："玄都观里桃千树，尽是刘郎去后栽。"玄都观，唐代长安城郊的一所道观。② 凭：请。③ "清泾"二句：语本杜甫《秋雨叹》："去马来牛不复辨，浊泾清渭何当分。"清泾浊渭，泾、渭皆水名，在陕西高陵县境汇合，泾流清而渭流浊。④ 谢公：谢安（320—385），东晋政治家。在桓温谋篡及苻坚南侵的历史关头制乱御侮，成为保全东晋王朝的柱石。孝武帝太元年间，琅琊王司马道子擅政，谢安因抑郁成疾，不久病故。⑤ 羊昙：谢安之甥，东晋名士。⑥ "生存"二句：三国魏曹植《箜篌引》："生存华屋处，零落归山丘。"言人寿有限，虽富贵者也不免归于死亡。

【译文】

玄都观里曾有无数株桃花烂漫盛开，而今早已花谢随流水，不复存在。请您不必去探求明白：奔流着的是清泾还是浊渭，苍茫之中是马去还是牛来。谢安重回故地已经满是病态，羊昙曾为他的去世流泪痛哀。这样的存殁之感，在我酩酊一醉之后便淡然忘怀。要知道古往今来有多少同样的感慨：活着时身居高厦大宅，到头来免不了要在荒凉的山丘中把尸骨掩埋。

【赏析】

此曲第一句得自唐代诗人刘禹锡《戏赠看花诸君子》中的"玄都观里桃千树，尽是刘郎去后栽"。刘禹锡对故地重游、今昔巨变的唏嘘显然引起了元好问的共鸣。此曲为元好问1239年所作。当时元好问历尽坎坷，回到了阔别二十余年的故乡秀容（今山西沂县），眼前的景象已与记忆中的大不相同。一句"花落水空流"便说明了作者怅惘的心境。

"清泾浊渭，去马来牛"化自杜甫的《秋雨叹三首》，

原是形容雨大到让人看不清景物，此曲中则被拿来形容世事易变。时间奔流不息，马走牛来，朝代更替，故乡大变。面对此景，作者没有直接表达内心的惆怅，而是借用"谢公扶病"和"羊昙挥涕"的典故诉说伤感心绪。用典的一大好处就是用寥寥数语承载复杂的信息，通过唤起读者对某件事的记忆，促使读者体会、理解作者的感情。

曲末的"生存华屋，零落山丘"出自三国时曹植的《箜篌引》，同时也是作者对人生无常的慨叹。据说，羊昙在哭谢安时所诵诗句即为此句。而作者将羊昙所诵之句放置曲子的末尾，而非"羊昙挥涕"之后，旨在用死人所居的山丘和自己所卜的新居构成死、生对比，进一步强调曲子的主旨，增强曲子结尾处的力度。

喜春来 春宴

◎元好问

春盘宜剪三生菜①，春燕斜簪七宝钗②。春风春酿透人怀。春宴排，齐唱喜春来。

【注释】

①"春盘"句：立春那天，人们常用生菜、春饼等装盘，邀集亲友春游，庆贺春的到来。
②七宝钗：用多种宝物装饰的妇女用的首饰。

【译文】

立春到来，应该采摘生菜和各种果蔬装满春盘；佩戴的春燕上斜斜地装饰着七宝钗。春风吹送着酒酿的香气透人心脾。排好春宴，大家一齐歌唱着《喜春来》。

【赏析】

元好问一共写了四首《喜春来·春宴》，此曲为第一首，其他三首为：

梅残玉靥香犹在，柳破金梢眼未开，东风和气满楼台。桃杏折，宜唱喜春来。

梅擎残雪芳心奈，柳倚东风望眼开，温柔樽俎小楼台。红袖绕，低唱喜春来。

携将玉友寻花寨，看褪梅妆等杏腮，休随刘阮到天台。仙洞窄，且唱喜春来。

四首散曲，第一首写人们欢庆春天的到来，为之相邀相聚喜排春宴。第二首着重于刻画人们赏花折枝庆春来的雅兴。第三首主要写人们在春宴上的歌舞欢庆。第三首突出描写人们宴会之余寻访、赏玩春花的逸兴。

四首散曲中，以第一首的体式最为特别，散曲采用了巧体中的嵌字体形式。嵌字体可每句都嵌同一个字；或分嵌限定的某些字，如贯云石《清江引·立春》每句之首分别冠以"金、木、水、火、土"五字，每句又都用一个"春"字；又有的则是嵌数目。嵌字体以构思奇特取胜，其中也能表达一些特别的思想感情，

曲的格律知识

曲 牌

曲牌俗称"曲子"，是对各种曲调的泛称，各有专名，如《点绛唇》《山坡羊》等。曲牌总数很多，元代北曲共335个，每一个曲牌都有一定的曲调、唱法，同时也规定了该曲的字数、句法、平仄等。据此可以填写新曲词。曲牌大都来自民间，一部分由词发展而来，故曲牌名也有和词牌名相同的，但是内容并不完全一致。此外，还有专供演奏的曲牌，只有曲调而无曲词。

在加强语气、增加形式美方面都有很好的效果。

此曲描写了民间的立春习俗和迎春的欢悦。短短29个字中有6个都是春字。这么多的春字放在一起，没有一点累赘之感，足见作者功力之深。其中，春盘、春酿、春宴、喜春来，皆为人为事物、活动，春风、春燕则是自然景物。春盘为静，春燕为动；春风裹春酿为动，春宴为静，喜春来则又为动。人文与自然交融，动与静交替，意趣盎然。运用嵌字体连连咏叹春之到来，表现出对春天的喜爱之情到了无以复加的地步。

骤雨打新荷①

◎元好问

绿叶阴浓，遍池亭水阁，偏趁凉多。海榴初绽②，朵朵簇红罗。乳燕雏莺弄语③，有高柳鸣蝉相和④。骤雨过，珍珠乱糁⑤，打遍新荷。

【注释】

① 骤雨打新荷：《太平乐府》认此作曲牌，而元陶宗仪所著《南村辍耕录》卷九云："小圣乐乃小石调曲，元遗山先生好问所制，而名姬多歌之，俗以为骤雨打新荷者是也。"《蟫（yín）庐曲谈》载：元遗山"所作曲虽不多，而甚超妙。其《骤雨打新荷》小令即是"。足见此曲在元初就颇负盛名。② 海榴初绽（zhàn）：海榴，即石榴，因其自海外引入，故称。绽，开放，裂开。句言当时石榴花刚刚绽蕾开放。③ 乳燕携雏弄语：雏（chú），幼小的（多指鸟类），此指幼燕。老燕子携带着小燕子呢喃学语。④ 高柳鸣蝉相和：和（hè），和谐地随着叫。此句讲高柳上的蝉儿，互相鸣叫唱和。⑤ 珍珠乱糁：糁（sǎn），米粒儿（方言），此作"撒"讲。这里形容雨点打在新荷之上，恰如撒乱的晶莹珍珠一般。

【译文】

绿叶茂密相遮形成一片浓郁的凉阴，池塘边所有的亭台楼阁，恰成了最凉快之处。石榴花刚刚绽蕾开放形成花海，团花锦簇仿佛红色的罗裙。老燕子携带着小燕子呢喃学语。高柳上的蝉儿，互相鸣叫唱和。雨点打在新荷之上，恰如撒乱的晶莹珍珠一般。

【赏析】

作者以"池亭水阁"为观察点，选取了若干反映夏季特点的景物细细描绘，譬如树木"绿叶荫浓"，初初绽放的石榴花"朵朵簇红罗"。和春天的生机勃发不同，夏天万物鼎盛。同是绿树红花，在春天，如少年男女，清新娇艳；到了夏天，便如盛年之人，尽情展现生命的力量。"浓"写出了树的繁茂。"簇红罗"又写出了鲜花竞相盛放的美艳。接着，作者又用乳燕和蝉的叫声来渲染夏天的喧闹。景与声相结合，勾勒出一幅明艳热烈的盛夏图。

然而，突如其来的一场大雨让曲中景一下子由"明艳热烈"变成了"清淡疏冷"，也让作者产生了人生短暂，世事多变，不如及时行乐的感慨。他甘愿抛下对未来的筹谋打算，一心沉醉在美景之中。作者不是一时兴起暂时将穷通放下，而是打定主意真的去过无牵无挂、顺任自然的生活。

喜春来

◎ 商 衟

清香引客眠花市，艳色迷人殢酒卮①。东风舞困瘦腰肢。犹未止，零落暮春时。

【注释】

① 殢（tì）：迷溺，此指病困于酒。酒卮（zhī）：有足的酒杯。

【译文】

在这美好的春天，鲜花散发的清香惹得人留宿在花市，鲜花那艳丽的丰姿使人迷醉于酒钟。花枝迎风招展起舞，仿佛累瘦了腰肢的美人。然而却依然不知疲倦，直到春色已尽，这时才散落飘零。

【赏析】

人们为了方便欣赏，会从套曲中摘一二精粹，独立成曲，吟咏歌唱，被摘出的部分就叫作"摘调"，又称摘调小令。此曲即为《月照庭·问花》[套数]七首曲中的摘调。

在这首曲子中，作者赋予花以人的情态，将人与花的关系由单纯的"人赏花"变成"花引人，人迷花"的双向互动关系，为曲子增添了灵动之美。人赏花，不负春色；花竭力绽放，不负春光，花与人都以自己的方式表达着对春的喜爱。而清香引客、艳色迷人、

◎作者简介◎

商衟，生卒年不详，字正叔，一作政叔，曹州济阴（今山东曹县）人。生于官宦世家，好词曲，善绘画，和元好问交情甚笃。后者曾作《陇山行役图》纪念彼此友谊，其中有"陇坂经行十遇春"之句，说明商衟曾在陇地居住过很长时间。而从元好问的《曹南商氏千秋录》中，人们又可了解商衟的性格，"滑稽豪侠，有古人风"。《太和正音谱》评其曲"如朝霞散彩"。

东风舞困，既是人赏花的过程，也是花由盛至衰的过程。花还在迎风起舞，春天却已不知不觉地溜走，"东风"一句中的"困""瘦"二字，隐约流露出对春天易逝的惆怅，不着痕迹地引出末句"零落暮春时"。洋溢着伤感情绪的末句和欢悦的前两句则形成鲜明对比，读者的情绪也被作者牵引着，由欢乐转至忧伤。

曲中的"春"可以被看作一切美好时光的象征，作者借它来慨叹良辰短暂。作者寓情于景，但他的情又并非凝滞在景中，而是在景里自然流淌、变化，这既是作者的高明之处，也是曲子的魅力所在。

小桃红 采莲女（一）

◎杨 果

满城烟水月微茫，人倚兰舟唱。常记相逢若耶上①。隔三湘②，碧云望断空惆怅。美人笑道：莲花相似，情短藕丝长。

【注释】

① 若耶：溪名，位于浙江绍兴南。② 三湘：指湖南的漓湘、蒸湘、潇湘。

【译文】

月亮在遥远的星空照耀着整座城市，全城仿佛笼罩在这一片烟水间，美人倚兰舟吟唱。曾记得我们在若耶溪相遇，水隔三湘，只能望穿碧云蓝空，空自惆怅。美人笑着吟唱道，思慕之心依然未减，相处的日子不多而相思却也是像藕丝那样长。

【赏析】

此曲是元代早期诗人杨果的代表作之一。作者在曲子一开始，就用一句极富画面感的"满城烟水月微茫"将读者的思绪拉入江南水乡的夜晚。而这个夜晚除了有朦胧月色，还有悠扬的歌声。将声注入景中，景便愈发鲜活。

"相逢"一句是写记忆中的场景。传说，若耶为西施浣纱的地方，作者提到此处，一是为了表现与情人相识时的美好，二是为了引起读者对情人美貌的想象。但紧接着，作者又用一个"隔"字将回忆和想象打断，让人重新回到有情人天各一方的现实。"碧云"句中的"空"与"隔"字呼应，说明有情人不止两相分离，还相见无期。

真正相爱的人不会因为相隔两地而淡漠了感情。句的末尾，作者借美人之口婉转地表达自己的情怀。藕断则丝连，"丝"与"思"谐音，虽说古人常用藕丝形容相思，但作者并非简单地援引常法。此曲以江南水乡为背景，藕又是水中常见之物，不仅可传达相思之意，还可与前面的兰舟、水月等意象相映成景。

曲的格律知识

散 曲

曲包括散曲和杂剧，散曲是单独咏唱的诗歌，又可分为小令和套曲两大类。散曲不同于剧本，没有科白。一般散曲的篇幅都不会太长。当散曲配乐演唱时，是一支歌曲或组歌；离开了音乐，就可以成为吟咏朗诵的诗歌。散曲既有大量的小令，也有不少套数，散曲套数又称为"散套"。

◎作者简介◎

杨果（1195—1269），字正卿，号西庵，祁州蒲阴（今河北安国县）人。金正大元年（1224）进士，历官偃师、陕县县令，入元官至参知政事、怀孟路总管。其人英俊聪敏，幽默诙谐，与元好问交好，著有《西庵集》。散曲多以歌咏自然为题材，语言华美，今存小令十一首，套曲五首。《太和正音谱》称其曲"如花柳芳妍"。

小桃红 采莲女（二）

◎杨 果

采莲人和采莲歌，柳外兰舟过，不管鸳鸯梦惊破。夜如何？有人独上江楼卧。伤心莫唱，南朝旧曲[1]，司马泪痕多[2]。

【注释】

[1] 南朝旧曲：指南朝陈后主的《玉树后庭花》曲。

[2] 司马泪痕多：唐诗人白居易作《琵琶行》："座中泣下谁最多，江州司马青衫湿。"此用其意。

【译文】

采莲人唱和着采莲歌，划着一叶小兰舟从杨柳岸边驶过，欢声笑语响彻两岸，全然不顾忌把浓睡中的人从鸳鸯梦中惊醒，这是怎样的一个良宵？原来还有人独自睡卧在江楼上，请别吟唱那些令人伤心的南朝旧曲，失意之人本来就伤心落泪难以自禁。

【赏析】

此曲前两句用白描的手法写采莲人欢乐地乘舟经过，但接下来的"鸳鸯梦惊破"则让全曲的基调突然转向忧郁。中间插入的"夜如何？有人独上江楼卧"更是分割出了两个截然不同的空间，一边是欢悦的采莲之景，另一边是"我"闻歌垂泪的伤心之景，用前一空间的明快，凸显后一空间的阴郁。

美妙的歌声加重了作者的羁旅之愁，曲的末尾，作者以白居易自比，惆怅之情溢于言表。

小桃红 采莲女（三）

◎杨 果

采莲湖上棹船回[1]，风约湘裙翠[2]。一曲琵琶数行泪，望君归，芙蓉开尽无消息[3]。晚凉多少，红鸳白鹭，何处不双飞。

【注释】

[1] 棹：桨，作动词用，犹"划"。[2] 约：束、裹。湘裙翠：用湘地丝织品制成的翠绿色的裙子。[3] 芙蓉：荷花的别名。谐"夫容"，一语双关。

【译文】

采莲后拨转船头从湖上返回，风儿吹裹着身体翻动着翠绿的湘裙。忽然听人弹奏一曲琵琶，听了竟然泪水涟涟，盼望远方的人归来，可芙蓉花都凋谢了，还是没有一点儿消息。夜晚天

气转凉，有多少鸳鸯、白鹭不是处处双飞？

【赏析】

采莲女触景生情，琵琶、芙蓉、红鹭白鹭都成为她思君的引子。作者将人物微妙的内心悸动把握得恰到好处。大凡人心中有所牵挂，随便什么事物便都会让人联想到自己所记挂的人、事上。此曲语言清丽婉约。作者杨果生活在金朝末年，在他生活的时代，散曲颇为流行，但当时的散曲尚沾染着宋词和民歌的色彩，所以和后来的散曲相比，其用词较为典雅。

小桃红 采莲女（四）

◎杨 果

　　碧湖湖上柳阴阴，人影澄波浸，常记年时对花饮。到如今，西风吹断回文锦①。羡他一对，鸳鸯飞去，残梦蓼花深。

【注释】

① 西风吹断回文锦：以回文锦被西风吹断，暗喻夫妇的离散。回文诗是我国古代杂体诗名，回环往复读之，都有意义。相传始于晋代的傅咸和温峤，但他们所作的诗皆不传。今所见以苏蕙的《璇玑图诗》最有名。苏蕙是东晋前秦的女诗人。据《晋书·列女传》说："窦滔妻苏氏，名蕙，字若兰，善属文。滔，苻坚时为秦州刺史，被徙流沙，苏氏思之，织锦为《回文旋图诗》以赠滔，宛转循环以读之，词甚凄惋。"

【译文】

　　碧绿的湖面上笼罩着柳阴，人影在澄清的水波中浸晃，经常回想从前双双花前对饮的美好时光。到如今，人各一方，回文锦也无从投寄。只羡慕那成对的鸳鸯比翼双飞，消逝在蓼花深处，徒给人留下零乱不全的春梦。

【赏析】

　　这是一首写思念之情的曲子。作者在曲子开始通过描绘碧湖、柳阴、澄波等景物，营造了明艳的气象。正是这景致引起了曲中人对美好往昔的怀恋。曲子从景到情，转接得十分自然。其中，"人影澄波浸"一句，既是景语，突出了水之清，又是情语——曲中人正顾影自怜。

　　古人写文，常用"西风"表现凄凉之情。曲中人并未在回忆中沉浸太久，便回到了无情的现实。回文锦已断，说明曲中人不仅和情人两相分离，还断绝了音信。"西风"一句在意象上和"碧湖湖上柳阴阴"形成鲜明对比。

　　"羡他一对，鸳鸯飞去，残梦蓼花深"本可以写作"羡他一对鸳鸯飞去，残梦蓼花深"，作者故意将"一对"和"鸳鸯"断开，一是为了突出"一对"，表达对情人的怀念，二则为了制造一句三叹的效果。

　　这首小令由景及人，又由人及景，以湖上美景引出回忆与现况的今昔对比，使得曲情愈发凄婉悲怆。正所谓"以乐景写哀，一倍增其哀乐"。

曲的格律知识

小 令

　　小令相当于一首"单调"的词，单独填写一只曲子的歌词叫作小令（元人又将小令称为"叶儿"）。小令体制很小，运用自由。

　　只有一个段落，为民间小调整理而成，一如《曲律》所载"渠所谓小令，盖市井所唱小曲也"。根据《中原音韵》中的统计，元人所用的曲牌有三百三十五调之多，不过常用的小令曲牌只有一百多调。

　　曲的小令和词的不同之处，是每一首曲都是"单调"，即只有一个段落，不像词那样有双调、三叠、四叠。如果作者对某一主题写完一首曲而意犹未尽，可以用原谱另填一首或数首。这样的作品叫"重头"。作者也可以用"带过曲"进行创作。"带过曲"是就同一主题同时填写两三首曲（最多用三支曲调）。这几支曲必须在同一宫调之内而且音律正好衔接。作曲时还要押同一韵部。这样的曲组，像是有上下两阕或三叠的词。这种创作方式大约是受套数里曲调衔接规则的启示而形成的。

　　元人常用的带过曲约有三十多种，如正宫的《脱布衫》带《小梁州》，双调的《水仙子》带《折桂令》，南吕的《骂玉郎》带《感皇恩》《采茶歌》，双调的《雁儿落》带《得胜令》，中吕的《十二月》带《尧民歌》等。在标题上，两个曲牌中间的"带"字也作"过"。

干荷叶（一）

◎刘秉忠

干荷叶①，色苍苍，老柄风摇荡。减了清香，越添黄。都因昨夜一场霜，寂寞在秋江上。

【注释】

① 干荷叶：原是以"干荷叶"起兴的民间小曲，而"干荷叶"在当时又被作为女子色衰失偶的隐语。

【译文】

干枯的荷叶，颜色变得苍黄难看，老茎被风吹得不住摇荡。清香减退了，越发显得枯黄。都是因为昨夜下了一场霜，给这秋天江面上的荷叶更添寂寞、凄凉。

【赏析】

此曲以荷叶喻人。干枯的荷叶在风中摇荡，一如孤苦无依、容颜不再的女子。"减了清香，越添黄"则暗示女子每况愈下，让人不禁记挂起她的命运。而最末的"都因昨夜一场霜"则婉转地告诉人们女子遭遇变故才身陷此境。该曲用比兴的手法，将女子与荷叶融为一体，同时散发着浓郁的民间气息，被认为是散曲和民歌两相结合的佳作。

干荷叶（二）

◎刘秉忠

南高峰，北高峰①，惨淡烟霞洞②。宋高宗，一场空。吴山依旧酒旗风③，两度江南梦④。

【注释】

① 南高峰，北高峰：杭州西湖旁的两座山峰。② 烟霞洞：南高峰下烟霞岭的石洞。③ 吴山：在杭州西湖东南，杭州名胜之一。④ 两度：两次。指五代时吴越和南宋先后在临安建都之事。

【译文】

南高峰，北高峰，惨淡的烟霞洞。宋高宗在此落得一场空。吴山的酒旗依旧在风中飘动，而吴越同南宋在江南留下的只是两次兴亡梦。

⊙作者简介⊙

刘秉忠(1216—1274)，元代政治家、作家。原名侃，字仲晦，号藏春散人，邢州（今河北邢台市）人。著有《藏春集》等，其曲以苍劲疏秀著称。蒙古灭金后，刘秉忠出任邢台节度府令史，不久归隐武安山，从浮屠禅师云海游，更名子聪。元世祖忽必烈即位前，与云海禅师一起入见，被忽必烈留任身边。忽必烈即位后，拜光禄大夫太保，参领中书省事，改名秉忠。

【赏析】

此曲语言通俗直白，由写景入手，借景抒发对历史的慨叹。对"宋高宗，一场空"，人们一直都有不同的理解。有人认为作者是在为大宋的灭亡伤感，也有人认为作者只是借宋高宗的故事叹息人生如梦、世事无常。

耍孩儿
庄家不识勾阑① ［套数］

◎杜仁杰

　　风调雨顺民安乐，都不似俺庄家快活。桑蚕五谷十分收，官司无甚差科②。当村许下还心愿，来到城中买些纸火③。正打街头过，见吊个花碌碌纸榜④，不似那答儿闹穰穰人多⑤。见一个人手撑着椽做的门，高声的叫"请请"，道："迟来的满了无处停坐。"说道"前截儿院本调风月⑥，背后么末敷演刘耍和⑦"。高声叫："赶散易得⑧，难得的妆哈⑨！"要了二百钱放过咱，入得门上个木坡⑩。见层层叠叠团圝坐⑪。抬头觑是个钟楼模样⑫，往下觑却是人旋窝。见几个妇女向台儿上坐。又不是迎神赛社⑬，不住的擂鼓筛锣。一个女孩儿转了几遭，不多时引出一伙。中间里一个央人货⑭。裹着枚皂头巾顶门上插一管笔，满脸石灰更着些黑道儿抹⑮。

　　知他待是如何过？浑身上下，则穿领花布直裰⑯。念了会诗共词，说了会赋与歌，无差错。唇天口地无高下，巧语花言记许多。临绝末⑰，道了低头撮脚，爨罢将么拨⑱。一个妆做张太公，他改做小二哥⑲。行行行说向城中过⑳。见个年少的妇女向帘儿下立，那老子用意铺谋待取做老婆。教小二哥相说合，但要的豆谷米麦，问甚布绢纱罗。教太公往前那不敢往后那㉑，抬左脚不敢抬右脚。翻来覆去由他一个。太公心下实焦燥，把一个皮棒槌则一下打做两半个㉒。我则道脑袋天灵破㉓，则道兴词告状，划地大笑呵呵㉔。则被一胞尿爆的我没奈何㉕。刚挨刚忍更待看些儿个，枉被这驴颓笑杀我㉖。

⊙作者简介⊙

　　杜仁杰（约1201—1282），原名之元，又名征，字仲梁，号善夫（"夫"也作"甫"），又号止轩。济南长清（今属山东济南市）人。元代散曲家。他由金入元，金哀宗正大年间，与麻革、张澄一起隐居于内乡山中。元初，屡被征召拒不出仕。他性格诙谐，学识渊博，善以俚语入曲。其与元好问交好，互赠诗文。杜仁杰之子杜元素，曾任福建闽海道廉访使，因子贵的缘故，杜仁杰去世后被赠封翰林承旨、资善大夫，追赠谥号文穆。

【注释】

①庄家：农户。勾阑：宋元时演出戏剧杂耍的场所。②官司：官府。差科：差役。③纸火：还愿用的香烛纸钱。④花碌碌：花花绿绿。纸榜：指演出海报。⑤那答儿：那边。闹穰穰（rǎng）：人声嘈杂，乱哄哄的样子。⑥院本：金元时流行的一种戏剧演出形式，以调笑、歌舞为主。⑦么末：即杂剧。刘耍和：金时著名艺人，其故事后被编为杂剧上演。⑧赶散：指没有固定演出场所的民间戏班子。⑨妆哈：正规的全场演出。⑩木坡：观众坐的梯形看台。⑪团圞（luán）：环绕。⑫觑（qū）：把眼睛眯成一条缝看。钟楼模样：指戏台。⑬迎神赛社：古时逢神诞或社日，按习俗要鼓乐迎神，祭祀祷告。⑭央人货：即殃人货，指害人精。⑮满脸句：形容黑白相间的脸谱。⑯直裰（duō）：长袍。⑰临绝末：临结束的时候。⑱爨（cuàn）：为宋杂剧、金院本的开场戏。拨：开始表演。⑲小二哥：指张太公的仆人。此角色应是前面所说的"央人货"改扮的。⑳行行行说：边走边说。㉑那：通"挪"。㉒皮棒槌：演出时所用的道具，又叫"磕瓜"，用以增加声音效果。㉓则道：只道。此人不知那皮棒槌打作两半是演出需要，只道是演员用力过猛所致。㉔划（chǎn）地：平白无故地。㉕爆：胀。㉖驴颓：骂人话。指张太公。

【译文】

风调雨顺，百业安泰，都比不上咱农夫欢快。粮食、蚕桑收成都好，衙门里也没什么

税差摊派。在村里向神前许下还愿，所以来到城里将祭物购买。正从街头走过，见垂挂着一张花里胡哨的告示，那里特别热闹，人群挤挤挨挨。门扇由木条钉就，一个人手撑着把守，"请！""请！"一声声喊不绝口。"来迟的话，客满了，可就坐不进喽！"又说："一场两段杂剧，《调风月》先演，《刘耍和》排后。"高声叫："野鸡班子哪里不见？包场子的正班可是绝无仅有！"收了我二百钱放进了门，入门就见木制的看台，成个坡形，环状的座位一层又一层。抬头望戏台像个钟楼模样，朝下看只见黑鸦鸦的人群。戏台上坐着几位娘们，又不是求雨或社日要迎神娱神，为何她们敲锣打鼓忙个不停？一个女孩儿转了几圈，不多久引出一伙演员。中间那副净真是丢人现眼：扎巾，顶头上插枝笔管；满脸涂着白粉，更抹上几道黑炭。不知他怎么混过一天？浑身上下，只穿件花布的直统袍衫。他念了些诗词，说了些韵语，口齿伶俐没错句。耍嘴皮有天没日，说不完的插科打趣。临末时低住了头，双脚并立，念了下场语。小品结束，开始了正剧。一个演员扮演张财主，他改扮小伙计。两人边走边谈行向城里。见一个小妇人帘儿下站立，老财主百计千方想娶她为妻。请伙计去把亲提，豆谷米麦，布绢纱罗，索要了一批批。他让财主往前挪就不敢往后挪，叫抬左脚便不敢右脚跨，翻来覆去花样大。张财主着恼将副净打，打折了手中的皮磕瓜。我只以为他脑袋开了花，只以为要打官司告到县衙，禁不住放声笑哈哈。只被一泡尿涨的没办法，原想再看下去却憋得忍不下。这老王八差点儿把我笑死。

【赏析】

元曲的写作强调"本色"和"当行"。本色是指浑然天成，率真自然。当行则指娴熟自如地表现散曲的特点。此曲绝好地体现了二者。作者采用第一人称的写作视角，运用大量民间俗语，让一个憨厚粗朴的庄稼汉跃然纸上。同时，又结合庄稼汉的身份和其第一次进城看戏的特点，紧紧围绕题目中的"不识"，设置冲突、误会，制造笑料。

整首曲子妙趣横生，极富生活气息。不仅如此，作者还借庄稼汉之口，细致地描绘了当时的勾栏之景，从招呼客人的伙计到演员的化妆，从看台的布置到角色的活动，都表现得活灵活现，为后人研究中国戏曲史提供了珍贵的资料。

一半儿 题情

◎王和卿

鸦翎般水鬓似刀裁①，小颗颗芙蓉花额儿窄②。待不梳妆怕娘左猜③。不免插金钗，一半儿蓬松一半儿歪。

【注释】

① 鸦翎：乌鸦尾上的羽毛。水鬓：油亮的鬓发。② 花额儿：美丽如花的额头。③ 待：打算。左猜：猜疑。

【译文】

一头秀发乌黑亮丽，鬓角处像刀裁一般整齐，缀饰着小颗芙蓉的头饰下，额头留得窄窄的。真不想在妆台前打扮自己，可就怕我娘生疑。不得已把金钗插起，结果不仅蓬乱了头发，连钗儿也向一边歪斜了。

【赏析】

通常写少女情思，人们都会将大量笔墨放在少女的心理活动上。但此曲却不然，它颇为新颖地从少女的动作入手，以动作表现情思。

"鸦翎般水鬓似刀裁，小颗颗芙蓉花额儿窄"，少女的妆容十分精致，一下子就引起了读者的兴趣。作者虽未明言少女容貌美丽，读者的眼中就已经出现一位俏丽可爱的女子。然而，接下来的"待不梳妆怕娘左猜"却告诉读者少女无心打扮，这着实令人意外。少女对镜自窥，心思却全然不在容貌上。俗话说，"女为悦己者容"，人们马上便猜到，少女多半为不能和心上人相见而烦恼。花容月貌为谁妍，若不能和心上人相见，悉心打扮又有何意义？尽管因为"怕娘左猜"，少女不得不打起精神梳妆，但心有所挂，免不了破绽百出。"不免插金钗，一半儿蓬松一半儿歪"，这一细节描写将少女心神不定、如痴似病的情貌刻画得惟妙惟肖。同时，也给读者留下了悬念——少女的家人尚不知少女情窦已开心有所属，少女是一直隐瞒下去呢，还是向家人坦白？她的这份感情又能否得偿所愿？

◎作者简介◎

王和卿，大名（今属河北省）人，生卒年、字号不详。与关汉卿同时代，比关汉卿早卒。陶宗仪《南村辍耕录》曾记他与关汉卿互相讥谑，说他"滑稽佻达，传播四方"。明代朱权的《太和正音谱》将其列为"词林英杰"一百五十人之中。现存小令二十一首，套曲一首，见于《太平乐府》《阳春白雪》《词林摘艳》等集中。

醉中天 咏大蝴蝶

◎王和卿

挣破庄周梦①，两翅架东风。三百座名园一采一个空②。谁道风流种③？唬杀寻芳的蜜蜂④。轻轻飞动⑤，把卖花人搧过桥东。

【注释】

①"挣破"句：意为蝴蝶大得竟然把庄周的蝶梦给挣破了。庄周梦：庄周，战国时宋国人，曾为漆园吏，有《庄子》一书。据说他曾梦见自己化为大蝴蝶，醒来后仍是庄周，弄不清到底是蝴蝶变成了庄周，还是庄周变成了蝴蝶。②一采一个空：一作"一采个空"。③谁道：一作"难道"。风流种：一作"风流孽种"。风流才子，名士。④唬杀：犹言"吓死"。唬，一作"諕（huò）"。諕：吓唬；杀：用在动词后，表程度深。⑤轻轻飞动：一作"轻轻搧动"。一本"轻轻"后还有"的"字。

【译文】

从庄周的梦境挣破而出，双翅乘驾着东风。三百座名园的花蜜都被它一采一个空，谁说它是风流种？连闻香而至的蜜蜂也被它吓得惊惶失措。蝴蝶轻轻一展翅飞动，就把卖花的人都搧过桥东去了。

【赏析】

据元陶宗仪《南村辍耕录》卷二十三载："中统初，燕市有一蝴蝶，其大异常。王赋《醉中天》小令云云，由是其名益著。"由此可见，此曲并非凭空而作。而为了突出蝴蝶"大"的特点，作者运用了夸张的手法，令人耳目一新。

首先他将这蝴蝶和庄周梦蝶的典故联系在一起，说这蝴蝶是从庄子梦中跑出来的那只，赋予了蝴蝶绮丽奇诡的色彩。"挣破"让蝴蝶拥有了狂放不羁的性格，它不愿意被拘束在谁人的梦中，便争脱出来，"两翅架东风"，直冲云霄。明代曲论家王骥德曾如此评价此曲："只起一句，便知是大蝴蝶，下文势如破竹，却无一句不是俊语。"

作者没有直接说明蝴蝶的大小，而是用蝴蝶的力量之大表现它的体积之大，并借此颠覆了人们对蝴蝶的一般印象——美丽娇弱。其笔下的蝴蝶大气潇洒，

任达不拘，"三百座名园，一采一个空"。它是如此迅猛霸道，完全没有将园中的蜜蜂放在眼里。蜜蜂们也都被它"唬杀"，任它随心所欲采撷花蜜。只是，在作者看来这还远远不够。因此，作者又把"人"引入曲中，让人也成为大蝴蝶持强行事的受害者——蝴蝶只轻轻地搧了搧翅膀，就将人搧过了桥东。曲末一句充分体现了元曲活泼诙谐的特点。

全曲子构思巧妙，想象大胆，每个句子都新鲜不俗，在当时就颇受人们喜爱，作者也因此名声大振。

曲的格律知识

天人合一的传统思想观

这是中国最古典的传统观念。自老子《道德经》开始就提出"道法自然"之说，因此中国向来以融入自然为人生最高境界，由此而有天人合一之说。庄子曾经有"庄生梦蝶"的故事，表达的就是这一主题。汉代思想家、阴阳家董仲舒将道家思想发展为天人合一的哲学思想体系。这种思想认为，有天之道，有地之道，有人之道，而这三者是有联系的。其实这是主张人要顺应自然规律，达到与自然的和谐共处。后来中国古典诗词中不断出现吟咏"庄生梦蝶"主题的作品。比如李商隐《锦瑟》一诗中的："庄生晓梦迷蝴蝶，望帝春心托杜鹃。"元代散曲家王和卿以庄生梦蝶的故事作诙谐的调侃之语，而由此曲可自然品味出天人合一思想的深邃底蕴。

拨不断 大鱼

◎王和卿

胜神鳌①，夯风涛②，脊梁上轻负着蓬莱岛③。万里夕阳锦背高④，翻身犹恨东洋小。太公怎钓⑤？

【注释】

① 神鳌：传说中一种有神力的大海龟。② 夯（hāng）：用力撞。③ 蓬莱岛：传说中的海上三仙山之一。④ 锦背：色彩斑斓的鱼背。⑤ 太公：即姜太公。

【译文】

胜过了那神奇的大鳌，力气可以对抗海上的大风浪，脊梁上轻松地背负着蓬莱岛。游过了千万里，夕阳下只看到它的锦鳞高高地耸立，就是翻个身还嫌东洋太小。这样的大鱼，太公怎么钓？

【赏析】

"胜神鳌，夯风涛"写出了大鱼的磅礴气势，"脊梁上轻负着蓬莱岛"则说明这鱼不仅身形庞大，还神猛无比。结合作者的经历——声望甚高，入元不仕——可知作者有借鱼自比、借鱼托志之意。这鱼是如此不同寻常，万里夕阳都照不全它的脊背；又是如此心高气傲，偌大的东洋都嫌小。区区姜太公岂有能力将它钓走？这里的"太公"既可以理解为朝廷，也可以理解成世人孜孜以求的官位名禄。

王和卿的曲子以想象丰富、语言新奇见长，此曲就极好地体现了这点。

一半儿 题情

◎王和卿

将来书信手指拈着，灯下姿姿观觑了。两三行字真带草。提起来越心焦，一半儿丝挦一半儿烧。

【译文】

拿过书信在手里拈着，在灯下仔仔细细观瞧。两三行字儿有的端正有的潦草。提起来就越觉得心焦。一边儿撕扯，一边和把它烧掉。

【赏析】

这首小令描述的是女主人公接到情书后的情景和读信时复杂微妙的心情。女主人公对这封信已经期待很久了。她接过信来，急于知道内容。赶忙坐到灯下拆开信，仔仔细细地读起来。信上的话不多，但大概由于对方写信时急于倾诉情愫，历笔疾书，写到后边字迹竟潦草得难以辨认了。她细细地琢磨着，终于认清了信上的字句，滚烫的话语真挚热烈，她不由得脸上发烧，害羞起来。爱情是文学创作的一大主题，描写离别相思的题材在诗、词中更是屡见不鲜。而这首小令能写得别开生面、不落窠臼。

蓦山溪

◎王和卿

冬天易晚，又早黄昏后。修竹小阑干，空倚遍寒生翠袖。萧萧宝马^①，何处狂游？

［幺］人已静，夜将阑^②，不信今宵又。大抵为人图甚么，彼此青春年幼。似恁的厮禁持^③，兀的不白了人头^④。

［女冠子］过一宵，胜九秋^⑤。且将针线，把一扇鞋儿绣。蓦听得马嘶人语，甫能来到^⑥，却又早十分殢酒^⑦。

［好观音］枉了教人深闺里候，疏狂性奄然依旧^⑧。不成器乔公事做的泄漏^⑨，衣纽不曾扣。待伊酒醒明白究。

［雁过南楼煞］问着时只办着摆手^⑩，骂着时悄不开口。放伊不过耳朵儿扭。你道不曾共外人欢偶，把你爱惜前程遥指定梅梢月儿咒^⑪。

【注释】

① 萧萧：马嘶鸣声。② 阑：深。③ 恁(nèn)的：这样的。厮：相。禁持：约束，拘束。④ 兀(wù)的不：怎么不。⑤ 九秋：九年。⑥ 甫能：方才。⑦ 殢酒：病酒。⑧ 奄然：安然。⑨ 乔公事：混账事。乔，假。⑩ 只办着：一味地。⑪ 前程：将来。

【译文】

冬日里的白天很短暂，早又是暮色昏黄。竹丛边的栏杆啊，我独自倚着它一回回候望，衣袖早已冰凉了。他骑着骏马，究竟在何地轻狂地游荡呢？

人已静下来，夜色渐渐深了，不想今晚又与往常一样。为人一世究竟求些什么呢？不就是为了彼此不辜负青春年少的好时光嘛！像这般受约束，无法欢娱，怎不叫人白了少年头啊！

好容易才挨了一个晚上，却比九年还长，姑且拿出针线，来绣那一扇鞋儿。猛然听到马儿的嘶鸣和郎君的话语声。方才盼到他归来了，却是一副烂醉如泥的模样。

白白让我在闺房里等候了一晚，郎君那疏狂放荡的情性却一点也不改。这不成器的在

曲的格律知识

套曲

套曲又称套数、散套或大令，是由同一主题下的若干曲子填写出的首尾连贯的一组歌词。相比小令，套曲的结构较为复杂，组成套曲的曲子必须在同一宫调下，且按照一定次序进行联缀。套曲一般为十曲左右，最长的套曲是刘时中的《上高监司》第二套，足有三十四曲之多。戏曲中最长的套曲是孟汉卿的《魔合罗》第四折，有二十六曲。

外头厮混还漏了马脚，内衣的纽扣不曾纽上。唉，等他酒醒了定要细细地问个究竟。

（待他醒了）盘问的时候他只是一味地摇手不认账，骂着的时候他就是一声不吭。饶不了他，我扭住他的耳朵不松手：你说你不曾与外人勾搭，那你就对着这梅树梢间的月儿发下毒誓，把你爱惜将来的盟誓再对我说一遍吧。

【赏析】

"冬天易晚，又早黄昏后"交待了故事发生的时间背景，让人格外怜惜曲中的女子。"修竹小阑干，空倚遍寒生翠袖"化自唐代诗人杜甫的《佳人》"天寒翠袖薄，日暮倚修竹"，暗示了女子的美貌，也凸显了她的楚楚可怜。接下来的"萧萧宝马，何处狂游？"则告诉人们女子幽怨的原因——她有一个放荡不羁，夜不归宿的夫君。

"不信今宵又"与"又早黄昏后"照应，意味深长，两个"又"字说明她已不是第一次等夫君至深夜。但她仍不肯放弃守候，"不信"的背后是对感情的执着，她相信自己总有一天会打动夫君，与夫君长相厮守。"大抵为人图甚么，彼此青春年幼"是她希望永保青春的最深切的愿望，这句也体现了古人对少年夫妻及时行乐的祝福和理解，唐玄宗李隆基在《好时光》中就用"莫倚倾国貌，嫁取个有情郎。彼此当年少，莫负好时光"的诗句来表达希望永远拥有青春美好时光的愿望。此句也是最能引起读者共鸣的。然而从"似恁的厮禁持，兀的不白了人头"可以看出，她的夫君并不理解她的心意。

果然，她好容易等到夫君回来，对方却烂醉如泥。她的不满、怨恨陡然爆发，"枉了教人深闺里候，疏狂性奄然依旧"，气愤中夹杂着失望，也只有爱人至深才会如此。作者十分了解闺阁怨妇的心理特点。

值得一提的是，每每提到被情郎辜负的女子，诗与词总是极尽凄婉之能事。而曲则不然，它可以凄婉，也可以辛辣。能够充分地将写景、叙事和抒情融于一体。譬如此曲，前半段曲中人还是一副淑女的模样，温婉多愁，到了后半段却泼辣起来，先是迫不急待地追"问"，然后是忍不住嗔"骂"，最后还上手去扭对方的耳朵，死活要让对方对着月亮赌咒，将痴女对丈夫的爱与恨描述得淋漓尽致、惟妙惟肖，也使此曲颇具戏剧性、观赏性和可读性。相较于诗词，曲的表现领域更为宽广，更适合用来描绘世俗生活，是其他韵体所无法相提并论的。

小桃红 江岸水灯

◎盍西村

万家灯火闹春桥①，十里光相照。舞凤翔鸾势绝妙②。可怜宵③，波间涌出蓬莱岛。香烟乱飘④，笙歌喧闹，飞上玉楼腰⑤。

【注释】

①闹：使热闹、欢乐。②舞凤翔鸾：指凤形和鸾形的花灯在飞舞盘旋。鸾，传说中凤凰一类的鸟。③可怜：可爱。④香烟：指灯火的光辉及焰火。⑤玉楼：华丽的高楼。

【译文】

　　万家灯火照耀着闹灯春桥，一派热闹景象，沿江十里灯火辉煌，互相映照。凤灯飞舞，鸾灯腾翔，气势恢宏绝妙。多么可爱的夜晚，波涛奔涌现出蓬莱仙岛。浓香的烟火纷散着乱飘，笙歌声声喧响欢闹，一起飘飞，直飞上华丽的高楼，冲到半腰间。

【赏析】

　　本曲为《临川八景》之一，描绘了正月十五上元灯节的热闹景象。

　　元宵佳景向来是文人骚客钟爱的咏唱对象，和元宵节有关的佳作名篇不胜枚举，此曲就是其中之一。曲子一开始就用"万家灯火"传递出人们对元宵佳节的喜爱之情。"万"是虚数，旨在表现灯火之多，后面的"十里"也是虚指，意在强调街道上流光溢彩。作者除了着力表现目之所见，还用一个"闹"字写出了节日的喧器，从视觉和听觉这两个角度描绘元宵佳节的欢乐场面。第三句的"舞凤翔鸾势绝妙"，一方面突出了元宵节的节日特色，一方面又为这欢乐场面增添了喜庆的气氛，凤与鸾都是祥兽。

　　接着，作者笔锋一转，将视线转向江中，重点刻画江上的灯船。"波间涌"写出了灯船在水中若隐若现的样子，远远看去，如梦似幻，所以作者才将其比喻成传说中仙人所居的蓬莱岛。而这灯船不止远观如仙境，身处其中也仿佛置身美好梦境。船上灯火闪烁，焰火纷飞，作者想象着它们会一直飞到九霄之外天帝所居的玉楼。曲子在这里戛然而止，给人留下了偌大的想象空间。玉楼上的天帝是否会被这人间佳节感染？

　　作者由陆地写到江上，又由江上写到天庭，其虚实相间的写作手法，大胆的想象，都给人耳目一新的感觉。

⊙作者简介⊙

　　盍西村，生平不详。盱眙（今江苏省盱眙县）人。元代钟嗣成的《录鬼簿》未见其姓名，但有盍志学，有人以为二者系一人。其文风格清丽，明代朱权在《太和正音谱》中评价他"如清风爽籁"。今存其小令十七首，套数一首。

小桃红 杂咏（一）

◎ 盍西村

绿杨堤畔蓼花洲[①]，可爱溪山秀。烟水茫茫晚凉后。捕鱼舟，冲开万顷玻璃皱[②]。乱云不收，残霞妆就，一片洞庭秋[③]。

【注释】

① 蓼花洲：指水中的绿洲。蓼，又称水蓼，花或为淡红，或为白。② 玻璃皱：比喻水浪。③ 秋：指秋天的景色。

【译文】

碧绿的杨树满堤畔，小洲蓼花纷飞，最可爱的是这一派山溪秀色。夜晚来临，凉意渐起，在烟水茫茫的江上荡起鱼舟，让它冲开万顷水面，涌起层层波纹。天上云彩散乱，停驻不收，霞光渐残，妆点着这一片洞庭秋色。

【赏析】

盍西村的《杂咏》共八首，这是其中的第六首。

全曲以"可爱溪山秀"总领景物描写，最后以一句"一片洞庭秋"进行总括。全曲结构严谨，而在描写手法上以动静结合为主。其中"绿杨堤""蓼花洲"皆是静景，以静景起头可以迅速将读者拉入曲中世界，但若一直描绘静景，又不免单调。因此，接下来的"溪山"和"烟水"静中含动，为曲子增添了灵动的气息。然而作者打算描绘的并非是清灵的小山小水，便又用一句"捕鱼舟，冲开万顷玻璃皱"领起全曲气势，让读者的心情霎那开阔。而作者特意将"乱云"和"残霞"这两个飘渺之物放在曲子的末尾，让它们载着读者的思绪飘向远方。

小桃红 杂咏（二）

◎ 盍西村

淡黄杨柳月中疏，今古横塘路。为问萧郎在何处[①]？近来书，一帆又下潇湘去。试问别后，软绡红泪，多似露荷珠。

【注释】

① 萧郎：指女子爱恋的男子。一说出自汉代刘向《列仙传》："萧史者，秦穆公时人也，善吹箫，能致白孔雀于庭。穆公有女字弄玉，好之。公遂以女妻焉。"一说原指梁武帝萧衍。

【译文】

淡黄的杨柳树在月光下显得稀稀疏疏，站立在古今闻名的横塘路上。想问问情郎身处何地，近日来信说他挂上帆一下子又到潇湘之地去了。有谁能知，泪水沾在软软的红绡上，就像荷叶上的露珠一样多。

【赏析】

首句"淡黄杨柳月中疏"为全曲奠定了凄清寂寥的基调，从一个侧面反映出曲中人忧郁的心情。"为问萧郎在何处"，作者用一个设问巧妙地向读者传递出曲中人的茫然无措。好容易等到心上人的书信，却被告知那人越行越远，曲中人的失落可想而知。曲末三句，又生一问，自怜之中亦有几分埋怨，怜的是自己如此伤心难过，留下许多泪水；怨的是情人不归，这份伤心无处诉说，无人宽慰。

小桃红 客船晚烟

◎盍西村

绿云冉冉锁清湾[1]，香彻东西岸。官课今年九分办[2]。厮追攀[3]，渡头买得新鱼雁。杯盘不干，欢欣无限，忘了大家难。

【注释】

① 绿云：此指烟霭汇聚成的如云烟团。冉冉：上升的样子。② 官课：指上缴官家的租税。九分办：免去一分赋税，按九成办理征收。③ 厮追攀：相互追赶、招呼。

【译文】

如绿云一般的繁枝纷披环锁了清清的江湾，花香四溢弥漫了东西两岸。官家的租税今年只按九成征收。前后呼叫相告，聚集在渡头，买了新捕获的鱼虾野味。在杯子里斟满酒，盘子里盛满食品，感到无比欢欣，暂且把各自的艰难事抛在脑后了。

【赏析】

此曲为《临川八景》组曲中的一篇，极富生活气息。

曲首的"绿云"有多种理解。有人认为"绿云"实指葱郁的树冠，小湾被绿树环绕，景色怡人，为全曲奠定了欢乐的基调。也有人认为"绿云"指江边烟霭，有祥瑞之意。官府减少了税收，百姓大喜，作者仿佛看到一团祥瑞之气笼罩在清湾上。虽然在今人看来，税收免去一成并不算多，但在当时人眼中，这可是值得庆祝的大好消息。"厮追攀，渡头买得新鱼雁"与前面的"香彻东西岸"相互照应，对平民百姓而言，最好的庆祝方式便是美美的吃上一顿。"杯盘不干，欢欣无限"，就连读者也不免为曲中人的欢乐所感染。

但这欢乐并没有贯穿全曲，"忘了大家难"，看着欣喜若狂的百姓，作者感慨万分。百姓身上的重担并不会因为税收减少一成而消失，欢喜过后，还有千难万难要面对。作者不由为他们的未来担忧起来。这位船客能够从渔民的一日之欢想见其百日之苦，能够理解渔民以一日之醉忘百日之忧，真是十分难得的。

此曲构思奇特，全篇以白描手法铺叙渔家之乐，只是在篇末轻轻一点，揭示了渔家忧难的丰富内涵，其对人的触动更加强烈，发人深思。这正是"以乐景写哀，以哀景写乐，一倍增其哀乐"（王夫之语）。

曲的鉴赏知识

元曲胜在自然而然

王国维在《宋元戏曲史》中论元人曲子道："元曲之佳处何在？一言以蔽之，曰自然而然而已矣。古今之大文学无不以自然胜，而莫著于元曲。盖元曲之作者，其人均非有名位学问也；其作剧也，非有藏之名山传之其人之意也。彼以意兴之所至为之，以自娱娱人，关目之拙劣，所不问也；思想之鄙陋，所不讳也；人物之矛盾，所不顾也。彼但摹写其胸中之感想与时代之情状，而真挚之理与秀杰之气时流露于其间。故谓元曲为中国最自然之文学，无不可也。若其文字之自然，则又为其必然之结果，抑其次也。"

元曲所以成为特立的一种文学，正因为它的通俗自然，俗谚土语皆在其中，正因为它是大众的文艺。

潘妃曲（一）

◎商 挺

戴月披星耽惊怕，久立纱窗下。等候他，蓦听得门外地皮儿踏。只道是冤家①，原来风动荼蘼架②。

【注释】

① 冤家：对亲爱者的昵称。② 荼蘼：木本植物，春末开白、红色繁花。

【译文】

身披星星，头顶月亮耽惊受怕地在纱窗下久久地站立着，等候着他，忽然听到门外有踏地响动的声音。只以为是情郎来了，原来不过是风吹动了荼蘼花架。

【赏析】

此曲生动地刻画了女子等候情郎时焦急的样子。曲子一开始便用"戴月披星"交待了故事发生的时间，又用"惊怕"二字点明了女子既想早点见到情人，又担心被人发现的复杂心情。而接下来的"久立纱窗下"表面上是写女子的动作，实际依然是写女子的心理。她在纱窗下待了许久，仍不肯离去，这一方面表现了她对情人的一往情深，一方面也为下文她误将风动荼蘼架的声音当作情人的脚步声做了铺垫。她见情人的心情随着等候时间的延长，愈发迫切。任何一点轻微的声响都会引起她的注意，她多么希望在听到声响后，能立即看到情人的身影。

"蓦听得门外地皮儿踏"是全曲的高潮，读者的心和女子的一起被揪了起来。一句"只道是冤家"写尽了小儿女态，既有欣喜，又有嗔意。然而，事不遂人愿，"原来风动荼蘼架"，曲的末尾真相大白，她苦苦守候的情人仍未出现。在这里，作者虽只字未提女子的心情，读者仍可对女子的失望感同身受。整首曲子一波三折，将热恋中的女子微妙的内心变化勾画得淋漓尽致。而女子最终等到了情人吗？作者故意留下空间让人想象，把曲的意蕴延伸至曲外，耐人寻味。

小曲只用寥寥数语，便展示了一幕波澜起伏的短剧。结尾陡然煞住，余味无穷。

◎作者简介◎

商挺（1209—1288），字孟卿，一作梦卿，自号左山老人，曹州济阴（今山东菏泽县）人，曲家商正叔之侄。与元好问、杨奂交好，颇受元世祖赏识。曾任宣抚副使、参知政事、同金枢密院事，累迁枢密副使，后因病辞官。《元史》中可见其传。商挺工诗画，善书法，尤以隶书为长，曾诗千余篇。散曲亦成绩斐然，今存小令十九首，多写闺阁之情，明代朱权作《太和正音谱》将其列为"词林英杰"一百五十人之中。

潘妃曲（二）

◎商 挺

闷酒将来刚刚咽①，欲饮先浇奠②。频祝愿，普天下心厮爱早团圆③。谢神天，教俺也频频的勤相见。

【注释】

①刚刚：此为勉强意。②浇奠：以酒洒地，以表示祭奠。③厮爱：相爱。

【译文】

把酒拿来独自闷饮，勉勉强强要咽下又难咽下，在饮酒之前先将酒浇奠在地上。一遍遍地祝愿，愿普天下有情人早早团圆。祈望上天，让我也能同心上人多多见面。

【赏析】

商挺的小令以描写儿女恋情见长，本篇即是其中的佳作。它看似简单，语言直白，却予读者以很大的想象空间。曲中的女子祝天下爱侣团圆，自己却只求和心上人多见几面，难道是因为她已不可能和心上人长相厮守了吗？曲子在高潮时戛然而止，让人回味无穷。

潘妃曲（三）

◎商 挺

肠断关山传情字，无限伤春事。因他憔悴死，只怕傍人问着时。口儿里强推辞，怎瞒得唐裙䙆①。

【注释】

①唐裙：一种裙幅较多的长裙。䙆（zhì）：裥。

【译文】

一道道关山辽远隔阻，寄不去传情表意的音书。叫人肝肠寸断，经受着凄苦，一春的悲愁历历难数。憔悴消瘦到了极度，还不是因为他的缘故！怕只怕旁人的关注。尽管嘴上勉强推托支吾，无奈裙腰上䙆又宽松了些许，怎么瞒得住！

【赏析】

"肠断"句为全曲奠定了感伤的基调，同时点明女子伤心的原因。此句和第二句"无限伤春事"在感情表达上都含蓄文雅，和接下来"因他憔悴死"的直白通俗形成反差。这实是作者有意为之。"肠断"句和"无限"句是对女子处境的概括，而"因他憔悴死"及之后的句子则是女子的心里话。作者借语言风格的急剧变化，将读者引入女子的内心世界。而用衣渐宽来表现人为爱情憔悴的情状，到商挺生活的时代已不新鲜，但不妨碍它成为此曲的点睛之笔。"怎瞒得"承接了"强推辞"，呼应着"怕问"，充分体现了女子的复杂心绪，增加了曲子的层次感。

一半儿

◎胡祗遹

败荷减翠菊添黄，梨叶翻红梧叶苍。绣被不禁昨夜凉。酿秋光，一半儿西风一半儿霜。

【译文】

残败的荷叶消减了翠绿，而菊花越发金黄，梨叶渐渐泛红，梧叶苍黄。锦绣套被已不能抵挡昨夜的寒冷。是什么酿就了这秋天的气象？一半儿是那卷地的秋风，一半儿是那清冷的白霜。

【赏析】

元曲讲究对偶，此曲的前两句为对偶中较常见的"合璧对"。作者用荷叶、菊花、梨叶、梧叶这四种物象色彩上的变化来写秋天的临近。翠、黄、红、苍与后面的"秋光"相互呼应，交织成色彩斑斓的秋日之景。而"减""添""翻"等动词的运用又为这色彩斑斓的景象增添了动感，让"秋光"活了起来，不仅如此，还紧扣住"酿秋光"的"酿"，表现出季节变化之美。而接下来的"绣被不禁昨夜凉"则一下子将描绘的重点由景转到了人，一个"凉"字暗示了曲中人的孤单。秋光虽美，但在孤单单的曲中人眼中，却是"一半儿西风一半儿霜"，萧瑟凄清。"西风"的"西"与"凄"音近，"霜"又近似于"伤"，再加上二者都给人以寒冷之感，所以古人经常用西风与霜表现感伤的情绪。

这首小曲是意在写一位独处深闺、长夜不眠的女子的处境和内心感受，但却注重以景烘托。全曲色彩非常丰富，极力渲染浓重的秋色，正是极力衬托人物内心的伤感和凄凉。情和景浑融成一片，这就是诗家通常说的"烘云托月"法。

◎作者简介◎

胡祗遹（1227—1295），字绍开，号紫山，磁州武安（今属河北省）人。元世祖朝历任户部员外郎、右司员外郎、太原路治中、河东山西道提刑按察副使、荆湖北道宣慰副使、济宁路总管及山东、浙西提刑按察使等职，为人精明干练，声誉甚佳。官拜翰林学士，未赴任。后改任江南浙西按察使，不久因病辞归。死后封谥号"文靖"。

胡祗遹学习宋代大儒，著述很多，有诗文集《紫山大全集》，现存二十六卷本。其中，卷八中的《黄氏诗卷序》《优伶赵文益诗序》《朱氏诗卷序》是研究元曲的珍贵资料。明代朱权在《太和正音谱》评论他"如秋潭孤月"。其散曲今存小令十一首，多为写景之作。

阳春曲 春景（一）

◎胡祗遹

几支红雪墙头杏，数点青山屋上屏。一春能得几晴明？三月景，宜醉不宜醒。

【译文】

几支白里透红的杏花倚在墙头，点点青山从屋顶上显露出来，像画屏一样。

一个春天能有几天晴朗的日子？三月美景，只宜用迷醉的眼光欣赏，不宜清醒地观赏。

【赏析】

一方面，用红雪形容杏花，既写出了杏花怒放堆积的样子，又暗含了"好花不常在"之感，雪易逝而花易败，与后面"一春能得几晴明"两相契合。"红雪"二字，贴切地描绘出了杏花的晕红似雪中融化一般的浸润晶莹。杏花含苞待放时为艳红，到凋落时呈现出白色。此曲末尾点明是三月，则杏花正开得好，所以呈现出红白色来。正如宋代诗人杨万里咏杏诗所言："道白非真白，言红不若红，请君红白外，别眼看天工。"另一方面，也只有醉眼观青山，才会把青山当成屋后的画屏。此曲色彩清丽，构思巧妙，弥漫着淡淡的忧伤。

阳春曲 春景（二）

◎胡祗遹

残花酝酿蜂儿蜜，细雨调和燕子泥。绿窗春睡觉来迟①。谁唤起？窗外晓莺啼。

【注释】

①觉来：醒来。

【译文】

蜜蜂用残花酿就了蜂蜜，燕子借春天的细雨调和好了筑巢的泥。在春天对着绿窗酣眠的我很晚才醒来。是谁把我唤醒？是那窗外啼叫的黄莺。

【赏析】

起首的"残花酝酿蜂儿蜜，细雨调和燕子泥"是十分工整的对偶句。"残花"和"细雨"多被用来烘托伤感的情绪，但这次，作者却用它们表现盎然生机——残花可为蜜蜂酿蜜，蒙蒙细雨能帮燕子调泥筑集。衰败之中孕育着新生，虽然春天即将逝去，但生命却不会因此衰颓。

暮春之景仍散发着勃勃生气，人处其中悠然自得，"绿窗春睡醒来迟"的慵懒闲逸正说明了这点。而此句很容易让人联想起唐代诗人孟浩然的"春眠不觉晓"。只是孟诗中的"夜来风雨声，花落知多少"有浓重的"伤春"意味，此曲里的"窗外晓莺啼"则单纯呈现生的意趣。而作者用"谁唤起"引出"晓莺"，既自然浑成，又确保了全曲在结构上的平衡——曲首二句因蜂、燕具备了动感，曲末也因莺啼拥有动感。

沉醉东风 赠妓朱帘秀

◎胡祗遹

锦织江边翠竹①，绒穿海上明珠②。月淡时，风清处，都隔断落红尘土③。一片闲云任卷舒，挂尽朝云暮雨④。

【注释】

① 江边翠竹：指湘江边的竹子。② 海上明珠：中国古代传说中，珍珠为鲛人眼泪所化。西晋张华《博物志》："南海水有鲛人，水居如鱼，不废织绩，其眼能泣珠。"③ 红尘：出自班固《西都赋》："红尘四合，烟云相连。"原指街上飞扬起的尘土，后指喧嚣的社会。④ 朝云暮雨：战国时宋玉《高唐赋序》中，楚怀王梦到巫山女子侍寝，称"且为朝云，暮为行雨，朝朝暮暮，阳台之下"。人常指男女交合。

【译文】

由锦丝织编着湘江边的翠竹，用绒线穿缀着南海中的明珠，无论是月亮淡淡笼罩，还是清风徐徐吹拂，都将那落红与红尘隔断于外。仿如一片任意闲游的彩云舒卷自如，这一帘挂在那儿，历尽朝云暮雨。

【赏析】

此曲是胡祗遹为朱帘秀所作，作者取其名中的"帘"字展开联想，以帘喻人，大书她的美好。

"锦织江边翠竹，绒穿海上明珠"，锦丝绦和明珠都是美丽且珍贵之物，竹则被古人视作君子的象征，有正直、高尚之意。它们交织一起构成了"帘"，朱帘秀高贵美丽的形象登时跃然纸上。但作者又没有止步于朱帘秀的外表之美。"月淡时，风清处，都隔断落红尘土"，落红尘土是红尘俗世的象征，"月""风"则暗指风月场所。只是，这月是淡的，风是清的，这帘也不肯流于世俗，此句既点明了朱帘秀的职业，又表现了她高洁的品格，而最末二句的"一片闲云任卷舒，挂尽朝云暮雨"，则凸显了她的风情万种。

切合姓名的咏物作品以人与物两相契合为要。此曲中，作者的"帘"与朱帘秀完美契合，无一点生拉硬扯之嫌，足见作者构思巧妙。

人月圆

◎刘 因

茫茫大块洪炉里①，何物不寒灰。古今多少，荒烟废垒②，老树遗台。太行如砺③，黄河如带④，等是尘埃⑤。不须更叹，花开花落，春去春来。

【注释】

① 大块：大地，大自然。洪炉：造物主的冶炉。② 垒：用于战守的工事。③ 太行：山脉名，在黄河北，绵亘山西、河南、河北三省。砺：磨刀石。④ 黄河如带：《史记》载封爵之誓，有"使河如带，泰山若厉（砺）"语，意谓即使黄河变成了狭窄的衣带，泰山变成细平的磨刀石，国祚依然长久。后人因有"带砺山河"的成语。此处仅在字面上借用了《史记》的成句。⑤ 等是：同样是。

【译文】

茫茫天地就像被装进一个巨大的炼炉，在这里，有什么东西能逃脱其冶炼，不带上寒冷灰暗的色调呢？时光纵横，古今发生多少变迁，废弃的兵垒上弥漫着荒凉的销烟，古旧的遗址残台，只有枯老的树木相伴。看太行山仿佛一块砺石，黄河就像一条绸带，混同尘埃。更用不着去哀叹，什么花开花落，春去春来。

【赏析】

作者登高远望，所见之景破败萧瑟。"荒烟废垒，老树遗台"难免不让人感慨万千，它们曾经雄壮威武，如今却残破不堪，成为一段喧嚣历史的见证。而"古今多少"说明作者已然想到这世间风云变幻，纷争无数，荒弃的战争工事何止是眼前这一处两处。因为距离较远，一眼看去巍峨的太行山就像磨刀石一般，滚滚黄河也成了细细的一条带子。人们常说在伟大的自然面前人类渺小不堪，但在作者这里，无论是人工构建的辉煌还是大自然的鬼斧神工，于造物主面前，都"等是尘埃"。

只是念到此处，常人多会心生伤感，但作者却不然。"不须更叹"乃劝世之语，也反映了作者潇洒乐观的人生态度。结合曲首，天地间的一切莫不在"茫茫大块烘炉里"，盛放的鲜花和凋落的鲜花都是"烘炉"中的事物，并不存在本质差别。同样的人也无需时光流转介怀，一如"春去春来"，此时此刻凋零衰败的也许哪天又生机焕发，重现华彩呢？

作者刘因性格豪迈，此曲即如其人，奔放俊逸。

◎作者简介◎

刘因（1249—1293），理学家，原名骃，字梦骥，因爱诸葛亮"静以修身"之语，号静修。保定容城（今河北容城）人。其人天生聪慧，3岁识字，6岁能诗，7岁能文。20岁时便才华出众。至元十九年（1282）征为承德郎、右赞善大夫。后因母疾辞官，累征不出，死后追赠翰林学士、资政大夫、上护军、追封"容城郡公"，谥"文靖"。主要的著作有《四书精要》《易系辞说》等，并被收入《四库全书》。其编著的诗文集《静修集》，收入各体诗词八百余首，其散曲今仅存二首。

蟾宫曲 晓起

◎徐琰

恨无端报晓何忙，唤却金乌^①，飞上扶桑^②。正好欢娱，不防分散，渐觉凄凉。好良宵添数刻争甚短长？喜时节闰一更差甚阴阳^③！惊却鸳鸯，拆散鸾凰；犹恋香衾，懒下牙床^④。

【注释】

① 金乌：太阳。旧传日中有三足乌，故以"金乌"代日。② 扶桑：神树名。《山海经》说它高三百里，植于咸池之中，树上可居十个太阳。③ 闰：在正常的时间中再增加出时间。阴阳：大道，此指道理。④ 牙床：象牙床。

【译文】

恨窗外无缘无故声声报晓的鸟儿为何着忙？唤醒了太阳，飞上天边，挂在云树间。正是欢娱的好时光，没想到分别时刻已到，渐渐地感觉到凄凉。如此良宵多添上几刻钟多好，计较什么短长？销魂时刻多饶一更坏什么阴阳大道！惊起恩爱鸳鸯，就要拆散和美相恋的鸾凰，临别还是贪恋着浓香的被窝，懒得走下牙床。

【赏析】

此曲是作者《青楼十咏》中的一首，以"恨"字领起全曲，表现了热恋中人难舍难分的心情。由于从诞生伊始便以普通大众为主要对象，元曲的题材较诗、词更为广泛，如徐琰这样的朝廷官员也不忌讳以闺帏秘事为题。

此曲的高明之处在于，没有让男欢女爱如漆似胶的深情流于轻浮。这是因为作者将写作的重点放在了曲中人的心理活动上。全曲无一字写缠绵之态，通篇都是曲中人的心里话。但这不妨碍作者表现缱绻之情。作者在遣词造句上很有造诣。譬如首句中的"恨"清楚直接地说明了曲中人的内心感受，为全曲的曲眼，

紧接着的"无端"则含蓄地写出曲中人全心投入欢娱的样子——正由于过于沉醉，才忘记了时间。之后的"不防分散，渐觉凄凉"，不仅表现出曲中人的失落，还写出了这失落随分别之时的临近越来越强烈。最后的"犹恋香衾，懒下牙床"，更是将曲中人不情不愿，慵慵懒懒的样子展现无遗。

◎作者简介◎

徐琰（？—1301），元代诗人。字子方，号容斋、养斋、汶叟，东平（今属山东）人。钟嗣成《录鬼簿》将他列于"前辈名公乐章行于世者"。其人魁岸而有襟度，早年曾受教于元好问，成年后与阎复、李谦、孟祺称"东平四杰"，常与苟宗道、程钜夫、胡长孺相唱和，盛极一时。其曾在元朝为官，至元二十五年（1288）拜为南台中丞，累官至江南浙西肃政廉访使、翰林学士承旨。生平事迹见元戴表元《剡源文集》卷二三《众祭徐子方承旨文》及《元史》卷一一五、一四八、一六〇、一七三、一九〇。

双鸳鸯 柳圈辞

◎王 恽

问春工①，二分空②，流水桃花飐晓风。欲送春愁何处去，一环清影到湘东。

【注释】

① 春工：春神之工，此处指春光。② "二分"之句：宋苏轼《水龙吟·次韵章质夫杨花词》中有"春色三分，二分尘土，一分流水"之句。

【译文】

问春光如何，春色三分，二分尘土已空，只有一分流水飘载着晓风中坠落的桃花。要把这春愁送往何处？但愿这一环柳圈的清影随流水直到潇湘之东。

【赏析】

王恽的《柳圈辞》共有六支，这里选的是第二支。古人在清明时，会摘采新柳，制成柳圈戴在头上，到水边祓禊以驱毒辟邪。此曲写的就是戴柳祓禊之事。

既是写柳圈，首先使人想到历代诗人词人对柳树的吟咏。柳在中国古代诗词中有很多种意象，其中离情别绪为最经典和最常见的意象。而放柳圈这种祓禊活动不免也包含了追怀亡人、消除愁绪等等内容。"二分空"一句，引起人们对苏轼"春色三分"的感叹。而苏轼对杨花"梦随风万里，寻郎去处"的描写，使人对流水中飘荡着的杨花赋予了另一种情感。因此一个"二分空"吊起了读者的好奇心，想知道是什么引起了作者对春光流逝的感慨。紧接着的"流水桃花飐晓风"则回答了读者的疑问，原来作者看到了水中

⊙作者简介⊙

王恽（1227—1304），字仲谋，号秋涧，卫州汲县（今属河南省）人。元好问弟子。王恽一生官运亨通，死后被赠为翰林学士承旨资善大夫，追封太原郡公，谥号"文定"。其著有《相鉴》五十卷，《汲郡志》十五卷，《秋涧先生大全集》一百卷。其文章不蹈袭前人，独步当时，今存散曲小令四十一首。

落花。此时，读者也不免和作者一起有了好景不长之感；另一方面，这里的流水桃花也带了追怀之意。而春愁已起，人很自然地就会想到要将愁送走，二三句的承接浑然无迹，末句的"一环清影到湘东"则紧扣了题目中的"柳圈"。"清影"是柳圈浮于江上的样子，还有什么比轻盈的柳圈更合适寄托淡淡春愁的吗？一副极具浪漫色彩又清雅旖旎的画面顿时浮现在读者眼前。为什么结句点明是到"湘东"？愁绪随着流水飘到湘东，而情感也寄之湘东，可见其愁结就在湘东了。

黑漆弩 游金山寺①

◎王恽

邻曲子严伯昌，尝以《黑漆弩》侑酒。省郎仲先谓余曰："词虽佳，曲名似未雅。若就以'江南烟雨'目之，何如？"予曰："昔东坡作《念奴》曲，后人爱之，易其名曰'酹江月'，其谁曰不然？"仲先因请余效颦，遂追赋《游金山寺》一阕，倚其声而歌之。昔汉儒家畜声伎，唐人例有音学，而今之乐府，用力多而难为工。纵使有成，未免笔墨劝淫为侠耳。渠辈年少气锐，渊源正学，不致费日力于此也。其词曰：

苍波万顷孤岑矗②，是一片水面上天竺③。金鳌头满咽三杯④，吸尽江山浓绿。蛟龙虑恐下燃犀⑤，风起浪翻如屋。任夕阳归棹纵横⑥，待偿我平生不足。

【注释】

① 金山寺：也叫江天寺，位于江苏省镇江市西北的金山上。② 岑（cén）：底小而高的山。③ 上天竺：指上天竺寺，位于杭州灵隐山。④ 金鳌头：金山最高处的金鳌峰。⑤ "蛟龙"句：意为蛟龙在忧虑，害怕有人燃着犀牛角深入水中，照出它们的丑恶形相。⑥ 棹（zhào）：船桨，此处指船。

【译文】

苍茫无边的万顷之波上一座孤峰矗立，天竺寺众佛寺仿佛是从一片水面上托出。金山像一只巨鳌，伸头从江面上满咽数杯，将江山的秀色浓绿尽行摄取。蛟龙深恐游人燃起犀角照耀出它的本来面目，兴起风浪，翻滚起巨大如屋的浪头。任它夕阳西下，而扬起船棹掉转船头踏上归途的船只穿梭纵横，我只愿好好地享受这平生未见过的壮丽奇景。

【赏析】

金山本来是长江江心的岛屿，后来因为泥沙积淀的缘故，到了清代道光年间才开始与南岸毗连，成为内陆山。这篇曲子可能是作者南下任官时，途经金山而写。曲子的第一句就蕴含了两个对比鲜明的意象"万顷苍波"和"孤岑"，波是平的，金山是突兀的；前者是自然风光，后者上有人工建筑。后者在前者的映衬下雄伟超凡。

由于远远看去，这金山犹如一只巨鳌，所以金山峰又被称为"金鳌峰"。而作者干脆将其视作有生之物。"满咽三杯，吸尽江山浓绿"喻意其汲取了天地之灵气，

灵秀无比。接着，作者又展开了大胆地想象，将山下的汹涌水波说成是蛟龙兴风作浪的结果。相比直接描绘波涛滚滚，这样写更能表现金山的壮美超凡，同时也暗示读者金山乃藏龙卧虎之地，不容小觑。

"风起浪翻如屋"，随便一个浪涛就能将人淹没。然而，对着如此壮阔的景象，作者早已顾不得水面上风大浪急，更顾不上时间已晚不易行舟，只想融入到这壮美的景色中，好好体会大自然的奇伟。"待偿我平生不足"实是对金山魅力的称颂。

作者在曲前的小序中表达了对当时曲坛"用力多而难为工""笔墨劝淫为侠耳"的不满，其写作此曲也有革曲坛风气之意。

平湖乐

◎王 恽

采菱人语隔秋烟，波静如横练①。入手风光莫流转②。共留连，画船一笑春风面。江山信美，终非吾土。问何日是归年？

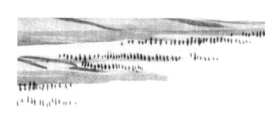

【注释】

① 横练：横铺着的白绢。用以形容湖水的平静澄清。

② 入手风光：映入眼帘的风景。入手，到手。

【译文】

　　采菱姑娘的声音透过烟波茫茫的秋水传来，湖面波涛不兴，平静如白色的素绢横铺。如此美好的风光可别虚掷光阴，不如一起在这儿共赏留观。佳人从画船上娇媚一笑，如春风拂面。江山确实秀丽，美景如画，可惜终究不是我的家乡。不知道哪一天才能回到故土？

【赏析】

　　曲牌"平湖乐"也作"小桃红"。

　　开篇第一句点出了写作时间，乃是清秋的早晨。作者荡舟湖上，见采菱女划船采菱、娇语频传，这隔着清雾朦胧的美感，以及船下碧波如绢的湖面，无处不是景，无处不是情，"波静如横练"的"静"和"练"二字也更形象地描绘了波面静而软、平而澈的画面。人美景美兼具。

　　作者不觉连呼"莫流转""共留连"，这两句其实是起到了递进互补、强调的作用，从这美好的风光景色到"画船一笑春风面"采菱女嫣然的一笑，都令作者陶醉不忍离去。尾句是借用王粲的《登楼赋》："虽信美而非吾土兮，曾何足以少留。"笔锋一转，情感色彩陡然一变，点出了此曲的主旨："何日是归年？"可见作者内心的乡愁蕴藉的浓烈，说出了作者强烈的思乡之情。大起大落的写作风格，以乐景反衬哀情，他乡再美但"终非吾土"，不禁让人悲从中来。

┌─────────────────────────────────┐
曲的鉴赏知识

草堂体

　　草堂体是一种元曲题材，多写田园山水，隐居乐道之情。这种题材的元曲一般都呈现出温婉自适，恬淡闲放的风格。由于文人雅士经常将自己隐居时的住所称为"草堂"，所以后人就将和隐居乐道有关的散曲统称为"草堂体"。在元曲中这类作品的数目极多，明代的朱权在《太和正音谱》中总结道："草堂体，志在泉石"，人们完全可以将这种题材的元曲当作一个了解元代文人精神世界的媒介。
└─────────────────────────────────┘

平湖乐 尧庙秋社①

◎王恽

社坛烟淡散林鸦，把酒观多稼②。霹雳弦争斗高下，笑喧哗，壤歌亭外山如画③。朝来致有④，西山爽气，不羡日夕佳⑤。

【注释】

① 尧庙：在山西临汾境内汾水东八里。秋社：古代于春秋两季祭祀社神（土地神）。秋社在立秋之后的第五个戊日举行。② 多稼：丰收。语本《诗经·大田》："大田多稼，既种既戒。"③ 壤歌亭：来自《击壤歌》，意思为尧庙中建筑名。据皇甫谧《帝王世纪》，尧时有老人击壤而歌，后人因此以"壤歌"为尧时清平的象征。壤，一种履形的木制戏具。④ "朝来"二句：《世说新语》载晋名士王子猷在桓冲手下任骑兵参军，啸傲山水而不屑理事。桓冲当面督促，王子猷全然不答，只是望着远方自语："西山朝来致有爽气。"致有，尽有，有的是。⑤ 日夕佳：晋陶渊明《饮酒》诗："山气日夕佳。"主要表现一种非常自然的、非常率真的意境，禅意盎然，反映了隐居生活的情趣。

【译文】

社日的祭祀活动结束后，只剩下淡淡的烟雾，乌鸦回归林间，手持酒杯，喜看眼前苗壮繁密的庄稼。弦声骤急互争高下，笑声喧哗，壤歌亭外山色秀丽，美如图画。早上还能像晋朝名士一样享受西山爽气，不用去羡慕陶渊明的夕阳美景。

【赏析】

古代在春秋季节都要举行祭祀土地神的活动，此曲就描写的是秋季祭献仪式结束后，百姓欢畅、身为地方官员的作者与民同乐的情景。

本曲开篇以设坛烟散、鸟归巢来正衬祭献仪式告一段落的事实，自此入手揭开欢乐的场景。百姓和乐，庄稼丰收，笑语喧哗。

本曲用典颇多，"壤歌"出自《击壤歌》，尧时建筑名。本是代表着尧时万民富足、清平和乐，作者用在这里便引起了对眼下祭民们和乐丰收的联想，随及便有"山如画""西山爽气，不羡日夕佳"的感慨。都是正面衬托、充实了秋社和乐物丰的精神内涵。

"西山爽气"出自《世说新语》，表达了一种无为而治的为官心得，不岌岌可危也不隐居避世的政治思想。"日夕佳"出自陶渊明的《饮酒》。全曲典故活用无痕，用词雅致，意蕴含蓄，别有一番风味，令人回味无穷。

沉醉东风 秋景

◎卢挚

挂绝壁枯松倒倚，落残霞孤鹜齐飞①。四围不尽山，一望无穷水。散西风满天秋意。夜静云帆月影低②，载我在潇湘画里③。

【注释】

①"落残霞"句：落霞。鹜，野鸭。王勃《滕王阁序》："落霞与孤鹜齐飞，秋水共长天一色。"此用其语意。② 云帆：一片白云似的船帆。③ 潇湘画里：宋代画家宋迪曾画过八幅潇湘山水图，世称潇湘八景。历代题咏者不少。潇、湘，湖南境内的两大水名。湘水流至零陵县和潇水合流，世称潇湘。这里极言潇湘两岸的风景如画。

【译文】

枯树倒持在悬崖峭壁上，残留的晚霞散落，与孤零的野鸭一起飘飞。四周是绵延不尽的山脉，一望无际的水流。漫天飞舞的西风带来浓浓秋意。夜晚如此静谧，高挂云帆的船儿在月亮的照射下投下低低的影子，载着我行驶在江面上，仿佛置身于潇湘美景图画中。

【赏析】

"挂绝壁"和"落餐霞"两句分别化用了唐代诗人李白的《蜀道难》"枯松倒挂倚绝壁"和王勃的《滕王阁序》"落霞与孤鹜齐飞"。不过，由于采用了上三下四的句子结构，相比原句显摇曳婉转，更符合曲的审美标准。

作者扬帆顺风而行，所见的景色一派秋意。不管是"绝壁枯松""孤鹜残霞"，还是连绵不尽的山脉、一望无穷的江水，在散漫开来的西风里，作者渐行的船仿佛成了感受这"漫天秋意"的最佳场所。无可抗拒地让作者产生了一种苍凉萧瑟的"悲秋"情绪。

尾句说的"潇湘画"是指北宋画家宋迪所画的八幅山水画，人称《潇湘八景》。隐退的晚霞，一轮初上的明月，夜幕降临，万籁俱寂，大自然就这样轻而易举地涤荡掉了作者内心的愁绪，仿佛宋迪笔下的山水，人景合一，情景交融。作者情绪在此时变得空明澄澈，一种了悟生命的人文气息扑面而来。这也在正面衬托了作品中山水景色的完美。

此曲意境开阔，情为景荣，情景交融，是一篇以景写意的成功之作。

⊙作者简介⊙

卢挚（1242—1314），字处道，一字莘老，号疏斋，又号蒿翁。元代涿郡（今河北省涿县）人。至元五年（1268）进士，曾任廉访使、集贤学士、翰林学士。其与白朴、马致远、朱帘秀均有交往，诗文与刘因、姚燧齐名，世称"刘卢""姚卢"。著有《疏斋集》（已佚）《文心选诀》《文章宗旨》，散曲现仅存小令，传世一百二十首，其中多以怀古、山林逸趣和诗酒生活为主题，风格自然活泼、清新爽朗。

寿阳曲　别珠帘秀

◎卢挚

才欢悦，早间别①，痛煞煞好难割舍②。画船儿载将春去也③，空留下半江明月。

【注释】

① 早：在词句中往往有"已经"的意思。间别：离别，分手。② 痛煞煞：非常痛苦的样子。③ 将：语气助词。春：春光，美好的时光。一语双关，亦暗指朱帘秀。

【译文】

才感受到相处的欢悦，早就又到了要分别的时刻，内心里感到非常悲痛，感到难以割舍这份爱。画船将春天同你一起载走了，空留下这映照着半江春水的明月。

【赏析】

珠帘秀即朱帘秀，与很多散曲名家都有很深的情谊，作者卢挚就是其中之一。此曲描绘的就是二者在短暂相聚后又匆匆离别的情景。作者特地以口语写就此曲，以便更真切地表现对朱帘秀的依依不舍。"才"体现了欢悦的短暂，"早"写出了分离的失落，"好"则描绘出二人的难舍难分。曲末二句化自南宋词人俞国宝《风入松》的"画船载取春归去，余青付、湖水湖烟"，将与朱帘秀之别比作"春去"。"半江明月"则暗示作者的心绪已随情人远去。全曲以口语组篇，清丽可人，而又不失雅致。"痛煞煞"句叠字的运用，将分别之时的痛苦之情刻画得入木三分。作者想像丰富，画船载春、载不走的徒有明月等处想像，将别后时光流逝，终将"物是人非"的感慨忧伤表达得哀婉动人。

蟾宫曲　邺下怀古

◎卢挚

笑征西伏枥悲吟①，才鼎足功成，铜爵春深②。敕勒歌残，无愁梦断，明月西沉。算只有韩家昼锦③，对家山辉映来今。乔木空林，几度西风，感慨登临。

【注释】

① 伏枥：曹操在五十岁时写下《龟虽寿》，其中有"老骥伏枥，志在千里"之句。② 铜爵：即铜雀台。曹操建于邺城。③ 韩家昼锦：指北宋名臣韩琦所建昼锦堂。

【译文】

可笑曹操征西时发出"老骥伏枥，志在千里"的慨叹，而那时鼎足之势刚成，便用铜雀台深锁姬妾。北方民族的敕勒歌犹有人唱，而北齐后主的无愁歌已没有人唱了，只剩一轮明月往西边沉落。算起来只有韩琦的昼锦堂，历经岁月，还在辉映着家乡的山水。林中乔木空疏，几度吹

起西风，登临邺城，让人百感交集。

【赏析】

邺下即今河南安阳，东汉末年，曹操曾据邺城建霸业。作者在邺下怀古，自然而然想起曹操，他以"笑"领起全曲，笑曹操玩物丧志，还将韩琦的昼锦堂和曹操的铜雀台做比较，用前者的辉煌反衬后者的萧瑟，宛转地告诫读者沉溺享乐必将一事无成。

此曲曲风苍劲，用典精妙，立意高远，发人深省。

沉醉东风 闲居

◎卢挚

恰离了绿水青山那答①，早来到竹篱茅舍人家②。野花路畔开，村酒槽头榨。直吃的欠欠答答③，醉了山童不劝咱，白发上黄花乱插。

【注释】

① 那答：那块，那边。② 早来：已经。③ 欠欠答答：疯疯癫癫，痴痴呆呆。

【译文】

　　刚刚离开了那边的青山绿水，早就到了竹篱茅舍这儿的人家。路边开放着野花，槽头那边正在酿制美酒。喝得口唇颤动手舞足蹈，酩酊大醉了孩童也不劝我，直往我斑白的头发里插满了黄花。

【赏析】

　　这是首写饮酒之乐的曲子。

　　曲中"闲居"的不是乡野老农而是归隐之人，所以整首曲子都流露出放情山水、恣意壶觞、不拘礼法的潇洒之情。"绿水青山"写出了隐居环境的清幽之美，"竹篱茅舍"又寓示着简单的生活。沿路绽放的野花和村头的卖酒小店都凸显了山居生活的悠闲，人们不难猜到作者非常享受这样的生活。"直吃的欠欠答答"，写出了作者的心无挂碍，洒脱自在。"醉了山童不劝咱"又为曲子增添了几分生活的情趣。而"白发上黄花乱插"则呼应了前面的"吃的欠欠答答"，将作者的酩酊醉态刻画得惟妙惟肖。

　　不过也有人认为，作者此曲乐中含悲。现代戏曲理论家任讷在《曲谐》中这样评价这曲"夫衰老自伤，必待沉醉，而后能于暂忘，乃得乱插黄花。片时称意，看曲是乐，实则至苦之境也。愈强作欢笑，愈见其心境之不容欢笑矣"。

曲的鉴赏知识

元曲中的隐逸情怀

　　元曲中草堂体作品的数量丰富和元人的隐逸情怀不无关系。城市与乡村的距离并不像现代社会这般遥远。文人雅士到市场里看戏听曲，回到家将门一关，又可过起清幽闲适的隐者生活。很多文人可以一手书写风流倜傥、情意绵绵的情爱小曲，一手书写清远宁静的隐者情怀。对元曲作者而言，隐逸是一种生活方式，更是一种情绪状态。

蟾宫曲

◎卢挚

　　沙三、伴哥来嗏①，两脚青泥，只为捞虾。太公庄上②，杨柳阴中，磕破西瓜。小二哥昔涎剌塔③，碌轴上滗着个琵琶④。看荞麦开花，绿豆生芽。无是无非，快活煞庄家⑤。

【注释】

①沙三、伴哥：及下文的"小二哥"，都是元曲中常用的农村青壮年人名。嗏：语尾助词，略同于"呀"或"着呀"。②太公：元曲中对农村大户人家老主人的习称。③昔涎剌塔：元人方言，垂涎三尺的样子。④碌轴：即碌碡，石碾子，碾谷及平整场地用的农具。滗（yǎn）：此同"弇"，合覆，这里是背朝上合扑之意。⑤庄家：农民。

【译文】

　　沙三、伴哥过来了，两脚上满是青泥，原来刚才去捞虾去了。就在太公的田庄上，他们坐在杨柳树荫底下，将西瓜砸开品尝。小二哥在一旁馋得口水嘀答流淌，一翻身趴在碌碡上，活像扣着一面琵琶。放眼去看荞麦花开，绿豆生苗儿。没有是非争执，真是快活的农家。

【赏析】

　　曲子讲了几个乡野少年妙趣横生的生活，通篇使用村言村语，形式与内容绝妙地达到了统一。值得一提的是，使用俗语是元曲的一大特征。

　　沙三、伴哥以及后面提到的小二哥，都是元曲中常见的人名，多指乡村孩童。"来嗏"写出了他们呼朋引伴，欢乐热闹的场面。"两腿青泥，只为捞虾"不仅让人一下子便想象出沙三和伴哥忘情捞虾的神态，还勾勒出他们大大咧咧的性格。也许因为等不及品尝西瓜的美味，他们直接将西瓜"磕破"。馋得一旁的小二哥"昔涎剌塔"。"碌轴上淹着个琵琶"用得十分巧妙。"淹"字一方面表现出天气的炎热，小二哥趴在碌轴上流了不少的汗；一方面又写出其口水横流的滑稽相。再看"琵琶"，极少有人用乐器形容人的姿态，琵琶"颈长"，小二哥伸长脖子看人吃西瓜的样子登时跃然纸上。

　　接着"看荞麦开花，绿豆生芽"，曲子的视角发生了变化，作者从旁观者变成了曲中人。生机勃勃的田野风光和前面乡野少年的憨态可掬相互映衬，自然而然引出来"无事无非，快活煞庄家"的结论。作者对乡村生活的喜爱之情早已从字里行间散发出来。

　　曲子比喻新巧，语言通俗，洋溢着生活的气息，情味十足。早期的元曲作家非常注重学习民间俚语，在一定程度上推动了元曲的发展。

蟾宫曲 商女①

◎卢 挚

水笼烟明月笼沙②，淅沥秋风，哽咽鸣笳③。闷倚篷窗④，动江天两岸芦花。飞鹜鸟青山落霞⑤，宿鸳鸯锦浪淘沙。一曲琵琶，泪湿青衫⑥，恨满天涯。

【注释】

① 商女：歌女。② "水笼" 句：杜牧《泊秦淮》中有 "烟笼寒水月笼沙"。此调换语序化用。③ 笳：一种吹管乐器，其声凄厉，常为军中所用。④ 篷窗：船舱的舷窗。⑤ "飞鹜" 句：化用了唐王勃《滕王阁序》中 "落霞与孤鹜齐飞" 的语意。⑥ "泪湿" 句：此句化用白居易《琵琶行》中 "座中泣下谁最多？江州司马青衫湿" 的语意。青衫，唐官员品级最低之服色，后多作为卑官服色的代表。

【译文】

如烟一般的轻雾笼罩在江面上，月光洒在江岸。秋风淅淅沥沥，笳声好似人的呜咽。商女忧郁地倚靠着篷窗，看窗外的风景。两岸芦花舞动，江天仿佛随之摇晃。晚霞沉落于西山之外，野鸭子飞于其间。夕阳映照下的粼粼浪涛淘洗岸沙，鸳鸯相依眠于沙上。琵琶声响起，眼泪沾湿青衫，每个沦落天涯的人都无限感伤。

【赏析】

此曲在写商女时用了两种手法。一是直接通过商女的动作表现商女的心绪。比如 "闷倚篷窗" "一曲琵琶，泪湿青衫，恨满天涯"。这种方法的好处是直白形象。二是用景物烘托商女的心理。在本曲中，除 "闷倚" 和 "一曲" 两句外，其余的句子皆采用了这种方法。水和月是朦胧的，秋风和鸣笳仿佛都沾染上人的情绪，二者本无所谓 "淅沥" "哽咽"，但在伤心之人听来，就是如泣如诉之声。江水和芦花构成了一副空旷苍凉的画面，晚霞之中，归家的飞鸟让漂泊之人伤感；波光粼粼的浪涛下，双宿双栖的鸳鸯又让人联想起自己的孤单。至此，读者也仿佛深入到曲中的世界，体会着曲中人的悲伤。

而无论是直接表现，还是间接烘托，作者都化用了不少他人的诗句。这样做既方便传达言外之意，又能给读者更多的想象空间。譬如 "水笼烟明月笼沙"

曲的鉴赏知识

元代杂剧散曲兴盛的原因

元代经济繁荣，城市发展，有着丰厚的物质基础，庞大的市民阶层。发达的商业经济，为元杂剧的演出提供了必要的物质条件，比如舞台设备、服装道具等等。另一方面，城市的文化生活也比以前有了更多更大的需要。

因为元朝统治者是草原民族，蒙古族能歌善舞的民俗和对文艺的特殊爱好影响着整个社会，但文艺审美标准不再是传统汉文化所提倡的 "含蓄蕴藉"，而是注入了蒙古民族质朴粗犷、豪放率直的元素，而元朝统治阶层文化水平低，又使文艺向着通俗化、大众化的方向发展。无论杂剧散曲，能够雅俗共赏、采用大众喜闻乐见的文艺形式是基本前提。

元代长期废除了科举考试，读书人不再有读书作官的传统老路可走，读书人或栖身田园过隐逸生活，或沦落风尘混迹歌楼妓馆，卖文为生，即从事杂剧和散曲写作，从而形成了专业的作家群。由于更多地深入社会，接近大众，所以写作题材丰富而带有市井特色。

元朝是中国历史上文化政策特别宽松的一朝，很少有文字狱。元朝统治者对于文人通过文艺作品抨击社会弊端，讽刺政治黑暗的行为持宽容态度。元朝孔齐《至正直记》记载宋遗民梁栋因作诗被人诬告，说他 "讪谤朝廷，有思宋之心"，最后礼部判决说："诗人吟咏情性，不可诬以谤讪，倘使是谤讪，亦非堂天朝所不能容者。" 由此可见一斑。

让人联想起杜牧的《泊秦淮》，读者不禁会想卢挚笔下的商女和杜牧的有何关联？而卢挚在曲的第一句就化用了杜牧的诗，是否也有心抒发和杜牧类似的忧国之情？"泪湿青衫" 化自白居易《琵琶行》中的 "江州司马青衫湿"。诗中，商女寄情琵琶落下眼泪，让白居易感慨万千。卢挚遇商女，是否也产生了白居易那般 "同是天涯沦落人" 的感觉？读者要靠联想体会文字之美、文字之意，作者便要想方设法引发读者的联想。卢挚显然深谙此道。

蟾宫曲 长沙怀古

◎卢 挚

朝瀛洲暮舣湖滨①，向衡麓寻诗，湘水寻春。泽国纫兰②，汀洲搴若③，谁与招魂？空目断苍梧暮云④，黯黄陵宝瑟凝尘⑤。世态纷纷，千古长沙，几度谪臣⑥？

【注释】

① 瀛洲：传说中仙人所居之神山。舣：船拢岸。左思《蜀都赋》："试水客，舣轻舟。" ② 纫兰：见宋张孝祥《水调歌头泛湘江》词注。③ 搴：拔取。若：香草名，即杜若。屈原诗中多见。④ 苍梧：即九疑山，在湖南宁远县境。传舜帝葬于苍梧。⑤ 黄陵：山名，在湖南湘阴县北，滨洞庭湖，一名湘山。传舜帝二妃墓在其上。有黄陵亭、黄陵庙。⑥ 谪臣：指被迁调的官吏。

【译文】

早上还享受着登瀛洲般的幸运，傍晚已在湖滨泊船，去岳麓山寻求写诗的灵感，到湘水边寻找春天。在水乡中把兰花穿以为佩，在小洲中拔取香草杜若，又有谁为之招魂呢？只是徒然地极目远望那环绕在苍梧山上的暮云，湘山昏暗，那湘水之神的宝瑟也聚满了灰尘。世态纷争，悠久而古老的长沙又接纳过多少的迁客骚人呢？

【赏析】

这是一首怀古之作。

曲子首句就极言变迁之迅速，一看便知作者怀古伤情的原因。作者早上还在集贤院上任，晚上就已经乘船到了长沙，而从他对集贤院的称呼"瀛洲"来看，他对那里生活十分满意。

突然间要从喜欢的地方迁往陌生之地，人生境遇的急转直下让作者的情绪十分低落。对着长沙的山河湖水，他感慨万千，想到了很多和湘江有关的历史典故。然而，从屈原作《招魂》凭吊楚怀王到娥皇、女英投湘水殉舜帝，再从湘妃宝瑟蒙尘到贾谊作《鸟赋》悼屈原……其想到的故事都是那么凄恻伤感。至此，他的心情已不言而喻。

"千古长沙，几度词臣"，曲末作者由己及人，联想到其他在长沙写诗作赋的人。那些人也许和自己一样有着坎坷的经历，满腹忧怨。此曲蕴凄凉于苍劲之中，情真意切，令人感动。

水仙子 西湖

◎卢挚

　　湖山佳处那些儿①，恰到轻寒微雨时。东风懒倦催春事。嗔垂杨袅绿丝，海棠花偷抹胭脂。任吴岫眉尖恨②，厌钱塘江上词③。是个妒色的西施。

【注释】

① 佳处那些儿：即"那些儿佳处"。② 吴岫（xiù）：指吴山，在西湖东南。岫，峰峦。③ 钱塘江上词：《春渚纪闻》《夷坚志》等宋人笔记中记载说，进士司马槱曾梦遇一美人献唱《蝶恋花》，上片为："妾本钱塘江上住，花落花开，不管流年度。燕子衔将春色去，纱窗一阵黄昏雨。"司马槱任职杭州后，美人梦中必来，方知她是南齐名妓苏小小的鬼魂。钱塘江，浙江在钱塘（今浙江杭州）区段的别称。

【译文】

　　西湖的湖山那几分好处，恰好在微雨酿出轻寒时方能显露出来。东风慵懒地吹拂着，似在催促着百花绽放。嗔怪垂杨频频摇舞着翠绿的长条，海棠花也只得偷偷地涂抹着胭脂。任吴山群峰似美人的眉尖那般紧蹙，却不愿让钱塘江上的歌女倾吐情愫。若把西湖比成西施，那么她真是个喜欢嫉妒的姑娘啊。

【赏析】

　　根据元代另一散曲名家刘时中的说法。元初，歌楼酒肆间本有《水仙子》西湖四时词流传，该词以"西施"二字为断章，但写的却不尽如人意。因此，卢挚便重作了四首，还定下了体例："首句韵以'儿'字，'时'字为之次。'西施'二字为句绝，然后一洗而空之。"

　　卢挚此曲写的是西湖的春天，他将西湖说成"妒色"的西施，显然是从苏东坡的"欲把西湖比西子"中得到的灵感。全曲即围绕"妒色"二字展开，将初春时节西湖的清雅浅淡描摹得恰到好处。"懒倦"写出了风的温和，"嗔"字描绘出柳枝轻摇的样貌，"偷摸胭脂"既突出了海棠的娇柔可爱，又表现出其花朵之小、花色之淡。而"任吴岫眉尖恨"则说明山乃远处风光，此句一出，人们便仿佛看到作者迎着细雨极目远眺、欣赏美景的样子。

　　作者用拟人化、拟情化的手法来表现出西湖的春日风光，构思十分巧妙。"妒"虽是贬义词，但经过作者之笔，却变成了西湖的可爱之处。

蟾宫曲

◎卢 挚

想人生七十犹稀，百岁光阴，先过了三十。七十年间，十岁顽童，十载尪羸①。五十岁除分昼黑②，刚分得一半儿白日。风雨相催，兔走乌飞③。仔细沉吟，都不如快活了便宜。

【注释】

① 尪羸：身体衰弱。此指老朽。② 除分：平分。昼黑：白天与黑夜。③ 兔走乌飞：古人传说月中有玉兔，日中有三足乌，故常以乌兔指代太阳和月亮。兔走乌飞即日月流逝之意。

【译文】

想人的寿命到七十的已是稀少，这样百年光阴，三十年先匆匆过去。七十年间，前十年是无知的孩童，后十年是白发垂髫的老者。剩下的五十个年头，昼夜对分，才刚刚分到一半的时间享受着白日的普照。风雨交催，日月如梭，时光如水般流逝。沉下心来仔细想想，倒不如及时行乐的好。

【赏析】

卢挚此曲实际是受宋代词人王观的启发。王观曾写《红芍药》，词中有这样几句："人生百岁，七十稀少。更除十年孩童小，又十年昏老。都来五十载，一半被睡魔分了。那二十五载之中，宁无些个烦恼？仔细思量，好追欢及早。"然而论流传度，卢挚的这首模仿之作却远胜于王观。这主要是因为王观写的是词，卢挚写的是曲。词以雅为主，别体为俗，曲可庄可谐，以俗为趣。王观以俗语入词便不及卢挚以俗语入曲那般讨好。

不过，即便有前人的词作基础，由于将词变曲，无论是行文格式还是用韵，亦或是语言风格，都必要发生变化，还是需要作者费好一番心力。这同样是对作者的一种考验。卢挚将"人生百岁，七十稀少"变作"想人生七十犹稀，百岁光阴，先过了三十"语言直白了许多不说，还将陈述性的语句变成了引导性的语句，引导读者和自己一起为人生做减法，使减法的逻辑从曲首开始一直贯穿到"刚分得一半儿白日"。而在王观的词中这一逻辑却是从"更除十年孩童小"才开始的。此外，王冠词中的"好追欢及早"是"好及早追欢"的倒装，较为书面，颇有些伤感的意味。而卢挚在将之通俗化成"都不如快活了便宜"后，伤感之气不见了，潇洒之气跳脱出来，为曲子增添了轻快的色彩。

虽然同是宣扬"及时行乐"，王冠与卢挚却是一个疏淡，一个平实，给人的感受全然不同。

喜春来过普天乐

◎赵 岩

　　琉璃殿暖香浮细，翡翠帘深卷燕迟。夕阳芳草小亭西，闲纳履①，见十二个粉蝶儿飞。一个恋花心，一个揾春意②。一个翩翩粉翅，一个乱点罗衣。一个掠草飞，一个穿帘戏。一个赶过杨花西园里睡，一个与游人步步相随。一个拍散晚烟，一个贪欢嫩蕊。那一个与祝英台梦里为期③。

【注释】

①纳履：步行于其间。②揾：带着。③祝英台：民间传说中的东晋上虞（今属浙江）女子。与会稽书生梁山伯相爱，终未能结合。山伯死后，她前往哭灵，坟墓自开，两人化作一双蝴蝶而去。

【译文】

　　琉璃作顶的殿阁内飘袅着细细的暖香，翡翠制就的门帘缓缓卷起，放入了归燕。夕阳依照着绿草，在那小亭的西边。我闲步其间，见到十二只粉蝶儿轻轻舞过。一只眷恋花心，迟迟不去；一只揾带着阳光，不舍那昂昂春意。一只轻舞着粉翅，上下翻飞；一只乱点着罗衣。一只掠着草丛飞过；一只在帘前嬉游，穿进穿出。一只追逐着柳絮，直入西园里休憩；一只与游人依依相伴，步步相随。一只挥舞着粉翅，拍散那暮霭中云烟；一只贪恋那娇嫩的花蕊，一味地交欢。那一只正与祝英台在梦里相约一起，情意缠绵。

【赏析】

　　赵岩的散曲只流传下这一首。这是一首描写蝴蝶的曲子，语言轻快灵动，构思新颖奇巧。此曲分为《喜春来》和《普天乐》两支。

　　《喜春来》以一个对仗句开头，用词十分华丽，"琉璃殿"和"翡翠帘"都暗示曲中人是一位贵族小姐。她身处闺中，生活安适富足。"暖香浮细""深燕卷迟"成功地营造出慵懒静谧的气氛。"夕阳芳草小亭西，闲纳履"，作者巧妙地让读者跟着随着曲中人的脚步，将视角由闺房之中转向庭院之内。

　　庭院中蝴蝶翩翩起舞，"见十二个粉蝶儿飞"，曲中人一下子便数出蝴蝶的数量，说明她的注意力完全集中在了蝴蝶身上。接下来的《普天乐》共十一句，排比的运用增强了曲子的节奏感，拟人的修辞手法又让蝴蝶充满灵性。从"一个恋花心"到"一个贪欢嫩蕊"，皆写的是眼之所见的蝴蝶。而曲末的"那一个与祝英台梦里为期"却包含着两只曲中人想象中的蝴蝶，一只是"那一个"，一只是"祝英台所化之蝶"，折射出曲中人对"成双成对"的期望。这最后一句以虚景入曲，堪称全曲的点睛之笔。

⊙作者简介⊙

　　赵岩，字鲁瞻，长沙人，寓居溧阳（今属江苏）。生卒年不详。宋代丞相赵葵后代。早年曾在太长公主宫中应旨，后遭遇鲁王（雕阿不剌，弘吉剌氏贴木之子）诬谤而退居江南，终生潦倒，晚年醉病而卒，遗骨归长沙。赵岩长于诗，其散曲仅存小令一首。

山坡羊（一）

◎陈草庵

晨鸡初叫，昏鸦争噪，那个不去红尘闹①？路遥遥，水迢迢，功名尽在长安道。今日少年明日老。山，依旧好；人，憔悴了。

【注释】

① 红尘：飞扬的尘土，形容都市的繁华热闹。

【译文】

早晨鸡叫了，黄昏时乌鸦也争着叫，他们哪个不想在人世俗间争相表现？追求功名利禄需去长安大道。哪知这其间路途遥远，要历尽千辛万苦。哪知啊，今天的少年明天也会衰老。山依旧美好如昔，而人却已经衰老了。

【赏析】

元代的统治者对科举取士并不那么重视，整个元代便只举行过两届科举考试。一次是在元太宗窝阔台在位时，一次是在元仁宗延祐二年。期间相差了七八十年。不仅如此，两次考试还都给了蒙古人不少优待，对汉人、南人进行了各种限制。元代读书人入仕之难可见一斑。

此曲写的就是延祐二年的那次考试。对读书人来说，这可是一次难得的改变命运的机会，他们争相报考，十分踊跃。当时，作者陈草庵正赶往河南担任左丞，路上见到了不少赶考的学子。"晨鸡初叫，昏鸦争噪，那个不去红尘闹"便是对当时情况的写照。"晨

⊙作者简介⊙

陈草庵（1245—1320），即陈英，元代散曲作家。字彦卿，号草庵，析津大都（今北京）人。一生仕履显赫，官历监察御史、诸道宣抚、中丞等，其生平事迹不详。元代钟嗣成在《录鬼簿》中称其"陈草庵中丞"，名列前辈名公之中。其散曲今存小令二十六首，多为愤世嫉俗之作。

鸡"与"昏鸦"有影射考生之意。但从"那个不去红尘闹"来看，与其说作者在讽刺考生，不如说他看不惯世人为名利所趋，且这看不惯中还不乏同情。"路遥遥，水迢迢"，正是因为知道功名路的辛苦和无常，看人们为功名奔波，作者才会感慨万千。

"今日少年明日老"实是作者对世人的劝告。人生如白驹过隙，踌躇满志的少年转眼就变成满头白发的老翁，到时，那些凌云壮志又有多少能够实现？在曲的最后，作者用自然的亘古不变和短暂难测的人生做对比，强化了劝世的力度。

山坡羊（二）

◎陈草庵

　　伏低伏弱①，装呆装落②，是非犹自来着莫③。任从他，待如何？天公尚有妨农过④，蚕怕雨寒苗怕火。阴，也是错；晴，也是错。

【注释】

①伏：屈服。②落：衰朽。③着莫：招惹。④妨农过：妨碍农时之罪过。

【译文】

　　就算我伏低做弱者，哪怕我装傻装笨，不去招惹人家，是非还是会自己找上我。一切随它自己去吧，看又能怎么样？就是老天爷也有妨害农事的罪过，蚕虫不喜欢阴雨，初生的禾苗怕炙烤。老天爷让下雨，是犯了过；老天爷让天放晴，也是犯了错。

【赏析】

　　陈草庵，《录鬼簿》于"前辈名公乐章传于世者"列有"陈草庵中丞"。孙楷《元曲家考略》云："陈草庵宣抚名英，一名士英，延祐初，以左丞往河南经理钱粮，寻拜河南左丞。"由此看来，陈草庵久居官场，仕途顺利。而其作品多是愤世、劝世之作，初想起来让人不解。然而联系元代实际情况，时政黑暗，吏治混乱，统治极为专制；行政、法律、经济加之天灾人祸的败乱集于一身，最终导致了元末红巾军起义。如此庞大的帝国历时不过百年，其民族、阶层、经济、吏民的矛盾之严重可以想见。那么置身于官场中而又能仕途顺利的人，其处境之艰险，其行事之艰难，其身心之疲累也是可以想见的。

　　在此曲中，作者对为人处世之难大发感慨。"伏低伏弱，装呆装落"写出了人谨小慎微的样子，"是非犹自来着莫"则说明世事险恶，无论人怎样做，都不能保证麻烦祸患不会缠上自己。起首三句很能引起世人共鸣。

　　"任从他，待如何"，从一个侧面体现出作者豪放的性格，既然进也不是，退也不是，倒还不如率性而为，看看最后会有怎样的结果。接着，作者又举了天公的例子，以调侃的语气说明连神力无边的老天爷面对人情关系也有束手无策的时候，更何况是凡夫俗

曲的鉴赏知识

"无俏不成曲"

　　元曲俏皮、幽默、诙谐，玩世不恭，正话反说，寓庄于谐，在它尽情尽致、通俗直白的宣泄中，总体现出"俏"的灵气。极而言之，元代散曲最终形成了"无俏不成曲"的局面，并被后世奉为曲之正宗。

　　散曲延至明、清两代虽然衰落，但从明、清散曲大家陈铎、孔广林将自己的散曲集分别命名为《滑稽余韵》《温经堂游戏翰墨》的取意看，也是视幽默滑稽、游戏笔墨为散曲传统的。形成元曲"俏"这一独特神韵并非偶然，实是由元代知识分子的独特境遇决定的。

子。很多时候照顾了甲，得罪了乙，照顾了乙又顾不上甲。"阴，也是错；晴，也是错"，人很难顾及事情的方方面面，委屈未必就能求全。

　　曲子虽流露出愤懑不平之意，但由于语言诙谐又给人以开阔自适之感。

山坡羊（三）

◎陈草庵

　　愁眉紧皱，仙方可救：刘伶对向亲传授①。满怀忧，一时愁，锦封未拆香先透②，物换不如人世有③。朝，也媚酒。昏，也媚酒。

【注释】

① 刘伶：西晋名士，"竹林七贤"之一。平生好酒放达，曾作《酒德颂》。又常携一壶酒，让人带着锸（铁锹）跟随，声称："死便埋我。"② 锦封：用绸子做成的酒瓮封口。③ 物换：事物亡佚变换。世有：元人方言，已有。

【译文】

　　如果你的愁眉紧皱，那么有个仙方可以为你解忧：那是刘伶面对面传授给我的。即便有满怀的忧结，或者是一时的忧愁，酒坛的封口尚未拆开，那股醉香就已先沁人心脾了。事物的亡佚变换，哪能比得上手中实实在在持有的杯盏呢？所以，我朝也贪杯，晚也饮酒，日夜酣醉在梦乡之中。

【赏析】

　　中国古代，以"酒"为吟咏对象的文学作品很多，要在其中脱颖而出，为人铭记，单是做到妙语连珠还远远不够，作者还必须出奇出新，在构思上下工夫，一如此曲。

　　曲子一开始作者便说自己得到了为人消忧解愁的"仙方"，这很难不引起读者的好奇。烦恼人人有，谁不想抛下烦恼逍遥自在呢？而作者好像有意吊人胃口，故作神秘状地说："这是刘伶亲自传授给我的。"刘伶是魏晋时人，不可能和生活于元代的作者"对向"，但提到刘伶人们就会想起酒。至此，不用作者说，读者也已然明了，作者的仙方就是"酒"。

　　想来，作者也和刘伶一样嗜酒如命。在作者看来，这酒除了能为人解一时之愁外，还能让人忘记岁月的流逝。又有什么比时光如梭更令人忧郁的呢？年华如水，转眼间少年就变作老年，任何人都无法回避这残酷的现实。对岁月流逝的恐惧牢牢地扎根于人意识的深处，作者"朝，也媚酒。昏，也媚酒"，无非是借饮酒来获得内心的宁静。若没了酒，作者恐怕就要"朝，也愁眉紧皱。昏，也满怀忧愁"了。

　　如此看来，作者不是劝人多多饮酒，而是借酒写愁，也只有忧愁多到无法排解的人才会把酒当成仙方。

　　意象突然跳转是这首曲子的一大特点。譬如从"满怀忧，一时愁"一下子转到"锦封未拆香先透"，利用酒香的沁人心脾暗示忧愁的一扫而尽，真有天马脱羁之妙。也正是这种大开大合的气势方显示出作者复杂的内心世界。

山坡羊（四）

◎陈草庵

　　江山如画，茅檐低厦，妇蚕缫婢织红奴耕稼①。务桑麻②，捕鱼虾。渔樵见了无别话，三国鼎分牛继马③。兴，休羡他。亡，休羡他。

【注释】

①蚕缫：养蚕与抽收茧丝。织红：纺织与缝纫刺绣。耕稼：耕田与播种谷物。②务：经营。桑麻：农作物的泛称。③牛继马：晋朝司马氏开国初，西柳谷出土一石，上有图画及"牛继马后"的谶语。后来恭王司马觐的妃子与军吏牛氏私通，生下的儿子便是日后东晋的第一代皇帝元帝司马睿，果然暗中继替了原先皇家的血统。这里借指历史上王朝的更迭与嬗变。

【译文】

　　山山水水如图画一般秀美，趁着美景盖上几间低矮的茅屋住下。妻子养蚕缫丝，婢女织布纺纱，长工耕田播种。一心从事农活，有时也捕鱼捉虾。见了渔夫樵子只说些闲话，无非是晋代了三国，牛氏又顶了司马。兴，不羡慕它；亡，也不羡慕它。

【赏析】

　　大隐隐于市，小隐隐于林。隐于林者大约不是做渔夫、樵夫就是做农夫了。此散曲描写的是隐于田园的生活。

　　作者细致地描写了田园生活中的农活。耕种织绩，甚至于男女具体的分工，细细道来。而这一切是在风景如画的背景中进行的，自然另有一番情趣。

　　"江山如画，茅檐低厦，妇蚕缫婢织红奴耕稼。务桑麻，捕鱼虾。"美丽的山河湖水，几间茅屋，养蚕抽丝的妇女，纺织缝纫的婢女，远处田野中辛勤劳作的家奴。这是作者脑海里时常出现的美好生活画面，并不是很富足，却呈现了一种闲适安定的田园生活面貌。

　　接着作者对这幅画面开始加入另一种感情色彩，虽然仍旧是"务桑麻，捕鱼虾"，却"渔樵见了无别话，三国鼎分牛继马。兴，休羡他。亡，休羡他"。画面依旧，不过画面里的人谈论的话题却是"三国鼎分牛继马"，"牛继马"是一个谶语，这里指代历史王朝更替的现象，王朝的兴衰和这山野百姓没什么关系，管他兴衰如何！这是一种心酸、一种牢骚，作者借着此曲让这种情感跃然纸上，似有入仕不成，出世无道的感慨！

　　全曲仿佛一幅田园耕织图，远山近景历历在目，众人各司其职，每个角色在画上的情态动作细致逼真，而作者的感情寄予于风景描写当中。从这幅怡然自得的耕织图和对如画的风景的描绘中似乎可以感受到作者当时淡泊闲适的态度和愉悦的情怀。而关于渔樵言史的描写，一方面反映当时元朝统治的现实，另一方面也从作者与隐士们对政治的冷漠态度反衬出当时人们悲愤无以诉告的痛苦。一方面是从外表上呈现的安宁康乐的生活画面，另一方面是内心的真实，两相对照，作者的真实心情读者不难读懂。

四块玉 闲适

◎关汉卿

旧酒投①，新醅泼②，老瓦盆边笑呵呵③。共山僧野叟闲吟和。他出一对鸡，我出一个鹅，闲快活。

【注释】

① 投：再酿之酒。② 醅（pēi）泼：未滤过的再酿酒。③ 老瓦盆：粗陋的盛酒器。

【译文】

把老酒滤进新酒再酿，新酒也粗酿出来了，围坐在老瓦盆边笑呵呵。与山寺的和尚和田叟一起饮酒唱和。大家他带一对鸡，我带一只鹅地凑份子，在这儿趁悠闲好好快活快活。

【赏析】

关汉卿的《四块玉·闲适》一共有四首，这里选的是第二首。作者用白描的手法描绘出一幅充满生活意趣的田园风光图。曲的语言朴实恬淡，一如作者的山居生活。将旧酒投入新酒，本没有什么欢乐之处，作者和友人却呵呵而笑。与其说将旧酒投入新酒有趣，不如说曲中人心中快慰，见什么都感到愉悦。他们咏歌吟诗，无牵无挂。"他出一对鸡，我出一个鹅"是整首曲子的点睛之处，将田园生活的简单惬意表露无遗。作者虽未多言，读者已然心领神会，有些快乐源自内心的宁和知足。

⊙**作者简介**⊙

关汉卿，大约生于金代末年（约1229—1241之间），卒于元成宗大德初年（约1300前后），元代杂剧作家。号已斋叟（一作一斋）。关于关汉卿的籍贯，有大都（今北京市）（《录鬼簿》）、解州（在今山西运城）（《元史类编》卷三十六）、祁州（在今河北）（《祁州志》卷八）等不同说法。《录鬼簿》中，称他为"驱梨园领袖，总编修师首，捻杂剧班头"，可见他在元代剧坛的地位。其与马致远、郑光祖、白朴并称为"元曲四大家"，并位于"元曲四大家"之首。关汉卿编有杂剧67部，现存18部。其中《窦娥冤》《救风尘》《望江亭》《拜月亭》《鲁斋郎》《单刀会》《调风月》等，是他的代表作。

四块玉 别情

◎关汉卿

自送别，心难舍。一点相思几时绝，凭阑袖拂杨花雪①。溪又斜②，山又遮，人去也。

【注释】

① 凭阑袖拂杨花雪：写主人公靠着阑干，用袖拂去如雪的飞絮，以免妨碍视线。杨花雪，如雪般飞舞的杨花。语出苏轼《少年游》："去年相送，余杭门外，飞雪似杨花。今年春尽，杨花似雪，犹不见还家。"② 斜：此处指溪流拐弯。作者用"杨花飞絮"来设障与下文的"斜"、"山"构成多重障碍，加深缠绵的愁思。

【译文】

自从那天将你送别，心里一直对你难分难舍。对你的相思之情充盈心间，什么时候才可以与你重逢以慰心怀；斜倚着栏杆，用衣袖拂去如雪花一样飞舞的杨花。看溪水沿斜坡流下，重重山峦遮住视线；才想起心上的人，早已远去了。

【赏析】

这是一首描写离情的曲子。曲中女子和情人依依惜别，落寞不已。

第一句直抒胸怀，表明主人公自从长亭送别后对情人难舍难分的真情。自从离别，心中常怀相思，无奈下只好独登高楼，凭栏远眺，以期望见情人的一点影子，可等来的只是满身如雪般的杨花。"杨花"漫漫搅天飞，这自古就满含离情别意的杨花，既点出了主人公所处的时间，也写出了她所处的环境。那搅天而飞的杨花不禁让人思情摇摇，心生思念，而主人公却只能独自拂去满身雪白的杨花。落寞之情悠然而来。

"溪又斜，山又遮，人去也。"似是女主人公登高目送情人离别，她虽登得很高，可无奈那无情的条条溪流和那万里横隔的群山，硬生生地将相爱的情侣隔开，情人已去，只留下点点的愁思，萦绕在女主人公的心怀，使她夜夜不宁，日日思念……

作者借女主人公寻男主人公的思念，衬托了元朝时期罢黜科举，文人怀才不遇的处境，才能要得到赏识不知要到何年。

此曲音调和美，情真意长，朴实自然，读罢让人悠然兴叹。

碧玉箫

◎ 关汉卿

秋景堪题①，红叶满山溪。松径偏宜②，黄菊绕东篱。正清樽斟泼醅③，有白衣劝酒杯④。官品极⑤，到底成何济⑥！归，学取他渊明醉⑦。

【注释】

① 堪题：值得写，值得描画。② 松径：指隐居的园圃。陶渊明《归去来辞》："三径就荒，松菊犹存。"又《饮酒》诗"采菊东篱下，悠然见南山"，见下句。③ 泼醅（pēi）：没有漉过的酒。李白《襄阳歌》："遥看汉水鸭头绿，恰似葡萄初泼醅。"④ 白衣劝酒：陶渊明九月九日出宅边菊丛中，坐了很久，正苦无酒，忽值江州刺史王弘派白衣送酒至，陶渊明于是就酌，烂醉而归。白衣，给官府当差的人。⑤ 官品极：最高的官阶。⑥ 成何济：有什么益处。济，益处。⑦ 渊明：晋代陶潜的字，他是四至五世纪时的著名诗人。他过不惯官场的生活，只做了八十多天的彭泽县令，写了一篇《归去来辞》，就挂冠而归了。

【译文】

秋天的美景值得吟咏，只见山间溪头一树树火红的枫叶。松林间的小径此时最宜人，金黄的菊花盘绕着东边的篱笆。这时节，正对着酒樽，斟泻粗酒，恰有老百姓前来劝酒。即使做官升到最高品极，最终能有什么用？不如回归故里，学陶渊明归隐醉酒。

【赏析】

作者写秋之景却不着一笔悲秋之调，秋景的承接转合间可谓行云流水。

首句起总领作用，也赋予了曲子和谐的音韵美。接下来便是对所见之景的具体描述：作者行走于山涧小溪上，看漫山红叶绚丽缤纷。着重点在一个"红"字，突出了此景的光彩夺目之感，实则也是象征着尘世浮华的生活；"松径偏宜，黄菊绕东篱"一句，景物转换成了蔚然成林的青松和高洁脱俗的黄菊，俨然一片幽静的天地，这便是象征着田园生活的清雅脱俗。色彩的倏然变化，环境从喧闹到幽静，可谓水到渠成。作者再以"白衣"和"官品级"相对照，以轻蔑的口吻否定了争名夺利之徒，并把效法陶潜作为自己的归宿，表明了作者对于大自然的热爱之情和对黑暗污浊社会的嫌恶和不满。

此曲声文并茂，由景生情，对偶工整精美，音韵自然流畅，作者于大自然中体味真意，可见作者的超凡脱俗。

梧叶儿 别情

◎关汉卿

别离易，相见难，何处锁雕鞍①？春将去，人未还。这期间，殃及煞愁眉泪眼②。

【注释】

①雕鞍：这里指代所骑的马。②煞：同"杀"，极言程度之重。

【译文】

人生别时容易见时难，叫我怎得将他留在身畔？一年又到了春残，他还是不回来。这时候最让眉眼遭难：眉头愁不展，眼中泪不干。

【赏析】

这是一首闺思之作，语言平易，感情真挚，在当时就得到了很高的评价。元代文学家周德清在《中原音韵》中称此曲："如此方是乐府，音如破竹，语尽意尽，冠绝诸词。"此曲字短情深，语言直白明爽，简单又韵味深长。起首两句化自五代词人李煜《浪淘沙》中的"别时容易见时难"，开篇即点出曲子的主旨——别情，紧扣曲名，将主人公的忧郁哀伤表露无遗。

"雕鞍"本指雕花的马鞍，这里指代马。"锁雕鞍"无非是要留住远行之人。古时，人常用此词表达恋恋不舍之情。"何处锁雕鞍"传递出曲中人的无奈，她希望将情人留在身旁，却无计可施，只能任他远行。"春将去，人未还"，一去一还形成鲜明对比，告诉读者，曲中人的恋人已经离开了相当一段时间。之后的"这期间"则起着承上启下的作用，将曲中人的处境映现得愈发可怜，她已被相思之苦折磨了很长时间，而眼下这折磨还在继续，不知要持续到什么时候。"殃及煞"乃作者独创，被周德清誉为"俊哉语"，简单的三个字强化了"愁眉泪眼"的表现力。使人们眼前浮现出的不是一个愁容满面，泪眼朦胧的女子，而是一个泣声不断，哭肿了双眼的女子。

曲子层层推进，别情哀意步步加深，先直观形容主人公"愁眉不展、以泪洗面"，接着又用婉曲之语反衬其哀情，极尽"别情"之意。

大德歌 冬

◎关汉卿

雪粉华，舞梨花，再不见烟村四五家。密洒堪图画，看疏林噪晚鸦。黄芦掩映清江下，斜揽着钓鱼槎①。

【注释】

① 槎：木筏。

【译文】

雪花粉白，就像飞舞的梨花，遮住了视线，让人看不清飞雪迷蒙中的四五家村庄。这漫天飞舞密密飘洒的雪花堪入图画，只见晚归的寒鸦在稀疏的树林间鸣叫。钓鱼船斜斜地揽系在枯黄芦苇掩映的清江边。

【赏析】

关汉卿是元代著名的杂剧作家，为元曲四大家（关汉卿、郑光祖、马致远、白朴）之首。《大德歌》是作者在元代成宗年间创造的新曲调，原本没有曲名，"冬景"是后来编辑加上去的，使得此曲的文眼更加通晓。

"梨花"常常被古文人作为喻雪的事物，如岑参的"忽如一夜春风来，千树万树梨花开"。此处的"雪粉华，舞梨花"也是如此，将紧吹的冬日雪，比作漫天飞舞的梨花，一个"舞"字把雪的形态写得传神极了，同时展现了一个广阔的视觉空间。

村庄烟雾缭绕，四五个农家零零散散，因为雪花飞舞、炊烟袅袅，作者并没有确指具体有多少人家，结合下文的"疏林噪晚鸦"，可见此乃冬季黄昏时分，其景观特点体现得淋漓尽致。接下来的一句"密洒堪图画"是对于上述远景的概括总结，称其值得画下来，进一步强调此景之美。

末尾三句是写近景，一个"看"字引出下文所咏之景：疏林晚鸦，清江岸边芦苇微微摇荡，一条渔船掩映其中。"疏林""黄芦""清江"言冬之景，"噪"说明乌鸦之多。

此曲用字讲究，画面清新淡雅、富有层次感，呈现了一片安详静谧的冬日雪景图。

四块玉 闲适

◎关汉卿

南亩耕①，东山卧②，世态人情经历多。闲将往事思量过。贤的是他，愚的是我，争甚么！

【注释】

① 南亩：语见陶渊明《归园田居》"开荒南亩际，守拙归园田"。② 东山卧：用晋代谢安隐居东山的典故。

【译文】

在南边地里耕田，在东边山上歇卧，世态人情经历了那么多。闲暇时——将往事回想一遍，想起来，贤明的是他，愚蠢的是我，跟他们争什么？

【赏析】

在此曲中，作者为力陈自己避世隐居的苦衷。《四块玉·闲适》是一组小令，共四首，这里选的是第四首。

遍观中国古代士人的处世观念，无非有两种：出世与入世。然而，凡是有正义感的士人，不论入世也好，出世也好，总会为保持自己的人格独立，时不时地与跟自己志趣不合的庸俗世人产生这样或那样的冲突，与社会现实产生龃龉，总会特立独行，表现得与世俗格格不入。

然而，在这首小令中，关汉卿以难得糊涂的心态对待世人的你争我夺，以旷达的心胸对待这黑暗的社会现实，不与世人相争，在自己恬淡宁静的田园生活中，寻找到自己的乐趣，清逸脱俗。

作者在长久的人生经历中，形成了自己的处世风格，并对热衷于名利仕途的世人给以婉转的批评。开篇便以陶渊明、谢安自比，明确表达出自己甘于隐居山林，并从中获得乐趣的旷达情怀。而这种旷达情怀的形成，饱含了对世态炎凉深切感受和极度的厌恶。"世态炎凉经历多"一句，对这一点的表达可谓直白露骨。曲终，作者写自己与世无争的人生态度，以带有自轻自贱意味的"愚的是我"，使这种态度的表达，在言语中不乏对所谓贤达的蔑视；从而，这种"自轻自贱"，实际上也是作者傲岸不群，超凡脱俗的形象的一种表露。

曲的鉴赏知识

勾栏文化与散曲

元代称戏曲的演出场所为勾栏，北宋时期有"瓦舍"，最初只是为来自四方的艺人卖艺提供临时的表演地点，后来逐渐发展成为一种典型的集商业与服务于一体的游乐场所。瓦舍里设置的演出场所称作"勾栏"。勾栏的发展促进了元代戏剧的发展，在北杂剧和南戏的创作中，出现了诸多影响深远的作品和享有盛名的剧作家。散曲这种文学体裁的发展也随着戏剧的发展而形成自己的特色。较之前时代作品，元代散曲更加通俗，文辞更浅白，而在许多作品中出现了歌伎、乐师等的影子。歌伎是勾栏里以戏曲为生的主要演员，当时有不少歌伎自己写散曲，而且取得较大成就，比如刘燕歌、朱帘秀等人。关汉卿对朱帘秀的评价很高，其《一枝花·赠珠帘秀》中有这样的句子："富贵似侯家紫帐，风流如谢府红莲。"《青楼集》从侧面反映了当时戏剧的繁荣状况。戏剧的繁荣使得散曲中的爱情题材作品较之前时代作品，更为贴近百姓生活，其中对爱情生活的描写更为大胆，有些地方甚至比较露骨。

碧玉箫

◎关汉卿

席上尊前，衾枕奈无缘①。柳底花边，诗曲已多年。向人前未敢言，自心中祷告天。情意坚，每日空相见。天，甚时节成姻眷？

【注释】

① 衾枕：被子和枕头。泛指卧具，此处指同床共枕。

【译文】

只能在酒宴上为他尊前斟酒，怎奈却无缘同床共枕。柳树底下，花畦旁边，一起写诗作曲已好多年。在人们面前从未敢吐露，只能自己在心中向天祷告，期盼老天助人遂愿。虽然对他的情意异常坚定，可只能每日徒然相见。老天呀，到底到什么时候才能结成姻缘呢？

【赏析】

元末明初，社会动荡变革，硝烟四起。一群从北向南流亡的戏剧家、曲作家也顺时诞生了，也因封建制度的松懈和奴隶制度的复辟，女性的地位和权益虽未收到所谓上层的重视，但是却受到那些文人骚客的注意，关汉卿的《窦娥冤》等，都是极具女性意识的作品。

此曲是作者早期作品，细腻地描写了一个女子相思的故事情节。"席上尊前"点出了女主人公与心上人频繁接触的情形，但却是常年终日在"柳底花边"作诗作曲，每日徒然相见却不可道相思之情。"祷告天""情意坚"都说明女主人公对心上人爱得热切；"奈无缘""空相见"则把女主人公因自己地位卑贱，虽与心上人拨弦唱曲多年，也不敢吐露心声的事实体现出来了。两种情感互相胶着，形成对比。这种矛盾的心理，把女主人公对于心上人的暗恋情意推向了高潮，然而她并不是选择放弃，是更加坚定了对于心上人的爱恋和追求，故而便生出末句"天，甚时节成姻缘？"的一问。行云流水，情感动天！

可是，自己的这种愁闷又能向谁倾诉呢？只能在心中默默向天祷告罢了。"未敢"一词就将女子的无奈暗托而出。紧接着，"情意坚，每日空相见"句中，一"坚"一"空"对比使用，既表明了女子对自己爱情的忠贞，又展现了她的失望之情。最后一句向天发问，更是将这一矛盾的心理推向了高潮，而不同的是，从言语间隐约感知女子对这份暗恋情怀的更为执着的追求。

一枝花 不伏老
［套数］（节选）

◎关汉卿

　　我是个蒸不烂、煮不熟、捶不扁、炒不爆、响当当一粒铜豌豆①，恁子弟每谁教你钻入他锄不断、斫不下、解不开、顿不脱慢腾腾千层锦套头②。我玩的是梁园月③，饮的是东京酒④，赏的是洛阳花⑤，攀的是章台柳⑥。我也会围棋、会蹴鞠⑦、会打围、会插科、会歌舞，会吹弹、会咽作、会吟诗、会双陆⑧。你便是落了我牙、歪了我口、瘸了我腿、折了我手，天赐与我这几般儿歹症候⑨，尚兀自不肯休。则除是阎王亲自唤，神鬼自来勾，三魂归地府，七魄丧冥幽。天哪，那其间才不向烟花路儿上走⑩。

【注释】

① 铜豌豆：这里用来比喻作者的性格无比坚强。② 恁（nèn）：那些。斫（zhuó）：砍。锦套头：锦缎制的套头，喻圈套、陷阱。③ 梁园：汉梁孝王所造的花园，也称兔园，又称梁苑，故址在今河南商丘东。梁孝王好宾客，司马相如、枚乘等辞赋家皆曾延居园中，因而有名。这里代指汴京。④ 东京：五代至北宋都以汴州（今河南开封市）为东京。⑤ 洛阳花：指牡丹。古时洛阳以产牡丹花著名。⑥ 章台柳：指妓女。唐代许尧佐传奇《柳氏传》载，韩翃与妓女柳氏有婚姻之约，后因离别阻隔三年，朝翃作《寄柳氏》词说："章台柳，章台柳，昔日青青今在否？纵使长条似旧垂，也应攀折他人手。"按，章台原为汉时长安中街名。⑦ 蹴鞠（cù jū）：古代一种踢球游戏。⑧ 双陆：一种棋盘游戏，以骰子点数决定棋子移动。⑨ 歹症候：恶习、坏毛病。⑩ 烟花路：指妓女聚居地。

【译文】

　　我是个蒸不烂、煮不熟、捶不扁、炒不爆、响当当的一粒铜豌豆，那些纨绔子弟们，谁让你们钻进他那锄不断、砍不下、解不开、挣不脱的慢腾腾地费人精神的千层锦囊圈套中呢？我赏玩的是梁园之月，饮的是东京美酒，观赏的是洛阳名花，攀折的是章台柳。我也会围棋、蹴鞠、狩猎、插科打诨，还会唱歌跳舞、吹拉弹奏、滑稽表演、双陆博戏。你即便是打落了我的牙、扇歪了我的口、打跛了我的腿、折了我的手，老天赐给我的这些坏习惯，还是不肯悔改。除非是阎王爷亲自传唤，神鬼自己来勾，三魂归入地府，七魄丧入黄泉。老天啊，到那个时候，才不往那通往烟花场所的路上走。

【赏析】

关汉卿《不伏老》套曲是元代散曲中的压卷之作，它以一种独特的自述抒怀的方式，酣畅淋漓地表现出作者那桀骜不驯的性格、不屈不挠的意志，抒发了作者对时局的愤愤之情。

在关汉卿生活的时代，因元统治者不以科举取士，使得广大读书人不但丧失了参与国事的机会，还穷困潦倒、了无出路。为求生计，他们中的许多人开始以作曲编剧为业，混迹于倡优之中，关汉卿便是其中的佼佼者。这些人生活在社会的底层，备受歧视，志向难抒，常流露出颓靡沉沦的思想。而关汉卿却与众不同，他吟诗、弹奏、歌舞、打猎、踢球、下棋、赌博、编剧、演出无不精通，一扫历代文人酸腐、清高的习性。他矢志不移地从事杂剧创作，以笔为剑，对社会的黑暗与不公进行无情的抨击。《不伏老》一曲中的自我描绘即体现着他对社会现实秩序的背离和反抗。本篇是《不伏老》套曲中的［尾］曲，是作者对于社会不公现实的愤慨之情和所怀心志的集中表现。

作者在此曲中自比为"蒸不烂、煮不熟、捶不扁、炒不爆、响当当一粒铜豌豆"，不但坚韧顽强，而且历经磨难，谙于世故，具有丰富的战斗经验。他无意功名，甘于安身立命于风月场中，以种种世俗认为的不登大雅之堂的技艺消遣生活，嬉笑怒骂，我行我素。而"则除是阎王亲自唤，神鬼自来勾，三魂归地府，七魄丧冥幽。天哪，那其间才不向烟花路儿上走"的宣言，无疑是被极力逼迫发出的愤世嫉俗的反抗之音。

全曲如竹筒倒豆子般，其势紧密，其声铿锵。谐谑调侃的语风加之层层堆叠的感情，让人读之热血沸腾；而至高潮处一语激言，又似壅川决口，震撼人心。

曲的鉴赏知识

关汉卿与元代书会才人

元末剧作家贾仲明在《书录鬼簿后》将关汉卿列入"玉京书会，燕赵才人"之列。而书会才人正是元曲创作的主力军。他们混迹勾栏瓦舍执笔创作，以风流潇洒、多才多艺为荣，并不把功名富贵当作自己的人生目标，所以他们的曲子多带有挣脱礼教束缚、追求个性解放的内涵。

书会自南宋后便成了编写话本、戏剧的地方，元代较著名的书会除了玉京书会外，还有元贞书会、古杭书会、九山书会等。

碧玉箫 笑语喧哗

◎关汉卿

笑语喧哗，墙内甚人家^①？度柳穿花，院后那娇娃^②。媚孜孜整绛纱，颤巍巍插翠花。可喜煞^③，巧笔难描画。他，困倚在秋千架。

【注释】

① 甚：谁，那。② 娇娃：美丽的少女。唐刘禹锡《馆娃宫》诗："宫馆贮娇娃，当时意太夸。"③ 可喜：可爱。

【译文】

一阵阵欢声笑语传出来，不知围墙里面是什么人家？越过柳树透过花丛，只见院后一个娇艳的女孩。她妩媚地整理着红色的纱裙，头上插戴一朵颤巍巍的珠花。那可爱的样子，用丹青巧笔也难以描画。她，倦怠地倚靠着秋千架。

【赏析】

这是一首即景写实之曲。

起首二句一下子就让人联想到宋代词人苏轼的《蝶恋花》："墙里秋千墙外道。墙外行人，墙里佳人笑。"但相比苏轼的词，此曲的基调更为欢快。"笑语喧哗，墙内甚人家"，不见其人但闻其声，一个问句巧妙地逗引起读者的好奇。让读者和作者一起"度柳穿花"，一探究竟。"柳"和"花"暗示读者曲中的景色明媚惬意。

在柳和花的映衬下，娇娃登场了。作者截取了"整绛纱"和"插翠花"两个动作，来表现娇娃的青春妩媚。"绛"与"翠"可是最能凸现少女娇

俏的颜色，而联系前面的"笑语喧哗"，人们又不难猜到，娇娃们刚刚一定在嬉笑打闹。她们在玩闹时不小心弄乱了妆容，正好被作者撞到整理仪容的样子，"媚孜孜""颤巍巍"写活了少女的情态。她们明艳活泼，爱笑爱美，惹得作者发出了"可喜煞"的感叹。至于她们到底有多美，言语有限，"巧笔难描画"，人们只能想像她们的美态。

"他，困倚在秋千架"实为全曲的点睛之笔，虽然少女懒洋洋地靠着，人们还是可以感受到她的青春活力。因为，"秋千"一词让读者联想到她嬉笑玩耍的样子。

普天乐 虚意谢诚

◎关汉卿

东阁玳筵开①，不强如西厢和月等。红娘来请："万福先生②。""请"字儿未出声，"去"字儿连忙应。下功夫将额颅十分挣③，酸溜溜螯得牙疼。茶饭未成，陈仓老米，满瓮蔓菁④。

【注释】

①东阁玳筵：东阁，指代客场所。玳筵，指华贵的筵席。②万福：旧时女子所行之礼的一种。③挣：元人方言，漂亮。④蔓菁：萝卜。

【译文】

老夫人打开华堂，摆出华贵的筵席。可比在西厢外月夜下等待强得多，红娘奉命来邀请，向张生道："先生万福。""邀请"两字还没有说出声，张生就忙回应说："去。"他精心打扮，将脸收拾得格外漂亮，酸溜溜地让人牙齿发酸。上了筵席才发现，茶饭尚未备好，只有一碗陈仓老米，一瓮萝卜。

【赏析】

这支小令是关汉卿《崔张十六事》重头小令的第六首，以戏谑的口吻讲述了《西厢记》中"虚意谢诚"的故事，十分有趣。作者非常擅长刻画人物的心理。在张生心中，自己要赴的不是一场普通的宴席，而是关系着自己和崔莺莺爱情命运的宴席。他急于得到崔莺莺家人的认可。"'请'字儿未出声，'去'字儿连忙应"既表现了张生的迫不及待，又写出了他的天真乐观。为了博得一个好印象，张生精心打扮了一番。"额颅""挣"都是元人俗语，放在这里很有些调侃之意。然而，即使张生打扮后的样子让人"酸溜溜螯得牙疼"，人们还是很难对他产生反感。因为他的焦躁、笨拙无不出于对崔莺莺的爱恋。

曲的前八句写了张生的"诚"，曲末这三句则写了崔老夫人的"虚"。而作者最高明的地方在于在赴宴这节无一字提赴宴者与主宴人，只是用宴会上的食物暗示崔老夫人的立场。"陈仓老米，满瓮蔓菁"与"东阁玳筵"首尾相应，妙趣横生。人们完全可以想象张生是怎样的失望、狼狈。

一半儿 题情

◎关汉卿

碧纱窗外静无人，跪在床前忙要亲。骂了个"负心"回转身。虽是我话儿嗔^①，一半儿推辞一半儿肯。

【注释】

① 嗔（chēn）：生气，含怒。

【译文】

绿纱窗外静谧无人，他跪倒在床前，急着要和我亲吻。我骂了他一声"没良心的"，就背过了身子。虽然我话里带着怨怒，到底只是表面上推辞，其实心里早就答应他了。

【赏析】

〔一半儿〕曲以最后一个九字句中含有两个"一半儿"为定式，这两个"一半儿"，不管是状人还是状物，分断是否精当，对于这支曲子的成败起着关键作用。

关汉卿此曲共有四支，均是写男女欢会之情，同时又能准确地捕捉到男女主人公的复杂而缠绵的心理，因此历来为曲家所称道。

这是首关汉卿〔一半儿〕里的第二支曲子。它展现了一幕生活气息浓郁的风情小剧：在一个寂静无人的夜晚，男子与妙龄女郎偷偷地幽会，男子为了求欢，不惜跪下来花言巧语。男子动手动脚，惹来了女子的一声嗔骂。女子还扭转过身子，不搭理浪子。其实，女子只是表面上拒绝，她毕竟情窦初开，又听得许多甜言蜜语、海誓山盟，因此半推半就，"一半儿推辞一半儿肯"。

这首曲中，女子对情郎的娇嗔，不是打情骂俏，而是说他"负心"，这或许是情郎之前曾有过对不起她的举动。"回转身"既是对情郎的不满，又是默许了情郎的道歉。男子是否乘虚而入，终于如愿以偿？曲中并没有交代，颇能激起读者的品味和联想。

此曲把少女对情郎的既爱又恨，患得患失的痴情，刻画得淋漓尽致。从中也可以看到散曲的创作特色：它没有诗的含蓄，也没有词的婉约，而以尖新、直露、泼辣见长，又夹杂着幽默与俏美，更加显得鲜灵与活脱，表现出与前代各种体裁不同的情致。就像这首〔一半儿〕曲在表现男女情爱上的泼辣大胆、如描似画者便是。

《花间词》里有一首《醉公子》，全词云："门外狷儿吠，知是萧郎至。划袜下香阶，冤家今夜醉。扶得入罗帏，不肯脱罗衣。醉则从他醉，还胜独睡时。"元谢应芳《怀古录》载："前辈谓读此可悟诗法。或以问韩子苍（驹），子苍曰：'只是转折多。'"参照《怀古录》的说法，我们可以从本首中找到很多曲折处：首两句的"静无人"与"忙要亲"，是静动徐疾的气氛上的转折；男子情意绵绵，女子却骂他"负心"，暗示两人此前有过不快，这是显晦正衬的用笔上的转折。次两句女子"话儿嗔"且已"回转身"，又心生悔意、怜意，以致最终"一半儿推辞一半儿肯"，此为意象上的转折。再者，此曲前半叙事，后半摹情，这是艺术效果上的转折。散曲求尖新、求奇巧、求化俗为雅或化雅为俗，往往都会出现这种"多转折"现象。

沉醉东风

◎关汉卿

咫尺的天南地北①，霎时间月缺花飞。手执着饯行杯，眼阁着别离泪②。刚道得声"保重将息③"，痛煞煞教人舍不得。"好去者望前程万里④。"

【注释】

①咫尺：形容距离极近。②阁：通"搁"，这里指含着。③将息：休息，调养。④好去者：好好地去着。者，着。

【译文】

尽管我俩近在咫尺，却面临着劳燕分飞，各散东西。只一霎那间，就如月缺花落，幸福的希望亦随之破灭。手里握着饯行的酒杯，眼珠里含着离别的眼泪。刚道了一声"保重身体"，已让我心如刀割，怎么也舍不下这儿女情长。过了片刻，才说出："好好地去吧，望你前程无量！"

【赏析】

这支小令为表现离愁别绪而作，描写饯行话别之际的两情依依，是一首声情并茂的用散曲写就的"长亭送别"。

起首两句用了对仗，交织着空间和时间两方面的对比变化，不但开宗明义，还具有惊心动魄的嗟叹效果。情人此刻虽近在咫尺，却眼看着要地北天南，天各一方；长期以来的一切美好的生活和景象，都在即将离别的一瞬间破灭了；这种猝不及防而又不可挽回的悲剧命运给女子心灵造成重大打击。这两句极写离别瞬间的悲哀，空灵洒脱，以虚带实，奠定全曲的情感基调。

三、四句以对句的形式具体写女主人公的送别，是对起首两句的充实。尽管此时肝肠寸断，但女子的心情并没有出现大的波动，相反，她选择了强自隐忍的方式，为情人饯行，尽量不使内心的痛苦流露出来，以减轻情人的负心理负担：泪水"阁在眼里"，还强行说出饯送时的祝愿语。可惜是力不从心，才说了"保重将息"四字，就心如刀割，难以割舍与情人的欢聚时光。作者的这种描写，使得这一离别场景更富于儿女情长，入木三分。

最后三句在引出女子告别之语的同时，作者又突出表现了其复杂的心理变化，极其自然地体现了女子不能自持的痛苦情态。整个曲子恰如其分地把握了送别女子时而含蓄时而坦率的情感，刻画出一个声泪俱下，依依不舍的痴情女子形象。

此曲语言明白如话，自然无痕，不事雕琢，感情真挚动人。这种白描的写法有一种民歌小曲般朴实自然的风味。金代董解元的《西厢记诸宫调》有这样的句子："满斟离杯长出口儿气。比及道'我儿将息'，酒里，白冷冷滴够半盏儿泪。"作者的灵感可能就来自于董解元的作品，只是相比前者，此曲在抒发感情上更加直接。

醉中天 佳人脸上黑痣

◎白朴

疑是杨妃在，怎脱马嵬灾。曾与明皇捧砚来①，美脸风流杀。叵奈挥毫李白②，觑着娇态，洒松烟点破桃腮③。

【注释】

① 捧砚：相传李白为唐明皇挥毫写新词，杨贵妃为之捧砚，高力士为之脱靴。② 叵奈：即叵料，不料。③ 洒松烟：乃作者构想之辞。松烟，用松木烧成的烟灰，古人多用以制墨。

【译文】

真怀疑是杨贵妃还在世，她怎样会逃脱了马嵬坡的灾难。曾经为唐明皇捧着砚台走过来，美丽的面庞风流无比。可恨挥毫的李白，眼看着娇态走了神，竟笔头一歪，用墨点破了桃花般娇艳美丽的脸颊。

【赏析】

这是一首描摹人物的曲子。

佳人脸上有黑痣，本来算白玉微瑕，不应歌咏。然而作者却能巧加想象，将佳人风流的娇态写得生动形象，充满谐趣。

整首曲子都是以杨贵妃作比。曲子开头就以一个"疑是"相引，以在马嵬事变中被逼而死的杨玉环逃脱灾难又复生而来的错觉，一下子将佳人的美貌点了出来，不用多着笔墨，就起到很好的艺术效果。

紧接着又以大胆的想象来描写佳人脸上黑痣。曲子还是以杨玉环作比，戏说佳人脸上的黑痣是杨贵妃在为诗仙李白托砚赋诗时，一不小心被墨点点染而致。这一想象，大胆而有情趣，既使佳人的风流之态跃然纸上，同时也将佳人脸上的黑痣反丑为美，煞有诙谐之意。一个"杀"字，极力赞美了佳人的风流情状。

此曲虽是游戏文字，但作者以大胆的想象和精巧的构思，巧妙地表现了佳人之脱俗的美。

⊙作者简介⊙

白朴（1226—？），原名恒，字仁甫，后改名朴，字太素，号兰谷，祖籍陕州（今山西河曲附近）。元代著名的文学家、曲作家、杂剧家，与关汉卿、马致远、郑光祖合称为"元曲四大家"，其一生写过15种剧本，加上《盛世新声》著录的《李克用箭射双雕》残折，共16本。仅存于世的却只有《唐明皇秋夜梧桐雨》、《董秀英花月东墙记》、《裴少俊墙头马上》三种，以及《韩翠颦御水流红叶》、《李克用箭射双雕》的残折，均被王文才收入《白朴戏曲集校注》。

白朴出身于官僚士大夫家庭，和元好问交好，早年因战乱与家人失散，幸得元好问相助，才保全性命，和家人重新团聚。他终身未仕，寄情山水，最后不知所踪。

沉醉东风 渔父词　　◎白朴

　　黄芦岸白渡口，绿杨堤红蓼滩头。虽无刎颈交，却有忘机友。点秋江白鹭沙鸥。傲杀人间万户侯，不识字烟波钓叟。

【译文】

　　黄色芦苇铺满的江岸，白色芦苇花飘荡的渡口；碧绿杨柳围绕着的江堤，红色蓼花缀满的滩头。就在这些地方，虽然没有生死之交，却有一些毫无心机的朋友。他们就像那些点缀秋江自在飞翔的白鹭沙鸥。傲然地对待达官贵人，正是不识字的江上钓鱼翁。

【赏析】

　　曲中描述了这样一个渔父形象：他有时垂钓在遍生黄芦白萍的渡口，有时垂钓在杨柳堤畔、红蓼滩头；身边虽然没有信誓旦旦的刎颈之交，却有真诚相待、无欲无求的忘机之友。他与白鹭沙鸥为伴，在大自然的怀抱里安心垂钓，虽然只是个不识字的渔父，却连万户侯也不放在眼里。

　　黄芦、白萍、绿杨、红蓼，色彩纷呈，相映成趣，展现出一幅江南水乡的明丽秋景。而岸边、渡口、堤上、滩头，正是渔夫足迹常到之处。

　　处在风景如画的环境中的渔夫，也需要有朋友交流陪伴。"虽无刎颈交，却有忘机友"，"虽"、"却"这一关联词语的运用，突出了渔夫交友的取向。"刎颈交"，指能以性命相许的朋友，极言交谊之深。渔夫虽没有"刎颈交"的朋友，但他却有真诚相待、毫无心机的朋友。这也反映出渔夫与世无争、澹泊名利的生活特质。那么渔夫的忘机友是谁呢？

　　"点秋江白鹭沙鸥"，这一句看似是作者在写江上之景，实则是以江上自由展翅飞翔的白鹭、沙鸥寄托自己向往自由生活的情怀。而渔夫的忘机友，不是别的，正是那些终日在江上飞翔的白鹭、沙鸥。看来渔夫所需要的忘机友在人间是难以寻觅的，只得在人世外找忘机的白鹭、沙鸥为友了。

　　在中国古典诗词中，鸥鹭也是一种具有特定内涵的意象，成为毫无机巧之心的一个象征。那些远离尘

世、澹泊名利的隐士都愿意以鸥鹭为友。

　　"傲杀人间万户侯，不识字烟波钓叟"，小令的最后两句表明渔夫的志向和情趣。"傲杀"是蔑视、看不起的意思。渔夫鄙视的是人间的达官贵人，而宁愿做一个大字不识的"烟波钓叟"。

　　此曲表达了作者傲视权贵，不以尘世为怀的人生态度，以及对自由自在生活的向往。一读到他（白朴）的散曲，则从其中所体现出的豪放、俊爽、秀美诸优点，可得出结论，即其散曲的成就高出其戏曲之上。如《寄生草·劝饮酒》、《沉醉东风·渔父》等散曲，是豪放的例子。

阳春曲 题情

◎白朴

笑将红袖遮银烛^①，不放才郎夜看书。相偎相抱取欢娱。止不过迭应举^②，及第待何如^③。

【注释】

①红袖：红色的衣袖。银烛：雪亮的蜡烛。温庭筠《七夕》："银烛有光妨宿燕，画屏无睡待牵牛。"②迭应举：屡次参加科举考试。③及第：科举应试后中选。

【译文】

笑着用红袖遮挡着白色的蜡烛，不让我的才子情郎夜里苦读书。互相依偎互相拥抱欢娱取乐。只不过是为了应举才如此用功，就算是考不上又能怎么样？

【赏析】

白朴写了三首《阳春曲·题情》，此曲为第三首，其他二首为：

轻拈斑管书心事。细析银笺写恨词，可怜不惯害相思。则被个肯字儿，迤逗我许多时。

从来好事天生俭，自古瓜儿苦后甜。奶娘催逼紧拘钳，甚是严，越间阻越情忺。

此三首题情诗，堪称描写文人追求自由恋爱的最大胆的佳作。第一首叙述男女主人公相思之初，鸿燕传书，互表爱意。第二首叙述一对情人冲破封建礼教的束缚和封建家长制的压迫，自由恋爱的经历。第三首描写自由恋爱结婚后的夫妻，为了爱情鄙薄权贵的洒脱情怀。

《诗经》留下了对自由婚恋进行热烈歌颂的优良传统，中国古代诗词一直有所继承。东汉时期的《孔雀东南飞》对封建家长制干涉自由爱情婚姻的罪恶进行了强烈的控诉。东晋时期的"梁祝化蝶"故事继承其手法，使殉情主题在中国文学史上一直为人们所咏叹。一直到唐代陆游的《钗头凤》，人们还只能看到封建专制下人们的自由婚恋遭受摧残和迫害。文人的形象以软弱、接受现实为主要特征，而强烈的抗争最终只能导致以死殉情的悲惨结局。由此可以想见白朴的三首题情曲在爱情思想主题方面所带来的清新空气。

曲的鉴赏知识

鲜活泼辣的元代爱情曲

元曲中描写爱情的作品比历代诗词来得泼辣大胆，语言通俗直白，刻画人物细微的心理活动熨帖传神，人物形象丰满生动。散曲比诗词更接近民歌，俚语俗语直接入曲，表达情感自由奔放，淋漓尽致，痴人痴语，至情至意，具有极强的艺术感染力。元曲中所写男女之爱非不深刻，风趣泼辣的语言里包含了主人公庄重的爱情观和强烈的内心感受，寄托了古今善良的、追求爱情自由幸福的恋爱男女的美好心愿，至今仍能引发读者深切的共鸣。

白朴的第三首散曲描写经过千辛万苦的抗争，终于获得幸福的夫妻，婚后恩爱无比。曲中写男子"夜看书"是为了及第登科，从此踏上富贵之路。但在其妻子看来，富贵荣华远比不得与爱人的缠绵相拥来得重要，所以她不仅没有督促丈夫读书，相反还遮住烛光，要他和自己亲昵。作者通过这一极具生活气息的夫妻相处细节的描写，委婉地告诉人们，人生的幸福并不在于是否拥有名利权位。曲末的"及第待何如"就体现出作者淡泊名利的人生态度。事实上，作者白朴就几次拒绝他人的举荐，终身未仕。

驻马听 吹

◎白朴

裂石穿云①，玉管且横清更洁②。霜天沙漠，鹧鸪风里欲偏斜。凤凰台上暮云遮③，梅花惊作黄昏雪。人静也，一声吹落江楼月。

【注释】

① 裂石穿云：形容笛声高亢。② 玉管：笛的美称。横：横吹。清更洁：形容格调清雅纯正。③ 凤凰台：故址在今南京西南角，六朝宋时所建。相传建前该处有凤凰飞集，故称。

【译文】

笛声就像是崩裂的石块穿云而过，接着玉笛横吹，音调越发清雅纯正。听来就像是穿越于风霜天气里的沙漠，鹧鸪在疾风中极力想要纠正姿态。凤凰台上日暮之时的黑云遮盖，梅花籁籁地抖落了，化作黄昏的雪花。人声都没有了，这时一声笛声，江楼上的月亮就被吹落下来。

【赏析】

这首词主要表现了吹笛人高超的技术。

起句颇为有力。"裂石穿云"，声形俱备，使人眼前一亮，精神亦为之一振，充分表现出了笛声的清澈响亮；同时，"玉管"的"清"与"洁"，又以乐器外观上的美感，通过通感手法暗示出乐声的明净悠扬。语义浑厚，笔力雄健，蔚为大观。在此，作者并不接着直述吹笛人的手法之高超，更不停留于对笛声本身特征及形象的描述，而是宕开一笔，通过鹧鸪、凤凰、梅花在不同的乐曲之下所表现出的不同反应，通过吹笛人吹奏的效果，反衬出笛声的优美和吹笛人精湛的曲艺。"霜天沙漠""鹧鸪""暮云""梅花"等意象看似毫不相关，实则在表现不同情境，从而在映衬不同乐

曲的鉴赏知识

白仁甫能曲不能词

白仁甫《秋夜梧桐雨》剧，沉雄悲壮，为元曲冠冕。然所作《天籁词》，粗浅之甚，不足为稼轩奴隶。岂创者易工，而因者难巧欤？抑人各有能有不能也？读者观欧秦之诗远不如词，足透此种消息。

——《人间词话》

曲之妙的同时，自然而然地融为一体，共同组成了笛声所营造的审美境界的感官化世界。"霜天沙漠""鹧鸪风""凤凰台""梅花""黄昏雪""江楼月"这些词汇，既表示实际的事物，又因其丰富的文化内涵，赋予作品以丰富的弦外之音，引人联想，寓意深刻。

在给读者馈以天花乱坠、激动人心的音乐盛筵之后，作者笔锋再次突转，以夜深人静，一声横笛倏然响起，月落江楼的空旷静谧之境收束全文，使读者激荡的情怀顿时转入沉静之中，回味绵长，品之不尽。

天净沙 春

◎白朴

春山暖日和风①，阑干楼阁帘栊②。杨柳秋千院中。啼莺舞燕，小桥流水飞红③。

【注释】

① 和风：多指春季的微风。② 帘栊：窗户上的帘子。李煜《捣练子》："无赖夜长人不寐，数声和月到帘栊。"③ 飞红：花瓣飞舞，指落花。

【译文】

桃红柳绿的春山，煦暖的阳光照耀，和柔的东风吹拂，楼阁上高卷起帘栊，倚栏干远望。杨柳垂条，秋千轻晃，院子里静悄悄。院外黄莺啼鸣，春燕飞舞；小桥之下流水飘满落红。

【赏析】

此曲是白朴《天净沙》四首之一，四首《天净沙》分别以四季为题。

世人多以马致远《天净沙·秋思》为元曲写景抒怀之极品。就取景构章、寓情于景上看，此曲与之有异曲同工之妙。

此曲通篇写景，与马曲相同，采取意象堆垒方式，选用带有春天特征的意象，通过众多意象的连缀，构架出一幅和煦明媚、生机盎然的春日图景。在找到各个景物之后，直接将其铺陈入文，不作描写，不加修饰，朴实自然，错落有致。这些景物虽未经过明显的加工处理，但作者在对其进行选取的过程中，显然进行了个性化的取舍，使之颇具表达力。暖日、和风、啼莺、舞燕、飞红等物，共同展现了春天的和煦明媚、欣欣向荣；阑干、楼阁、帘栊、秋千等物，使人想见其中定有各有所欢的游人……在这样的情景之下，作者内心的愉悦也暗暗穿行在字里行间。作者所选取的这些景物，不仅在画面上和传情方面有代表性，其中有许多还颇有暗示意义。阑干、帘栊多是叙写孤独愁思之物，杨柳、秋千充满闺情，啼莺、舞燕的春来秋去多用来传达感时伤事之感。最后作者选取飞红这一景物，又暗示时令上已近晚春，对春之将去的惋惜

之情也溢于言表了。

白朴非常擅长写季节，他总能找出最能表现季节特点的景物，然后用景物之美来表现季节之美。譬如此曲写春天，他便拣"暖日""和风""杨柳""飞红"，来描绘春天的和煦明媚、欣欣向荣。而轻轻拢上的窗帘，搭着秋千的院子，则又给人一种安宁惬意的感觉，反映了作者对春天的喜爱。

在此曲中，白朴运用了"景中生情"的表现手法。所谓景中生情，就是说作者的所有情感都蕴藏在了景物之中，通过一系列的意象将自己的心绪传递给读者。在此曲里，人们就可以从啼莺、舞燕等美好的意象中感受到作者那愉悦闲适的心情。

此曲语言清新，构思精巧，意趣盎然。

天净沙 秋

◎白 朴

孤村落日残霞①，轻烟老树寒鸦②。一点飞鸿影下。青山绿水，白草红叶黄花。

【注释】

① 残霞：晚霞。② 寒鸦：天寒归林的乌鸦。

【译文】

一个孤零零的村庄笼罩在夕阳中，天边点缀着几朵残霞；炊烟轻轻地升腾而上，饱经风雨的老树上栖息着怕冻的寒鸦。一点鸿雁的飞影从天飘落。看天地间，山青水碧，白色的芦苇花飞扬，红色的枫叶艳丽，金黄的菊花开放。

【赏析】

此曲意在勾勒清秋日落时分的乡野景色。在以白描手法进行纯粹的景物描写时，作者对景物的铺排，对画面的布局，以致用词的考究和精巧均令人惊叹。

起笔采用白描的写作手法，曲首两句是两组静态景物的描写，村落、夕阳、晚霞、炊烟、树、鸦等事物都是人们描写秋天这一季节的文字中常见的典型意象，在"孤、落、残、老、寒"等色彩清冷的词语的限定下，立刻生动起来了。"孤村"的"孤"给人以孤寂感，"轻烟"的"轻"将炊烟袅袅升起时的舒缓姿态加以定格，"寒鸦"的"寒"使人如见树上乌鸦正在寒秋中瑟瑟发抖，等等等等。在这些形象的铺陈之下，秋天固有的凄清萧瑟之感便跃然纸上了。各个景物之间直接连缀，不添设任何起连接作用的成分，使景物本身更加凸现出来，众多景物所构成的画面的静谧感也尤其深刻。这些景物虽然多而杂，在作者的排列之下，却并不显得凌乱。孤村、落日、残霞皆是远景，轻烟、老树、寒鸦皆是近景。

可见作者画面布局的严谨。

简单的景物罗列显然不能将秋日的意境尽述笔端。在首句之后，作者便穿插进了一个动态景观——"飞鸿影下"。"一点"极言距离之远，"影下"说明大雁速度之快。这样一个动态的描写，打破了前文静止的画面，让人为之一振。作者的心情仿佛也因此变得释然起来。需要注意的是，在这里，作者使用的量词是"点"，这样一来，画面中虽只有飞鸿一物，但整个画面的辽阔，恰恰通过飞鸿这一事物的渺小表现得淋漓尽致了；而"影下"一词与"点"同时使用，可见飞鸿飞行之速，动感立现。

"青山绿水，百草红叶黄花。"此两句也是白描铺陈，可是韵律有所不同，所写之景的色彩也明朗欢快不少。

末两句看似简单地回复到了起笔时的景物铺排，但与起笔相比，另有侧重。连用五个表示色彩的形容词，在为读者展示秋日景物的过程中，以色彩的丰富、绚丽，表现了不同的意境。

庆东原（一）

◎白朴

忘忧草①，含笑花②，劝君闻早冠宜挂③。那里也能言陆贾④？那里也良谋子牙⑤？那里也豪气张华⑥？千古是非心，一夕渔樵话⑦。

【注释】

① 忘忧草：即萱草，又名紫萱，可食，食后如酒醉，故有忘忧之名，又叫萱草花。② 含笑花：木本植物，花如兰，"开时常不满，若含笑焉。"③ 闻早：趁早。冠宜挂：即宜辞官。④ 陆贾：汉高祖谋臣，以能言善辩知名。⑤ 子牙：姜太公，名姜尚，又名吕尚，字子牙。为周武王的谋士，帮助周武王伐纣灭殷。⑥ 张华：字茂先，西晋文学家。曾劝谏晋武帝伐吴，灭吴后持节都督幽州诸军事，虽为文人而有武略，故称豪气张华。⑦ 渔樵话：渔人樵夫所说的闲话。

【译文】

看到忘忧草，看到含笑花，劝你们知道了早点从官场隐退。哪里还能看到能言善辩的陆贾？哪里还能看到足智多谋的姜子牙？哪里还能找到豪气冲天的张华？千秋万代的是非功过，都只不过成了渔人樵夫们一夜闲谈的资料。

【赏析】

此曲的作者，白朴，一生坎坷，在他还是幼年的时候，便遭受到了战争的祸害，母子相失，机缘巧合下被元好问收养，后来长大成人，但侵略者的残暴行为一直不能让白朴释怀，后又遭逢妻离子散，这都造成了他一生出世不做官的事实。虽一直以归隐自居，但他仍然无法对现实的残酷熟视无睹。但对于当时的作者而言，归隐田园可以放浪形骸，可以与世无争，这也权当是他内心的一种解脱和安慰吧。

这是一支劝勉友人出世的曲子。"忘忧草"可以忘掉忧愁，"含笑花"可以让心情愉悦，作者以此起兴，营造了一种恬静的氛围。接着用三句排比的修辞手法，表明当今天下，人才无用武之地，不如早日归隐。回想历史，各个时代都有其盖世的人才，可在元代的天下，他们都到哪里去了呢？语重心长又欲言又止，千百年的是是非非，其实说到头，不过就是茶余饭后的谈资罢了。

一系列典故的使用增加了作者劝勉友人辞官的说服力，同时也将作者悠然闲适的人生志趣表现得活灵活现。语淡而味浓，本曲的一种超脱旷达的心境也随之跃然纸上。

语重心长而情深谊厚，可见作者深沉中不乏率性的性格特征，或许这就是当时一个典型的知识分子吧。

庆东原（二）

◎白 朴

　　暖日宜乘轿，春风宜信马①。恰寒食有二百处秋千架②。对人娇杏花，扑人飞柳花，迎人笑桃花。来往画船边，招飐青旗挂③。

【注释】

①信马：骑马任其驰骋。②寒食：在清明节前一或二日。是日有禁止生火，食冷食的习俗。③招飐（zhǎn）：招展，飘动。青旗：旧时酒店前悬挂以招客的幌子。

【译文】

　　温暖的天气适合乘轿，东风吹起的日子适合骑马信步。正好是寒食的时候，处处可看到秋千张挂。粉白的杏花娇美艳丽，惹人留连；柳花飞扑，随人流走；鲜红的桃花绽开笑脸招引着游人。就在画船来来往往的江边，一道酒家的青旗高高地悬挂着迎风招展。

【赏析】

　　此曲描写了清明郊游之乐，从中可看出白朴清丽秀美又不失洒脱俊逸的曲风。

　　"暖日宜乘轿，春风宜信马"都是在写春之妙，表现了生活的美好，同时也营造出人们纷纷出游踏青的热闹氛围。在"恰寒食"句中，作者进一步用"二百处秋千架"来形容游人之多，渲染欢乐的节日气氛。

　　寒食节荡秋千是从唐朝沿袭下来的传统。据五代时期王仁裕的《开元天宝遗事》所载，唐玄宗时，宫女们在寒食节搭起秋千，嫔妃们一边参加宴会，一边荡秋千玩乐，欢乐无比。后此项活动被百姓们效仿，成为一种习俗，秋千林立也随之成为寒食节特有的景观。事实上，在寒食节荡秋千的多是年轻的女子，人们完全可以想象一个个正值妙龄的女子在秋千上笑颜如花是多么美妙的场景。

　　"对人娇杏花，扑人飞柳花，迎人笑桃花"，作者同时运用拟人与排比，不仅写出了春天繁花似锦的美态，还让人浮想联翩。"对人娇"写出了杏花的娇艳妩媚，"扑人飞"写出了柳花的轻盈俏皮，"迎人笑"又写出了桃花的艳丽灿烂，花似美人，美人似花，花与美人交相呼应，人与自然的界限被打破，完全沉醉在美丽的春光中。

　　"画船"是水上的交通工具，和首句的"轿""马"相对，"画船"一句引导读者将注意力转移到水上风景。景有水则灵，此句通过暗示读者着眼于水的存在，为曲中之景增添了几分灵气。而与"二百处秋千架"和繁花争艳的热闹不同，"青旗挂"则给人以闲适安逸的感觉。人游览了一天，不免疲惫，而青旗高挂的酒家则为人们提供了歇脚之地，方便人沉静下来，回味春游之乐。

阳春曲 知几①（一）

◎白朴

知荣知辱牢缄口②，谁是谁非暗点头。书丛里淹留③。闲袖手，贫煞也风流④。

【注释】

① 知几（jī）：了解事物发生变化的关键和先兆。几：隐微预兆。② 知荣：就是要懂得"持盈保泰"的道理。知辱：就是要懂得"知足不辱"的道理。缄（jiān）口：把嘴巴缝起来。《说苑·敬慎》："孔子之周，观于太庙，右陛之前，有金人焉，三缄其口，而铭其背曰：古之慎言人也。"后因以缄口表示闭口不言。③ 淹留：停留。《离骚》："时缤纷其变易兮，曾何足以淹留。" ④ "贫煞"句：即使贫穷到了极点也是荣幸的。风流，这里作荣幸、光彩讲。

【译文】

懂得光荣耻辱的分别，只牢牢地闭口不言；知道谁是谁非也只暗地里点头。把时间都花在诗书堆里吧。没事时，悠闲地袖起双手，再穷也风流。

【赏析】

《阳春曲·知几》共四首，此曲为第一首。曲的

题目"知几"出自《易经》"子曰：知其神乎？几者，动之微，吉之先见者也"。起首二句可看成作者的处世心得。"牢缄口"和"暗点头"皆反映了世事险恶、人心叵测，这其中既有愤懑之情，又有无奈之感。"书丛里淹留"是白朴生活的写照，"闲袖手，贫煞也风流"则体现了作者本人的生活态度——安于清贫，远离是非。其中，"闲袖手"化自苏轼的"袖手何妨闲处看"，"贫煞也风流"出自元好问的"诗家贫杀也风流"。这样的生活态度虽有些消极，却也反映了作者不愿与世俗同流合污的志气。

白朴一生经历坎坷，童年时恰逢改朝换代，社会动荡，原本生活优渥的他不仅和家人失散，还险些丢了性命。颠沛流离中，他亲眼见识了统治者的凶残。即使后来过上了安宁的日子，他也迟迟不能忘怀这段往事。由于不想为这样的统治者效力，他还几次拒绝了入仕的机会，任自己沉浸于词赋之中，最后竟放浪形骸，远离家人，寄情山水。从这四首《阳春曲》中人们多少可以了解白朴那复杂的隐者之情。

阳春曲 知几（二）

◎白 朴

今朝有酒今朝醉①，且尽樽前有限杯②。回头沧海又尘飞③。日月疾，白发故人稀。

【注释】

①"今朝"句：出处为唐罗隐《自遣》诗："今朝有酒今朝醉，明日愁来明日愁。"此为劝人及时行乐之意。②有限杯：唐杜甫《漫兴九首》中有"莫思身外无穷事，且尽生前有限杯"之句。这里是劝人忘记生活中的黑暗现实，以酒消愁壮怀。③"沧海又尘飞"句：化自"沧海桑田"与"沧海一粟"之意。比喻世事多变，人生无常，而人生在世犹如一粒尘土飞于沧海之中。

【译文】

今天有酒姑且今天喝醉，暂且喝尽眼前那有限的几杯。回过头来看沧海已化为灰烬，而人生在世犹如一粒飘飞的尘土。日月急速穿梭，时光流逝，如今白发斑斑，老朋友寥寥无几。

【赏析】

"今朝有酒今朝醉"出自唐代罗隐的《自遣》，后人常用该句比喻只顾眼前，不管未来，过一天算一天。在这里，作者则用它描述自己的生活方式——纵情于酒。"回头沧海又尘飞"暗含了作者沉醉于酒的原因。世事多变，人生苦短，作者只有借助酒，才能暂忘灰暗的现实，求得片刻的安慰。然而"日月疾，白发故人稀"，一个"稀"字将时间的残酷表现得淋漓尽致，作者那寂寥苦闷的内心世界也呈现在了读者面前——以酒解忧不足以派遣苦闷，偏偏能够理解自己的人也越来越少。

全曲善用典故，而化腐朽为神奇。酒除了消愁之外，还有激励情怀的作用。曹操之饮酒与罗隐之饮酒，两人的心情和目的完全不同。杜甫也同样是饮酒，他的情怀也大有区别。此曲作者借用前人典故，使人回想起古人的壮怀情思，冲淡了本曲的伤感之情。

曲的鉴赏知识

散曲的兴起和词的衰微

散曲的形成要比戏曲稍早一些，它兴于金初，被认为是中国古代韵文和音乐发展演进的结果。它的兴起和词的衰微不无关系。词原本起于民间，是一种通俗文学，只是随着文人学者逐渐加入到词的创作中来，词的写作愈发讲究，语言越来越华丽，风格越来越典雅，和市井百姓的距离也越来越远。在这种情况下，平民百姓需要一种新的体裁代替词抒情咏物，散曲应运而生。一些乐工在民间小调中寻找创作灵感，推陈出新，创造出散曲。散曲和音乐密切相关，可抒情，可叙事，内容无所不包。用学者任中敏的话说："我国一切韵文，其驳杂广大，殆无逾于曲者。剧曲不论，只就散曲观之，上而时会盛衰，政事兴废；下而里巷琐故，帏闼秘闻。其间形式式式，或议或叙，举无不可于此体发挥者之也。"

阳春曲 知几（三）

◎白朴

不因酒困因诗困①，常被吟魂恼醉魂②。四时风月一闲身③。无用人，诗酒乐天真④。

【注释】

① 酒困：谓饮酒过多，为酒所困。诗困：谓搜索枯肠，终日苦吟。② 吟魂：指作诗的兴致和动机。也叫"诗魂"。醉魂：谓饮酒过多，以致神志不清的精神状态。③ 四时：一指春、夏、秋、冬四季；一指朝、暮、昼、夜。风月：指清风明月等自然景物。欧阳修《玉楼春》："人生自是有情痴，此恨不关风与月。" ④ 天真：指没有做作和虚伪，不受礼俗影响的天性。

【译文】

不为酒所困而为诗所困，常常为了无法吟出诗句而恼恨酒醉的困倦。赏尽四季美景，尽享风月无边，一身清闲。真是个无用之人，只知道沉湎于诗歌美酒，乐享这淳朴自然的生活。

【赏析】

金亡之后，白朴饱尝离乱之苦，对社会现状深切的体察与个人无法使其改变的事实之间的矛盾，使他心中饱含悲愤之情，在四首《阳春曲·知几》曲中均有所表现，而此曲似乎写得较另三曲旷达得多，实际上却也依旧隐隐含有难言之处。

作者写人生之乐的句子构思可谓极巧。起句短短七字便出现了两个"困"字，似为写生活的愁苦，实则传递出自己沉醉诗酒之中，自得其乐的惬意。常人多用"困"来表达陷入艰难之境，但在这里，它却传递出一种"沉醉其中，自得其乐"的情怀，很是新鲜。接下来的"常被吟魂恼醉魂"紧紧承接首句，进一步强调了纵情诗酒的快乐，也是以愁写乐的笔法。

正是因为将诗酒视为了生活中必不可少的乐趣，才会因为每日均与其打交道而多生"事端"。"一闲身""诗酒乐天真"之类词句，正是这一心境的最好证明。

"四时风月一闲身"，四时指四季，说明作者一年到头都寄情于山水。结合作者的身世，不难看出他已

经将自然当成自己心灵的归宿。也正是在大自然中，他才得以摆脱了烦恼，无忧无虑，自由自在。

此曲的高妙之处，还在于通篇虽然写的是"乐"，但在这些"乐"中，处处皆有"悲"的身影。作者所沉醉的对象，一是酒，二是诗，三是风月。所谓"何以解忧，唯有杜康"，酒向来是古人借以排遣愁苦的工具；古人又有"诗言志"的说法，终日吟诗，说明作者心中有诸多烦恼，不吐不快；风月之类，也多是进世失败者放浪形骸，消极沉沦的寄托；作者表面上是在写"乐"，实际上正是用"乐"来写悲，愤懑之情隐于言辞之后。这样，"无用人"一词，便不仅表示一种去除世俗机巧之心的情怀，也不失为一句激愤之辞了。

曲的鉴赏知识

借古人之境为我之境界

"西（当作"秋"）风吹渭水，落日（当作"叶"）满长安。"美成以之入词，白仁甫以之入曲，此借古人之境界为我之境界也。然非自有境界，古人亦不为我用。
——《人间词话》

阳春曲 知几（四）

◎白朴

张良辞汉全身计①，范蠡归湖远害机②。乐山乐水总相宜。君细推，今古几人知。

【注释】

① 张良辞汉全身计：汉高祖刘邦感念张良功劳令其自择齐国三万户为食邑，张良辞让，请刘邦封自己以留地（该地为张良与刘邦初遇之地）。汉定后，张良专心修道，避免了兔死狗烹的结局。② 范蠡归湖远害机：范蠡为春秋时期楚国人，帮助越王勾践兴越国，灭吴国。传说功成名就后，化名鸱夷子皮，一袭白衣泛扁舟于五湖之中。

【译文】

张良辞退汉的封赏是想要全身而退，范蠡泛舟五湖是为了远离祸害。无论是喜爱山还是喜欢水都是因人而异。细细推算一下，自古及今有几个人能领会它的真实含义。

【赏析】

此曲旨在用张良和范蠡的故事说明功成身退的智慧。张良是汉代名臣，在为汉高祖刘邦打下江山后，归隐山林，避免了"兔死狗烹"的下场。范蠡则是春秋时期的政治家，在帮助越王勾践兴国后，辞去官职，泛舟五湖，避免了因功高盖主而为主所害。"乐山乐水总相宜"，既与张良归山、范蠡泛舟相互呼应，又契合了《论语》中"智者乐水，仁者乐山"的名言，一个"总相宜"表明了作者对远离权力争斗，回归自然的推崇。

"君细推，今古几人知"，则引导读者深思名利之害。事实上，人人都知急流勇退的道理，却往往因为抵挡不住名利的诱惑，不由自主地步入险境，到祸患缠身时已追悔莫及。白朴一生命运多舛，也许因为经历过大起大落，目睹了太多豪门大户一夕间飞灰湮灭，所以其早早便看淡名利，格外珍视平静安宁的生活。白朴的好友王博文曾这样评述白朴："(白朴)生长见闻，学问博赡。然自幼经丧乱，仓皇失母，便有山川满目之叹，逮亡国，恒（白朴）郁郁不乐，以故放浪形骸，期于适意。中统初，开府史公将以所业荐之于朝，再三逊谢，栖迟卫门，视荣利蔑如也。"

凭阑人 寄征衣

◎姚燧

欲寄君衣君不还，不寄君衣君又寒。寄与不寄间，妾身千万难①。

【注释】

① 千万难：难以抉择。

【译文】

　　想要给你寄冬衣，又怕你不再把家还；不给你寄冬衣，你就要挨冻受寒。寄还是不寄，我拿不定主意，真是感到千难万难。

【赏析】

　　此曲中，作者通过描写妻子在为丈夫寄寒衣时的矛盾心情，表达妻子对丈夫的思念。曲子短小精悍，构思巧妙，语言通俗易懂，被广为传唱。"欲寄君衣君不还，不寄君衣君又寒"，妻子对丈夫的爱在反反复复的思量之间表露无遗。而与其说让妻子"千万难"的是"寄与不寄间"，不如说是丈夫的迟迟不归。"寄与不寄"实为娇嗔之语，到这里，妻子最终有没有寄寒衣，作者没有说，读者却已经有了答案。

　　作者只用了二十四个字就将女子的思念之情表现得如此曲折委婉，而结合曲名《寄征衣》，人们又会发现，这并非一首简单的表达思念之情的曲子。丈夫是征人，即使妻子不寄寒衣，他也不可能因天气寒冷就卸下使命与妻子团聚。这不得不让人为曲中人的命运挂心，并由此对征人寄予深深地同情，正如晚唐诗人陈陶在《陇西行》中写的那样"可怜无定河边骨，犹是深闺梦里人"，每个征人的身后，都有思念他的人。同时，既然丈夫归与不归并不由妻子寄不寄征衣所决定，妻子在"寄与不寄间"的"千万难"就成了强加在这一事实之上的"无理取闹"了。然而，从另一方面看，这种"无理取闹"正是妻子因为对丈夫思念之深而作出的天真之想，这样一来，曲中情形虽显得不合逻辑，却是甚合人物情感的。这就是这个情节的动人之处。作者以这样一个情节入曲，使曲子达到了一种"无理之妙"，在构思上可谓精巧。

⊙作者简介⊙

　　姚燧（1238—1313）。字端甫，号牧庵，原籍营州柳城（今辽宁朝阳）。元代名儒，官至太子少傅、翰林学士承旨知制诰。著有《牧庵文集》50卷，今存《牧庵集》36卷，内有词曲2卷，门人刘时中为其作《年谱》。姚燧以散文见称，与虞集并称。宋濂撰《元史》说他的文辞，闳肆豪刚，"有西汉风"。其散曲与卢挚齐名，今存小令二十九首，套数一篇，抒个人情怀之作较多，曲词清新、开阔，富有情趣。摹写爱情之曲作文辞流畅浅显，风格雅致缠绵，对散曲发展有一定的影响。

醉高歌 感怀

◎姚燧

十年燕月歌声①，几点吴霜鬓影②。西风吹起鲈鱼兴③，已在桑榆暮景④。

【注释】

① 燕：指大都。② 霜：指白发。③ 西风吹起鲈鱼兴：据《世说新语·识鉴》："张季鹰辟齐王东曹掾，在洛见秋风起，因思吴中菰菜羹、鲈鱼脍，曰：'人生贵得适意尔，何能羁宦数千里以要名爵！'遂命驾便归。俄而齐王败，时人皆谓为见机。"后来被传为佳话，"莼鲈之思"也就成了思念故乡的代名词。此处作宾语，指思念故乡。④ 桑榆晚景：比喻人的晚年。

【译文】

十年京城观赏燕月、笙歌宴舞的生活，到吴地后两鬓已是白霜点点。西风吹起兴起思归品鲈鱼之念，而此时人已步入晚年了。

【赏析】

姚燧是元代著名的儒臣，十八岁时曾拜学者许衡为师学习理学，受理学影响颇深。他入仕虽晚，却颇为顺利，从秦王府文学做起，先后担任大司农丞、翰林学士、江东廉访使、江西行省参政等职。此曲就写在其被派往江东任职之时。当时，姚燧已在大都做了十多年的官，年事已高，突然被派往江东，很不愉快。"十年燕月歌声"是他对大都生活的一个总结，用"燕月歌声"对"吴霜鬓影"，一面是繁华的往事，一面是已然衰老的自己，这里既有对美好过去的感怀，又有对未来的担忧、惆怅。此二句中已经有了"不如归去"的意思。

接下来的"西风吹起鲈鱼兴"则将这一心意挑明，但不同于一般表达归隐之意的文章，紧接着的"鲈鱼兴"不是对归隐生活的畅想，而是对年事已高的自叹自怜。"已在桑榆暮景"给了人很多想象空间，作者究竟是在懊悔没有早些归隐，还是觉得自己年龄已大已不适合对生活做大的改变，又或者正好相反，想到年事已高归隐的心情就更为急切？

事实上，姚燧最终没有去过隐者的生活。1307年，他被任命为荣禄大夫、集贤大学士、翰林学士承旨，知制诰兼修国史，登上了事业的高峰，每天都有许多人登门拜访，一直到他去世，都是如此。

曲的鉴赏知识

元曲中的白描手法

白描本来是中国画中的一种"单线平涂"技法，指绘画时只用墨线勾勒形象，不着颜色。在文学创作上，与之相对的是"细描"。"白描"是指用最朴素、简练的笔墨，不事雕饰，不作渲染，只寥寥数笔便如实地勾勒出人物、事件与景物的情态面貌。白描手法既可以用于写景，也可以用于叙事。一般不写背景，不求细致，不尚华丽。要求言简意赅，既简洁，又能传神，取得以少胜多的艺术效果。比如唐孟郊的《游子吟》以白描的手法歌咏母爱："慈母手中线，游子身上衣。"唐杜甫特别善于运用白描手法，如《石壕吏》中的"吏呼一何怒，妇啼一何苦"，用白描手法生动形象地将县吏如狼似虎的横蛮之态和老妇人悲惨凄凉的情景描绘出来。白描手法大量运用于小说、散文、诗词中，由元代开始大量出现以细描为主的散曲，但是在散曲中白描手法还是最常见。黄图珌《看山阁集闲笔》中说："元人白描，纯是口头言语，化俗为雅。"比如吕止庵《后庭花·秋思》中的写景叙事："西风黄叶疏，一年音讯无。"比较雅致的也有，如姚燧《醉高歌·感怀》全篇运用白描手法，"十年燕月歌声，几点吴霜鬓影"两句话就概括地把十年声色娱乐生活和作者年老的状态描写出来。

寿阳曲

◎姚燧

贵妃亲擎砚，力士与脱靴。御调羹就飧不谢^①。醉模糊将吓蛮书便写。写着甚"杨柳岸晓风残月"。

【注释】

① 飧（sūn）：即晚饭。

【译文】

杨贵妃亲自捧砚台，高力士为他脱靴子。御厨为他做好膳食，他享用后也不向皇帝谢恩。醉眼朦胧中提笔就写出吓退番蛮的天书。其实写的不过是风月之类佳句。

【赏析】

元曲可庄可谐，宜悲宜喜，调侃、俚俗、尖刻、豪辣，皆不忌讳。此曲就体现了曲"谐"的特点。曲前三句所道之事最早见于宋代的《青琐高议》，"醉模糊将吓蛮书便写"则是从刘全白的《唐故翰林学士李君碣记》中演绎而来。作者将这四件虚虚实实又极富画面感的事情放在一起，成功地表现出李白狂傲不羁的性格。

"杨柳岸晓风残月"出自宋代词人柳永的《雨霖铃》，而李白则是唐代的人。唐代的人无论如何不可能读到宋代的词。另一方面这又是一句写情人送别之景的词句，并没有任何吓人之处。乍一看，此句似乎

> ### 曲的鉴赏知识
>
> **嬉笑怒骂的元曲**
>
> 任讷在《曲谐》中说："元人作曲，完全以嬉笑怒骂出之，盖纯以文字供游戏也。惟其为游戏，故选题措语，无往不可，绝无从来文人一切顾忌，宏大可也，所屑亦可也；渊雅可也，猥鄙亦可也。故咏物如'佳人黑痣''秃指甲'等，皆是好题目，了不觉其纤小。所描摹者，下至佣走粗愚，娼优淫烂，皆所弗禁，而设想污秽之处，有时绝非寻常意念所能及者。"

放错了地方，但事实上，该句恰恰是整首曲子的点睛之处。它为全曲增添了荒诞诙谐的色彩，将"醉模糊将吓蛮书便写"的喜剧效果推向高潮。

虽然在元朝，确有一些如姚燧这样的理学名儒得到重用，但读书人的地位普遍低下。有人认为"醉模糊"和"杨柳岸"两句有嘲弄元朝政府的意思。幸运的是，不管姚燧是否有嘲弄之意，元代对文化非常开通，没有什么人因为写曲获罪下狱。

黑漆弩

◎姚 燧

吴子寿席上赋。丁亥中秋遇观堂对月[①]，客有歌《黑漆弩》者[②]，余嫌其与月不相涉，故改赋呈雪崖使君[③]。

青冥风露乘鸾女[④]，似怪我白发如许。问姮娥不嫁空留[⑤]，好在朱颜千古。笑停云老子人豪[⑥]，过信少陵诗语[⑦]。更何消斫桂婆娑，早已有吴刚挥斧[⑧]。

【注释】

①丁亥：指元世祖至元二十四年（1287）。②《黑漆弩》：曲牌名，由同名词牌入正宫乐调而成，又名《鹦鹉曲》。③使君：对州县长官的尊称。④青冥：天空。乘鸾女：月宫的仙女。《异闻录》载唐玄宗与申天师游月中，见素衣仙娥十余人，"乘白鸾，笑舞于广庭大桂树下"。⑤姮娥：即嫦娥。⑥停云老子：南宋大词人辛弃疾于铅山居所筑停云堂，自称"停云老"。停云之名，用陶渊明《停云诗》意。⑦"过信"句：辛弃疾有《太常引》词咏月，末云："斫去桂婆娑，人道是清光更多。"语本杜甫《一百五日夜对月》："斫却月中桂，清光应更多。"所以说他"过信少陵诗语"。少陵，杜甫自号"少陵野老"。⑧吴刚挥斧：《酉阳杂俎》载汉西河人吴刚学仙犯过，遭罚砍斫月中桂树，树随斫随合。

【译文】

乘着白鸾的仙女随风露自浩荡的青天降落，她们见到我似乎感到奇怪，为什么我的头上会有这么多的白发。我问她们，嫦娥独居月殿不嫁，为什么如此空留？她们说，好就好在美丽的容貌千年不变。可笑辛稼轩虽然豪迈，却过于相信杜甫"斫却月中桂，清光应更多"的诗句。其实何须费力去砍伐婆娑的桂树，那月中不是有吴刚，早就挥着斧子，向桂树砍

了无数遍？

【赏析】

此曲极富想象力，语言诙谐幽默，真率中透着洒脱。曲子一开始，作者就虚构了自己与神话中的人物对话的场景，用自己的"白发如许"和仙女的"朱颜千古"做对比，其对仙女的青春常驻虽不无艳羡，却也没有为自身的衰老怅惘。而紧接在"朱颜千古"后的一个"笑"字，更表现了作者的洒脱。停云老是辛弃疾，其词《太常引》中有"斫去桂婆娑，人道是清光更多"之句，大有忧国之患、为国锄奸之意。但经姚燧之手，该句却褪去了忧愤的色彩，反而传递出乐观的讯息。"何消斫桂婆娑，早已有吴刚挥斧"，人无需为"桂遮清光"绝望，一直以来都有人在动手斫桂。

黑漆弩 村居遣兴

◎刘敏中

长巾阔领深村住①，不识我唤作伧父②。掩白沙翠竹柴门，听彻秋来夜雨。闲将得失思量，往事水流东去。便宜教画却凌烟③，甚是功名了处？

【注释】

① 长巾阔领：巾为古代平民戴的便帽。阔领，指阔领的上衣。这里指古代隐士的衣着。② 伧父：指鄙野的村民，当时南方人讥骂北方人的话。③ 便宜教：即便、即使。画却凌烟：被画到凌烟阁。凌烟，即凌烟阁，唐太宗即位后，为表彰功臣建高阁，阁中绘24位功臣图像。

【译文】

戴着便帽穿起阔领的平民服居住在幽深的小乡村，不认识我的人称我为鄙夫。关起柴门，将远处的白沙翠竹掩在门外，倾听那入夜的绵绵秋雨。闲暇时将平生的得失一一细细地思量，往事随那东逝的流水一去不返。即便是已经将影像画到了凌烟阁上，那算什么功名了却之处呢？

【赏析】

元世祖至元年间，刘敏中因弹劾权相桑哥不果，辞官回家，过起了隐居生活，此曲写的就是他这段时间的经历。归乡间后，他换上了平民打扮，乡人不知他曾是朝廷高官，讥讽他是一介鄙夫，一句"不识为唤作伧父"透着深深的无奈。而"掩白沙"和"听彻"两句，一眼看去好像只是在单纯描述乡间生活，实际却在写寂寥的心境。接下来的"闲将得失思量"正说明了这点——作者并非悠然听雨，纵然往事已如东流水般一去不复返，他却不能不将它们放在心上，与其

说他听雨听到了天亮，不如说他思得失思到天亮。

最末两句是作者"思"的结果，也是全曲的曲眼，作者用一个反问"甚是功名了处？"表明了对功名利禄的蔑视。而与前面的含蓄内敛不同，末两句不仅十分直接地表明心迹，还语气强烈，好像压抑许久的感情喷薄而出。作者故意使用了先抑后扬的手法，将全部的情感力量注入到曲眼中，制造震撼效果。

⊙作者简介⊙

刘敏中（1243—1318），字端甫，济南章邱（今属山东省）人。至元中，由中书掾擢为兵部主事，拜监察御史，因弹劾权臣桑哥，得罪辞官归家。不久，又起用为御史台都事，历官燕南肃政廉访副使、翰林直学士兼国子祭酒、东平路总管、集贤学士、参议中书省事、翰林学士承旨，后以疾还乡。著有《中庵集》，散曲今只存小令二首。

金字经 樵隐

◎马致远

担挑山头月，斧磨石上苔。且做樵夫隐去来。柴！买臣安在哉①？空岩外，老了栋梁材。

【注释】

① 买臣：朱买臣，西汉会稽人。半生贫困，以樵薪为生，而不废诵书。五十岁时终被荐任会稽太守，官至丞相长史。

【译文】

起早赶黑，月亮升上山头了还在挑着柴担下山；斧子用了很多回了，石上的苔藓全被磨光了。就这样做个樵夫隐居在山间。打柴！那打柴的朱买臣现在到哪里去了？崇山峻岭中，栋梁之材虚度岁月，就这样老去。

【赏析】

这是一首慨叹怀才不遇的曲子。"担挑"和"斧磨"二句写出了樵夫的艰辛。可即便如此辛苦，作者还是决定"且做樵夫隐去来"，这就激起了读者的好奇心，想知道作者为何得出这样的结论。接着，作者便用朱买臣的典故表明心迹。朱买臣是汉代名臣，未发迹前曾靠砍柴卖樵为生，后被辞赋家庄助引荐给汉武帝，才得以施展抱负。作者用一个反问"买臣安在哉？"大抒抑郁之气。

末句的"栋梁材"是个双关语，既和前文的"樵夫"相对，又是作者自比。怀才不遇归隐山林的人，就如长在深山无人识的栋梁。而和"买成安在哉？"的逼人气势不同，"空梁外，老了栋梁材"则流露出深深的无奈。其实，综观全曲，人们很容易发现作者的情绪一直在变化，从"单挑山头月"的静谧，到"且做樵夫隐去来"的潇洒，到"柴！买臣安在哉？"的愤懑不平，再到无可奈何的怅惘，这种情绪起伏变化让全曲抑扬顿挫，极具感染力，作者的真实心境就在这变化中一点点地展露出来。

⊙作者简介⊙

马致远（约1251—1321以后），字千里，号东篱，大都（今北京市）人，曾任江浙行省务官，五十岁左右退隐。与关汉卿、郑光祖、白朴合称为"元曲四大家"，有"曲状元"之誉，是元代著名戏曲家、大散曲家、杂剧家。所作杂剧今知有15种，著有《汉宫秋》等杂剧十五种，现存《汉宫秋》《青衫泪》等七种，散曲今存辑本《东篱乐府》一卷（近人辑），现存小令一百零四首，套曲二十三套。其作豪放清丽、本色流畅。

寿阳曲（一）

◎马致远

云笼月，风弄铁①，两般儿助人凄切②。剔银灯欲将心事写③，长吁气一声吹灭④。

【注释】

① 风弄铁：晚风吹动着挂在檐间的响铃。铁：即檐马，悬挂在檐前的铁片，风一吹互相撞击发声。② 两般儿：指"云笼月"和"风弄铁"。凄切：十分伤感。③ 剔银灯：挑灯芯。银灯，即锡灯。因其色白而通称银灯。④ 吁气：叹气。

【译文】

月亮笼罩在云层里，月色朦胧；风儿吹动檐下悬挂着的铁马铜铃，响个不停；两种情景使得眼下倍感悲凉凄切。挑挑灯芯让灯光变得明亮一点，想把心事写下来寄给心上人；可是长叹一口气，"扑"一声把灯吹灭了。

【赏析】

这组《寿阳曲》一共有二十三首，都是写游子与思妇思念之情的曲子。此曲写的是旅居在外的丈夫思念远方妻子的情景。全篇以叙事为主，却以景物描写作为起笔，对情景的烘托作用显得尤为突出。云层遮住月亮，冷风将檐前的铁马吹得叮当作响，前者为视觉之见，后者为听觉之闻，两相结合，构造出昏暗凄凉的意境；同时，这样的事物最容易引起旅人的思绪。作者对景物的选取，在此颇见功力。在这样的情景之下，主人公孤独寂寞的心情自然更加深切了，所以作者接下来便说"两般儿助人凄切"了。一个"助"字，暗含深意，说明主人公的凄切之情其实早已有之，用于此处，可谓精妙。

后两句直接进行细节描写，看似思维跳转，实际上却并不突兀。"剔银灯"这一动作，意指灯影昏暗，需要将其剔亮，这就与前文"云笼月"所构造出的黯淡之景相互映衬，结构仍然是缜密的。灯影昏暗，需要将其剔亮，又暗示主人公在孤灯之中已经愁苦多时，乃至灯草都快燃尽了。

末句可以说是全曲的神来之笔。剔灯的目的，是要使其变得明亮，这样才好借着灯光将自己的心思写在信笺上，却不料一声长叹，无意间竟把灯给吹灭了。这个片段，既出人意料，又在情理之中，足见主人公长吁的强烈。主人公的愁绪虽未能写出来，却用这样一个细节使之一清二楚地使之展现在读者眼前。

曲的格律知识

诗词曲中必不可少的联想手法

联想是指由于某一或某一事物而想起其他相关的人或事物或由某一概念而引起其他相关的概念。联想规律一般有四种：接近联想、类似联想、对比联想、因果联想。联想是古代文学中最经常运用的表现手法。比如在古典诗词中常把感情同水、月、雨雪等自然现象联系在一起，宋秦观诗有"柔情似水"的佳句，将柔情与水进行类似联想；季节也可以同年龄联系在一起，比如"青春年华"，一般把春天同人的青春联系起来，而把"秋天"同人的中年联系起来等等。唐李贺有《猛虎行》，把猛虎同酷吏联系起来，其中如"泰山之下，妇人哭声"之句，将猛虎给人民造成的灾难与酷吏造成的灾难进行类似联想。又比如元吴弘道散曲《金字经》中大量运用联想手法，由眼前的酒想起愁，这是因果联想。因为以酒浇愁成为一种惯例，酒与愁就取得一种比较固定的关联；而由愁想起不得志，这是因果联想；由不得志想起得志之人，这是对比联想。等等。

寿阳曲（二）

◎马致远

人初静，月正明，纱窗外玉梅斜映①。梅花笑人偏弄影②，月沉时一般孤零。

【注释】

① 玉梅：白梅。② 弄影：化用宋代张先《天仙子》"云破月来花弄影"句意。

【译文】

人声刚刚停息，四周渐渐寂静；月色正是明亮的时候；月光照耀着窗外的一树白梅，在纱窗上投下斜影。梅花偏要随风舞弄影子戏笑房中人；月亮沉落后，却与人一样无影相伴地孤零。

【赏析】

《太和正音谱》中这样评价马致远的曲："如朝阳鸣凤，其词典雅清丽，可与灵光景福两相颉颃，有振鬣长鸣万马皆瘖之意。又若神凤飞于九霄，岂可与凡鸟共语哉！"此曲就体现了马致远"典雅清丽"的风格。

这是一首闺怨之曲，以景写情。作者一上来，就用初静的人、明朗的月，映在纱窗上的梅影，营造出清雅静谧的氛围。接下来的"梅花笑人偏弄影"，既和"人初静"呼应，又紧密承接"纱窗外玉梅斜映"，十分自然地将人的心绪、活动带入景中。在这里，作者还故意用"笑"赋予梅花人的情态，以此表现人的孤寂——曲中人孤身一人，只能把梅花想象成有情有感的交流对象，而梅花就好像看穿了自己的心思，嘲笑人为排遣寂寞孤单弄影。"月沉时一般孤零"，与"月正明"相对，写出了时间的变化，全曲的基调也由一开始的清丽变成凄清，月沉下去，夜色黯淡，人们完全可以想象曲中人那幽怨的心情。

此外，此曲对环境的塑造更足见作者构思的婉曲巧妙。梅花的开放，表明整个画面是以寒冬之夜为背景的，这样就为故事设置了一个凄冷寂静的环境，有力地映衬出主人公的寂寞之情。而刚刚静下来的人声，明亮的月光，更将环境的"冷感"渲染得淋漓尽致。作者下笔隐晦，不留痕迹，使得整篇文章既格调雅致又内蕴深厚。

曲的格律知识

词韵和曲韵

戈载《词林正韵》将词韵分为十九部，李渔《词韵》有二十七部。吴梅氏有《词韵》二十二部。曲韵，北曲用周德清的《中原音韵》，南曲用范善臻的《中州音韵》，两书都分为十九韵。从分韵的角度来看，戈载论词韵与曲韵的差别："制曲用韵，可以平、上、去通叶，且无入声。"词韵规定比较严格，曲韵不能用为词韵。在用韵方面，词曲都有平仄间用、隔句换韵、隔片换韵等多种变化。然而曲以入配三声，用韵似乎较词为宽，但是曲韵必先辨别清浊阴阳以五声配五音。如喉声配宫音，颚声配商音，舌声配角音，齿声配徵音，唇声配羽音。用韵的原则，首须择其文意，否则便叫"落韵"，词曲一致。

寿阳曲 远浦帆归①

◎马致远

夕阳下，酒斾闲②，两三航未曾着岸③。落花水香茅舍晚，断桥头卖鱼人散。

【注释】

①浦：水边。②酒斾（pèi）：酒店的旗帘，酒家悬于门前以招徕顾客。③两三航：两三只船。航：船。着岸：靠岸。

【译文】

夕阳的余辉中，酒旗悠闲自在地迎风招展，江上几只船儿还未曾靠岸。江水中飘浮着落花，香气氤氲，缭绕着茅舍，天色渐渐晚了；断桥头卖鱼人也散了。

【赏析】

这首曲子是马致远为宋迪的《潇湘八景图》所题的其中一首，宋迪的原画现已失传，但是人们可以根据这首曲的文学画面很好地构现原画画面，感受其中的韵味。

宋迪是北宋南宗画派的成员之一，着色追求秀雅清旷。马致远的散曲深得其昧，让读者感受到了"曲中有画"的意味。

"远浦帆归"也是宋迪《潇湘八景》中第二景的名字。"远浦"是水面辽阔的意思。

曲作者第一笔是从岸边的酒家开始写的，"酒斾闲"是说在斜阳的沐浴下，小酒店的旗帘悬挂着，却少有酒客。那早些时候的客人都回家了吗？让人展开联想。

接着作者却把目光一跃而至于远处江面上徐徐归来的船只上，我们是不是可以想象，那走了的酒客们正是前往码头迎接归人去了？这样的描写使得画面显得开阔，富有动感，使画面传达出淡远清幽的意味。

"落花水香茅舍晚"落下来的花，漂在水上，美丽动人，还把水给染得香喷喷的。这句的描写令人陶醉。夜幕下，就在这样香气扑鼻的水边，三两间茅屋安安静静地卧在那里，恬静和谐。

"断桥卖鱼"，这是很常见的农村日常现象，一个"散"字，将读者的内心视像拉回到不久前或许还很热闹的鱼市场，形成对比，突出水乡傍晚的静谧。

淡描轻写间，作者仿佛还原了一幅平和静谧的水乡画，色彩明丽自然，诗情画意兼备。真不愧为一代文场"曲状元"。

天净沙 秋思

◎马致远

枯藤老树昏鸦，小桥流水人家。古道西风瘦马①。夕阳西下，断肠人在天涯②。

【注释】

① 古道：古老的驿路。李白《忆秦娥》词："乐游原上清秋节，咸阳古道音尘绝。"张炎《念奴娇》词："老柳官河，斜阳古道，风定波犹直。"② 断肠人：指漂泊天涯、百无聊赖的旅客。

【译文】

干枯的老藤缠绕着古树，栖息着黄昏归巢的乌鸦；一弯小桥跨着一道潺潺的流水，伴着几户人家。荒凉的古道上，一匹孤独的瘦马迎着萧瑟的秋风走来。夕阳自西边落下，漂泊未归柔肠寸断的游子还在天涯。

【赏析】

此曲意在勾勒清秋日落时分的乡野景色。在以白描手法进行纯粹的景物描写时，作者对景物的铺排，对画面的布局，以致用词的考究和精巧均令人惊叹。

起笔为两组静景，用村落、夕阳、晚霞、炊烟、树、鸦等事物构成人们描写秋天这一季节的文字中常见的典型意象，而在"孤、落、残、老、寒"等色彩清冷的词语的限定下，静景立刻生动起来了。"孤村"的"孤"给人以孤寂感，"轻烟"的"轻"将炊烟袅袅升起时的舒缓姿态加以定格，"寒鸦"的"寒"使人如见树上乌鸦正在寒秋中瑟瑟发抖，等等等等。在这些形象的铺陈之下，秋天固有的凄清萧瑟之感便跃然纸上了。各个景物之间直接连缀，不添加任何起连接作用的成分，使景物本身更加凸现出来，众多景物所构成的画面的静谧感也尤其深刻。这些景物虽然多而杂，在作者的排列之下，却并不显得凌乱。孤村、落日、残霞皆是远景，轻烟、老树、寒鸦皆是近景。可见作者画面布局的严谨。

"夕阳"一句，为所有的景物笼罩上一层淡淡的暖色。此处的微折更使最后一句的凄寒来了一次大的突转。而最后一句"断肠人"是点睛之笔，所有的秋景描写于此处凸显其意旨，如万流归宗，融归主旨。原来上述所绘之景均出自于马背上的游子，而所有的景物在此处均带上了游子的主观感受。也就是说，读者在初读此曲的过程中会产生一种情感回放的效应。依文字顺序读下来，先在脑海中构想出一幅凄冷的秋景图，到"夕阳"一句，初见暖色，而读完最后一句，"夕阳"一句在脑海中的意象马上转化，与"断肠人"的岁月之感产生情感关联，连最后一点暖色都没有了。

金字经

◎马致远

夜来西风里，九天雕鹗飞①。困煞中原一布衣②。悲，故人知未知？登楼意③，恨无上天梯④。

【注释】

① 九天：极言天之高远。雕鹗：均属鹰类，此以自谓。
② 中原：泛指黄河中、下游地区。③ 登楼意：东汉末王粲依附荆州刺史刘表，不被重用，郁郁不乐，曾登湖北当阳县城楼，并作《登楼赋》以明志抒怀。④ 上天梯：此指为官的阶梯。

【译文】

傍晚时分，大雕和鹗鹰乘着秋风扶摇而上，翱翔在九天云海之上。而我这一个中原的

平民百姓却上天无力，困居凡尘。实在是可悲呀。故人知不知道这种境况呢？心里直想攀楼而上，只恨没有通天的楼梯。

【赏析】

马致远早年热衷功名，却一直没有机会实现理想，最终在漂泊了二十多年后看破世事，过起了隐居生活。这首小令是马致远早年所作，当时的他正苦苦寻找施展抱负的舞台，不想恰逢元朝统一南北，社会动荡不堪。动乱之中，虽有一部分人得到高升，但更多的人却流离失所，苦不堪言。马致远就是后者。

此曲以景起兴，接连化用两个典故。"九天雕鹗飞"出自唐代诗人杜甫《奉赠严八阁老》的"蛟龙得云雨，雕鹗在秋天"。"中原一布衣"则出自金朝诗人李汾《下第》中的"东风万里衡门下，依旧中原一布衣"。前者象征了青云得志，意气风发，后者却象征着有志难抒，孤苦潦倒。"九天"与"中原"一高一低，构成鲜明对比，"困煞"又写出了作者的懊恼与焦灼。他想尽办法改变命运，却始终不能如愿以偿，只能大叹一声"悲"。

作者无奈的心情尽在这"悲"字之中。他登楼望远，企盼功名，却无奈"楼"与"九天"相隔甚远。在这里"楼"是实景，喻示着现实；"九天"是虚景，象征着理想，而"天梯"则指代晋升的途径。没有这个"天梯"，作者便无法抵达理想的彼岸，个中忧愤可想而知。

四块玉 紫芝路①

◎马致远

雁北飞，人北望②，抛闪煞明妃也汉君王③。小单于把盏呀刺刺唱④。青草畔有收酪牛⑤，黑河边有扇尾羊⑥。他只是思故乡⑦。

【注释】

① 紫芝路：昭君出塞时所经之路。② 人北望：指王昭君的企盼。③ 抛闪煞明妃也汉君王：意思是明妃让汉君王好生思念。④ 小单于：指呼韩邪单于。呀刺刺（là）：象声词，指小单于的歌声。⑤ 青草畔有收酪牛：指草原上有大量奶牛。⑥ 黑河边有扇尾羊：黑河岸边有尾呈扇状的肥羊。黑河：位于呼和浩特市南郊，河畔有昭君墓。⑦ 他：指王昭君。

【译文】

大雁往北飞翔，王昭君往北方张望，汉元帝啊，你将昭君抛撒得太凄惨。而小单于一手拿着酒杯，一边乌刺刺地高唱。青青的草原上，有的是产奶的牛群；黑河边上有的是大尾的绵羊。而昭君她却只是一味地思念故乡。

【赏析】

此曲写王昭君塞外思归。

据《后汉书》记载，王昭君本是汉元帝的宫女，入宫多年却不得见汉元帝一面，遂"积悲怨，乃请掖庭令求行"，主动请求去

与匈奴和亲。在她即将离宫时，汉元帝见到她，被她的美貌震惊，想留她在身边，但又不能失信于匈奴，最终只好眼睁睁地看着她远嫁。

从此曲来看，马致远对王昭君充满同情。"雁北飞，人北望"，昭君却再无南下回乡的可能，只能目送大雁飞向远方。一句"抛闪煞"点出了昭君被遗弃他乡的命运，有人惦记塞外的昭君吗？"小单于把盏呀刺刺唱"，浑然不知昭君的心绪。作者想象着昭君在塞外的生活，"青草畔有收酪牛，黑河边有扇羊尾"，这生活固然美好，可思乡者的心里却只有故乡。"他只是思故乡"，塞外的大好风光和王昭君怅然思乡的样子形成鲜明对比，又从一个侧面表现了昭君的孤苦。

四块玉 浔阳江

◎马致远

送客时，秋江冷①，商女琵琶断肠声②。可知道司马和愁听③。月又明，酒又醒④，客乍醒⑤。

【注释】

①冷：凄冷，萧条。②商女琵琶：此处暗指白居易的《琵琶行》。③和：连，连同。④醒：喝醉了神志不清。喻指酒浓。⑤醒：醒悟，觉醒。

【译文】

送别客人时，秋天的江面上透着寒气，歌女弹着琵琶演奏着哀怨之极的送别曲。可知道

听曲人是满怀着愁绪在倾听。月色正是明亮的时候，酒酣中又一次呈醉意，而客居之人刚刚才从酒醉中惊醒。

【赏析】

浔阳江地处江西省九江市，因白居易的《琵琶行》而闻名。后但凡路经此地的文人墨客，都会不禁题诗几句，或为白居易身遭贬谪愤慨不已，或英雄惜英雄般产生共鸣。此曲便是作者借他人之事悲自己之情。

此曲多处化用《琵琶行》的成句，语句清雅，韵味悠长。

秋江月夜，作者与友人在浔阳江头话别，"冷"字一方面极言秋夜的寒冷，一方面也体现了作者内心的凄凉。"断肠"二字则将作者的黯然愁绪很好地展现了出来，此二字也是此曲的基调。此情此景，不是正好和白居易《琵琶行》里的情景相似吗？客串对饮，秋意正浓，琵琶歌声，此时的作者也和白居易有着一样的心情吧？同样的愁苦，同样的抑郁不得志，再加上别恨依依，是巧合吗？此时无声已胜有声。"和愁听"三个字便道出了作者与白居易的共鸣。

"月"在古代通常都是遥寄相思或表达愁苦之情的，而两个"又"字的复用则把作者内心被愁思离情所恼的情绪恰到好处地表现出来。一句"客乍醒"暗示着"送君千里终须一别"，世上无不散之宴席，作者终究要面对那令人难过的分别。一处愁引出多处愁，在这秋寒月夜，联想到自己仕途坎坷，面对着即将分别的友人时，作者内心如五味杂陈，这复杂的情愫是一杯杯浊酒难以化解的。

浔阳江之作正可谓以古人之酒杯浇自己之块垒。

蟾宫曲 叹世

◎马致远

咸阳百二山河①，两字功名，几阵干戈。项废东吴②，刘兴西蜀③，梦说南柯④。韩信功兀的般证果⑤？蒯通言那里是风魔⑥？成也萧何，败也萧何⑦，醉了由他⑧。

【注释】

①百二山河：谓秦地形势险要，利于攻守，二万兵力可抵百万，或说百万可抵二百万。②项废东吴：指项羽在垓下兵败，被追至乌江自刎。乌江在今安徽和县东北，古属东吴地。③刘兴西蜀：指刘邦被封为汉王，利用汉中及蜀中的人力物力，战胜项羽。④梦说南柯：唐人李公佐传奇《南柯太守传》说：淳于棼昼梦入大槐安国，被招为驸马，在南柯郡做二十年的太守，备极荣宠。后因战败和公主死亡，被遣归。醒来才知道是南柯一梦。所谓大槐安国，原来是宅南槐树下的蚁穴。⑤韩信：汉高祖刘邦的开国功臣，辅佐高祖定天下，与张良、萧何并称汉兴三杰。后被吕后所害，诛夷三族。兀的般：如此，这般。证果：佛家语。谓经过修行证得果位。此指下场，结果。⑥蒯通：即蒯彻，因避讳汉武帝名而改。曾劝韩信谋反自立，韩信不听。他害怕事发被牵连，就假装疯。后韩信果被害。⑦"成也萧何"二句：韩信因萧何的推荐被刘邦重用，后来吕后杀韩信，用的又是萧何的计策。故云"成也萧何、败也萧何"。⑧他：读 tuō，协歌戈韵。

【译文】

咸阳那一川山河，因为功名二字，曾兴起过多少次战乱。项羽攻破东吴，刘邦在西蜀建国，最终烟消云散，都像南柯一梦。韩信劳苦功高哪里成了正果？蒯通的预言哪里是疯话？当初成功也是因为萧何，失败也是因为萧何；还不如喝醉了一切让它自己去吧！

【赏析】

在此曲中，作者借品评刘邦建立霸业的历史典故，发表对功名的看法。咸阳曾是刘邦和项羽倾力争夺的重要城市，曲子一开始作者就连用了三个和数字有关的短语"百二山河""两字功名""几阵干戈"来表现功名的危害：人们为了名利，无视生命，发起战事，造成无数生灵涂炭。接着，作者又用"南柯一梦"传达了自己对功名的看法，不管是在乌江畔自刎的项羽，还是功成名就的刘邦，其实都没有什么分别，他们都将自己的一生投入进追逐名利上，最终也都被无情的时间带走。

接下来，作者又将笔锋转到了为刘邦立下汗马功劳的韩信身上。传说韩信在临死之前大呼："吾悔不用蒯通之计"，其戎马一生却只换得死于非命的下场。"成也萧何，败也萧何"出自民间俚语，作者借此说明人心叵测，世事难料。被名利所摄的人，往往看不见名利背后的危险，后悔时已于事无补。

"醉了由他"反映了一种顺其自然的心态。人生难以预测，不妨看淡得失，反正无论结果如何，都将被历史的波涛淹没。

短短一首小令，包含了大量妇孺皆知的历史典故，给人留下了丰富的遐想空间，让人回味无穷。

夜行船 秋思［套数］

◎马致远

百岁光阴一梦蝶①，重回首往事堪嗟。昨日春来，今朝花谢，急罚盏夜阑灯灭②。［乔木查］想秦宫汉阙③，都做了蓑草牛羊野。不恁么渔樵无话说④。纵荒坟横断碑，不辨龙蛇⑤。［庆宣和］投至狐踪与兔穴⑥，多少豪杰。鼎足三分半腰折，魏耶？晋耶⑦？［落梅风］天教富，莫太奢。无多时好天良夜⑧。看钱奴硬将心似铁⑨，空辜负锦堂风月⑩。［风入松］眼前红日又西斜，疾似下坡车。晓来清镜添白雪⑪，上床与鞋履相别。莫笑鸠巢计拙⑫，葫芦提一向装呆⑬。［拨不断］利名竭，是非绝。红尘不向门前惹，绿树偏宜屋角遮，青山正补墙头缺，竹篱茅舍。［离亭宴煞］蛩吟一觉方宁贴，鸡鸣万事无休歇。争名利何年是彻⑭。密匝匝蚁排兵，乱纷纷蜂酿蜜，闹攘攘蝇争血。裴公绿野堂⑮，陶令白莲社⑯。爱秋来时那些：和露摘黄花，带霜烹紫蟹，煮酒烧红叶，人生有限杯，几个登高节。嘱咐俺顽童记者：便北海探吾来⑰，道东篱醉了也⑱。

【注释】

① 梦蝶：《庄子·齐物论》，"昔者庄周梦为蝴蝶，栩栩然蝴蝶也。……俄然觉，则蘧蘧然周也。"这句话是说人生就像一场幻梦。② "急罚盏"句：赶快行令罚酒，直到夜深灯熄。夜阑，夜深，夜残。③ 秦宫汉阙：秦代的宫殿和汉代的陵阙。④ 不恁（nèn）：不如此，不这般。⑤ 龙蛇：这里指刻在碑上的文字。古人常以龙蛇喻笔势的飞动。李白《草书歌行》："时时只见龙蛇走，左盘右蹙如惊电。"⑥ 投至：及至，等到。⑦ "鼎足"句：言魏、蜀、吴三国鼎立的形势，到中途就夭折了。最后的胜利者到底是魏呢？还是晋呢？⑧ 好天良夜：好日子，好光景。⑨ 看钱奴：元代杂剧家郑廷玉根据神怪小说《搜神记》，关于一个姓周的贫民在天帝的恩赐下，以极其悭吝、极其刻薄的手段，变为百万富翁的故事，塑造了一个为富不仁，爱财如命的悭吝形象——看钱奴。⑩ 锦堂风月：富贵人家的美好景色。此句嘲守财奴情趣卑下，无福消受荣华。⑪ 添白雪：添白发。⑫ 鸠巢计拙：指不善于经营生计。《经·召南·鹊巢》："维鹊有巢，维鸠居之。"朱熹注："鸠性拙不能为巢，或有居鹊之成巢者。"⑬ 葫芦提：糊糊涂涂。⑭ 彻：了结，到头。⑮ 裴公：唐代的裴度。他历事德宗、宪宗、穆宗、敬宗、文宗五朝，以一身系天下安危者二十年，眼见宦官当权，国事日非，便在洛阳修了一座别墅叫作"绿野堂"，和白居易、刘禹锡在那里饮酒赋诗。⑯ 陶令：陶潜。因为他曾经做过彭泽令，所以被称为陶令。相传他曾经参加晋的慧远法师在庐山虎溪东林寺组织的白莲社。⑰ 北海：指东汉的孔融。他曾出任过北海相，所以后世称为孔北海。他曾说："座上客常满，樽中酒不空，吾无忧矣。"⑱ 东篱：指马致远。他慕陶潜的隐逸生活，因陶潜《饮酒》诗有"采多数东篱下，悠然见南山"之句，乃自号为"东篱"。

【译文】

　　人的一生不过百岁，就像庄周梦蝶。再回头想想往事实在令人慨叹。昨天春天才来，今天早上春花就谢了。赶紧的行令劝酒，夜还是很快来临，灯就要灭了！想一想那些秦朝的宫殿和汉朝的城阙，现在无影无踪，只是生满了杂草，变成了放牧牛羊的荒野。不是如此的话，渔翁和樵翁倒没有聊天的话题了。那些断碑横七竖八地倒在荒坟堆上，原来上面龙飞凤舞般的文字也面目全非，分辨不清楚了。最终成了狐狸出没的地方和兔子的洞穴，多少英雄豪杰的坟地都是如此。三国鼎立中途便夭折，最后胜利的是魏呢？还是晋呢？即便是上天让你富足，你也不要过于奢侈，并没有多少好日子良夜美时。看钱奴心肠硬得像铁，白白地辜负了华美的堂舍和那无边风月。眼前的红日，又要快速西沉了，快得像是急速滚落的下坡车。早上对着镜子发现头发又添了许多白色的，晚上一上床说不定就是和鞋袜永别，第二天就不用再穿它了。别嘲笑鸠鸟自己笨不会搭窝，哪里知道它其实稀里糊涂从来是装傻。不追求名利，也就没有是非缠身了。红尘中的烦心事也不会到自家门前，只要把绿树栽在屋角让它遮阴挡凉；院墙破损了，就让青山补上缺损之处吧，再加上竹子编插的篱墙，茅草铺顶的屋舍。静静的夜里听到蛐蛐儿的叫声，这时睡觉才觉得踏实宁帖；待到五更鸡鸣时，乱七八糟的事就又纷至沓来，没有时间休息。这人间争名争利的事，何年是个了结呢！密密麻麻的蚂蚁，又在排兵布阵了，乱纷纷的蜜蜂又在酿蜜了，闹闹嚷嚷的苍蝇又要去争抢污血了。裴度饮酒论诗的绿野堂，陶渊明雅聚的白莲社。我喜欢的是这些，到秋天时：带着露水采摘菊花，带着白霜烹煮紫蟹，用红色的枫叶煮酒。人的一生只有那有限的几杯酒，还能过几个重阳登高节！我告诉孩子们哪，听好记住了：就是好客的孔北海来探望我，我也不见，你们就告诉他说，我马东篱喝醉了！

【赏析】

　　起首句感叹光阴如梭，人生如梦，慨叹往事之恍惚。接下来，作者又细数人事之沧桑："秦宫汉阙"都变做了"衰草牛羊野"，英雄墓地上如今却布满了"狐踪与兔穴"，三国鼎立的局面并未维持太久，魏晋之际的风云往事早已被人们忘记。功名事业都如同过眼烟云，随历史的潮流而纷纷湮没，再多的钱财也抵消不了良辰好景的蹉跎。光阴似箭，人生无常，不如淡泊功名，远离是非。

　　看世间那"蚁排兵""蜂酿蜜""蝇争血"般的经营与纷争，到底最后都得到了什么呢？还是去过"摘黄花""烹紫蟹""烧红叶"般的归隐田园的悠然自得的生活吧！作者对王侯将相、功名富贵进行了嘲弄和否定，对"富家儿"守财奴进行了痛骂和讥讽，对名利场中的无耻争夺表达了厌恶和谴责。

　　最后作者喟叹人生有限、良辰无多，进而表明了心志——决意切断尘缘，杜门谢客，从此徜徉于酒乡梦境之中。

　　曲子豪辣奔放，明爽流畅，运用三组鼎足对和对偶句式，使曲子显得直言快语，似是一气呵成。此曲放逸宏丽，而又不离本色。

　　擅长押韵也是本曲的一大特色。

赏花时 掬水月在手① ［套数］

◎马致远

古镜当天秋正磨，玉露瀼瀼寒渐多②。星斗灿银河。泉澄潦净③，仙桂影婆娑。

［幺］不觉楼头二鼓过，慢撒金莲鸣玉珂④。离香阁，近花科⑤。丫鬟唤我："渴睡也，去来呵。"

［赚煞］紧相催，闲笃磨⑥，快道与茶茶嬷嬷⑦："宝鉴妆奁准备着，就这月华明乘兴梳裹⑧。"喜无那⑨。非是咱风魔⑩，伸玉指盆池内蘸绿波。刚绰起半撮⑪，小梅香也歇和⑫，分明掌上见嫦娥。

【注释】

① 掬水月在手：唐于良史《春山夜月》诗句。后人常作为赋得体咏作的题目。② 瀼（róng）瀼：露水浓重的样子。③ 潦：沟洼的积水。④ 撒金莲：女子迈开脚步。金莲，指女子的纤足。玉珂：此指佩戴的饰物。⑤ 花科：成堆的花丛。科借作"窠"。⑥ 笃磨：宋元方言，徘徊，回旋。⑦ 茶茶：金元时对年青女的习称。嬷嬷：老年使女。⑧ 梳裹：梳妆。⑨ 无那：无奈。这里是"非常"的意思。⑩ 风魔：轻狂。⑪ 绰：抄。⑫ 梅香：使女，丫鬟。歇和：同"邪许"，大声叫唤。

【译文】

月亮如古镜般悬挂着，在秋空中显得分外明妍。满地露水浓重，让人渐感清冷。银河中星光灿灿，地面上的清泉和积水异常澄净，桂树婆娑摇曳的影子映现其中。

不知不觉楼上传来了二更的鼓点，我款移莲步，身上的珠玉相碰，发出"珊珊"的鸣声。离开香闺，走近花丛。身旁的丫鬟叫着我说："瞌睡得睁不开眼，快些回去吧。"

她那里紧催紧唤，我这里慢吞吞地徘徊。快向使女们传话说："准备好镜子妆奁，乘着美好的月色，让我漂漂亮亮地梳妆打扮一番。"我欣喜无限。不是我轻狂，伸出玉指往小池里蘸些绿水。刚捧起一掬清波，小丫鬟也跟着惊喜地叫唤。手掌中分明映着我那美如嫦娥的容颜。

【赏析】

马致远的这套曲子，是取唐于良史《春山月夜》诗中"掬水月在手"句所作的赋得体咏作。所谓赋得体，即摘取古人成句为题所作诗歌，类似我们现在的命题作文。

曲题"掬水月在手"中，月是全句的中心。全曲开篇便围绕月亮，将景色渲染了一番。"古镜当天秋正磨"句，将月亮比作古镜，时值秋天，正是月明之季，而一个"磨"字，又将作为喻体的"古镜"加以限定，表示其为全新磨制出来的，极言月亮的明净。在如此月亮的光照之下，玉露增添了寒意，泉水变得澄澈了，积水显得清净了，树影也婆娑优美多了。一副清秋月夜的美景，立即呈现在我们眼前。

从 [幺] 篇开始，这套曲子的独特之处便开始显现了。短短一百多字的曲子，作者不仅生发、描绘了题中诗句所包含的意蕴，更别出机杼地设计了情节，为我们塑造了一个情窦初开的少女天真烂漫、率真洒脱的形象。

全曲以自白口吻进行抒写，少女满怀喜悦与激动的情感表现得极其生动。二鼓已过，时间已经不早了，少女游兴顿起，不顾丫鬟疲困之下的叫唤，兀自出门游玩去了。"不觉"二字，既写时间流逝之快，也表现出少女兴致之高，全然忘了时间了。这正是青春期女孩活泼好动特征的鲜明写照。"慢撒金莲鸣玉珂"则让我们对少女曼妙的身影有了一个朦胧而美好的印象。慢慢挪动的"金莲"美足颇有诗意；"玉珂"的鸣响，则以物之声写人之美，我们可以想象出一位精心打扮，插钗带佩的款款美少女在花间月下行走时，身上的配饰发出叮叮当当响声的可爱情景。少女离开了久居的闺阁，来到了花树丛中，在这一"离"一"近"中，其放任不羁的形象也明朗起来了。篇末所写丫鬟的叫唤，纯用白话，生活气息浓厚，妙趣横生。

[幺] 篇中少女与丫鬟的主意不和，在 [赚煞] 中，通过一个细节得到了调和；同时，全曲的主题也得到了升华。少女从盆中掬起半撮洗脚水，水映月色，也映照出少女姣美的面容，月色与美人交相辉映，连丫鬟也禁不住叫出声来了。从闲庭信步到这个细节的出现，前文的铺垫做得充分而曲折。在丫鬟催促不动，主人依旧悠闲漫步的情形下，丫鬟吩咐起了仆人为其准备梳妆。

到此，曲子离题面似乎越来越远了，作者又出人意料地插入少女掬水自照这一动作，既引出了下文，转回了题面，这一动作本身，又将少女调皮洒脱的形象表露无遗了。

拨不断（一）

◎马致远

叹寒儒①，谩读书②，读书须索题桥柱③。题柱虽乘驷马车，乘车谁买《长门赋》④？且看了长安回去。

【注释】

① 寒儒：贫穷的读书人。② 谩：徒然，枉自。③ 须索：应该，必须。题桥柱：司马相如未发迹时，从成都去长安，出城北十里，在升仙桥桥柱上题云："不乘驷马高车，不过此桥。"④《长门赋》：陈皇后失宠于汉武帝，退居长门宫，闻司马相如善作赋，以黄金百斤请其作《长门赋》，以悟主上。武帝看后心动，陈皇后复得宠。

【译文】

可叹那寒酸的读书人，枉读了那么久的书，读书必须要题字在桥柱发誓。即便题柱后如愿乘坐上了驷马车，可乘了车又有谁能像陈皇后那样重金求买《长门赋》？暂且到长安看看就回去吧。

【赏析】

作者生活的时代缺乏赏识人才的君王，而作者的追求和理想主要在于能施展自己的才华，而这个理想是不可能实现的。因此作者作此曲慨叹读书无用、求取功名的艰难，认定归隐是最好的归宿。

这首小令用了"顶针"的手法。作者是这种巧体的始作俑者。

这首曲虽未点出汉文学家司马相如的名字，却是以他的遭际生发来发表感叹的。司马相如是此散曲中凭借真才实学而得青云直上的典型。本曲将他题桥柱、乘驷马车、作《长门赋》的发达经历分为三种人生际遇的不同比照。言下之意，现在即使有司马相如一样的高才，最终也得不到应有的赏识。作者欲擒故纵，一步步假设退让，最后还是回到了"寒儒"的原点。

末句亦无异一声叹息，以叹始，以叹终，感情色彩是十分鲜明的。

本曲在逻辑上似乎不很周密，比如"读书须索题桥柱"并非是"谩读书"的必要条件，乘了驷马车，碰不上"谁买《长门赋》"，与"看了长安回去"的结局也成不了因果联系。但我们前面说过，本曲在形式上具有"顶针"的特点。这一特点造成了邻句之间的严密性，从全篇来看，则产生了句意的抑扬进退。文势起伏，本身吸引了读者的注意力，在论点的支持上未能十分缜密，也就不很重要了。

"且看了长安回去"，似乎也有典故的涵义。桓谭《新论》："人闻长安乐，出门西向而笑。"唐代孟郊中了进士，得意非凡，作诗云："春风得意马蹄疾，一日看遍长安花。"曾被人讥为外城士子眼孔小的话柄。"寒儒"们还没有孟郊中进士的那份幸运，"看了长安"后不得不灰溜溜打道"回去"，"长安乐"对他们来说真成了一面画饼。这种形似寻常而实则冷峭的语句，是散曲作家最为擅长的。

拨不断（二）

◎马致远

立峰峦，脱簪冠①，夕阳倒影松阴乱。太液澄虚月影宽②，海风汗漫云霞断③。醉眠时小童休唤。

【注释】

① 簪冠：簪是古人用来固定发髻或冠帽的一种长针。此处簪冠指官帽。② 太液：大液池，皇家宫院池名，汉武帝建于建章宫北，中有三山，象征蓬莱、瀛洲、方丈三神山。这里泛指一般的湖泊。澄虚：澄澈空明。③ 汗漫：浩瀚、漫无边际。

【译文】

站在山顶上，摘下簪帽远望，夕阳照耀下松树投下凌乱的阴影。太液池水影映着虚空，月亮发出澄澈光明；海风漫无边际地吹来，片片云霞离散。喝醉了酣眠时，那小书童你不要叫醒我。

【赏析】

这是一首描写隐者生活的曲子，从中可见作者的人生态度。"脱簪冠"有摆脱尘世束缚之意，说明曲中人已远离俗世喧嚣器，全身心地投入自然。而"醉眠时小童休唤"又暗示人们，曲中人对这样的生活十分满意，早已沉醉其中。

清江引 野兴

◎马致远

西村日长人事少①，一个新蝉噪。恰待葵花开，又早蜂儿闹。高枕上梦随蝶去了②。

【注释】

① 日长：指长长的夏日。② 梦随蝶：《庄子·齐物论》说庄周梦见自己化成蝴蝶，翩翩而飞，竟然忘记了自己是庄周。此处作者引来形容自己进入梦乡。

【译文】

住在西边村庄，白天时间长，日常事务却很少；只听见一只新蝉在树上聒噪。恰好葵花正要开放，又早碰上蜜蜂出来喧闹。枕着高高的枕头入眠，在梦中随着蝴蝶飞去了。

【赏析】

此曲写隐居之乐，生动而富有情趣。作者以闹写静，用蝉的鸣叫，蜜蜂的活动，来表现隐居生活的静谧，而这种静不只是环境的安静，人的内心也一派恬静。"日长人事少"和曲末的"高枕上梦随蝶去了"对应，作者恬淡悠然的生活情景尽在其中。

拨不断

◎马致远

布衣中^①，问英雄，王图霸业成何用？禾黍高低六代宫，楸梧远近千官塚^②。一场噩梦。

【注释】

① 布衣：平民百姓，未得功名的人。②"禾黍"二句：本唐许浑《金陵怀古》诗："楸梧远近千官塚，禾黍高低六代宫。"六代，即六朝，指三国吴、东晋、南朝宋、齐、梁、陈，均在今南京建都。楸梧，两种树木名，常植于墓地。

【译文】

在平民百姓之中，试问那几个英雄人物，称王图霸建立功业究竟有什么用处？你看那六朝宫殿，如今长满了高高低低的禾黍；千万名达官的坟墓上，如今远远近近长满了楸树和梧树。只不过像是一场噩梦。

【赏析】

在此曲中，作者对世人推崇的功名霸业进行了否定。

"布衣"中的"英雄"是指那些出身平凡却渴望建立一番功业的人。但作者显然不认同把开功建业当作毕生追求的人生观."王图霸业成何用"，反映了作者淡泊功利的人生态度。在世俗之人眼中，没有比王霸之业更伟大的功名了，但在作者看来，这也不过是一场虚空。六朝宫殿曾是权力的象征，豪华无比，而现在却长满了杂草，一片萧瑟。还有那些不可一世的达官贵人们，最终也不过和平民百姓一样，都化作了白骨。"禾黍"句和"楸梧"句，皆化自唐朝许浑的诗句。但在许浑的诗中，"禾黍"和"楸梧"都只是讲金陵一地的景象，而在马致远这里，它们却被用来说明一切王图霸业的无用。

马致远早年专注于求取功名，但在长期得不到重用的情况下，他也开始看破红尘，追求超然物外的生活。道家的思想对他影响颇大，以至于后来，他还拥有了"万花丛中马神仙"之誉。道家将功名看作人生的枷锁、负累，所以在曲的末尾，马致远不只用"梦"来说明"王图霸业成何用"，还用"噩梦"表达对功名的厌恶。

曲的鉴赏知识

马致远散曲的语言特点

元代是一个多民族共同生活的时代，方言甚多，一些曲作家在写曲时不免生搬硬套其他民族的语言，给读者造成理解障碍。但马致远却不然，他并没有简单地将口语俗语、地方方言带入自己的曲子中，而是让它们和传统的诗词语言相结合，形成了"文而不文，俗而不俗"的语言风格。

赠长春宫雪庵学士① （摘调）

◎王伯成

　　莫苦求，休强揽。莫教邂逅遭坑陷②。恐哉笞杖徒流绞③，慎矣公侯伯子男④。争夸炫⑤，千钟美禄，一品高衔？

【注释】

① 长春宫：在大都（今北京市），为全真教教主丘处机所设立的道观。② 邂逅：不期而遇。③ 笞杖徒流绞：古代官方制定的五种肉刑。④ 公侯伯子男：古代的五等爵位。⑤ 争：岂，怎。

【译文】

　　遇事不要强自苦求，也别硬性代揽。别在无意间遭遇陷阱坑壑。恐怖啊，笞、杖、徒、流、绞的刑罚，谨慎啊，公、侯、伯、子、男各位贵族。何必争相夸耀，什么千钟厚禄，一品高官的官衔？

【赏析】

　　此曲是《哨遍·赠长春宫雪庵学士》中的一支摘调。既是馈赠之作，又是劝世之曲，提醒人世事险恶，需小心谨慎。人一心追求名利的时候，往往会忽视周遭的危险，"苦求"与"强揽"来的，很可能是"遭坑陷"。作者特地用"笞""杖""徒""流""绞"这五刑和"公""侯""伯""子""男"这五侯相对，旨在提醒人们，权力并不能让人免受灾祸。

　　此曲体现了道家的思想，道家认为世俗崇尚名利的价值观于人的天性有损，不利于人的修身养性。而将名利置于生命之前，譬如"争夸耀，千钟美禄，一品高衔"就是一种本末倒置的做法，并不足取。

⊙作者简介⊙

　　王伯成，生卒年不详，元代杂剧作家，涿州（今河北涿县）人。贾仲明为《录鬼簿》补写的吊词中说他与"马致远忘年友，张仁卿莫逆交"。张仁卿是画家，与王伯成同为至元年间人。王伯成作杂剧三种，今存《李太白贬夜郎》。《兴刘灭项》仅存残文，他还作有《天宝遗事》诸宫调，存曲不全。

后庭花

◎赵孟頫

清溪一叶舟，芙蓉两岸秋①。采菱谁家女，歌声起暮鸥②。乱云愁，满头风雨，戴荷叶归去休③。

【注释】

① 芙蓉：荷花。② 鸥：水鸟。③ 休：语气助词。

【译文】

　　清清溪水上飘荡着一叶小舟，荷花沿着溪水延伸至两岸，一派秋天风光。谁家采莲女，展歌喉，唱起歌谣，惊起一群栖息的鸥鸟。黑云猛然间狂乱聚集，令人发愁地在大风中夹带着雨点吹向人脸，采莲女不慌不忙地在头上顶着荷叶，划舟回家去了。

【赏析】

　　这是一首描写水乡生活的曲子，是田园小令中的

◎作者简介◎

　　赵孟頫（1254—1322），字子昂；号松雪道人，又号水晶宫道人、鸥波，中年曾作孟俯；吴兴（今浙江湖州）人。元代著名画家，楷书四大家之一。赵孟頫博学多才，能诗善文，懂经济，工书法，精绘艺，擅金石，通律吕，解鉴赏，被称为"元人冠冕"。

佳作。"清溪一叶舟，芙蓉两岸秋"，作者只是简单罗列了四个意象——溪、舟、芙蓉、秋——便让读者有了带入之感，不是远远地看着小舟穿梭于芙蓉花间，而是置身舟上，顺溪而下，观岸上风光。接着，"采菱谁家女，歌声起暮鸥"，作者笔锋一转，将视角拉近，用采菱女的歌声和惊起的鸥鹭凸显水乡的宁静，让景物活了起来。

　　清澈的溪水，唱着歌的采菱女，盛开的芙蓉，飞起的鸥鹭，动静相间，有声有色。正当人们沉浸于这明秀的景色中时，作者突然大笔一挥，让愁云密布，风雨欲来。然而，曲中景陡然变化，景中人却毫不惊慌。采菱女顺手取了朵荷叶戴在头上，划舟归去。一个"休"字写出了她悠然的姿态，也令读者遐想万千。人间世事就如这水乡风景，也许前一分钟还风和日丽，后一分钟便风雨大作。而人是否能像采菱女这样，既能在风和日丽时欣然歌唱，也能在风雨大作时泰然戴荷，用平常心应对万千变化？

　　赵孟頫生活在宋末元初之际，历遍坎坷，因为以南宋遗逸的身份出仕元朝，饱受诟病。但事实上，他却是一个真率的人，他曾在诗中这样说："我性真且率，不知恒怒嗔。俯仰欲从俗，夏畦同苦辛。"他的作品始终散发着淡泊随意的气息，这种气息正是其清灵心性的写照。

十二月过尧民歌 别情

◎王实甫

　　自别后遥山隐隐，更那堪远水粼粼①。见杨柳飞绵滚滚②，对桃花醉脸醺醺③。透内阁香风阵阵④，掩重门暮雨纷纷。怕黄昏忽地又黄昏，不销魂怎地不销魂。新啼痕压旧啼痕，断肠人忆断肠人。今春，香肌瘦几分？缕带宽三寸⑤。

【注释】

①粼粼（lín）：形容水明净清澈。②"杨柳"句：形容柳絮不扬。③"对桃花"句：醺醺，形容醉态很浓。这是暗用崔护的"去年今日此门中，人面桃花相映红"的语意。④内阁：深闺，内室。⑤缕带：用丝纺织的衣带。

【译文】

　　自分别后，望不尽隐隐约约的重峦叠嶂，更难忍受那波光粼粼的江水奔流而逝。只见柳絮纷纷扬扬漫天飘洒，面对娇艳的桃花如痴如醉脸色晕红。闺房楼阁透出一阵阵香风，掩闭了重门，到黄昏听着雨点声声敲打的声音。怕黄昏到来偏偏黄昏忽地来临，不想失魂落魄又怎不叫人落魄伤心？旧的泪痕盖着新的泪痕，

断肠人想念着断肠人。今年春天，身上的香肌瘦减了多少？看衣带宽出了三寸。

【赏析】

　　明代的朱权在《太和正音谱》中评价王实甫："王实甫之词如花间美人，铺叙委婉，深得骚人之趣，极有佳句，若玉环之出浴华清，绿珠之采莲洛浦。"此曲颇能体现王实甫的特点。

　　在这首曲子中，王实甫用了大量叠字。作为一种修辞方法，叠字的好处是"参差若沃，两字穷形，并以少总多，情貌无疑"（刘勰《文心雕龙》）。隐隐勾勒出远山的样貌，粼粼写出了水的晃动之姿，曲中人那绵绵长长的离愁自然而然蕴含其中——隔断曲中人与情人的不是一两座山，而是重重群山，不是一汪浅水，而是望不穿的河流。再见"见杨柳"和"对桃花"二句。古人取"柳"与"留"的谐音，临别之际，赠人予柳，以示不舍。滚滚写出了柳絮之多，即便曲中没有明言，人们也一望便知，曲中人触景伤情。而桃花则常用来形容女子貌美，醺醺表现出令人迷醉的娇艳，同时也流露出"纵风情万种，与何人说"的自怜之意。最后的"透内阁"和"掩重门"，在意境上则形成对比，前者明快而后者阴郁。阵阵香风让曲中人联想起与情人缠绵的时光，纷纷暮雨则将他拉回形单影只的现实，还有什么如泣如诉的纷纷暮雨更能体现离人愁绪的呢？一系列的叠字，让曲中之景都浸入了离愁。

⊙作者简介⊙

　　王实甫（1260—1336），字德信。大都（今河北定兴县）人。元代杂剧作家。《录鬼簿》列他入"前辈已死名公才人"。元末剧作家贾仲明在《凌波仙》吊词中说他"作词章，风韵美，士林中等辈伏低。新杂剧，旧传奇，《西厢记》，天下夺魁"。王实甫作杂剧十四种，今存《西厢记》等三种。散曲存世不多，出语俏丽，委婉含蓄。

普天乐（一）

◎滕 宾

朔风寒，彤云密^①。雪花飞处，落尽江梅。快意杯，蒙头被。一枕无何安然睡^②，叹邙山坏墓折碑^③。狐狼满眼^④，英雄袖手，归去来兮。

【注释】

①彤云：冬天的阴云。②无何：过了不久。③邙（máng）山：即北邙山，在洛阳城北，汉魏时多葬公卿。后因以作墓地的代称。④狐狼：喻大小恶人。《后汉书·张纲传》载张纲欲巡行纠恶，曰："豺狼当路，安问狐狸！"

【译文】

北风寒冷呼啸，浓云密密层层地聚集。雪花飘飞，江边梅花纷飞飘散，枝头梅花抖落干净。此时豪饮，真是畅快愉悦，饮尽后，一头蒙着被子入睡。头靠在枕头上很快安心地熟睡；可叹邙山多少断折的石碑。那里入眼全是豺狼和狐狸，英雄只能袖手旁观，走上归隐的路途。

【赏析】

本曲前两句写景，中一句叙事，末两句感怀。

通常，人写文赋曲，都很注重上下文的承接，避免转折突兀。但在此曲中，作者却反其道而行之。这边风吹彤云，红梅落雪，那边饮酒蒙被，酣然大睡。一眼看去，景是景，动作是动作，二者之间毫无关联。接下来，刚说完一夜安眠，马上又作英雄无用武之地的慨叹，跳跃性极大。似乎想到哪里便写到哪里，完全无布局谋篇的心思。但再一体会，就会发现这正是作者的巧妙之处，拿掉转折间的关联性并非单纯地求新求巧，而是为了制造大起大落的效果，更好地表现曲中人的复杂心绪——他之所以对外面的美景视若无睹，是因为完全沉浸在自己的世界中。他有志难抒，纵然饮酒助眠安然而睡，内心仍激荡难平。曲末的"归去来兮"化自晋陶渊明的《归去来辞》。陶渊明不愿

与世俗同流合污，才辞去官职，归隐山林，作者显然是从陶渊明身上看到了自己。"狐狼满眼，英雄袖手"，既然无力改变现实，也只有选择做一名隐者，远离污浊的现实。不同的是，陶渊明的《归去来辞》潇洒俊逸，作者词曲却萦绕着沉郁的气息。他的"快意杯"与其说是"快意"，不如说是借酒消愁愁更愁。

普天乐（二）

◎滕 宾

柳丝柔，莎茵细①。数枝红杏，闹出墙围。院宇深，秋千系。好雨初晴东郊媚②，看儿孙月下扶犁。黄尘意外③，青山眼里，归去来兮④。

【注释】

① 莎茵：像毯子一样的草地。莎，即莎草。茵，垫子、席子、毯子之类的通称。② 媚：娇美。③ 黄尘：暗用唐令狐楚《塞下曲》："黄尘满面长须战，白发生头未得归。"指官场上的风尘。④ 来兮：为语气助词，相当于"吧"。

【译文】

新发的柳丝柔软绵长，莎草如茵细密嫩绿。几枝红杏争春意，探出围墙。庭院深深，正好将秋千系。喜人的春雨刚停，初晴的阳光映照着东郊，一派明媚的春光；看看儿孙们在月亮的光辉中扶犁。不再想扬起奔赴官场的风尘，眼里心里就只有这青山，回乡啊，学陶渊明那样隐居。

【赏析】

　　滕宾早年曾入朝为官，但后来却选择远离世俗，寄情山水。他的《普天乐》共有十一首，每首都流露出对田园生活的向往。在作者眼中，大自然散发着让人无法抵挡的魅力。柳丝、莎草和红杏构成了一副明艳柔媚又生机盎然的春之图。"看儿孙月下扶犁"旨在说明一种恬淡自适的生活，对作者来说，这样的生活无疑要比在"黄尘"中打滚惬意得多。"黄尘"与"青山"构成对比，前者象征官场，后者象征自然，前者尔虞我诈令人疲惫，后者开阔悠远令人舒畅。正是因为这个缘故，作者才推崇起隐者的生活。曲子的末尾，作者用陶渊明的《归去来兮》表明心志。

曲的鉴赏知识

北曲中的联章

　　"联章"指在北曲中把两首以上同调的散曲联结起来组成套曲的形式，可以换韵。因为用一首散曲无法将所描述的事件或景物完整地叙述或刻画出来，所以往往用数首同调的散曲描写同一件事或者叙述一个较长的故事，联章不能算一个套数。宋词中已出现这种情况，如欧阳修曾经写十首《采桑子》吟咏颍州瘦西湖。在散曲中联章这种形式才算真正得到了发展。联章可以分为普通联章、鼓子词、转踏等几种形式。从所吟题材的是否合一可分为一题联章和分题联章两种。比如汤式和张可久都写过《小梁州》的连章体，汤式写了两首，张可久写了三首。又如吕止庵描写西湖美景的散曲小令《后庭花》有连章体四首，分写春夏秋冬四景。滕宾有《普天乐》失题小令十一首，都是写隐逸之乐，作者通过描写山水田园的自然风光，表达出对名利官场的厌恶和批判，表现出一种恬淡和闲适的情致。

叨叨令 道情①（一）

◎邓玉宾

想这堆金积玉平生害，男婚女嫁风流债。鬓边霜头上雪是阎王怪，求功名贪富贵今何在？您省的也么哥②，您省的也么哥？寻个主人翁早把茅庵盖。

【注释】

① 道情：道家勘破世态、清静无为的情味。② 省：明白。也么哥：语尾助词，无义，是［叨叨令］曲牌五、六句的定格。

【译文】

想想这堆积钱财一生的祸害，男婚女嫁留下的风流债。鬓发出现斑白，容颜衰老，那是阎王爷在责怪，那些追求功名富贵的小人，现在到哪里去了？您醒悟了么，您醒悟了么？找个贤主人，早点盖所茅草庵去修行吧。

【赏析】

元建朝前期，在长达数十年的时间里，科举取士都被废止。知识分子得不到晋身之路，建功立业的理想无以实现，在这种情况下，很多人开始寄情于推崇隐逸生活的道教。邓玉宾就是其中之一。这首小曲处处可见道家的思想，譬如将堆金积玉当作人生之害，将男婚女嫁视作风流之债。

此曲为劝世之作，面对的是芸芸众生，所以语言非常平易通俗。一句"求功名富贵今何在"的反问犹如当头棒喝，警醒世人。叨叨令的曲牌规定曲的五六句应为"仄仄也么哥，仄仄也么哥"格式，"您省的也么哥"的反问和"今何在"的反问接在一起，本已有十分强大的警示力度，再经叠唱，力度更大。

曲的前四句是对世俗人生的否定，"您省的也么哥"旨在劝人抛弃为物所累的生活。那么，抛弃之后呢？作者在末尾为人指明了出路"寻个主人翁早把茅庵盖"。"茅庵"是道家修习的场所，此句点明了道情的主旨，即劝人归向大道，回归简朴自然。

⊙作者简介⊙

邓玉宾，是元代前期的散曲作家。生卒、字号、籍贯皆不详，主要活动大约在1294—1330年之间。《录鬼簿》中将其列为"前辈名公乐章传于世者"。曾官至同知，后远离尘俗，归隐山林，修心养性、学道求仙，自称"不如将万古烟霞赴一簪，俯仰无惭"。其散曲传世的作品非常少，大都是道家警世之语，但词曲格调却很高。明代朱权《太和正音谱》评其词为"如幽谷芳兰"。他的曲子格调清丽雅致，令人回味悠长。《太平乐府》《北词广正谱》都可见他的散曲。

叨叨令 道情（二）

◎邓玉宾

白云深处青山下，茅庵草舍无冬夏。闲来几句渔樵话，困来一枕葫芦架。您省的也么哥，您省的也么哥？煞强如风波千丈担惊怕①。

【注释】

① 煞强如：全然胜过。

【译文】

在幽深偏僻的青山下，白云缭绕的地方，盖几间茅草庵，真是冬暖夏凉的好住处。闲暇时同渔人樵夫聊几句话，困了，头枕着葫芦架安然入睡。您醒悟了么，您醒悟了么？同那些到名利场的风波中去担惊受怕的人相比，不知强多少。

【赏析】

这首《道情》是前一曲的续篇。前篇呼吁"寻个主人翁早把茅庵盖"，这一首便是叙说茅庵里隐居乐道的生活了。

白云深处有茅庵一座，青山脚下有草屋数间，作者生活在这世外桃源，快乐悠闲，忘记了纷扰世情，忘记了春秋冬夏。感觉无聊的时候与渔父樵夫清谈数语，困意袭来时就在葫芦架下睡上一觉，一切都是那样的随心所欲，一切都是那样的恬淡和谐。作者说："你该醒悟了吧，你该醒悟了吧？比起那日夜担惊受怕的宦海沉浮来说，这样的生活难道不是更加的让人向往吗？"

作者将社会的黑暗，仕途的艰险比作"风波千丈"，警醒世人应退避到自在闲适的山林中，远离祸患，以便独善其身。

全曲旨在劝世，却能婉曲见意，决不勉强说理，这正是其成功之处。

一枝花 ［套数］

◎邓玉宾

连云栈上马去了衔①，乱石滩里舟绝了缆。取骊龙颔下珠②，饮鸩鸟酒中酣③。阔论高谈，是一个无斤两的风月担④，蜾蠃虫般舍命的贪⑤。此事都谙，从今日为头罢参⑥。

［梁州第七］俺只待学圣人问礼于老聃⑦，遇钟离度脱淮南⑧，就虚无养个真恬淡。一任教春花秋月，暮四朝三，蜂衙蚁阵⑨，虎窟龙潭⑩。阑纷纷的尽入包涵⑪，只是这个舞东风的宽袖蓝衫。两轮日月是俺这长明朗不灭的灯龛，万里山川是俺这无尽藏长生药篮，一合乾坤是俺这养全真的无漏仙庵⑫。可堪，这些儿钝憨，比英雄回首心无憾。没是待雷破柱落奸胆⑬，不如将万古烟霞付一簪⑭，俯仰无惭。

［随煞］七颠八倒人谁敢，把这坎位离宫对勘的崴⑮。火候抽添有时暂⑯，修行的好味甘。更把这谈玄口缄，什么细雨斜风哨得着俺⑰！

【注释】

① 连云栈：古栈道名，在陕西褒城与凤县之间，为历史上川陕之间的交通要道，依崖壁凿成，极其险峻。
② 骊龙：传说中的黑龙。据《庄子·列御寇》载，骊龙生活于九重之渊，颔下有珠，必须等它睡着时才能探取，否则就会遭到生命危险。③ 鸩鸟：一种有剧毒的鸟。以鸩羽浸酒，饮者会立刻死亡。④ 风月担：元曲中通常代指烟花生涯，这里指不正经、不务正业。⑤ 蜾蠃虫：据唐柳宗元《蜾蠃传》述，蜾蠃是一种性贪而拙的小甲虫，遇物则取之负于背上，虽困剧犹不止。⑥ 罢参：不去谒见，也即不理睬。⑦ "俺只待"句：孔子曾前往周国，问礼于老子，见《史记·孔子世家》。圣人，指孔子。老聃，即老子，春秋战国间大哲学家，为后世的道教尊为祖师。⑧ 钟离：钟离权，道教传说中的"八仙"之一。淮南：西汉淮南王刘安，因谋反罪入狱自杀，《神仙传》等则传说他得道升天成仙。但钟离权实为唐人；据《神仙传》载，度化刘安的是汉代的八公。⑨ 蜂衙蚁阵：蜂房中群蜂簇拥蜂王如上衙参拜，称蜂衙；蚂蚁群聚如列战阵，称蚁阵。喻世俗的扰杂。⑩ 虎窟龙潭：喻境地的险危。⑪ 阑纷纷：乱纷纷。⑫ 全真：保全先天的本性。无漏：无孔隙，修行者则常指无烦恼欲望的

杂念。⑬ 没是：与其。⑭ 簪：指道簪，道家束发所用。

⑮ 坎位离宫：坎离的位置。在道家外丹术中，坎为铅为水、离为汞为火；内丹术中坎为肾为气，离为心为神。嵓：严实。⑯ 火候：道家借指修行时精、气、神在体内运行中意念的操纵程度。抽添：减少或增加。时暂：长久或暂时。⑰ 哨：同"潲"，斜飘。

【译文】

悬在半空中的连云栈上，马儿脱去了缰绳正在狂奔；乱石滩里，断缆的孤舟飞速漂流着。为了得到利益不惜取下骊龙下巴上的珠子，为了满足欲求不惜喝掉鸩酒止渴。夸夸其谈，自吹自擂，在风月场中厮混，追求钱财就像蛲蝍虫那样贪婪。这一切我早已习以为常，从今天起彻底一刀两断。

我只想着学习孔子虔诚地向老子问礼，效法淮南王刘安寻访高人而成仙，参悟虚无大道，享受恬淡人生。任凭那时光流逝，人情翻覆，世俗扰杂，处境危险，这一切都与我没有任何干系。把那乱纷纷的世界尽数包涵，只用我身上的这个舞东风的宽袖蓝衫便足够了。两轮日月是我修道的长明灯盏；万里山川是我取之不尽的装药的筐篮，整个乾坤是我养全真去杂念的道观。怎能受得了呵，我本就愚钝傻憨，回过头来与世上的英雄相比，却也没留下过一点儿遗憾。与其作奸犯科遭受天谴，倒不如出家入道，寻访那千古存在的自然风光呢！俯仰之间就没有可愧疚的了。

我怎敢七颠八倒呵，对这坎、离的位置细细品对，一心炼丹。操纵意念，掌握着抽添的时间，修炼习得精髓要旨，真是很得意呵。还要处事谨慎，决不多说话，什么人世的斜风细雨，这些怎能吹打着我呢！

【赏析】

元散曲中有一专门的品种，称为"道情"，也就是道家的歌唱。元代有很多文人有过辞官入道的经历，这也成为当时的时尚，邓玉宾便是这类文人中著名的一个。邓玉宾出仕元朝，曾出任同知一职，后来厌倦官场生活，弃官修道，远离尘世，畅游于林泉丘壑之间，修心养性，学道求仙。

邓玉宾的散曲流传下来的很少，大都是道家警世之语，但词格却很高。所以，明初人朱权在《太和正音谱》中评其曲如"幽谷芳兰"，也是赞叹他的散曲意境的超脱与辞句的飘逸。

辞去将官场的险恶与修道的愉悦作对照，警悟世

人荡涤俗情。又描写修道人生活环境的宁静幽美与心境的怡然自得，启迪人心向道。

这首套曲有三支曲子，[一枝花]写世途的艰险，主张看破红尘，皈依道家。[梁州第七]说世俗世界如"蜂衙蚁阵、虎窟龙潭"，因此呼吁人们"志在冲漠之上，寄傲宇宙之间"，脱离现实世界的困扰。[随煞]写的是道家的养真修炼。尽管这首曲子写修道乐道，但乐道是伤时的产物，避世为叹世的补充，这与元曲愤世嫉俗的精神实质是一脉相通的。

这套曲子中运用了大量形象的比喻，如连云栈马、乱石滩舟、骊龙珠、鸩鸟酒、风月担、蛲蝍虫等，产生了蕴藉奇警的艺术效果。尤其是"两轮日月"等三句鼎足对，以日月、山川、乾坤的庞然大物与灯盏、药篮、仙庵的道家器具喻连在一起，令人回味无穷。

这套曲子格调清丽雅致，耐人咀嚼。此曲主旨虽是教人"乐道"，但通篇无说教口吻，明代朱权《太和正音谱》评这套曲"如幽谷芳兰"。

曲的鉴赏知识

博喻手法与刻意渲染

又称连比。就是用三个以上的喻体从不同角度与侧面反复设喻去说明和描绘同一个本体。著名的例子如白居易《琵琶行》："大弦嘈嘈如急雨，小弦切切如私语。嘈嘈切切错杂弹，大珠小珠落玉盘。间关莺语花底滑，幽咽泉流冰下难。"诗中用了大量的比喻构成一种奇特的艺术氛围。关汉卿《南吕·一枝花·不伏老》也是使用博喻手法的典型文学作品。邓玉宾的《一枝花·套数》中也采用了博喻手法，其中的比喻如："蜂衙蚁阵，虎窟龙潭。阔纷纷的尽入包涵，只是这个舞东风的宽袖蓝衫。两轮日月是俺这长明朗不灭的灯盏，万里山川是俺这无尽藏长生药篮，一合乾坤是俺这养全真的无漏仙庵。"

鹦鹉曲 赤壁怀古①

◎冯子振

茅庐诸葛亲曾住，早赚出抱膝梁父②。笑谈间汉鼎三分③，不记得南阳耕雨④。叹西风卷尽豪华，往事大江东去。彻如今话说渔樵⑤，算也是英雄了处。

【注释】

①赤壁：在今湖北蒲圻县长江南岸，汉末时孙权、刘备合兵在此大破曹操的军队。②赚出：骗了出来。抱膝梁父：指隐居的诸葛亮。抱膝，手抱住膝盖，安闲的样子。史书记诸葛亮隐居时，"每晨夜从容，常抱膝长啸"。梁父，本指《梁父吟》，相传为诸葛亮所作，这里代指诸葛亮。③汉鼎三分：将汉帝国一分为三。鼎，旧时视作国家的重器，比喻政权。④南阳：汉代郡名，包括今湖北襄樊及河南南阳一带。诸葛亮早年曾在南阳隐居耕作。⑤彻：直到。

【译文】

南阳那茅庐，诸葛亮曾亲自居住，他抱膝长吟，从容潇洒，可惜早早被刘备骗出山来经营天下。他谈笑之间便奠定了鼎足三分的格局，早已不记得当初在南阳雨中耕作的旧日生活。那西风卷走了历史的风流繁华，往事像大江一样滚滚东去，怎不叫人感叹嗟呀。一直到现在，诸葛亮在赤壁大战中的传说和佳话，已成了渔人樵夫的谈资，也算是英雄的一种结局吧。

【赏析】

正是在赤壁之战之后，魏、蜀、吴的鼎立之势才形成。但凡到赤壁的人，都少不了要对这著名的战役追忆一番。作为主导这场战争的主要人物，诸葛亮不止一次地出现在和赤壁之战有关的文学作品中，被文人骚客评论。此曲也是如此。只是在此曲里，作者没有描写诸葛亮如何运筹帷幄夺取赤壁之战的胜利，而是从战争的结果入手，谈论战争对诸葛亮本身的影响。

人都道刘备三顾茅庐请诸葛亮。此曲却特地将"请"说成"赚出"，仿佛诸葛亮中了刘备的圈套一般。作者站在道家的视角看待这一典故，认为放弃隐居生活，投身群雄逐鹿的战场，颇不值得，令人惋惜。道家推崇无羁无绊、淡泊逍遥的生活，而一旦人卷入世俗纷争，这样的生活就离人远去了。"笑谈间汉鼎三分，不记得南阳耕雨"传达的就是这种意蕴。

想到建功立业，人们就激情澎湃，却往往忽视了成就伟业不一定会给人带来美好的结局。诸葛亮鞠躬尽瘁为人称道，但他积劳成疾、英年早逝不说，至死还在忧心国家大事。作者冯子振自号怪怪道人，其思想受道家影响颇深。在他看来，人们苦苦建立的功业，到头来都免不了被时间吞没。英雄们的丰功伟绩即使被传为佳话，对英雄而言，也无非是一种安慰。或者说，被世俗价值观推崇的英雄，最终不过是在后人的谈论中找到理想的归宿。因此，他才会在曲的末尾不无同情地说"算也是英雄了处"。

此曲立足于英雄的个人命运，在立意上颇为新颖，引导读者从一个新的角度思考耳熟能详的历史典故。

⊙作者简介⊙

冯子振（1251—1348），字海粟，自号瀛洲洲客、怪怪道人，元代散曲家、诗人、书法家。湘乡县人。至元中以荐入仕，官至承事郎集贤待制。他天资聪颖，才思敏捷，博闻强记，流传至今的书文有《居庸赋》《十八公赋》《华清古乐府》《海粟诗集》等，以散曲最著。

其散曲今存四十四首，内容多为对个人生活的描写，除一首《中吕·红绣鞋》和一首《双调·沉醉东风》外，其余皆是《正宫·鹦鹉曲》。贯云石曾在《阳春白雪序》中称赞他的散曲"豪辣灏烂，不断古今"。

鹦鹉曲 农夫渴雨

◎冯子振

年年牛背扶犁住①，近日最懊恼杀农夫②。稻苗肥恰待抽花③，渴煞青天雷雨④。恨残霞不近人情⑤，截断玉虹南去⑥。望人间三尺甘霖⑦，看一片闲云起处⑧。

【注释】

① 扶犁住：把犁为生。住，过活，过日子。此句是说年年都是在牛背后扶着犁杖，泛指干农活。② 最：正。懊(ào)恼杀：心里十分烦恼。③ 恰待：正要，刚要。抽花：抽穗。④ 渴煞：十分渴望。⑤ 残霞：即晚霞。预示后几天是晴天。⑥ 玉虹：彩虹。虹为雨后天象。俗谚："晚霞日头朝霞雨。"截断玉虹，即谓残霞无情断雨。此句意思是说，由于彩霞满天，彩虹不可能出现，下雨没有指望。⑦ 三尺甘霖：指大雨。甘霖：好雨。⑧ 此句的意思是：由于盼雨心切，甚至对一片无用的闲云也抱着微茫的希望。

【译文】

每年在牛背后扶犁耕作为生，近日里这却成了农夫最懊恼的事。稻苗肥壮正等着抽穗呢，望眼欲穿那晴朗朗的天空快来一阵雷雨。可恨残霞不关心人们渴雨的急切心情，截断了玉虹裹挟着它向南飘去。农夫们注视着天边升起的一片白云，盼望人间能降下三尺好雨。

【赏析】

整首曲子都采用了农夫的口吻，语言质朴，把农夫的渴望之情表现得淋漓尽致。起首句的"年年"二字体现了农夫务农的终身性和普遍性；"背扶犁住"四字则生动传神地表现出农夫耕种的姿态。第二句是在首句的铺垫下发出的，农夫长时间在田间耕种务农，对"天气"很是敏感，"懊恼杀"把他们在单一的务农生活里形成的朴实性格展露无遗。第三、四句则是对前文"懊恼杀"作出回答，原来是稻子到了抽穗的时节，偏又恰逢大旱天气，所以才有"农夫渴雨"，此处亦点题。

下面四句作者采用农夫仰望天空的视角，寄情于景中，展开了景物和人物的双重描写。以"恨"字总领，表现了农夫失望和愤怒的心情。残霞的逐渐消散，被作者用"不近人情，截断玉虹南去"描述而出，此处用了拟人的手法，把农夫的责怪意赋于其中，显得灵活生动。同时也暗示了农夫一直在残霞中寻找着彩虹的身影，"截断"二字映衬了上句的"不近人情"。"望人间三尺甘霖"一句中的"望"字，是渴望之意；"三尺甘霖"是虚指，但是又描写得如此具体，可见那三尺甘霖虽迟迟不来，却是农夫脑海中常有的画面，这时远处一片闲云初生，"闲"字极言云出现得毫无规律，暗指天气的变化多端、人不可测，强调务农者对于天气的依赖性，时而悲愤，时而怀抱希望。

全曲多用白描手法，截取农家生活的一个侧面进行了描写，虚实结合，真实生动地表现了农夫的心理。作者能够设身处地地为农夫着想，理解他们的愿望，说明其十分关注百姓的处境。

鹦鹉曲 野渡新晴

◎冯子振

孤村三两人家住，终日对野叟田父。说今朝绿水平桥，昨日溪南新雨。碧天边云归岩穴，白鹭一行飞去。便芒鞋竹杖行春①，问底是青帘舞处②。

【注释】

①芒鞋竹杖：草鞋和竹手杖，为古人出行野外的装备。行春：古时地方官员春季时巡行乡间劝督耕作，称为行春。此处则为春日行游之意。②底是：哪里是。青帘舞处：酒旗招展的地方。

【译文】

在这偏僻的村落里，只住着两三户人家，人烟稀少。我整天价面对的，是淳朴的农村父老。他们说起今早上溪水猛涨，水面漫过了小桥，又说溪南昨天刚下了一场新雨。青湛湛的天边，云朵飘回了石缝里的旧巢。白鹭排成行，向天边飞去。我当即穿上草鞋，操起手杖，乘兴踏游春郊。就不知挂着青帘的歌舞酒乡，上哪儿可以找到？

【赏析】

曲名是一个倒装句，意为雨后天气放晴，作者乘兴踏春。"野"字有两层含义，第一体现了山水田园的自然之美，第二说明作者是乘兴而往。

起首句"孤村"的"孤"和"三两人家"呼应，写出了村落的荒凉和偏僻。村里都是田野老农。曲的前两句，作者除了描述自己与世隔绝的生活外，还营造出一种乡村山野的田园氛围，就像是欲作一幅田园水粉画，需要事先打底，烘托、渲染好气氛。

接着作者将话题转到了听老农们唠家常：今天溪水涨到了桥头，昨天溪南的新雨下得真不小。迂回地点出了曲名的"新晴"。作者的踏春之心也油然而生，接下来的第五、六句便充实了"新晴"的内容，具体描写了新晴过后的景物：碧蓝的天空，云卷云舒，仿佛飘回了它悬崖边的洞穴里，一行白鹭扑翅而飞，消逝在天尽头。

最后两句终于道出了"野渡"这一主题，作者乘兴穿鞋拄杖，信步春游。"便芒鞋竹杖行春，问底是青帘舞处"中的"便"是当即的意思，体现了作者的随性潇洒。"青帘舞处"指酒家，表现出作者的隐者气质。

此曲用语清新，情感自然，颇有可玩味之处。

鹦鹉曲 忆西湖

◎冯子振

吴侬生长西湖住①，舣画舫听棹歌父②。苏堤万柳春残，曲院风荷番雨。草萋萋一道腰裙，软绿断桥斜去。判兴亡说向林逋，醉梅屋梅梢偃处。

【注释】

① 吴侬：吴地自称曰我侬，称人曰渠侬、个侬、他侬。因称人多用侬字，故以吴侬指吴人。这里指吴地。② 舣画舫：舣，让船停靠到岸边。画舫，装饰华丽的游船。

【译文】

我出生在吴地，长在西湖边上。把装饰华丽的游船停在岸边，人坐在船上，听撑船的渔夫把歌儿满嘴地唱。苏堤上无数的柳条，春天过了就显得零落衰败。曲院里风吹着荷花，又下起了雨。芳草萋萋，像一道绿色的腰裙。柔嫩的绿色从倾斜的断桥边蔓延至远方。说兴亡得失，就想起隐士林逋，醉倒在梅屋旁那梅花掩映之处。

【赏析】

俗话说杭州之美，美在西湖。西湖自古就是文人雅客们驻足流连的地方，此曲便是一篇追忆西湖山水湖光美不胜收的作品，作者即景生情，表达了向往种梅养鹤、归隐山林的志趣情操。

苏堤春晓、曲院风荷、断桥残柳等都是西湖十大有名的景观。在画舫里听船家摆桨高歌，或者看岸边婉转飘拂的柳树，抑或是欣赏池塘边朵朵的荷花，无一不是美的享受、美的体验！

下片开头，作者化用了白居易《杭州春望》的诗句"草绿裙腰一道斜"，作者把一句诗化为两句曲，增添了曲子的节奏感，芳草萋萋似腰裙，斜到断桥头去。

接着作者由此景联想到了宋代归隐西湖、结庐孤山的林逋，仿佛有志同道合之感。想那林逋终身一人，没有妻子也没有孩子，只爱种梅花养仙鹤，自称"以梅为妻，以鹤为子"，并常漫游江水间，后孤独终老。作者寄情于景，表达了自己对于隐居山野的向往，对于官场名利不趋逐的态度。

鹦鹉曲 夷门怀古①

◎冯子振

人生只合梁园住②，快活煞几个白头父。指他家五辈风流，睡足胭脂坡雨③。

[幺]说宣和锦片繁华④，辇路看元宵去⑤。马行街直转州桥⑥，相国寺灯楼几处⑦。

【注释】

① 夷门：战国魏都大梁（今河南开封）的东城门，后成为开封城的别称。② 梁园：西汉梁孝王刘武所建的园囿，位于今开封市东南。③ 胭脂坡：唐代长安地名。④ 宣和：宋徽宗年号（1119—1125）。⑤ 辇路：天子车驾常经之路。此指汴京御街。⑥ 马行街：宋代汴京（今河南开封）地名。孟元老《东京梦华录》："土市北去，乃马行街也，人烟浩闹。"州桥：又名汴桥、天汉桥，在汴京御街南，正对皇宫。⑦ 相国寺：本北齐建国寺，宋太宗朝重建，为汴京著名建筑，其中庭两庑可容万人。《东京梦华录》载其元宵灯市情形："竞陈灯烛，光彩争华，直至达旦。"

【译文】

人生就应该居住在开封古城，梁园佳处。你看那几位白头老汉，真快乐死了。他们中有的人好几代都在这享尽风流，在胭脂坡的雨中早就睡够了。

他们说起了宋徽宗宣和年间，汴京城那花团锦簇的繁华。人们都涌上御街，去看正月十五日元宵之夜的灯市。从马行街转来转去，直转到州桥。更有那著名的大相国寺里，坐落着几处张灯结彩的高楼。

【赏析】

开篇第一句化用的是唐代诗人张祜《纵游淮南》里的"人生只合扬州死"，然后提到在开封古城里生活得快活自在的几位白发老翁，接着便自然而然地说道那些白发老翁们，自上五代人开始就在这里生活，习惯了京城舒适的环境。这样写的作用一是在时间上感叹光阴似箭、日月如梭，第二个作用是引出下文老翁们谈论话题的内容和范围。

"胭脂坡"本来是唐代时长安都城的一处地名，作者把它用进了"夷门"，就是在暗说此地便是北宋时期的都城。因为在元代是很忌讳人们追悼前朝的，所以此处作者巧妙地运用了障眼法以掩盖本曲的情感意图。

"风流"二字更是言及了"他家五辈"在当时生活的舒适安稳，也暗示了宋代汴京时期的鼎盛繁荣。老翁们在追忆着前朝，祖辈们对于故国的爱国情感一代代地流传了下来，虽然他们不是遗民，但是作为元代的汉族百姓，对于故主的眷恋和神往是可以想见的。

接着老翁们说道了"宣和"，宣和年间，距北宋的灭亡已经很近了，然而他们丝毫不提及宋徽宗荒废朝政、丢失国家的罪过，只是不停地在缅怀北宋汴京"锦片繁华"的元宵佳节，汴京御街、"马行街"以及"相国寺"的灯火辉煌，这些都让老翁们如数家珍。但是现如今那些都成了历史尘埃、历史古迹了，怀古为了伤今，于此，作者又一次印证了开篇那句"人生只合梁园住"，作者的心思和用意也就不言而喻了。

鹦鹉曲 渔父

◎冯子振

沙鸥滩鹭襟依住①，镇日坐钓叟纶父②。趁斜阳晒网收竿，又是南风催雨。

［幺］绿杨堤忘系孤桩，白浪打将船去。想明朝月落潮平，在掩映芦花浅处。

【注释】

① 襟依：羽毛团合的样子。② 纶父：钓鱼人。纶，钓鱼的丝绳。

【译文】

沙滩是鸥鹭的住处，一只只长着丰满的毛羽。还有整日坐在那儿的客人，那就是执竿垂钓的渔翁。趁着夕阳晒晒渔网，收拾好渔具，这时候又来了一阵南风，夹带着夏日的暴雨。

绿杨堤边谁家的小船忘了系在桩头上了，白浪把它卷入了江中。不过没什么关系，估计明天早晨月儿落下时，潮水就平息了。岸边的芦花参差起伏，掩映于熹微之间，小船就搁浅在那美丽的花丛里。

【赏析】

此曲写的是作者所观察的渔人生活。曲子的前两句以沙鸥的"襟依住"与渔夫的"镇日坐"相互照应，带出了一个成语"鸥鹭忘机"，开篇便用典，暗指渔父每天忙于生计，无意生出巧诈之心，鸥鹭能跟他和谐安然相处，体现了其隐居生活的淡泊宁静、随遇而安。

趁着暴雨未至，在斜阳里晒网收竿这一行为动作，体现了渔夫对于时令的熟悉，进而也预示其在面对人生风雨时的处之泰然。

前四句都是通过描述渔夫日常生活，来展现一种恬淡脱俗、大智若愚的生活作风和精神境界。

后四句的描写可谓巧妙至极。不见人物的踪迹，却在字里行间把渔夫的安之若素、顺其自然的生活态度，表现得淋漓尽致。从忘记拴缆绳、小船被浪打远，到次日月落潮平、小船掩映在芦苇丛中，这一丢船和船失而复得的过程，来烘托渔夫的随遇而安，也给读者留下了遐想的空间。

全曲布置巧妙，视角独特，于赞扬渔夫的生活态度和精神境界里，也体现了作者本人对于隐居生活的崇尚和向往。

鹦鹉曲 都门感旧①

◎冯子振

都门花月蹉跎住，恰做了白发伧父②。酒微醒曲榭回廊，忘却天街酥雨③。

［幺］晓钟残红被留温，又逐马蹄声去。恨无题亭影楼心，画不就愁城惨处。

【注释】

① 都门：京城，此指大都（今北京市）。② 伧（cāng）父：贱俗的平民。南北朝时，南方人以之作为对北方人的鄙称。《晋书·周玘传》："吴人谓中州人曰伧。"③ 天街酥雨：唐韩愈《早春呈水部张十八员外》："天街小雨润如酥。"天街，京城的街道。

【译文】

在这京城的春花秋月里，我荒废了这么多时日。如今我已成了一个白发苍苍的老头。曲折的水榭边，回环的长廊里，我饮酒醉倒，刚刚醒来，竟忘了自己是在都城，观看那满街酥油般的雨丝。

拂晓的钟声响起，落花满地，被子中还残留着体温，我又随着马蹄踏上了行程。亭台楼阁不曾留下题咏，不能不使人感到憾恨。我在这充满愁绪的城里的凄惨之处，也没法描画得出。

【赏析】

作者在京城生活了近二十年，仕至承事郎、集贤待制。此曲就是他追昔京城生活之作。而曲子的第一句就反映出，对京城的生活，作者追悔多于怀念，恨自己让大好年华蹉跎而过。"酒微醒曲榭回廊，忘却天街酥雨"是作者对"蹉跎住"的注解，"晓钟残红被留温，又逐马蹄声去"说明那时的作者既放不下肉体的欢娱，又放不下对功名的向往。此四句皆紧扣题目中的"旧"字。

想起旧事，作者突然有了"恨无题亭影楼心，画不就愁城惨处"之感，但他所"恨"又不仅仅是未能及时将自己内心的感受写下来。更深一层地说，他没有花时间审视自己的内心，以至于迟迟没有找到人生的方向，最终只能看着自己的白发伤心怅惘。

寿阳曲 答卢疏斋①

◎朱帘秀

山无数，烟万缕，憔悴煞玉堂人物②。倚篷窗一身儿活受苦③，恨不得随大江东去④。

【注释】

① 卢疏斋：元代文学家卢挚的字。这支曲是回答卢挚《寿阳曲·别朱帘秀》的。② 玉堂人物：卢挚曾任翰林学士，故称。玉堂：官署名，后世称翰林院。因翰林院为文人所居之处，故元曲多称文士为"玉堂人物"。③ 篷窗：此指船窗。④ 随大江东去：随东流的江水一块逝去。暗寓对离人的依恋之情。

【译文】

数不尽的青山，弥漫着千万缕烟雾。面对此景，我这舞文弄墨之辈，已变得憔悴不堪。我在船窗边一个人活活忍受着心中的凄苦，恨不能随东流的江水一块逝去。

【赏析】

唐宋以来，出现了一些以擅长文艺而著名的歌伎，深得一些文人名士的欣赏和爱慕。此曲作者朱帘秀便为元代著名的杂剧演员，现存小令仅一首，是为回复卢挚的《寿阳曲·别朱帘秀》而作。从卢挚曲中的"痛煞煞好难割舍"和此曲中的"憔悴煞玉堂人物"，可推测他俩分明有一段姻缘，但还是以分手告终。此曲便体现了其离愁别恨的苦闷心情。由于社会地位的悬殊，他们的感情很难为社会承认。

朱帘秀和卢挚远隔千山万水，从卢挚信中的"空留下半江明月"中，朱帘秀仿佛看到卢挚那因思念而憔悴不堪的脸，心中柔情顿生。重山阻隔，烟波缕缕，将两人天水相隔的现实展现了出来。"玉堂人物"用的是借代手法，是指当时的文人雅士。"憔悴"和"玉堂人物"为一组对比，展现了因思念而憔悴的面容，其实这句话还有一层答谢之意。

作者深知，自己仅为一名青楼歌伎，常日饱受煎熬，生活漂泊不定，就算两情相悦，也不可能真正在一起。更不知自己这倚窗卖笑的无奈生活何时是一个尽头。作者直抒胸臆，将内心的苦恼和盘托出，继而悲愤难当，恨不得投身于江流，了却尘缘，寻求解脱。末句含蓄地表明了朱帘秀当下痛不欲生的处境以及对卢挚的长久思念之情。

◎作者简介◎

朱帘秀，生卒年不详，元代早期杂剧女演员，被元代后辈艺人尊称为"朱娘娘"。她曾一度在扬州献艺，在元大都的杂剧舞台也非常活跃，后嫁与钱塘道士洪丹谷，终于杭州。《青楼集》说她"姿容姝丽，杂剧为当今独步，驾头、花旦、软末泥等，悉造其妙，名公文士颇推重之"。她和很多元曲作家都有很好的交情，如关汉卿、胡祗遹、卢挚、冯子振、王涧秋等，还和他们互赠词曲。其小令现存一首、套数一套。其曲作语言流转而自然，传情执着而纯真。

小梁州 秋

◎贯云石

芙蓉映水菊花黄，满目秋光。枯荷叶底鹭鸶藏①。金风荡②，飘动桂枝香。雷峰塔畔登高望③，见钱塘一派长江。湖水清，江潮漾，天边斜月，新雁两三行。

⊙作者简介⊙

贯云石（1286—1324），原名小云石海涯，号酸斋，又号芦花道人，维吾尔族人。师从著名古文学家姚燧。袭父亲官职，仁宗时，官至翰林侍读学士、中奉大夫、知制诰。后因向往恬淡生活，弃官南下归隐。曲风豪放清逸，明代朱权《太和正音谱》评他的散曲如"天马脱羁"。今存散曲小令七十九首，[套数]八首，风格豪放清逸。后人把他和徐再思的散曲合编为《酸甜乐府》。

【注释】

① 鹭鸶：即白鹭，一种水鸟。② 金风：即秋风。③ 雷峰塔：五代时吴越王钱俶妃黄氏建，遗址在西湖南夕照山上，于1924年9月倾塌。

【译文】

荷花的身影映照在水中，菊花也已经变得金黄。满眼都是秋天的风光。干枯的荷叶底下，有白鹭躲在那里。秋风荡漾，桂枝上桂花的幽香随风飘动起来。在雷峰塔边登上高处向远方望去，只看见那长长的钱塘江。湖水清澈，江潮涌起，一弯新月斜挂在天边，两三行大雁刚刚飞去。

【赏析】

此曲为贯云石所作的《小梁州》曲四首中的一首。

曲子一开始就以"菊花""秋光"两词将人的视角锁定在了秋景上。接下来，作者开始对秋光进行细致的描绘。"枯荷叶""金风""桂枝香"，这一个个标志着秋天的事物让人满目是秋景、秋情。"雷峰塔"一词点出了地点。作者登高远眺，浩浩荡荡的钱塘江尽收眼底。此等美丽的景致，又有谁不留恋呢？此曲构图精致，用精湛的文字，描绘了秋日的特有景物，末四句以动衬静，反衬山居环境的幽静，表现了作者闲适的心情。

蟾宫曲 送春

◎贯云石

问东君何处天涯①？落日啼鹃②，流水落花。淡淡遥山，萋萋芳草③，隐隐残霞。随柳絮吹归那答④？趁游丝惹在谁家？倦理琵琶⑤，人倚秋千⑥，月照窗纱。

【注释】

①"问东君"句：问春之神到何处去了。东君，春之神。②啼鹃：出自"望帝啼鹃"，相传战国时蜀王杜宇号望帝，为蜀治水有功，死后化为杜鹃鸟，啼声凄切，后常指悲哀凄惨的啼哭。③萋萋芳草：唐崔颢《黄鹤楼》中有"晴川历历汉阳树，芳草萋萋鹦鹉洲"之句。《楚辞·招隐士》曰："王孙游兮不归，春草生兮萋萋。"此处比喻游子久行于外，归思难禁。④"随柳絮"二句：这是化用秦观《望海潮》"正絮翻蝶舞，芳思交加，柳下桃蹊，乱分春色到人家"的意境。⑤琵琶：我国民族乐器。⑥秋千：我国古代贵族妇女的体育游戏。相传春秋时齐桓公由北方的山戎所传入。

【译文】

春之神到何处去了？夕阳落下，杜鹃叫了起来，看落花于流水之中。远处的山峰颜色暗淡，芳草萋萋，晚霞若隐若现。是随着柳絮一道，被吹走了吗？还是跟游丝一样，不知飘到了谁家里去了？我心不在焉地调试着琵琶，倚靠着秋千架，月亮升起，月光照在窗上的纱纸上。

【赏析】

此曲写暮春之景，傍晚斜阳残照，杜鹃鸟凄鸣不已，落花流水共添悲，远处重峦叠嶂，芳草萋萋，晚霞渐渐退却。此情此景，作者不禁一连问道：春神欲往何处去，那春意融融的柳絮游丝又去了哪里？末尾，用夜晚月色下一女子懒倚秋千、无意弹琴定格画面。极尽悲凉萧瑟。

曲的鉴赏知识

元曲向往的艺术人生

有一个有趣的现象，元杂剧里青年书生们的小厮，都是"琴童"而不是后来通俗小说中的"书童"。这很形象地反映了元代的社会特征，大家把音乐歌舞放到了更重要的地位，比读书重要。也就是唱歌跳舞做浪子比寒窗苦读考功名重要。元代人向往的是艺术的人生，审美的人生，到了明清则是读书做官才是正途的人生。（引梁归智先生语）

清江引 惜别（一）

◎贯云石

若还与他相见时，道个真传示①：不是不修书，不是无才思，绕清江买不得天样纸②！

【注释】

① 传示：消息，音信。② 清江：水名，一在湖北，即古夷水；一在江西，即流经新干、清江等地的那段赣江。也可泛指清澈的河流。

【译文】

如果还能和她见上一面的话，我一定就要跟他一五一十地说说我的情况：我不是不肯写信，也不是没有才气和情思，而是绕遍了清江也买不到天那样大的信纸！

【赏析】

这是支描写男子叹惜与情人离别之苦的小曲。

小曲妙在不是直抒别怀的苦味，而是采用"节制"的笔法来表达这种郁结的情感：先是虚拟与情人相见时告白自己的心迹，继则采用"否定"的口吻，委曲道来，极写自己的情致深长；接连四个"不"字，以盘马弯弓之笔法，故作吞吐顿挫之语气，不独将"我"的心迹抖落得酣畅淋漓，而且将曲中"情势"推到高潮，又为后一句设下悬念，使读者忍不住要弄个明白到底是什么原因。于是，"绕清江买不得天样纸"句一出，如果非得用天一样的纸才能将一种情思写尽，那么这种情思必然是深广无边的。作者托人带话给自己的远方的爱人说："不是我不写信，我也并不是没有话说，只是我绕遍了清江，也找不出像天一样的纸。"那么他对她的情感与思念，自然也是深厚得无法衡量的。如此笔法使人体味出那种表白中所隐含的深挚情感是何等的绵长而宽广，他对她的思念之情自然也是深厚得无法衡量了。

整支小曲虽然主题是离愁别怨，读来却毫无哀怨缠绵之气。曲末运用了元曲中常用的夸张手法，极言自己心中相思眷恋的深挚。曲子语言淳朴本色，纯用口语，通俗自然，句短情长，曲折深妙，似抑还扬，韵味无穷。

清江引 惜别（二）

◎贯云石

玉人泣别声渐杳①，无语伤怀抱。寂寞武陵源②，细雨连芳草，都被他带将春去了。

【注释】

①玉人：美人。②武陵源：晋陶渊明《桃花源记》述武陵郡渔人入桃花源，俨然世外，故后人又称桃花源为武陵源。指生活的理想世界，元曲中常代指男女风情之所。

【译文】

美人因离别而痛哭，声音越来越远。我说不出一句话来，心中怀着无限的伤感。在这寂寞的武陵源，绵绵细雨落在绿草上，这春天啊，都被他带走了！

【赏析】

此曲是作者离湘之作，描述了其和情人的惜别之景。曲中，作者与情人一个"泣"，一个"无语"，都肝肠寸断。末句的"他"即指前面的武陵源，该地曾是作者与情人两相依偎的幸福之地，如今却因二者的天各一方，变成伤心之所。

清江引 立春

◎贯云石

金钗影摇春燕斜①，木杪生春叶②。水塘春始波，火候春初热③。土牛儿载将春到也④。

【注释】

①金钗：古代妇女的一种头饰。春燕：旧俗，立春日妇女皆剪彩纸为燕，并金钗戴于头上，盛装出游。②木杪（miǎo）：树梢。③火候：本指烹煮食物的火功。这里指气候温度。④土牛儿：即春牛。古代每逢立春前一日有迎春仪式，由人扮神，鞭土牛，地方官行香主礼，以劝农耕，谓"打春"，象征春耕开始。

【译文】

妇女们头上的金钗摇动着媚影，她们剪裁出纸燕斜戴在头上。树梢生出了嫩叶。在这春天里，水塘开始泛起了波浪，天气也开始变得暖和。满身泥土的牛儿把春天带来了。

【赏析】

曲子起首以立春旧俗来写春的到来，中间三句从树梢、水池、地气诸方面渲染春之到来的气象。全曲每句之首分别着一"金""木""水""火""土"五字，各句又均包含一"春"字，全方位地展现立春时节的春景春情，紧扣主题，写得清新自然，情趣横生。

殿前欢

◎贯云石

隔帘听，几番风送卖花声。夜来微雨天阶净①。小院闲庭，轻寒翠袖生。穿芳径，十二阑干凭②。杏花疏影，杨柳新晴。

【注释】

① 天阶：原指宫殿的台阶，此处是泛指。

② 十二阑干：十二是虚指，意谓所有的阑干。古人好用十二地支的数目来组词，如"十二钗"、"十二楼"等。

【译文】

我隔着帘听，风儿一次又一次地吹来卖花人的叫卖声。时值夜晚，一场小雨之后，台阶被冲洗得干干净净。在安静清幽的庭院里，翠绿色的袖子中生出微微的寒意。我穿行在花间的小路中，或是倚靠着阑干来欣赏春日的美景。只见盛开着的杏花舞动着稀疏的倩影，杨柳沐浴着雨后的晴岚。

【赏析】

此曲描绘了清新秀丽的雨后春景。

明明要写雨后景色，但作者偏偏要从和景色完全无关的"卖花声"下笔，交代曲中人出外观景的因由，让读者跟着曲中人的视角欣赏雨后风光。从"隔帘听"到"天阶净"无一字写曲中人的动作变化，但"帘"到"阶"的场景转化却让人仿佛看到曲中人从屋中款款而出，站立在屋外的阶梯上，循着卖花人的声音远望。

此曲最大的特点就是委婉，作者似乎有意避免直接将其所要表现的事物传达给读者。譬如写雨后清新，不提雨后的空气，偏偏要着眼于被雨水冲刷得干干净净的台阶，用"净"字唤起读者对雨后明净景象的回忆。"小院闲庭"映现出曲中人安闲自在的心情，而接下来的一个"轻寒"则将雨后的凉爽表现得恰到好处，但在这里，作者除了用它写雨后的舒爽外，还用它来勾画曲中人的样貌。这寒从"翠袖生"，说明曲中人的衣衫美丽单薄。不知不觉中，这穿着翠衣的曲中人也成了曲中一景。

接下来，曲中的场景又由"闲庭"转入"芳径"，

"十二阑干凭"，说明曲中人已经完全沉浸在雨后的美景中，她将阑干倚遍，从不同角度欣赏大好风光。"杏花疏影，杨柳新晴"，正是她看到的美丽景象。值得一提的是，作者写杏花不写花之娇，而写花的影，写杨柳不写柳之色，而写"新晴"，并非是在单纯地追求新巧效果，而是为了更好地扣住"雨后"这一中心。相比艳丽的花朵，疏疏淡淡的花影更能表现雨后风景的清雅。"新晴"也是一样，人人都知春天的杨柳青绿可人，但要突出雨后杨柳的样貌，与其将重点放在刻画杨柳的颜色上，不如直接强调"新晴"，让读者自行想象那湿润润、青绿绿、散发着清鲜气息的杨柳。

有人评价贯云石此曲"羚羊挂角，无迹可求"（严羽《沧浪诗话》）。全曲若自然天成，看不出任何刻意雕琢的痕迹，"净""轻寒""凭""新晴"等字的运用又极其精妙。作者造语的功力可见一斑。

塞鸿秋 代人作

◎贯云石

战西风几点宾鸿至①，感起我南朝千古伤心事②。展花笺欲写几句知心事③，空教我停霜毫半晌无才思④。往常得兴时，一扫无瑕疵⑤。今日个病恹恹刚写下两个相思字⑥。

【注释】

① 战西风：迎着西风。宾鸿：即鸿雁，大雁。大雁秋则南来，春则北往，过往如宾，故曰"宾鸿"。《礼记·月令》："（季秋之月），鸿雁来宾。"② 南朝：指我国历史上宋、齐、梁、陈四朝，它们都建都在南方的建康（今南京市）。吴激《人月圆》："南朝千古伤心事，还唱后庭花。"③ 花笺：精致华美的纸，多供题咏书札之用。徐陵《玉台新咏序》："五色花笺，河北胶东之纸。"④ 霜毫：白兔毛做的、色白如霜的毛笔。⑤ 一扫无瑕疵（xiá cī）：一挥而就，没有毛病。瑕疵：玉上的斑点。引申为缺点或毛病。⑥ 病恹恹：病得精神萎靡不振的样子。《世说新语·品藻》："曹蜍、李志虽现在，恹恹如九泉下人。"

【译文】

迎着西风，几只大雁飞来，这让我回想起有关南朝兴亡的悠久往事。展开华美的信纸，想写几句心里话，却只是停住笔尖半天也没有什么奇思妙想。平常有兴致的时候，写文章都是一挥而就，找不到一点毛病，今天却病恹恹的，才刚写下"相思"两字。

【赏析】

"代人作"在元散曲中比较常见，多为文人代替女子写信，此曲亦然。开篇两句说明了写作缘由：秋季西风吹，大雁南飞，这悲凉萧索的气氛引起了女主人公对于南朝伤心事的回忆。但作者并没有具体写是怎样的伤心事，此处运用了欲擒故纵的表达方式，只是说那女主人公展开花笺，因触景生情想写几句知心事，从而可以想见这"知心事"必定也在"伤心事"中。"停霜毫"这个动作造成了此曲的第一个波折；下文的"半晌无才思"与"往常得兴时"这一组对照形成

第二个波折；"一扫无瑕疵"与末句的"病恹恹刚写下两个相思字"则形成第三个波折。女主人公的这种反常就正是由于"大雁南飞引心伤"，可见其伤心的是深深的离别愁恨，知心的是绵绵的相思之苦。曲文跌宕起伏，衬字运用巧妙，处处曲笔，尽显女主人公相思成愁的心境。

全曲以起兴手法开篇，先点明时令，西风可谓肃杀凛冽，而秋之气象以反衬的方式渲染。首字描写"宾鸿"之态的"战"字，一是反衬秋风的狂暴，二是直接描写刻画出迎风搏击的"宾鸿"形象。此处的"鸿"，可能是象征游子离人的鸿雁，也可能是"燕雀安知鸿鹄之志"中的天鹅。作者一从其搏击之雄伟，二从"几点"二字的远观，给读者留出想象空间。因之才有了对王侯将相兴起沉沦、朝代更替的感叹。而眼前之景到底在心里泛起了什么样的情愫，作者却也无从细究。但只知脑海中古往今来兴亡事，以及各种感想齐集，感慨颇深。如离人是抱着"鸿鹄之志"的宦游者，那么此处的女主人公该是"悔教夫婿觅封侯"的觉醒思妇了。但此处的女主人公似乎对于富贵功名还无法看透，因此一落笔却只留下相思二字，而其"闺怨"之情也已表达得非常清楚了。

红绣鞋

◎贯云石

挨着靠着云窗同坐①，偎着抱着月枕双歌②。听着数着愁着怕着早四更过③。四更过情未足，情未足夜如梭④。天哪，更闰一更儿妨甚么⑤！

【注释】

①云窗：镂刻有云形花纹的窗户。②月枕：形如月牙的枕头。③四更过：意为即将天明。④夜如梭：喻时光犹如梭织，瞬息即逝。⑤闰一更儿：延长一更。公历有闰年，农历有闰月，岁之余为"闰"，更次当然没有"闰"的说法，此处是恋人欢会尤恐夜短才有此想法。

【译文】

互相挨着互相靠着在窗下一同坐着，互相依偎着互相拥抱着枕着月一起哼歌。细心听着，一下一下地数着，怀着烦恼与害怕，四更已经敲过了。四更过了，欢情还没有享够，觉得夜过得飞快像梭子一样。天啊，再加上一更有什么不可以啊！

【赏析】

此曲以一位年轻女子的口吻，描写了一对情人共度良宵的情景。曲子开头"挨着、靠着、偎着、抱着"等行为动作的描写极尽欢爱场面；"听着、数着、愁着、怕着"则尽显情侣们"春宵一刻值千金"，担心时间飞逝的心理状态。叠词的运用则让曲子俏皮可爱；"情未足"两句使用的顶针手法不仅在进一步强调了恋人的急切心情，而且也使得曲文情味十足。眼看着四更天已过，恋人们内心无比焦急，急得那女子直说："天哪，你再多加一个时辰好不好啊！"曲子于末句达到了高潮，看似是无理的要求，却将曲中女子的天真表现出来，也体现了曲中恋人爱情的真挚、浓烈。

此曲用语通俗，语言流畅，构思精巧，结尾意味出奇出新。

曲的格律知识

重句体

重句体是巧体中的一种，为元代散曲一种特殊的体式。一般整篇或大部分篇幅以差不多的句式组成，只将词语稍加变化。重句体便于表达一种缠绵哀怨的感情，使句意逐层加深，读来荡气回肠。如无名氏《塞鸿秋·山行警》："东边路西边路南边路，五里铺七里铺十里铺。行一步盼一步懒一步，霎时间天也暮日也暮云也暮。斜阳满地铺，回首生烟雾。兀的不山无数水无数情无数。"汤式的《蟾宫曲》是运用重句体的典型散曲："冷清清人在西厢，叫一声张郎，骂一声张郎。乱纷纷花落东墙，问一会红娘，絮一会红娘。"宋方壶的《红绣鞋·客况》也采用重句体，其中相同的句式如："雨潇潇一帘风劲，昏惨惨半点灯明。"汤式《湘妃引·赠别》也采用重句体，其中相同句式的句子如："碧茸茸芳草展青毡，白点点残梅撒玉钿，黄绀绀弱柳拖金线。"重句体的例子又如关汉卿的《沉醉东风》等。

寿阳曲

◎贯云石

新秋至，人乍别①，顺长江水流残月。悠悠画船东去也②，这思量起头儿一夜。

【注释】

① 乍：刚刚，起初。② 悠悠：悠闲自在的样子。

【译文】

新秋来了，心上人刚刚离去。顺着绵长的江面，水儿流淌着，月儿也是残缺的。那华美的船儿悠悠然向东远去了。这离别的愁苦啊，在这第一个夜晚就暗暗生起。

【赏析】

新秋刚刚来到，友人忽然告别。在江边目送他乘船悠悠东去，东流的江水中荡漾着残缺的月影。作者借"水流残月""悠悠画船"的画面将新秋乍别的离情愁绪表现得幽广深远、含蓄悠长。这头一夜便开始相思，以后将会怎么样呢？"思量"一句，如画龙点睛，把刚刚分别的复杂心理和情绪表达得丝丝入扣。这种想象，使整首曲子虚实相生，并且合情合理且落笔不俗。

清江引 咏梅

◎贯云石

芳心对人娇欲说，不忍轻轻折。溪桥淡淡烟，茅舍澄澄月。包藏几多春意也。

【译文】

它像是有什么心事，娇滴滴地要对人似诉说，让人不忍心去攀折。溪上的桥边笼罩着淡淡轻烟，茅舍上升起了明亮的月儿，这景致里包含着多少春意啊。

【赏析】

作者曾写《咏梅》小令四首，此为第三首。

此为借景抒情之作。在这首曲子中，作者不仅通过拟人的手法赋予梅花少女的情态，还用"包藏几多春意也"暗示人们，梅花就像春的使者，梅花开了，春天就不远了。

殿前欢

◎贯云石

怕秋来，怕秋来秋绪感秋怀。扫空阶落叶西风外。独立苍苔，看黄花谩自开。人安在？还不彻相思债[1]。朝云暮雨，都变了梦里阳台[2]。

【注释】

[1] 彻：全，完全。[2] 梦里阳台：这一典故出自宋玉的《高唐赋序》。楚顷襄王游高唐，在高台之下，夜梦一女，自称巫山之女，与之欢会。后来，人们便将男女欢会之所称为"阳台"。

【译文】

我害怕秋天的到来，我害怕秋天来了之后，悲秋之情又触动我的心怀。西风扫净了空荡荡的台阶上的落叶。我独自站在苍苔上，看菊花兀自盛开。思念的人在哪儿呢？我已经还不完那相思债了。往日的一切都变成了梦里阳台。

【赏析】

曲中人和情人分离，为思念所苦，重复两次的"怕秋来"充分表现了她忧伤的心境，她生怕萧瑟的秋天让自己愁上加愁。而"扫空阶落叶西风外"，既是曲中人的眼前之景，也是她心境的写照。接下来的"人安在"则点明了曲中人伤心难过的原因，原来她的情人已经离开了好一段时日，而她对情人的境况却所知甚少。在"还不彻相思债"的嗔意背后，是浓浓的爱意，"朝云暮雨，都变了梦里阳台"即是曲中人记忆中的场景，这场景和西风吹落叶、黄花谩自开的场景结合到一起，又为曲子增添了几分悲凉之气。

曲的鉴赏知识

物 感

《礼记》中有言："凡音之起，由人心生。人心之动，物使之然也。感于物而动，故形于声，声相应，故生变，变成方，谓之音。"同理，诗文之所以产生，是因为外在事物让人心有所感触。

清江引

◎贯云石

狂风一春十占九，摇撼花枝瘦。沙摧杏脸愁，土蚀桃腮皱。阑珊了一株金线柳^①。

【注释】

① 阑珊：空残稀疏的样子。金线柳：柳的美称。

【译文】

这整整一个春天，十天里有九天刮着狂风。这狂风不住地撼动着花枝，都把它吹瘦了。在尘沙的摧残下，杏花瓣愁容满面；在泥土的侵蚀下，桃花也苍老了。河边那一株柳树，枝条也变得稀疏了。

【赏析】

"狂风一春十占九"是说在春季十天中有九天都狂风大作。作者故意用"十占九"这样夸张的说法表现狂风的肆虐猖狂。这狂风毫无怜香惜玉之意，让春花黯然凋零。古人经常用春花象征美好事物，用狂风象征无情的世事。一个"瘦"字表现出花在历经"摧残"

后那憔悴可怜的样子，不由让人想起南宋词人李清照《如梦令》中的"知否，知否，应是绿肥红瘦"。

很多花朵被风吹落，侥幸留在枝头的也都遍体鳞伤。杏花一脸愁容，桃花容颜残破，拟人手法的使用赋予了花以人的情态，同时也反映出作者的惜花之情。曲末，原本掩映花间的柳树因花的凋零突兀出来，柳树的寂寥更衬出花的凄零。

刘勰曾在《文心雕龙》中说："君子拟人必於其伦"，劫后余生的杏花、桃花、金线柳很容易让人想到刚刚经历不幸、伤痕累累又满心凄楚的人。此曲虽围绕花展开，用意却在花之外。花无力招架狂风，而在变幻莫测的世间，人又不知何时就会遭遇变故，每每社会发生大的动荡，都会有很多人像被狂风打落的花一样，"香消玉殒"。此曲构思巧妙，感情真挚，生动蕴藉，虽无一字言作者所感，却处处可见作者的情思。

金字经

◎贯云石

泪溅描金袖①，不知心为谁。芳草萋萋人未归。期，一春鱼雁稀②。人憔悴，愁堆八字眉③。

【注释】

① 描金：以他色勾托金色的装饰手法。② 鱼雁：古人谓鱼、雁俱能传书，故以鱼雁代指书信。③ 八字眉：又称鸳鸯眉，一种源于唐代宫中女子的眉式。韦应物《送宫人入道》："宝镜休匀八字眉。"

【译文】

泪水落在描金的袖子上，不知她伤心是为了谁？满目皆是茂盛的青草，她的情郎却还没有归来。等着等着，整整一个春天，也很少收到他寄来的书信。她满脸憔悴瘦损，愁闷堆满了皱成了"八"字的眉头。

【赏析】

贯云石的散曲以善写男女恋情著称，而这类作品风格也以清俊见长。这首曲子就是其中典型的一首。

此曲开头两句纯用白描，为读者勾勒出一位离愁满怀的贵族女子的形象。这两句化用唐代诗人李白的《怨情》："美人卷珠帘，深坐颦蛾眉。但见泪痕湿，不知心恨谁。"今人金性尧《唐诗三百首新注》："末句'不知心恨谁'，虽未明说，但实际已对读者作了暗示。"李白诗的"暗示"，是通过"卷珠帘""深坐"的动作来实现的，而这首小令里的女子，只是"泪溅描金袖"，此外别无其他动作，"不知心为谁"就纯粹成了悬念。这样的开头，很能吸引读者的注意力，从而为下文做好铺垫。

"芳草"以下三句告诉了我们答案。"芳草萋萋人未归"句出自《楚辞·招隐士》，其中写道："王孙游兮不归，春草生兮萋萋。"此曲里女主人公正在等待的"王孙"，不但"人未归"，而且"一春鱼雁稀"，很有可能以后再也不回来。一个"期"字，不但表现出女子对情人的思念，也流露出一种绝望的感觉。

最后两句再度展现了楚楚动人而又形单影只的闺阁佳人形象，与首句前后照应，然而，前面的"泪溅描金袖"只是瞬时的场景，而末句的"人憔悴"则具有持久性，让人读了更觉悲凄。全曲只寥寥数笔，却生动刻画出年轻思妇的可怜形象，表现出她对远出不归的心上人的脉脉深情。

红绣鞋 痛饮

◎贯云石

东村醉西村依旧，今日醒来日扶头。直吃得海枯石烂恁时休①。将屠龙剑、钓鳌钩②，遇知音都去做酒。

【注释】

① 恁（nèn）时：那时。② 屠龙剑：该典故出自《庄子》。传说，有个叫朱评漫的人花了三年时间学习屠龙之术，学成后却找不到可屠之龙。钓鳌钩：《列子》中有龙伯国巨人将渤海负山巨鳌钓走的故事。后人常用此典比喻抱负远大。

【译文】

在东村喝醉了，跑到西村还喝。今天醒了，明天又醉得要扶住头。直到吃得海也枯了石也烂了才罢休。若是遇到了知音，就是屠龙的宝剑，钓鳌的鱼钩，也都拿去换酒。

【赏析】

"喝酒"是一种排遣愁思的方法，这种整日买醉的行为，表明了作者心中有苦无处申，而只能寄托在诗酒之上的痛苦。"东村""西村"是言地，"今日""来日"是说时，无处不可以醉、无时不能够醉，并且还要喝到海枯石烂才罢休！作者的豪情万丈一览无余。"海枯石烂"暗含了作者对当时社会的不满，愤恨到了极致便戏谑其能毁灭，只要世界存在的一天，狂饮的行为就不停止。曲子前三句便揭露出了作者"痛饮"背后的愁苦悲愤的心情。

"屠龙剑""钓鳌钩"不是实物，原比喻有高超的本领和远大的抱负，这里象征着功名利禄。作者说倘若遇见知音，建功立业统统可以不要，全部拿去换酒喝。作者把"酒"和酒外的功名对立了，这也是"出世"和"入仕"的对立，至此作者的价值观已显而易见。再者，"屠龙剑""钓鳌钩"只能换酒钱，也表明了作者怀才不遇、社会贤庸不分的事实。曲子末句的"知音"若与首句联系起来读的话，可知作者口中的知音都在"东村""西村"内，这又可看出作者鄙视官场、痛饮遁世的生活状态。

全曲显现着疏狂恣意的特点，于豪放潇洒间暗含着对社会的不满和愤懑。

曲的格律知识

元曲中的平仄

相较于诗、词，曲对平仄的要求要严格得多。大致说来，每一句的末字都有固定的声调要求，不但要分平仄，且仄声还要分上声和去声。规定用上声的便不能用去声，规定用去声的就不能用上声。尤其是韵脚，对平仄的要求更为严格，很少笼统地规定用仄声。还有些曲谱甚至会逐字规定最末一句的声调。不过，也有些曲子平声字和上声字可以互相替代。

普天乐 平沙落雁①

◎鲜于必仁

稻粱收，菰蒲秀②，山光凝暮，江影涵秋。潮平远水宽，天阔孤帆瘦。雁阵惊寒埋云岫③，下长空飞满沧州④。西风渡头，斜阳岸口，不尽诗愁。

【注释】

① 平沙落雁：此为《潇湘八景》之第五首。② 菰（gū）蒲：菰是多年水生草本植物。蒲亦是水生植物，即苻子，可以编席。③ 岫（xiù）：峰峦。④ 沧州：水边比较开阔的地方，常用指隐士住地。

【译文】

稻谷高粱收完之后，水边的菰和蒲正值秀美之时。群山静静地沐浴在暮色里，朦胧的江面满含秋韵。潮水平静下来了，水面渐宽；天空辽阔，反衬得帆船更加瘦小。雁阵为秋寒所惊，飞进了云层里，又从空中落下，在江边沙滩上漫天飞舞。渡口吹拂着西风，红日西沉，我心中生出了无尽的忧愁。

【赏析】

"平沙落雁"之名取自北宋画家宋迪的八幅组画"潇湘八景"之一，借用其题作曲者不在少数，然而多悲秋伤怀，此曲一反常态，一扫深秋肃杀沉阿之气，写尽其生机勃勃，卓有新意。

前六句两两对仗，十分工整。首写暮秋江上景，稻谷收割完，水边的植物挺拔秀美，山里暮色霭霭，江水倒映着这深秋之景，相映成趣，充满诗情画意。天之广阔与孤帆之瘦小，水之静与船之动，两组对照，交相辉映。

秋寒惊起雁阵，它们从掩埋的云层里滑翔而出，飞舞着，鸣叫着，瞬间落满菰蒲丛生的平沙岸边，将这宁静的世界打破，动静结合。"飞满"二字，极写生机盎然之态。

渡口之上，西风徐徐，作者临风而立，看那斜落夕阳，不禁诗兴大发，思如潮涌。

此曲意境隽永悠长，境界开阔，宛如一幅色彩淡雅明丽的暮秋江景图。

⊙作者简介⊙

鲜于必仁，字去矜，号苦斋，渔阳郡（治所在今天津蓟县）人。生卒年不详，大约生活在元英宗至治前后，其父为太常典簿、著名词人鲜于枢。他性格旷达，醉心山水，受家庭影响，精通音律。其曲以写景见长，风格豪放飘逸，意境高远。今存小令二十九首，明代朱权在《太和正音谱》中评价其词"如金墙腾辉"。

折桂令 卢沟晓月①

◎鲜于必仁

出都门鞭影摇红②。山色空濛，林影玲珑。桥俯危波，车通远塞，栏依长空。起宿霭千寻卧龙，掣流云万丈垂虹。路杳疏钟，似蚁行人，如步蟾宫。

【注释】

① 卢沟晓月：北京著名景色。卢沟，指卢沟桥。② 鞭影摇红：马鞭在拂晓的霞光中摇动。

【译文】

出了城门，马鞭在拂晓的霞光中摇动。山色空濛，远处的山林看上去灵通剔透。卢沟桥俯身就着急流，车马向远方的边塞驶去，栏杆高耸，依偎在天边。在暮霭中，卢沟桥犹如一条千寻长的横躺着的巨龙腾空而起，又像万丈彩虹从行云里直扑水面。远处传来稀稀落落燕山的晨钟，路上行人多得像蚂蚁一样，（这情形）犹如在仙境月宫之中行走一般。

【赏析】

"卢沟晓月"为"燕京八景"之一，此曲好似为我们铺开了这幅恢弘的美景，让我们一睹其美丽的风貌。

当时，卢沟桥是出入京都的大门，每当夜幕还未完全退去，桥上便已经车水马龙，人流如织，远处山色依稀，树影玲珑。此曲的首句便展现了这一情景。

"桥俯危波，车通远塞，栏倚长空"，这三句运用排比句式："俯危波"言其险，"通远塞"喻其阔，"倚长空"显其高，寥寥数语，勾勒出卢沟桥的高大、雄伟、壮观，层次分明，且极为准确、生动。"起宿霭千寻卧龙，掣流云万丈垂虹"，这两句运用比喻、对偶和夸张的写法写卢沟桥，形象地描绘了卢沟桥恢弘的气势和寥廓的境界，极为形象、传神。

结尾三句，照应开头的晓行，诗人运用比喻的写法，展开丰富的想象，把卢沟桥与晓月、天上与人间融为一体，创造出一个恬淡愉悦深邃高远的境界。诗中的"疏钟""行人"把画面点染得鲜活生动。最后一句"如步蟾宫"切合题中之"晓月"，将读者带进了一个神话般的世界。

普天乐 潇湘夜雨①

◎鲜于必仁

白蘋洲，黄芦岸。密云堆冷，乱雨飞寒。渔人罢钓归，客子推篷看。浊浪排空孤灯灿，想鼋鼍出没其间②。魂消闷颜，愁舒倦眼，何处家山？

【注释】

① 潇湘夜雨：北宋画家宋迪所作组画《潇湘八景》之一。潇湘，二水名，主要流经湖南境，潇水为湘水的支流。但"潇湘"亦可作清湘解，《水经注》："潇者，水清深也。"② 鼋鼍（yuántuó）：两种大型水生动物。鼋，大鳖。鼍，扬子鳄。

【译文】

水中的小洲泛着白色，岸上的芦苇有些儿发黄。乌云堆积，大雨乱飞，让人感到一阵阵寒意。渔夫停止了垂钓匆匆往家里赶，舟中的旅客也推开篷窗朝外面看。混浊的浪潮翻向空中，远方只有一盏孤灯闪闪发光。我想，这情形一定是鼋鼍一类的庞然大物在水中出没造成的。本来就已经忧闷难释，容颜黯淡，又碰到如此消魂的图景，我在愁烦中睁开疲倦的双眼，在夜雨里寻辨：我的家乡在哪儿呀？

【赏析】

潇湘风景以其文人笔下的独特风貌和神秘传说深受中国各时代文人的青睐。屈原的华丽词藻描绘出的带有浪漫色彩的南方秀丽奇景，湘妃的凄美传说，苏轼等文人对潇湘的歌咏使得人们对潇湘风景产生了浓厚的兴趣。北宋沈括的《梦溪笔谈》记载了宋迪的"潇湘八景图"。南宋米友仁曾作《潇湘图长卷》，南宋宋取宋、米两家法作"潇湘八景图"，后失传。而到元代，见过"潇湘八景图"的人寥寥无几，人们只能在诗词中去想象那些美丽的图景了。

此曲就是作者通过自己的见闻，再结合自己的想象，勾画出一幅潇湘夜雨图来。前四句是对潇湘之景的具体描绘，其描写层层紧扣"潇湘夜雨"四字。潇

湘之景的特色，以白洲、黄芦岸进行概括，色彩鲜明；而以化自范仲淹《岳阳楼记》的"浊浪排空"四字进一步紧扣潇湘之景。"夜"的特色，以人物的动态来刻画，一句"渔人罢钓归"既点明已经天晚，又点明夜雨降落催人归家。描写夜雨，先从正面进行描写，然后用人物的行动作侧面渲染。为了凸显夜雨的特点，作者从江州写到江岸，又从江岸写到江天，却迟迟不提辽阔的江面。这是因为在夜晚，天色阴暗，雨又如帘一般遮住了人的视线，江景与雨景融在了一起。"密云堆冷，乱雨飞寒"营造出寒冷、凄清的意境，让人如身临其境。

在整首散曲中，作者一直将人物引入景中，无论是渔夫还是船客，其行动都和夜雨有关。渔人因夜雨停止钓鱼，客人推窗看景是担心雨大影响行船。描写江面上大雨滂沱的情形，还加上人物的想象，为曲子增添了壮阔的气势。而在波浪间若隐若现的小船也从一个侧面反映了潇湘夜雨的急暴。全曲最后一句描写人物的愁态，直接抒情。在这种景观前，人突然变得伤感。人离家在外，就如波涛上的小船，无依无靠。"魂消闷颜，愁舒倦眼，何处家山"，联想到自己的境遇，作者愁绪万千。

折桂令 苏学士①

◎鲜于必仁

叹坡仙奎宿煌煌②。俊赏苏杭，淡笑琼黄③。月冷乌台④，风清赤壁⑤，荣辱俱忘。侍玉皇金莲夜光⑥，醉朝云翠袖春香⑦。半世疏狂，一笔龙蛇⑧，千古文章。

【注释】

① 苏学士：苏轼曾官翰林学士、龙图阁学士、端明殿学士，故有是称。
② 奎宿：二十八宿之一。《星经》谓"奎主文章"，故俗称奎星为"文曲星"。③ 琼黄：琼州（今海南琼山）、黄州（今湖北黄冈），均为苏轼贬谪之地。④ 乌台：御史台，因汉御史台柏树上常栖乌数千而得名。1079年（元丰二年），苏轼因"诗涉讪谤"而被押系御史台狱达4个月之久，史称"乌台诗案"。⑤ 赤壁：此指黄州的赤鼻矶。苏轼游此，作前、后《赤壁赋》，有"清风徐来"、"唯江上之清风……取之无禁，用之不竭"等语。⑥ "侍玉皇"句：《宋史·苏轼传》："（哲宗元祐二年）召入封便殿……已而命坐赐茶，撤御前金莲烛送归院。"玉皇，皇上。⑦ 朝云：王朝云，苏轼的侍妾，伴随苏轼二十一年，后卒于惠州。⑧ 龙蛇：喻书法笔势的灵妙，也可喻文章的灵动流美。

【译文】

苏东坡文才盖世，犹如天上的文曲星一般，发出万丈光焰，令人惊叹。他流连玩赏苏州、杭州的美景，即便贬官到黄州、琼州，也依然谈笑自若。乌台诗案中，他曾在牢狱里独对那凄冷的明月月；赤壁之下，他也曾沐浴过江上的清风。人生的荣耀与屈辱，他都全然忘却了。他忠心事君，皇上曾撤下御前的金莲烛送他回去；他也曾沉醉在朝云的绿袖与熏香里。他平生豪放，下笔如走龙蛇，更创作出了千古流传的文章。

【赏析】

这首曲子是赞叹苏轼的，古时评价史事、人物多以"论赞"的形式，论在前，赞在后，一分为二、合二为一，此曲前八句分别从苏轼的文才、气度、功绩三方面进行叙述，后三句则是"赞"，其间掺杂着作者的感叹、欣赏、羡慕等的种种思想感情。此曲对仗工整，言简意赅，音韵和谐，铿锵有力。

此曲主要采用两种表现方式，一种是前后形成对照，用两个极端的事例互相烘托，如"俊赏苏杭"和"谈笑琼黄"是用苏轼官场的顺境和逆境形成反差对比，突显其无论身处何境，都能谈笑自若地写出优美的文章，这两句也与首句的"奎宿煌煌"相映照；又如"月冷乌台"及"风清赤壁"，道理是一样的。另一种表现方式则是互为叠加，体现在"侍玉皇金莲夜光"和"醉朝云翠袖春香"的映衬上，集中把苏轼的人生得意面概括托出，使得语气、音韵都得到了一定程度的加强。末尾三句是一组鼎足对，极尽褒扬，字字洋溢着作者对先贤不尽的推崇和仰慕之情。

折桂令 玉泉垂虹①

◎鲜于必仁

跨寒流低吸长川。截断生绢，界破苍烟。围壁琼珠，悬空素练②，泻月金笺。惊翠嶂分开玉田③，似银河飞下瑶天④。振鹭腾猿，来往游人，气宇凌仙。

【注释】

① 玉泉垂虹：在北京西山风景区。玉泉，山名。山中有石洞三：一在山之西南，洞下有泉；一在山之南，泉漫经之；一在山之根，泉自洞涌出。因泉流蜿蜒逶迤，其状若虹，故称"玉泉垂虹"，为"燕台八景"之一。② 素练：白色的绢疋。③ 玉田：玉泉流经处，石骨尽见，色自如玉，故以"玉田"喻之。④ 瑶天：仙界的天空。

【译文】

仿佛是俯身吸入了长河之水，湛寒的泉流横跨山体，在地面匍匐。泉身像一段段生绢被山峰截断，同时又将山上苍翠的云烟划破成了两部分。水沫如同一颗颗珍珠散落石壁，瀑布如同一条白练悬挂在天空，流水在月光下飞泻，像金色的信笺。一派葱绿的山峰矗立着，隔开了这浅处见玉石的泉水，令人惊叹；那泉水像是银河从瑶池飞泻而下。白鹭振翅高飞，猿猴也腾跳在树间。来往的游人，一个个意气轩昂，远胜过天界的神仙。

【赏析】

玉泉垂虹是北京西山风景区的一道景观，作者观而有感，写了这支曲子。曲子在状物手法上把握得相当精准，显示了作者高超的写作水平。

作者采用散点多视角的刻画方式，先从"玉泉垂虹"的外观特征写起，以实写的"寒流"映衬虚写的"长川"，"寒"是形容泉水清冽，"长"是说泉水充沛，实实虚虚，交相辉映。"跨"和"吸"字的运用加强了泉水奔腾的气势，同时也展现了泉水匍匐前进之态。

泉水高下流走，奔腾倾泻于群山之间。作者运用了一系列的比喻来形容泉水在群山中的奔走之势：像一段段截断的绢幅，划分着山色；似一颗颗璀璨的珍珠，拍打在石壁之上；奔腾而下的瀑布如同一道素色绸缎，匍匐着，在月光的照射下，又仿佛镀了金的纸、闪闪发光，形成的活水湖像极了一方玉田，又仿佛是

来自九天澎湃而泻的银河……一气呵成的状写，堪称神来之笔，画面上动静结合，美景层出不穷，远近相依，互相映照，并且用日夜更替的不同景象来展现其形态，让此景在作者的笔下变得更全面、更宏伟。

曲末三句，作者通过对山中人、动物的描写侧面烘托玉泉之美，"来往游人"暗示"玉泉垂虹"声名远扬。

本曲对仗工整，景物丰富，令人目不暇接，爱不释手。

折桂令 中秋

◎张养浩

一轮飞镜谁磨①？照彻乾坤，印透山河。玉露泠泠②，洗秋空银汉无波③。比常夜清光更多，尽无碍桂影婆娑。老子高歌，为问嫦娥。良夜恹恹，不醉如何？

【注释】

①飞镜：比喻中秋之月。②玉露泠泠：月光清凉、凄清的样子。③银汉：天河。

【译文】

那一轮高飞在天空的明镜，是谁磨制出来的呀？它照遍了整个山河。秋天的露珠清凉凄清，洗过一般明净的秋夜天空里，银河平静地流淌，看不到波澜。这月亮比平时放射出更多的清辉，桂树的影子在舞动，人可以清晰无碍地看到。我不由得高声歌唱，问嫦娥仙子，在这美好的夜晚，怎能不图一醉呢？

【赏析】

这是一首描写中秋圆月的曲子，作者为美景折服，对酒高歌，写下此曲。

作者以一个极富想象力的比喻句领起全曲，将月亮比作"一轮飞镜"，成功地表现出月亮的圆润、明亮，而"谁磨"二字则里里外外透着对自然的敬仰、赞美。

明亮的月色将整个山河都照亮了，"彻""透"极言月光之澄明，"乾坤"与"山河"则让曲子的格调开阔起来。只是单是一个"亮"还不足以显出月色之美，所以作者又用"玉露泠泠"来强调月色的空灵。"比常夜清光更多"说明这样美好的月色并非夜夜都有，凸显了美景的珍贵、难得。也让后面的"老子高歌"顺理成章——正因为此等美景不常出现，所以身处其中，作者的感慨才格外地多。

作者由月亮联想到月宫中的嫦娥，又由嫦娥的孤寂想到自己的孤寂，"为问嫦娥"实乃孤单之人的寂寞之语。曲末的"不醉如何"正说明了作者心绪的复杂、怅惘。

⊙作者简介⊙

张养浩（1270—1329），字希孟，号云庄，济南人，元代著名散曲家。曾任监察御史，因批评时政而免官，复官至礼部尚书，后又辞官，居于济南云庄，度过了八年隐居岁月。在这段时间，他游山玩水，纵情诗酒，创作了大量文学作品。天历二年（1329），关中大旱，张养浩被任命为陕西行台中丞，由于积劳成疾，其到任四月便因病去世。

张养浩聪颖好学，饱读诗书，诗赋文章无所不通，尤其擅长散曲，著有《归田类稿》。其散曲小令今存一百六十多首。朱权《太和正音谱》评其曲"如玉树临风"。

折桂令

◎张养浩

功名百尺竿头①，自古及今，有几个干休②：一个悬首城门③；一个和衣东市④；一个抱恨湘流⑤。一个十大功亲戚不留⑥；一个万言策贬窜忠州⑦。一个无罪监收，一个自抹咽喉。仔细寻思，都不如一叶扁舟。

【注释】

① 百尺竿头：喻已到极点。② 干休：白白地结束。③ 悬首城门：指春秋时的伍子胥。他曾辅佐吴国打败楚、越二国，后受谗言而被吴王夫差迫令自杀。死前他痛心地要求把自己的头颅悬挂在京城东门之上，以亲睹日后越军入侵的惨象。④ 和衣东市：指西汉的晁错。他在汉景帝时官任御史大夫，上书请削诸侯封地以维护中央集权，后诸侯胁持景帝将他处死，"衣朝衣斩于东市"。东市，汉代长安的杀人刑场。⑤ 抱恨湘流：指战国时代楚国的屈原。他曾任左徒、三闾大夫，因力主抗秦，于怀王、顷襄王时两度遭到放逐。屈原苦于无力挽回楚国衰亡的命运，愤然投入湘水自杀。⑥ 一个十大功亲戚不留：指汉代开国功臣韩信，助汉高祖刘邦平定天下，却终为刘邦、吕后设计谋害，诛夷三族。十大功，韩信平生曾伐魏、徇赵、胁燕、定齐、破楚将龙且、围项羽于垓下，功高盖世，故后人有"韩信十大功劳"之说。⑦ 一个万言策贬窜忠州：指唐代的陆贽。他在德宗时任中书侍郎同门下平章事，上奏议数十篇，指陈时病，因而遭谗贬为忠州别驾。忠州，重庆忠县。

【译文】

尽管功业地位已高至极点，从古到今，还是有那么几个人结局悲惨：一个是伍子胥，头颅被高悬城门之上；一个是晁错，穿着朝服走上了刑场；一个是屈原，怀着深深的愤怨自投湘江；一个是韩信，立下十大功勋，却连亲戚都保不住命；一个是陆贽，上万言书直言，却被贬黜到忠州；还有人无罪入狱，或不得已自寻短见。仔细想想，他们都比不上隐士，驾着小船儿游荡。

【赏析】

在警世、叹世题材的曲子中，元代散曲家常常并排列出几个典故来充作论据，表现作者对现实生活的感受。作者张养浩在他的《沉醉东风》里的"班定远飘零玉关，楚灵均憔悴江干。李斯有黄犬悲，陆机有

华亭叹。张柬之老来遭难。把个苏子瞻长流了四五番，因此上功名意懒"即与此曲相同。它们都是以一连串的史实作为引子，又于曲末很自然地得出结论。只是本首曲子中作者仅仅是将一个个史实列出，但没有完全点明，而应靠读者自己去对号入座，令人产生悬念。虽然未点明主人公，但是却都是些妇孺皆知的故事，也很容易找到典故的主角。

全曲用了七个"一个"形成排比，增强驰曲子的气势，使曲子显得井然有条。曲末"一叶扁舟"既是写实，又是用典，不但把作者自己的志趣写了出来，还将春秋时范蠡辅助勾践兴越灭吴后驾舟遨游五湖的悠然情态与自己对比，更刻画出作者超然的处世态度。

山坡羊 潼关怀古①

◎张养浩

峰峦如聚，波涛如怒，山河表里潼关路②。望西都③，意踌躇④。伤心秦汉经行处⑤，宫阙万间都做了土⑥。兴⑦，百姓苦！亡，百姓苦！

【注释】

① 潼关：古关口名，现属陕西省潼关县，关城建在华山山腰，下临黄河，非常险要。② 山河表里：外面是山，里面是河，形容潼关一带地势险要。具体指潼关外有黄河，内有华山。③ 西都：指长安（今陕西西安）这是泛指秦汉以来在长安附近所建的都城。古称长安为西都，洛阳为东都。④ 踌躇：犹豫、徘徊不定，心事重重，此处形容思潮起伏，陷入沉思．表示心里不平静。⑤ 伤心：令人伤心的是，形容词作动词。秦汉经行处：秦朝（前221—前206）的都城咸阳和西汉（前202—公元8年）的都城长安都在陕西省境内潼关的西面。经行处，经过的地方。指秦汉故都遗址。⑥ 宫阙：宫殿。阙，皇门前面两边的楼观。⑦ 兴：指政权的统治稳固。

【译文】

山峰从西面聚集到潼关来，黄河的波涛如同发怒一般吼叫着。内接着华山，外连着黄河的，就是这潼关古道。远望着西边的长安，我徘徊不定，思潮起伏。令人伤心的是秦宫汉阙里那些走过的地方，昔日的千万间宫阙，都只剩下一片黄土。国家兴起，黎民百姓也要受苦受难；国家灭亡，黎民百姓更是要受苦受难。

【赏析】

潼关自古就是著名的关塞，扼山西、陕西、河南三省要冲，是秦、汉故都咸阳、长安的门户，历来为兵家必争之地。作者来到这里，感到的并非是雄关如铁、山河稳固。

作者来到此处，遥望古都长安，心潮起伏，感慨万千。看到的是秦汉宫阙早已灰飞烟灭，代替它的却是赤地千里、饥民遍野，这种凄惨的令人触目惊心的景象令作者悲叹万分。他总结出了不变的历史规律：无论怎样改朝换代，无论处在谁的统治之下，罹难受苦的总是可怜的百姓。

此首小令遣词精辟，情感强烈，"兴，百姓苦！亡，百姓苦！"的呼号，无疑是元代散曲中人民呼声的最强音，强烈体现了作者关心民生的真挚情结。

醉高歌兼喜春来

◎张养浩

诗磨的剔透玲珑①，酒灌的痴呆懵懂。高车大纛成何用②，一部笙歌断送。金波潋滟浮银瓮③，翠袖殷勤捧玉钟④。对一缕绿杨烟，看一弯梨花月，卧一枕海棠风。似这般闲受用，再谁想丞相府帝王宫？

【注释】

①"诗磨"句：诗歌琢磨得明净灵巧。磨，琢磨，推敲。玲珑，这里作"灵巧""生动"讲。②高车大纛（dào）：高大的车子和旗子，古时显贵者的车舆仪仗。③金波：指酒言其色如金，在杯中浮动如波。潋（liàn）滟：形容水波流动。④"翠袖"句：晏几道《鹧鸪天》："彩袖殷勤捧玉钟。"此用其句。翠袖：指穿着翠绿衣服的美人。玉钟：指珍贵的酒器。

【译文】

诗句雕琢得明净灵巧，喝酒喝得呆头呆脑。那些高大的车子或是宽大的幡旗有什么用处呢？一首送殡的笙歌就把它们打发走了。金色的美酒在银制的杯中晃动着波纹，身着绿衣的美人殷勤地捧着玉制的酒杯，我看着翠绿的柳梢头那一缕青烟，和梨花般雪白的明月，枕着那裹挟着海棠清香的微风躺下身子。有了这样闲适的生活，谁还会去想什么丞相府帝王宫？

【赏析】

作者历经宦海浮沉，见惯官场上的尔虞我诈、谄媚浮夸，也享受过那所谓的荣华富贵，但最终看透浮华，以田园生活为乐。此曲一开始是对诗酒快意生活的描写，玲珑剔透诗，似醉如痴酒，有这二者相伴，谁还去坐那张着大旗耀武扬威的车子呢？人生数十载，最后不过都是被一曲殡葬之歌送往西方极乐去罢了。这是作者的人生感悟，通过对宦途生活和归隐生活的对比，表达了作者淡泊名利的人生观。

有美酒、美女和美景相伴，这般散淡闲适的生活，那些惹人烦恼的仕途功名早已消失得无影无踪。谁还会去想念那王宫府宅？作者最后以一句反问结尾，再次强调了其立场，颇为荡气回肠。

作者在归隐生活里有感而发，否定了宦途生活的意义，肯定了寄情山水、诗酒为伴的生活价值，于铺陈感慨间，表现恬适心境。全曲文辞清丽流畅，情感旷达而洒脱，给人以清风拂面之感。

水仙子 咏江南

◎张养浩

　　一江烟水照晴岚①，两岸人家接画檐②。芰荷丛一段秋光淡③。看沙鸥舞再三，卷香风十里珠帘④。画般儿天边至，酒旗儿风外飐⑤，爱杀江南⑥！

【注释】

①"一江烟水"句：意思是说阳光照耀江水，腾起了薄薄的烟雾。烟水：江南水气蒸腾有如烟雾。晴岚：岚是山林中的雾气，晴天天空中仿佛有烟雾笼罩，故称晴岚。②画檐：绘有花纹、图案的屋檐。③芰(jì)荷：芰是菱的古称。芰荷指菱叶和荷花。芰，菱角。④"卷香风"句："即十里香风卷珠帘。"化用杜牧《赠别》诗句"春风十里扬州路，卷上珠帘总不如"。⑤飐(zhǎn)：风吹物使之颤动。⑥杀：用在动词后表示程度深。

【译文】

　　满江的烟波映照着晴天里山中的雾气，两岸的人家屋檐描着图案，一家连着一家。荷花丛里秋光恬淡，看沙鸥一遍遍地飞舞盘旋，家家的珠帘里都飘出了香风。美丽的船儿从天边驶来，酒店的幡旗在风里飘荡。真喜欢这江南！

【赏析】

　　张养浩出身名门，少时便被荐为官，可宦海沉浮、人心险恶，多年眼见官场黑暗腐朽的作者对此深恶痛绝，奸佞在朝，君王昏聩，根本没有任何理由继续从政，故而辞官归隐，此后，他视名利如粪土，视高官为糟粕，寄情于山水田园，远离官场是非，抛弃人间的一切浮华虚妄的追求。

且其时多作散曲，而他的这种精神境界也从他的作品中散发了出来。可谓真正意义上的物我合一。他没有怀才不遇的激愤难当，有的只是透彻的恬淡和宁静之心。所谓"淡泊名利"者是也。

　　开篇两句采用对偶的写作手法，烟波弥漫透着朝阳，两岸农家画梁相接。视线出发点极其高远，可见作者内心的广博。农家的鳞次栉比也反映了江南自古就是人口稠密、繁华富庶之地。江面荷花淡雅开放，一旁沙鸥飞舞盘旋，珠帘里，香风飘然而来。"淡"字极言秋光之温和秀丽。"看"字表明作者悠然闲适的心境状态。"卷香风十里珠帘"暗指作者所在的温柔乡之华美。

　　远处烟波浩渺地，隐隐约约可见一只小船，仿佛是从那天边划来；酒家的旗帜迎风飘扬，似在召唤者作者前去一品其味。末句"爱杀江南！"是作者最直接的感情流露，也是此曲的文眼。

　　本曲意境深远，天然无雕饰，神韵灵动，似一气呵成。

朱履曲 警世

◎张养浩

才上马齐声儿喝道①，只这的便是送了人的根苗。直引到深坑里恰心焦②。祸来也何处躲？天怒也怎生饶？把旧来时威风不见了。

【注释】

① 喝道：旧时官吏出行，有仪仗或衙卒在队伍前吆喝清道，使行人回避，叫作喝道。② 恰：才真正。

【译文】

刚刚才骑上宝马，就有衙役在前方一齐吆喝开道，这就已经埋下了别人害他的把柄。可他们还一意孤行，直到陷入深坑，心里才开始焦虑。灾祸来了，上哪躲？老天怒了，哪还会把你饶？这时候，往日的威风，早就没有了！

【赏析】

"才上马齐声儿喝道"，作者只用了一句话就将官员不可一世、耀武扬威的样子表现得惟妙惟肖。"才上马"有"刚刚做了高官"之意，人们常将当官赴职说成"走马上任"。作者张养浩很年轻就进入仕途，对官场上的人情世故非常了解，所以他一口断定"只这的便是送了人的根苗"，旨在告诫人们，骄昂跋扈一定会为人招致祸患。"直引到深坑里恰心焦"的悲惨和前面呼来喝去的风光形成鲜明对比，世事莫测，祸福只在旦夕之间。这祸极有可能来自"龙颜大怒"，也有可能来自于做官者的为非作歹本身。通常越是喜欢摆官威的人，越有可能仗势欺人，为非作歹，如此下去，总有一天众叛亲离，自食其果。此句中，"恰"字的使用既承接前文的叙述，又暗示下文结果的出现，寓意颇丰。刚刚做官便耀武扬威，是因为不懂得官途的险恶，不能做到心系百姓，等招致祸患了，就只能"心焦"起来了。这也是其耀威扬威的必然结果。在招致祸患之后才"心焦"，到大难临头之时，再去求找生门路，追悔往昔，往往为时已晚，因此，在曲的后半部分，作者便写下了"祸来也何处躲？天怒也怎生饶？"作者连用了两个反问予人警醒，两个反问在句式上又整齐一致，读来颇有力度感。"把旧来时威风不见了"，在冷峻的描述与分析之后，将

语气变至轻松平易，以玩笑似的语句评价这些官员此时的状态，讽刺之意尽显。同时，这句话写的既是官员遭祸之后的窘态，也就与开头衙役喝道的描写形成了鲜明的对比，既加强了讽刺效果，也使曲子的结构更加紧密了。

曲的鉴赏知识

善人与天才张养浩

王国维在《人间词话》中说："社会上的习惯，杀许多之善人。文学上之习惯，杀许多之天才。"张养浩就是一个集善人与天才为一体的著名散曲家。张养浩从小就聪明过人，有义行，十九岁时就被荐为东平学正。他为官清廉、疾恶如仇，任监察御史时弹劾了不少不法之徒，令官吏敬畏。元武宗至大三年，因上万言书《时政书》，言辞尖锐、切中时弊，几遭杀身之祸，只好逃隐，至元仁宗继位才又被起用。元文宗天历二年，张养浩官授陕西行台中丞之职，前去关中，赈灾救民。临行之时，他"散家之所有""遇饿者则赈之，死者则葬之"，到任后在公署内住了四个月，"夜则祷于天，昼则出赈饥民，终日无少怠。"积劳成疾，于官所内逝世，年仅60岁。

雁儿落兼得胜令 退隐

◎张养浩

云来山更佳，云去山如画。山因云晦明，云共山高下。倚杖立云沙①，回首见山家②。野鹿眠山草，山猿戏野花。云霞，我爱山无价。看时行踏③，云山也爱咱④。

【注释】

①云沙：犹言如海。②山家：山那边。家，同"价"。③行踏：走动、来往。④咱：自称之词。

【译文】

白云飘来，山上的景致更好；白云飘去，山上的景致也依然美如图画。山因为云的来去忽明忽暗，云随着山势的高低上下穿行。我倚着手仗站在云海之中，回头就看见了山中的美景。野鹿睡在草丛里，猿猴在玩弄着野花。因着这变幻迷人的云霞，我爱上了这山峰，它的美是无价的。我走走看看，那云雾缭绕的山峰，其实也是爱我的呀。

【赏析】

这是一幅生动逼真的山水图画，也是一首赞美自然风光的优美歌曲。作者以优美的文句形象地表现了人与自然紧密联系、契合无间的美好画面。

曾几何时，云山便成为隐者的象征，隐者的最爱，成为他们理想的归宿。时光悠悠，这大自然的惠赠不知抚慰了多少颗失望悲伤的心灵，为多少困于仕途的人展开了生活的另一面风景，让多少志趣高洁而又不谐于世的人找到了可以忘情的栖息之地。

饱览了宦海风云、人生艰难的张养浩回到了云山的怀抱。他喜欢观赏云与山互相映衬而又各具风致的美丽，喜欢伫立在云彩环绕的沙丘，回首看山间的人家，看野鹿在山草丛中酣睡，看山猿嬉戏在山花之间。张养浩对云霞说："我喜爱这山色无价，会选择好时光来这里漫游行踏。"他也感到云山温柔的回应，感到云与山也深深地喜爱着自己。

这一篇作品，让我们感受到了作者与云山共徘徊的悠然情致，了解到他满含童趣的细致观察。他把对大自然感情移为自然对自己感情，充分表现了他与大自然的契合无间和对大自然的无限热爱。

一枝花 咏喜雨［套数］

◎张养浩

　　用尽我为民为国心，祈下些值玉值金雨^①。数年空盼望，一旦遂沾濡^②，唤省焦枯^③。喜万象春如故，恨流民尚在途^④。留不住都弃业抛家，当不的也离乡背土^⑤。恨不得把野草翻腾做菽粟^⑥，澄河沙都变化做金珠。直使千门万户家豪富，我也不枉了受天禄^⑦。眼觑着灾伤教我没是处^⑧，只落的雪满头颅^⑨。青天多谢相扶助，赤子从今罢叹吁^⑩。只愿的三日霖霪不停住^⑪。便下当街上似五湖，都渰了九衢^⑫，犹自洗不尽从前受过的苦^⑬。

【注释】

① 祈雨：古代人们祈求天神或龙王降雨的迷信仪式。值玉值金：形容雨水的珍贵。② 沾濡（zhān rú）：浸润，浸湿。③ 省：通"醒"。焦枯：指被干旱焦枯的庄稼。④ 恨流民尚在途：指雨后旱象初解，但灾民还在外乡流浪逃荒，作者心中引为憾事。⑤ 当不的：挡不住。⑥ 翻腾：这里是变成的意思。菽（shū）粟：豆类和谷类。⑦ 天禄：朝廷给的俸禄（薪水）。⑧ 没是处：束手无策，不知如何是好。⑨ 雪满头颅：愁白了头发。⑩ 赤子：指平民百姓。罢叹吁：再不必为久旱不雨叹息了。⑪ 霖霪（yín）：长时间的透雨。⑫ 渰（yān）：同"淹"。九衢：街道。⑬ 犹自：依然。

【译文】

　　为百姓，为国家，我用尽了心，才求来了这一场金玉般宝贵的雨。老百姓空盼了空等了好几年，今天雨水一下子大地润湿了，也唤醒了干枯的庄稼。春天像以往一样万物欣欣向荣，令人高兴；只是逃荒的百姓仍颠沛流离，使我忧伤。灾民们受不了了便背井离乡。我恨不得把野草都变成粮食，把闪亮的河沙都变成金珠。只要家家户户都生活富足，我也算没有白白拿国家的俸禄。眼看着天灾让我不知如何是好，到最后白发长满了头颅。多谢苍天扶持帮助我们，大伙儿从此不用再唉声叹气了。但希望这大雨连下几天也别停下来，就算下得街道成了湖泊，大水淹没了所有大路，也还是洗不完老百姓这几年遭受过的苦楚啊！

【赏析】

　　元明宗天历二年（1329），陕西大旱已逾五载。作者此时已辞官隐退多年，其间朝廷多次征召，皆坚辞不仕。然而当他接到前往陕西赈济灾民的命令，随即登车就道，一路散尽家资，周济乡里。他到任后四个月不曾家居，白天出赈灾民，夜晚祈雨于天，守在官衙，也许是作者的精诚打动了上天，上天终降甘霖。

　　此曲大约作于作者在关中救灾的过程中，题为《咏喜雨》，字里行间都洋溢着欢乐的情绪。在作者眼中，每滴雨水都"值玉值金"，其求雨之心切，跃然纸上。然而，"犹自洗不尽从前受过的苦"，在久旱逢甘霖的喜悦之后，有的是对百姓遭遇的同情以及对百姓未来生活的深深忧虑。

沉醉东风

◎张养浩

班定远飘零玉关^①，楚灵均憔悴江干^②。李斯有黄犬悲^③，陆机有华亭叹^④，张柬之老来遭难^⑤。把个苏子瞻长流了四五番^⑥。因此上功名意懒。

【注释】

① 班定远：即班超。超以战功封定远侯。年老思乡，因上疏请求调回关内说："蔬不敢望到酒泉郡，但愿生入玉门关。" ② 楚灵均：屈原，楚国人，字灵均，故称"楚灵均"。《楚辞·渔父》中写道："屈原既放，淤于江潭，行吟泽畔，颜色憔悴，形容枯槁。" ③ 李斯：秦朝丞相，显赫一时。后为赵高所害，腰斩于市。临死前对儿子说："我想和你出上蔡东门牵黄犬逐狡兔，还能做到吗？" ④ 陆机：西晋时人，被谗言所害，正值壮年，身首异处。临死之前，发出"华亭鹤唳，岂可复闻呼"的悲叹。 ⑤ 张柬之：唐朝权臣，帮助唐中宗李显复位，后遭武三思所害，被流放致死。 ⑥ 苏子瞻：即宋代文学家苏轼。苏轼曾遭到五次贬谪。

【译文】

班超独自飘零在玉门关，屈原在汨罗江边

容颜憔悴。李斯忍受过与儿子牵黄犬打猎都没机会的悲哀，陆机也有过再也听不到故乡华亭之上鹤唳之声的感叹。那张柬之年老之时还要遭受磨难，苏轼四五次被放逐。就因为这些，我对求取功名之事已变得心灰意懒。

【赏析】

《沉醉东风》原作本有八首，每首都以"因此上功名意懒"为结尾，此曲是其中第二首。作者一连列举了六个典故，来说明"功名意懒"的原因。身处官场，混迹于名利场中，安享天年无疑是一种奢望。在作者看来，与其做一个手握大权却生活坎坷，甚至不得善终的人，不如当一个普普通通，过着平淡生活的小人物。仕途险恶，即使是那些精通人情世故、聪敏过人的人，都不免落得悲惨结局。

朱履曲（一）

◎张养浩

　　弄世界机关识破[①]，叩天门意气消磨。人潦倒青山漫嵯峨[②]。前面有千古远，后头有万年多。量半炊时成得什么[③]？

【注释】

①弄世：周旋人生，在社会上施展心计。
②漫：徒然，此处有"莫要"之意。③半炊时：饭熟的一半工夫，形容时间极短。

【译文】

　　我在社会上处心积虑追求理想，却回回都被人看穿。想叩开天门，可我的意图和气概早被这世道消磨掉了。人已潦倒不堪了，青山啊，你就不要再这么高峻难攀了。前面有千古遥远的历史，身后更有万年长久的光阴。细细思量，这做顿饭工夫的一半时间，还能有什么成就呢？

【赏析】

　　要在社会上闯荡，光有才华、有抱负还不够，还必须熟谙人情世故。怎奈人心叵测，人与人之间充满了尔虞我诈，以至于作者一上来就用"弄世界"强调处事之难。"弄"有"掌控、操纵"之意，现实中不少人为了将他人玩弄于股掌，算尽机关。而从"机关识破"四字来看，作者对"弄世界"之徒，不无同情。"叩天门"和"弄世界"相对，二者之间亦存在逻辑联系。在复杂险恶的环境里，为了生存，人不得不将大量精力放在应对七七八八的人事上，豪情壮志自然会逐渐消磨。"叩天门意气消磨"实为作者的亲身感受。曲子的前两句即是作者的自嘲。

　　"人潦倒青山漫嵯峨"，作者用潦倒的自己和巍峨的青山对比，旨在表现人的渺小。险峻的青山一如崎岖的仕途，"漫"字与前面的"意气消磨"对照，作者那灰暗、颓唐的心情尽在其中——人是多么可怜，个人的力量本已微小难堪，偏偏人生之路还是这样艰险难行。老天爷为何不体恤下人的处境，"青山"何必如此嵯峨。然而，人的不幸还不只如此。"前面有千古远，后头有万年多"，则是从时间的角度说明个体的卑微。向上的道路坎坷难行，人的生命又极其有限，"量半炊时成得什么"，有多少人能实现自己的理想？绝大部分人一生都做不出什么了不起的事业。

　　整首曲子都散发着一种郁郁不平之气。值得一提的是，此曲虽然基调灰暗，却也从一个侧面反映出作者胸怀壮志：正是因为不甘虚度一生，才会有曲首的自嘲以及对社会险恶、人生短暂的悲叹。

朱履曲（二）

◎张养浩

那的是为官荣贵？止不过多吃些筵席。更不呵安插些旧相知。庭中添些盖作①，囊箧里攒些东西。教好人每看做甚的②！

【注释】

① 盖作：元人方言，房屋之类的产业。② 每：同"们"。

【译文】

什么是做官的荣耀显贵？只不过能多吃点宴席。再就是把旧日里相好的人安插到仕场中去。家里多建几栋房子，腰包箱子里攒积些值钱的东西。这得让那些好人看成啥呀！

【赏析】

这是一首讥讽之作。

写这首曲子时，张养浩正担任中书省参议，官居三品，虽然自己也是一名官员，他却毫不讳言官场的黑暗。由于为官时间较长，他接触了不少披着官衣的奸佞小人，十分了解他们的为官心理，并对他们充满鄙夷。

张养浩知道很多人人仕为官都是为了"荣华富贵"，所以在写此曲时，他便从"荣贵"下手，极力表现这荣贵的虚渺。曲子一开始就以一个问句"那的是为官荣贵"领起全篇。然后直指着"荣贵"的实质内容——多吃些筵席，安插些旧相知，改善霞居住的条件，让钱袋鼓囊囊一些。"止不过"和"更不呵"表现了作者对"荣贵"以及追逐荣贵者的蔑视。曲末的"教好人每看做甚的"则映现着作者对官场风气的忧虑。

为"荣贵"为官的人，一旦有了权力，便会见缝插针地利用权力为自己谋取私利。他们的存在无疑会对社会产生危害。无奈人的境界有高有低，作者看不起那些把追名逐利当作人生终极目标的人，但对有些人而言，仅仅一个"多吃些筵席"就足以让自己抛弃人格、良心，为恶为害，更何况"荣贵"的好处还不止于此。这些人决不会如作者一般产生"教好人每看作甚的"的忧虑，即使产生了，也只是因为担心会对自己的"荣贵"不利。

曲的鉴赏知识

元代盛行的拜金主义

在元代社会民族融合、经济繁荣的假象下，掩盖着当时人欲横流、社会道德低下等真实状况。这种情况可从散曲作品略见一斑。当时的散曲作家大都有过为官吏的经历，一般也能隐退，深知世态炎凉。不少作品对市井中的贪婪无耻进行细致的描摹，引起人们的共鸣。比如乔吉《山坡羊·冬日写怀》对贪财好色之徒进行的描摹，最后一句"身，已至此；心，犹未死"将贪财鬼至死不悟的丑恶嘴脸刻画得淋漓尽致。张养浩的《朱履曲》以"那的是为官荣贵"的反问开篇，然后将贪官的理想人生降至市井俚俗的标准，最后以攒些"东西"作结。中国古代文人向来鄙薄钱财，称爱钱之人为铜臭气太重，或直接把钱称作腌臜物。而元代文人深受俗文化的影响，即使像顾德润在《醉高歌带摊破喜春来·旅中》这样意境深远、文辞秀丽的作品中，也会以比较文雅的方式提起钱财来，作者说"囊底青蚨逐日悭"。在一派哀怨的优雅气氛中，忽然之间出现这一句，作者的讽喻之意巧妙地表达出来，也可从一个侧面看出当时的金钱观念深入人心。

朱履曲（三）

◎张养浩

鹦鹉杯从来有味^①，凤凰池再也休题^②。荣与辱展转不相离。挂冠斗也喜^③，抬手舞月相随。却原来好光景都在这里。

【注释】

① 鹦鹉杯：鹦鹉螺（一种海螺）壳制成的酒杯。李白《襄阳歌》："鸬鹚杓，鹦鹉杯，百年三万六千日，一日须倾三百杯。"此用其意。② 凤凰池：中书省的别称。《通典·职官》："魏晋以来，中书监令掌赞诏命，记会时事，典作之书。以其地在枢近，多承宠任，是以人固其位，谓之凤凰池焉。"题：通"提"，提起。③ 挂冠：东汉逢萌在长安，因不满时政，解冠挂于东都门而归。后因以"挂冠"作为弃官的代称。

【译文】

鹦鹉杯里的美酒从来都是有滋有味的，再别提什么去中书省求取官名了。荣耀与耻辱翻转交错，分也分不开。弃官还乡也一样欢喜。举起手来跳起舞，月光也跟着一起跳。啊，原来那美好的光景，全都在这儿呀。

【赏析】

作者张养浩为人清正，为官期间做了很多利民之事，其门人黄溍曾这样评价他"力排权奸，几蹈祸而不悔"，从张养浩流传下来的作品，人们亦可看出他嫉恶如仇的性格。然而，正因如此，他得罪了不少人，以至于"时有性命之虞"，最后不得不辞官回家。直到天历二年陕西大旱，才重新应召入朝。此曲即为张养浩辞官归隐后所作。

首句中的"鹦鹉杯"和第二句的"凤凰池"相对，象征着两种截然不同的生活。前者指归隐田园自在洒脱，后者则指在名利场上摸爬滚打。从"从来有味"和"再也休题"中，人们不难看出作者的人生态度。和一般的归隐之作不同，作者在曲中对自己的生活进行了颇富哲理的分析——"荣与辱展转不相离"。世人多把在"凤凰池"中存身视为荣耀，而看不到其中的屈辱。相反，隐者的社会地位虽不似朝廷大员那般高，但却自由自在，不用违背心意迎合他人，对隐者而言，位低为"辱"，清高自适为"荣"。此句乃承上启下之句，自然而然地引出"挂冠斗也喜"。

"抬手舞月相随"描写的是寄情自然的乐趣。离开官场后，作者的心情轻松了不少，而人只有在心无挂碍的情况下，才会注意到大自然的美好。曲末"却原来好光景都在这里"很有些恍然大悟的意味，放下了对名利的营营之心，生活中美好的那面就会浮现出来。该句就是整首曲子的曲眼，曲子格调境界之高低往往就体现在看似平常的点睛之语上。

普天乐

◎张养浩

折腰惭①，迎尘拜②。槐根梦觉③，苦尽甘来。花也喜欢，山也相爱④，万古东篱天留在⑤，做高人轮到吾侪。山妻稚子，团栾笑语⑥，其乐无涯。

【注释】

① 腰惭：陶渊明为彭泽令，郡遣督邮至省，吏请曰："应束带见之。"渊明叹曰："我岂能为五斗米折腰向乡里小儿？"即日解绶去职，赋《归去来》。见萧统《陶渊明传》。这里是作者以陶渊明自比。② 迎尘拜：晋潘岳谄附贾谧，每候其出，辄望尘而拜。见《晋羽·潘岳传》。又高适在开元二十三年，因宋州刺史张九皋的推荐，担任封丘县尉。他在《封丘作》一诗中描写自己任职期间内心的痛苦与矛盾："迎拜长官心欲碎，鞭挞黎庶令人哀。""乃知梅福徒为尔，转忆陶潜归去来？"此兼用其事。③ 槐根梦：即南柯梦。认为官场得意，不过是"槐根梦觉"而已。④ 山也相爱：辛弃疾《贺新郎》："我见青山多妩媚，料青山见我应如是。情与貌，略相似。"这里是化用他的语意。⑤ 东篱：这里代借隐逸处所。⑥ 团栾：团圆，团聚。

【译文】

　　低眉折腰的行为已让人惭愧，又要像潘岳那样对着尘土叩拜，真让人难堪。这一切就像一场南柯梦一样，如今醒来了，愁苦没有了，生活迎来了甘甜。花儿也为我欢喜，山也和我互相喜爱，隐者高尚的情操流芳千古，这做世外高人的事情也轮到我了。和妻子、孩子一起团聚，欢笑，这里头乐趣无边。

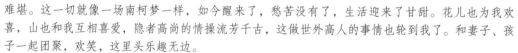

【赏析】

　　这是一首写归隐之好的曲子。

　　"折腰惭，迎尘拜"是在说归隐的缘由。在官场生活，免不了要违背自己的心意讨好他人。"惭"字说明作者也做过为五斗米折腰的事。只是最终在人格的完善和名利之间，作者选择了前者。而从"槐根梦觉，苦尽甘来"来看，作者对这个选择颇为满意。在抛弃了曲意逢迎的生活后，作者的心情明朗了许多。心情愉快了，自然看什么都觉美好。所以便有"花也喜欢，山也相爱"。

　　曲的后半部分解释了"苦尽甘来"的原因。"万古东篱天留在，做高人轮到吾侪"，离开官场后，作者得以做一个率真自我的人，他喜欢这样的自己，并以此为荣。与此同时，"山妻稚子，团栾笑语"，他还发现了简单生活的乐趣。这两种乐趣加在一起，让他发出"其乐无涯"的感慨。

　　曲子用语清新，转接自然，感情真挚，好像将读者视作知心好友，袒露心意。

朝天子

◎张养浩

柳堤，竹溪，日影筛金翠。杖藜徐步近钓矶，看鸥鹭闲游戏。农父渔翁，贪营活计，不知他在图画里。对这般景致，坐的，便无酒也令人醉。

【译文】

种着柳树的堤坝上，小溪流淌的竹林中，太阳穿过翠绿的树叶撒下金光。拄着拐杖缓缓地漫步走近垂钓的石头，看鸥鹭悠闲自在地游戏。农民和渔人为生计奔忙，却不知道自己处在这美丽的画图里。面对这样的景色，随处坐下，即使没有酒也会让人醉啊。

【赏析】

此曲充分体现了张养浩婉丽的曲风。"柳"和"竹"都是绿色的，绿色常给人以生机勃勃之感，作者将竹、柳这两个意象放在曲首，只用四个字就营造出一派清新又生意盎然的好风光。而之后的"日影筛金翠"更是用字少而意蕴丰富。"筛"字写出了日影晃动的样子，"金"字表现出阳光的明媚，"翠"字则告诉读者树木繁茂葱郁。不仅如此，由于"金""翠"很容易让人联想到黄金美玉，这两个字的使用还为曲中景增添了富丽、明艳之感。

接着，作者使用了移步换景的手法，引导读者将视线转向他处。"杖藜"说明林中草木茂盛，路不好走。然而，结合前文，人们便可知道作者"徐步"不是因为行路困难，而是因为贪恋沿途的美好风光。他愉悦惬意，专心享受美丽的景色，这边看看，那边瞧瞧，脚步自然慢了下来。"看鸥鹭闲游戏"，"闲"的不是鸥鹭，而是作者，人们可以借此感受到作者对隐居生活的喜爱。

人有怎样的心情，就会看到怎样的景致。在汲汲于生存的人眼中，农夫渔父忙忙碌碌是在为生活操劳，看着就觉辛苦。而在沉醉于自然美景的隐者看来，这些纯朴勤劳的人也是美好自然的一部分，看着就觉恬适。更难能可贵的是，他们并不知道自己已"在图画里"。正因为"不知"，才不会有刻意表现之嫌，人身上的天然之美才得以充分展现，并与自然之美融为一体。

能让人沉醉的景色，往往并不在于一眼看去有多么美丽，而在于它刚好撩动了人的内心。隐者多钟爱清静朴实的自然风光，因为它能让人忘记俗事的烦恼，还心灵以宁静，帮助人修养心性。

曲的鉴赏知识

情景交融的写作手法

单纯地描摹景色并不会让曲子产生打动人心的力量，要打动人心必要将情注入到景中。正如清代学者王夫之所说："情景名为二，而是不可离，神于诗者，妙合无垠，巧者则情中景，景中情。"作为一种意境的构成方式，情景交融是元曲中非常常见的写作手法。其中"情"指情感、情绪、思想，"景"则泛指人所见所遇的生活图景。情因景触发而生，景以情合，情为主，景为从。曲中之景无不为表达作者的情感而服务，读者只要把握住景的特点，就能抓住作者的情感脉络。

鹦鹉曲① 渔父

◎白贲

　　侬家鹦鹉洲边住②，是个不识字渔父。浪花中一叶扁舟，睡煞江南烟雨③。觉来时满眼青山，抖擞绿蓑归去④。算从前错怨天公，甚也有安排我处⑤。

【注释】

① 鹦鹉曲：原名［黑漆弩］，后因本曲首句易名为鹦鹉曲。② 侬：我，吴地方言。鹦鹉洲：在今武汉市汉阳西南长江中，后被江水冲没。此乃泛指。③ 睡煞：睡得香甜沉酣。煞，甚极。烟雨：烟雾般的濛濛细雨。④ 抖擞：此作抖动、振动。⑤ 甚也有：真也有，正也有。

【译文】

　　我家住鹦鹉洲边，是个不认识字的渔夫。我在浪花里划着一艘小船，在江南的烟雨中睡下。醒来时满眼看到的都是青山，抖擞抖擞我那绿色的蓑衣回家里去。就算我从前错怪了天公，他总算给了个安置我的地方啊。

【赏析】

　　在古代，人们常用"渔父"来象征那些随遇而安的隐者。作者即扣住这点，写就此曲。"侬家鹦鹉洲边住"，渔父一出现便自报家门，直接真率。"鹦鹉洲"是湖北汉阳西南长江中的一个小洲，因东汉才子祢衡的《鹦鹉赋》得名，而祢衡又是历史上有名的狂士，志怀霜雪，嫉恶如仇。作者将鹦鹉洲设为渔父的居所，旨在表现渔父的清高质朴。此外，后面的"不识字"也蕴含深意，一来它暗示读者，渔父的生活非常简单，无需识字。二来也为强调渔父的大智若愚，洒脱自适。俗话说"人生识字忧患始"，人识了字，懂的东西多了，心思复杂了，烦恼就多了。

　　"浪花中一叶扁舟"说明和常人一样，渔父也会遭遇棘手的状况。在滚滚波涛中驾驶小舟，稍不留神

就会舟覆人亡。但渔父却坦然接受了这一现实，从容面对艰险、困难。作者借此阐述了一个道理，渔父之所以闲适自在，并非因为他生活在多么安宁美好的环境里，而是因为他心境淡泊，懂得顺任自然。想到这里，作者的心胸顿时开阔起来。"算从前错怨天公，甚也有安排我处"既是曲中渔父的自白，也是作者的人生体悟。

⊙作者简介⊙

　　白贲（约1270—1330），字无咎，号素轩，钱塘（今浙江杭州市）人。仁宗延祐中任忻州知州，英宗至治间任温州路平阳州教授，后为文林郎、南安路总管府经历。自幼多才多艺，能曲善画，是元散曲史上最早的南籍散曲作家之一。此曲《鹦鹉曲》极有名，因而作和者很多，冯子振就和了他四十二首。今存其作品套数三套，小令二首，词语雅丽。

百字折桂令

◎白贲

弊裘尘土压征鞍，鞭倦袅芦花①。弓剑萧萧②，一竟入烟霞③。动羁怀西风禾黍④，秋水蒹葭⑤。千点万点，老树寒鸦。三行两行，写高寒呀呀雁落平沙⑥。曲岸西边近水涡⑦，鱼网纶竿钓搓。断桥东下傍溪沙，疏篱茅舍人家。见满山满谷，红叶黄花。正是凄凉时候，离人又在天涯。

【注释】

① 鞭倦袅芦花：马鞭懒得像芦花那般摇动。② 萧萧：冷落的样子。③ 一竟：一直。④ 羁怀：久客他乡的情怀。⑤ 蒹葭：芦苇。⑥ 写高寒：在天空中排列成字。呀呀：雁叫声。⑦ 水涡：水流旋转处。

【译文】

裘衣已经破了，周围尘土飞扬，我骑在马上疾驰而去；倦摇马鞭，像芦花那般摆动。背上的弓剑冷清清的，我一路跑进了烟霞的深处。西风里的庄稼搅动了我那寄居他乡的愁怀，秋天那清冷澄澈的水面倒映着芦苇的影子。夜幕里千千万万的黑点，是停留在路旁的老树上的寒鸦；三两行雁阵，在寒冷的天空中呀呀地叫着，又突然俯冲下来，落在了平旷的沙滩上。西边弯曲的河岸近处，湍急的水流转出了水涡，渔民的渔网钓竿都已经准备好了。那座断桥的东头下，是溪边的小沙滩；稀疏的篱笆围着一座茅屋，在那里住着一户人家。山头上，山谷里，都缀满了枫叶和菊花。这正是悲凉的时节，而离家漂泊的游子，又远在天涯！

【赏析】

此曲写的是游子羁旅漂泊的客愁情怀。开篇四句描写：破衣人、赢瘦马、萧萧剑，满身飞尘的旅客踽踽到傍晚云霞满天的前方。游子的孤独愁闷，四处漂泊又漫无目的的事实一览无余，"一竟入烟霞"更是体现了主人公的迷茫感，可叹前路漫漫，何日是归期！

一系列形容词的运用也在色调上增加了沧桑萧索的意味："弊裘"、倦鞭、萧萧弓剑，仿佛在这幅羁旅图上描上了一层灰色。

接着作者在主人公的视角上，观望着远方。无论

是老树寒鸦、芦苇庄稼还是三两行大雁飞落平沙，在西风的吹拂下，都显得是那么地苍凉。"动羁怀"三个字，生动刻画了游子被萧瑟情景所带来的黯然心境。"千点万点"与"三行两行"形成疏密对比，互相映衬，体现了处处是景却让游子处处哀的现实。

岸边的流水南折，一张渔网"纶竿钓搓"，只见渔具不见人，暗示着渔夫也已经"归家"，这与主人公的"有家不能归"形成对照，突出游子的孤独无依。远处竹篱茅舍，断桥溪沙，可知有人居住，用他人的"有家"再次衬托主人公的"无家"。直感叹红叶黄花满山满谷，凄凉之秋，离人游子漂泊天涯。

全曲以景写情，寄愁思于哀景，一股含蓄的绵绵愁味回荡其中。

折桂令 夜宴

◎刘唐卿

博山铜细袅香风①，两行纱笼②，烛影摇红。翠袖殷勤捧金钟，半露春葱③。唱好是会受用文章钜公④，绮罗丛醉眼朦胧⑤。夜宴将终，十二帘栊⑥，月转梧桐。

【注释】

① 博山铜：铜制的博山香炉。博山，一种重叠山形的纹饰。② 纱笼：纱面的灯笼。③ 春葱：女子纤白的手指。④ 唱好是：真正是。⑤ 绮罗丛：美女聚集之处。⑥ 帘栊：帘幕与窗棂。

【译文】

铜制的博山香炉里升起袅袅轻烟；两行纱面的灯笼高高地挂着，烛焰在纱纸里摇曳着红色的影子。穿绿衣的侍女们捧着金质酒盅殷勤地劝酒，袖口处露出一半纤美的玉指。那些文章大家真是会享受，在美人群里醉眼朦胧。夜宴就要结束了，看那一扇扇窗儿外，月亮已移至梧桐树梢头。

【赏析】

　　该曲描写的是一场典雅高档的华宴。一开始便是对宴会环境的铺陈：房中香炉冒着袅袅清烟，风徐徐，香气满屋；纱笼轻柔摇曳，烛影摇红。前三句点出了宴会的高规格、高格调。

　　这样的铺陈便使人联想到此宴会必然是纸醉金迷、不乏美酒珍馐。然后作者却对这一切熟视无睹，眼中所见只是“翠袖殷勤捧金钟，半露春葱”“翠袖殷勤捧金钟”化用晏几道《鹧鸪天》里的成句“彩袖殷勤捧玉钟”，“半露春葱”更是把侍女的曼妙多姿描写得淋漓尽致。

　　接下来作者一笔带过宴席上名噪一时的文豪大家，着重点放在斟酒侍奉的“绮罗丛”上。可见如此高级的宴会作者却无心于此，只是那眼波朦胧的秀美女子给作者留下了深刻的印象。可见作者欣赏的就是那种无拘无束的风流气氛。

　　末尾三句，笔锋一转，从内景转为对外景的描写，“十二帘栊”出自于宋徐积的《富贵篇》“十二帘卷珠荧煌，双姬扶起坐牙床”，再次体现了作者擅长于写富贵生活的特点。“月转梧桐”则侧面反映了与会者因行乐而忘记时间。

　　此曲文笔流畅，音律和谐，似一气呵成，展现了作者洒脱不羁的性格特点。

◎作者简介◎

　　刘唐卿，太原人。生卒年皆不详，约元世祖至元中前后在世。曾任皮货所提举，善乐府，曾在集贤大学士王彦博（王约）右丞席上咏《博山铜细袅香风》曲。其主要活动在杂剧繁荣的大都（今北京市）中。他经常混迹于歌馆楼台之中，是一位风流文人。所作杂剧现存《降桑椹蔡顺奉母》，另有佚剧《李三娘麻地捧印》。据《寒山堂曲谱》注，著名的南戏《刘知远白兔记》为“刘唐卿改过”。

塞鸿秋

◎郑光祖

雨余梨雪开香玉①，风和柳线摇新绿。日融桃锦堆红树，烟迷苔色铺青褥。王维旧画图②，杜甫新诗句③。怎相逢不饮空归去④？

【注释】

① 梨雪：像雪一样白的梨花。② 王维：唐朝著名诗人、画家，字摩诘，祖籍山西祁县，外号"诗佛"。③ 杜甫：盛唐时期伟大的现实主义诗人，字子美，自号少陵野老，巩县（今河南巩义）人。④ 怎相逢不饮空归去：宋蔡沆《复斋漫录》："世所传'相逢不饮空归去，洞口桃花也笑人'之句，盖出于敬方。"敬方即李敬方，唐长庆年间诗人，但二句在《全唐诗》李敬方名下失载。

【译文】

雨刚刚停下来，雪白的梨花绽放，像白玉一般，香气四散。惠风和畅，柳条摇曳着新长出的绿叶。阳光和煦，桃花将树身堆成了红色；在迷蒙的烟雾里，苔藓的色泽像给地面铺上了一层青毡。这美景就像王维旧时的画，杜甫刚作的新诗。故人啊，我们既然遇见了，怎么不喝两杯就白白地回家了？

【赏析】

作者一上来就采用了铺叙的手法，从不同自然条件下的植物景观着手，通过使用一系列表现色彩的词汇如玉白、新绿、桃红、苔青，凸显初春郊外的明媚，并用"王维旧画图，杜甫新诗句"来形容春景的清新。曲末，作者忍不住发出"怎相逢不饮空归去"的感慨，想要与友人一起沉醉在这美好的景色中，愉悦之情跃然纸上。

◎作者简介◎

郑光祖，生卒年不详，字德辉，平阳襄陵（今山西襄汾县）人。他是元代著名的杂剧家和散曲家，"元曲四大家"之一。除杂剧外，郑光祖也写散曲，有小令六首、套数二套流传，此曲为其一。其善于言情，散曲以清丽缠绵著称，清新流畅。

蟾宫曲 梦中作

◎郑光祖

半窗幽梦微茫，歌罢钱塘①，赋罢高唐②。风入罗帏③，爽入疏棂④，月照纱窗。缥缈见梨花淡妆⑤，依稀闻兰麝余香⑥。唤起思量，待不思量，怎不思量？

【注释】

① 歌罢钱塘：用南齐钱塘名妓苏小小的故事。《春渚纪闻》记载她的《蝶恋花》词一首，词中有"妾本钱塘江上住，花落花开，不管流年度"之句。钱塘，即杭州，曾为南宋都城，古代歌舞繁华之地。② 赋罢高唐：高唐，战国时楚国台馆名，在古云梦泽中。相传楚怀王游高唐，梦见巫山神女与其欢会，见宋玉《高唐赋》。③ 罗帏：用细纱做的帐子。④ 疏棂：稀疏的窗格。⑤ 缥缈：隐约、仿佛。梨花淡妆：形容女子装束素雅，像梨花一样清淡。此句化用白居易《长恨歌》"玉容寂寞泪阑干，梨花一枝春带雨"诗意。⑥ 依稀：仿佛。兰麝：兰香与麝香，均为名贵的香料。

【译文】

半掩的窗下朦胧的美梦，好像钱塘江边刚刚停息的歌声，又好像在高唐才和神女欢会完毕。风儿吹进罗帐里，轻爽地透过窗棂，月光照进了纱窗。我眼前隐约出现了她梨花一般淡雅的妆容，鼻息里仿佛还残留着她那兰花麝香般的香味儿。这一切勾起了我的怀想，就是不愿怀想，又怎能做到？

【赏析】

此曲为以梦抒情之曲。

情至而生幻，幻生而梦成，梦境又似真似幻。这似真似幻的梦境就是作者描绘出来的朦胧意境。"风入罗帏，爽入疏棂，月照纱窗"，在这清灵的氛围中，是梦境之中月下窗前的海誓山盟，还是梦醒之后独坐窗前时的无限回味呢？可那素洁衣裙的缥缈，那飘溢芳香的油脂依稀可见可闻。这一切难道是真的吗？可如今只剩下自己一人伫立于淡淡的月光下，踌躇于微微清风中。"唤起思量，待不思量，怎不思量？"曲末，作者以极其朴实的语言，将自己幽梦惊起之后思绪难平的心理，描摹得十分生动。

小令清丽芊绵，自成馨逸，将一场幽梦之后的绵绵思绪表现得细腻婉曲，动人心弦。

鸳鸯煞尾

◎郑光祖

一点来不够身躯小①，响喉咙针眼里应难到。煎聒的离人闻②，来合噪，草虫之中无你般薄劣把人焦③！急睡着，急惊觉，紧截定阳台路儿叫④。

【注释】

① 一点来不够：还不到一丁点儿大。② 煎聒：扰闹。③ 薄劣：恶劣。焦，指心烦。④ 紧截定阳台路儿叫：意谓专门盯着，总在人梦里欢会时将人吵醒。阳台，传说中巫山神女行云行雨之处，后常指男女欢会之所。

【译文】

这蟋蟀儿，身躯还不到一丁点儿大，喉咙再响，那声音估计也穿不过针眼。可它们就是吵个不停，叫成一片，让我这离别的人儿听见了。昆虫之中哪有像你这样恶劣的，弄得人家心里焦灼难忍！匆匆忙忙睡下了，又突然被惊醒：它们肯定是紧紧盯住了阳台的通路，就在那儿声声鸣叫，不许人近前。

【赏析】

此曲是《驻马听·秋闺》套数的尾曲，从题目上就不难猜到，此乃闺怨之作。曲中女子将一腔怨懑都发泄在了蟋蟀的身上。

从曲的前两句来看，这蟋蟀个头极小，叫声也相当微弱。想来，并不会给人造成多大困扰。但到第三句，作者的笔调却猛然一转，刚说罢"响喉咙针眼里应难到"，就又用"煎聒""噪"形容蟋蟀的叫声。这不能不引起读者的好奇。曲中人究竟为何事骂蟋蟀"薄劣"？作者用"离人""急睡着""急惊觉"，将个中缘由委婉地告诉给读者。

"离人"说明曲中人和情人两相分离。她之所以"急睡着"无非是为了能快些在梦中和情人相会。不料，好容易梦到情郎，却被蟋蟀的叫声惊醒，不得不面对寂寞的现实，这之间懊恼可想而知。"紧截定阳台路儿叫"，在她看来，蟋蟀是存心让她好梦难成。值得一提的是，结合前面说的蟋蟀的叫声本不响亮，可以看出曲中人从一开始就睡得很不安稳。她牵挂着远方的情人，怀抱忧思而眠，一丁点响声都能将她惊醒。

作者以虫鸣写情思，含蓄有趣，构思十分新颖。

寄生草 色

◎范康

花尚有重开日，人决无再少年。恰情欢春昼红妆面，正情浓夏日双飞燕，早情疏秋暮合欢扇。武陵溪引入鬼门关①，楚阳台驾到森罗殿②。

【注释】

① 武陵溪：陶渊明《桃花源记》述武陵人以捕鱼为业。缘溪行，终于进入桃花源。诗文中因以"武陵溪"喻真善美的理想境地，元曲中更作为男女情乡的代指。② 楚阳台：宋玉《高唐赋》记楚顷襄王与巫山神女欢会，神女自言"朝朝暮暮，阳台之下"。后因以"楚阳台"指称男女合欢之所。森罗殿：传说中阎王的居殿。

【译文】

花儿就算谢了，也还有重新开放的时候；人要是老了，就绝没有再回到青春年少时的可能了。当我在这在爱情的春天里，与红粉佳人尽情寻欢，当我对你情深意浓，像夏日一齐飞翔的燕子一般，我没有想到，我们之间早已冷漠疏远，我就像晚秋的团扇那样被你抛弃了。美好的境遇突然转向毁灭；如此的欢爱，到头竟也逝去了。

【赏析】

此曲选自组曲《寄生草·酒色财气》，该组曲共有四首，分别以酒、色、财、气为名。对色，作者的态度非常鲜明。曲首两句化自俗谚"花有重开日，人无少年时"，"尚"与"决"的运用增强了该句的感情色彩。此二句旨在强调时间宝贵。接着，作者又将情爱的过程——"情欢""情浓""情疏"和季节的变幻——"春昼""夏日""秋暮"，结合在一起，告诫人们切勿将大好光阴虚掷于男欢女爱上。曲末二句的基调尤为阴郁，很有警世色彩。惹人遐想的、象征情爱的"武陵溪""楚阳台"和令人恐惧的、象征死亡的"鬼门关""森罗殿"构成对比，暗示人们贪色亡身。而善用对比正是此曲最大的特点。为了劝诫世人节制色欲，作者显然花了不少心思。

⊙作者简介⊙

范康，约1294年前后在世，字子安，杭州人。道士，生卒年均不详。明性理，善讲解，能词章，通音律。作杂剧《杜子美游曲江》等三种，散曲存套数一套、小令四首。

寄生草 酒

◎范康

　　常醉后方何碍①，不醉时有甚思？糟腌两个功名字②，醅淹千古兴亡事③，曲埋万丈虹霓志④。不达时皆笑屈原非⑤，但知音尽说陶潜是⑥。

【注释】

①方何碍：没有妨碍。③糟腌（yān）两个功名字：将"功名"二字抛弃。糟腌：用酒或盐渍食物。③醅淹（pēiyān）千古兴亡事：将千古废兴大事淹没在酒里；指但求终日一醉，不管古今兴亡之事。醅：未过滤的酒。④曲埋万丈虹霓志：将远大的志向埋没在酒醉之中。曲：酿酒的酵母。虹霓志：指远大的志向。⑤不达时皆笑屈原非：屈原不愿与世俗同流合污，被人讥笑为不识时务。⑥但知音尽说陶潜是：了解陶潜的人，都说他的行为是对的。

【译文】

　　经常喝醉又有何妨？就算不喝醉，又能作何想！这酒啊，渍坏了功名这俩字。将千古兴废大事都淹没在酒里，把冲天的远大志向也埋没了。屈原不愿与世俗同流合污，却被人讥笑不识时务；了解陶潜的人，都说他做得好。

【赏析】

　　此曲是选自范康的组曲《寄生草·酒色财气》中的第一首（也有说此曲为白朴所作），组曲共有四首，分别以酒、色、财、气为名。

　　这首小令语言泼辣，于嬉笑怒骂间讽刺当时社会的腐朽黑暗。开篇以一个反问句道出酒后能思，似愿长醉不愿醒，这其实是作者对社会的一种消极逃避和反抗。

　　接下来的三句采用鼎足对的手法，对仗工整，尽显作者的写作功力。分别用"糟腌""醅淹""曲埋"把当时所谓的前途功名、历史兴亡、雄心壮志都予以了否定，这其实是作者对自己处境的一种心理上的慰藉，怎么样舒怀呢？只有在常醉间，淡忘它、放弃它，继而视之如糟糠、草芥。这种愤世嫉俗的内心情怀在元代的曲作家中是很常见的，这也与当时特殊的历史背景有关系，读者可不必深究。

　　最后两句，是作者对自己的这种价值观给予的历史证明："众人皆醉我独醒"的屈原招来非议；归隐田园自得其乐的陶渊明为人称道。这也算是作者在劝慰自己，并且在一定程度上提升了对于"归隐"价值，其中的利害取舍，便显而易见了。

喜春来 未遂

◎曾 瑞

功名希望何时就？书剑飘零甚日休①！算来着甚可消愁？除是酒。醉倚仲宣楼②。

【注释】

① 飘零：漂泊流落。唐杜甫《衡州送李大夫七丈赴广州》诗："王孙丈人行，垂老见飘零。"② 仲宣楼：在湖北当阳东南麦城城楼上。汉末王粲依附刘表未得重用，曾登城楼作《登楼赋》，后人为纪念他而建此楼。仲宣，王粲字。

【译文】

求取功名的愿望什么时候才能实现？携书佩剑，四处漂泊的日子，哪天才能到头？有什么能消解我的愁绪？只有喝酒了！我就像当年王粲一样，醉靠在仲宣楼的栏杆上。

【赏析】

古代的读书人多把进入仕途当作读书的目标。曲中所讲的"功名"即指入仕。但在元代，由于统治者轻视知识分子，这一目标很难实现。即使成功入仕，谋得了一官半职，也很难施展抱负。这就难怪作者一上来使用三个问句抒发愤慨——他看不到成功功名的希望，空怀一身本领，郁愤迷茫，只能浪迹天涯，在酒中寻求安慰。

在曲的末尾，作者以王粲自比，"仲宣楼"让读者联想起王粲作《登楼赋》的典故。"醉倚"将作者的无奈、痛苦形象化了，虽然已喝得酩酊大醉，他却仍未得到解脱。酒终归不能帮助他改变"书简飘零"的现实，联系元代的社会环境，怀才不遇的痛苦很可能会伴随他终生。这让人们很难不为他感到同情。

和以往朝代不同，元代散曲的作者大多是落魄文人，他们缺少入仕途径，社会地位也较过去时代低得多，这些都促使他们在到道家思想中寻找慰藉，追求诗酒悠游、笑傲人生的生活。借助酒，他们的真我得到了展现，酒甚至成了他们张显洒脱个性的工具。因此在表达隐逸情怀、描绘田园风光以及抒发苦闷情绪的元曲中，经常可以看到酒的身影。此散曲是抒写落魄情怀的典型作品，曲名为"未遂"，而词牌却选用"喜春来"，则作者对于"功名未遂"的痛苦之深到了何种程度，令人深思。曲中直言其"愁"，似乎作者对于功名非常看重，而明知借酒浇愁愁更愁，却反而让自己来个醉醺醺，在醺然中感受不出心中的喜忧来。

⊙作者简介⊙

曾瑞（？—1330前），元代散曲作家。字瑞卿，自号褐夫，大兴（今属北京）人。因为喜爱江浙地区的人才风物而移家南方。《录鬼簿》记载他"临终之日，诣门吊者以千数"，可见他声名在外，很受时人尊敬。由于他生性耿直，不屈于物，亦不喜趋附奉承，所以终身不仕，常游于市井之间，依靠江淮一带熟人的馈赠为生。他善绘画，能作隐语小曲，且曲的内容相当丰富，从讥讽时事到闺怨离情，从借景咏志到以景抒怀，无一不涉及。其散曲集《诗酒馀音》在当时颇受好评，可惜今已不存。今存杂剧《才子佳人误元宵》，小令九十五首，套数十七首。

四块玉 酷吏

◎曾 瑞

官况甜^①，公途险^②。虎豹重关整威严^③，仇多恩少人皆厌。业贯盈^④，横祸添，无处闪。

【注释】

① 官况甜：官运亨通。甜为亨通之意。② 公途险：仕途险恶。③ 虎豹重关：形容酷吏和官衙可怖。④ 业贯盈：恶贯满盈之意。业即"孽"，指人所行之恶。

【译文】

就算今天官运亨通，也难改仕途险恶。酷吏凶恶如虎豹一般，官衙更是威严可怖。结仇太多，施恩太少，人人都会厌恶你。到恶贯满盈、横祸飞来之时，你根本就没地方躲闪。

【赏析】

元代的法制有别于前代，统一中原以后，一直没有颁布正式的法律。官吏断理狱讼，有的沿用金代的"泰和律"，有的援引"蒙古祖宗家法"。这些法律与政策都带有很强的随意性，惩治手段又比较宽简，所以元代官僚机构贪污腐化之风盛行。尤其是在伯颜执政期间，卖官、贿赂公行。

作者志不屈物，不愿趋附奉承，所以终身未仕，在市井之中优游度日，一生潦倒，只能依靠熟人馈赠为生，对当时黑暗的社会现实深恶痛绝。此曲表达的就是这种郁闷愤慨之情。

"公途险"一句，仅用一个"险"字，便概括了整个官场的腐化阴暗，用词简练；接着用虎豹来比喻官吏，也同样并不做具体描述，更没有在此基础上做太多发挥。这样，整个曲子虽然极短，却有了很强的表现力。

曲的鉴赏知识

元代的等级制度与文人的反抗情绪

元代统治者始终奉行民族压迫政策，他们把国民分为蒙古、色目、汉人、南人四个等级。蒙古人最尊，南人最贱。政府中军政大权，由蒙古人独揽。元朝的法律还规定："诸蒙古人与汉人争，殴汉人，汉人勿还报，许诉于官司"，"知有违犯之人，严行断罪。"（《元史·刑法志四》）终元之世，民族对立的情绪未见缓和，加上吏治败坏，阶级压迫深重，因此，社会一直激烈动荡。元代不少作品写到贪官污吏、权豪势要对人民的压迫，不少作品透露出愤激昂扬的情绪，这正是在火与血交并的时代人民反抗精神的反映。

本曲的主要笔墨放在对腐败官吏的劝诫上。官吏们每天都把严酷当作公正，把苛刻当作有能力，致使大批无辜之人枉受刑罚。然而，官吏自己却由此青云直上，作者对这种现象非常不满，他告诫那些恶官恶吏仕途险恶，人不可能一直肆无忌惮地为非做歹。当所做的坏事多到一定程度，仇人积累到一定数量，报应就来了。就算为自己考虑，人不可欺人太甚，坏事做绝。等报应来时再悔改，就太晚了。此曲读来，犹如当头棒喝，有极强的威慑力。

骂玉郎过感皇恩采茶歌 闺中闻杜鹃

◎曾 瑞

无情杜宇闲淘气①，头直上耳根底②，声声聒得人心碎。你怎知，我就里③、愁无际？帘幕低垂，重门深闭。曲阑边，雕檐外，画楼西。把春酲唤起④，将晓梦惊回。无明夜⑤，闲聒噪，厮禁持⑥。我几曾离、这绣罗帏？没来由劝我道"不如归"。狂客江南正着迷，这声儿好去对俺那人啼。

【注释】

①杜宇：杜鹃鸟。其鸣声如"不如归去"。②头直：头顶。③就里：内里，指心中。④春酲（chéng）：春天里醉酒的状态。酲，病酒。⑤无明夜：无日无夜。⑥厮：相。禁持：纠缠。

【译文】

那不懂人情的杜鹃鸟一味淘气，在人头顶上耳根边，一声声地吵得人心都碎了。你哪里知道我心里的忧愁无边无际？帘幕低低地垂下，一道道门儿紧紧地关着。你却在那弯曲的栏杆边、雕花的屋檐外、小楼的西边，到处叫个不停，把我从醉酒中唤醒，惊醒了我早晨的美梦。你总是瞎吵，同我纠缠不清。我什么时候离开过床边？无缘无故就劝我说："不如归去。"我那狂荡的情人儿在江南正着迷呢，你这些声儿最好还是对他叫去！

【赏析】

第一段从第一句到"愁无际"，以闺中女子的口吻嗔怪杜鹃鸟（因杜鹃鸟的鸣叫如同在说"不如归去"），说鸟儿无情、淘气，直叫得女主人公心力交瘁。作者描摹闺中女子的口吻可谓惟妙惟肖，女主人公的多愁善感、率真无邪展现得淋漓尽致。可是杜鹃鸟的啼叫声怎的把女主人公的愁情引将出来了呢？第一段设下悬念，引起读者兴趣。

第二段"帘幕低垂"至"厮禁持"便真相大白了，原来那杜鹃鸟突破低垂的帘幕、深闭的重门，在"曲阑边，雕檐外，画楼西"飞翔啼叫，竟侵犯了女主人

公闺中整个的范围。"把春酲唤起，将晓梦惊回"两句，更是说明杜鹃鸟不仅在空间上侵扰了主人公，更是不分昼夜地"闲聒噪，厮禁持"。"春酲"暗示了女主人公时常处于微醺的状态，这映照了前文的"愁无际"，"晓梦惊回"则暗示了主人公留恋好梦的事实。这一段的描写，让读者可见一个女子的寂寞闺居生活：身居大户深院，整日大门不出二门不迈，只在曲阑画楼间散散步，这便是"愁无际"的消遣，可见其彻夜难眠、借酒消愁的生活状态。

第三段"我几曾离"到末句，让人恍然大悟，原来心上人远在江南，主人公让杜鹃鸟去寻找在外的夫君。

层层推进的叙述，把女主人公的炽热又悱恻、愁怒与娇嗔的内心起伏表现得入木三分。

山坡羊 题情

◎曾 瑞

青鸾舞镜①，红鸳交颈。梦回依旧成孤零。冻云晴，月华明②。香消烛灭人初静，窗外朔风梅萼冷。风，寒夜景。梅，横瘦影。

【注释】

① 青鸾舞镜：南朝宋刘敬叔《异苑》谓鸾鸟见类则鸣，罽宾国王得一孤鸾，使之照镜，鸾睹影悲鸣，冲霄一奋而绝。青鸾，凤凰的一种。② 月华：月光。

【译文】

昨夜的梦里，我和你像鸾鸟见到了镜里的自己一样对舞，像红鸳鸯那样耳鬓厮磨。然而从梦里醒来，我又成了孤零零一个人。寒云已经放晴，月亮也发出了明亮的光辉。麝香已经烧完，蜡烛也灭了，万籁俱静，窗外北风阵阵，吹动着梅花，传来阵阵冷气。这冷风造就了这寒冽的夜景，那梅花晃动着它消瘦的影子。

【赏析】

整曲读罢，可知此曲的主人公是一位女子，作者运用情景交融的表达方式把女子的思念之情刻画得淋漓尽致。

开篇两句，是女主人公梦里的情景，一对青鸾翩翩起舞，两只红鸾交颈合欢。

同时"青"和"红"颜色上的对比鲜明，人们常说日有所思夜有所梦，从女主人公梦里的情景可见其对于郎君的思念之切。"梦回依旧成孤零"，第三句写主人公从梦中醒来，现实的孤零无情地破灭了她的美梦，让读者为之一振，有先声夺人的艺术效果。

接着或许我们便会联想到女主人公梦回过后，开始怎样地回忆与郎君的过往，怎样地郎情妾意、如胶似漆，以此来衬托现如今主人公孤身一人的凄凉悲怆。然而本曲却出人意料地放弃刻画梦回的人物，而是全部写景：冬夜，北风呼呼地吹着，明月皎洁，万籁俱静。香消烛灭，梅花摇颤，刺骨的寒冷。这段对于景物的描写很细腻，但无一不体现了此景的凄冷和萧瑟，与主人公的形单影只互相映照。进而"幡然醒悟"，不得不接受这个残酷的现实。

末句，"风，寒夜景。梅，横瘦影"，说明主人公真切地感受到了冬夜北风的寒冷，把注意力都集中在上面了，写景抒情，可是这比得上作者心冷吗？"梅，横瘦影"或许便是象征着主人公。让人不免想起李清照的"人比黄花瘦"。

四块玉 警世

◎曾 瑞

狗探汤①，鱼着网，急走沿身痛着伤。柳腰花貌邪魔旺②。柳弄娇，花艳妆，君莫赏。

【注释】

① 汤：沸水。② 邪魔：本意为妖魔，这里形容不正当的手段。

【译文】

狗蹚进了沸水，鱼儿遭遇了绳网，带着一身伤痛，急急地跑开。那细如弱柳的腰肢，那美如春花的容貌，害人的魔力最强。她们像柳树一样弄娇作媚，像花儿一样浓妆艳抹，你可别只顾玩赏！

【赏析】

此为一首警世、劝世之作。

曲子的前三句，作者以"狗探汤""鱼着网"作比喻，极为生动地描摹出了狗被热水所烫、鱼被网子挂住时负痛疾走、心有余悸的惶恐情态。如此一来，作者利用为人所熟悉的视觉印象创造了广阔逼真的想象空间。"痛着伤"表现了所遭遇到的事情之危险可怕，教训沉重，从而为下文作者对世人的训诫做了铺垫。在此曲中，"探汤"和"着网"到底是指的什么，作者在第四句中给出了答案。原来它们是指去花街柳巷挟妓寻乐这种险恶之事。固然，由于到花街巷陌寻花问柳而饱受苦头是人们咎由自取，而妓女巧设圈套迷惑别人的"邪魔"手段也是十分狠毒。第四句中一个"旺"字，与前文中的"急""痛"相照应，突出了妓女蒙骗手法之多，世人所受危害之深。

接下来，作者将妓女所用的手段进行了简略而主要的描写。妓女往往靠花枝招展的打扮和装扮娇羞模样来引诱世人，这与前文中"柳腰花貌"相应和。最后一句"君莫赏"犹如当头一棒，警告世人千万别被她们的这些假象所迷惑，揭示出世人应警惕青楼女子以色惑人的主旨。

整首小令，作者以生动形象的意象组合来代替枯燥乏味的说教言辞，倒置因果，以短小的篇幅阐释大义，朗朗上口，给人以极深刻的印象。

四块玉 述怀

◎曾瑞

衣紫袍①，居黄阁②，九鼎沉如许由瓢③。调羹无味教人笑④。弃了官，辞了朝，归去好。

【注释】

① 紫袍：古代四五品以上官员的袍服。② 黄阁：宰相厅署。古代丞相、三公官署厅门饰涂黄色，故称。③ 九鼎：喻国家重器。历史上最早由大禹铸九鼎，作为国家政权的象征。许由瓢：许由为上古高士，尧让其天下而其不受。他隐居箕山时，家产只有一只水瓢，挂在树上，风吹瓢鸣，许由嫌声烦就将瓢弃之水中。④ 调羹：《尚书》载商王武丁命傅说为相，说："若作和羹，尔惟盐梅。"意谓如调味作羹那样治理国家。后人以"调羹"喻宰相行职。

【译文】

身穿着紫色的官袍，高居那宰相的厅堂，却把个国家搞得乱七八糟，像许由的水瓢那样惹人烦恼。治国无方，徒然让人耻笑。还不如把官职丢弃，远离朝廷，回老家去的好。

【赏析】

这也是一首愤世嫉俗的劝世之作。

曲子以许由弃瓢的历史传说领起，用许由看淡名利的处世之道反讥当时视名利如生命的为官者。同时又以"九鼎沉"来写好名利的为官者治国无方，祸国殃民。这一传说，无论从正面还是反面都讽刺了现时那些"衣紫袍，居黄阁"者的昏庸无能。

后又以商王武丁举傅说的典故从正反两个方面嘲笑了那些把持国家大权却无力治理好国家的庸官们。

曲子的最后揭示了作者写此首曲子的目的——"弃了官，辞了朝，归去好"。作者在用例上列举了"衣紫袍""居黄阁""调羹"这些巨臣，并对他们进行了否定，更不用说其他的小官了。再联系到作者连小官也未曾做过，可见作者写此曲时的自我嘲讽和愤世嫉俗的心情。

值得一提的是，作者另有一首"述怀"站在"衣紫袍"和"居黄阁"者的角度写，和此曲相应，也颇为巧妙："雪满簪，霜垂颔，老拙随缘苦无贪。狂图多被风波淹。享大财，得重衔，休笑俺。"

哨遍① 高祖还乡

◎睢景臣

社长排门告示②，但有的差使无推故③。这差使不寻俗④。一壁厢纳草除根⑤，一边又要差夫，索应付⑥。又言是车驾，都说是銮舆⑦，今日还乡故。王乡老执定瓦台盘⑧，赵忙郎抱着酒葫芦⑨。新刷来的头巾，恰糨来的绸衫⑩，畅好是妆么大户⑪。瞎王留引定火乔男女⑫，胡踢蹬吹笛擂鼓⑬。见一彪人马到庄门⑭，匹头里几面旗舒⑮。

一面旗白胡阑套住个迎霜兔⑯，一面旗红曲连打着个毕月乌⑰。一面旗鸡学舞⑱，一面旗狗生双翅⑲，一面旗蛇缠葫芦⑳。红漆了叉，银铮了斧㉑。甜瓜苦瓜黄金镀㉒。明晃晃马镫枪尖上挑㉓，白雪雪鹅毛扇上铺㉔。这几个乔人物㉕，拿着些不曾见的器仗，穿着些大作怪衣服。辕条上都是马，套顶上不见驴。黄罗伞柄天生曲㉖。车前八个天曹判㉗，车后若干递送夫。更几个多娇女㉘，一般穿着，一样妆梳。那大汉下的车，众人施礼数。那大汉觑得人如无物。众乡老展脚舒腰拜，那大汉那身着手扶㉙。猛可里抬头觑㉚，觑多时认得，险气破我胸脯。

你须身姓刘㉛，你妻须姓吕。把你两家儿根脚从头数㉜：你本身做亭长耽几盏酒㉝，你丈人教村学读几卷书。曾在俺庄东住，也曾与我喂牛切草，拽坝扶锄㉞。春采了桑，冬借了俺粟，零支了米麦无重数。换田契强秤了麻三秤㉟，还酒债偷量了豆几斛。有甚胡突处㊱？明标着册历㊲，见放着文书㊳。少我的钱差发内旋拨还㊴，欠我的粟税粮中私准除㊵。只道刘三、谁肯把你揪捽住㊶，白甚么改了姓更了名唤做汉高祖㊷！

○作者简介○

睢景臣（约1275—约1320）。据《录鬼簿》所载：景臣名舜臣，后字嘉贤。后字景贤，又字嘉宾。江苏扬州人，后来移居杭州。是元代著名散曲家、杂剧作家，元代钟嗣成在《录鬼簿》中，将其名列在"方今已亡名公才人，余相知者"之列。明代朱权则在《太和正音谱》中，将睢景臣列于"古今群英乐府格势"之中，称其词"如凤管秋声"。睢景臣天生聪颖，酷爱音律，但其所作大多不传，今仅存套曲三首。

【注释】

① 哨遍：曲牌名，又作"稍遍"。② 社：古时地方的基层单位。元代以五十家为一社。③ 无推故：不要借故推辞。④ 不寻俗：不寻常，不一般。⑤"一壁厢"句：一边要供给马饲料。一壁厢，一边，也，衬字，无义。⑥ 索应付：须认真对待。索，须。⑦ 车驾、銮舆：都是帝王乘的车子，因以作为皇帝的代称。⑧ 乡老：乡村中的头面人物。⑨ 忙郎：一般农民的称谓。⑩ 糨（jiàng）来：浆好，刷洗。用米汁给洗净的衣服上浆叫"糨"。⑪"畅好是"句：正ाय२充装有身份的阔佬。畅好是，又作"常好是"、"畅是"、"唱道"，作"真是"、"正是"讲。妆么（yāo）：装模作样。⑫"瞎王留"句：爱出风头的青年率领一伙装模作样的坏家伙。瞎，犹言坏，胡来。王留，元曲中常用以指爱出风头的农村青年。火，同"伙"、"夥"。乔男女：坏家伙，丑东西。⑬ 胡踢蹬：胡乱，胡闹。踢蹬，语助词，起强调作用。⑭ 一彪（diū）人马：一大队人马。周密《癸辛杂识》别集下"一彪"条："虏中谓一聚马为彪，或三百匹，或五百匹。"⑮ 匹头里：犹"劈头"、"打头"、"当头"。⑯"白胡阑"句：指月旗。胡阑："环"的合音。即圆圈。迎霜兔：玉兔，古代神话谓月中有玉兔捣药。一面旗画的是白环里套住只白玉兔，即月旗。⑰"红曲连"句：指日旗。曲连："圈"的合音，即红圈，像日的形状。毕月乌：古代传说日中有三足乌。后来的星历家又以七曜（日、月、火、水、木、金、土）及各种鸟兽配二十八宿，如"昴日鸡"、"毕月乌"等。⑱ 鸡学舞：这是指舞凤旗。⑲ 狗生双翅：这里指飞虎旗。⑳ 蛇缠葫芦：这是指蟠龙戏珠旗。这些旗帜都是乡下人没有看到过的，只是根据自己的生活经验随意加以解释的。㉑ 银铮：镀了银的铮。㉒"甜瓜"句：这是说金瓜锤，帝王的仪仗。㉓"明晃晃"句：这是说朝天镫，帝王的仪仗。㉔"白雪雪"句：这是写鹅朱宫扇。㉕ 乔人物：怪人物，装模作样的人。㉖"黄罗伞"句：此指帝王仪仗中的"曲盖"。曲盖象伞，柄是曲的。㉗ 天曹判：天上的判官。形容威风凛凛、表情呆板的侍从人员。㉘ 多娇女：指美丽的宫娥。㉙ 那身：挪动身躯。㉚ 猛可里：猛然间，忽然间。觑（qū）：偷看。上文"觑得人如无物"的"觑"，当"斜视"讲。㉛"你身"句：你个人本姓刘。须，本。㉜ 根脚：根基，犹今言出身。㉝ 亭长：刘邦曾经做过泗水亭长。秦制：十里为亭，十亭为乡。耽（dān）：沉溺，迷恋。㉞ 拽垻（zhuài jù）扶锄：泛指平整土地之类的农活。两牛并耕为一垻。垻通"耜"。

㉟ 麻三秤：麻三十斤。乡间以十斤为一秤。㊱ 有甚糊突处：有什么糊涂的地方，意即十分清楚。糊突，糊涂，含混不清。上句中斛（hú）：量器名，古人以十斗为一斛。㊲ 明标着册历：明白地记载在账簿上。标，记载。册历，账簿。㊳ 见（xiàn）放着文书：现在还放着借据在那儿。文书，契约，借条。㊴ 差发内旋拨还：在官差内立即偿还。差发，差拨，官家派的差役和钱粮。旋，立刻，马上。㊵ 私准除：暗地里扣除。准除，抵偿，折算。㊶ 刘三：刘邦，排行当为第三。因为他有一个哥哥排行第二。揪扯：揪住，抓着。㊷ 白甚么：为甚么无故地。

【译文】

（听说有个大人物要还乡了）社长挨家挨户地下通知："所有的差使都不许推脱。"这些差使可不一般，一边要交去了根的草料，一边要派壮丁供差，都必须认真执行。有的说是驾着车，有的说是乘着舆，今天要回来了。王乡老紧紧握着个瓦托盘，赵农夫抱着一个装酒的葫芦，带着刚浣过的头巾，穿着才浆洗过的绸缎衬衫，一个个装成了大户人家。瞎王留带来一伙怪模怪样的男女，胡乱地吹着笛敲着鼓，只见一大队人马走进村口，队伍的前头打着几面幡旗。一面旗上画的是一面旗上画的是白环里套住只白玉兔，一面旗上画的是红圈圈里呆着只黑乌鸦，一面旗上画的是一只鸡在学跳舞，一面旗上画的是长着翅膀的狗，一面旗上画的是蛇缠在葫芦上。他们用红漆把叉刷过，又用银把斧头镀过，连甜瓜苦瓜也镀上了金。明晃晃的马镫，枪尖向上挑，扇子上铺着雪白的鹅毛。还有那几个稀奇古怪的人，拿着

一些我们见都没见过的东西，穿着些怪里怪气的衣服。辕条上套着的都是马，套顶上也没见有驴。黄丝绸做的伞的把好像天生就是弯的。车前头走着的是八个天上来的判官，车后还有几个随从。还有几个漂亮女子，穿着打扮都一样。那个大汉一下车，大家都向他行礼，他却把人当不存在。乡亲们伸腿弯腰拜他，他才转身伸手扶。我突然抬起头一看，看久了才发现认识，差点气炸了！你本来自己姓刘，妻子姓吕。把你从头到脚数落一

番：你原来是亭长，没事就喝几碗酒。你丈人在村里教书，你在我屋子东边住过，和我一起切草喂牛，一起犁田，春天摘我的桑叶，冬天借我家的米，不知道给了你多少了。你换田契时强拿了我三十斤麻，还酒债时偷着瞒了我几斛豆。哪里不清楚？账上明写着，还放有字据呢。欠我的钱债官差这马上还我，欠我的粮食要从交你的粮税里扣。就说刘三啊，谁愿意揪住你，平白地干啥更名改姓叫汉高祖？

【赏析】

公元前195年，汉高祖荡平天下当了皇帝后，杀了淮阴侯韩信，又亲自率兵攻打造反的淮南王黥布，昔日的无赖因发迹而坐上皇帝的汉高祖刘邦，威风凛凛地回到故乡沛中（今江苏沛县），召集乡里故旧，唱《大风歌》，当作一件轰轰烈烈、踌躇满志的大事。《史记·高祖本纪》载："高祖还归，过沛，留。置酒沛宫，悉召故人父老子弟纵酒，发沛中儿得百二十人，教之歌。酒酣，高祖击筑，自为歌诗曰：'大风起兮云飞扬，威加海内兮归故乡，安得猛士兮守四方！'沛父兄诸母故人日乐饮极欢，道旧故为笑乐。十余日，高祖欲去，沛父兄固请留高祖。高祖曰：'吾人众多，父兄不能给。'乃去。沛中空县皆之邑西献。高祖复留止，张饮三日。"看来刘邦还乡不仅神气，而且还很热闹，走时全城送行。

此曲以一个与刘邦素有瓜葛、如今却被莫名其妙地凑数接待"威加海内兮归故乡"的刘邦的乡民的独特视角，讽刺了当时的统治者不顾百姓死活，劳民伤财的举动。这首曲子视角独特，一反其他的以颂扬为主旋律的曲子，对此事件进行了截然不同的批判。本首曲子以其戏剧性的结构和反讽的手段，给人留下新

奇的印象。

以一个见识不多、修养不高的老乡的视角看来，本是盛大隆重而又庄重的场面全都走了样。首曲一开场，就奠定了全篇讽刺诙谐的基调。全篇应用了大量的方言和诙谐的词句，嬉笑怒骂，将讽刺的意味表露无遗。

［哨遍］铺开了乡村迎驾时的忙乱景象；［耍孩儿］到［四煞］大写特写皇帝的车驾仪仗进庄；［三煞］至［一煞］形成了高潮；［尾声］写乡民揪住刘三讨债。正在债主不依不饶之时，全剧戛然而止，留下无穷的余味。整个曲子结构纤巧精密，极富传奇般的戏剧性。

本曲另一个显著的特色是，借乡民的语言揭露汉高祖的本来面目。皇帝老子也并非什么真龙天子，只不过是个好酒贪杯、坑蒙拐骗的无赖。事实上，刘邦是具有双重身份的，一个是汉家天子，一个是刘家的老三，叫刘三。由于八支曲子都出于山村野夫之口，出于曾与刘三一同"喂牛切草，拽耙扶锄"的农人之口，所以他的第二个身份就成了这个［套数］中的实际身份，故他还乡的场面越大，就越让人感到越滑稽。读者一直跟着乡民感觉这社长、乡老们的可笑，感觉宫中男女们的可笑，感觉皇帝本人的可笑，以及整个皇家威严和皇天后土的可笑。直到最后读者笑够了，才意识到作者正是通过这些可笑的东西，以反讽的手法揭示了一个滑稽可笑的世界。标题是"高祖还乡"，而真正留给读者的确是"刘三还乡"。这就在读者的期望之下产生了截然相反的结果，制造出了一场出乎意料的闹剧。正因如此，作者对封建统治者及其政治统治的蔑视与嘲笑才能得以充分地显示，才能揭示出封建统治者及其政治统治的本来面目，于嬉笑怒骂中完成把皇帝拉下马、使皇帝权威扫地的神圣使命。

小桃红

◎周文质

　　当时罗帕写宫商①，曾寄风流况②。今日尊前且休唱。断人肠，有花有酒应难忘。香消夜凉，月明枕上，不信不思量。

【注释】

① 宫商：中国古代五声音阶中的第一、第二两个音阶，常用以代指音乐。此指歌词。② 风流况：指男女之间的情意。

【译文】

　　当时我们曾用罗帕写下歌词，寄送着绵绵情意。现在面对着杯中美酒你还是别再唱了。这歌声能唱断肝肠，有鲜花有美酒，这样的情景本应是难忘的。香气渐渐消散，夜晚慢慢地变得阴凉，枕头上洒着明亮的月光，我就不信那远方的人儿不会把我思量。

【赏析】

　　周文质的曲子，多写男女相思缱绻，语句秀雅别致，此曲亦然。

　　作者开篇运用蒙太奇手法，呈现了新旧两幅画面，昔日罗帕寄送情话，现如今，只能空视罗帕思念旧人。以往日的缠绵反衬当下的分离，就算是情歌也不愿听，愁思百结，主人公心想或许可寄愁思在赏花饮酒中，然而，事与愿违，触景的结果是生情，进而更添凄怆！

　　夜凉如水，独枕月色，主人公在心里默默念叨：我不信，你会不想我。"月明枕上，不信不思量"很容易让人想起宋代词人顾夏的《诉衷情》："换我心，为你心，始知相忆深。"这些细腻的心理描写，不同程度的刻画渲染，活脱脱展现了主人公的真挚多情，很具有表现力。

◎作者简介◎

　　周文质（？—1334），元代文学家。字仲彬，建德（今属浙江）人，后居杭州。与钟嗣成相交二十余年，两人情深意笃，形影不离，故《录鬼簿》对他有详细的记载："体貌清癯，学问渊博，资性工巧，文笔新奇。家世儒业，俯就路吏。善丹青，能歌舞，明曲调，谐音律。性尚豪侠，好事敬客。"其所作杂剧今知有四种。现仅《苏武还乡》（或称《苏武还朝》）存有残曲。散曲存有小令四十三首，套数五套，多为男女相思之作，曲风清新。朱权评价其为"如平原孤隼"。

叨叨令 悲秋

◎周文质

叮叮当当铁马儿乞留玎琅闹①，啾啾唧唧促织儿依柔依然叫②。滴滴点点细雨儿淅零淅留哨③，潇潇洒洒梧叶儿失流疏刺落④。睡不着也末哥，睡不着也末哥，孤孤另另单枕上迷彪模登靠⑤。

【注释】

①铁马：即檐马，屋檐下的风铃。乞留玎琅：象声词，铁马摇动的响声。②促织：蟋蟀的别称，夏末秋初最盛。它的鸣声报凉秋已至，催促妇女速织布以制寒衣，故称"促织"。依柔依然：象声词，促织的叫声。③淅零淅留：状滴滴点点的细雨之声。哨，应为"潲"，雨经风而斜扫。④失流疏刺：树叶一片一片下落的声音。⑤迷彪模登：形容迷惘困倦的神态。

【译文】

屋檐上的风铃叮叮当当地响，乞留玎琅的，煞是吵闹；墙外的蟋蟀唧唧喳喳，依柔依然地叫。点点滴滴的细雨在风里淅零淅留地飘落下来，梧桐叶儿也失流疏刺地潇潇洒洒往地上落。睡不着啊，睡不着啊，我一个人孤孤零零的，迷惘困倦地靠在枕头上。

【赏析】

这首曲子很有意思，是以一系列象声词和叠词充当定语和状语而成的，构思奇巧。曲写"秋声"，通过对秋雨、秋风的摹状，把秋的凄清和作者的孤寂烦闷传神地表现了出来，似让人联想到咏唱之人那铿锵有力、节奏明快之声。

风铃、虫叫、细雨、落叶，这种秋天的典型事物，在情感层面上，与作者内心的百无聊赖、心烦意乱是吻合的。这种强烈的共振足以使作者"孤孤另另单枕上迷彪模登靠"，道出了全曲的主旨，"孤孤另另""单枕"也显示出作者内心凄切的缘由。这秋天的阴郁之气引起了作者对恋人的思念之情，或许，也正是由于这思念之切，才让这"秋声"被作者主观地抹了一层悲凉意味。此曲情景交融、声情并茂，又不失含蓄内敛。

作者这种独具匠心的写作手法，使得在抒怀的同时，又在"秋声"与"秋愁"间平添了许多生动诙谐味儿。

曲的鉴赏知识

衬字

曲可短到只有一两个字，也可以长到有几十个字。按照曲律应填的字为正字。曲律以外的字叫作衬字。曲可以不受限制加上许多衬字，所以相比于词，更加活泼生动，更擅长绘影绘声。因为加入衬字的缘故，大量地方俗语皆可入曲，使曲模拟人物，接近口语，能够表达出多种不同的情态。风格通俗明快，大方肆意。衬字通常加在句首或句中，不能加于句末，通常为虚字或修饰性的词语，不能破坏原有的句式。

折桂令 过多景楼

◎周文质

滔滔春水东流。天阔云休，树渺禽幽。山远横眉①，波平消雪，月缺沉钩。桃蕊红妆渡口，梨花白点江头。何处离愁？人别层楼，我宿孤舟。

【注释】

① 横眉：美人的眉黛。

【译文】

　　春水滔滔，流向东边。天空辽阔，云儿也散去了，树梢上停栖着的鸟儿显得那么悠闲。远处的群山仿佛美人的眉毛一般，水面上波浪已经平静下来，积雪也已渐渐融化，只有半边的月亮像弯钩一样沉入水中。用桃花装扮过的渡口，梨花点缀在江头。我的离愁是怎么来的？自从在高楼上与情人离别后，我就独自借宿在孤舟里。

【赏析】

　　"多景楼"是江苏省镇江市的一处寺内建筑，且其之所以被称为"多景"，也是因为它建在山上，地势高，万事万物都可尽收眼底。作者登高望远，前文极写所见景色之美，最后三句一问一答道出哀情，可见此曲采用的是以乐景反衬哀情的手法。

　　前三句写的是整体感受，春水东流去，天空辽远、闲云飘散，视野极其开阔，那树显得那么渺远，那鸟仿佛也都消失了踪迹。就像是一种脱离尘嚣的展望，一片豁然开朗。接着具体写了所见景物：山如黛、水如镜、月缺似沉钩，寓意白昼将尽。作者依次运用了"阔""闲""渺""幽"以及"远""平""缺"等词语加以刻画，句式倒装，使景物描写细腻生动。

　　再把视线往下，桃花梨花红白相间的景色下是那"渡口"和"江头"，曲至此，已经透出离别之情。

　　果然，尾三句便点出真意："何处离愁？人别层楼，我宿孤舟。"有如蜻蜓点水一点而出，让原本沉浸在乐景中的人，哀感顿生。

叨叨令 自叹（一）

◎周文质

　　筑墙的曾入高宗梦①，钓鱼的也应飞熊梦②。受贫的是个凄凉梦，做官的是个荣华梦。笑煞人也末哥③，笑煞人也末哥，梦中又说人间梦④。

【注释】

①"筑墙"句：传说是一个从事版筑的奴隶，在傅岩那个地方劳动，高宗"夜梦得圣人，名曰说，以梦所见视群臣百吏，皆非也。于是乃使百工营求之野，得说于傅险（岩）中。……得而与之语，果圣人，举以为相，殷国大治"。见《史记·殷本纪》。②"钓鱼"句：钓鱼的，指吕尚，即姜太公。《史记·齐太公世家》："西伯将出猎，卜之，曰：'所获非龙非彨，非虎非罴，所获霸王之辅。'于是周西伯猎，果遇太公于渭之阳，与语大说……载与俱归，立为师。"西伯，即周文王。按"非虎"《宋书·符瑞志》作"非熊"，后又由"非熊"论为"飞熊"，因有"飞熊入梦"的传说。③也末哥：也作"也么哥"。语尾助词，无义。此句在这里重复两遍，是〔叨叨令〕的定格。④"梦中"句：这是化用《庄子·齐物论》中的"梦之中又占其梦焉"的意思。

【译文】

　　筑墙的傅说，曾进入殷高宗梦里；钓鱼的姜太公，也应了周文王的飞熊梦。受穷受苦，是一场凄凉的噩梦；做官封侯，也只是个荣华富贵的梦。真是笑死人了啊，真是笑死人了啊。我自己其实也是处在梦境之中，评说起了人间的梦。

【赏析】

　　曲子围绕着"梦"展开，引用了大量典故。"筑墙的"指傅说，"钓鱼的"指姜尚。二者都从平民百姓一跃成为帝王辅臣。千百年来，他们的故事不知道激励了多少胸怀大志却出身寒微的人。然而"受贫的是个凄凉梦，做官的是个荣华梦"，不管是落魄潦倒，还是荣耀显达，人生都好似一场大梦。站在这个角度看，受贫和做官并没有本质区别。想到这里，作者不禁笑了起来。连续两个"笑煞人也末歌"既是嘲笑深处梦中而不自知的芸芸众生，也是在嘲笑自己。"梦中人又说人间梦"，前一个梦指人生，后一个梦指世人的各种梦想。明明自己就在梦中，却对世人的种种迷梦品评过去，不是很可笑吗？

　　"梦中人又说人间梦"化自庄子的《齐物论》，可见作者多少受到了道家思想的影响。在《齐物论》的末尾，庄子用"不知是自己梦中变成蝴蝶，还是蝴蝶梦中变成自己"说明外物与"我"可互相转化。而如果将人生看作一场大梦，那么人由生入死也无非是从一种形式转化成另一种形式，并没有什么可怕之处。回到此曲中，作者将功名利禄、人生际遇乃至人生本身都看成是"梦"，与其说是在为万事万物终将归于虚空而颓废伤感，不如说是希望人能放下对世俗种种的执着，淡看世事，实现内心世界的平和。

　　全曲结构非常具有特色。既采用了重句体形式，同时又采用了嵌字体形式；将两种当时流行的巧体形式融于一曲，体现出作者出众的才华和极其高超的艺术表现技巧。本曲主体部分前四句采用相同句式，主语都用"的"字短语，谓语意思一样，只作字面调整，而宾语都是"梦"。这种重句体形式的采用使全曲产生一种紧凑感，即使此处只列举这四项，而仿佛世上自古及今，事事如此，足可以总结出人生如梦的道理来。更使人惊叹的是，全曲除穿插的定格用语外，每句以"梦"字作结，而全曲读来毫无累赘之感。

叨叨令 自叹（二）

◎周文质

去年今日题诗处，佳人才子相逢处。世间多少伤心处，人面不知归何处。望不见也末哥，望不见也末哥，绿窗空对花深处^①。

【注释】

① 绿窗：指闺阁的窗户。

【译文】

这是去年的今天我题下了诗章的地方，这是美丽的姑娘与才华横溢的少年相遇的地方。这世间有多少让人伤心的地方啊，当时相对的美人，不知如今在什么地方？找不到啊，找不到啊！只见那绿漆的窗儿空自对着百花丛生的地方。

【赏析】

此曲是套用唐代崔护的"去年今日此门中，人面桃花相映红。人面不知何处去，桃花依旧笑春风"成句。相信作者也与崔护一样，有过一段伤心的恋爱经历，因为无论是格调还是意境两者都有异曲同工之妙。

曲写才子佳人美丽邂逅，互生情意却终无果。作者故地重游，伤感万千。曲子从"忆"到"感"，再写到现实的物是人非。

去年两人邂逅，题诗表情意，其实这种爱情的开头就种下了无果的根，因为在礼教森严的古代社会，这是不被看好的，更没发展前途。作者这次的"扑空"其实也在情理之中，但当岁月流逝的惆怅和物是人非的悲凉一起涌上作者心头时，一种深沉的哀伤便赤裸裸地呈现了出来。

这种"哀"也随即牵扯出了作者内心的"多少伤心处"，这里的"伤心处"与上文的"相逢处"形成强烈的对比，现实总是残酷的，不知佳人现在在哪里，抑或是已嫁做人妇？"归"在古代还有女子出嫁一说，这里一语双关，一想到佳人名花有主便使"哀"显得更浓重了。

曲子第五、六句乃"叨叨令"格律之要求，在此反复吟叹，也体现了作者的一往情深，是单用一句所无法表达的。"题诗处""相逢处"的具体位置则体现在末句，"绿窗"在古代有指女子闺阁之意。此所谓"以景结情，余味悠长"。

小令同用一"处"字，强调的是作者情感之归系，意境哀婉，情真景真，让人不忍卒读。

蟾宫曲 题金山寺

◎赵禹圭

长江浩浩西来，水面云山，山上楼台。山水相连，楼台相对，天与安排①。诗句成风烟动色②，酒杯倾天地忘怀。醉眼睁开，遥望蓬莱③。一半儿云遮，一半儿烟埋。

【注释】

① 天与安排：老天做的安排。② 诗句成风烟动色：指吟咏诗句可令风烟变色。③ 蓬莱：古代传说中的仙岛，《史记·秦始皇本纪》："海中有三神山，名曰蓬莱、方丈、瀛洲。"

【译文】

　　江水浩浩荡荡从西边涌来，水面上坐落着轻云缭绕的山峰，山上建起了楼台。山和水互相连接，楼与台互相对峙，这真是天造地设的美景。我吟着诗句，风烟也变色了，我又对着苍天大地忘怀地饮酒。睁开醉眼，远远地望着蓬莱仙岛：一半被云遮住，一半被烟掩埋。

【赏析】

　　金山为江南名胜，在今江苏镇江西北，本在长江中，清末江沙淤积，始与南岸相连。山上有洞泉寺塔等名胜，其中以金山寺最为壮观。一是建于长江江心；二是依山而筑、随山势而升。这就是金山寺的独特的风格所在。古代有不少文人墨客曾登临此寺，即景抒怀。这首散曲写的就是作者登上金山寺所看到的壮观景象并由此产生的内心感受。作者曾作过镇江府判，对镇江一带的风光山水颇为熟悉。作者没有孤立地就山写山，就寺写寺，而是紧紧抓住山立江水中的特征来写。

　　金山寺倒映江中，山与水连在一起，楼台上下相互映照。山在水中，水在山上，宛若一派仙境。金山寺因此而为人所赞叹。

　　曲子起始的前六句就紧紧围绕着金山寺的这两个特征而下笔。曲子从长江的广阔浩瀚写起，又描写了山岩，然后又从山岩写到了寺院的楼台高阁。这样由此及彼，由低到高，呈层层波及、步步高升之感。紧接着作者又以"山水相连，楼台上下"两句相接，从综观上突出了金山寺的这一特点。"天与安排"，即金山寺有巧夺天工之意味。这不仅是对前面文字的总结，也是作者对眼前出现的奇异景象的赞美和叹服，从而又进一步引出下文壮游的豪兴。"诗句成风烟动色，酒杯倾天地忘怀"，这七、八两句对仗工整，将作者喝酒赋诗的豪情与周围的环境和氛围相交织，把作者的痴迷与狂喜和金山寺的非常魅力互作因果，使情景交融而出。曲子最后写登临所见。两个"一半儿"既回应了前句"云山"之意，又表明了游兴浓烈而致不知不觉已到黄昏，金山寺被烟云笼罩的情景。至此处，作者始由使人忘我的美景中转回现实，感情也从豪壮而转为悲凉。这骤然的转变是整首曲子的情调开阖回荡，回味无穷。作者不是登临金山，只是乘船经过，因此能够远眺，能够纵览，能够从浩浩长江的广阔背景上，从山与水、山与云、山水与楼台的种种关系上写出金山景色的诗情画意，在给人以美的享受的同时，又能给人以情的感染。因此能将这首《题金山寺》写得"诗中有画，画中有诗"。

　　此曲为散曲中写景的名篇，文字流畅，音韵优美，意境空阔。

⊙作者简介⊙

　　赵禹圭，生卒年不详，字天赐，汴梁（今河南开封）人。曾出任过镇江府判。散曲作品现存小令七首。明代朱权评论其曲"如秋水芙蓉"。

满庭芳 渔父词

◎乔吉

沙堤缆船，樵夫问讯，溪友留连。笑谈便是编修院^①，谁贵谁贤？不应举江湖状元，不思凡蓑笠神仙。鱼成串，垂杨岸边，还却酒家钱。

【注释】

① 编修院：翰林院。翰林院职任之一为编修国史。

【译文】

我在沙堤上系住游船，打柴人同我问候致意，溪边那一群朋友，都不舍得离去。我们言笑中谈论的是古往今来的历史，争辩着谁是真的富贵者，谁又是真的贤人。虽然不参加应试，却也称得上江湖上的状元；不去想凡俗事物，就可以算是是戴笠帽、披蓑衣的神仙了。把捞回来的鱼儿串成一串，提到那长满绿杨柳的岸边，去偿还日前欠着酒店的饭钱。

【赏析】

这是作者二十首《渔父词》中的一首。

元代，由于处在蒙古贵族统治之下的汉族文人大都处在仕途被压抑的状态之中，许多文人隐居借以逃避现实。这首曲子就表达了作者憧憬闲适自由的愿望，起到了吐抒抑塞的作用。

全首曲子写了渔父"缆船"上岸的情景。上岸后欢迎作者的都是些"樵夫""溪友"等不求闻达的平民百姓。他们畅所欲言，褒抑古今人物，评点今古世事，对"谁贵谁贤"却毫不在意。"笑谈便是编修院"句，及表现了渔人樵夫自由自在的意趣，同时也显示出他们那种蔑视官场的傲岸疏狂。"不应举江湖状元，不思凡蓑笠神仙"中，"不应举"是表现渔父朝廷官场名利的不合作，"不思凡"是渔父对尘世习俗不感兴趣。这两句是对元代渔父形象的最典型的描写。最后的结尾句，作者又以卖鱼还酒钱这一渔父行为又一次展示了渔父的闲适和豪放。

全曲自然流畅，于清丽中隐现几分豪辣之气，足见作者性情之豪爽。

⊙作者简介⊙

乔吉（1280—1345），一作乔吉甫，字梦符，号笙鹤翁、惺惺道人，太原（今山西太原市）人。寓居杭州。落魄江湖四十年，至正五年（1345）病卒于家。著杂剧十一种，现存《杜牧之诗酒扬州梦》《玉箫女两世姻缘》《李太白匹配金钱记》三种。散曲有《梦符小令》一卷，收小令十百零九首，套数十一篇。散曲多啸傲山水，风格清丽，朴质通俗，兼有典雅。其杂剧、散曲在元曲作家中皆居前列，与张可久齐名。人们对他散曲的评价很高。刘熙载在《艺概》称他为"曲中翘楚"。

惜芳春 秋望

◎乔 吉

千山落叶岩岩瘦①，百尺危阑寸寸愁②。有人独倚晚妆楼。楼外柳，眉叶不禁秋。

【注释】

① 岩岩：劲瘦的样子。② 危阑：高高的栏杆。

【译文】

　　数不尽的山峰里，木叶飘落，那山峰也变得劲瘦了；在高楼的栏杆上倚着，我被一丝丝愁绪烦扰。有人在傍晚独自倚着梳妆的小楼。楼外的秋柳，叶子像那女子的眉毛一样，禁不住这秋光的消磨。

【赏析】

　　"千山落叶"和"百尺危阑"分别交代了曲中人所处的时间和地点。秋天，曲中人在高楼上看山，发现山中树木落叶纷纷，萧瑟之感油然而生。但单靠"千山""落叶""危阑"还不足以表现曲中人的心绪。所以作者又通过拟人的手法，用"岩岩瘦"和"寸寸愁"赋予这秋之景以浓重的凄清色彩。岩石本无所谓瘦，栏杆也不存在哀愁，然而由于曲中人心事重重，所以见嶙峋的岩石，便怜其"瘦"，见高高的栏杆，便想到"愁"，这"瘦""愁"实是曲中人自身心境的写照。

　　"有人独倚晚妆楼"，将人物引入景中，惹人联想。这人为何只身一个来到这里？她在想什么？有什么心事吗？"晚"修饰的虽然是"妆楼"，但在这里也有暗示读者天色已晚之意。天色渐晚，楼上的人仍没有打算离开的迹象，说明其完全沉浸在思绪中，忘记了时间。该句乃全曲的点睛，透着浓浓的哀愁。很容易让人联想起李白《菩萨蛮》中的"暝色入高楼，有人愁上愁"。

　　"楼外柳，眉叶不禁秋"，柳有"留"之意。至此，读者可知，曲中人望柳伤怀，并非为阴郁凄清的秋之景悲哀，而是在为心上人的迟迟不归难过。她虽立在高高的楼上，视线却被"千山"阻断，看不到心上人的身影。"眉叶"指形如柳叶的双眉，用在这里，既和前面"柳"的意象紧密相连，又写出了曲中人的愁苦。

　　中国古代诗词写思妇登楼，远望心上人的作品中有不少佳作。此曲中的情境，与王昌龄的《闺怨》所描绘的情境略为一致。而《闺怨》中的少妇正处于美好的春天季节，本是不知愁，所以是"闺中少妇不知愁，春日凝妆上翠楼"。当她看到花红柳绿的美丽景色，才想起夫婿远地求富贵，白白地浪费了美好的时光，这才引起思愁。本曲中的思妇，走过了春天的美好时光，已是几度望春风。这时入眼就是肃杀的秋天气象。她的愁绪是由来已久，而到了挥之不去的地步，所以是"寸寸愁"，一步一愁绪。而这时的装扮，用了一个"晚妆"二字，暗示思妇的青春年华已消逝。所以她的愁已到了不堪的地步，末句用"不禁"二字表明思妇愁绪之浓之深。此曲用字凝练，清逸疏俊，让人回味悠远。

水仙子 怨风情

◎乔吉

眼前花怎得接连枝①？眉上锁新教配钥匙②，描笔儿勾销了伤春事③。闷葫芦铰断线儿，锦鸳鸯别对了个雄雌。野蜂儿难寻觅，蝎虎儿干害死④，蚕蛹儿毕罢了相思。

【注释】

① 连枝：连理枝。② 眉上锁：喻双眉紧皱如锁难开。③ 描笔：画笔。④ 蝎虎：即壁虎，又名守宫。传说用朱砂喂养壁虎，使其全身赤红，然后捣烂，涂在女子身上，如不与男人交接，则终身不灭。古代用以表示守贞。见张华《博物志》。

【译文】

眼前这些花儿怎么才能接上连理枝？这眉头的锁，要想将它打开要重新配把钥匙才行。画几笔画就勾销了伤春的心事。我像个闷葫芦被铰断了线，多漂亮的鸳鸯啊，却另配了雄雌。他就像野外的蜜蜂一般难以寻找，我则像蝎虎一般被活活害死，我们俩就像蚕蛹一般停止了相思。

【赏析】

这首曲子描写的是一个失恋的女子，怨的是风情，也饱含了对爱情的绝望心情。

全曲多处使用博喻和双关的修辞手法，侧面烘托和渲染了女主人公的思想感情。作者用一个反问开篇，"眼中花"明显是主人公幻想出来的，不能"接连枝"

就成了必然，此处比喻主人公那不可实现的爱情以及她对于爱情的绝望。进而整日眉头紧锁，作者用解开眉锁的钥匙比喻主人公开怀的方法，"新教"即表明了主人公尚未找到开怀之法，也表明其失恋不久。深深的绝望让女子想方设法试图完结这种愁绪，于是便付之于笔，用哀怨的文字勾销那相思的感情债。

"闷葫芦铰断线儿"一句，用"闷葫芦儿"比喻主人公内心对这爱情的千万疑问和不解，"铰断"是暗喻对方已经和她失去了联络，这时不免胡乱猜想，"他"是否已移情别恋，和别人卿卿我我呢？那一边是音信全无。

女主人公将原先的意中男子比作"野蜂儿"，既然"野"，就会心思向外，踪影难寻；又将自己比作"蝎虎儿"，暗喻自己就像壁虎一样守在楼中，终日苦苦相待。这里把薄情人的放浪和女主人公为其坚守节操的行为进行对比。"干害死"点明女主人公意识到了自己这样的相思只会白白地害死自己。最后一句，作者运用了谐音假借"思"为"丝"，用歇后语将词义进行转换，一语双关，表明主人公痛定思痛，进而决定"毕罢了相思"。

整首曲子所借用的事物都是民间最常见的，使整首曲子带上了浓郁的民歌色彩，语言运用上又推陈出新，可以称作元散曲的代表。

满庭芳 渔父词

◎乔吉

　　携鱼换酒，鱼鲜可口，酒热扶头①。盘中不是鲸鲵肉②，鲟鲊初熟③。太湖水光摇酒瓯④，洞庭山影落鱼舟。归来后，一竿钓钩，不挂古今愁。

【注释】

①扶头：有两解，一为酒名，一种烈性酒；一为振奋头脑之意。此处应为后者。②鲸鲵：即鲸鱼，雄为鲸，雌为鲵。典出《左传·宣公十二年》。后世即以鲸鲵比喻叛逆之人。③鲟鲊：鲟，一种产于近海或江河的大鱼，味极鲜美。鲊，经过加工的鱼类食品。④瓯：盆、盂一类的瓦器。

【译文】

　　我带着鱼去换酒，鱼肉鲜美可口，几杯热酒喝下去，我精神振奋，热血盈头。盘子里装着的不是鲸鱼肉，是刚刚煮熟的鲟鱼佳肴。太湖的水光，摇晃着酒瓯，洞庭湖边的山影，落在渔船上。回来这后，我就带着这一根钓竿，不再牵挂那古往今来的烦恼忧愁。

【赏析】

　　这是一首由景生情，抒写渔父自得其乐、不为世事所累的高古生活的曲子。

　　用钓来的鱼去酒家换酒喝，再以酒配上鲜美可口的鱼肉，这鱼肉并不是象征着叛逆的鲸鱼肉，而是刚刚煮熟的鲟鱼肉，酒喝得上了头，精神振奋无比，眼前的湖光山色熠熠生辉……

　　开头三句，作者写渔夫自在无比的田园生活：以鱼换酒，以鱼当菜，虽酒薄菜淡，但仍然喝得兴致勃发、热血盈头，反映了作者乐于斯、安于此的生活态度。

　　第四、五句，作者刻意强调盘中餐并非"鲸鱼肉"而是"鲟鱼肉"的目的，一方面是想说自己在俭朴的条件下，也能把生活过得十分温馨，一方面是说自己并非一个愤世文人，而是懂得超然于尘世之外的隐者，那凡尘俗世，并不入自己法眼。

　　六、七句是在写景：太湖水摇曳如发光的酒瓯，洞庭湖把山峦倒映在渔船之上，一切都异常的和谐美丽。

　　因前文的种种铺垫，曲子末尾自然而然地道出了"一竿钓钩，不挂古今愁"的感慨。清苦的生活在作者看来是惬意的，作者这种超凡脱俗实则是对当时社会的一种消极抵抗。

绿幺遍 自述

◎乔 吉

不占龙头选^①，不入名贤传^②。时时酒圣^③，处处诗禅^④。烟霞状元^⑤，江湖醉仙。笑谈便是编修院^⑥。留连，批风抹月四十年^⑦。

【注释】

① 龙头：头名状元。② 名贤传：名人贤者的册簿。③ 酒圣：善饮酒的人。酒之清者为圣，浊者为贤。④ 诗禅：以诗谈禅，以禅喻诗。即以禅语、禅趣入诗。⑤ 烟霞：指山水、自然。⑥ 编修院：即翰林院，编修国史的机构。⑦ 批风抹月：犹言吟风弄月。

【译文】

我不去争什么头名状元，也不求名字写进名贤传。时不时喝点酒，做个酒圣，随处吟首诗，参悟下禅机。我是个玩烟捋霞的状元，泛舟江湖的醉酒神仙。笑谈今古事就算是进了翰林院。在捕风捉月的日子里留连了四十年。

【赏析】

作者乔吉，一生未仕，浪迹江湖，生活清贫潦倒。这是篇述志的作品，体现了作者的豁达豪放。但是这种豁达豪放，略显被动，让人不免心酸。

乔吉出生在北方，后南下，生活多舛，多往来于秦楼楚馆，但是这也在另一方面造就了其洒脱豪迈的性格。以"不占龙头选，不入名贤传"一句打头，表明了作者的立场；接着说"酒圣""醉仙"之名也是随时随处都可自称；大半生漂泊江湖，寄情山水，也算是"江湖醉仙""烟霞状元"；编修院在笑谈间。"批风抹月"一词有吟风弄月之意，在元代又有比喻男女情爱的意思，此处一语双关，既指吟诗作赋，也指作者在秦楼楚馆里讨生活的事实。

综观全曲，作者口中不以为然的"龙头选""名贤传""酒圣""诗禅""状元""醉仙""编修院"，都被作者拿来戏说，到底是因为"不愿为"而浪迹天涯呢，还是"不能为"？不得而知，但是据元曲作家普遍遭遇看来，后者可能性较大。文人多清高，当有志不能施时，在时代环境的压迫下，大多会选择以隐者自居，这在古代尤甚，故而此曲表面上是抒写了作者旷达的情怀和不屑于跻身官场的情操，实则或许是对自身"不能为"的自嘲和慰藉。

水仙子 赋李仁仲懒慢斋

◎乔吉

闹排场经过乐回闲①，勤政堂辞别撒会懒②，急喉咙倒换学些慢。掇梯儿休上竿③，梦魂中识破邯郸④。昨日强如今日，这番险似那番。君不见倦鸟知还！

【注释】

①闹排场：热闹的戏场。乐回闲：享受一回安闲。②勤政堂：官员的办公场所。③掇梯儿休上竿：元人有"掇了梯儿上竿"的俚语，意谓只知贪进而不考虑退路和危险。④梦魂中识破邯郸：唐沈既济《枕中记》述卢生在邯郸（今属河北）旅舍中入梦，享尽荣华，醒后发现店中黄粱尚未炊熟。

【译文】

走过了热闹的戏场，如今又终于可以享受一回安闲的日子了。离开了忙碌的公堂，过一过懒散的生活。我这习惯了说快话的急喉咙，如今也倒换过来开始学着慢慢儿说话了。别再搬梯子往高危处爬了，黄粱美梦也早就该识破了。昨天比今天还强；这回比前一回还险恶。你没有看到那鸟儿飞倦了，还懂得反过头来往家里飞吗？

【赏析】

从曲名"懒慢斋"可以看出一些刻意和雕琢的成分，进而可知斋主李仁仲必为愤世嫉俗之人。此名不仅强调了斋主的性情，而且让人不禁思索起李仁仲其人的过往。此曲便是针对主人公这一性格特征进行描写的。

起首三句用鼎足对，铺叙了主人公于世俗纷扰中的心得体会，以"闹排场经过"比喻其此前的阅历，"乐回闲"说明主人公现在已经远离世俗，能够冷眼旁观世事，其实这就是"懒慢斋"的具体含义。能够"撒会懒"是因为主人公告别已往在官场中的所谓"勤政"；可以"学些慢"是在说主人公已经不再在世俗中扮演激进者，心直口快还不如稳居下位。过去与现在鲜明的对比，心境上的截然不同，作者于冷峻的言语间，既对主人公过去有了一个回顾，也极力展现了他的知急流勇退的明智之举。

"掇了梯儿上竿"是元代的一句俗语，用来表明主人公并非没有晋升的机会，而是"梦魂中识破邯郸"

（此处用典），可见李仁仲一早识破了名利富贵都是"黄粱一梦"，体现了他头脑清醒，行事果断的性格特点。直言当时的社会危机四伏、险恶黑暗，懂得未雨绸缪者却不多，由此可见作者对其人的欣赏。

末句借用陶潜的《归去来兮辞》里的"鸟倦飞而知还"作结，可谓水到渠成，也进一步强调了对"懒慢斋"的赞赏和喜爱。

全曲一气呵成，用语老辣，感情也由缓及迫，表现了主人公对世俗官场的失望和不屑以及对归隐山林的生活的向往之情。

水仙子 寻梅

◎乔吉

冬前冬后几村庄，溪北溪南两屦霜①，树头树底孤山上②。冷风来何处香？忽相逢缟袂绡裳③。酒醒寒惊梦④，笛凄春断肠，淡月昏黄⑤。

【注释】

① 两屦霜：一双鞋沾满了白霜。② 孤山：位于杭州西湖之中，北宋著名诗人林逋曾隐居于此。③ 缟袂绡裳：缟（gǎo）袂（mèi）：素绢的衣袖。绡（xiāo）裳：薄绡的下衣。这里将梅花拟人化，将其比作缟衣素裙的美女，圣洁而飘逸。④ 酒醒寒惊梦：寒气融着梅香袭来，酒也醒了，梦也醒了。⑤ 淡月昏黄：月色朦胧（空气中浮动着梅花的幽香）。这是对宋代诗人林逋《山园小梅》诗句"疏影横斜水清浅，暗香浮动月黄昏"的化用。

【译文】

　　从冬天到来之前，直到冬天过去之后，我转了好几个村庄；从溪南边直走到到溪北边，两只鞋子沾满了霜；我又爬上孤山，在一棵棵树头上下寻觅（都没有找到梅花的踪迹）。忽然一阵冷风风袭来，那是从什么地方吹来的一缕清香？蓦地看见它，像一位美妙的少女，穿着素绢的衣服，薄绡的下衣（站在那儿）。寒气袭来，酒也醒了，梦也被惊醒了。凄怨的笛声传来，便想到到了春天梅花会片片凋落，于是我愁肠寸断，淡淡的月色也变得昏黄了。

【赏析】

　　作者的寻梅进行得并不顺利。"冬前冬后"说明他寻梅时间之长，"溪北溪南"则表明他行路之远，"树头树底"则表现出他的认真仔细。而"几村庄""两屦霜""孤山上"又点出其寻梅的艰辛。梅花是岁寒三友之一，古人常用它来象征高洁、顽强。因此，"寻梅"不只意味着"寻找梅花"。作者无疑想用此曲表达拒与世俗污浊为伍的心志。

　　"冷风来何处香？忽相逢缟袂绡裳"告诉读者，作者历经艰难，终于寻到梅花，如愿以偿。在这里，作者引用唐代文人柳宗元《龙城录》中"赵师雄醉憩梅花下"的故事，着重表现梅花的芳与洁。赵师雄在松林间的酒舍中，遇到一"淡妆素服，芳香袭人"的女子，并和其一起饮酒谈笑，直至大醉。第二天，赵师雄被冷风吹醒，才发现哪里有什么酒舍，自己原来

醉倒在一棵梅花树下。

　　"酒醒寒惊梦"讲的依旧是赵师雄的故事，放在这里似乎喻示着如梅花般美好的人现实中并不存在。该句的出现让全曲的气氛发生了变化，将作者寻到梅花的喜悦一扫而空。紧接着的"笛凄春断肠，淡月昏黄"虚中见实，既写出了梅花的美态，又写出了作者那失落的心情。从中可以看出作者对现实的不满。

水仙子 咏雪

◎乔 吉

冷无香柳絮扑将来①，冻成片梨花拂不开，大灰泥漫了三千界②。银了东大海，探梅的心噤难挨③。面瓮儿里袁安舍④，盐堆儿里党尉宅⑤，粉缸儿里舞榭歌台⑥。

【注释】

①冷无香：指雪花寒冷而无香气。②漫：洒遍。三千界：佛家语，这里泛指整个世界。③噤：牙齿打战。挨：忍受。④面瓮：面缸。袁安：东汉人，家贫身微，寄居洛阳，冬日大雪，别人外出讨饭，他仍旧自恃清高，躲在屋里睡觉。⑤党尉：即党进，北宋时人，官居太尉，他一到下雪，就在家里饮酒作乐。⑥榭：建在高土台上的敞屋。

【译文】

雪花像冷冰冰而又没有香味儿的柳絮一样扑来，落地之后又冻结成片，如同梨花一般，擦也擦不开。它们如同白灰一般洒遍了整个世界，把东边的大海都变白了。我想去寻找梅花，却被冻得打战，挨受不住。袁安的房舍，如同埋在了面缸里。党尉的深宅大院里也好像被盐堆给埋了。舞榭歌台也好像在粉缸里一样。

【赏析】

此曲前两句是一组对仗，化自唐代诗人岑参的"千树万树梨花开"。"扑"字写出了雪势之猛，"冻成片"又说明了天气的严寒。"探梅的心噤难挨"一句可看作过渡句，从这里开始作者不再写雪花纷飞之貌，而是写起了雪后的世界。"面瓮儿""盐堆儿""粉缸儿"三句不单单是形容雪后银装素裹的世界。虽然一眼望去，所有房子都被白茫茫的大雪笼盖，看上去并无差别。但穷人有"面瓮儿"仍不能饱肚，淳朴直率之人若专心做某项事情，就算盐堆儿封门都毫不在意。而那些每日都抹粉调脂的人，如今顶起了粉缸，也不知这粉是否够用。曲末三句结合典故，以景喻世，十分巧妙。

折桂令 寄远

◎乔吉

怎生来宽掩了裙儿^①？为玉削肌肤^②，香褪腰肢^③。饭不沾匙，睡如翻饼，气若游丝^④。得受用遮莫害死^⑤，果实诚有甚推辞。干闹了多时，本是结发的欢娱，倒做了彻骨儿相思。

【注释】

① 怎生：为什么。② 为玉削肌肤：因为玉体减少了肌肤，即人消瘦了。③ 香褪腰肢：腰肢瘦了。④ 游丝：空中飘飞的细珠丝，比喻气息微弱。⑤ 遮莫：即使。

【译文】

这裙子怎么变宽了？是因为玉体消瘦，肌肤憔悴，腰肢也变瘦小了。饭也不想吃，睡觉像烙饼一样翻腾，气息细得像游丝。就算被这忧愁害死也要挨着，若真是真心诚意，那还有什么好推辞的？只是白闹了这么久，本该是喜结连理的欢乐，却成了深入骨髓的相思。

【赏析】

乔吉的散曲与张可久齐名，二者被奉为曲中李、杜。明代著名曲作家李开先评价其作品："蕴藉包含，风流调笑，种种出奇而不失之怪，多多益善而不失之烦，句句用俗而不失其为文。"乔吉的曲子多描写男女之情，此曲就是如此。

这是一首表现相思之情的曲子，以一个设问开头，引出"宽掩了裙儿"的缘由——身体的消瘦。"为玉削肌肤，香褪腰肢"是在强调女主人公的憔悴，"玉"和"香"旨在表现女主人公的美丽动人。作者只用寥寥数笔，就勾勒出一个娇弱而又惹人爱怜的女子形象。

接下来，作者用吃不下饭、睡不着觉、整日无精打采来渲染女主人公的魂不守舍，从一个侧面表现出其对丈夫的一往情深。而"饭不沾匙，睡如翻饼"皆是俗语，这体现了元曲"俗"的特点。再之后曲子由描摹女主人公的外貌、形态转入刻画女主人公的内心世界，"得受用遮莫害死，果实诚有甚推辞"为女主人公自陈心迹，直白传神，"受用"与"实诚"暗含了爱情的精粹——真诚、坚贞。

曲的最后三句依然是女主人公内心独白，体现了女主人公浪漫多情的个性特征，同时又反映了女主人公和爱人两情相悦缠绵缠绵的生活，字里行间洋溢着娇嗔之情。"本是结发的欢娱，倒做了彻骨儿的相思"，与夫君两相分离的现实让主人公不满，但她却无一点懊悔之意，情愿这样相思下去。作者精准地把握了闺中怨妇的心理活动，将外表含怨，实则忠贞的小女儿态表现得惟妙惟肖，情味十足，不能不让人赞叹。

卖花声 悟世①

◎乔吉

肝肠百炼炉间铁②，富贵三更枕上蝶③，功名两字酒中蛇④。尖风薄雪⑤，残杯冷炙⑥，掩青灯竹篱茅舍⑦。

【注释】

① 卖花声：曲牌名。又名"秋云冷"、"秋云冷孩儿"。亦入中吕宫。悟世：从人世间悟出道理，即对世态人情有所醒悟。② "肝肠"句：谓备受煎熬，意志变得如烘炉百练的纯铁那样坚强。③ "富贵"句：谓富贵如梦幻。枕上蝶：化用庄生梦蝶的典故。④ "功名"句：谓功名亦属虚幻。杯中蛇，即杯弓蛇影。《晋书·乐广传》载：乐广有客久不来，广问其故，言上次赴宴见杯中有蛇，回家就病了。乐广告诉他，那是墙上的弓影，客顿愈。⑤ 尖风：指刺骨的寒风。⑥ 残杯冷炙：剩酒和冷菜。冷炙：指已冷的菜肴。杜甫《奉赠韦左丞丈二十二韵》："残杯与冷炙，到处潜悲辛。"⑦ 竹篱茅舍：常指乡村中因陋就简的屋舍。

【译文】

肝肠像炉中千锤百炼过的钢铁，富贵对我来说就像三更天梦中的蝴蝶，功名这两个字也不过是酒杯中的蛇影罢了。窗外吹着刺骨的寒风，下着小雪，我对着半杯剩酒和冷了的菜肴，关上了灯守着这竹篱茅屋。

【赏析】

此曲前三句是一个鼎足对，头一句概括写作者的精神状态——如同在炼炉里千锤百炼般刚强，此句为全曲的基调；第二、三句是具体说作者视富贵如枕上蝶、视功名如酒中蛇，此处连用了两个典故，展现了作者历尽沧桑后大彻大悟、通达世事的心境，冷峻中透着悲凉。

刺骨的寒风飕飕地吹，雪花飞旋，一间破旧的竹篱茅舍里，作者一边吃着残羹冷炙，一边挑拨着青灯，度过他的苦读生涯。这与前面被作者否定的富贵功名形成对比，似是一种自嘲，也是一种看开。

但是不难窥得，在当时的社会背景下，像作者这样处境的知识分子一定不在少数，由此可以想见广大底层百姓心灰意冷、忍痛挨饿的悲惨命运，如果说作者的高洁品质能使他安于贫贱、安于蜗居，那么谁来让众多百姓安心呢？从曲名"悟世"来看，恐怕作者心中亦有不平，只是体现得含蓄些罢了。

满庭芳 渔父词（一）

◎乔 吉

扁舟最小。纶巾蒲扇，酒瓮诗瓢。樵青拍手渔童笑①，回首金焦②。箬笠底风云缥缈，钓竿头活计萧条。船轻棹，一江夜潮，明月卧吹箫。

【注释】

① 樵青：指夫妻。唐代书法家颜真卿的《浪迹先生玄真子张志和碑》中有"肃宗尝赐奴婢各一，玄真配为夫妻，名夫曰渔僮，妻曰樵青"。② 金焦：金山与焦山的合称。两山都在今江苏省镇江市。

【译文】

这扁舟真小！我戴着纶巾，手拿蒲扇，喝着酒吟着诗。夫妻俩一个拍手一个笑，回头又看到了金山和焦山。斗笠下风吹着飘渺的云，我钓到的鱼很少。轻轻划着船，整晚上江潮滚滚。我对着明月卧着吹起了箫。

【赏析】

此曲为作者二十首《渔父词》中的一首。

乔吉一生漂泊，人们可以从"扁舟""蒲扇"以及"钓竿头活计萧条"句看出，他的生活并不阔绰，而"酒瓮诗瓢"一句又暗示了他的孤单。传说唐代诗人唐俅将诗稿攒成球装在水瓢中，让水瓢随水飘走，并在临终之前发出"斯文苟不沉没，得者方知吾苦心尔"的感慨。而乔吉一生也很少遇到知音。但从此曲传达的闲适之情看，乔吉并没有为这些苦恼。他和家人一起说笑，欣赏自然风光，一点不计较钓上来的鱼少得可怜。"船轻棹"表现出作者的轻松自在的样子，"一江夜潮，明月卧吹箫"又写出了作者平和的内心。这些都向读者传递出一个讯息：作者对清贫恬淡的生活十分满意。此曲颇有宣扬归隐之乐的意味。

满庭芳 渔父词（二）

◎乔 吉

扁舟棹短。名休挂齿，身不属官。船头酒醒妻儿唤，笑语团圞。锦画图芹香水暖，玉围屏雪急风酸①。清江畔，闲愁不管，天地一壶宽。

【注释】

① 风酸：寒风刺人。

【译文】

小舟上划着短短的船桨。别再谈什么功名了，我就不是当官的料。在船头酒醒后，妻子儿子在叫我，一家人笑成一团。这锦缎织成的图画里，芹菜飘香，水烧得暖暖的。大雪覆盖住了小舟，像玉做的围屏，雪下得很急，寒风刺骨。清清的江边，不去管什么忧愁，一壶酒喝下去，天地也变得开阔了。

【赏析】

作者在曲子一开始便表明了自己纵情江海，不计名利的心志。"身不属官"便没有为官者的烦恼，可以尽情享受生活的乐趣。"船头"和"笑语"二句体现了作者的人生追求——简单安适。船外大雪纷飞，船内却是一派温馨景象。拥有这样的生活，人还有什么不满意的呢？于是，在曲的末尾，作者将烦恼抛到一边，一边喝酒，一边看舟外之景。与其说是酒让作者眼中的天地变宽，不如说是他知足洒脱的心态让天地宽敞起来。

满庭芳 渔父词（三）

◎乔 吉

江声撼枕，一川残月，满目遥岑①。白云流水无人禁，胜似山林。钓晚霞寒波濯锦②，看秋潮夜海镕金③。村醪窨④，何人共饮，鸥鹭是知心⑤。

【注释】

① 遥岑：远山。岑：小而高的山。② 濯锦：形容江水映着晚霞有如被濯洗的锦缎一样闪闪发光。③ 镕金：形容日落入海时海面上一片金色。④ 醪（láo）：浊酒。窨（yīn）：窨藏。⑤ 鸥鹭：《列子·黄帝》中载："海上之人有好沤鸟者，每旦之海上，从沤鸟游，沤鸟之至者百住而不止。其父曰：'吾闻沤鸟皆从汝游，汝取来，吾玩之。'明日之海上，沤鸟舞而不下也。"

【译文】

江上的涛声撼动着枕头，月光洒遍水面，满眼是远处的群山。白云流水没有人管束，比树林还要美丽。我在晚霞里垂钓，冷冷的江水如濯洗过的锦缎一般闪闪发亮。我看见秋日的潮水兴起，太阳落入大海，傍晚的海面上一片金色。去乡村里打些酒吧，谁跟我一起喝呢？鸥鹭应该就是我的知己了。

【赏析】

江水滔滔，一轮初月忽闪忽现，作者临岸远望，青山绵延不绝。此曲起调铿锵有力，潇洒豪迈，且分别从听觉和视觉对景物进行了刻画描写。"白云流水""晚霞寒波""秋潮夜海"三组景物争相进入作者视线，此情此景，怎能少了美酒为伴呢？想必对于此时的作者来说，浊酒也美味无比吧。渔父生活，其实就是象征着作者的理想生活，作者以"鸥鹭"为知音，一方面是作者孤独生活的真实写照，另一方面也体现了作者沉醉于田园生活的潇洒不羁。

满庭芳 渔父词（四）

◎乔吉

秋江暮景，胭脂林障，翡翠山屏。几年罢却青云兴^①，直泛沧溟^②。卧御榻弯的腿疼，坐羊皮惯得身轻。风初定，丝纶慢整^③，牵动一潭星。

【注释】

① 青云兴：指对于平步青云的兴趣。② 沧溟（míng）：指江海。③ 丝纶：指垂钓的丝线。

【译文】

　　这是秋日里江边傍晚的景致。树林在夕阳里像是抹上了胭脂，群山则犹如翡翠制成的屏障一样。这几年我已没有了平步青云的兴趣，只想泛舟在江海之上。躺在御榻旁的日子，腿脚弯得直疼；现在坐着羊皮垫子倒是觉得一身轻松。风刚刚停下来，慢慢整理我的钓线，没想到牵动了满潭星星的倒影。

【赏析】

　　历来写渔父的诗词，很少是单纯状写渔父生活的，大都是把渔父当作自己的化身，渔父也由贫苦的劳动者被描绘成了烹鱼饮酒、乐享清闲的神仙式的人物，寄托着曲家们的理想。乔吉的《渔父词》也走的是这一路数。

　　此曲先写秋江暮景，用简单凝练的笔墨描绘了秋日夕阳下绿树红林的绚丽色彩，而后直接切入主题，讲出甘心于江湖漂泊的生活是因为"几年罢却青云兴"，通过比对"卧御榻"和"坐羊皮"的不同感受突出了渔父生活那份即使做帝王也难得到的安闲自在。曲以一幅渔父夜钓图结束：风刚刚停息，渔父轻整钓线，牵动了一潭星影。静中寓动，意境清幽，极富意趣，回味悠长。

　　此首小令曲首和曲末各用三句写景，中间四句抒怀，将渔父悠然自得的情致表现了出来。

山坡羊 冬日写怀

◎乔 吉

朝三暮四①，昨非今是，痴儿不解荣枯事②。攒家私③，宠花枝④，黄金壮起荒淫志⑤。千百锭买张招状纸⑥。身，已至此；心，犹未死。

【注释】

① 朝三暮四：本指名改实不改，后引申为反复无常。② 痴儿：指傻子、呆子。指贪财恋色的富而痴之人。荣枯：此处指世事的兴盛和衰败。事：道理。③ 攒（zǎn）家私：积存家私。④ 宠花枝：宠爱女子。⑤ 黄金壮起荒淫志：有了金钱便生出荒淫的心思。⑥ 锭：金银的量词。招状纸：指犯人招供认罪的供状文书。此句意为：贪官污吏搜刮钱财，到头来不过等于买到一张招供认罪的状纸。

【译文】

早上还是三个，晚上就成了四个，昨天还说是这样，今天就说不是了。这帮愚蠢的人根本不懂得荣枯变化的道理。整天积攒家财，宠幸美媛，是金钱壮大了他们荒淫的情志。千百锭金银买来张供状文书。人都这样了，也还不死心。

【赏析】

"朝三暮四，昨非今是，痴儿不解荣枯事"说的是官吏们醉心于荣华富贵，早已忘记了世情无常、宦海险恶。这三句写了官吏们的心理状态，也是生活状态。"攒家私，宠花枝"，开始具体写官吏们的生活内容。他们每天所做的，只有两件事——吸食民脂民膏和宠幸烟花女子。接下来这句"黄金壮起荒淫志"是对他们这种荒淫生活的鞭笞，也直白地点破了其之所

以荒淫，是因为金钱的腐蚀。在这里，作者从对官吏生活的感性描写，开始转向对其内里的理性分析。既然其腐化是因金钱而起，其自身自然也会被金钱所捆绑，于是，接下来这句"千百锭买张招状纸"就顺理成章了：骄横无忌，肆意挥霍，最后终将落得个天怒人怨，镣铐加身，那些通过横征暴敛聚集起来的巨额财富，也成了让自己无法脱身的凿凿罪证。这句话在理性分析之中，加入了作者个人的情感，对官吏骄奢淫逸的结局指为"以钱买罪"，带有一种诅咒意味。然而处于如此境地，他们仍然贪心不死，那颗充满贪欲的心，已经容不下丝毫悔过自省成分的存在了。"身，已至此；心，犹未死"，对比鲜明，再加上整齐的句式，句子在表达上更有力度了。这句话也是对前面"痴儿不解荣枯事"一句的照应。正是因为"痴"，才"见了黄河也不死心"，反过来对"不解荣枯事"这一论断的内涵，也是一种深化。

小曲语言犀利，是对贪官污吏无耻行径的揭露和抨击，对其骄奢淫逸生活的深深诅咒，具有很强的警世意义。

水仙子 游越福王府①

◎乔 吉

笙歌梦断蒺藜沙②，罗绮香余野菜花，乱云老树夕阳下。燕休寻王谢家③，恨兴亡怒煞些鸣蛙。铺锦池埋荒甃④，流杯亭堆破瓦，何处也繁华！

【注释】

① 福王府：南宋福王赵与芮的府第，在绍兴府山阴县。《万历会稽县志》："宋福王府在东府坊，宋嘉定十七年（1224）理宗即位，以同母弟与芮奉荣王祀，开府山阴蕺山之南。"② 蒺藜（jí lí）：一种平铺着生在地上的蔓生植物。③ "燕休寻"句：语本唐刘禹锡《乌衣巷》："旧时王谢堂前燕，飞入寻常百姓家。"王谢，东晋以王导、谢安为代表的两家豪族。④ 铺锦池：与下句的"流杯亭"，均为福王府内的游赏处所。甃（zhòu）：井、池之壁。

【译文】

那动人的笙歌，在布满蒺藜的沙砾上已成断了的梦；那罗绮还有余香，眼前却只有野菜花了。天上飘飞着杂乱的云彩，古树边，夕阳西下。燕子啊，你别再找王、谢的家了。我感叹着千古兴亡，却只听得青蛙们鼓着肚子哇哇叫。铺锦池已被荒草埋没，流杯亭只剩一堆破瓦。昔日的繁华，如今到哪里去了呢！

【赏析】

南宋末年，福王赵与芮地位显贵，府邸建造得十分奢华。德祐二年（1276），元宰相伯颜占领临安，降赵与芮为平原郡公，福王府亦逐渐没落。至乔吉游览，时又隔数十年，王府已成为一片荆棘瓦砾，使人不胜唏嘘，遂生出了盛衰无常的感慨，这正是此曲的主旨。

这首小令在描写会稽福王府遗址衰败的时候，运用了三组镜头的特写：第一组是起首两句：遍地沙砾，蒺藜丛生，间杂着开花的野菜。这种场景与昔日的繁华景象形成鲜明对比，令人产生触目惊心的感觉。第二组特写是中间三句，铺叙了王府园内乱云、老树、夕阳、燕、蛙等现存的景物。第三组特写为六、七两句，着笔于福王府建筑物的遗迹。作者借这三组特写，将"游越福王府"的所见淋漓尽致地表现出来，并由此产生了惆怅、伤感、愤懑等情感变化。印象的叠加

与感情的郁积，结出了最后的问句："何处也繁华？"这一句虽是发问，实则寄托了作者的无奈与绝望之情。

这首曲曲调沉郁顿挫，与乔吉其他作品清丽婉美的特点有很大差异，这也体现了他对历史兴替的无限概叹。

折桂令 荆溪即事

◎乔 吉

问荆溪溪上人家①：为甚人家②，不种梅花？老树支门③，荒蒲绕岸，苦竹圈笆④。庙不灵狐狸漾瓦⑤，官无事乌鼠当衙⑥。白水黄沙，倚遍阑干，数尽啼鸦。

【注释】

① 荆溪：水名，在江苏省宜兴县，因靠近荆南山而得名。② 为甚人家：是什么样的人家。③ 老树支门：用枯树支撑门，化用陆游诗："空房终夜无灯下，断木支门睡到明。"④ 圈笆：圈起的篱笆。⑤ 漾瓦：戏耍瓦块。⑥ 乌鼠当衙：乌鸦和老鼠坐了衙门。

【译文】

问荆溪岸边的人家：你们是什么人家，怎么不种植梅花呢？他们用老树支撑着大门，荒芜的蒲草长满了水岸。他们用细瘦的竹棍圈出了篱笆。小庙的神明不灵验，狐狸在瓦上跳腾；当官的不管事，让乌鸦和老鼠满衙门跑。溪水白茫茫的，岸上满是黄沙。我倚遍一处处栏杆，一只只数尽了那乱叫的乌鸦。

【赏析】

荆溪自古便有种梅花的习俗，作者慕名而来却连梅花的影子都没看到，本已有些失望。偏偏其所到之处还"老树支门，荒蒲绕岸，苦竹圈笆"，"老""荒""苦"一方面极言村中之景的惨淡，一方面也透露村中杳无人烟。对着这与想象之中截然不同的景致，作者的心情可想而知。

"庙不灵狐狸漾瓦，官无事乌鼠当衙"则是双关之句，既是在描绘寺庙与府衙的萧瑟破败，又是在讽刺治理此地的官员。他们要么奸佞狡诈宛若庙中之狐，倚仗权势作恶害人，要么昏庸无能好似府衙之鼠，专营私利难以驱逐。在作者看来，这些官员正是村子荒败的原因。

"倚遍阑干"说明作者登高望远，想找到一处能让人宽慰的景色。但他最终没能如愿，映入他眼中的只有"白水黄沙"和飞来飞去的啼鸦。水与沙都看不出什么生气，让人倍觉荒凉；鸦的叫声粗劣嘶哑，又让人愈发落寞。曲末的三句寓情于景，极言作者的怅惘。

折桂令 客窗清明

◎乔吉

风风雨雨梨花，窄索帘栊①，巧小窗纱。甚情绪灯前②，客怀枕畔，心事天涯。三千丈清愁鬓发，五十年春梦繁华。蓦见人家，杨柳分烟，扶上檐牙③。

【注释】

① 窄索：紧窄。② 甚：甚是,正是。③ 檐牙：檐角上翘起的部位。

【译文】

风儿一阵阵，雨儿一阵阵，吹打着梨花；客馆里，窗帘和窗牖又窄又小，窗纱也小巧玲珑。我面对着孤灯，满心愁绪；在枕头边上，也满是羁旅之思。远在天边，想着自己的心事。阵阵清愁染白了我的三千丈发丝，五十年来的繁华，就像一场春梦一样。我忽然看到一处人家，在那里，杨柳被烟雾缭绕，柳条掩映着屋子的檐角。

【赏析】

清明节祭祖、扫墓、踏青的活动历代沿袭，清明主题在中国古典诗词中也不断再现。在生机盎然的艳丽春光中，人们举办着各种迎春的欢庆活动；而就在同时，人们却在挥发情思，沉浸在哀亡悼逝的忧伤悲痛之中。这个节日的特殊性使得文人争相吟咏。如唐代诗人杜牧的"清明时节雨纷纷"之句家喻户晓，又如唐宋之问《途中寒食》中的"故园肠断处，日夜柳条新"之句，将清明时节赏春的欢乐情绪与愁绪完美地糅合在一起。

清明节的垂悼主题便于文人抒写爱恨情愁，在元代特殊的社会背景下，更便于无处抒发国仇家恨的文人借题发挥。乔吉的《折桂令·客窗清明》是其中的代表作。他将羁旅客子的思乡愁怀、年华逝去的感伤、江湖流落的艰辛与清明悼忘怀人的悲痛情怀融合在一起，其末笔以"杨柳分烟"轻扶之上的飘扬之态将所有的愁恨一股脑儿抖现，愁绪不断，充盈时空，意境深远。

全曲紧扣题目遣词用句。作者客居他乡，一个"甚"

曲的鉴赏知识

乔吉的作曲心得

乔吉继承了元代前期散曲家的俚俗直率，他非常注重求新。他自己曾这样说："作乐府亦有法，曰'凤头，猪肚，豹尾'六字是也。大概起要美丽，中要浩荡，结要响亮；尤贵在首尾贯穿，意思清新。苟能若是，斯可以言乐府矣。"

他在一定程度上继承了前期散曲家俚俗直率的传统，因此有些人认为他的散曲比张可久更为当行。不过他写情必极貌以写意，用辞必穷力而追新，有过于纵情的毛病，有的还带有某种俳优习气，不免失之浅俗。

字写出了他内心的波动，结合前文，读者不难理解，正是在风雨中飘摇的梨花引起了作者的"心事天涯"。"三千丈清愁鬓发"化用李白的《秋浦歌》，极言客愁茫茫，与下句"五十年春梦繁华"相对应，表现了作者对年华老去，漂泊无依的怅惘。"分烟"指当时以新火互赠亲邻习俗，作者作为"客"却无亲邻可赠，个中落寞溢于言表。

折桂令 风雨登虎丘①

◎乔 吉

半天风雨如秋，怪石於菟②，老树钩娄③。苔绣禅阶，尘粘诗壁，云湿经楼。琴调冷声闲虎丘④，剑光寒影动龙湫⑤。醉眼悠悠，千古恩仇。浪卷胥魂⑥，山锁吴愁⑦。

【注释】

①虎丘：在江苏苏州市西北，相传春秋时有虎踞丘上三日，故名。②於菟（wū tù）：虎的别称。③钩娄：枝干屈曲伛偻的样子。④琴调冷声闲虎丘：虎丘寺塔基，原为晋司徒王珣的琴台，故谓"琴调冷"。⑤剑光寒影动龙湫：虎丘有剑池，相传吴王阖庐以宝剑殉葬，后秦始皇开掘找寻，有神龙跃出而成池。湫，深潭。⑥胥魂：相传春秋时伍子胥为吴王夫差所杀，精魂不散，成了涛神。⑦吴愁：春秋时吴国终为越国所灭，故言。

【译文】

半空中吹起了风，下起了雨，这情景像秋天一样。奇形怪状的石头一块块像猛虎一般，古树伛偻着立在那里。苔藓装点着寺院的台阶，灰尘沾满了题着诗文的墙壁，浮云霑湿了收藏经文的小楼。琴声凄冷，缭绕着虎丘塔，宝剑的寒光冷影，还在龙潭水水中晃动。我酒醉之后，两眼朦胧，想起了千百年的恩怨仇杀。浪涛卷动着伍子胥的英魂，青山紧锁着吴国灭亡的怨恨。

【赏析】

作者寄情于景，开篇以"风雨"起兴，再以"浪涛"作结，虚实相生，有意识地让其作为曲子冷色调的构成因素，也外化了作者抚今追昔的情感格调，使之呈现在"虎丘"的群景当中。"怪石""老树""苔绣""尘粘""云湿"等这些自然人文景观，其实都是作者内心怀古情绪的折射，展现了岁月沧桑之感；而"琴调冷""剑光寒"则有物是人非之意，一句"浪卷胥魂，山锁吴愁"，以当年吴王错杀伍子胥终致国毁家亡的故事，渲染出凄凉的氛围。风雨中怆然神伤的吊古者形象栩栩如生，千古恩仇在其口中荡然成曲。

天净沙 即事

◎乔 吉

莺莺燕燕春春，花花柳柳真真①，事事风风韵韵②。娇娇嫩嫩，停停当当人人③。

【注释】

① 真真：暗用杜荀鹤《松窗杂记》故事：唐进士赵颜得到一位美人图，画家说画上美人名真真，为神女，只要呼其名，一百天就会应声，并可复活。后以"真真"代指美女。② 风风韵韵：指美女富于风韵。③ 停停当当：指完美妥帖，恰到好处。

【译文】

莺儿啊莺儿，燕子啊燕子，看这一派春光！一朵朵花儿，一棵棵柳树，实在迷人。每一件事都显得别有风韵。娇嫩多情，真是美得恰到好处的佳人。

【赏析】

此曲描写春暖花开时燕飞莺啼、柳绿花红的明丽春景，以及那极具风韵、袅娜婷婷的佳人。此曲最突出的特点是全篇使用叠字，颇具重叠复沓的音韵之美，将人之美与景之美交融在一起，互相映衬。柳绿花红、燕飞莺啼、美人如云，使人产生目不暇接的感觉，作者以语言音韵来表情达意，颇有情致。

曲的鉴赏知识

元曲中的叠字

乔吉的《天净沙·即事》通篇使用叠字。叠字又叫重言，有狭义和广义之分，狭义的叠字是指将完全相同的汉字放在一起重叠使用，广义的叠字则是指两个音节相同的字重复使用。叠字最早出现在古典诗歌中，《诗经》中就有大量诗作使用叠字，但以叠字作文最多的却要属元曲作家。甚至可以说，元曲中叠字的运用已经达到了中国古代文学作品运用叠字的高峰。

元曲作家之所以喜用叠字有以下一些原因。在元代，曲要付诸歌咏，运用叠字可以大大增强作品的音乐性，使其声调更加和谐悦耳。有叠字的句子节奏明快，抑扬顿挫，朗朗上口，给人以韵律之美。同时这些曲子一眼看去清晰明了，干净利落，自然而富有情致。一如刘勰在《文心雕龙》中所言，叠字可以让"诗人感物，联类不穷。流连万象之际，沉吟视听之区。写气图貌既随物以婉转；属采附声，亦与心而徘徊"。当一个字不足以表现景物的情态时，使用叠字便能让神与情一起涌现。

凭阑人 金陵道中

◎乔 吉

瘦马驮诗天一涯①，倦鸟呼愁村数家②。扑头飞柳花，与人添鬓华③。

【注释】

①"瘦马"句：诗人骑着瘦马浪迹天涯。②"倦鸟"句：倦鸟知返，带着离愁鸣叫，盘旋于数家村舍之上。③鬓华：两鬓头发斑白。

【译文】

瘦弱的马驮着我满腹的诗情奔走天涯。飞倦了的鸟儿哀鸣着，小山村里只有几户人家。柳絮扑打着我的头，给我增添了白发。

【赏析】

"瘦马驮诗"出自唐代诗人李贺的故事。李贺经常骑着一只大驴，背着一个旧锦囊，不时便将想到的精彩句子写下来放到锦囊中。作者以此典自喻，表明自己对诗歌的喜爱。另一方面，作者又故意用"瘦马"代替了李贺故事中的大驴，意在用瘦马的羸弱反映旅途的困苦。曲的前两句是工整的对仗，与"瘦马"对应的"倦鸟"出自陶渊明的《归去来兮辞》，取"倦鸟知归"之意。与"驮诗"相对的"呼愁"体现了作者的在外心酸和对家乡的思念。"天一涯"则与"村数家"形成对比，反映了作者漂泊无依的生活状态。此二句奠定了曲子的情感基调——羁旅孤苦，思念家乡。

不知作者为何漂泊异地，飞鸟累了尚可还家，而从曲子来看，作者的归乡之日似乎遥遥无期。远远地看着村庄，想象着安宁稳定的生活，作者的心情分外酸楚。

"扑头飞柳花"点出了曲中的季节——暮春。暮春时节，柳絮乱飞，扑到了作者的脸上，让作者有了"添鬓华"的感觉。"柳絮"有飘零之貌，喻示着作者的现状。作者虽身处于春，心却是愁闷难当，随便什么景物都能加重他的忧伤。末句的一个"添"字，说明作者的白发本已不少，现在愁上添愁，白发似乎也变多了起来。曲末两句的构思极为新巧，以轻扬的柳花反称浓重的愁怀，给人留下深刻的印象。

曲子只有短短四句，却层层递进，仿佛是作者浪迹天涯的截影。

水仙子 重观瀑布

◎乔吉

天机织罢月梭闲①，石壁高垂雪练寒，冰丝带雨悬霄汉。几千年晒未干，露华凉人怯衣单②。似白虹饮涧，玉龙下山，晴雪飞滩。

【注释】

①天机：天上的织布机。月梭：以月牙儿作为天机的梭子。②露华：晶莹的露珠。

【译文】

天上的织机已经停止了编织，月梭儿闲在一旁。石壁上高高地垂下一条如雪的白练，闪着寒光。冰丝带着雨水，挂在天空中，晒了几千年了，都还没有晒干。晶莹的露珠冰凉冰凉的，人忽然觉得身上的衣服有些单薄。这瀑布啊，如白虹一头扎进涧中饮吸一般，像玉龙扑下山冈一样，又像晴天里的雪片在沙滩上飞舞。

【赏析】

此曲题为"重观瀑布"，是游览浙江乐清白鹤寺之后，继《水仙子·乐清白鹤寺瀑布》，意犹未尽，又再写出的一首赞美白鹤寺瀑布的曲子。前曲重在游人的主观感受，此曲则重在对瀑布本身的描写。

前四句写的是远观瀑布给人的印象。作者想象奇绝，在首句中构想出以天为织机，以月为梭子的奇境，并将这一组比喻藏于"织罢""梭闲"的情景中，仿佛瀑布这条"雪练"不是本来就有的，而是在作者前来游览时，正值织造完毕，从石壁上忽地垂落下来的。形象既恢弘壮阔，又有动感，先声夺人，使我们对瀑布的气势有了直观的感受。

至于"冰丝"这一比喻，元人伊世珍《嫏嬛记》中载有一位奇异女子，能以雨丝缫丝织布，称为"冰丝"。"冰丝带雨"这一想象，既形象地表现了瀑布的白净之美，又合乎传说中冰—雨的关系，与"雪练"相照应，共同表现了远观瀑布给人的特殊印象。"悬霄汉"一语，使人想起李白"飞流直下三千尺，疑是银河落九天"的诗句，瀑布高大雄伟的姿态，与雪练般的白净，给人的震撼效果在此更加生动了。

"几千年晒未干"，不仅以"晒"承接前面"冰丝"这一想象，又通过晾晒几千年这样的奇妙想象，使得对瀑布空间上的壮观的描写，转入时间的壮观，思接千载，气势磅礴。

后四句，作者已行至瀑布脚下。"人怯衣单"映衬出瀑布的"凉"，与前文"雪练寒"遥相呼应。一写远观瀑布的视觉感受，一写走近瀑布，沐浴露水的触觉感受。由远至近，瀑布的全貌逐渐明晰。"白虹饮涧，玉龙下山，晴雪飞滩"，连用三个比喻，且均极具动感，抑扬顿挫，色彩鲜明，画面感极强。"白虹饮涧"语出宋沈括《梦溪笔谈》："世传虹能入溪涧饮水。""玉龙下山"句，苏轼有诗云："擘开青玉峡，飞出两白龙。"

此曲想象奇崛，形象夸张，颇具雄奇怪诞之美，在最大限度地渲染瀑布的雄伟壮丽的同时，亦使景物的壮观与人的博大情怀相得益彰，读之酣畅痛快，如入其境。

作者对典故的使用也比较巧妙，没有堆砌感，并且隐于词句之中，不着痕迹，在奇伟雄健的行文之中，暗含神奇色彩，耐人寻味。

山坡羊 自警

◎乔 吉

清风闲坐，白云高卧，面皮不受时人唾①。乐陀陀②，笑呵呵，看别人搭套项推沉磨③。盖下一枚安乐窝。东，也在我；西，也在我。

【注释】

①唾：唾弃。②陀陀：犹陶陶，乐而忘忧的样子。③套项：套在牲口脖子上的曲木。

【译文】

清风里我悠闲地坐着，白云高高地躺在天边。我的脸不会遭受世人的唾弃。我乐陶陶、笑呵呵地看别人像牲口那样搭着套绳推那沉重的石磨。盖一座安乐的小窝，去东去西都随我。

【赏析】

"清风闲坐，白云高卧"写出了隐居的安闲。由于远离喧嚣尘世，人不用为复杂的人际关系挂心，也不会有因为得罪什么人、做坏什么事而被"时人唾"的烦恼，自然"乐陀陀""笑呵呵"。"看别人搭套项推沉磨"，有笑人汲汲生存、作茧自缚之意。"一枚安乐窝"则表现了作者所居之处的小，同时也反映了作者甘于清贫，崇尚自由的人生观。但这种对表面乐观态度和乍看生活愉悦的描绘，隐含着对黑暗现实的抨击。受人唾弃的世事多艰，"推沉磨"的沉重负担，无一不反射出当时官途的险恶和世态的炎凉。

山坡羊 冬日写怀

◎乔 吉

离家一月，闲居客舍，孟尝君不费黄齑社①。世情别，故交绝。床头金尽谁行借，今日又逢冬至节。酒，何处赊？梅，何处折？

【注释】

①孟尝君：战国四君子之一，以好客著称。此指代作者所投靠的人。黄齑（jī）：切碎了的咸菜。社：集聚，此指供养食客。

【译文】

离开家里已经一个月了，在旅舍中，我想起当年孟尝君用切碎了的咸菜来供养食客。世情冷漠，旧时的朋友都没了，床头的钱已经用完，谁又会借些给我呢？今天又碰上冬至。酒，上哪去赊；梅花，上哪去折？

【赏析】

从此曲可以看出，作者的生活非常困窘。孟尝君用切碎的咸菜对待门客多少有些吝啬，但作者却连这样吝啬的依靠对象都找不到。"故交绝"反映出人情淡漠，作者的孤苦。"床头"和"今日"二句写尽了作者的窘迫，真切自然，惹人同情。但作者穷困潦倒，心中记挂的却是"酒"和"梅"，说明他追求的是一种审美的生活。只是这种生活虽和金钱关系不大——赊酒无需现钱，折梅更不需用钱——他仍不能如愿。

凉亭乐 叹世

◎阿里西瑛

金乌玉兔走如梭，看看的老了人呵。有那等不识事的痴呆待怎么？急回头迟了些儿个。你试看凌烟阁上，功名不在我。则不如对酒当歌，对酒当歌且快活。无忧愁，安乐窝。

【译文】

日月交替像飞梭，看着这些，人都老了。有没有那种不懂事的痴汉？急急忙忙地回头，却已经晚些儿了。你去看看那凌烟阁上，功名都不由我决定。那就不如喝酒唱歌，喝酒唱歌还快活。无忧无虑，就像在安乐窝里。

【赏析】

人们总是习惯将"年龄"和"智慧"等同起来，认为年纪越大，越有智慧。然而作者一上来就对这种看法表示了异议。"金乌玉兔走如梭，看看的老了人呵"，很多人都在浑浑噩噩中过了一生，到头来不过是白白地长了年纪。之后的"有那等不识事的痴呆怎么"充满嘲弄之意。

不过，直到"功名不在我"，人们才明白作者所说的"不识事"究竟指的是什么。作者追求的是自由自我的生活，在他看来，将大好光阴花费在追求名利上，便是"不识事"。对名利的追求没有止境，只要人记挂着名利一天，便一天不能拥有闲适快乐的心情。到年老时再领悟名利乃身外之物，已经"迟了些儿个"。如果人能够放下对功名的渴求，便可开开心心对酒当歌。如果可以开开心心没有忧愁，那么无论走到哪里，都可以把那里当成自己的"安乐窝"。此曲风格活泼，将道理蕴含在平时质朴的语言中，无半点说教之嫌。

○作者简介○

阿里西瑛，一作里西瑛，原名"小八剌"，字西瑛，回族人。曾于吴城居住（今江苏苏州），居号"懒云窝"。他身材魁梧，精通音律，善于交际。曾作《殿前欢》咏志，贯云石、乔吉、卫立中、吴西逸等，皆有曲相和。其曲今存小令四首，活泼真率，风趣幽默。《太和正印谱》将其列于"一百五十名词林英杰"之中。

四块玉 嘲乌衣巷

◎刘 致

禄万钟^①，家千口。父子为官弟封侯，画堂不管铜壶漏^②。休费心，休过求，撅破头^③。

【注释】

① 禄万钟：优厚的俸禄。禄，俸钱，薪金。钟，古代以六斛四斗为一钟。② 画堂：华丽的房子。铜壶滴漏：古代的计时器。此句言时光过得快，岁月不饶人。③ 撅（diān）破头：碰破头。撅，跌倒、碰着。

【译文】

俸禄多至万钟，家中养着上千口人。父子都当着官，兄弟也都封侯拜相。房子华美，也不管时光飞逝。不要浪费心思，也不要过分追求，免得到头来抢破了头。

【赏析】

这是一首借古讽今之作。

题目中的"嘲"已经表明了作者对豪门大户的态度。东晋时期，重臣王导、谢安曾将府邸安在乌衣巷中。他们享受着高官厚禄，家中人丁兴旺。曲的前三句正是他们荣华富贵不可一世的写照。其中"父子为官弟封侯"则暗示他们权力极大，家族中人互相提携把持朝政。"画堂不管铜壶漏"，是说他们待在华美的屋子中，纵情享乐忘记了时间。至此作者没有对他们的生活做什么评价，但读者仍不难发现作者对穷奢极欲的反感。权贵们沉浸享乐，连时间都"不管"了，哪还会管百姓的生活。在无休无止追求享乐的背后，是对百姓的极度冷漠。而权贵们用来享乐的金钱，又有多少不是从百姓身上搜刮的呢？如此，必然引起百姓的不满，当这不满淤积到一定程度。权贵们"撅破头"的日子也就到了。

没有家族能永远显赫下去，世事变迁，乌衣巷一度荒凉一片。"休费心，休过求，撅破头"是全曲的主旨，既是对王、谢"费心""过求"的嘲讽，又是对后人的告诫。提醒人们不要将太多心思放在名利、享乐上。

就连那些豪门大户，都会因沉溺享乐而衰败，更何况平民百姓小门小户。元人的散曲有不少感慨官场黑暗之作，其语言大多直白浅显，辛辣精辟，要么为抒满腹怨气，要么为警醒他人、警醒自己。作者刘致在朝为官，对官场的奢侈风气十分不满，写就了不少指斥官场丑恶现象的作品。

⊙作者简介⊙

刘致，大约卒于 1335 年至 1338 年间。字时中，号逋斋。石州宁乡（今山西中阳）人。为姚燧赏识，并被引荐为湖南宪府史，后任永新州判、河南行省掾、翰林待制、浙江行省都事等职。其晚年家贫，无钱置办葬礼，最后由王眉叟将其遗体收葬于德清。其散曲清逸宏丽，推崇隐逸思想，散见于《阳春白雪》《太平乐府》《乐府群玉》，今存散曲小令七十四首，套曲四套。也有说元代有两个刘时中，一为古洪刘时中，一为石州刘时中。

醉中天

◎刘 致

花木相思树，禽鸟折枝图①。水底双双比目鱼，岸上鸳鸯户。一步步金厢翠铺②。世间好处，休没寻思，典卖了西湖③。

【注释】

①折枝：国画花卉画法的一种，指弃根干而单绘上部的花叶，形同折枝，故名。②厢：通"镶"。③"典卖"句："宋谚有'典卖西湖'之语。台谏谓之'卖了西湖'，既卖则不可复；省院谓之'典了西湖'，典犹可赎也。无官守贵贵，则无往不可，此古人所以轻视轩冕者欤？"

【译文】

你看那花花树树交枝接叶，像是互诉着情愫；鸟儿点缀其间，构成了一幅幅折枝画图。湖里的游鱼成双结对，在水下快乐地追逐；岸上的人家门当户对，男男女女都是亲密相处。一步步镶金铺翠，到处见琳琅满目。真是人间的天堂乐土。你可别糊里糊涂，把西湖当了卖了，白白地辜负这美景。

【赏析】

此曲的前半部分着重描绘西湖之美。作者特意将"相思树""比目鱼""鸳鸯户"这样常被用来表现情侣浓情蜜意的意象放在曲中，就是为了更好地表现自己对西湖的眷恋。人们喜爱西湖不仅仅因为它有着柔魅明丽的风光，游动的鱼，折枝的鸟，反映了它的安闲自在。而参差错落的人家、金厢翠铺的景象，又说明了它的繁华富庶。

"世间好处"是一个承上启下的句子，其后的"休没寻思，典卖了西湖"化用了南宋"典卖西湖"的谚语。晋人葛洪在《抱朴子》里有言："不睹琼昆之熠烁，则不觉瓦砾之可贱。"前面的西湖美景如"琼昆之熠烁"，曲末的"典卖了西湖"就如"瓦砾之可贱"。作者以此警醒世人，不要因耽溺享乐将大好河山拱手相让。

折桂令 再过村肆酒家

◎刘 致

　　鬓双丫十八鬟儿，春日当垆，袅袅腰肢。徙倚心招①，依稀眉语，记得前时。探锦囊都无酒资，恨邮亭不售新诗。可惜胭脂，转首空枝。千里关山，一段相思。

【注释】

① 徙倚心招：徙倚，徘徊。心招，以情态动人。

【译文】

　　十八岁少女梳着双丫发鬟，在春天里蹲在垆边，我看到了她袅袅的腰肢。她走走靠靠，情态动人，眉宇之间似有许多话语。我手伸进口袋里，却掏不出酒钱，可恨邮亭不卖新诗。可惜她如此美貌，转眼成了空枝上的花儿早就没了。关山千里，只留下一段相思。

【赏析】

　　茫茫人海中的一次萍水相逢，就能给自己留下难以磨灭的记忆，这样的经历在人们的生活中并不多见；而此曲所讲的，正是作者一次这样的经历。他曾经路过某个酒肆，当垆卖酒的是一位袅娜多姿、腰肢纤细的少女。她的秀发随意地打成两个松垂的鬟，眉目间似有无限情意。当时作者身上无钱，难借买酒和她搭讪，又没想出什么好诗相赠，这次短暂的偶遇于是就这样匆匆结束了。时过境迁，如今又路过那家酒肆，那里已是人去店空，面对关山千里，他心头不禁泛起丝丝惆怅，对女子的追忆与思念，也随之分明了起来。曲子前六句追忆当日所见，后六句写人去店空，顿生悔恨之意。作者通过对前尘旧影的追述，奏出一曲深藏心中的曲子，显得幽怨而委婉。

曲的鉴赏知识

曲与词风格上的区别

　　相比词，曲的表现手段更加多样，重字、叠韵、比喻、比拟、对偶、排比、设问、连环、顶针，皆可使用。现代文学理论家任敏中先生在《散曲概论》中这样归纳曲与词在风格上的区别："词静而曲动，词敛而曲放，词纵而曲横，词深而曲广；词内旋而曲外旋，词阴柔而曲阳刚；词以婉约为主，别体为豪放；曲以豪放为主，别体则为婉约；词尚意内言外，曲则为言外而意亦外。"

山坡羊 侍牧庵先生西湖夜饮①

◎刘 致

微风不定，幽香成径，红云十里波千顷②。绮罗馨③，管弦清，兰舟直入空明镜。碧天夜凉秋月冷。天，湖外影④；湖，天上景。

【注释】

① 牧庵先生：指姚燧。② 红云：形容盛开的荷花。③ 绮罗馨：仕女们身着绫罗，幽香扑鼻。④ 湖外：犹言湖中。

【译文】

微风不停地吹着，幽幽的香气萦绕在小路上，十里芙蓉宛若红云，千顷湖面，微波荡漾。绮罗衣馨香扑鼻，管弦乐声是那么清新。小船儿直驶入那明镜般的湖中。碧蓝的天空中，在这清凉的夜色里，秋天的月色凉凉的。天是湖的影子；湖是天上的景致。

【赏析】

"牧庵"是元代著名文人姚燧的号。姚燧是刘致的老师，对刘致有知遇之恩，所以题目中会有一个"侍"字。此曲写的就是姚、刘二人秋夜泛舟对饮的情形。

曲的格律知识

元曲的用韵特点

元曲的用韵特点可以概括成十六个字：平仄通押，一韵到底，密韵为主，不忌重韵。

所谓平仄通押是说很少有只押一种声调的曲子，绝大部分曲子都是四声通押。一韵到底是指不管小令还是套曲，不管曲的篇幅有多长，都要一个韵押到底，中间不能换韵。至于押韵的位置，每支曲子都有自己的规定。以密韵为主则是说，曲子使用密韵已成为一种惯例，一些文人甚至连曲谱中不要求用韵的地方也押上韵（这种情况被称作"赘韵"），在元曲中句句押韵的情况非常常见，隔句用韵的情况就很少，唐诗宋词都不如元曲这般用韵密集。与此同时，诗词都忌讳同一个字反复入韵，曲却不忌重韵，越是篇幅长的曲子，重复使用同一个字入韵的情况就越多。

曲子的前三句分别从触觉、嗅觉、视觉，描绘美好的秋夜，通过"微""幽"营造出静谧的氛围。但"红云十里波千顷"，西湖之美并未被深沉的夜色隐藏，相反还在夜色的映衬下显现出一种朦胧娇柔的美。"云"轻且缥缈，用"红云"喻夜色下的荷花，十分巧妙。

"绮罗馨，管弦清"写出了曲中人闲逸悠然的心情，他们泛舟观景，不知不觉中也成了景的一部分。"兰舟直入空明镜"，曲中人恍若进入如梦似幻之境，深深地沉醉在西湖之景中。而从"空明镜"开始，曲子发生了变化，其中的景物由密转疏，意境也由实转虚。后三句总共只写了天、月、湖，碧天冷月的疏淡清远和"红云十里波千顷"的温柔妩媚截然不同。

在清冷的月光下，水与天互为镜子，彼此映照，人分不清哪是天之景，哪是湖之景，这不能不让读者浮想联翩。整首曲子清幽空灵，意趣盎然，作者成功地表现出夜中西湖安静柔媚、宛若幻境的特点。

朝天子 邸万户席上①

◎刘 致

柳营②，月明，听传过将军令。高楼鼓角戒严更③，卧护得边声静④。横槊吟情⑤，投壶歌兴⑥，有前人旧典型⑦。战争，惯经，草木也知名姓⑧。

【注释】

① 邸（dǐ）万户：邸万户是作者的好朋友邸元谦，万户是元代三品世袭军职。② 柳营：细柳营之省。《史记·绛侯世家》："文帝后六年，匈奴大入边。乃以宗正刘礼为将军，军霸上；祝兹侯徐历为将军，军棘门；以河内守（周）亚夫为将军，军细柳，以备胡。上自劳军，至霸上及棘门军，直驰入，将以下骑送迎。已而至细柳军，军士吏被甲，锐兵刃，彀弓弩，持满，天子先驱至，不得入。……文帝曰：'嗟乎！此真将军矣！曩者霸上、棘门军，若儿戏耳。'"后因以"细柳营"为军纪严明、战斗力强的代称。③ 严更：警戒夜行的更鼓。④ 边声静：边塞上的各种声音，如风声、马鸣声、笳鼓声之类都静悄悄的，表示边境很宁静，没有战事。⑤ 横槊吟情：形容文武双全的大将风度。苏轼《前赤壁赋》："方其（指曹操）破荆州，下江陵，顺流而东也，舳舻千里，旌旗蔽空，酾酒临江，横槊赋诗，固一世之雄也。"⑥ 投壶歌兴：投壶是我国古代宴会时的一种娱乐。《礼记·投壶》篇说，以壶口为目标，用矢投入，以投中多少决胜负，负者要罚酒。⑦ 典型：模范，样板。⑧ "草木"句：极言将军的声誉。黄庭坚《送范德孺知庆州》："乃翁知国如知兵，塞垣草木识威名。"此用其意。

【译文】

军营纪律严明，月光明亮，军帐中依次传过了将军的命令。高楼上响起更鼓和号角，半夜还在戒严。在将军的守护下，边塞上一片宁静。将军文武双全，扔开酒壶就唱歌，真有古人的风采。战争，经历惯了，就连花草树木都知道了将军的名字。

【赏析】

此曲反映了刘致豪放的一面。大约在1131年，刘致的好友邸元谦驻军杭州。刘致遂写此曲赠予友人。在此曲中，刘致着重表现友人治军有方。"卧护得边声静"既表现友人治军之严——无人敢违背戒严号令制造声响，又表现出友人治军之功——边境万无一失，一片安宁。"横槊吟情"是赞友人文武双全，"投壶歌兴"则尽显友人豪放之姿。曲末的"草木也知名姓"则出自成语"草木知威"，作者借此强调友人功勋赫赫，威名远扬。

全曲虽洋溢着对友人的称赞，但由于节奏明快，曲风俊朗，未有丝毫谄媚造作之嫌。

山坡羊 与邸明谷孤山游饮

◎刘 致

诗狂悲壮，杯深豪放，恍然醉眼千峰上。意悠扬，气轩昂，天风鹤背三千丈，浮生大都空自忙①。功，也是谎；名，也是谎。

【注释】

① 浮生：人生。古代老庄学派认为人生在世空虚无定，故称人生为浮生。

【译文】

诗歌狂放悲壮，酒装满深深的酒杯，我们满腹豪情，恍忽之间醉眼朦胧，仿佛站立在千峰之上。意气悠扬，气宇轩昂，野鹤乘着天上的大风高飞千丈。人这一生都在白忙。什么功勋名望，都是在说谎。

【赏析】

作者和友人一边吟诗，一边饮酒。而不同于一般的文人墨客，他们不时浅酌低唱，而是放歌痛饮。男儿的慷慨之气尽在这"狂""壮"与"豪放"之中。难怪有人称刘致之曲一扫当时曲坛的脂粉之气。有人饮酒，越饮越觉胸中抑郁；有人饮酒，则越饮越觉痛快开阔。作者显然属于后者。醉眼朦胧之际，他产生了立于千峰之上的幻觉，顿时意气风发，"意悠扬，气轩昂"。

道家的代表人物庄子曾在《逍遥游》中描写过"水击三千里"的大鱼"鲲"以及背"不知其几千里也"的大鸟"鹏"，并用这两种幻想出来的庞然大物来表现博大。而在作者这里，这种动物却变成了"鹤"。这是因为，在中国古代，鹤经常被用来形容有高尚品德的人，一如成语"鹤鸣之士"。此外，鹤还总是和隐居山林的仙人联系在一起，常予人"超越世俗"的联想，在此曲中，作者颇有借鹤自喻之意，旨在说明自己志向远大，为人高洁。曲末三句乃警世之语，在作者看来，功名皆是假象，"浮生大都空自忙"，追逐假象的人到头来只会得到一场虚空。对功名的轻蔑映射出作者的超凡脱俗，人们从中也可以看作者弃红尘、尚隐士的思想特征。

端正好
上高监司［套数］（节选）

◎刘 致

　　众生灵遭磨障①，正值着时岁饥荒。谢恩光拯济皆无恙②，编做本词儿唱。去年时正插秧，天反常，那里取若时雨降③？旱魃生四野灾伤④。谷不登，麦不长，因此万民失望，一日日物价高涨。十分料钞加三倒⑤，一斗粗粮折四量⑥。煞是凄凉。殷实户欺心不良⑦，停塌户瞒天不当⑧。吞象心肠歹伎俩⑨。谷中添秕屑，米内插粗糠，怎指望他儿孙久长！甑生尘老弱饥⑩，米如珠少壮荒⑪。有金银那里每典当⑫？尽枵腹高卧斜阳⑬。剥榆树餐，挑野菜尝。吃黄不老胜如熊掌⑭，蕨根粉以代糇粮⑮。

　　鹅肠苦菜连根煮，荻笋芦莴带叶哑⑯，则留下杞柳株樟。或是捶麻柘稠调豆浆，或是煮麦麸稀和细糠，他每早合掌擎拳谢上苍⑰。一个个黄如经纸，一个个瘦似豺狼，填街卧巷。偷宰了些阔角牛，盗斫了些大叶桑。遭时疫无棺活葬，贱卖了些家业田庄。嫡亲儿共女，等闲参与商⑱，痛分离是何情况！乳哺儿没人要撇入长江。那里取厨中剩饭杯中酒？看了些河里孩儿岸上娘，不由我不哽咽悲伤。见饿殍成行街上⑲，乞丐拦门斗抢。便财主每也怀金鹄立待其亡⑳。感谢这监司主张，似汲黯开仓㉑。

　　披星带月热中肠，济与鳏亲临发放。见孤孀疾病无饭向，差医煮粥分厢巷。更把赃输钱分例米，多般儿区处的最优长㉒。众饥民共仰，似枯木逢春，萌芽再长。

【注释】

① 磨障：折磨，障碍。② 恩光：犹"恩德"，此指高监司放赈救民。③ 取：语助词，相当于现代汉语中的"得""着"。时雨：下得正是时候的好雨。④ 旱魃(bá)：旱神。《神异经》："魃所见之国大旱，赤地千里。"⑤ 料钞：元初发行的新币，它是以丝料作本位的，故名"料钞"。加三倒：旧钞兑换新钞，要加三成，这是说钞票贬值。倒：兑换。⑥ 折四量：打四折计算。这是因为钞票贬值，买粮时只能打个四折。⑦ 殷实户：富裕户。殷实，富裕，厚实。⑧ 停塌户：囤粮户。元代有"塌仓"，即堆栈。停塌，就是停积起来的意思。⑨ 吞象心肠：比喻贪得无厌的心。《山海经·海内南经》："巴蛇食象，三岁而吐其骨。"⑩ 甑生尘：形容贫苦人家断炊已久。典出《后汉书·范冉传》："(冉)所止单陋，有时绝粒。……闾里歌之曰：'甑中生尘范史云。'"⑪ 米如珠：形容物价昂贵。⑫ 那里每：犹言"怎么""何处"。⑬ 枵(xiāo)腹：饿着肚皮。枵：空虚。⑭ 黄不老：一种野菜。熊掌：一种珍贵的食品。⑮ 糇粮：干粮。⑯ 荻笋、芦莴：皆野生植物。咂：同"嘡"，吞、咽的意思。⑰ 上苍：天，上帝。⑱ 等闲参与商：随便分离。等闲，轻易，随便。参、商，二星名，一西一东，此出彼入，永远不能相见。这是借以喻骨肉分离。⑲ 饿莩(piǎo)：饿死的人。⑳ 鹄(hú)立：谓如鹄之延颈而立，形容焦切的期待。《后汉书·袁绍传》："今整勒士马，瞻望鹄立。"鹄：天鹅。㉑ 似汲黯开仓：汲黯，字长儒，西汉有名的直臣，多次犯颜敢谏，面折廷过。《史

记·汲黯列传》："河南贫人伤水旱万余家，或父子相食，臣（汲黯）谨以便宜，持节发河南仓粟以赈贫民。"这里指的是这件事。㉒ 区处：分别处置。

【译文】

世间生灵遭受磨难，正碰着这饥荒之时。多谢您的救济，让我们都安然无恙，我把这事儿编成词唱一唱。

就在去年插秧的时候，气候反常，哪里下过及时雨？旱灾四起，到处受灾，谷子麦子都不长，所以百姓们都大失所望。物价一天天上涨，十分料钞加三成才可换新钞，交粮租时一斗里要减去四升核算，很是凄凉。富庶的人家居心不良，囤积粮食，伤天害理。他们有蛇吞象般的贪心，手段歹毒，在谷子里中掺瘪谷，在米里放粗糠，他们真该绝子绝孙啊！

穷人的甑里都铺满了灰尘，米如珍珠一般金贵，壮年、孩子都熬着饥荒，哪还有东西拿去典当？人们一个个都空着肚子躺倒在夕阳里，剥下榆树皮来吃，找一些野菜来尝。吃黄不老都觉得比熊掌还甘美，用蕨根磨成粉来代替干粮。鹅肠菜虽苦，也要连根一起煮，荻笋、芦莴全带着叶子一起吃。地里只剩下杞柳和樟树没被人吃了。

有时捶出些麻柘汁和豆浆一起喝，有时用

麸皮和糠粒一起煮着吃，能这样老百姓就会合起手掌感谢上苍了。人们一个个脸色黄得像书纸，身体瘦得像豺狼，填满了街道，睡满了小巷。有人偷偷地杀掉了耕牛，有人盗砍桑树。有人被流行病夺去性命却没棺材下葬，只好低价卖掉自己的家产。亲生子女无端便远隔天涯了，骨肉分离是多么让人难忍的事情！那些还在喝奶的孩子没人要，都被扔进了河里。到哪里去找人家厨房里的剩饭剩菜啊？看到河中的婴儿和岸上的母亲。我不由得伤心痛哭起来。

我看见饿死者的尸体一行行排列在街上，乞丐拦在人家门前争抢人家的施舍。就算是有钱人也买不到吃的抱着钱伸颈张望，等待死亡。感谢官老爷为民做主，像汲黯那样开仓赈灾。您披星戴月，古道热肠，亲自发放救灾粮。看到孤儿寡妇患病无依，就叫医生煮好粥上街巷里分发。您公平合理地处置收上来的罚款并按规定分发，很多事情也都各个处理的很好。灾民们都仰仗着您，就像枯树又遇到了春天，又长出新芽来了。

【赏析】

刘时中的这首曲子和其他元曲多吟风弄月、感伤离别不同，作者采用铺陈对比的手法，把当时江西农村的旱灾饥荒一事描述了下来，作者的爱憎分明、忧心百姓都是值得称赞的。此曲在中国散曲历史上，或者说整个中国文学史上，都是很有价值的作品。

这套曲子分上、下两套，这里选的是上套的前十支小令，真实地记录了旱灾的形成过程，及在这场灾祸中饿殍遍地、民不聊生的悲惨境况，也揭露了当时的地主豪绅为富不仁、巧取豪夺的卑劣行径，同时还歌颂了高监司开仓放粮、扶危济困、下散官员赃款于民的一系列功绩。

据可靠记载，当时身为江西监司的高纳麟，在离任之际，刘时中作此曲以赞美其德政。曲首段"众生灵遭磨障，正值着时岁饥荒。谢恩光拯济皆无恙，编做本词儿唱"是根据江西"时岁饥荒"的史实得来。"遭时疫无棺活葬，贱卖了些家业田庄。嫡亲儿女共商，等闲参与商，痛分离是何情况！乳哺儿没人要撇入长江"更是把当时人民群众在死亡线上苦苦挣扎的现象，真实深刻地写了出来，与此同时也揭露了贪官污吏、土豪劣绅的贪婪卑劣、丧失人性的丑恶嘴脸。这在一定程度上，也反映了元代社会的黑暗面。

在灾难面前，其他官吏富贾都借机鱼肉百姓，中饱私囊，肆意哄抬物价，而高纳麟监司则是"披星带月热中肠，济与粜亲临发放"，眼见"孤孀疾病"，也是"差医煮粥分厢巷"，还把贪官污吏所得的不义之财分散于百姓，故而群众拥戴，呼其英明。

只是虽然有清廉的高监司到来救民于水火，但像他一样的官员又是何其之少。此曲语言通俗易懂，情感质朴，不加藻饰。虽然作者的阶级局限性仍有体现，但是也并不影响此曲称为散曲中反映民情的重要作品。

蟾宫曲

◎阿鲁威

理征衣鞍马匆匆，又在关山，鹧鸪声中。三叠阳关①，一杯鲁酒②，逆旅新丰③。看五陵无树起风④，笑长安却误英雄。云树蒙蒙，春水东流，有似愁浓。

⊙作者简介⊙

阿鲁威，生卒年不详。字叔重，号东泉，蒙古族人。曾任泉州路总管、经筵官、翰林侍讲学士、参知政事等职位。在天历初年辞掉官职，往杭州居住。其散曲多以叹世谴怀为题材，今存小令十九首，感情真挚，风格质朴，意境高远，语言典雅。《太和正音谱》形容其曲"如鹤唳青霄"。

【注释】

① 三叠《阳关》：唐王维《送元二使安西》，有"劝君更尽一杯酒，西出阳关无故人"的名句。全诗四句，后人反复叠唱用作送别曲，称《阳关三叠》。② 鲁酒：春秋时鲁国所酿酒，味薄。③ 逆旅新丰：唐代名臣马周未做官时客游长安，住在新丰旅舍中，受尽店主人白眼。逆旅，旅舍。新丰，在今陕西临潼县东。④ 看五陵无树起风：语出杜牧《登乐游原》："看取汉家何事业？五陵无树起秋风。"五陵，西汉高祖长陵、惠帝安陵、景帝阳陵、武帝茂陵、昭帝平陵，均在长安一带。

【译文】

整理好行装，骑上马匆匆出行，我在关山路途中，又听到了鹧鸪的啼声。送别的歌儿唱了一遍又一遍，一杯淡薄的水酒喝下肚，我打量着这新丰旅社。看那一座座王陵已经荒芜，没有一棵树，还吹起了大风，真该笑长安这地方，耽误了多少英雄的一生。远方的树木在云烟里濛濛一片，春天里河水向东边滚滚流去，

就像我心中浓重的愁情一样。

【赏析】

曲子抒写旅途之中的愁怀。前三句先从纪行着笔。又一次匆匆整理好鞍马征衣，于鹧鸪啼声中面对关山茫茫；又一次饮下送别之酒，于友人《阳关三叠》的歌声中踏上征程。奔波辗转如能同当年马周一样得到回报、最终出人头地本也是值得的，怕就怕劳苦多时却还是得不到一展抱负的机会；而作者正在此类。"看五陵无树起风，笑长安却误英雄。"此两句饱含作者对历史的感慨和对自己为功名而奔走的嘲弄。这一望一笑中，寄寓着他的无限的感慨、惆怅，还有些许的自嘲，因为知人善任之君已经远去，时光如水兀自流逝，只有他徘徊在人生路上，看不清前路，看不到希望。末二句借景抒情，满目苍凉和悲怆。

寿阳曲

◎阿鲁威

千年调，一旦空，惟有纸钱灰晚风吹送。尽蜀鹃血啼烟树中，唤不回一场春梦①。

【注释】

① 春梦：比喻美好辉煌的往日。

【译文】

一千年的长远计划，一旦失败，就只剩纸钱灰被晚风吹走了。就算到处都是杜鹃在烟雾迷离的树林里叫到吐血，也唤不回一场春梦。

【赏析】

看到生与死在瞬间转换是人生最为痛苦的事。在作者看来，一些人生前通过钻营而获得名利，并且还煞费苦心地为后代计划，想要在死前把子孙家族千年后的路都安排好，这些其实都徒劳的，只会随着死后纸钱灰一同消散在风中。作者在这里用了望帝春心托杜鹃的典故，借望帝化鹃后日夜悲鸣终究是于事无补来告诉人们：人死后万事皆空，即使如杜鹃鸟般地呼唤，也唤不回那一场春梦。曲中"惟有"与"尽"相衬，显示了作者的主观感受，曲子坦露直率的特点可见一斑。

全曲采用劝世的口吻，在对比中予以警示。开篇先进行时间上的对比，蜀鹃哀鸣是千年复响，而人生毁于一旦，一长久，一短暂，使人更感人世的不易。然后用易散的烟和无形的梦来描绘人生的无常，而唯有耳边啼血的哀鸣是真实所闻，这是无形有声的对比。全曲在对比中无比鲜明地表达了主题。

湘妃怨

◎阿鲁威

夜来雨横与风狂，断送西园满地香。来蜂蝶空游荡，苦难寻红锦妆。问东君归计何忙①？尽叫得鹃声碎，却教人空断肠。漫劳动送客垂杨。

【注释】

① 东君：司春之神。

【译文】

夜晚吹着大风，下着大雨，把西园的花儿打落一地。蜜蜂蝴蝶飞来，到处游荡，也找不着那红衣美人般的花丛了。春神啊，为什么这么忙着回去！到处都是杜鹃，叫得声音都碎了，却教人徒然肝肠寸断，无端地让那些给人送行的流水忙碌不停。

【赏析】

此曲可谓散曲中婉约抒情派的代表之作。开篇四句，分别以"夜来"和"晓来"展现了两幅画面：一个是暮春夜晚，风雨肆虐，"横""狂"二字更是极言其气势汹汹；次日清晨，落花满地，残蜂剩蝶空徘徊。曲子头两句作者并没有直言风雨大作的细节，而是以第二天清晨的惨败景况，反衬其过程，说其"断送"了西园的满地香，说蝴蝶蜜蜂只能"空游荡"，很明显这样的形容是带有作者的主观感情色彩的，蜂蝶春花本无知，"苦难寻红锦妆"一句即是作者这种情绪的外化。

接下来的一问，有感叹，有无奈，也有愁苦心痛，作者把春天的归去拟作"东君"操控，甚至那"东君"还残忍地把啼鹃和垂杨这两个极易引发人愁绪的事物留了下来，使得作者肠断心碎。杜鹃鸟的叫声如同在说"不如归去"，垂杨自古便是送别的象征；可见作者两种愁绪并作的痛苦心情。

蟾宫曲

◎阿鲁威

　　问人间谁是英雄？有酾酒临江①，横槊曹公。紫盖黄旗②，多应借得，赤壁东风③。更惊起南阳卧龙④，便成名八阵图中⑤。鼎足三分，一分西蜀，一分江东。

【注释】

①"有酾（sī）酒"二句：苏轼《前赤壁赋》写曹操："酾酒临江，横槊赋诗，固一世之雄也。"酾酒，斟酒。槊，长矛。②紫盖黄旗：两种象征王者的云气。三国魏黄初四年（223），东吴使者陈化来到洛阳，魏文帝曹丕要他说说魏吴对峙的结果，陈化回答："紫盖、黄旗，运在东南。"此即指东吴定国。③"多应"二句：建安十三年（208）冬，东吴周瑜于赤壁（今湖北蒲圻西北）大破曹军，阻止了曹操向江南的推进。赤壁大战使用了火攻，故后人小说有"借东风"的渲染。④南阳卧龙：诸葛亮汉末隐居南阳隆中（今湖北襄阳西），自比管仲、乐毅，

人称卧龙先生。⑤"便成名"句：杜甫《八阵图》："功盖三分国，名成八阵图。"八阵图，聚石为天、地、风、云、龙、虎、鸟、蛇八阵，用于军事，传为诸葛亮所布作。《三国志·诸葛亮传》："推演兵法，作八阵图。"

【译文】

　　问人世间谁算得上英雄人物？有在江边喝酒，横着长矛吟诗的曹操。紫盖黄旗这预兆着孙权建立霸图的云气，也多亏借助了赤壁的东风（才得以成为现实）。最脱颖而出的，要算南阳的诸葛亮了，他的八阵图留名千古。三分天下，一部分分给了蜀汉，一部分分给了东吴。

【赏析】

　　本曲开篇即用设问领起下文，"问人间谁是英雄？"直白自然质朴，豪气满怀。接下来具体铺陈，列举众所周知的事实一一道明，排出三位英雄人物曹操、孙权、诸葛亮。然后层层推论，分别评点，在递进的基础上得出最后结论。

　　论曹操，借苏东坡之言予以肯定，横槊赋诗，确为一代枭雄。论孙权，"紫盖黄旗"的定论毋庸置疑确定了他的英雄地位。但一个带猜测意味的词语却使孙权的英雄定论带上一种疑问色彩，"多应"相当于"多半是因为"，一种贬抑之情暗含其间。李白《赤壁歌送别》诗："二龙争战决雌雄，赤壁楼船扫地空。烈火张天照云海，周瑜于此破曹公。"大肆渲染烈火的作用。而杜牧在《赤壁》中更是直言孙权取得胜利是借天气之便："折戟沉沙铁未销，自将磨洗认前朝。东风不与周郎便，铜雀春深锁二乔。"接下来用一个"更"字提起诸葛亮。单只此一字，作者的尊崇对象就明白无误地展现在读者面前。"惊起"一词，赋予人物情态，证明天下无人，能人辈出，诸葛亮一举成名。最后再化杜甫之诗点明其三分天下之功，尊崇作结。

　　作者评断客观，不落窠臼，全文一气呵成，雄浑沉郁。

般涉调 哨遍 看钱奴

◎钱 霖

试把贤愚穷究，看钱奴自古呼铜臭①。徇己苦贪求，待不教泉货周流②。忍包羞，油铛插手③，血海舒拳，肯落他人后？晓夜寻思机彀④，缘情钩距⑤，巧取旁搜。蝇头场上苦驱驰⑥，马足尘中厮追逐，积攒下无厌就。舍死忘生，出乖弄丑。

〔耍孩儿〕安贫知足神明佑，好聚敛多招悔尤⑦。王戎遗下旧牙筹⑧，夜连明计算无休。不思日月搬乌兔⑨，只与儿孙作马牛。添消瘦，不调裀鼎⑩，恣逞戈矛。

〔十煞〕渐消磨双脸春，已雕飕两鬓秋。终朝不乐眉长皱，恨不得柜头钱五分息招人借，上祖一周年不放赎⑪。狠毒性如狼狗，把平人骨肉，做自己膏油。

〔九煞〕有心待拜五侯⑫，教人唤甚半州⑬。忍饥寒攒得家私厚。待垒做钱山儿倩军士喝号提铃守⑭，怕化做钱儿请法官行罡布气留⑮。半炊儿八遍把牙关叩⑯，只愿得无支有管，少出多收。

〔八煞〕亏心事尽意为，不义财尽力掊⑰，那里问亲兄弟亲姊妹亲姑舅。只待要春风金谷骄王恺⑱，一任教夜雨新丰困马周⑲。无亲旧，只知敬明眸皓齿⑳，不想共肥马轻裘㉑。

〔七煞〕资生利转多，贪婪意不休，为锱铢舍命寻争斗㉒。田连阡陌心犹窄，架插书眼不瞅。也学采东篱菊，子是个装呵元亮㉓，豹子浮丘㉔。

⊙作者简介⊙

钱霖，生卒不详，大约生活在1317年前后。字子云，后为道士，改名抱素，号素庵，松江（今上海）人。其人博学多才，擅长作曲，不为世用，以"语极工巧"见称。曾建"封云""可月"二斋。晚年居浙江嘉兴，筑"藏六窝"。明代贾仲明称其"弃俗中路戴黄冠，草履麻绦袖袍宽，《江湖情思》三千段，屡清风明月，尝集醉余兴多端。白雪黄茅煅，坎离频倒般，素庵中稳坐蒲团"。与徐再思有交，编有散曲集《江湖清思集》，著有《渔樵谱》《醉边余兴》等。明代朱权《太和正音谱》将其列于"词林英杰一百五十人"之中。

〔六煞〕恨不得扬子江变做酒，枣穰金积到斗㉕。为几文赙背钱受了些旁人咒㉖，一斗粟与亲眷分了颜面，二斤麻把相知结下寇仇。真纰缪㉗，一味的骄而且吝，甚的是乐以忘忧㉘。

〔五煞〕这财曾燃了董卓脐㉙，曾枭了元载头㉚，聚而不散遭殃咎。怕不是堆金积玉连城富㉛，眨眼早野草闲花满地愁，干生受。生财有道，受用无由。

〔四煞〕有一日大小运并在命宫㉜，死囚限缠在卯酉甚的散得疾子为你聚来得骤。恰待调和新曲歌金帐，逼临得佳人坠玉楼㉝。难收救，一壁厢投河奔井，一壁厢烂额焦头。

〔三煞〕窗格每都飐飐的飞，椅桌每都出出的走，金银钱米都消为尘垢。山魈木客相呼唤㉞，寡宿孤辰厮趁逐喧白昼㉟，花月妖将家人狐媚，虚耗鬼把仓库潜偷㊱。

〔二煞〕恼天公降下灾，犯官刑系在囚，他用钱时难参透。待买他上木驴钉子轻轻钉㊲，吊脊筋钩儿浅浅钩。便用杀难宽宥㊳，魂飞荡荡，魄散悠悠。

〔尾〕出落他平生聚敛的情㊴，都写做临刑犯罪由。将他死骨头告示向通衢里甓㊵，任他日炙风吹慢慢朽。

【注释】

① 看钱奴：元人对于悭吝者人的通称。铜臭：是骂那些富有钱财而品质卑鄙的人物的话。② 泉货周流：金钱的流通。泉货，钱。③ 油铛（chēng）：油锅。④ 机彀（gòu）：机关，圈套。这里指贪求钱财的各种窍门。⑤ 缘情钩距：随机攫取的意思。缘情，随着不同的情况而变换手段。钩距，一作钩巨，钩取到手的意思。⑥ 蝇头场上：指有小利可逐的地方。下句的"马足尘中"义同。⑦ 悔尤：祸患。⑧ "王戎遗下"句：王戎，晋临沂人，为当时竹林七贤之一，也是著名的看钱奴。《晋书·王戎传》载："戎性好兴利，每自执牙筹，昼夜算计，恒若不足。"牙筹，牙骨做的筹签。⑨ 不思日月搬乌兔：意说不考虑时光的快过。乌，指太阳。兔，指月亮。⑩ 不调裀鼎：意为不顾自己衣食。裀，夹衣。鼎：古代烹饪的器物。⑪ 祒：贴身衣物。从句中意思看，当指当铺中货架上顾客的当物。⑫ 有心待拜五侯：意为想做高官。五侯，五等诸侯，即公、侯、伯、子、男；这里泛指高官。

⑬教人唤甚半州：要人叫他什么半州。元代有些大地主往往被人叫作某半州，意说他占有半个州县的田地。⑭"待垒做"句：等积累了很多钱请军士替他守护。倩，义同请。⑮"怕化做"句：怕钱飞走请道士作法留住。法官，迷信活动中耍弄法术的道士。行屌布气，指道士弄法术。罡即罡风，道家指高空的风。⑯半炊儿八遍把牙叩：顷刻间便敲了八遍牙关，形容为聚敛钱财而苦苦思索的样子。半炊儿，煮半顿饭的工夫。⑰掊（pǒu）：聚敛。⑱只待要春风金谷骄王恺：意为只顾自己得意骄奢。春风，指得意的时候。金谷，金谷园，晋人石崇所建，故址在今河南洛阳县西北。《晋书·石苞传》载，石崇巨富，财产丰积，室宇宏丽，"与贵戚王恺、羊琇之徒以奢靡相尚。恺以饴沃釜，崇以蜡代薪；恺作紫丝布步障四十里，崇作锦步障五十里以敌之；崇涂屋以椒，恺用赤石脂。崇恺争豪如此。"⑲"一任教"句：据《新唐书·马周传》载，马周未得志时曾在新丰旅店遭冷遇。李贺《致酒行》："吾闻马周昔作新丰客，天荒地老无人识。"⑳只知敬明眸皓齿：意为只知要钱追欢买笑。明眸皓齿，指美人。㉑不想共肥马轻裘：意为有肥马轻裘，不愿借给朋友用。㉒锱铢：锱和铢都是古代极微小的重量单位，六铢等于一锱，四锱等于一两。㉓"也学采东篱菊"二句：意说他们也学陶潜的采菊东篱，其实是骗人的。元亮，陶潜字。装呵，意指装模作样。㉔豹子浮丘：意说表面装伸很清高，骨子里比豹子还狠。豹子是宋元时对一些凶狠的人所起的外号。浮丘，指传说中仙人浮丘伯。㉕枣穰（ráng）金积到斗：积累了成斗的金子。枣穰金，赤金；枣穰即枣肉，形容赤金的颜色。㉖赙（dàn）背钱：赙是装书画的轴；赙背钱，疑是指像轴头那样小的钱。㉗纰缪（pī miù）：错误。㉘甚的是：什么是，那里是。㉙燃了董卓脐：董卓残暴贪婪，据说死后被守尸者在其肚脐中点灯，光明达旦。㉚枭了元载头：元载，唐凤翔岐山人，肃宗、代宗时官至同中书门下平章事，权倾内外，聚敛财宝，资货不可胜计。大历十二年（777）三月，被杖杀禁中。（见《旧唐书·元载传》）枭：古代刑法，即斩首。㉛连城富：形容财富之多，价值连城。㉜"有一日大小运"二句：这是旧时的迷信说法，意说总有一天倒霉受罚。命宫，古时星命家的词汇。㉝"恰待调和新曲"二句：正准备调和新曲在金帐下歌舞取乐，却不料逼得佳人跳楼自杀。这暗用石崇妾绿珠坠楼自杀事。㉞"山魈木客"二句：意说遭到妖魔的侵袭和厄运的追迫。山魈（xiao），动物名，猴的一种。木客，是山魈的别名。但当时人们把它看作山林中的妖怪。㉟寡宿孤辰：是星命家的说法，意是命中注定要孤寡的。㊱"花月妖"二句：意说花月妖媚惑他的子弟，虚耗鬼暗偷了他的仓库。花月妖指娼妓一类人物；虚耗鬼指败家子之类。㊲上木驴钉子轻轻钉：元代有二种酷刑，把罪人钉在四脚凳上凌迟处死，木驴即指这种凳子。上"钉"字作名词，平声；下"钉"字作动词，去声。㊳便用杀难宽宥：意思是即使用尽了金钱想买通别人，以便减轻刑法，也难得别人的原谅。㊴出落：显现、表现。㊵将他死骨头告示向通衢里甃（zhòu）：意说把他的尸骨放在大街上示众。甃字作动词用，堆放意。

【译文】

咱尝试着把贤人愚人深深探讨一下。守财奴自古以来就满身铜臭。他们只顾自己，贪心不足，让金钱不得流通。他们不顾羞耻，油锅里都敢伸手，血泊中施展工夫，哪里肯落在别人后面？不分白天夜晚地寻找发财的歪门邪道，投机倒把，巧取豪夺。为一些蝇头小利而苦苦奔波，在红尘中互相厮斗，只管积攒金钱，贪得无厌。他们不顾生死，还洋相百出。

安于贫困，懂得满足，神明才会庇佑你。贪好搜敛财富，常常会招致祸患。王戎给我们留下的，只有关于他那牙骨做的筹签的笑谈，他只会夜以继日地不停算计。也不管日月交替，时光飞逝，只给儿孙当牛做马去了。日益消瘦，也不顾自己的衣食，整天都在争斗。

脸上的春色已经消磨掉了，两鬓也生出了白发。整天闷闷不乐，久久地眉头紧锁，巴不得柜子里的钱有人按五分的利息借出去，人家典当的上衣一年也不来赎回去。他们狠毒的性情像狼狗一样，把平民百姓的骨肉，都变成自己身上的油水。

有心要去做高官，还要人家叫他什么半州。忍饥挨冻也要把家里的财产积攒得更多。等钱多得堆成山了，就请军士吹铃摇铃替他守护。怕钱飞走，又请道士作法留住。做顿饭工夫的一半时间就八次咬紧牙关，只想着不支出就有人管，少付出多收成。

做尽了亏心事，全力地求取不义之财，哪里管什么亲生兄弟姐妹姑姑舅舅！只盼着自己能春风得意，能像石崇一样建个金谷园，向王凯炫耀，哪里管新丰旅店里被夜雨困住的马周那样的潦倒者？眼里根本没有亲人旧交，只会拿钱买美人笑，从来不会跟身边人分享。

高利贷越放越多，但仍然贪婪无比，不知停止，为了几分几厘而不要命地争斗。田地连成了大片，却心胸狭窄；书架上插满了书，但从来不看。他们也学着陶潜一般采采菊花故高雅，实际上却只是个假装出来的陶渊明，隐藏着虎豹心肠的假浮丘。

他们恨不得长江水变成酒，积累成斗的金子。为一些象轴头那样小的钱而甘受旁人的咒骂，为了一斗米和亲人翻了脸，为了二斤麻就和好朋友结下了仇恨。真是荒谬！一味骄横而又吝啬，哪里知道什么是在快乐中忘记忧愁！

这钱曾经让董卓被人在肚脐中点灯，曾让元载被砍了头颅。只顾聚敛，不知散发，只会遭殃。只怕成不了金玉成堆，富甲全城，眨眼间就只剩野草野花，让人满心愁绪了，也只能活生生忍受。发财发得合乎规矩，才能受用无穷啊。

总有一天你会倒霉受罪的。那时节，正是你在准备调和新曲在金帐下歌舞取乐的时候，却不料逼得佳人跳楼自杀。你根本就没法挽救，这头，人家跳河跳井，那边，人家撞墙撞得头破血流。

窗户纸被风得呼啦啦地飘，桌椅自己在突突地走，家里的金银财米都变成了灰尘。妖魔鬼怪纷纷来追你，厄运来袭。孤寡运跟着他们，那些娼妓们来媚惑你的家人，败家子把你

积攒下的钱都偷走了。

你的行径惹恼了老天，他降下了灾难；你违反王法，被抓进牢狱。用钱也不能打通关节。你这钱财啊，只买来了人家拿着钉子在木驴上把你轻轻地钉，用钩人脊骨的钩子一点点望你肉里钩。使用尽了金钱想买通别人，以便减轻刑法，也难得别人的原谅，最后只能魂飞魄散。

最后他只落得将平生敛财之事，写成临刑钱的判罪状纸，将他的死尸堆放在大街上让街上的人看，任凭风吹日晒，慢慢腐朽。

【赏析】

据元代陶宗仪《南村辍耕录》载，这支曲子其实是有所指的，是对当时野蛮剥削者丑恶行径的揭露，曲中"徇己苦贪求，待不教泉货周流"便是指的这类封建土财主。作品以酣畅淋漓的风格把土财主种种恶德和丑陋面貌，以铺张的笔法展露了出来，表现了作者对其行为品格的深恶痛绝。

为了钱财，他们可以把手伸向滚烫的油锅，可以在血海中拼抢；他们日夜思量，处心积虑，一点蝇头小利也锱铢必较，越是有钱也就越贪婪。六亲不认是常有的事情，不义之财也敛得心安理得，"狠毒性如狼狗，把平人骨肉，做自己膏油。"已经达到这个程度了，还摆出一副道貌岸然的模样。

作者运用了大量的夸张手法，全曲嬉笑怒骂，可见出家之人，也并非不食人间烟火，在曲文前半部分完成对剥削者行为的刻画后，作者接着便开始铺叙其惨烈后果，从［五煞］起，一一列举了这类人的种种下场：董卓满怀私欲、曾大肆搜刮金银财宝，把自己养得胖如肥猪，死的时候被人在肚脐上点灯；唐代权臣元载，刻剥聚敛、贪婪无比，后来也被斩首示众；西晋富豪石崇，爱妾跳楼，自己最后也身陷牢狱。以"生财有道"始，却是"受用无由"终。

作者的这种情感，不能说完全是出于个人恩怨，或许这正是元朝的一批正义之士的心生，而作品所讽刺的对象，也概括了元代社会中这类人身上的一种共性。而曲子后半部分，说剥削者将要败灭之时，等待他们的，将是"飑飑"飞的窗户，"出出"走的桌椅，所有的金银钱米都化成了尘埃。曲子的尾声便是他们下场的概括为："出落他平生聚敛的情，都写做临刑犯罪由。将他死骨头告示向通衢里整，任他日炙风吹慢慢朽。"

正如马致远［双调·夜行船］《秋思》中所说："看钱奴硬将心似铁。"可见这种思想情感，在元代的正义之士的内心是相通的。

折桂令 席上偶谈蜀汉事因赋短柱体

◎虞集

鸾舆三顾茅庐①，汉祚难扶②，日暮桑榆③。深渡南泸④，长驱西蜀，力拒东吴。美乎周瑜妙术，悲夫关羽云殂⑤。天数盈虚⑥，造物乘除⑦。问汝何如？早赋归欤⑧。

【注释】

① 鸾舆：皇帝的车驾，亦指代皇帝。此处指代刘备。② 祚：皇位。③ 桑榆：指日暮时，因日暮时夕阳光照在桑树和榆树梢上。古人据此又用以比喻人的暮年垂老之时。④ 泸：泸水，今金沙江。⑤ 云殂：死亡，云为语气助词。⑥ 天数：天命。盈虚：圆缺。⑦ 造物：指主宰创造大自然万物的神灵。乘除：增减。与"盈虚"意近，都是指此消彼长的变化。⑧ 归欤：即归家吧。欤，语气助词。

【译文】

刘备亲自出马，三顾茅庐请出诸葛亮，无奈汉室气数已尽，如同日落桑榆，难以扶持了。诸葛亮南下五渡泸水，远赴西南蜀地，全力抗击东吴。周郎巧妙计策真是好啊，关羽的死亡又多么令人悲叹！天命的变化自有定数，造物主也自有安排。我问你，你又能怎样呢？还是早些儿回老家去得了。

◎作者简介◎

虞集（1272—1348），字伯生，号道园，人称邵庵先生，仁寿（今属四川省眉山市仁寿县）人。自幼聪颖好学，曾以理学家吴澄为师。成宗大德初年被引荐为大都路儒学教授、国子助教，求学者甚多。仁宗时，任集贤修撰、翰林待制。文宗时，又任翰林侍讲学士、通奉大夫，领修《经世大典》。著有《道园学古录》《道园遗稿》。与揭傒斯、柳贯、黄潘并称"元儒四家"；诗与揭傒斯、范梈、杨载齐，并称"元诗四家"。

【赏析】

此曲作者虞集，素负文名，且擅长理学，是元朝"儒林四杰"之一。这首曲子的押韵方式在元代称为"短柱体"，所谓短柱体是指一句词里面，有两个或三个韵脚。据元末陶宗仪书记载，此曲是作者在一次宴席上偶然谈及三国蜀汉史迹而作就的。

作者从刘备三顾茅庐起笔，感叹命有天数，就算是诸葛亮鞠躬尽瘁地南抚夷越、西和诸戎、北拒曹魏、力阻东吴，但当面对蜀汉"日暮桑榆"的局面时，仍是无力回天。接着又赞叹有神机妙算的周瑜，悲叹关羽早早死去。这些历史尘事，作者总结为"天数盈虚，造物乘除"，展现了作者人力难胜天的宿命论思想，主张与其奋力抵抗，不如早作归计，这未免有些消极。但自古吊古便是为了伤今，可见作者对当时社会的不满，继而作曲以抒怀。

曲子文笔豪迈，自然流畅，以短短数语写尽历史沧桑，体裁别致，可谓妙语天成。

夜行船 送友归吴① ［套数］

◎李 泂

驿路西风冷绣鞍，离情秋色相关。鸿雁啼寒，枫林染泪，撺断旅情无限②。

丈夫双泪不轻弹，都付酒杯间。苏台景物非虚诞③，年前倚槛曾看。野水鸥边萧寺④，乱云马首吴山。

君行那与利名干。纵疏狂柳羁花绊，何曾畏道途难？往日今番，江海上浪游惯。

剑横腰秋水寒，袍夺目晓霞灿。虹霓胆气冲霄汉，笑谈间人见罕。

束装预喜苍头办⑤，分襟无奈骊驹趱⑥。容易去何时重返？见月客窗思，问程村店宿，阻雨山家饭。传情字莫违，买醉金宜散。千古事毋劳吊挽，阖庐墓野花埋⑦，馆娃宫淡烟晚⑧。

【注释】

①吴：指苏州。②撺断：怂恿，激成。③苏台：姑苏台，在吴县西姑胥山上。此泛指苏州。④萧寺：佛寺。⑤苍头：仆人。⑥骊驹：远行的坐骑。古逸诗："骊驹在路，仆夫整驾。"骊，黑马。趱（zǎn），赶行。⑦阖庐墓：在苏州虎丘山上。阖庐，春秋时吴国国君。⑧馆娃宫：吴王夫差为西施专造的宫殿，在苏州灵岩山上。

【译文】

征途上秋风把马鞍吹得冰冷，离别的愁绪，被这惨淡的秋光勾起。大雁在空中哀叫声音那么凄凉，枫林像染上了人的泪水一般，这一切都激起了我无限的羁旅之情。

大丈夫有泪不轻弹，把这一切都交付给举杯痛饮之事吧。姑苏台的美景是那么的真切，一年前我们曾靠着船沿一起观看。江水茫茫，沙鸥飞起，野外有一座萧条的寺庙；纵马所至，乱云簇拥着吴地的青山。

你这一行，哪里跟求取功名相干？就算纵情狂放一番，也要在寻花问柳中耽搁了行程，从以前到现在，总是路途艰难，你又哪里畏惧过？你在世间浪荡已经习惯了。

宝剑在腰间横挂着，射出秋水般寒冷的剑光，身上的锦袍如此夺目，像朝霞那样灿烂。你有冲天的志向和胆略，谈笑间就叫人感受到，你这样的人很是罕见。

好在仆人早已帮你把行装准备好，无奈的是你的坐骑急着出发，我俩就要分手了。这一去容易，只是你不知何时才能回来。你在窗前看着明月，思念着故人，你打听前程，在野店中寄宿，被大雨挡住去路，只能在某个农家吃

◎作者简介◎

李泂（1274—1334），字溉之，滕州人。曾为姚燧举荐，为翰林国史院编修，累官至奎章阁承旨学士。曾参加《经世大典》的修纂，书成后因病辞官。据说，其"骨骼清异，神情开朗，秀眉疏髯，目莹如电，颜如冰玉，唇如渥丹"，曾于济南居所建"天心水面"亭，后又于大明湖畔建别墅"超然楼"。李泂天赋秉异，文思一起，下笔如神，尝自比于李白。其有文集四十卷，所著之文新颖奇变又条理分明，《太和正音谱》将其列于"词林英杰"一百五十人之中。

些粗茶淡饭。你别忘了来信报报平安，遇上喝酒的机会，就花上一点儿薄钱。千年往事就别再凭吊惋惜了，那吴王阖庐的坟墓早被野花埋了，馆娃宫在傍晚也笼罩着一层云烟。

【赏析】

从曲名"送友归吴"来看，此曲是一首送别曲，是作者为即将"归吴"的友人所作。"离别"在古代文学中是常见的题材，但从此曲的格调上来看，"友人"的"归吴"并不是类似于"回到家乡"的惬意之行，而是一次失意的旅程，作者匠心独运，于曲文间以各种方式对朋友加以慰藉，可见其情谊之深。

开篇一段，主要是描写送别路上的景物：驿路西风、鸿雁啼寒、枫林染泪。此处的景物描写在渲染了深秋的悲凉气氛的同时，也为下文的"饯行"起到渲染烘托的作用。"离情秋色相关"一句，极好地为友人内心的长久苦闷寻找到了一种解释和借口。

作者对友人的勉励，先以一句"丈夫双泪不轻弹，都付酒杯间"共勉，除了是离别之泪，也是坎坷波折、困顿失意的慨叹之泪。从这一句为安慰朋友的豪迈之句中，可见作者的情真意切、为朋友着想的事实。接着作者又转移话题避免让友人想起那"双泪轻弹"的事情，便开始有意回顾去年曾一同游玩于苏州的情形——"野水鸥边萧寺，乱云马首吴山"。

第三、四段，则是作者对友人单方面的赞叹，先是对友人"归吴"的开解，接着又说友人潇洒不羁的行为和外表，是人间少有的贤杰俊才。"剑横腰秋水寒，袍夺目晓霞灿。虹霓胆气冲霄汉，笑谈间人见罕"四句，更是一扫抑郁伤怀的格调，极尽慷慨悲壮、高亢豪放之势。

末段则真正进入"归"的内容叙述了，头句"预喜"二字，体现了作者时时刻刻在小心翼翼地照顾着友人的心情，"无奈"二字更是把作者的的用心良苦展露无遗。"见月客船思"等三句，是一组鼎足对，是作者设身处地在考虑友人旅程的遭遇，情谊之深溢于言表。后便是作者的谆谆叮嘱：不要忘了写信，该花钱时不要吝惜。末两句仍然是作者对友人的宽慰和开导，并不是表达的作者勘破世事的人生哲学，这是值得强调的。

此曲感染力极强，没有虚言浮夸之句，全是百般慰藉之语，令人感动。

喜春来 泰定三年丙寅岁除夜玉山舟中赋^①

◎张 雨

江梅的的依茅舍，石濑溅溅漱玉沙^②，瓦瓯篷底送年华^③。问暮鸦，何处阿戎家^④？

【注释】

① 泰定三年：1326 年。玉山：今江西玉山县。② 石濑：岩石上的鬃流。溅溅：水花溅射的样子。③ 瓦瓯篷底：语本唐杜荀鹤《溪兴》："瓦瓯篷底独斟时。"瓦瓯，陶制的酒盆。篷，船篷。④ 阿戎家：杜甫《杜位宅守岁》诗："守岁阿戎家。"阿戎，堂兄弟的别称。

【译文】

江边的梅花挨着一栋茅屋，水流在岩石上溅起水花，洗漱着沙滩上的细沙。我躲在船篷下喝着瓦瓯里的酒，度过了多少时光！我那黄昏的乌鸦：我的亲人，我的家，究竟在哪里呢？

【赏析】

起首两句对仗，作者概括了客舟停泊中所见的景色。羁旅作品中通常有两种写景方式：一种是带有强烈的主观色彩，其特点是"情感"；一种是纯客观地描绘，使之成为旅愁的铺垫或陪衬。本篇描绘客乡的风景，目的是为表达羁旅之愁，这属于景物描写的第二种。江岸的梅花红得耀眼，开放在岸上人家的茅屋边，即使在昏黄的暮色中，也能送来温馨。船停泊在山溪的入江处，湍急的溪流在岩石上激起阵阵水沫，借着幽幽的反光，还能辨认出水底随流晃动的白色细沙。这两句意境优美，可惜是客乡的风景。第三句的"送年华"，就点出了除夕之夜的时令和客中的身份。"送"字显示了漂泊的日久，也说明了时光的飞逝，其中暗含了一种深沉苍凉而又无可奈何的感慨。

本篇末两句化用杜甫《杜位宅守岁》"守岁阿戎家……列炬散林鸦"的句子，以"阿戎家"代指自己家中亲人们的除夕守岁。"暮鸦"又是客居之地的风光，此时此刻，使人顿生一丝哀怨之情，将诗人有家归不得的乡愁表现得淋漓尽致。

⊙作者简介⊙

张雨（1283—1350），元代诗文家，号句曲外史，道名嗣真，道号贞居子，自称曲外史，人称句曲先生，钱塘（今浙江杭州）人，是宋崇国公张九成之后裔。其人学识渊博，善谈名理，诗文、书法、绘画，无一不通。曾师从虞集，与赵孟頫交好，后弃家为道士，居于茅山，拜茅山檀四十三代宗师许道杞弟子周大静为师。曾有人邀其进京为官，不就。著《句曲外史贞居先生诗集》，今存小令五首，曲风清丽淡雅。有"诗文字画，皆为当朝道品第一"之称。

一枝花　妓女蹴鞠① ［套数］

◎ 萨都剌

红香脸衬霞②，玉润钗横燕。月弯眉敛翠，云揎鬓堆蝉。绝色婵娟。毕罢了歌舞花前宴③，习学成齐云天下圆④。受用尽绿窗前饭饱茶余⑤，拣择下粉墙内花阴日转。

［梁州］素罗衫垂彩袖低笼玉笋⑥，锦鞠袜衬乌靴款蹴金莲⑦。占官场立站下人争羡⑧。似月殿里飞来的素女⑨，甚天风吹落的神仙。露榴裙荏苒，滚香尘绣带蹁跹。打着对合扇拐全不斜偏⑩，踢着对鸳鸯扣且是轻便⑪。对泛处使穿臁抹膝的揎搭⑫，撅俊处使拂袖沾衣演⑬，妆翘处使回身出鬓的披肩⑭。猛然，笑喘，红尘两袖纤腰倦，越丰韵越娇软。罗帕香匀粉汗妍，拂落花钿。

［尾声］若道是成就了洞房中惜玉怜香愿，媒合了翠馆内清风皓月筵，六片儿香皮做姻眷⑮。荼蘼架边，蔷薇洞前，管教你到底团圆了半步儿远⑯。

【注释】

① 蹴鞠：古代的踢球游戏，有对抗性与表演性二种。这里属后者，以踢球的动作技巧为标。② 脸衬霞："霞脸衬"的倒装。以下"钗横燕"、"眉敛翠"、"鬓堆蝉"俱同。③ 毕罢：结束，抛下。④ 齐云：宋代蹴鞠组织"球社"名，后以之代称球社。天下圆：技高天下的球技。圆，蹴鞠用球的别称。⑤ 绿窗：闺阁的窗户。⑥ 玉笋：女子纤手的美称。⑦ 锦鞠(yào)袜：长筒锦袜。鞠，靴筒。金莲：纤足。⑧ 占：取得某一领域的名声。官场：三人蹴鞠的表演场地。站：球网。在表演性质的足则指场地的中央(单人表演)或指定站位(多人表演)。⑨ 素女：指月中仙女。⑩ 合扇拐：《蹴蹄图谱》："合扇拐：论从右过，侧脚先使左拐，后用右拐出寻论。"论，古种气球。⑪ 鸳鸯扣：《蹴蹋谱》作鸳鸯拐，即双脚同时触球而完成"拐"的动作。⑫ 对泛：传球。揎搭：停球而不落地。⑬ 撅(rún)俊：撒演，义均不详，当为蹴鞠术语。足立地，俯身后一足后踢。⑭ 披肩：疑即"背肩"，以背部或肩部顶球。⑮ 六片儿香皮：指球。蹴蹋六片或八片熟牛皮缝制而成，如唐归仁绍《答日休皮字诗》："八

片尖裁浪作球。"(八片，一本作"六片")。⑯ 到底团圆：蹴踘有"团圆到底"的术语，指完成一组动作而不让球中途落地。

【译文】

红霞衬着脸上的香晕，玉光清润的燕状宝钗横插在头上。眉梢如弯弯的月儿一般皱起，满头云彩般的鬓发像蝉翼一般。真是一位绝色的美人啊！她推掉了花前唱歌跳舞的宴会，刚学会球社蹴鞠的绝技。她充分利用绿窗前吃饱饭喝完茶之后的间隙，在粉墙内选好场地玩乐了一整天，直到花色阴暗，日头西转。

⊙作者简介⊙

萨都剌(约1232—1355)，字天锡、号直斋。回族(一说蒙古族)人，出生于雁门(今山西代县)，诗人、画家、书法家。曾任应奉翰林文字，擢南台御史，因弹劾权贵，遭到贬官，晚年居于杭州居住。在文学方面，其创作以诗歌为主，多以游山玩水、归隐生活、酬友应答为主题。

她身着白色的罗布衫，垂下的彩袖低低地笼着纤纤手指。锦织的靴袜衬着黑色靴子，缓缓地踢出小脚。她立在蹴鞠场地的中心，大家都争相羡慕。他就像月宫里飞来的嫦娥，她的美貌比过了天风吹落到人间的神仙。飞扬着的石榴裙拂下了花露，那锦绣的带子卷起一阵阵香尘。打着一对合扇拐，不偏不斜；踢出一双鸳鸯扣，也很是轻松。传球时，球在小腿和膝盖间穿过而不落地；后翻时，扬起袖子，球擦上衣；接着又转过身子，使出肩膀，把球从鬓发间顶出。突然间，她笑着喘起了粗气，两袖上沾着红土，细腰儿也已疲倦无力，越发显得丰韵娇柔了。她用罗帕擦拭着满是脂粉的汗渍，不小心将首饰拨落到地上了。

倘若能成全了我在洞房中怜香惜玉的凤愿，就着清风皓月，在翠馆里排设下喜宴做好了媒，那蹴鞠球就做了我俩的媒人。荼蘼架边，蔷薇洞前，我一定让你不离开我半步。

【赏析】

蹴鞠是古代一种流行的运动技艺，也为宋元时青楼女子所习学。关汉卿在套数《斗鹌鹑·女校尉》《斗鹌鹑·蹴胸》中，就曾经赞美过两名女子的球技。

〔一枝花〕着力描写了女主人公的外貌，成功塑造了一位"绝色婵娟"的美丽形象。这位女子虽沦落到风月场，却一心追求"齐云天下圆"。"毕罢了"是推掉歌舞宴饮的酬应，"习学成"是专心学习蹴鞠的技艺，这一弃一取，正体现了她的志向情趣，自与寻常的风尘女子不同，这就使给读者留下了良好的印象。

〔梁州〕曲具体描摹了"妓女蹴鞠"表演的细节。这里重点表现出女子外貌的出众，再就是她球技的娴熟。这支曲中出现了大量蹴鞠术语，尽管现在的读者对此并不熟悉，但还是能从女子那眼花缭乱的动作中，欣赏到这一运动的魅力，以及了解到她精湛的技艺。表演从"合扇拐"开始，至"妆翅披肩"结束，印证了前曲"习学成齐云天下圆"。在本曲结束时，作者又描绘了她表演完成后的慵态，生动传神地表现出其美丽的佳人形象。

末曲再次赞美女子的蹴鞠技艺，而赞美的方式与众不同，他是直接向女子表达了爱慕之情，但是又毫无轻薄浮浪之意。香艳而不浮靡，这对于以"妓女"为主角的风情作品来说，是难能可贵的。

此曲为萨都剌传世的唯一散曲。萨都剌以"最长于情，流丽清婉"（《四库总目提要》语）著称，其长篇歌行尤有"文心绣腑，脓丽华绮"之评。这首套数，缛句丽辞，正是其歌行笔法在散曲中的运用。

滚绣球（摘调）

◎邓　熙

　　千家饭足可周，百结衣不害羞①。问甚么破设设歇着皮肉，傲人间伯子公侯。闲遥遥唱些道情，醉醺醺打个稽首②。抄化些剩汤残酒，咱这愚鼓简子便是行头③。今朝有酒今朝醉，明日无钱明日求。散诞无忧④。

【注释】

① 百结衣：原指小丑、乞丐所穿之衣。在这里形容衣服的破旧。② 稽首：这里指出家人所行的常礼。③ 愚鼓简子：唱道情时所需的伴奏乐器。又作"鱼鼓简""鱼鼓简板"。④ 散诞：悠闲自在，放荡不羁。

【译文】

　　要饭得到的饭食就足够我生活了，打满了结的破衣，穿着也不觉得羞耻。问什么乱七八糟的歇息身体！我已傲视那些王侯子爵。悠闲地唱些道情小曲，醉醺醺地行个稽首礼，讨来些剩汤剩酒，我这鱼鼓简板就是行头了。今天有酒今天就喝个大醉，明天没钱了明天再找。悠悠闲闲的，没有忧愁。

【赏析】

　　这是一支从 [套数] 中摘出的曲调，描写的是一个勘破世情、放浪不羁的道士形象。他身穿着百结衣四处游历，以乞讨为生。闲时唱些道情，闷了就讨些残酒来喝，奉行的人生原则是"今朝有酒今朝醉，明日无钱明日求"，全然不把王公贵族与人生哀乐放在心上。探求其精神实质，实际上是对现实的不满，因而以狂傲的举止来挑战等级森严的社会制度。

　　玩世不恭的生活态度展示的是作者心灵深处的对现实的强烈不满，作者以狂傲的言行对传统社会表示不满。曲子的内容与散曲通俗随意的风格在这里良好地结合在一起，使此曲读起来显得尤为生动自然、活灵活现。

⊙作者简介⊙

　　邓熙，字学可，生卒年不详，生活于1317年前后。庐陵（今江西吉安市）人，寓居扬州，善书法，通音律，与吴澄、张雨等交好。《太和正音谱》将其列于"词林英杰"一百五十人之中。

塞鸿秋

◎薛昂夫

功名万里忙如燕^①，斯文一脉微如线^②。光阴寸隙流如电^③，风霜两鬓白如练。尽道便休官，林下何曾见^④？至今寂寞彭泽县^⑤。

【注释】

① 功名万里：《后汉书·班超传》："大丈夫无他志略，犹当效傅介子、张骞立功异域，以取封侯，安能久事笔砚间乎？"② 斯文：指旧时代的礼乐制度。《论语·子罕》："天之将丧斯文也，后死者不得与于斯文与。"③ 光阴寸隙：形容光阴过得飞快。《庄子·知北游》："人生天地之间，若白驹之过隙。"④ "尽道"二句：灵彻《东林寺酬韦丹刺史》："相逢尽道休官好，林下何曾见一人？"此用其意。林下，指山林隐逸的地方。⑤ 寂寞彭泽县：言隐居的人很少。

【译文】

为了功名，像燕子一样千里奔忙。那一脉文雅脱俗的传统，已微弱如同丝线。时间像白驹过隙，又如闪电奔驰。饱经风霜的两鬓忽然间已经像素练一样雪白。都说马上就不再做官了，可在山林里哪里曾见到过？直到现在，彭泽县令陶渊明那样的归隐者，也还是寂寞无朋的。

【赏析】

此曲为愤世、讥世之作。隐逸是元代盛行的风气，也是元曲中最常见的主题。起四句作者以多句对伏构成"联珠对"的形式。"功名万里忙如燕"领起全篇，揭露许多身居官场、内心迷恋富贵功名的人也来附庸风雅。实为名利而整日奔波，却要高弹归隐之调，以标榜自己志趣高洁。只是光阴如电般逝去，作者从黑头人变成了白头人，却并不曾看到他们中有哪个人真

正抛却了功名富贵归隐山林；他想，那为无数人所追慕的陶渊明，过了悠悠千载，却仍然还是一如既往的寂寞。

此曲针对那些名为隐士，实际是对附庸风雅的口是心非者给以揭露和讽刺。

⊙作者简介⊙

薛昂夫（1267—1359），回鹘（即今维吾尔族）人。原名薛超吾，以第一字为姓。祖父、父皆封覃国公。汉姓为马，又字九皋，故又称马昂夫、马九皋。曾任江西省令史、金典瑞院事、太平路总管、衢州路总管等职。据赵孟頫《薛昂夫诗集序》（《松雪斋文集》）载，他曾师从刘辰翁。

薛昂夫善篆书，喜作诗，诗集已佚，《皇元风雅后集》《元诗选》可见其诗作。散曲今存小令六十余首，套数三首，收录于《阳春白雪》《太平乐府》《乐府群珠》等集中，其曲用词华美，风格豪放。

过清江引

◎薛昂夫

有意送春归，无计留春住。明年又着来，何似休归去。桃花也解愁，点点飘红玉。目断楚天遥，不见春归路。春若有情春更苦，暗里韶光度。夕阳山外山，春水渡傍渡。不知那搭儿是春住处①。

【注释】

① 那搭儿：疑问指示词。何处；哪里。

【译文】

我有心送春回去，因为没有办法留住春天。明年春天还是要回来的，既然这样还不如别回去了。桃花也懂得我的忧愁，一点点地飘落它红玉般的花瓣。望断了遥远的楚天，也看不见春天回去时的道路。春如果有感情，它肯定比我更难受，时光暗暗地就逝去了。夕阳在山外落下，春水流淌过渡口？不知道哪里才是春天的住处。

【赏析】

此为一首惜春、伤春，激人惜时的曲子。

自古以来，惜春、伤春之情多见诸笔端，而又无人能将春留住片刻。面对同样的心情、同样的难题，作者也是束手无策。"明年又着来，何似休归去"，作者对这种留春之词显得毫无把握，也只好听之任之，无可奈何地选取了桃花那愁肠寸断地与春天洒泪而别的态度和做法——"桃花也解愁，点点飘红玉"。作者自己快速地登高远眺，可目断楚天，却无论如何也找寻不到春天的归路。

接下来，作者在曲子的下半，将春天拟人化、主体化，将惜春、伤春之情转移到了春天这一主体上，从春天本身的角度来写春自己也在为美好时光的悄然飞逝而感伤万分。如此，就将人和春天的感情融为一体，主客体沟通起来，使人的惜春、伤春之感得以深化，使这种真诚的惜春、伤春之情更显急迫。结尾句"夕阳山外山，春水渡傍渡，不知那答儿是春住处"，"不知"的疑问，使主旨愈发显得深沉幽远。在这种怀恋、寻觅、伫望、怅惘的绵绵情意中，抓住似水流年，珍惜美好时光的心意便油然而生。而这才是作者的真实意图。

塞鸿秋 凌歊台怀古①

◎薛昂夫

凌台畔黄山铺，是三千歌舞亡家处。望夫山下乌江渡，是八千子弟思乡去②。江东日暮云，渭北春天树。青山太白坟如故③。

【注释】

①凌歊台：南朝宋武帝刘裕所建离宫。遗址在今安徽当涂小黄山。②八千子弟：项羽举事，率八千江东子弟渡江西去；及败，无一人返乡。③青山：在安徽当涂东南。太白坟：李白坟。白死原葬当涂龙山，唐范传正移葬青山。

【译文】

凌歊台边，小黄山的店铺处，是那曾有千百歌女，却终究灭亡了的南朝故地。望夫山下，乌江渡口，是八千江东弟子怀念家乡的地方。傍晚，江东升起了云烟；春天里，渭水北边，长满了树。青山上，诗仙太白的坟茔还像以前一样矗立在那儿。

【赏析】

此曲是一首登高吊古之作。"凌歊台"相传是南朝宋帝刘裕所建，位于现安徽省境内。"旷望登古台，台高极人目"这是李白《凌歊》里的诗句，可见凌歊台正是古人登高望远的好去处；许浑的同名诗里也有"宋祖凌歊乐未回，三千歌舞宿层台"的句子，可见其档次之高，但现如今仅存遗址。

作者登临古遗址，满眼苍茫，内心感慨万千，开篇先是从凌歊台的整体上展开怀念之情，借用的便是许浑的成句；后细数此处的历史故事，"望夫山下乌江渡"指的就是项羽当年兵败垓下，因无脸见江东父老，遂在乌江自刎而死的历史事实，"东日暮云，渭北春天树"两句，是化于杜甫《春日忆李白》里的"渭北春天树，江东日暮云"，因李白的坟冢也在此地。

作者接连用刘裕亡家、项羽自刎，而李白遗泽长存的史实，形成对比关系又相互映衬，发人深省。此曲紧切题意"怀古"，典故信手拈来，行云流水，音韵和谐。

朝天曲

◎薛昂夫

丙吉①，宰执②，燮理阴阳气③。有司不问尔相推，人命关天地。牛喘非时，何须留意？原来养得肥。早知，好吃，杀了供堂食④。

【注释】

①丙吉：字少卿，鲁国人，西汉大臣。其眼见百姓斗殴，死伤者众，不闻不问。见有人追牛，却停下车询问情况。有人因此讥他"问牛不问人"。②宰执：宰相与执政的简称。③燮理阴阳：燮，调和。指大臣辅佐君王治理政事。④堂食：泛指公署膳食。

【译文】

丙吉，当宰相，辅佐君王治理国家。当官的不管事，相互推让，哪里想过人命关乎天地？牛喘得不是时候，又有什么好留心的？原来他早知道，养牛养得肥了，才会好吃。这是要杀掉它供公家吃啊。

【赏析】

姚守中《粉蝶儿·牛诉冤》中有"见一个宰辅，借问农夫，气喘因何故，听说罢感叹长吁"句，李宽甫也有杂剧《汉丞相丙吉问牛》，均对丙吉问牛之事加以赞许。可见，丙吉"燮理阴阳"，在历史上是受人肯定的。薛昂夫在此剑走偏锋，反其道而行之，认为丙吉"问牛不问人"的行为是应该加以非议的，对其极尽挖苦，措辞严厉，似乎不免失于偏激；但从文中内容上看，其实他是另有机杼的。丙吉"问牛不问人"的原意，在于"宰相不亲小事"（《汉书·丙吉传》），并不是作者在曲中所说的"早知，好吃，杀了供堂食"。对于这一点，作者显然不会不知道。可见作者的目的不在于臧否褒贬历史人物，而是借古讽今，通过幽默诙谐的奇思妙想，讽刺的是现实中的官员尸位素餐，视生民如草芥的现象。这样来看，全曲的妙味便呈现在眼前了。

"燮理阴阳"这样的语句，显得郑重其事，把这类官员形象写得冠冕堂皇，与下文写其只关心肉味可口与否形成强烈反差，全曲的荒谬感顿时散发出来了。

如"养得肥""早知，好吃"之类语句，直白而接近口语，更增几分诙谐滑稽之味。

讽刺的意义在于批判，若专事滑稽、幽默，文章未免哗众取宠；而"人命关天地"则以义正词严的口吻作论，使文章在诙谐之后，亦不乏严肃的思辩。"牛喘非时，何须留意"则以一句反问，增强了这一效果。

曲的鉴赏知识

透过现象看本质

罗丹《艺术论》中有这样的话："能够发现在外形下透露出内在的真理，而这个真理就是美的本身。"历代文学作品中有不少佳作继承了评判精神，以揭露黑暗现实为题旨，向人们展示了一种特殊的艺术氛围。在这种艺术氛围中，人们从对"丑"的贬抑体会到了艺术的美。元人散曲中有不少作品重点描摹社会中的丑恶现象，而透过这种现象，人们体会到作者的批判精神，感受到的是作者高尚的精神和勇敢的气概。

庆东原 西皋亭适兴①

◎薛昂夫

兴为催租败②，欢因送酒来③。酒酣时诗兴依然在。黄花又开，朱颜未衰，正好忘怀。管甚有监州，不可无螃蟹④。

【注释】

① 西皋亭：皋亭山在浙江杭县东北，作者即居于西麓。② "兴为"句：北宋诗人潘大临曾思得一佳句"满城风雨近重阳"，忽闻催租人至，因而败兴不能卒篇。③ 送酒句：陶渊明曾于重阳节日无酒，出宅边菊丛中久坐，值江州刺史王弘差白衣人送酒至，即欢然就酌。④ "管甚"二句：宋代各州置通判，称为监州，每与知州争权。杭州人钱昆原任少卿，喜食蟹，在补官外郡时表示："但得有螃蟹无通判处足矣。"事见欧阳修《归田录》。

【译文】

兴致常常被催租之事败坏。高兴起来了，是因为有人送酒来。酒醉了写诗的兴致还在。菊花又开了，人也没老，就应该忘掉烦恼。管他什么有监州？只是不能没螃蟹啊。

【赏析】

曲子起首就以工整的对仗和紧密相连的内容引出下文的叙述和议论。

作者可谓穷困潦倒了，本来门外秋光正好，胸中兴致刚刚腾起，却有人前来催租，弄得他一时间意兴全无。所幸有朋友携酒前来探访，他才重新高兴起来。中间四句作者在消沉之中却道出了豁达的思想。与友人饮酒赋诗，酒能催诗兴，诗亦助酒兴；面对着盛放的菊花，想着自己正值壮年，确实是应该也有资本放情快活一晌，他于是尽展胸怀，举杯畅饮。酒酣之时，他不由得想起苏轼"欲问君王乞符竹，但忧无蟹有监州"的诗句，不过觉得这样的句子不足以表达自己此刻的畅快，他要说："管它有没有监州呢，只要有螃蟹就一切都好！"这最后的两句化用苏轼"欲问君王乞符竹，但忧无蟹有监州"句，将作者语快心直、豪放疏狂的性格特征表露出来。

朝天子

◎薛昂夫

沛公，大风①，也得文章用。却教猛士叹良弓②，多了游云梦。驾驭英雄，能擒能纵，无人出彀中③。后宫、外宗④，险把炎刘并⑤。

【注释】

① 大风：汉高祖刘邦曾作《大风歌》，歌曰："大风起兮云飞扬，威加海内兮归故乡。安得猛士兮守四方？"② 叹良弓：刘邦以游云梦为名诱捕了韩信。韩信被捕后，长叹一声道："果如人言：'狡兔死，走狗烹；飞鸟尽，良弓藏；敌国破，谋臣亡。'天下已定，我固当烹。"③ 彀（gòu）中：弩射程所及的范围，喻圈套、牢笼。④ 后宫、外宗：指吕后和诸多吕姓外戚。刘邦死后诸吕作乱，后为周勃、陈平等大臣平定。⑤ 炎刘：刘邦自称因火德而兴，故称炎刘。

【译文】

刘邦唱起了《大风歌》，锦绣文章也有用啊。可他却让壮士慨叹"飞鸟尽，良弓藏"，多出了以游云梦为名诱捕韩信之举。玩弄那些英雄人物，能抓能放，没有人逃得出他的掌心。后宫，外戚，差点把他的江山给断送了。

【赏析】

薛昂夫的《中吕·朝天曲》一共有二十二首，都是以咏史为主。

前三句，作者客观地赞叹了刘邦当年写的《大风歌》，称赞刘邦并不是只有匹夫之勇，也懂得如何运

用文章使之发挥一定的作用。可是也让韩信那样的猛士叹道"飞鸟尽，良弓藏"，何必借口说是"游云梦"。但是即便如此，韩信也只能徒发感慨。刘邦对英雄能人的收放自如、驾驭得当，没有人能出其左右、逃出他的掌握之中。可见作者对于刘邦是充满敬佩之情的。

但是最后，作者却以"后宫，外宗，险把炎刘并"讽刺了刘邦玩弄权术，当时的外戚专权，险些葬送了刘邦使出九牛二虎之力、玩尽阴招权术成就的刘家江山。这种先扬后抑的写作手法，可以看出作者薛昂夫的真实意味，其实是想透过历史的得得失失，来体味一种"真滋味"，似有一种"冷眼旁观"继而再以实品评的姿态。

楚天遥过清江引

◎薛昂夫

　　屈指数春来，弹指惊春去①。蛛丝网落花，也要留春住。几日喜春晴，几夜愁春雨。六曲小山屏②，题遍伤春句。春若有情应解语③，问着无凭据。江东日暮云，渭北春天树。不知那答儿是春住处④！

【注释】

①弹指：喻时间短暂。②六曲：指屏风一共六扇。山屏：绘有山景的屏风。③解语：懂得人意。④那答儿：哪里，何处。

【译文】

　　掰着手指数来了春天，却惊讶地发现，弹指之间，春天又走了。蜘蛛网兜住落花，也想把春留住。好几天为春晴而高兴，却又一连几夜因春雨而忧愁。曲折的小山屏障，写满了伤春的诗句。春天若有感情，就应该懂人话，问起来也没有凭据。傍晚，江东升起云朵；春天里，渭水北边长满了树。不知道哪里是春的住处。

【赏析】

　　此曲化用了南宋词人高观国《卜算子·泛西湖坐间寅斋同赋》，抒发了爱春、惜春、伤春的复杂心绪。后面的"江东日暮云，渭北春天树"，则化自杜甫的《春日忆李白》，亦紧紧扣住一个"春"字，足见作者对春的喜爱。

　　综观全曲，作者自己写就的句子很少，只有"春若有情应解语，问着无凭据"和"不知哪答儿是春处"，但这三句的构思都很巧妙。"春若有情应解语"紧密承接"题遍伤春句"，似在与春对话，表达对春天流逝的惆怅，又像在感慨前人之作。"问着无凭据"一方面是对"应解语"的一种回答，一方面又领起后面的句子。春应解语，但春不语，作者只得自行寻找春之所在，不知春是在"江东日暮云"，还是在"渭北春天树"。"不知那答儿是春住处"和"问着无凭据"相互呼应，作者最终没能找到春所在的地方。该句大胆地使用了俗字，和前文清雅婉约的语言风格形成对比，将作者寻春不得的懊恼表现得惟妙惟肖。

阅金经 伤春

◎吴弘道

落花风飞去，故枝依旧鲜，月缺终须有再圆。圆，月圆人未圆；朱颜变①，几时得重少年？

【注释】

①朱颜变：朱颜指青春的容貌。朱颜变，青春不再之意。

【译文】

飘落的花儿随风飞走了，老树枝照样是鲜美的，月亮缺了也总会有再圆的时候。可是说到"圆"啊，月已经重圆而人却还没有团圆。美好的容颜衰老了，什么时候才能重返少年呢？

【赏析】

此曲是对美景不常，青春易逝，老而不能重返年少的感叹。

据曲子中描写的"落花""月缺"，可推知此曲约作于暮春农历三月的下旬。

古往今来，有多少文人墨客与仕女常在暮春之时惜春、叹春、伤春，又在既望之后因月缺而悲伤，忧伤于花残月缺。此曲开始就以豁达的心胸勇于接纳"落花"与"月缺"，说虽然花已飞落，但是树枝却依然新鲜，枝上绿叶茂盛，刚刚发出的嫩绿的叶子仍然挂满枝头；月虽暂时缺了，但是再过不久就终会有再圆的时候。这让读者从中找到新的希望，以慰藉人心。这是大自然的规律。可是对人来说，纵然月儿已圆，但像作者一样浪迹天涯的游子，客居异乡，何时才能跟家人团聚呢？至此，作者不禁发出了"月圆人未圆"的感叹。月亮一次又一次地缺了又圆，而作者却只见月圆月缺而不能团圆。可是，韶华易逝，青春不再。作者眼见自己原先红润的面庞渐渐苍老，那美丽的容颜何时才再能回来呢？那美好的少年时光又何时才再能拥有呢？想到这些，作者不禁感慨万分。

全曲简明朴素，后半首更是直抒胸臆，让人读后不禁浮想联翩。

◎作者简介◎

吴弘道，生卒年不详。字仁卿（也有人认为其名仁卿，字弘道），号克斋先生，蒲阴（今河北安国）人。曾任江西省检校掾史，汇编中州古书《中州启札》，著《金缕新声》，已佚。其杂剧《楚大夫屈原投江》亦未能保留至今。《金元散曲》中有其小令三十四首，套数四套，风格疏俊清新。贾仲明补《录鬼簿》吊词赞其"锦乐府天下盛行"。

金字经 咏樵

◎吴弘道

这家村醪尽①，那家醅瓮开②。卖了肩头一担柴。咳，酒钱怀内揣。葫芦在，大家提去来。

【注释】

① 村醪(láo)：农村中自酿的酒。醪，浊酒。② 醅(pēi)瓮：酒瓮。醅，未滤去酒糟的酒。

【译文】

这家人的农家酒啊，刚刚喝完，那家人又打开了酒坛盖。樵夫刚卖掉了肩上一担柴。哈，把酒钱揣在怀里。他招呼左邻右舍："酒打来了，大家快带葫芦来提些回去啊！"

【赏析】

这是一首描写百姓生活之乐的曲子。曲中人的生活简单纯朴，"这家村醪尽，那家醅瓮开"将他们爱酒的样子描绘得活灵活现，同时也暗示读者，村中之人相处和乐，关系融洽。樵夫卖了柴禾就去买酒，无忧无虑，说明村里的生活虽不富裕，却也不用为生存担心。"葫芦在，大家提去来"绝好地刻画出樵夫的喜悦心情，他大方地招呼大家一起喝酒，与己同乐。曲子到这里戛然而止，读者却已经开始想象村民们开怀畅饮的样子。

作者用樵夫的口吻，以"酒"为线索，写出了一个宛若桃花源的美好世界。作者的观察力非常敏锐，他笔下的樵夫个性鲜明，栩栩如生，而他之所以能够刻画人物惟妙惟肖，和他深厚的文字功底有关。譬如那个"咳"字，只一字便写出樵夫的不拘小节，轻松随意。曲末出现的盛酒器具"葫芦"，不仅十分符合樵夫的身份，还表现出村民们的自然简朴。他们并不介意酒器的粗陋，只单纯享受饮酒的乐趣。

此曲语言直白自然，风格活泼，极富生活气息。作者曾做过一段时间官，也许正因为深谙官场人际关系的复杂，见惯险恶的人心，才会如此喜爱恬淡宁和的乡间生活和乐观憨厚的乡民。

此曲描绘的山居景象很有些理想色彩，作者截取山村生活的一二片断进行润色，将自己的理想投射其中，使之成为自己理想世界的投影。真实的山村生活未必如作者描绘的那般美好，不过这也并不妨碍人们从中窥得元代乡村的情味。

曲的鉴赏知识

元曲风格的变化

元曲的发展可以分成三个时期。第一个时期是从元朝建立到南宋灭亡。这一时期的元曲还有着浓厚的民间文学特征。语言通俗，情感直接，风格爽朗质朴。第二个时期从元世祖至元年间开始到元顺帝后至元年间。此时的元曲用词愈发典雅，情感愈发含蓄，相较前期的更注重写作技巧。第三个时期从元顺帝至正年间到元末。这一时期，很多作家都把元曲的写作当成一门专业，他们苦心钻研写作方法，极其重视词藻格律。因此，这一时期的元曲呈现出曲风婉丽，用词秀雅的特点。

金字经（一）

◎吴弘道

今人不饮酒，古人安在哉！有酒无花眼倦开。鼓吹台①，玉人扶下阶。何妨碍，青春不再来②。

【注释】

① 鼓吹台：奏乐的歌台。② "青春"句：语出唐人林宽《少年行》："白日莫闲过，青春不再来。"

【译文】

现在的人都不那么能喝酒了，古人们都上哪去了啊！就是有了美酒，也没有名花，我两眼疲倦地缓缓睁开。奏乐的歌台上，美丽的女子我扶下台阶。多享受享受这样的乐趣吧。有什么碍事的？青春年华一旦消逝，便不会再回来了。

【赏析】

这是一首劝世之作。乍一看有些奇怪，"今人不饮酒，古人安在哉！"，不管今人是否饮酒，古人不是都已不在了吗？既然如此，作者为何要将"饮酒"和古人联系起来呢？二者之间并不存在因果关系。但仔细一想，便会明白作者的用意——人生短暂，早晚有一天今人也会变作古人。如此，为何不好好享受人生，开怀大饮？其首两句足见作者及时行乐，潇洒天地的人生观，同时也为整首曲子奠定了旷达豪放的基调。

纵情饮酒可以看作恣意人生的一种表现。而人生之中不如意者十之八九，即使是令人愉悦快慰的事情，其中也多藏着几分遗憾。"有酒无花眼倦开"实化自宋人陈尧佐《答张顺之》中的："有花无酒头慵举，有酒无花眼倦开。"不过，在作者这里，该句却起着相反的作用，结合上下文，人们不难发现作者写此句是在炫耀自己

兼得了美酒与娇花，享了陈尧佐没享到的福气。

为作者的畅饮助兴的，不只有花。"鼓吹台"说明作者饮酒的地方有音乐可听，"玉人扶下阶"又说明作者并非独自一人享受这大好时光。有玉人相伴本就是美事一桩，更何况这个玉人还侍奉作者饮酒，悉心照料喝醉的作者。至此，作者完全沉浸在欢乐之中，心满意足。

"何妨碍，青春不再来"将作者豪放洒脱的个性表露无遗。然而，尽管作者嘴里说着"何妨碍"，读者还是从中体察到几分怅惘。酒能予人快乐，却不能让人回复大好青春。美好的往昔一去不复返，眼前的好光景也很快便会逝去。作者试图通过饮酒忘记时光的流逝，但他最终未能如愿以偿，反倒平添了几分好景不长的忧愁。

曲子以豪语开篇，又以豪语结束。但开篇与结尾处的感情基调却不一样。这种情感的变化，给人以美妙的感受。

金字经（二）

◎吴弘道

太宗凌烟阁①，老子邀月楼。便是男儿得志秋，休，几人能到头。杯中酒，胜如关内侯②。

【注释】

① 太宗凌烟阁：凌烟阁本是唐太宗宫中的一座小楼。贞观十七年，唐太宗想起了和自己一起打天下的功臣，感慨万千，便要画家阎立本在凌烟阁内绘制了二十四位功臣之像，这些像皆真人大小。唐太宗常对此像怀念往昔。② 关内侯：爵位名。秦汉时设置，有封号，无国邑，可世袭。

【译文】

唐太宗建造了凌烟阁为有功之臣画像，也曾在邀月楼上徜徉。那便是大丈夫得志的景象。罢了，有几个人能风光一世呢。杯子里的酒，比封官封侯好多了。

【赏析】

此曲以咏酒为主题，实际是蕴含着作者对于仕途功名的否定。

曲子起首两句借用凌烟阁与邀月楼两个典故，极言男儿应当能够一展抱负，有一天能位极人臣。第三句"便是男儿得志秋"将这一观点明确直白地提出，充分表达出作者对功成名就、志得意满境遇的向往。曲子到这里，似乎已经将将褒扬人生须立功名的格调确定下来了，可是，第四句一个"休"字，使整首曲子突然反跌，完全否定了前文的意思。"几人能到头"的严酷现实，使作者不由得心生再大的功名利禄也不如举杯畅饮之意。一曲之中再次作论，郑重其事地指出痛快自在地生活才是人生真谛。这种思想在元代文人中具有相当的普遍性，放达疏狂背后，其实是难以言明的失意。全曲前后互相龃龉的两种观点之间的转

曲的鉴赏知识

深受元人喜爱的入乐散曲

散曲由入乐清唱的音乐形式逐渐发展为脱离音乐成为独立的文学样式，其中经历了很长的一段过程。在元代，散曲一般是可以用来配乐演唱的。散曲的这种入乐特点，使得本来纯粹属于文人娱乐逸兴的形式受到更多大众的喜爱，从而走向广阔的社会，逐渐成为大众化的一种娱乐方式。元代社会，在公私场合，茶楼酒肆，甚至青楼妓院，演唱最多的是散曲。散曲因新鲜通俗，受到人们喜爱。不仅如此，在元代宫廷的音乐表演中，散曲是节目内容之一。这些变化直接导致了散曲风格和题材及表现手法的变化，使得散曲的内容变得更为丰富和生活化，题材进一步拓宽，而在表现手法上不断出现创新。茶楼酒肆、青楼妓院、官场内幕等等无不可以作为题材进入散曲。

折，靠的是"几人能到头"这一问句进行承接。这句话既是对严酷现实的直接表述，也是一句表达无奈的激愤之辞。若非人生失意，前半曲的基调既已确定，全曲也就不会再转而发出"杯中酒，胜如关内侯"的感叹了。所以，就作者的实际情感来看，这首曲子所否定的，其实并非仕途功名，而是功名难保，人心险恶的世态。

拨不断 闲乐

◎吴弘道

泛浮槎①，寄生涯，长江万里秋风驾。稚子和烟煮嫩茶，老妻带月包新鲊。醉时闲话。

【注释】

① 浮槎（chá）：指小木船。

【译文】

划着小木船，将我这一生都寄托在这小舟之上。万里长河里，秋风吹动着它。年幼的孩子正在炊烟里烹煮嫩茶。相伴多年的妻子在月色里煮起了新捕来的鱼儿。我喝醉了，和他们谈起了闲话。

【赏析】

《太和正音谱》评吴弘道的曲"如山间明月"。此曲就反映了他的这一特点。"浮槎"指小舟，将"生涯"寄托在这一叶扁舟上，表现了作者无牵无挂，顺任自然的人生态度。"长江万里秋风驾"，则极力写眼前之景的壮阔，而一如《文心雕龙》所言"寂然凝虑，思接千载；悄然动容，视通万里"，景是作者情感的载体，同时也牵动着作者的思绪。小舟在苍茫的江水上漂浮，一眼看去让人很是担心，但长江虽长，却有秋风助舟而行。此句不仅写出了作者凭舟眺江时的开阔心境，又写出了作者对未来的乐观。

"稚子和烟煮嫩茶，老妻带月包新鲊"则引导读者将目光从舟外转向舟内，和舟外的波澜壮阔相反，舟内是一派安闲宁和的生活景象。作者的家人也和作者一样，寄生涯于浮槎，恬淡自适，一个"醉时闲话"表明，作者一家对这样的生活心满意足。

从意象特征来看，长江万里、秋风吹拂的壮阔图景与稚子煮茶、老妻做鱼的生活琐屑之间反差甚大，中间也并没有起承接作用的内容，文章前后部分看起来显得突兀；然而细细一想，这正是此曲构思上的出色之处。前半曲虽有意构造出宏大的气势，但就其目

曲的鉴赏知识

散曲之由雅趋俗

元代文人特别是书会才人中有大部分人混迹于勾栏瓦肆，与勾栏中的乐师、歌伎等为伍，并且与下层劳动人民结成了深厚的友谊。勾栏瓦肆在元代社会是老百姓最重要的娱乐场所之一。勾栏瓦肆主要是以演唱杂剧为主，也有讲史、诸宫调、傀儡戏、影戏、杂技等。勾栏瓦肆中的表演，其形式多至数十种，其中歌唱形式就有唱赚、陶真、鼓板、小唱、弹唱因缘、唱京词、诸宫调、唱耍令、唱《拨不断》等。人们总结元代文人，向来以"七娼八医九儒十丐"为概括。元代文人由于统治压迫下入仕无门，或混迹于江湖，或隐迹于躬耕，或寄迹于勾栏，在散曲中对于种种情况均有表述。而在这种由文人士大夫阶层融入老百姓阶层的生活过程中，元代散曲也随之从诗词的典雅逐渐向通俗转化。

的来说，作者并非在抒发壮怀，而是意在表达一种简单恬淡的生活态度。这样，它与后半曲便由内涵的统一而达至协调了。而将前半曲的图景视为后半曲安宁生活景象的背景，更有悠远静谧之绵味。作者有意用气势宏大的自然之景衬托简单平淡的生活之美，让曲子散发出一种超然旷达的气息。

普天乐 江楼晚眺

◎赵善庆

枫枯叶，柳瘦丝，夕阳闲画阑十二①。望晴空莹然如片纸②，一行雁一行愁字。

【注释】

① 闲：空空落落的意思。② 莹然：光洁明亮的样子。

【译文】

枫树树叶枯萎了，柳树的枝条也变得消瘦了。夕阳西下，栏杆上空荡荡的。我抬头看着那晴朗的天空，它光洁明亮像一片白纸一般。大雁一行又一行地飞过，每一行大雁都像一行"愁"字一般。

【赏析】

曲子的前三句写怀愁之人登高所见之景。枯萎的枫叶、瘦弱的柳丝、沉寂在夕阳之下的画楼，这一连串的萧索之景不仅使人满目苍凉，而且让人自然而然地萌生出点点愁思，强化了登楼人的情绪。这是静态景物的描写。后两句描写了空旷、寂寥的天空，以及嘎嘎而鸣的雁阵。这是动景描写。雁阵的出现使登楼者悲秋悯人、肃杀落寞之感更加惊心动魄。前三句写

◎作者简介◎

赵善庆，生卒年不详，生活于1345年左右。其名、字有争议。一作赵孟庆，字文贤，一作文宝，饶州乐平（今江西乐平县）人。《录鬼簿》说他"善卜术，任阴阳学正"。著杂剧《教女兵》《村学堂》八种，均佚。今存散曲小令二十九首。《太和正音谱》评价其曲"如蓝田美玉"。

登高纵观此曲，所见之景，紧扣"江楼"；后二句写远景，与题目中"远眺"之意相符。整首曲子景含深情，情由景生，显得浑然一体。最后一句以晴空作纸，行雁作字的比喻尤为新颖，独到之笔。

水仙子 渡瓜洲①

◎赵善庆

渚莲花脱锦衣收，风蓼青凋红穗秋②，堤柳绿减长条瘦。系行人来去愁，别离情今古悠悠。南徐城下③，西津渡口④，北固山头⑤。

【注释】

① 瓜洲：在江苏邗江县南之运河入长江处，与镇江隔岸相对，为著名的古渡口。② 蓼：植物名，生水边，开鞭穗状小花。③ 南徐：今江苏镇江市丹徒县。④ 西津渡：一名金陵渡，在镇江城西蒜山下的长江边。⑤ 北固：山名，在镇江市内长江岸上，为著名的古要塞与名胜地。

【译文】

小洲边的荷花，花瓣已经脱落，就像一件锦衣从人身上脱下。风中的蓼花，它的青色也已暗淡，暗红色的穗花点染着秋色，堤上的杨柳翠色已减，只留下长长的柳条，显得那么消瘦。这一切勾起了渡江行人的旅愁。古往今来，离情别恨从来都是无比绵长的。我站在南徐城外，面对着西津渡口，远处是那沉默的北固山。

【赏析】

渡口，是古代充满离情别绪的伤心之所，历来为文人墨客抛洒热泪的地方。作者选择了瓜洲古渡这一特定的场所，将时间设定为秋天，全曲充满离别的伤感。以景叙情，是这首曲子的突出特征。野莲、蓼花、柳树，从江心到岸边，再到堤坝之上。在写作者的视野从远到近，渐次落到自己身边的同时，也暗示着作者的愁绪因对景物的观察，而逐渐生起，萦绕于心间。同时，通过对这些景物的不同描述，这样的愁绪，也一步步变得细致起来：莲花的"锦衣收"，写的是总体的外观，这时作者的情感刚刚生起而未浓；蓼花的"红穗秋"写的虽是花穗这一细节，但"秋"这一形容词所表示的形象并不十分明晰，这时作者的情感开始变得浓郁，只是尚显朦胧；最后写到柳树，"长条瘦"对柳树的描写贴切而真实，此时作者的情感已经历历在目了。紧接着，作者便写下了直接抒发情感的句子："系行人来去愁，别离情今古悠悠。"末三句，只点出人物所处位置，却包含人物情感。试想，处在草木摇落肃杀的秋天，看着静默的城池，流水潺潺的渡口，不动的北固山，那是一种怎样的孤独凄凉之感啊！

曲的鉴赏知识

录鬼簿

《录鬼簿》：作者钟嗣成（约1279—约1360），号丑斋。祖籍大梁（今河南开封），寄居杭州。《录鬼簿》大约成书于元至顺元年（约公元1330年）。关于取名之由，钟嗣成在其"录鬼簿序"中说："人之生斯世也，但以已死者为鬼，而不知未死者亦鬼也，酒瓮饭囊，或醉或梦，块然泥土者，则其人与已死之鬼何异？"

《录鬼簿》全书为上、下两卷。两卷共记述152位杂剧及散曲作家，大略以年代先后排列，书中人物分为七类，共记录剧目400多种。书中记载了整个元代曲家的情况，同时还对元代杂剧作家的活动和组织情况有所描述，使人对元代戏曲发展的线索有所了解，比如院本、南戏的创作，杂剧作家的南迁，后期杂剧的音乐采用南北合套的情况等等。书中对各位剧作家作了简评，其中把关汉卿列在首位，对郑德辉却颇有微辞："惜乎所作，贪于俳谐，未免多于斧凿。"本书经过两次修订，至明初，戏曲家贾仲明又增补了吊词。《录鬼簿》为元代戏曲的研究提供了宝贵材料。

凭阑人 春日怀古

◎赵善庆

铜雀台空锁暮云①，金谷园荒成路尘②。转头千载春，断肠几辈人。

【注释】

①"铜雀台"句：言铜雀台已经荒废。铜雀台：在今河北省的漳县，曹操所建。《三国志·魏武帝纪》："建安十五年冬，作铜雀台。"② 金谷园：故址在今洛阳市西，晋石崇所建。石崇以豪富著称，经常在金谷园中招待宾客。

【译文】

铜雀台徒然地被暮云萦绕，金谷园也早已荒芜，只剩下一路红尘。一转身已经过去千年，让多少代人肝肠寸断啊！

【赏析】

"铜雀台"是三国时期曹操战败袁氏兄弟后，在河北邺城漳水之上建的，时有铜雀、金虎、冰井三台，均以彰显其平定四海之功绩。东汉末年，北方的大批文学家时常聚集在铜雀台前抒写其壮志情怀，这也就带起了一批文人创作的高峰，那个年代正是汉献帝建安年间，后世便称其为建安文学。作者此处借用来除表现历史沧桑、云谲波诡之外，也是象征着建功立业。

"金谷园"是西晋富豪石崇的别墅，在今洛阳老城内。石崇在自己的别墅里过着纸醉金迷、荒淫糜烂、挥霍无度的生活，后因政治靠山垮台，被人陷害致死，其华丽堂皇的别墅也日渐衰败下来。这里作者将之作为富贵的象征。

春日里，作者凭栏而生发感慨，沧海桑田，时光易逝，建功如曹操，富有如石崇，终究是历史长河中的一瞬。"锁暮云"三字在意境上把"铜雀台"的衰败荒废形容得惟妙惟肖，"成路尘"更是把"金谷园"的破败凌乱表现得淋漓尽致。高台名园也逃不脱荒破的命运，留给后人的不过是凭吊时候的叹惋。时光匆匆易逝，似水流年留给人的又有什么呢？功名富贵不过是过眼云烟，然而又有多少为之付出的代代"断肠人"。

前两句写景，后两句生情，作者借用两处历史遗迹，来表现对历史沧桑之变的感慨。吊古伤今的诗曲不在少数，但此曲却有别于一般的作品。它用字凝练，意象丰富，且作者巧妙地使用了极具对比性的意象来突出主旨，自成一格，给人留下了深刻的印象。

曲的鉴赏知识

浅显与文雅兼顾

中国古代的戏曲理论中有这样一个观点：曲的语言一定要浅显易懂。但浅显不同于浅薄，更何况曲非常注重押韵，和日常口语并不一样。因此，曲作者无需为了追求"浅显易懂"而拒绝使用成语典故。恰恰相反，一个优秀的曲作者必须是个文学通才，他除了要熟谙诗词歌赋外，还要熟读经史子集。不仅要学习儒家思想，还要了解佛家和道家的思想。只有这样，其所作之曲，才能浅显与文雅兼得，其在使用旧事时，才能自然天成，不着痕迹。

普天乐 秋江忆别

◎赵善庆

晚天长，秋水苍。山腰落日，雁背斜阳。璧月词①，朱唇唱。犹记当年兰舟上，洒西风泪湿罗裳。钗分凤凰，杯斝鹦鹉②，人拆鸳鸯。

【注释】

① 璧月词：艳歌。南朝陈后主曾为张贵妃、孔贵嫔作歌，有"璧月夜夜满，琼树朝朝新"之句。② 鹦鹉：指用鹦鹉螺（一种海螺）螺壳制作的酒杯。

【译文】

黄昏的天空宽广悠长，秋天的江水多么苍茫。山腰上夕阳落下，大雁的孤影映照着夕阳。粉红的唇齿间淌出香艳的歌曲，我还记得在当年游船上的往事。那时的我在秋风中落下泪水，那泪水沾湿了衣裳。我们把金钗分开作纪念，鹦鹉螺杯里斝满了酒浆。我们却像一对鸳鸯被活活拆散。

【赏析】

元人散曲写景，常使人想起白描山水的版画。古人的这种版画不外两种风格，一种是大肆铺排，罗列群物，以"象"争雄；一种是用笔寥寥，明洁洗练，以"神"取胜。本篇的写景显然属于后者。首四句两两对仗，仅列天、水、山、日诸物，却将秋江黄昏的风神鲜明地呈示在读者面前。尤其是"山腰落日，雁背斜阳"对于晚日的加写，情景如绘，大有"烟中列岫青无数，雁背夕阳红欲暮"（周邦彦《玉楼春》）的韵味。江天寥廓，落日衔山，为人物开展思想活动，预设了富于抒情性的外部环境。

"璧月词，朱唇唱"，是由"秋江"向"忆别"的过渡。这里既添出了江上的佳人，她唱的又是有关男女之情的艳歌，自然激起了作者对分别的女友的怀念和忆想。"犹记当年兰舟上，洒西风泪湿罗裳"就是首先跃上脑海、磨灭不去的镜头。这两句虽是昔日实情的记录，却同时也是在巧妙地化用李清照《一剪梅》的名句："红藕香残玉簟秋，轻解罗裳，独上兰舟。"同样是在萧飒的秋天分手"独上兰舟"，而曲中的女友却抑制不住感情而"泪湿罗裳"，哀怨的情状就更为感人了。作者随即用了一组鼎足对细绘了分别的情形："钗分凤凰，杯斝鹦鹉，人拆鸳鸯。"两人先是将凤钗一分为二各执一半为纪念，又斝满鹦鹉螺杯互相饯行话别，最后是无奈地接受了恩爱情侣天各一方的冷酷现实。"凤凰""鹦鹉""鸳鸯"俱是鸟名，在曲中却各自被赋予不同的含义，这是元散曲在对仗中常用的修辞手法。语词锻炼而不露形迹，相反，通过这些华美错综的辞采，更使人感受到作者怅惘的失落感。可以说，"秋江忆别"的伤意，不在于"泪湿罗裳"的直叙，而恰恰是从结尾的这种空灵骚雅中体现出来。

寨儿令 泊潭州①

◎赵善庆

忆旧游，叹迟留，情似汉江不断头②。暮霭西收，楚水东流，烟草替人愁。鹭分沙接岸沧洲③，鱼惊饵晒网轻舟。风闲沾酒旆，月淡挂帘钩。秋，尽在雁边楼。

【注释】

① 潭州：今湖南长沙市。② 汉江：汉水与长江。③ 沧洲：水中的小块陆地。

【译文】

我想起了旧时交游的情景，忽然为自己在客乡滞留了这么长的时间而叹息。我的心绪，就像汉水长江一般长流不断。西天的暮云慢慢消散，楚地的河水向东流去，那烟雾缭绕的芳草，替我分担着忧愁。水中的小洲连接着江岸，白鹭一群群站在那沙滩之上。鱼儿被饵线惊散，小船上渔人把渔网晾晒。风儿悠闲，吹动着酒旗；月儿是那么淡雅，挂在窗帘边上。这秋天的景致，都汇聚到了大雁飞过之处，那一座小楼上头。

【赏析】

"忆旧游，叹迟留"一忆一叹写出了客愁的内容，这正是此曲的中心。作者以"汉江"比愁，但"汉江"尚能浩浩荡荡，一泻无余，而诗人却不能快吐郁塞。这种欲言又止、无语怆神的风调增重了曲中蕴含的愁苦。

"烟草替人愁"脱胎于黄庭坚的"我自只如常日醉，满川风月替人愁"。但黄诗中未见人有愁意。此曲则不然，"暮霭西收，楚水东流"，"烟草"便增添了苍茫悲凉的情味。且烟草本身就茫茫无际，以之作为愁的载体说明了诗人愁绪的纷繁。"鹭分沙"两句为潭州的江景，暗映题中的"泊"字。从"分沙"两字来看，鹭鸟均已憩息，各据一方；渔舟晒网，渔民停止劳作，垂下香饵钓鱼不过是业余再添点副业收入。这两句看似平静的闲笔，实是以外界的各得顺适来反衬客舟的飘零与寂寞。

耐不住客况的凄凉，作者离舟登岸。"风闲"是对"沾酒旆"而言，但也暗示了酒楼的冷清。"月淡挂帘钩"，又说明他在楼中独坐了许久。借酒消愁是否如愿以偿，末两句从侧面作了回答。"秋，尽在雁边楼"，是叙景，是感受。"雁边楼"从来就容易惹起文人的愁思；而大雁又有传书的功能。此时雁字飞过潭州，却不会给诗人带来乡中的只言片字，徒然引起他家园之念。这种种愁绪汇作曲中"秋"字，愁意在此处达到高潮。

山坡羊 燕子

◎赵善庆

来时春社①，去时秋社②，年年来去搬寒热。语喃喃，忙劫劫，春风堂上寻王谢，巷陌乌衣夕照斜。兴，多见些；亡，都尽说。

【注释】

① 春社：古代立春后第五个戊日。② 秋社：古代立秋后第五个戊日。

【译文】

你飞来时正值春社，你飞去时已是秋社，年年一来一去地把秋寒夏暑衔来搬去。你喃喃低语，忙个不停，在春风吹过的过堂中寻找王导、谢安那样的贵族，却只看到乌衣巷口夕阳西下那样的情景。兴，你见多了；亡，都被你说了。

【赏析】

在此曲中，作者托情于燕，抒历史兴亡之叹。

燕子有飞迁的习性，秋天飞往南方，春暖花开时再返回北方。作者用燕子的来去喻示时间的流逝，又赋予燕子以人的视角。"语喃喃，忙劫劫"的燕子自不会有"春风堂上寻王谢"之意，会去"寻王谢"只能是人。"王谢"指的是王导、谢安，二者都是东晋时期烜赫一时的名士，都曾将府邸安于乌衣巷中。南宋时，人们在王谢故居的废墟上建起"来燕堂"，而燕子年年归来，王谢却早已不在，人们只能对着乌衣巷的斜阳感慨岁月的变迁。

"兴，多见些；亡，都尽说"是一个对偶句，依旧借助燕子的视角慨叹历史，文学上将这种手法称作"移情"，即将人的主观感受转移到某样事物上，使物人合一，强化情感的表达。不管历史如何变迁，兴亡往事最终都付与评说，人世喧嚣也都归于"喃喃"之语。曲的结尾很有一种看淡世事的超然之感。

曲的鉴赏知识

移 情

赵善庆的《山坡羊·燕子》采用了移情的修辞手法。所谓移情就是作者有意识地赋予客观事物一些该事物本不具有的特性，使事物和自己的情感相一致，再用该事物来衬托自己情感的修辞方法。这种方法可以帮助作者表达复杂的思想感情，使物我一体。同时，元曲强调新颖奇巧，该手法若运用巧妙便可以制造出让读者耳目一新的效果。

水仙子 咏竹

◎马谦斋

　　贞姿不受雪霜侵，直节亭亭易见心①。渭川风雨清吟枕，花开时有凤寻②。文湖州是个知音③。春日临风醉，秋宵对月吟，舞闲阶碎影筛金。

【注释】

①直节：竹节。②凤：凤凰。《庄子·秋水》中说凤凰"非梧桐不栖，非练实（竹实）不食，非醴泉不饮"。③文湖州：宋代画家文同，擅长画竹。"胸有成竹"的典故就出在他身上。

【译文】

　　你姿态贞烈，不怕霜雪的侵袭，你竹节坚直，亭亭玉立，显示着你正直的心志。渭河边的风雨是你的枕头，你枕着它发出清新的吟哦，你花开的时候，有凤凰来寻觅你。文湖州是你的知音。春天里你迎风而醉，秋天里你又对月轻吟。你在空荡荡的阶边翩翩起舞，地上的影子像满地黄金。

【赏析】

　　开头两句作者便直接抒发对竹的赞美之情：竹子常年受尽风霜雨露的摧残，却常青如故；竹节亭亭玉立，正直挺拔，清峻不阿。这里是在比喻像竹子一样不因苦难而改变其高风亮节的人。竹子的"节"即人之"气节"。

　　古渭河流域盛产竹子，作者自然而然联想到在那渭河的风雨夜晚，诗人遥听竹子摇曳摆动的声音，能让诗人在枕上构思作品；接着说道花开引凤的传说，据《庄子·秋水》载，凤凰"非梧桐不栖，非练实（竹实）不食，非醴泉不饮"；再说宋代的画家文同也是竹子的知音，"胸有成竹"这个成语便是出自文同的身上。这样的多层次渲染，使得竹子的意蕴形象更加丰富。

　　末尾三句，作者再次通过对竹子的描写，来展现作者内心的人格标准。春天，竹子临风摇曳，婆娑着像喝醉了酒在跳舞；秋爽之夜，竹子瑟瑟而响似诗人吟唱，枝叶间洒下来的月光斑驳，闪闪烁烁像金波在荡漾。极言竹子的英姿飒爽，洒脱不羁。作者通过歌咏竹的刚正不阿和洒脱不羁，来表明对于像竹子一样具有高尚人品的追求。

⊙作者简介⊙

　　马谦斋，生卒年不详，约1317年前后在世。与张可久相识，后者曾作《天净沙·马谦斋园亭》。曾于大都、上都为官，一度过着富贵显要的日子，而后隐居杭州。其人善作散曲，《太平乐府》中收录了其不少作品，曲子题材广泛，用语洒脱，风格清雅。今存小令17首。

227

柳营曲 叹世

◎马谦斋

手自搓，剑频磨，古来丈夫天下多。青镜摩挲，白首蹉跎①，失志困衡窝②。有声名谁识廉颇，广才学不用萧何。忙忙的逃海滨，急急的隐山阿。今日个平地起风波③。

【注释】

① 摩挲：抚摸。剑频磨：喻胸怀壮志，准备大显身手。贾岛《述剑》诗："十年磨一剑，霜刃未曾试。今日把示君，谁有不平事？""青镜摩挲"二句：言对镜自照，白发欺人。青镜：青铜镜。摩挲：抚摩。蹉跎：虚度光阴。
② 衡窝：即衡门，指隐者所居的横木为门的简陋小屋。
③ 今日个：今天。个：语助词。风波：借指仕途的凶险。辛弃疾《鹧鸪天·送人》："江头未是风波恶，别有人间行路难。"

【译文】

搓着自己的手掌，一遍遍将宝剑研磨，自古以来世上的大丈夫实在太多。而如今抚摸着明镜，却发现发现自己头已经白了，时光也虚度了，人生失意，寄居在简陋的小屋里。就算有名声，谁还会认识廉颇那样的人？就算像萧何那样才学广博，也得不到重用。急急忙忙逃到海边，隐居深山去吧。现在这世道，平地里也会生起风波。

【赏析】

此曲子以时间顺序先写青年时期摩拳擦掌，频磨剑锋，希望以后能出人头地。自古而来，胸怀抱负的男儿比比皆是。接下来写自己求仕未遂，到头来却落得抚摸铜镜，叹息白发如雪、岁月蹉跎，潦倒困顿在穷街陋室。又以廉颇和萧何的典故寄寓自己怀才不遇的愤懑之情。说自己有廉颇一般的威名却无人赏识，有如萧何一样的博学却不得任用。而那些已经功成名就的天下莘莘才士们，都争先恐后地逃往了海滨，归隐了山阿，只因为仕途险恶，每每平地上便掀起了风波。

这首曲子夹叙夹议，艺术地概括了元代社会尤为严重的扼杀人才的弊政，以及官场的险恶难测，风格精警，把宦海沉浮、仕途凶险刻画得十分深刻形象，具有很高的思想性和艺术性。

水仙子 贺文卿觱篥（一）

◎马谦斋

薛阳霜夜楚江秋，太乙西风莲叶舟，贺郎近日都参透。占中原第一流，尽压绝前代箜篌①。起赤壁矶边恨，感铜驼陌上愁②。名满皇州。

【注释】

① 箜篌：十分古老的弹弦乐器。② 铜驼陌上：天翻地覆的意思。

【译文】

薛阳吹起了曲子，使人如在秋夜江边；太乙的乐声，让我们驾起了莲叶做的小舟沐浴西风。最近，贺郎把他们的技法都参透了，成了中原第一流的乐师，技艺胜过了前代的箜篌名家。他演奏的觱篥能激起人们在赤壁矶边时才会生出的怨恨，也能勾起人在铜驼陌上一般的忧愁。他的名气遍及京城。

【赏析】

薛阳的曲子使人如在秋夜江边，太乙的乐声让人有以莲叶为舟，乘坐其中沐浴西风的感觉，可见其人曲艺精湛。作者赞叹吹觱篥者参透了这两位前代名家的演奏精髓，虽未写其演奏的情形如何，却将一位觱篥演奏高手摆在我们面前，使我们对其曲艺充满想象，顿起享受其乐声的热望。这时，作者并不急着为我们展示吹觱篥者的曲艺，而是将其与前朝著名的乐师李凭吹奏箜篌的情景相比较，将人物形象渲染至更高地步。唐代著名诗人李贺曾作《李凭箜篌引》，为唐代描写音乐的三大名篇之一，作者称"贺郎"技艺压倒前者，使读者对其吹奏的想象也更上一层楼了。接下来，作者才"千呼万唤始出来"，开始写"贺郎"吹奏觱篥，构思可谓不凡。对觱篥声的描写，作者运用的是反衬手法，用觱篥声使人产生的感受来表现，更具可感性。觱篥声使人想起了采石矶与铜驼陌。采石矶是有着丰富的历史故事的地方，常被前人歌咏；铜驼陌则向来是繁华的代名词，元无名氏《货郎旦》第四折写道："四季里常开不断花，铜驼陌纷纷斗奢华。"一"恨"一"愁"，将历史感与对繁华易逝的哀怨同觱篥声联系在一起，充分表现了"贺郎"的吹奏给人的感染效果。至此，一句"名满皇州"便水到渠成了。

作者借用前代的历史典故，使极短的语句寄寓着很深广的内涵。全曲起伏有致，气势纵横，虽然通篇赞誉之词，但不落俗套，颇有盛唐遗风。

曲的鉴赏知识

元代的宴乐和酬唱情怀

元代，各民族之间的文化艺术交流得到了发展。北方少数民族带来的胡曲番乐与汉族地区原有的音乐相结合，孕育出一种新的乐曲。当时出现了如火不思、胡琴、七十二弦琵琶、三弦、鱼鼓、简子等新的乐器，曲颈琵琶、凤首箜篌、筚篥、笛、大鼓等是那时常见的乐器。后来这种新的乐曲逐渐和音乐脱离变成散曲。而小令原名出于唐代酒令。散曲、小令等与音乐和酒宴的渊源使得许多元代文人作品中一再地出现酬唱乐场面的描写。曹德《庆东原·江头即事》描写人们在酒馆里以音乐助兴曰："香销古鼎，曲换新声。"王仲元《粉蝶儿·集曲名题秋怨》中描写怨妇自离人走后毫无生气的生活：《搅筝琶》断毁，《碧玉箫》尘迷。"可见乐器在当时人们生活中所占的重要位置。而乐器的发展也推动了戏剧的进一步发展。元杂剧和南戏在教坊、行院、伶人、乐师和书会才人的共同努力下取得了巨大的成就。而在文人和歌伎的生活中，快乐生活同宴乐、吟诗作对的酬唱、出游等往往是分不开的。

阅金经 胡琴

◎张可久

雨漱窗前竹，涧流冰上泉。
一线清风动二弦。联，小山秋水
篇①。昭君怨②，塞云黄暮天。

【注释】

① 小山：西汉淮南王刘安手下的文学侍从，有大山、小山之分，淮南小山存世的著名作品是《招隐士赋》，俗称"小山赋"。又北宋词人晏几道号小山，有《小山词》，风格婉丽。又张可久，字小山。这里具有多义性。秋水篇：《庄子》篇名，述恬淡无争的原理。这里泛指清空高妙的乐声。② 昭君：王昭君，汉元帝时宫人，因和亲远嫁匈奴。昭君怨，乐府名，又琴曲名。但此处也可按字面理解为"昭君怨恨"。

【译文】

　　像大雨冲洗着窗前的翠竹，又像涧中的泉水在冰上流淌。琴弦声响，仿佛有一丝清风吹过一般。他把《小山赋》和《秋水篇》的意境联结在曲子里。有时又激起人们像昭君出塞那样的幽怨。边塞的黄昏天里，布满彤云。

【赏析】

　　此曲的起首两句，运用比拟的手法，十分生动形象。作者用雨点冲刷竹叶沙沙作响，写琴声之朴实沉厚；用涧泉迸流于冰上，写琴声之铿锵有力，清脆悦耳。这不由得让人们回想起了唐代诗人白居易的《琵琶行》中"大弦嘈嘈如急雨，小弦切切如私语"之句。"一线"二字点明了这两种声音的来源。古人常把琴弦上流出的声音与风联系起来，而"一线清风"将琴声的缕缕不绝以及指法、弓法的柔和、娴熟，表现得形象贴切，使曲子充满了诗意和美感。"联"是一字句。

散曲中的一字句除能表达自己独立的意思外，还能与上下文连结表意。这里的"联"字，既可以理解为琴声翩翩相联，又可理解为所弹奏的内容连续不断，表现了琴声的圆润悠扬或内容的丰富。

　　曲子描写琴声，出现了两个不同的感情阶段，由起初的清旷空湛如秋之泠水，转为曲末的哀怨凄切如昭君出塞。寥寥数笔，便将琴声中所含感情的变化描摹而出，令人心驰神往。

◉作者简介◉

　　张可久（约1270—1348以后），字小山，一说名伯远，字可久，号小山；一说名可久，字伯远，号小山；又一说字仲远，号小山。庆元（治所在今浙江宁波鄞县）人，散曲家，剧作家，与乔吉并称"双璧"，与张养浩合为"二张"。今存小令855首，套数9首，数量为元之冠，散曲集有《小山乐府》《张小山小令》《张小山北曲联乐府》等，《太和正音谱》中称其为"词林之宗匠"，并认为"其词清而且丽，华而不艳"。

阅金经 青霞洞赵肃斋索赋①

◎张可久

酒后诗情放，水边归路差。何处青霞仙子家？沙，翠苔横古槎②。竹阴下，小鱼争柳花。

【注释】

① 青霞洞：在今浙江衢州市东南石室山边，为道家第八洞天。赵肃斋：张可久在浙江任小吏时的长官兼友人。《小山乐府》另有一首《折桂令·肃斋赵使君致仕归》，可知赵肃斋做过县官，弃官归隐。
② 槎：木筏。

【译文】

喝过酒后，我的诗情更加奔放了。我沿着水岸走着，竟然走错了回家的路。哪里才是青霞仙子的住处呢？沙滩上，翠绿的苔藓中，横放着一艘古旧的木筏。在一处竹林的阴影下，水里的小鱼儿正在那儿为一片柳絮儿争抢着。

【赏析】

作者的好友赵肃斋隐居于青霞洞边，作者到访，友人便向作者索要题咏。这首小令就是作者的题赠之曲。

起首两句，作者先描写人物。写了好友赵肃斋酒后心胸的豪放和诗意顿起的情形，又写了因醉酒而感觉路面变得凸凹不平的情趣。一个"放"字不仅写诗情勃生，而且也写酒量放开；一个"差"字，将主人公醉酒后的旷达和狂放刻画而出。

第三句是承上启下。主人公因酒醉而找不到自家家门，却向别人打听自己的家在哪儿，且又自呼其名，更进一步点画了主人公的豪放旷达、无忧无虑的性格。

接下来，作者对主人公赵肃斋在青霞洞边的居所进行了描写，从而转入了正题。"沙"字点明了居所的位置处在溪边沙岸上；"翠苔横古槎"点出了船的老旧，并且从"翠苔"二字中可以看出，主人公曾好久没出远门了。这表现了主人公过着悠闲的隐居生活。一片浓郁的竹阴倒影之下，一群小鱼儿正在误以为飘零的柳叶是食物相互争夺。"竹阴"一词将主人公居所的幽静之态形之于纸上；"争柳花"一词又将主人公生活的闲适描摹了出来。"沙"后的前三句极写静态，最后一句又突现动态，动静结合，依然是一派恬淡闲适的景象。"青霞仙子"的家坐落在这样幽雅的环境中，其本人隐逸生活的情调、风味、志趣就在人们的意料之中了。

此曲语言清新，充满生活意趣。

人月圆 客垂虹①

◎张可久

三高祠下天如镜②，山色浸空濛。莼羹张翰③，渔舟范蠡④，茶灶龟蒙⑤。故人何在？前程那里？心事谁同？黄花庭院，青灯夜雨，白发秋风。

【注释】

① 垂虹：桥名，在吴江（今属江苏）东，一名长桥。桥上有垂虹亭。② 三高祠：吴江人于宋代所建，以纪念范蠡、张翰、陆龟蒙三位乡贤。祠在垂虹桥东。③ 张翰：晋人，字季鹰。曾为齐王司马冏召为大司马东曹掾，因为思念吴中的莼羹、鲈鱼，毅然辞官回乡。莼，一种圆叶的水生植物。④ 范蠡：春秋越国大夫，曾辅佐越王勾践兴越灭吴。相传他功成后即以一舟载上西施，同泛于太湖之中。⑤ 龟蒙：陆龟蒙，字鲁望，晚唐人。隐居不仕，以茶酒自娱。

【译文】

三高祠边，天空像明镜一般。山中的景色也那么空明，像是浸在水中一样。我想起了当年张翰因为思念家乡的莼菜汤，辞官回到吴中；范蠡功成身退，在太湖驾着渔舟飘荡；陆龟蒙也不去做官，整天蹲坐在煮茶的灶边。故时的旧交在哪里啊？我的前途又在哪里？有谁跟我怀着一样的心事呢？在那开满菊花的院落里，我独守孤灯，夜晚下着雨，白发被秋天的风儿轻轻吹着。

【赏析】

此曲在缅怀前贤的同时抒发自己悠悠的思乡之情。

作者于三、四、五句以一组三句鼎足对，借用有关张翰、范蠡、陆龟蒙的典故，表达了自己对先贤的无限敬仰。作者面对后人为他们修建的祠堂而作文，感怀之思、追慕之情溢于言表，但也触动了他的伤心事。作者接下来又以三个鼎足对"古人何在？前程那里？心事谁同？"，寄出了自己对于前途的迷惘，对于境遇的无奈，更是对于知音渴求的悲伤。曲后又以三组三个鼎足对"黄花庭院，青灯夜雨，白发秋风"收尾，让读者感到秋天的凄清，独自为客的凄冷和垂垂老矣的凄凉。

曲子除首二句外，其余九句分三组皆为鼎足对，对仗工整但又不雷同，紧凑凝练，语句沉稳而不呆板。

汉东山

◎张可久

霓裳舞月娥①，野鹿起干戈②。百年长恨歌③，闹了也末哥④。万马千军早屯合。走不脱，那一埚⑤，马嵬坡⑥。

【注释】

① 霓裳：《霓裳羽衣曲》的简称。《太平广记》的神仙记载中，谓唐玄宗随术士游月宫，闻月中仙乐，默而记之，名之曰"霓裳羽衣"。② 野鹿：指安禄山。《唐书》载安禄山过巨鹿，惊曰："鹿，吾字也。"又张俞《过华清宫》："不妨野鹿逾垣入，衔出宫中第一花。"③ 长恨歌：唐白居易作《长恨歌》，友人陈鸿作《长恨歌传》，均以唐玄宗、杨贵妃悲欢故事为题材。④ 也末哥：语尾助词，无义。⑤ 一埚（guō）：一块地方。⑥ 马嵬（wéi）坡：在陕西兴平县，为六军都督陈玄礼发动兵谏的处所，也是杨贵妃赐死及埋葬之地。

【译文】

宫廷里响起了《霓裳羽衣曲》，美人们翩翩起舞，就像月宫里的嫦娥。这时候，安禄山却发起了兵变。那传唱了百年的《长恨歌》，写下的不过是这么一场闹剧罢了。千军万马，早已经屯聚集合，却走不过那悲伤之地，千古不变的马嵬坡。

【赏析】

此小令为咏史之作。

曲写唐朝皇帝李隆基专宠杨玉环，招致"安史之乱"。全曲设定两个场景并行叙写。一为宫闱中歌舞寻欢的荒淫场面；一为乱军迭起的干戈凌乱之象。曲中，"霓裳""月娥""干戈""长恨歌""万马千军"等意象如同剪辑而成的电影画面，依次出现在曲子中。最后，作者又以惊心动魄的"马嵬坡"事变为定格镜头，表现了李隆基的无可奈何。

全曲巧妙地运用了对比的写法，是人物形象更加鲜明，言简意赅。

塞鸿秋 道情①

◎张可久

雪毛马响狻猊鞯②，神光龙吼昆吾剑③。冰坚夜半逾天堑④，月寒晓起离村店。一身行路难，两鬓秋霜染。老来莫起功名念。

【注释】

① 道情：道家看破红尘的情味。
② 狻猊鞯（suān ní zhàn）：饰绘着狮子（狻猊）图案的马鞍。
③ 昆吾剑：产于昆吾的宝剑，能切玉如泥。昆吾，《山海经》中神山名。④ 天堑：难以逾越的天然坑沟，多指大江大河。

【译文】

马儿鬃毛上凝结着雪粒，饰绘着狮子图案的马鞍沙沙作响。宝剑怒吼着发出冷冷光。河水冻结，我半夜里走过这天险；月色清冷，大清早便起身离开了野店。我独自一身上路，旅途艰难，两鬓长出了皑皑白发。人已经老了，就别再生出什么求取功名的念想了！

【赏析】

　　此曲以劝世篇名描写作者自身的仕途生涯。表面上是劝人莫如作者一般至老辛劳，而其对恶劣自然环境所作的雄奇瑰丽的描写摄人心愧，使人对他肃然起敬。

　　全曲结构工整严谨。全篇七个句子，前六个句子两两对仗，只最后一个句子单句作结。

　　第一组对仗描写行装。首字"雪"点明时令，而其奇特之处在于不浪费笔墨作更多描绘，只以其作衬字来描写行马之难。其中"马"是实指，而"龙"是比喻义。骏马宝剑，指明主人的尊贵。"响"对应"吼"，特殊的天气中奇特的声音伴随，人马俱至。此处极力渲染天气的恶劣。"雪毛马响""神光龙吼"两句，描写了游骑雪中艰难独行的困苦，表达了作者青年时期豪气干云、极想有所作为的心情。第二组对仗进一步描写戎马倥偬、人马劳顿的艰辛。"冰坚夜半""月寒晓起"旅途中可谓长路漫漫。"夜半"和"晓起"，点明起居无时。"天堑"是旅途中难以逾越的困难，"村店"是指行至人迹罕至、荒芜凄凉之地。旅途中的孤独、悲惨以至于恐慌也时常侵蚀着游子的心怀。最后一组对仗句直抒"一身行路难，两鬓秋霜染"的慨叹，对自己的宦游生涯作结。"行路难"既是总结上文的实写，又是对宦官险恶的总括。正如李白《行路难》中所感慨的："行路难！行路难！多歧路，今安在？长风破浪会有时，直挂云帆济沧海。"而作者没有李白此时的豪情，因为他已经白发苍苍。

　　最后作者纯为应题略提一句"老来莫起功名念"。联系作者身世——以路吏转首领官，年七十尤为昆山幕僚，一生也未能如意，至老还是忧怀困顿，其积极入世的奋斗精神令人可叹。而为应题提出此句，以其身世为据，却也令人可信。

　　全曲语言奇丽工整，对仗起势使整首曲子显得很有气势。

清江引 秋怀

◎张可久

西风信来家万里，问我归期未①？雁啼红叶天②，人醉黄花地，芭蕉雨声秋梦里③。

【注释】

①"问我归期"句：李商隐《夜雨寄北》有："君问归期未有期，巴山夜雨涨秋池。"②红叶天：秋天。红叶，枫叶。深秋枫叶红遍，霜林如醉。杜牧《山行》："停车坐爱枫林晚，霜叶红于二月花。"③"芭蕉"句：刘光祖《昭君怨》："疏雨听芭蕉，梦魂遥。"

【译文】

西风送来万里之外的家人寄来的信笺，问我什么时候才能回家。大雁在漫天的红叶里鸣叫着，我醉倒在开满菊花的地方。芭蕉被雨水击打着发出的声响，我在这秋天堕入了梦乡。

【赏析】

此曲写秋日怀家思乡之情。

一封家书询问自己何时归家而引起作者的思家、思乡之情。但作者并没有直接作答，而是以"雁啼红叶天，人醉黄花地，芭蕉雨声秋梦里"的描写婉曲表达出乡思之深、乡愁之浓和欲归不能的苦楚。这"雁啼""红叶""黄花""芭蕉雨声"等带有强烈时令特点和人的主观感受强烈的事物，虽未极言思家之切，但此情已尽在字里行间了。更为人所不忍的是，作者思家之如此情深切却在短时间内都回家无望，雨水打在芭蕉上的声音让他辗转难眠，只能期待在梦中实现回家的愿望。此情此景，实在是令人心酸。

此曲语言清新质朴，以景写情，情景妙合无垠，构思别具一格。而作者的感情真挚自然，"啼""醉"两字，只字行间渲染出愁思之浓。

喜春来 金华客舍

◎张可久

落红小雨苍苔径①，飞絮东风细柳营。可怜客里过清明。不待听②，昨夜杜鹃声。

【注释】

①落红：凋谢的花。②不待听：不愿意听，不忍心听。

【译文】

天上下着小雨，落花飘落在铺满苍苔的小路上。柳絮在东风中飞舞，柳条一丝丝那么纤细。可怜我在异乡度过这清明时节。不忍听昨夜杜鹃的叫声。

【赏析】

"落红小雨苍苔径"与"飞絮东风细柳营"都描写的是初春的景象，与第三句中的"清明"相互呼应，

为读者展现出一幅柔媚清新的春景图。然而，这美好的风光中却蕴含着淡淡的哀愁。"落红"常被文人墨客拿来抒发好景不长的慨叹，"飞絮"又常被用来象征身不由己。结合第三句"可怜客里过清明"，不难看出作者从"落红"和"飞絮"中看到了自己的影子——被命运摆布，无奈地漂泊异乡。

正因为起首二句散发着若有似无地忧伤，第三句的转折才没有显得过于突兀。曲子由第三句开始，意境由明丽转向阴郁，作者的心情已不言自明。面对着美丽的春景，他的心中只有愁苦。杜鹃的叫声加重了他的思归之情，为曲子又增添了几分忧郁之感。

一半儿 落花

◎张可久

酒边红树碎珊瑚，楼下名姬坠绿珠①，枝上翠阴啼鹧鸪。谩嗟吁②，一半儿因风一半儿雨。

【注释】

① 绿珠：西晋石崇的歌姬，后为报主知遇之恩而坠楼自杀。② 谩：徒然。

【译文】

　　这落花像酒桌上击碎了了珊瑚树一般，又像名姬绿珠坠落在楼下。树枝上那一片翠绿儿的叶荫里，鹧鸪在哀怨地啼叫。我徒自为它叹息，这花儿啊，一半儿是被狂风吹落的，一半儿是是被暴雨打落的。

【赏析】

　　曲写落花。此曲前三句是鼎足对（作者"一半儿"的前三句喜用"鼎足对"的写法）。首句暗用石崇典故，写树上花谢欲落，用"碎珊瑚"形容花儿散落凋零貌；次句写花儿从枝上坠落，用"绿珠"之典，寄寓了作者的惜花心情；第三句写枝头绿荫葱翠，鹧鸪凄鸣，呈现春去花尽的景象。作者惜花怜花却无可奈何，所以"谩嗟吁"，将花落春去的责任归咎风和雨。

　　此曲将自然之落花情景与历史上"名花"命运结合来写，表达出作者对美好事物易受外力摧残的不平，寄意悠远。

一半儿 酒醒

◎张可久

罗衣香渗酒初阑①，锦帐烟消月又残，翠被梦回人正寒。唤蛮蛮②，一半儿依随一半儿懒。

【注释】

① 阑：残尽。② 蛮蛮：侍女的拟名。

【译文】

　　绸衣上满是薰香味儿，酒已经差不多喝要完了。锦布帐里，炉香渐渐消散，天边的月亮也已残缺。绿色被子里，我从梦中醒来，感觉出阵阵寒意。我叫来侍女来服侍我，她却一半儿顺从我，一半儿懒绵绵的。

【赏析】

　　这首小令作者写了宴中畅饮醉酒、宴罢席散、夜半酒醒三个场景。

　　熏香之味将她的衣服渗满时，酒也几欲喝罢。夜深人静，烟消月残，已经醉眠了多时的作者无法再继续梦境，这时才觉得有些清冷难耐，于是去推唤身边的侍妾。她迷迷糊糊地依偎过来，半睡半醒间娇痴慵懒的神态煞是惹人爱怜。

卖花声 怀古

◎张可久

阿房舞殿翻罗袖①，金谷名园起玉楼②，隋堤古柳缆龙舟③。不堪回首，东风还又④，野花开暮春时候。

【注释】

① 阿房（旧读 ēpáng）：公元前 212 年（秦始皇三十五年），征发刑徒七十余万修阿房宫及骊山陵。阿房宫穷极侈俪，仅前殿即"东西五百步，南北五十丈；上可以坐万人，下可以建五丈旗；周驰为阁道，自殿下直抵南山"。但实际上没有全部完工。全句大意是说，当年秦始皇曾在华丽的陕西省房宫里观赏歌舞，尽情享乐。② 金谷名园：在河南洛阳市西面，是晋代大官僚大富豪石崇的别墅，其中的建筑和陈设也异常奢侈豪华。③ 隋堤古柳：隋炀帝开通济渠，沿河筑堤种柳，称为"隋堤"，即今江苏以北的运河堤。缆龙舟：指隋炀帝沿运河南巡江都（今扬州市）事。④ 东风还又：现在又吹起了东风。这里的副词"又"起动词的作用，是由于押韵的需要。

【译文】

阿房宫的大殿里，宫女翩翩起舞罗袖翻腾。金谷园里，建着华美的高楼。堤上古老的柳树，系着隋炀帝南游的龙舟。往事不堪回首，东风却又吹了起来，野花也在这暮春时节开了。

【赏析】

这是一首颇具警示之意的怀古之曲。

曲子以一组鼎足对领起。阿房宫、金谷园以及隋堤，都曾是财富和权力的象征，辉煌无比，风光无限。但到作者张可久生活的时代，阿房宫已是一片废墟，金谷园荒废多时，曾经种满青青杨柳的隋堤也被淤泥堵塞。再看它们的缔造者。秦始皇死后不久，他苦心建立的帝国就在农民起义的呐喊声中轰然倒塌。石崇并没能在金谷园中安享晚年，他因斗富惹祸上身，连带着全家都死于非命。还有隋炀帝，他好大喜功，劳民伤财，最终落得众叛亲离的下场。偌大的隋朝被人推翻，他本人也被逼自缢，死后连像样的棺材都找不到，只得用床板匆匆做了一个。

奢侈可亡身、可亡国。想起这些往事，作者的心情非常沉重。"不堪回首，东风还又"蕴含着深深的不安，类似这样的事情还会上演，一如年年都会吹起的东风。人若沉溺享受，穷奢极欲，便会像那些在暮春时节绽放的花朵，用不了多久就会凋零衰败。

卖花声 客况

◎张可久

> 登楼北望思王粲，高卧东山忆谢安，闷来长铗为谁弹①？当年射虎②，将军何在？冷凄凄灞陵古岸。

【注释】

① 长铗：剑的一种，指长剑。刀身剑锋长者称"长铗"，短者称"短铗"。铗，剑柄。
② 射虎：此为飞将军李广月夜射虎的典故。

【译文】

　　我登上高楼，想起了王粲，卧在高高的东山里，又回忆起了谢安。心情郁闷的时候，我的长剑应该为谁而弹？当年月夜射虎的李广将军，现在在哪里？灞陵古岸上，多么凄凉。

【赏析】

　　作者虽出仕多年，却依旧踯躅于小吏幕僚之间，此时又客居途中，心中的忧郁之情便油然而生了。在此曲中，作者用了一连串的典故诉说不得志的心情。"登楼北望思王粲"，曾经是建安七子之一的王粲投奔刘表不受重用，便登上高楼作《登楼赋》抒发抑郁之情，作者登楼想起王粲，正是因为自己与他一样怀才不遇，羁旅之中感慨万千，借古人之杯，浇心中块垒，开篇一句，便将心中愁绪展现在我们眼前了。"高卧东山忆谢安"，说的是东晋名士谢安在出仕之前曾隐逸深山。而谢安最终得以大展宏图，作者却不知自己能否有建功立业的一天；而且，谢安在隐居时，虽未能致仕，却能享山水之乐，作者自己却正值客愁之苦：两相比照，作者心中的酸楚便又加深了一层。如此，接下来的一句以"闷"为开头便理所当然了。"长铗为谁弹"是说战国时冯谖因怀才不遇弹长剑作歌，而此时此刻，写景述怀的作者不也如冯谖一样吗？在这一句中，作者又将自己与古人一样的怀才不遇之感加深了一层。冯谖虽未遇，但最终受到了孟尝君这样的贤主的礼遇，而作者自己的"遇"则始终遥遥无期。作者以疑问的语气，更进一步地表达了这种落魄感。

　　"当年射虎，将军何在"讲的是西汉大将李广。李广有射虎之力，功勋赫赫，但却老来失意，在灞陵受辱，被人奚落，并最终因为小事被降为庶人。"冷凄凄灞陵古岸"，显然不是作者所见的实景，而灞陵正是当年李广落魄之地，作者以"冷凄凄"对其进行描述，是为古人的境遇鸣不平，也是为自己的命运哀叹。

　　全曲虽由典故组成，却无丝毫掉书袋之感。这是因为作者用清晰且自然的情感逻辑将这些典故有机地组织到了一起——因登楼想起王粲，也和王粲一样以文抒志，希望能如谢安一样终得赏识，想到自己怀才不遇不由联想起冯谖的故事，不知有多少英雄如李广那样被白白埋没，真让人感叹命运不平——典故与典故的承接非常自然，而且也与自身遭遇和情感联系紧密。

曲的鉴赏知识

文学中的想像

　　想像指想出不在眼前的具体形象或情景，为了艺术的或知识的创造的目的，而形成有意识的观念或心理意象的能力。想像是一种有目的、创造性的思维活动。想像是古代文学中最经常运用的表现手法。想像手法的运用在古典诗词中也比皆是，如三国时期曹植《洛神赋》通篇运用想像，极力描写洛神之美："其形也，翩若惊鸿，婉若游龙，荣曜秋菊，华茂春松。"在散曲中想像这种手法也是一种比较常用的手法，比如张可久《卖花声·客况》中对李广在灞陵凄凉受辱的情景进行描写："将军何在？冷凄凄灞陵古岸。"

满庭芳 春晚

◎张可久

　　知音到此，舞雩点也①，修禊羲之②。海棠春已无多事，雨洗胭脂。谁感慨兰亭故纸？自沉吟桃扇新词。急管催银字③，哀弦玉指，忙过赏花时。

【注释】

① 舞雩点也：求雨仪式上跳的舞蹈。《论语》中有"浴风乎沂，风乎舞雩，咏而归"。点，指曾皙，孔子的弟子。
② 修禊羲之：修禊，古人的一种风俗，古人认为三月上旬于河边洗澡可拔除不祥。这里指东晋书法家王羲之和友人在兰亭宴会，作《兰亭集序》的典故。③ 银字：一种管状乐器，管上有银色音阶徽记。

【译文】

　　我的知音曾来过这里。曾皙曾和伙伴在求雨的高台上吹风，王羲之也曾和好友在兰亭边宴会。春天海棠花开过了，已经没什么好看的了，雨水冲掉了树上的花瓣。谁还会为兰亭下古人的文章而感慨？桃花扇上新题的歌词，也只能独自吟哦。歌管和银字急促地吹着，纤纤玉指弹奏着哀伤的曲调，这赏花的时光就这样匆匆过了。

【赏析】

　　农历三月上旬的第一个巳日是中国古代的一个重要节日——上巳。每到此节，人们便要成群结队地去水边祭祀，沐浴，认为这样做可被除疾病和不祥，称为"修禊"，之后还要举行宴饮、游赏等活动。有关修禊等活动的记述，最出名的莫过于王羲之的《兰亭集序》，其"后之视今亦犹今之视昔"的感慨，则更是脍炙人口，让人临文嗟叹。

　　春晓之时，小雨轻洗海棠，娇艳欲滴；知音们相聚在管弦之乐的相伴下切磋书艺，交流词作。本曲就写了这样一篇记述修禊盛会的作品，但文章的主旨却与《兰亭集序》吊古感今有别，所要表达的思想是人逢喜事佳时就应忘却一切，只求及时行乐。这样的思想虽然深沉不足，但潇洒旷达，让人能够感受到作者在节日中畅快的心情。

　　全曲多处对仗工整，用典确切，可见作者善用修辞。

骂玉郎过感皇恩采茶歌 杨驹儿墓园①

◎张可久

莓苔生满苍云径，人去小红亭。题情犹是酸斋赠②，我把那诗句赓③，书画评，阑干凭。茶灶尘凝，墨水冰生。掩幽扃④，悬瘦影，伴孤灯。琴已亡伯牙⑤，酒不到刘伶。策短藤⑥，乘暮景，放吟情。写新声，寄春莺⑦。明年来此赏清明，窗掩梨花庭院静，小楼风雨共谁听？

【注释】

①过：首带过曲包括南吕宫的"骂玉郎"、"感皇恩"、"采茶歌"三支曲子。杨驹儿：名不详。《说集》本和孟称舞刊本《录鬼簿》在孔文卿《东窗事犯》下均注有"杨驹儿做者"，大约是当时的著名演员。②酸斋：贯云石，字酸斋。③赓：续，续作。④扃：指门扇。⑤伯牙：春秋时人，善弹琴。见《列子·汤问》。⑥策短藤：以短藤为马鞭。策，马鞭，此作动词。⑦写新声，寄春莺：写下这首曲子，让春莺去唱。

【译文】

苔藓生满了绿云一般的小路，人离开了小红亭。那首诗还是贯云石送我的。我把他的诗续写了一番，品评着书画，倚靠着栏杆。煮茶的灶上堆满了灰尘，墨水也凝结成了冰。我轻轻关上小门，一盏孤灯与我相伴，我的影子在屋顶高挂着，显得那么消瘦。伯牙的琴已经没了，刘伶也喝不到酒了。握着短藤，在暮色里放声吟咏。写下这首新曲子，寄给春天的莺儿。明年再来这里看看清明节，梨花掩住窗子，庭院里静静的，小楼上的风雨声，谁和我一起听呢！

【赏析】

杨驹儿是与作者及元曲家贯云石（号酸斋）过从甚密的民间戏曲艺人，此曲是他故去后作者于其墓园写下的吊亡之作。

面对友人生前所用之物，如今却沾满灰尘，物是人非，悲伤充满了作者的心灵。作者怀着这一心情，所见每物都蒙上了一层悲怆的色彩。"莓苔生满""人去也""尘凝""冰生""幽扃""瘦影""孤灯"，这一

事一物里无不饱含着作者对旧友的怀念之情，透露出作者的悲怆之意。

曲子前六句写作者墓园凭吊时的所见所做，中间十句写睹物思人，后五句则以欣喜的语调想象明年的春景。最后写明快的春景，作者用反跌的手法，以乐衬悲，深化作者对已故好友的无限悲痛之情。

曲子情感凄怆，字里行间浸透着友人去后的孤独哀伤的情绪，其痛失知音后的悲苦呻吟近如在耳，让人为之肠回九转。

落梅风 春情

◎张可久

秋千院，拜扫天①，柳荫中躲莺藏燕。掩霜纨递将诗半篇②，怕帘外卖花人见。

【注释】

① 拜扫天：即寒食、清明的几天，《东京梦华录·清明节》载："凡新坟皆用此日拜扫……自此三日，皆出城上坟。"
② 霜纨（wán）：指白色的衣袖。

【译文】

在那竖着秋千架的小院里，祭坟扫墓的日子里，柳树荫里，躲藏着莺儿燕子。她抬起白色的衣袖，半遮半掩地递出写着半首情诗的帕子，害怕被珠帘外卖花的人看见。

【赏析】

此曲是描写古代青年男女幽会之作。

此曲选取清明佳日、秋千院落、柳荫深处为描写的时空环境，刻画了青年男女藏身柳下，绣帕传诗的情节，演绎了一段古代市民的爱情生活。

架设着秋千的庭院，人们都外出拜扫祭奠的寒食天，对于幽会的男女来说，地点是极好的，因为有秋千这样浪漫的道具，时间是难得的，因为只有"拜扫天"才有机会互相见面。柳荫下，两人互诉情话，树上的莺儿和燕子都躲进树叶丛中了，或是被两人的激烈嬉戏惊吓，或是偷偷窥视两人谈笑。无论是哪一种情形，作者均以鸟儿的娇羞可爱，陪衬出了幽会情人的浓情蜜意。

后两句描写两人幽会的情景。她用白丝手帕遮掩着递给他情诗半篇，只怕帘儿外卖花人瞧见。绣帕传诗，表现的是女子对男子的热恋。"诗半篇"之语，是说绣帕上的情诗只写了一半，姑娘却把它匆匆地递给了心上人，她急切地想要向自己心爱的才郎传达自己的爱意，这一细节描写，展现了两人之间的情意绵绵。诗未写完却急于递给对方，还因为害怕家人祭扫归来得早，两人不能尽诉情缘，幽会的仓促和时间的紧迫，又给故事增添了几分浪漫气息。"掩霜纨"这一动作的刻画可谓极其生动传神，少女虽然心情激动，却又满怀羞涩，"怕帘外卖花人见"，爱情特有的美感，由这样一个以动作描写心理的细节，表现得活灵活现。此曲展现人物的情态和心理巧妙而生动，简单几笔，情窦初开的少女的娇怯之态便跃然纸上，而她对爱情的渴望也真切可感，是一篇构思不凡、用墨独到的写情小品。整首曲子虽用字简练，但写得波澜起伏，细微传神。

水仙子 归兴①

◎张可久

淡文章不到紫薇郎②，小根脚难登白玉堂③，远功名却怕黄茅瘴④。老来也思故乡，想途中梦感魂伤。云莽莽冯公岭，浪淘淘扬子江，水远山长。

【注释】

① 归兴：归乡后的感触。② 淡文章：平淡浅薄的文章。紫薇郎：唐代对中书郎的别称，在此泛指文职高官。③ 小根脚：犹言根底浅，指出身平寒微贱，门第不高。白玉堂：即玉堂，唐宋以后对翰林院的别称。④ 黄茅：茅草中的一种，多生长在无人居住的荒僻之地。瘴：瘴气，指热带森林中的湿热之气，从前被认为是恶性疟疾等传染病的病源，古人对此畏如狼虎。

【译文】

文章浅薄无味，当不上高官；出身卑微，所以很难登上翰林院；想远离功名又怕黄茅和瘴气。人已经老了，我思念起了故乡。在归途里，怀乡之梦让我心暗伤。冯公岭上云雾莽莽，扬子江中白浪淘淘，水又远山又长。

【赏析】

此为宦游者思乡之曲。

作者一生奔波辗转，多年羁旅他乡，年龄越长，乡思愈切。

"归兴"用现在的话说就是回家的心情。说起回家，人们多充满期待。但作者却正好相反。作者写此曲时正处在失意之中，他展望未来，只见前途一片渺茫。"淡文章不到紫薇郎"实为愤懑之语。元代文人大多要考引荐入仕，即使再有才华，若无人引荐，也难以得到朝廷赏识，更不要说大展宏图。相较其他朝代的统治者，元人较轻视文章学问，作者只能无奈长叹"小根脚难登白玉堂"。残酷的现实摆在作者眼前，没有靠山便不可能在仕途上有大的发展。

在朝为官心中抑郁，辞去官职又生活不下去。作者坦陈没有勇气辞官回乡，"远功名却怕黄茅瘴"。他在官场已生活太久了，没有什么其他的谋生技能，辞了官就意味着丧失生活来源。虽厌倦官场，又不得不在官场中挣扎。看着自己一天天地衰老，作者怎能不黯然神伤。人失意时，思乡之情便格外浓重。作者也不例外，他早已过了野心勃勃，志在四方的年纪，十分向往安宁的生活。

然而事事总是不尽如人意。"云莽莽冯公岭，浪淘淘扬子江"说明他的家乡在遥远的彼方，他不可能在不辞官的情况下返回家乡，所以也只能在梦中一偿归乡之愿，而这又是何等可怜。

全曲感情真挚深沉，对仗用得极有特色，如象征权位的"紫"与"白"两两呼应，"冯公岭"和"扬子江"相互映衬。这些都从一个侧面告诉读者，作者的文章并非"淡文章"。

水仙子 乐闲

◎张可久

　　铁衣披雪紫金关①，彩笔题花白玉阑②，渔舟棹月黄芦岸。几般儿君试拣③，立功名只不如闲。李翰林身何在④，许将军血未干⑤。播高风千古严滩⑥。

【注释】

① 铁衣：铁甲。古代所穿用铁片制成的战衣。紫金关：宋时名金坡关，金元时改为紫荆关。在河北易县紫荆岭上，为古代军事重地。此指边防要塞。② 彩笔题花：暗用李白在长安供奉翰林时所写《清平调词》三首以咏牡丹花歌咏杨贵妃的典故。③ 几般儿：指以上武将立功边塞、文人供奉翰林、渔翁垂钓江三件事。④ 李翰林：即李白。曾任翰林供奉。⑤ 许将军：指唐玄宗朝睢阳太守许远，安史之乱，他与张巡奋力守城数月，城破被俘不屈而死。⑥ 严滩：又名七里滩、子陵滩等。相传为东汉著名隐士严光（字子陵）拒绝汉光武帝征召隐居垂钓处。

【译文】

　　穿着铁甲，在大雪中守卫紫荆关，或是在白玉栏边挥彩笔歌咏牡丹歌咏贵妃，或是在长满芦苇的岸边，在月下划动着小船。这几般事儿由你去挑拣，追求功名还不如闲着。李白如今在哪里？许守远的血迹还没干。只有那七里滩上，严光的高风亮节千古流名。

【赏析】

　　此曲开始作者便以三句"鼎足对"描绘出三种人生境况：一是雄立于边关风雪之中，为国戍守疆土；一是在君王面前一展文采，博得恩宠；一是远离尘世喧嚣，渔舟月钓于黄芦岸边。作者先摆出几种生活让读者选择，而后提及以上不同生活的代表人物的结局：为国戍关如许远者战死沙场，血犹未干；以诗文求仕如李白者终遭远谪，溺死于归途；归隐富春山，以渔樵终老如严子陵者，其高风亮节广为世人传颂。

　　综观全曲，作者通过比照的手法刻画了三种截然不同又素来被世人推崇的人生，并一一揭示了它们不同结局，然后以此为论据进行论证，说明人只有淡泊名利，才能过上安闲自在的生活。至此，作者的人生观已不言自明，曲子"乐闲"的主题也鲜明地体现出来。

凭阑人 江夜

◎张可久

江水澄澄江月明，江上何人抯玉筝^①？隔江和泪听，满江长叹声。

【注释】

① 抯（chōu）：拨动，弹拨。玉筝：对古筝的美称。筝是一种弹拨乐器。

【译文】

　　江水澄澈，江上的月儿那么空明，江边是谁在弹古筝？隔着江流着泪听，满江都是叹息声。

【赏析】

　　此曲写月夜听筝而产生的愁绪。

　　江水、明月，又加断续的古筝弦音，首句就将作者所处的环境交代清楚，勾勒出一幅凄清的江边月夜听筝图。

　　小曲写月夜江上筝声的凄楚动人。第一句写江景月色，营造出空明安静的氛围，第二句写听筝人最初的反应。三、四句写江上、江岸的听众为筝声所陶醉

和感动。曲子未从正面写乐声，曲中既未出现弹筝之人，也未说所弹何曲、如何弹奏，而是从侧面写隔江听乐之人的反应，以少胜多，显得空灵蕴藉。曲子每句都嵌入一"江"字，巧妙、自然、浑然天成。

天净沙 江上

◎张可久

　　嗈嗈落雁平沙①，依依孤鹜残霞②，隔水疏林几家。小舟如画，渔歌唱入芦花。

【注释】

① 嗈嗈(yōng)：雁叫声。平沙：水边平地。② 依依：轻柔的样子，描述野鸭轻飞的样子。鹜(wù)：野鸭子。此句化用王勃《滕王阁序》"落霞与孤鹜齐飞"的名句。

【译文】

　　大雁嗈嗈地叫着，落在沙滩上，一只野鸭子在晚霞中轻柔地飞着。隔着水，稀疏的林子里住着几户人家。小船像画儿一样，渔夫在芦花丛中歌唱。

【赏析】

　　这是一首写景的小品。

　　嗈嗈的落雁和孤单的孤鹜形成了动与静的对比，前者热闹，后者萧瑟，前者让曲中景色活了起来，后者则赋予曲中景宁静悠远的美。作者只用寥寥数笔就表现出大自然的超凡魅力，让人不由羡慕起曲中的那几户人家，羡慕他们能生活在如此美好的环境中。"小舟如画"，曲中人都成了这美丽景色的一部分，他们生活惬意，不然渔夫又怎会一边划船一边歌唱？

　　作者并未出现在曲中的世界里，但人们仍可感受到他悠然愉悦的心情。此曲可谓"化景物为情思"的绝好范例，语言清新，意境高远。

曲的鉴赏知识

化景物为情思

　　化景物为情思是元曲中一种常见的写作手法，是营造意境的重要途径，这种手法的关键是景中寓情，托物言志，将外在的客观景物描绘与内在的主观情思融为一体，使之形成一个艺术的整体，给读者以宽广的想象余地。让读者从富有画面感的意境中体会作者的心境。古人也将这种手法称作"真境逼而实境生""实者逼肖，虚者自出"。

秦楼月

◎张可久

寻芳屦①，出门便是西湖路。西湖路，傍花行到，旧题诗处。瑞芝峰下杨梅坞②，看松未了催归去。催归去，吴山云暗③，又商量雨。

【注释】

① 屦（jù）：鞋。此代指行踪。② 瑞芝峰：在杭州南山区风篁岭、狮子峰之间。杨梅坞：靠近瑞芝峰，以宋时金妪栽杨梅盛美得名。③ 吴山：在杭州西湖东南。

【译文】

我到处寻觅鲜花，出门就是西湖。在西湖边上，沿着花丛，我走到了昔日题诗的地方。瑞芝峰下的杨梅坞，我看松树还没看够，就有人催我回去了。那人又在催我回去啊！当我踏上了回家的归程吴山上乌云昏暗昏暗的，眼看就要下起雨来。

【赏析】

这是一首游记式写景之曲。

穿好赏花用的便鞋，打开宅门，门外正对的就是前往西湖的道路。作者傍花穿柳前往西湖，经过了几处往日题写下诗句的地方。行至瑞芝峰下的杨梅坞，作者驻足观松，但天公不作美，催他早早归去；吴山上空的云层阴暗下来，降雨正在酝酿之中。曲子以"西湖路""瑞芝峰""杨梅坞""吴山"这四个景点的变换为记游线索，形象鲜明而简洁。

此曲可以说是一篇短小精致的游记，记述的是作者顺着西湖岸前往杨梅坞一段的行程，语言朴实无华，风格简洁晓畅。其中"催归去，吴山云暗，又商量雨"写山雨欲来之态，非常写意，是为点睛之笔。

全曲词味甚浓，但些许俚俗味较浓的口语句子的应用仍能体现出散曲的特点，并为整首曲子增加了轻快的成分，更好地体现了作者外出游玩的愉悦心情。特别是作者恰到好处的两处（"西湖路""催归去"）顶针格的应用，使整首曲子显得流畅而无顿滞之感。

一枝花 湖上晚归 ［套数］

◎张可久

［一枝花］长天落彩霞，远水涵秋镜。花如人面红，山似佛头青①。生色围屏②，翠冷松云径，嫣然眉黛横。但携将旖旎浓香③，何必赋横斜瘦影④。

［梁州］挽玉手留连锦英⑤，据胡床指点银瓶⑥。素娥不嫁伤孤零。想当年小小，问何处卿卿？东坡才调，西子娉婷，总相宜千古留名。吾二人此地私行，六一泉亭上诗成，三五夜花前月明⑦，十四弦指下风生。可憎⑧，有情，捧红牙合和伊州令。万籁寂，四山静。幽咽泉流水下声，鹤怨猿惊。

［尾］岩阿禅窟鸣金磬，波底龙宫漾水精。夜气清，酒力醒；宝篆销，玉漏鸣。笑归来仿佛二更，煞强似踏雪寻梅灞桥冷⑨。

【注释】

① 佛头青：染料名。即"石青"，"绘画家用之，其色青翠不渝，俗呼为大青"（《本青·扁青》）。林逋作《西湖》："春水净于僧眼碧，晚山深似佛头青。"② 生色翠屏：谓景物像色彩鲜明的屏风。生色，设色。李贺《秦宫》诗："内屋深屏生色画。"③ 旖旎：婀娜柔美。④ 横斜瘦影：指梅花。林逋《梅花》："疏影横斜水清浅，暗香浮动月黄昏。"后人遂以"疏影""暗香"喻梅。⑤ 锦英：盛开锦簇的花丛。⑥ 据：凭、靠。胡床：即交椅，或称交床。银瓶：银制的酒器。⑦ 三五夜：阴历十五日的夜晚。⑧ 可憎：可爱，爱极之词。⑨ 煞强似：胜过。

【译文】

　　悠远的天空中，彩霞渐渐落下，远处的湖水像一面平洁的镜子。花儿和美人的脸面一般红晕，群山苍翠，像佛头青一样。这美景像色彩鲜明的屏风一样。苍松长在路边云雾缭绕，带着丝丝凉意。群山如柔美的横蹙着的黛眉。我带着美丽的女伴同行，她身上散发着清香，哪还要去寻赏梅花消瘦的容颜？

　　我挽着她纤纤玉手在花丛间流连，坐在交椅上，品尝着美酒。那月中嫦娥正独自一人，为寂寞而伤怀。我们想起当年的名妓苏小小，不知她如今在哪儿同心上人幽会？像苏东坡那样的才情，西施那般的美貌，总算是值得千古流芳的吧。我们俩在此悄悄同行，像欧阳修一样在泉水边的亭子中写了些诗，在十五的夜晚于花丛中赏月，取出胡筝弹奏，指下流出的乐声像风儿一样清美。太可爱了，太多情了，我捧起拍板，拍唱起《伊州令》。万籁俱寂，四周的群山也安静下来了，只有筝声如泉底鸣咽的流水，连鹤也禁不住哀鸣，猿也感到心惊。

　　山岩间的佛寺传出阵阵磬音，湖面上波光粼粼，像水底的龙宫在把水晶打碎在湖面。夜晚空气清爽，酒力渐消，篆香快烧完了，漏壶"嗒嗒"作响。笑呵呵地归家时已经差不多三更天了。这一番夜游比踏雪寻梅强多了。

【赏析】

此为作者月夜携佳人同游西湖的记游之作。

[一枝花]写月夜西湖之景。长空彩霞,秋水如镜,花儿娇艳,青山秀美。近景远景相映成趣,多彩多姿。作者携美人游西湖,意兴盎然,笑叹有此情调,不必赋"横斜瘦影"。

[梁州]写湖上夜游之人。与佳人携手留连花丛,坐在胡床上举杯畅饮。此情此景,月中嫦娥为之自伤孤单;这柔情蜜意,名妓苏小小也一生无缘。想那东坡的才情,西施的美丽成为千古佳话,而今夜的这一对才子佳人,访名胜,作诗文,花前月下,脉脉含情。安静的夜,她弹起幽咽的十四弦,感人肺腑,起鹤惊猿。

[尾]写游罢回归。山寺里传来磬声;星空倒映湖中,好像闪闪的水晶。吸一口清新的夜气,酒意渐退,这时候,篆香已经燃尽,漏声滴答,清晰可闻。与佳人谈笑着归来,时间约摸是二更时分,作者认为,这一趟外出游湖的惬意,远胜过孟浩然踏雪寻梅不怕冷。

《太和正音谱》评价张可久的曲"清而且丽,华而不艳",本曲就绝好地呈现了他的这一特点。张可久性爱山水,其所有曲子中属写景之作成就最高。

此曲记述了张可久携美人游西湖的一段浪漫时光,与马致远的《夜行船·秋思》齐名,为元代散曲中的双璧,更是张可久的代表之作。本曲熔铸了诸多诗词名句,写景如绘,人景共出,情因景深,景因情新,华美精丽,音律和谐,无处不体现着画意诗情,引人入胜。曲子对仗工整、雅致,章法缜密。可见,虽然归隐山林、超然世外、清静自守是元代散曲的主题,但此曲中"但携将旖旎浓香,何必赋横斜瘦影"间接反映出士人们的真实心理。看来不风流是因为困厄,选择归隐大多出于无奈。

此曲语言典雅工丽,既体现了作者深厚的语言功力,又反映了后期元曲在语言风格上趋向于词的特点,难怪张可久被认为是后期元曲的代表人物。

┌─────────────────────────┐
曲的鉴赏知识

最为多产的散曲大家

张可久在世时就是当时的曲坛领袖,他是元代最为多产的散曲大家,也是元曲的集大成者之一,其在世时便享有盛誉。其作品风格多样,"或咏自然风光、或述颓放生活、或为酬作、或写闺情",是元代散曲中"清丽派"的代表作家。其散曲,元时已有《今乐府》《苏堤渔唱》《吴盐》三种行于世(见曹本《录鬼簿》),又有胡正臣之子胡存善所编《小山乐府》。今存散曲,据隋树森《全元散曲》所辑,共小令八百五十五首,套数九套,其数量为元人之冠。
└─────────────────────────┘

塞鸿秋 湖上即事

◎张可久

断桥流水西林渡^①，暗香疏影梅花路^②。蹇驴破帽登山去，夕阳古寺题诗处。树头啼翠禽，水面飞白鹭。伤心和靖先生墓^③。

【注释】

① 西林：即西泠，在杭州西湖孤山下。② 暗香疏影：宋林逋《山园小梅》："疏影横斜水清浅，暗香浮动月黄昏。"为梅花特征。③ 和靖先生：北宋林逋隐居西湖孤山，种梅畜鹤以自娱，卒谥和靖先生。其墓在孤山东麓。

【译文】

西泠渡口那座断桥下，流水潺潺。栽满梅花的小路上，清香飘拂，树影稀疏。我骑着头笨驴，戴一顶破帽，登上了小山，停留在夕阳下的古寺中，我题写过诗儿的地方。树梢上鸟儿欢叫着，水面上飞起了几只白鹭。站在林逋先生的墓前，我心里满是忧伤。

【赏析】

"即事"意谓眼前的事物，对于游览题材的作品来说，多是即景写作。张可久住杭州最久，其集中所

简称的"湖"均指杭州西湖。他用各种曲牌写的"湖上即事""西湖即事"也真是不少，自然是受惠于西湖的"淡妆浓抹总相宜"。

首二句交代了"湖上即事"的范围，在本曲是偏重于白堤、西泠、孤山一带。"断桥流水""暗香疏影"，隐示出环境的清僻幽雅。三、四句叙述了自己的活动：着一头跛驴，破帽遮颜，独个儿登上孤山；直到太阳西下，还进入古寺逗留一番，看看日前自己题咏诗作的地方。宋元时游西湖除了骑马外还有跨驴的，如《宋史·韩世忠传》载韩世忠解职后，"时跨驴携酒，从一二奚童，纵游西湖"。这种情景，连同本曲所透露出的湖岸的清寂幽静，在今人是无法想象的了。宋人有"蹇驴破帽随金鞍"的句子，"蹇驴破帽"同金鞍出游相比，固然失于寒酸，但也是一种疏狂自得的表现。作者显然以自适为第一追求，他盘桓于"夕阳古寺"，也明显带有避人喧嚣的意味。而西湖确实清幽极了："树头啼翠禽，水面飞白鹭"，连禽鸟也无虞受什么人为的干扰。这一切，均为末句张本："伤心和靖先生墓。"好端端的，为什么突然要为古人伤心呢？原来是世上再无像林逋这样的高士，也难以找到希踪前贤高风的知音了。这就使我们领悟到，作者这一番出游的心情并不好，也许他就是为了排遣孤独的愁闷才来到湖上的，可到头来也未能够驱去心头的沉重感。

这首小令通篇平叙，不露声色地沉着走笔，至篇末才异峰突起，露现出感情的波澜。当然，如果他一味地即景记录，那么即使西湖再美，也是会令读者乏味的。游览的兴味要么是物我两忘，彻底忽略眼前的存在，要么就是在品味江山的美景之后，突然迸生出几星伤感的火花，这真是人类奇怪的天性。

醉太平 湖上

◎张可久

洗荷花过雨，浴明月平湖。暮云楼观景模糊①，兰舟棹举。溯凉波似泛银河去，对清风不放金杯住，上雕鞍谁记玉人扶。听新声乐府。

【注释】

① 景：通"影"。

【译文】

雨水清洗过荷花，明月的倒影在平静的湖面摇荡。在傍晚的云烟里，湖边的楼台看上去已经是一片模糊的景致，我们在小船上划起了船桨。逆迎着那散发着凉爽气息的粼粼波光，像是泛舟向银河驶去一样。面对如此清风，我不停地畅饮着杯中美酒，谁还记得我翻身上马的时候是哪位美人扶持着我啊？这时我正听着一曲人家新制的乐府歌词呢。

【赏析】

此曲可用一句话来概括：清风明月，兰舟听曲。而前半曲写明月，后半曲写清风，层次清楚，结构分明。

上半阕描写月下湖中泛舟时的景色。这时是夜晚，当明月升起，湖中如昼。放眼望去，湖中的荷花在月光下就像是被雨洗过一样。第一句说："洗荷花过雨。"一种说法认为此时为雨后。下一句进一步交代，这是

因为月亮正照耀着湖面。"荷花"向来象征"出污泥而不染"的高洁情怀，此曲以之开篇，既点明夏季的时令，而作者的高洁之志也于此烛明。"暮"字点明此时刚进入夜晚，高耸入云的楼阁在月色下只朦胧一片。而就在这月色笼罩的美丽景色中，作者坐在雅致的兰舟上轻轻划动着船桨。则上阕的景物如此写来：月照下的荷花、湖水、暮云、楼阁、兰舟。最后出现的是人物，以一个动词"举"让人物出场。

下半阕写清风中听曲的乐趣，而一切又都处于月光的明照中。"凉波"使人初初感到清风吹起，溯波行驶的作者此时感觉就像在银河中一样。杜甫《小寒食舟中坐》云："春水船如天上坐，老年花似雾中看。"此诗写老年眼花看景如梦的情景，本曲化其意描写行船时的想象。"清风"一词使人想起"我欲乘风归去"的感慨。而这时忽然一阵清风吹来，耳边隐隐约约地传来音乐声，歌女的声音令人想起在岸边上船之前那位扶人上马的美丽姑娘来，于是作者在月色下静神凝听，在清风中辨认出乐府新制歌曲。此情此景，正同唐吕岩《题黄鹤楼石照》诗中所述："衷情欲诉谁能会，惟有清风明月知。"

全曲结构严谨，从意境上前后互相照应。如"暮云楼"对照古诗"西北有高楼，上与浮云齐"，"上有弦歌声，音响一何悲"，"不惜歌者苦，但伤知音稀"，本曲后文中的听曲就与之取得了联系。一位美丽的歌女在若隐若现的高楼中弹唱，歌声随清风飞到湖面上，作者在月下独酌，闻之怀念着旧交，这也算得一个知音了。全曲意境略与王勃《相和歌辞·江南弄》相似："瑶轩金谷上春时，玉童仙女无见期。紫露香烟渺难托，清风明月遥相思。遥相思，草徒绿，为听双飞凤凰曲。"

全曲寓情于景，情景交融。写景之笔到而用语奇丽，想象奇特，使散曲异彩纷呈，令人耳目一新。

醉太平 春情

◎张可久

乌云髻松，金凤钗横。伯劳飞燕自西东①，恼离愁万种。碧溶溶满溪绿水桃源洞②，淡濛濛半窗白月梨云梦，恨匆匆一帘红雨杏花风③。把青春断送。

【注释】

①"伯劳"句：古乐府《东飞伯劳歌》："东飞伯劳西飞燕。"伯劳，鸟名。②桃源洞：仙洞。陶渊明《桃花源记》谓"山有小口，仿佛若有光"；但元曲则多指刘阮入天台故事。今浙江天台亦有桃源洞，传为汉人刘晨、阮肇遇仙处。③红雨：桃花花瓣坠落如雨。

【译文】

髻子蓬蓬松松，像乌黑的云朵。金凤钗横插她的头上。伯劳鸟兀自向西飞去，燕子却飞往了东边，惹起了离人的无限哀愁。一溪绿水缓缓流淌，流向那桃源仙洞。我在梦里看见雪白的明月在半掩的窗外，照映着云彩般的梨花。帘外的风雨把的桃花杏花都弄得凋落了，这一切竟如此匆匆！春天的芳华就这样一下子没了。

【赏析】

一位美丽的女子在春天的时候感念远离的爱人，思绪万千，从春天的美好时光想起自身的不幸遭遇，哀怨难禁。

全曲以女子内心独白的方式描述。首句以惯常的手法描写思妇心绪全无的情状。曹植《洛神赋》中有"云髻峨峨，脩眉联娟"之句描写绝世佳人的美态。从本曲女子的装扮可以想见女主人非同一般的美丽。白居易《长恨歌》中有"云髻半偏新睡觉，花冠不整下堂来"之句，描写思念之人因相思不思装扮、服饰凌乱不堪的悲惨情状。而本曲中的女子相思之深似有过之而无不及。"金凤钗横"，既是实写，又使人联想起陆游在《钗头凤》中

所表达出的夫妻被迫分离的深重哀愁，如其下片以春尽的哀愁表达至深情愁："桃花落，闲池阁。山盟虽在，锦书难托。"而本曲下句随即表达这种主旨："伯劳飞燕自西东。"《玉台新咏·古词〈东飞伯劳歌〉》有这样的诗句："东飞伯劳西飞燕，黄姑织女时相见。"从其中提及"织女"可以知道，此句主要是对"织女"这种夫妻被迫分离的悲惨情况进行控诉。而此曲中的女子与丈夫的分离大概也有人为的因素在其中了，所以女子的愁可以上升至怨以至于恨。"恼"字表达了恨意。此恨"绵绵无绝期"，"万种"离愁齐上心头。

女子恨到极处，对离人并未作一丝猜疑，而是转而想象选择青灯古佛的生活。"绿水桃源洞"念及"刘阮入天台"的求仙故事和陶渊明的世外桃源，"白月梨云"使人联想起刘长卿《游休禅师双峰寺》中寻找禅师的诗句："寒潭映白月，秋雨上青苔。相送东郊外，羞看骢马回。"而女子的思绪自然也回到了现实。明高启《题》诗曰："晓院鹿卢鸣露井，玉人梦断梨云冷。"本曲化其诗句把女子对现实感到极端无奈，希望逃离残酷的现实，追求自由美好生活的向往之情表达得真实贴切。而女子愁绪万端，心念由现实转向理想生活又回到现实的过程，则用一窗"梦"来揭示。

女子的青春就这样在孤独的等待中消逝，而她到此时恰好发现春色将尽，承接上文的"恼"字，最后用一个"恨"字表明伤春之情。于帘内观望室外之景，正是唐戴叔伦《苏溪亭》中"燕子不归春事晚，一汀烟雨杏花寒"的悲凉。

醉太平 无题

◎张可久

人皆嫌命窘，谁不见钱亲？水晶环入面糊盆，才沾黏便滚。文章糊了盛钱囤，门庭改做迷魂阵，清廉贬入睡馄饨①。葫芦提倒稳②。

【注释】

① 睡馄饨：向无确解。元曲中除此处外，还有两见。从马致远《陈抟高卧》杂剧"穿着这紫罗袍似酒布袋，执着这白象笏似睡馄饨"的旁证来看，当为系于身间的褡裢，即明清小说所谓的"腰里硬"。从无名氏《梧叶儿·痴》小令"不知无常路，不识有限身，恰便似睡馄饨"来看，也不排除元人就字面引申作"躺倒的馄饨"解。此处从前意。
② 葫芦提：元人俗语，糊涂之意。

【译文】

人人都嫌恶命运潦倒。谁见了钱会不觉得亲切？就像水晶环跌进了糨糊盆，刚沾着一些，就迫不及待滚了起来。锦绣文章被用来封糊装钱的囤帘，家里的庭院，变成了一个迷魂阵。清廉的品格被人贬斥，全都打入了藏财的褡裢。倒是糊里糊涂过日子，还能安稳一些。

【赏析】

元散曲中的愤世、警世之作，白眼向人，不仅感情激切犀利，在语言上也往往表现出冷峻、峭严的倾向。

此曲前两句都是在说世风嫌贫爱富。一个意思分作两句与其说是强调，毋宁说是宣泄。三、四两句是对"见钱亲"的财迷心窍者贪婪攫财的形象描绘。这里的"水晶环"并不表示环质的清白纯净，而是取"环"之圆、取"水晶"之滑，满足"才沾黏便滚"的条件。"才"字、"便"字，说明了贪取的急不可耐，而"沾黏"与"滚"又生动地表现了对多多益善的贪婪。

"文章"等三句鼎足对，围绕社会的拜金主义，作了淋漓尽致的揭露与发挥。"文章"句是说文章本身不值钱，至多只能用来糊糊钱囤子，即只配作为金钱的仆妾。"门庭"句是说为了金钱可以不惜自败家声，甚而改门庭为妓院也在所不辞，一个"改"字，含有人心不古的感慨。而"清廉"句则针对官场而发，清廉本是为官的本分，可当今的官场索性将它塞到钱褡子里去了。这三句将物欲横流、寡廉鲜耻的社会腐败情状描绘得入木三分，是对起首两句断语的生动诠释。

"葫芦提倒稳"一语双关。"葫芦提"是元人指称糊涂的习语，而它在此处又似可解作提着酒葫芦。诗人挽澜无方，回天乏术，只能借酒图醉装呆，反倒觉得稳便。这是激愤的反语加重了全曲峻冷的韵味。

人月圆 中秋书事

◎张可久

西风吹得闲云去，飞出烂银盘①。桐阴淡淡，荷香冉冉，桂影团团。鸿都人远②，霓裳露冷③，鹤羽天宽④。文生何处，琼台夜永，谁驾青鸾⑤？

【注释】

① 烂银盘：喻明月。卢仝《月蚀》："烂银盘从海底出。"烂银，灿灿发亮的银。② "鸿都"句：出自《长恨歌》"临邛道士鸿都客，能以精诚致魂魄"典。鸿都，洛阳宫门名，汉灵帝曾在此延招术士。③ "霓裳露冷"句：《逸史》载术士罗公远曾于中秋之夕带领唐玄宗游月宫，见数百名仙女穿着宽大的衣裙在宫前舞默记舞曲，依谱而成《霓裳羽衣曲》。霓裳，轻薄的舞衣。④ "鹤羽"句：苏轼《后赤壁赋》述夜半有孤鹤横江东来，在苏轼梦中化作一羽衣蹁跹的道士，此处暗用这一境界，鹤羽，指鹤。⑤ "文生"三句：唐太和间书生文箫家贫，于中秋节遇仙女吴彩鸾而结为夫妇，以彩鸾抄写《唐韵》卖钱度日，后列仙班升天而去，见《历世真仙体道通鉴》。琼台，即瑶台，仙人居住之所。

【译文】

西风把闲云吹走了，天空中飞出一轮灿烂的银盘似的月亮。桐荫淡淡的，荷花散发出冉冉清香，桂树的影子在地上一团一团的。京都是那么遥远，清冷的露水沾湿了轻薄的舞衣，白鹤舞动着翅膀，天空变得更宽广了。那书生文箫现在在什么地方啊？瑶台的夜晚是那么的漫长，还有谁会骑着那青色的凤凰来给我传信呢？

【赏析】

起首两句说西风吹走了"闲云"，玉宇一清，顿时现出一轮皓月。"飞出"二字，神清气爽，颇能让人心旷神怡。这两句用了烘云托月的写作手法，以背景烘托主景，使明月的形象更加迷人。

三、四、五句分别以桐、荷表来反映月色辉映下的不同效果。"淡淡""冉冉""团团"等叠词的运用，表现出月夜的朦胧意境。

下片运用了一系列典故。"鸿都"三句颇有凌虚欲仙的韵味，这三句从高处落笔，体现出作者举头望月的感受。末尾三句以"文生"自况，表达了欲在美景中寻觅知音美人的美好愿望。然而，"瑶台夜永，谁驾青鸾"，尽管作者一直在憧憬，但美人终究未能出现。这一结尾也隐隐流露出作者的寂寞与惆怅之感。

这支曲子前面写景，后面暗合中秋的主题，浑然天成。前人赞誉张可久"笔落龙蛇走，才展风云秀"，确实有一定道理。

一半儿 秋日宫词

◎张可久

花边娇月静妆楼，叶底沧波冷翠沟，池上好风闲御舟。可怜秋，一半儿芙蓉一半儿柳。

【译文】

娇滴滴的明月照着花儿，那姑娘的梳妆楼变得更加寂静了。在树叶的掩映之下，水面波光闪闪，把整个小溪都变得那么凄冷。池上吹过一阵阵清风，有一艘小船停在那里。可怜这秋天啊，只有那凋残了的荷花和柳条。

【赏析】

"宫词"之名，最早见于唐人崔国辅的一首《魏宫词》，其代表作家主要是唐代王建和五代花蕊夫人。大多数宫词作品，均对宫女充满同情，如白居易的《后宫词》《上阳白发人》等。后世的很多文人尽管得不到入宫的机会，却也能凭着自己的知闻和生活经验摹

想出深宫的生活，往往也呈现出"本地风光"的韵味。张可久没有进过皇宫，他的这支《秋日宫词》，更属于"无师自通"的典范。

此曲题目"宫词"之上再加上"秋日"二字，本身就有强烈的感情色彩。前三句写宫中秋景，花边娇月，叶底苍波，池上好风，然而景中的妆楼是"静"的，翠沟是"冷"的，御舟是"闲"的，衬托出宫苑的冷落和宫人的寂寞。

四、五两句宕开一步，字面上是继续写景，实质上是议论和总结。"可怜"一词极富感情色彩，但"可怜"的对象没有顺人之想，不是人，而是轻轻一转"可怜秋"，"一半儿芙蓉一半儿柳"，借景喻人，含蓄委婉。

"一半儿芙蓉一半儿柳"，使人很容易联想起白居易《长恨歌》的诗句："归来池苑皆依旧，太液芙蓉未央柳。芙蓉如面柳如眉，对此如何不泪垂。"曲中的芙蓉与柳，同样是暗喻宫中的女子。有了这一句，前三句中的"静妆楼""冷翠沟""闲御舟"都带上了宫中人事的意味，"秋日宫词"也成了秋日冷宫之词。"可怜秋"，作者所真正感叹可怜的，正是深宫对生命的摧残与肃杀。王文才认为"词中所咏池上妆楼，为金章宗李妃梳妆台，乃讽太液旧游而作，故有波冷舟闲，可怜秋柳之语"（《元曲纪事》）。

萨都剌《宫词》中写道："深夜宫车出建章，紫衣小队两三行。石阑干畔银灯过，照见芙蓉叶上霜。"杨瑀《山居新话》认为此曲不符合元宫的情景，"盖北地无芙蓉"。元大都宫中没有芙蓉，这叫人难以想象。但是这一细节也说明张可久作这首《秋日宫词》，是另有艺术意图的。

太常引　姑苏台赏雪①

◎张可久

断塘流水洗凝脂②，早起索吟诗③。何处觅西施？垂杨柳萧萧鬓丝。银匙藻井④，粉香梅圃，万瓦玉参差⑤。一曲乐天词⑥，富贵似吴王在时。

【注释】

① 姑苏台：一名胥台，在江苏吴县西南姑胥山上，传春秋时吴王夫差曾与西施作乐于上。② 断塘：指脂粉塘，为吴王宫人倾倒脂粉及洗濯处，在吴县西南灵岩山下。③ 索：应当。④ 匙：此作动词，舀上。藻井：此指壁有彩饰的井，与作为天花板形式之一的古建筑术语"藻井"不同。⑤ 参差：此指屋瓦高下不齐。秦观《春日》："雾光浮瓦碧参差。"⑥ 乐天词：白居易曾做苏州刺史，有《题灵岩寺》等诗。乐天，白居易字。

【译文】

脂粉塘的流水冲刷着脂粉般的积雪。我一早起来，正想吟一首小诗。上哪里去寻觅那西施般的美人呵？垂柳的枝条显得那么萧瑟，就好像我那白色的鬓丝。雪堆好像银色的勺子，舀着那彩饰井壁下的清水，梅园中的雪沾上了梅花的清香，无数的瓦片像美玉一般参差错落。这美景就像白居易的诗一样，就像吴王夫差富贵时的景象。

【赏析】

这首小令题为"姑苏台赏雪"，但起首却写距台有数峰之隔的"断塘"。断塘即脂粉塘，为西施当年沐浴之处。"洗凝脂"意含双关，作者看到断塘塘岸的积雪白如凝脂，自然而然地联想起西施当年在此洗浴的景象。至此，作者正式引出"觅西施"。但是西施早已远处，寻觅的结果当然是"不得"了。面对柳树上的积雪如"萧萧鬓丝"，作者又心生怅惘，领出姑苏台的登临。这种布局，可谓针线细密、接笋无痕，不但预先交代了姑苏台外围的雪景，又表明作者"赏雪"并不是单纯的游览，而是为了寄托怀古之情。

下片正面转入"姑苏台赏雪"，作者通过运用"银匙""粉香""玉参差"等词语，生动地描绘了姑苏台的积雪景观。这里的"银""粉""玉"，与末句的"富贵"呼应。"富贵似吴王在时"，表面上是在称赞吴王，其实是含着贬义。意思是说吴王的富贵早就不存在了，如今台上的"富贵"气象，不过是如银如粉如玉的雪堆出的错觉罢了！

这首小令，作者在怀古意绪的驱动之下，很自然地想起了"吴王在时"的风流，然而，作者最初的目的是寻找西施的踪迹，到了曲子的末尾也没有提及。作者吟唱的"一曲乐天词"，也已游离了登台的初衷。这一切都体现了作者的失落感。

红绣鞋 天台瀑布寺①

◎张可久

绝顶峰攒雪剑②，悬崖水挂冰帘。倚树哀猿弄云尖。血华啼杜宇③，阴洞吼飞廉④。比人心山未险。

【注释】

① 天台：指天台山，在今浙江天台县北。瀑布寺：即方广寺，在天台山华顶山一带，旁有著名的石梁瀑布。② 攒（cuán）：聚集，此指集束、集拢。③ 血华：血花。杜宇：杜鹃鸟，相传杜鹃啼鸣，不到口中流血不止。④ 飞廉：传说中的风神，此指狂风。

【译文】

在那绝顶处，山峰像雪白的宝剑一般，聚集在天边。高崖上的瀑布，像一道冰做的帘幕一样悬挂在半空之中。猿猴倚靠着树枝，叫声哀怨，又不时地在云顶嬉戏打闹。血色的花丛中，杜鹃鸟一声声叫唤着。阴冷的山洞里，狂风在不停地吼叫。比起人的心肠来，山还是不算险恶的。

【赏析】

这首曲题为"天台瀑布寺"，从题目上看，这是一首写景之作，实为登寺之所见。从曲中"血华啼杜宇"一句可以看出，时节已是春天，可作者却找不到一丝暖意，他心里面只感到"险"。全曲以峭拔冷峻的笔势，然而结句"比人心山未险"，笔锋逆转，又跃上一阶

亦戛然而止。

"绝顶峰攒雪剑，悬崖水挂冰帘。"此曲一、二句对仗，"绝""攒""悬""挂"都是动词，每句的最后三个字又是前三字的再现与说明。这时虽已到了春天，但峰顶仍旧积雪皑皑，作者以"雪剑"喻之，十分形象贴切。一个"攒"字，既表现了积雪攒聚峰尖，又渲染出群峰齐耸的气势，用字传神。"冰帘"一词，形、色、势、意，俱在其中。"绝""攒""悬""挂"四字虽是动词，却也将"绝顶""悬崖"的静态的雄奇峻险表现得淋漓尽致。

"倚树哀猿弄云尖。"第三句从"倚""哀""弄"的意象中，产生了一种令人不安的悸动之感。这种感觉与前面的"奇险"结合起来，也就是"危"了。

"血华啼杜宇，阴洞吼飞廉。""血华"指山上鲜红的树花，但作者特意将其与啼鸣的杜鹃鸟安排在一起，就使得"杜鹃啼血"的意象占据了句境。同样，下句中的"阴洞"结合"吼飞廉"三字，令人不寒而栗。此两句表现出了强烈的音效，前句境"凄"，后句意"寒"，这又加深了"险"的程度。

总起来说，作者从多方位突出了"险"字的内涵：描写天台上剑锋、冰瀑、哀猿、啼鹃、阴洞的奇谲险怪，嵯峨峥嵘，步步紧逼，极奇极险。为此，作者一改流丽清雅的语言风格，在末句的结句中说"比人心山未险"，突作转折，不但扩大了意境，也深化主题，给这首曲子平添一股挽满一发、排山倒海的气势。

作者于末尾的一笔是乘势，更是挽题，所挽者正是题中的"寺"字。原来，天台是著名的天台宗发源地，天台宗祖师智岂页曾在天台山里讲经论法，即以反省观心为主。这一句既借画山之笔突显世情的险恶，更是以环境之"险"来赞颂"寺"的庄严崇高。作者下笔不苟、得心应手，于此可见一斑。

此曲联想奇妙，把写景和讽世巧妙而自然地结合起来，作品不单是写景，还具有更深刻的社会思想意义。这首曲子在张可久的散曲作品中别具一格，其结尾也是典型的散曲式直陈，警世名言。可见，张可久的散曲也是风格多样，而以清丽为主，既有［殿前欢］《次酸斋韵》的洒脱豪放，也有雄健瘦硬、丰富多彩。

卖花声 怀古

◎张可久

美人自刎乌江岸①，战火曾烧赤壁山②，将军空老玉门关③。伤心秦汉，生民涂炭④，读书人一声长叹。

【注释】

①"美人"句：秦末楚汉相争，项羽被刘邦军队赶到乌江（今安徽和县东北），同他所宠爱的美人虞姬先后自杀。②"战火"句：汉建安十三年（208），东吴孙权部将周瑜大破曹操军队于赤壁（在今湖北蒲圻县西北长江边）。③"将军"句：东汉名将班超奉命安边，在西域三十一年。晚年思家，上书请还，有"但愿生入玉门关"的话。玉门关，在今甘肃敦煌县西，为汉代的边关要塞。④涂炭：苦难深重，好像陷入泥泞、落入炭火中一般。

【译文】

那美丽的虞姬在乌江边上自刎，战火曾烧到了赤壁的山上，班超无奈地在玉门关老去。秦宫汉阙让人伤心啊，到处是生灵涂炭，读书人却只能长长地叹息一声。

【赏析】

这首小令一上来就用了三个典故：一是垓下之围中，虞姬与项羽悲歌诀别，自刎而死的故事；二是赤壁之战中，曹操被孙权、刘备以火攻大败的事；三是班超一生不得志，空老玉门关。作者通过引述这三个典故，发表了对历史的看法：项羽、曹操、班超是秦汉时的英雄人物，他们都曾立下千古功业，但这些"功业"是以"生民涂炭"为代价的，"伤心秦汉，生民涂炭"。作者十分同情百姓的遭遇，这点尤为可贵。

此曲的结尾更耐人回味，"读书人"泛指当时的知识分子，也可特指作者本人。最后的"叹"字意蕴丰富，一是叹国家遭难，二是叹百姓遭殃，三是叹读书人无可奈何。战争是一些人争名夺利的手段，不管获胜者是谁，百姓都会因战争饱受苦难。

这首小令虽化用典故，但主旨鲜明，语言清丽，格调悲凉，是元曲怀古之作中的佳品。

普天乐 湖上废圃

◎张可久

古苔苍，题痕旧。疏花照水，老叶沉沟。蜂黄点绣屏①，蝶粉沾罗袖。困倚东风垂杨瘦，翠眉攒似带春愁。寻村问酒，无人倚楼，有树维舟②。

【注释】

① 蜂黄：蜜蜂分泌的黄色汁液。② 维：系。

【译文】

古老的苔藓成了苍黑色，昔日题诗的痕迹也已陈旧模糊。稀疏的野花，倒映在水中，枯黄的树叶沉入了水沟里。蜜蜂分泌的黄色汁液点缀在彩绣的屏风上，蝴蝶粉屑沾满了罗布衣袖。在东风里，垂着长条的杨柳显得那么消瘦，我疲倦地倚靠着它，它那翠绿色的叶子攒聚着，像紧蹙的眉头，带着无限春愁。我寻找村庄，借问买酒的地方。没有人倚着高楼，树桩上系着只小舟。

【赏析】

此曲通过描写废园荒凉残败的气象，抒发了作者对事物盛衰无常的感慨。

这首小令题为"湖上废圃"，作者在"废"字上费尽了心思。起首两句，作者以断语来描绘景色：那地上苍黑色的苔藓，在地上铺了厚厚一层；而壁上的题诗，墨迹隐约可辨，这说明"废圃"历经了不少岁月。"苔"上着一"古"字，"题"上重在表现"痕"，一苍一旧，遂把荒凉残败的气象渲染出来。"古苔苍"反映自然，"题痕旧"关合人事，这一起笔，就为全曲定下了感情基调。

三、四两句用字传神，花谓之"疏花"，叶称作"老叶"，这就生动形象地烘托出"废"的意境。"照水""沉沟"虽是动词与名词的复合，到头来却仍归于静止。这又在荒败的景象上增添了几分沉寂。

下面的五、六两句对仗，作者特意用了"蜂黄"和"蝶粉"来穿针引线，自然而然地导出了"罗袖"和"绣屏"。"罗袖"一般代指女性的服饰，不过这里指的是绣屏上残存的仕女图像。"绣屏"是室内的布置，而蜂蝶竟纷纷登堂入室，"废圃"的残破不堪，就成了顺理成章的事情了。

七、八两句用了拟人化的移情手法，对垂杨进行了一番写照。如果说前面几句重在写景的话，这两句则侧重写情，"困""倚""攒""带"等字把作者当时的无限愁怨表现得淋漓尽致。这就是王国维在《人间词话》中所谓的"有我之境，以我观物，故物皆着我之色彩"。七、八两句亦为下面诗人的直接出场做好铺垫。

末尾的"寻村问酒"三句，作者正式出场，但"湖上"竟呈现出死寂一片，想问哪里有酒家却无人回应。这一结笔更加重了废圃的悲凉气氛。

这首小令意境凄清隽永，语言含蓄委婉，尽管作者并未揭示废圃变化衰残的成因，但作品感慨盛衰无常的主题，却在字里行间中表现了出来。

落梅风 天宝补遗①

◎张可久

姮娥面，天宝年，闹渔阳鼓声一片②。马嵬坡袜儿得了看钱③，太真妃死而无怨④。

【注释】

①天宝补遗：五代王仁裕有《天宝遗事》，后人对其内容加以补充或阐述，称天宝补遗。天宝，唐玄宗年号（742—756）。②闹渔阳句：语本白居易《长恨歌》："渔阳鼙鼓动地来。"指安禄山在渔阳起兵叛乱。渔阳，唐郡名，今天津蓟县一带。③"马嵬坡"句：据唐人李肇《国史补》载，杨贵妃于马嵬驿被赐自尽后，有老妪得到一双她的袜子，供人出钱玩看，得钱数万。④太真：杨贵妃本寿王妃，后奉玄宗命于宫中出家，道号太真。

【译文】

杨贵妃的面容生得跟嫦娥一样。天宝年间（君臣享乐），渔阳郡（却）响起一片战鼓。马嵬坡遗留下的袜儿，让人家得了些供人观摩收来的银钱，看来杨贵妃虽然死了，但也不会有什么怨恨了。

【赏析】

这是一首感怀杨贵妃旧事的曲作。天宝年间唐明皇与杨贵妃的爱情故事，成为文人士子创作的重要素材。张可久的这首《落梅风》，就是一篇别具一格的曲作。

这首小令以"姮娥面"开头，用来比喻杨贵妃的容貌如月中嫦娥那般美丽。起首三句，作者把杨贵妃的美艳、天宝的年号与渔阳鼙鼓并列在一起，暗示杨贵妃与安史之乱的发生有着莫大关系。"天宝年"是绝妙的过渡，它不但概括了杨贵妃在宫中得幸的大段历史，还下连后面的"闹渔阳鼓声一片"一句，这是专指天宝十四载、十五载，当时正是安史之乱刚刚发生的时候。"天宝年"本身表示时间的中性名词，但是从可爱的"姮娥面"一下子转到可怖的"闹渔阳"，这短短的三句起笔，顿生突兀峻刻、怵目惊心的感觉。

以下作者并没有详细描述杨贵妃的事迹，而是直接引入马嵬坡贵妃身死的结局，又借着"杨妃袜"的传说，对杨贵妃进行冷嘲热讽。而此曲题目里的"天宝补遗"，其所"补"的无疑就是"死而无怨"四字。杨妃袜"得了看钱"是安史之乱平定后的插曲，作者的这一笔虽然简短，却把当时的历史史实呈现到读者的面前。

唐玄宗因贪恋美色而招致国祸，安禄山也因杨贵妃的缘故而的得到玄宗宠信，这正是元人将安史之乱多诿罪于"太真妃"的缘故。这种观点虽然片面，但从本篇对杨贵妃的口诛笔伐中，不难见出元散曲小令借题发挥、尺幅兴波的艺术特色。

折桂令 游金山寺①

◎张可久

　　倚苍云绀宇峥嵘②，有听法神龙③，渡水胡僧。人立冰壶④，诗留玉带⑤，塔语金铃。摇碎月中流树影⑥，撼崩崖半夜江声。误汲南泠⑦，笑煞吴侬⑧，不记《茶经》⑨。

【注释】

① 金山寺：又名龙游寺、江天寺，在镇江长江中的金山上（金山至清代方与南岸毗连）。② 绀（gàn）宇：佛寺，佛寺多以绀色琉璃作屋顶。③ 听法神龙：北宋庆历间金山寺毁于火，寺僧瑞新发誓重建。相传有神龙化为人形前来听法，显身潜入金山下的龙潭，寺僧因得布施钱百万。元释明本《题金山寺》："龙化楚人来听法，手擎珠献不论钱。"④ 冰壶：喻洁净的世界。⑤ 诗留玉带：据宋范正敏《遁斋闲览》及《金山志》记载，金山了元佛印法师曾与苏轼参禅，苏轼赌败，留下玉带永镇山门。《苏轼诗集》卷二十四有《以玉带施元长老，元以衲裙相报，次韵二首》的诗作。⑥ 中流树影：唐张祜《金山》："树影中流见，钟声两岸闻。"人以为传出金山的特色。⑦ 误汲南泠：唐陆羽精于茶事，世称茶神。湖州刺史李季卿命军士汲取长江南泠水，煮茶请陆羽品尝，陆羽说茶瓶上半是江岸水，下半才是南泠水。召来军士一问，原来他们因汲得的水在舟中晃出了一半，所以临时在江岸边汲水补上。事见唐张又新《煎茶水记》。南泠，一作南零，在镇江附近的长江中心，陆羽品其水质为天下第七，《煎茶水记》则品为第一。⑧ 吴侬：吴人。⑨《茶经》：陆羽论茶的经典著作。

【译文】

　　高高的佛寺倚傍着苍云，在山峰中峭拔地矗立着。这里曾有过化为人形前来倾听佛法的神龙，也有渡江云游到此的番僧。游人站立在洁净的世界里，苏东坡曾在此留下玉带和诗篇，佛塔中的金铃在轻轻低语。在月光里，树木倒映在水中的影子被水波摇碎了。半夜的涛声震撼着崖壁，崖壁都似乎要崩塌了。当初镇守此处的军士曾拿江岸水当南泠水，可笑如今的吴人，早就不记得《茶经》了。

【赏析】

　　张可久长期做官，但是际遇坎坷，这使他抑郁悲伤，向佛道寻求安慰。因此，他的很多作品都是通过描写各种景致来宣泄向佛乐道之情。这类作品大多讲究格律音韵，着力于锻字炼句，对仗工整，字句和美，于"清新雅致"的境界中表现自己的理想与志趣。这首《折桂令》（游金山寺）就是一篇代表作。

　　此曲借景见情，借物象见游兴。全曲锤炼字句，有诗词含蓄蕴藉的特点，作者活用典故和成句成功地烘托出了金山寺的佛教氛围和气象。

水仙子 次韵

◎张可久

蝇头《老子》五千言[①]，鹤背扬州十万钱[②]。白云两袖吟魂健，赋庄生《秋水》篇[③]。布袍宽风月无边[④]。名不上琼林殿[⑤]，梦不到金谷园[⑥]，海上神仙。

【注释】

①《老子》五千言：《老子》即《道德经》，战国老聃著，五千余字，宣扬清静无为，为后世道家尊奉的经典。②"鹤背"句：《殷芸小说》载一群人各言其志，有的愿做扬州刺史，有的愿多拥钱财，有的愿骑鹤升仙。最后一人统而兼之，想"腰缠十万贯，骑鹤下扬州"。③庄生：庄周，战国时楚国的大哲学家。《秋水》篇：《庄子》篇名，述是非合一、恬淡无争的至理。④布袍宽：指道家穿着的宽大道袍。⑤琼林殿：在北宋汴京（今河南开封）禁城内，为皇帝赐宴新科进士的场所。⑥金谷园：西晋富豪、荆州刺史石崇的私人园苑，在洛阳西北金谷涧边。

【译文】

老子用蝇头小字书写的五千字的《道德经》我已经参透了。"腰缠十万钱，骑鹤上扬州"愿望也已实现。两袖间生了白云，我诗兴豪迈，写出了庄子《秋水》那样的佳作。宽大的青布道袍里，包藏了无边的清风明月。我不求名字出现在琼林殿，做梦也没想过去什么金谷园，我是个遨游于东海的神仙啊。

【赏析】

张可久对道家生活十分向往，他曾在《朱履曲·游仙》篇中说道："题姓字《列仙后传》，寄情怀《秋水》全篇。玲珑花月小壶天。煮黄金还酒债，种白玉结仙缘，袖青蛇醉阆苑。"

起首两句用了对仗的手法。前句不直接说自己细读老子《道德经》，而以"《老子》五千言"的蝇头小楷代指。这种方式被称为借意手法。下面的"鹤背"句则高度概括了"腰缠十万贯，骑鹤下扬州"的典故，"鹤背"揭示的是成仙得道所拥有的极度快意。前两句意境奇兀，起笔不凡，充分体现了作者意兴豪迈的情怀。

接下来的三句刻画出一个超凡脱俗的雅士形象。"白云两袖"有一个典故。相传南朝陶弘景隐居于句

曲山，与白云为伴。齐武帝听说后，询问他在山中的生活，陶弘景回答说："山中何所有？岭上多白云。只可自怡悦，不堪持寄君。"而后人的笔记里也载有陶弘景的事迹，说他能振袖放出云气（见《古今怪异集成》）。作者于此借用陶弘景的典故，使自己更富于高士的韵味。

最后三句点明了全曲的题旨。"名不上琼林殿"是对功名的藐视，"梦不到金谷园"是对富贵荣华的鄙弃。"海上神仙"既是对前两句的诠释，又是对全曲的归纳总结。不过，正是因为有了"琼林殿""金谷园"作陪衬，作者所塑造的"海上神仙"，便富于了避世抗俗的意味，这与传统意义上的求道成仙是完全不同的。

清江引 老王将军

◎张可久

纶巾紫髯风满把①，老向辕门下②。霜明宝剑花，尘暗银鞍帕③。江边草青闲战马。

【注释】

① 纶（guān）巾：用青丝带做的头巾。髯（rán）：长须。② 辕门：军营的门。
③ 帕：这里指马鞍上的垫子。

【译文】

　　头戴青丝头巾，长须里满是清爽的风儿，王将军风采斐然老了却只能靠在军营门边。寒霜照亮了宝剑剑身的花纹，尘土蒙住了银制马鞍上的垫子。江边的草青绿青绿的，战马在那儿悠闲地踱步。

【赏析】

　　"纶巾紫髯风满把"，虽然是对王将军老来形容的描述，但我们还是不难感受到他英武雄健的气概。只可惜廉颇颇老矣，老将军有心继续为国效力，无奈却被投闲置散，宝剑从此空映白发，银鞍从此堆积灰尘。

　　曲以"江边草青闲战马"作结，暗写老将军的现实处境，寄寓着作者对于英雄末路的同情和叹惋。

　　全曲采取细描手法，对老将军的外貌、曾为他带来过荣誉的宝剑战马进行细致的刻画，而不着一句评语。由今自然令人忆昔，而作者的感叹之意尽在不言中。

拨不断 会稽道中①

◎张可久

墓田鸦，故宫花②。愁烟恨水丹青画，峻宇雕墙宰相家，夕阳芳草渔樵话。百年之下。

【注释】

① 会稽：今浙江绍兴地区。② 故宫：会稽在春秋战国时期为越国都城，南宋高宗时亦一度作为行宫在所。

【译文】

　　墓场里停着几只乌鸦，旧时宫殿里开放着鲜花。那凝结着愁恨的烟雾和流水，就像一副图画。高峻的屋宇，围墙上雕着花纹，那是宰相的住处。在夕阳照射下的草地上，渔人樵夫在说着些闲话。百年之后，一切都变了模样。

【赏析】

　　作者目击的物无一不是"百年之下"的遗迹，那么自今以后的百年之下，又会是怎样的一幅场景呢？作者没有做出说明，却留给读者以无限遐思。清人朱彝尊有一首《卖花声·雨花台》："衰柳白门湾，潮打城还。小长干接大长干。歌板酒旗零落尽，剩有渔竿。秋草六朝寒，花雨空坛。更无人处一凭阑。燕子斜阳来又去，如此江山。"总结出对历史和社会沧桑之变的感慨。后人对朱词有"结得妙，妙在其味不尽"的赞语，借来作为本曲"百年之下"的评判，同样切合、适用。

喜春来 永康驿中

◎张可久

荷盘敲雨珠千颗，山背披云玉一蓑。半篇诗景费吟哦，芳草坡，松外采茶歌。

【译文】

　　雨水敲打着荷叶，溅出的水花像无数珍珠。山上面云雾缭绕，宛若披了件玉制的蓑衣。我把这景致写成了半首诗，费尽了力气。长满芳草的山坡上，松树那边传来了采茶人的歌声。

【赏析】

　　行于永康道上，忽逢阵雨，所以躲进驿站之中。望着外面雨打荷叶，有如千万颗珍珠洒落盘中，山的背面为云雾笼罩，好像披着一件玉色蓑衣。眼前景色引发了作者的诗兴，他吟哦推敲，但构思并不顺利。就在他冥思苦想的时候，从芳草如茵的山坡那边，传来了嘹亮悠扬的采茶歌声……

　　本曲以荷叶、山峰、芳草、松林、采茶女构成一幅春景图，而作者性好天然的纯真之态也表露无遗。

金字经 采莲女

◎张可久

小玉移莲棹①，阿琼横玉箫，贪看荷花过断桥②。摇，柳枝学弄瓢。人争笑，翠丝抓凤翘③。

【注释】

①小玉：与后面的阿琼、柳枝都是人名，指代少女。莲棹：采莲的小船。②断桥：桥名，在杭州白堤上。③翠丝：翠绿的柳条。凤翘：女子佩戴的凤形簪饰。

【译文】

　　少女划着采莲蓬的小船，吹起了玉箫。我贪婪地欣赏着荷花，小船已驶过断桥。柳枝轻轻摇动，像在学玩水瓢一样。人们争相欢笑，翠绿的柳丝缠住了少女头上的簪子。

【赏析】

　　小玉荡起莲舟，阿琼横吹玉箫，她们沉醉在荷塘的美景中，不知不觉已过了断桥。最有趣的是可爱的柳枝姑娘，她在船上摇摇晃晃地学习着弄瓢采莲的技巧，惹得岸边游人驻足欢笑；而拂摆的柳丝，又多情地牵住了她头上的凤翘。

　　张可久非常讲究格律声韵，以炼句为工，很重视取诗词之境入曲，把曲写得像词一样清丽婉约。此首小令即表现了他的这些特点。

凭阑人 湖上

◎张可久

远水晴天明落霞①，古岸渔村横钓槎②。翠帘沽酒家，画桥吹柳花。

【注释】

①"远水"句：化用王勃《滕王阁序》"落霞与孤鹜齐飞，秋水共长天一色"一句。② 槎(chá)：木筏。

【译文】

远水晴天，将落霞也映衬得格外明丽，古老的河岸上坐落着渔村，岸边缆系着钓鱼船。那翠帘飘摆的屋舍是一处酒家，美丽的小桥离它不远，桥畔天空，无处不在的是轻扬的柳花。

【赏析】

"远水"写出了水之阔，"晴天"说明了光线的充足，晚霞映照在明亮的水面上，颜色自然愈发明艳。天上有霞，水中也有霞，这景色何等美妙。在晚霞的辉映下，曲中这渔村就宛若一个桃花源般的世界。横放的钩槎暗示着村民的勤劳。挂着翠帘的酒家又传递出生活的意趣。曲末一句的拟人手法用的极为新巧，常人多会将拟人用在飞舞的柳花上，而作者则偏偏将之用到了桥上。如此一看，整个村子仿佛都拥有了灵性。

落梅风 书所见

◎张可久

柳叶微风闹，荷花落日酽①，拂晴空远山云淡。红妆女儿十二三，采莲归小舟轻缆②。

【注释】

① 酽：喻浓盛的样子。② 缆：拴，系。

【译文】

柳叶在微风里欢闹着，荷花在落日的映照下显出醉红，晴空仿佛被拂扫干净，只留下远山和淡淡的云霞。精心打扮的女子十二三岁，正采莲归来，轻快地划着小船行驶在水面上。

【赏析】

起首二句，"闹"动而"酽"静，柳绿而荷红，微风中的柳叶和落日下的荷花互相映衬，构成了一幅清新明媚的风景画。接下来的"拂晴空远山云淡"又将读者的视线拉远，让曲中景呈现出悠悠辽阔的一面。但若就此停笔则不免落入俗套，于是在曲的末尾，作者又安排一个十二三的小女孩出场。这女孩一身红妆采莲归来，就好像落日酽的荷花变成的一样。曲子看似简单，实则立意新巧。

朝天子 闺中

◎张可久

与谁、画眉，猜破风流谜。铜驼巷里玉骢嘶，夜半归来醉。小意收拾，怪胆矜持，不知羞谁似你！自知、理亏，灯下和衣睡。

【译文】

与谁共画眉之情，总算猜破这风流谜。铜驼巷里骏马嘶叫着，骑马夜半归来的丈夫一副醉醺醺的样子。他殷勤小心地服侍，借酒劲纠缠个不停，而妻子放胆矜持：不知羞，谁似你！他自己也知道理亏，只好在灯下和衣躺下。

【赏析】

中国古人对妻子有三纲五常的要求，以举案齐眉为理想的夫妻关系。在夫妇的感情方面也只能含蓄，如汉代的张敞因为喜欢为妻子画眉而得不到朝廷重用。而本曲以夫妻关系为题材，在文人作品中确实别具一格。

首先描写妻子的心理，久候至半夜而忧喜参半的妻子，对丈夫行踪的猜测占据了整个脑海，因此丈夫一回家迎面一句"与谁画眉？"脱口而出，此问话必伴随一种猜破丈夫风流事的狡黠之态。试用另一句来代替："与谁瞎混？""瞎混"之词必与怒吼之态齐发，而"画眉"一词则把妻子猜疑未定、佯装生怒、语稍带怨恨的轻斥之态描绘得绘声绘色。而由其词之雅也可想见其人之纯雅。

接下来才描写事由。以"铜锣巷"点明事件发生的地点。俗语有"铜锣陌上集少年"之说，取汉代典故，"铜锣巷"一般指富家公子居住的街道。首句如果当作妻子的内心独白，则妻子完全相信丈夫有风流韵事，此则故事就纯粹是一出夫妻纠纷。如果将之处理为语言，则为倒叙手法。晚归的丈夫在轻斥中羞愧难当，连忙小心地服侍，并借着酒意纠缠妻子。妻子怕丈夫过于辛劳，放胆矜持，佯怒轻喝："不知羞谁似你！"于是劳累已极的丈夫借势假装理亏和衣睡下。

如果把第一句当作语言描写，那么此则故事还可以当作一种隔墙所闻的短剧。在半夜，疾驰而回的马蹄声与喧哗声吵醒了一条街道的邻居。听到有酒醉之人被人扶回，然后听到女主人一句轻喝，或者是先听到轻喝，才意识到有酒醉之人夜归。然后是夫妻间的小争斗声，最后听到妻子的一声"不知羞谁似你！"然后整条街又恢复了夜的宁静，于是所有的人猜测丈夫理亏和衣睡下了。最后一句"灯下"可以为读者画出一幅剪影。

将第一句当作一问一答，那么女主人的角色就要进行转换。女主人轻声短问："与谁？"因夜静突兀，省略问在生活中很常见，其他的猜测之态全可由动作表情补足。而男人答曰："画眉！"意指回家陪妻子去了。那么此女主人为其外室。而最后的一句也可以看作两句，男人纠缠女人，女人醋味极浓，骂道："不知羞！"男人回嘴道："谁似你！"意思是妻子与她完全不是一类人，也可当作对这个女子的一种轻蔑之情。不加标点更能体现此语句衔接之快。最后男人发现自己得罪了女人，感到理亏，于是和衣睡下。

张可久的散曲读来五味俱全，由此则散曲可见其艺术手段之高明。

人月圆 山中书事

◎张可久

兴亡千古繁华梦，诗眼倦天涯。孔林乔木，吴宫蔓草，楚庙寒鸦。
数间茅舍，藏书万卷，投老村家。山中何事？松花酿酒，春水煎茶。

【译文】

千古以来，兴亡更替就像繁华的春梦一样。诗人用疲倦的眼睛远望着天边。孔子家族墓地中长满乔木，吴国的宫殿如今荒草凄凄，楚庙中，乌鸦飞来飞去。

几间茅屋里，藏着万卷书，我回到了老村生活。山中有什么事？用松花酿酒，用春天的河水煮茶。

【赏析】

此曲是张可久晚年在杭州居住时所作，写作风格略有改变，以往他都是以淡雅秀丽的风格特征为主，而此曲一改常态，风格趋于豪放，语言也质朴浅显。以"怀古"之名，来表达自己已看透世事、心生厌倦，故而隐居山野，自得其乐的事实。

曲子可以分成两个部分，上半部分到"楚庙寒鸦"，下半部分从"数间茅舍"一直到曲子结束。这两部分互相映照，分别是从纵向的时间和横向的空间这两个角度来描摹历史，抒发情怀，告诉读者，历史兴衰不过如一场大梦，虚幻缥缈。"兴亡千古繁华梦，诗眼倦天涯"气势雄浑，在感叹历史的同时抒发了徒有凌云壮志，却无施展之机的遗憾。一个"倦"字写尽了心酸过后的疲惫和无可奈何。接下来的三个句子是一个鼎足对，"孔林""吴宫""楚庙"的繁华已尽，凄凉萧瑟，与首句呼应，是作者"诗眼"所观，字里行间都渗透着对世事易变的慨叹。

曲的下半部分转入到对自己当下生活的描述，也算是因"诗眼倦天涯"后的现实选择不管是"茅舍""村家""山中""松花""春水"这些恬淡生活的渲染词句，还是藏书万卷、饮酒作诗、读书品茶的惬意之为，都是可以"投老"之事。

全曲以时间为线索，写作者从"倦世"到"归隐"再到生出"松花酿酒，春水煮茶"的乐趣，情感上从愤慨转为平静。全曲情景交融，跌宕起伏间又涵蕴深沉。

四块玉 客中九日

◎张可久

落帽风，登高酒。人远天涯
碧云秋，雨荒篱下黄花瘦。愁又
愁，楼上楼，九月九。

【译文】

风吹落了帽子，我登上高山独自饮酒。
游子远在天涯，白云悠悠，雨水吹打着篱笆
下的菊花，让它们变得那么消瘦。在这重阳
节里，我愁上加愁，楼爬了一层又一层。

【赏析】

此曲写作者于九九重阳日的客中情怀。重阳节
本是与亲人团聚的日子，然而作者却独自在异乡做
客。他望尽秋空，临风把酒，俯看黄花，心中为离
愁所充斥。末三句将"九月九，楼上楼，愁又愁"
的语序加以颠倒，为曲子增添了音韵回环之美，更
使曲中所表现的哀愁显得悠远深长。

落梅风 江上寄越中诸友

◎张可久

江村路，水墨图，不知名野
花无数。离愁满怀难寄书，付残
潮落红流去。

【译文】

江边小村外的小路，好似一幅水墨画，无
数不知道名字的野花点缀其间。我满心离别之
情，却不能与你互通书信，只能把这段忧愁，
寄托给消落的潮水，和落花一起飘走。

【赏析】

这是一首写景抒情的曲子。

作者离家在外，坐在小舟上看两岸的景色。"水

墨图"既突出了江上景色的淡雅疏旷，同时还很贴切
地表现出江上气候的湿润。"不知名野花无数"则暗
示作者对他所在的地方并不熟悉，他注意到沿岸的鲜
花，却叫不出它们的名字。也许是这些不知名的野花
让作者想到了自己异乡客的身份。接下来，作者突然
将笔墨从江畔风光转到了离愁上。

"离愁满怀难寄书"，漂泊在外，作者有千言万语
想说给远方的家人，却无奈无法将书信寄到家人手中。
眼前的景色虽美，可惜却无亲朋好友一起分享，更不
要说满腹的心事了。"付残潮落红流去"意味深长。
落红和前面的野花呼应，花落入潮中，不知被潮水带
到哪里。而这花就好像此时漂游江上的作者，作者被
命运的水流推向陌生的远方，身不由己，怅惘之情溢
于言表。曲末这句实是触景伤情，自伤自怜之语。恬
淡的景色和离愁形成对比，更显出作者的飘零之苦。

普天乐 秋怀

◎张可久

为谁忙？莫非命。西风驿马，落月书灯。青天蜀道难，红叶吴江冷。两字功名频看镜，不饶人白发星星。钓鱼子陵①，思莼季鹰②，笑我飘零。

【注释】

① 子陵：指东汉隐士严子陵。他与东汉光武帝刘秀是故交，刘秀登帝位后多次召他出仕辅政，他皆不受命，甘居山林，以耕钓为乐。② 季鹰：指西晋的张翰(字季鹰)。他见秋风起而思吴中的莼羹、鲈鱼脍，于是弃官还乡。

【译文】

为谁忙碌呢？无非生计罢了。驿马在西风中奔驰，月儿落下，还在点灯念书。走蜀道比登天还难。到处是红叶，吴江显得那么凄冷。为了"功名"俩字，镜中的自己已长出星星点点的白发了。当年，严子陵在江边钓鱼，张翰因思念莼羹、鲈鱼而还乡。可笑的是我，一生都在飘零。

【赏析】

张可久一生怀才不遇、落魄伤怀，在时官时隐的生涯中遍游了江南的名胜古迹。其散曲多有自感身世、抒发时世感慨的作品。

本曲以设问起头，将一切归于命运。此处既表达出作者的无奈，又有宿命论的消极意义。接下来，一生无所遇合、抱负无处施展的作者于秋日回顾了自己从前潜心苦读、四处求仕的辛劳岁月，感到无限惆怅。"西风驿马"，自然使人想起马致远《天净沙·秋思》中"断肠人在天涯"的曲故，游子跋涉的艰辛、旅途的孤寂无依、思念亲人的乡愁、功名的无成等等尽在不言中。而"青天蜀道难"极力渲染旅途的艰难，此处化自李白的《蜀道难》，诗曰："危乎高哉！蜀道之难，难于上青天。"此句与对句"红叶吴江冷"，一写高危的山势点明旅途中不可逾越的险阻，一写严寒的天气点明环境的恶劣。此处以自然环境造成的障碍为功名无成找出客观原因。而作者已经度过了青春时期，理想抱负都随流水远去，即使追求功名的心念尚还未老，但岁数不饶人，看着镜中星星点点的白发，他凄凉而无奈。

继而想起对近在咫尺的功名视而不见的严子陵，想起为了舒心地吃上一口家乡菜便抛弃了簪笏的张

曲的鉴赏知识

元代散曲中的渔父形象

渔父自《庄子》和《楚辞》开始就作为隐逸的象征性形象。唐人张志和的"西塞山前白鹭飞"传诵千古，元代画家吴镇曾"笔之成图"，并写下八首《酒泉子》。元代特殊的社会背景下，渔父形象深受散曲作家的喜爱。比如白朴的《沉醉东风·渔夫》："点秋江白鹭沙鸥。傲杀人间万户侯，不识字烟波钓叟。"又如卢挚的《双调·蟾宫曲》："碧波中范蠡乘舟。殢酒簪花，乐以忘忧。"等等。这些作品以渔父形象来刻画不羁文人的铮铮傲骨，表达不同流合污的高尚情怀。而张可久《普天乐·秋怀》中的"钓鱼子陵，思莼季鹰"则以名士严子陵、张翰的典故更是明确地表达了归隐主题。

翰，不由得自感惭愧，因为命运并没有逼迫他一定要在功名路上奔波劳碌。他因而发出了曲首的感叹："为了谁这样奔波劳碌一生？且莫责怪命运。"

曲子语言清丽，感人肺腑。"青天蜀道难，红叶吴江冷"两句色彩对映鲜明，意象开阔，"难"、"冷"二字却透露出无限凄凉，一唱三叹，令人玩味不尽。句尾联系前贤高士，对比自身，对于超脱世俗生活的向往和入世之情的难以割舍相互纠缠，令人叹惋。

小桃红 淮安道中

◎张可久

　　一篙新水绿于蓝，柳岸渔灯暗。桥畔寻诗驻时暂。散晴岚①，依微半幅云烟淡②。杨花乱糁③，扁舟初缆，风景似江南。

【注释】

①晴岚：烟雾笼罩下的晴空。②依微：隐约。③糁：原指谷类做成的小渣，在这里形容杨花漫天的样子。

【译文】

　　我撑着竹篙，春水碧绿，胜过蓝草。杨柳依依的河岸上，有一盏昏暗的渔灯。在桥边稍稍停留寻觅着诗句，水雾渐渐散去，隐约可见淡淡的云烟。杨花到处乱飞，小舟刚刚系好，这里的风光像江南一般美丽。

【赏析】

　　张可久散曲多清丽秀雅，一改元曲白描的特色，《太和正音谱》称他的散曲"华而不艳"。他是当时元散曲"清丽派"的代表，被推为"词林之宗匠"。

　　这首小令正是"清丽派"散曲的代表，写景用重彩浓墨，描摹出如诗如画的风景，而人物形象隐然远现，如传统风景画的手法。全曲描写作者沿水行舟，在变化的时间和空间里观看明媚的春景，就像徐徐展开一轴长长的春光图。

　　首句初看是静态写景，而以"一篙"与"新水"的独特组合使名词带有了动词的意义，因之作者的人物形象隐然出现。首句点题，作者在乘船赶赴淮安途中，一篙子下去，水波荡漾，河蓝柳绿，岸边的渔家灯火忽明忽暗。一个"暗"字点明当时的时间，天色渐晚，但夜色不浓，所以渔灯看来也不明亮。

曲的鉴赏知识

隐括手法

　　隐括是元散曲中一种特殊的表现手法，将前人整首诗词的意境和字句或某些段落化为自己的句子用于新的散曲中。隐括有化腐朽为神奇之功。比如元代孙季昌的《仙吕·点绛唇》就是隐括了苏轼的《赤壁赋》，而乔吉的《双调·沉醉东风·题扇头》就是隐括唐人柳宗元著名的五言绝句《江雪》一诗："万树枯林冻折，千山高鸟飞绝。兔径迷，人踪灭，载梨云舟一叶。蓑笠渔翁耐冷的别，独钓寒江暮雪。"张可久的《小桃红·淮安道中》对白居易的《忆江南》"春来江水绿如蓝，能不忆江南"等句进行隐括。

　　因傍晚来临，所以作者停舟夜泊河畔，"寻诗河畔"是因为这一派浓艳的春光吸引着作者，春光无限好，使得作者诗意盎然。而旅途匆忙，所以作者只能是"驻时暂"。次日的清晨，山中的雾气散尽，淡淡的云烟缭绕，就像是一幅水墨画。作者再次撑船上路，初春的柳絮漫天飞扬，仿佛想要留住离人。试回想苏轼《水龙吟》的诗句"似花还似非花，也无人惜从教坠"，"春色三分，二分尘土，一分流水。细看来，不是杨花，点点是离人泪"的描写。匆忙上路的作者此时也只有柳树惜别，而对春光的留恋也使作者眼中的杨花显出离人的姿态来。作者以此赞叹小桥边春色的美好，而又表达出一种孤独的旅情。

　　全曲营造了这如画般的风景，让人陶醉其中，就像白居易《忆江南》里所说："江南好，风景旧曾谙：日出江花红胜火，春来江水绿如蓝。能不忆江南？"最后一句化白居易的诗表明他的赞叹之情。

　　曲子写景设色浓淡相宜，烘托渲染出一派醉人春色，渔灯、小桥、扁舟为画面添加了生气与情趣，让人临曲便如身临其境一般步入了美丽的江南早春水乡，美景可见可感、可爱可叹。全曲多化用前人诗意、典故，融情于景，情致淡雅、意味悠长。

上小楼 隐居

◎任昱

荆棘满途，蓬莱闲住①。诸葛茅庐②，陶令松菊③，张翰莼鲈④。不顺俗，不妄图⑤，清高风度⑥。任年年落花飞絮⑦。

【注释】

①蓬莱：比喻自己隐居的地方。②诸葛茅庐：诸葛亮年轻时隐居南阳，住茅屋，亲自耕种。③陶令松菊：陶渊明《归去来兮辞》："三径就荒，松菊犹存。"④张翰莼鲈：见姚燧《醉高歌·感怀》注③。以上三句都是以古人自比。⑤妄图：妄想。⑥清高风度：清雅高洁的风度。⑦"任年年"句：隐含有不管现实如何变化的意思。

【译文】

　　世道是布满了荆棘的小路，我找到个蓬莱般的地方悠闲安住。我也像诸葛亮一般，筑起个茅庐；我也像陶渊明一般，栽种些松菊；我也像张翰一般，喜食莼菜和鲈鱼。我不去顺应流俗，也没有狂妄的企图，始终保持着清高的风度。任由它一年年地飘落红花，飞起柳絮！

【赏析】

　　此为思古明志之作。

　　曲首"荆棘满途"四字，将世路之艰险一括而尽。接下来，作者一连列出三个历史名人隐居的故事并以之自警，其清高绝俗之态便跃然纸上。既已归隐，时间就不再有什么意义，任四季更迭，都与他无关，真是自由到了极致。这正好与曲首隐含的人生不自由形成强烈的对比，作者向往恬静闲适的隐居生活的志向更为明显。

　　此曲抒发了作者对于艰险世道的慨叹，洋溢着对隐居生活的喜爱，寄托着不趋时随俗，力求摒除妄图贪念，以清高风度自持的心志。

⊙作者简介⊙

　　任昱，生卒年不详，字则明，四明（今浙江宁波市）人。与张可久、曹明善交好。曾一度流连青楼歌管，晚年发奋读书。善七言诗，工于曲作。曲子多以宴游、送别、怀古、男女恋情为题材，感情真挚、用语清丽、情质深婉。《太和正音谱》将其列于"词林英杰"一百五十人中。

普天乐 花园改道院

◎任昱

锦江滨，红尘外。王孙去后①，仙子归来。寒梅不改香，舞榭今何在②？富贵浮云流光快③，得清闲便是蓬莱。门迎野客，茶香石鼎，鹤守茅斋。

【注释】

①王孙：公子。②舞榭：供歌舞用的楼屋。宋辛弃疾《永遇乐·京口北固亭怀古》中有"舞榭歌台，风流总被雨打风吹去"一句。③流光：此处指光阴、岁月。

【译文】

这花园坐落在繁华的江边，却独立在红尘之外。公子王孙都走了之后，来了一群神仙。梅花没有改变它的芳香，那歌舞升平的台榭，如今到哪里去了？人世的富贵，犹如浮云一样，时光流转，是那么地快。所以啊，要是能得着清闲，你住的地方就是蓬莱仙岛了。那大门迎接着旅客，茶水的清香从石鼎中飘出。一只白鹤守候着这茅草搭就的斋房。

【赏析】

这锦江畔的道院原是富家的别墅花园，因为远离尘世，如今被改作了道院。富家子弟不再到这里来游赏，高洁的隐者则因为此地环境静美移家来住。王孙去，舞榭不存。作者向往清闲自在的生活，虽无富贵之乐，却也了无衰败之苦。

傲寒的梅花不改清香，但再高大的舞榭也难免荒没无闻的结局。隐者体悟到富贵如浮云一样虚幻无定、转瞬即逝，仙家的逍遥不过是清闲自适。他在这里与村夫野老相交游，以石鼎烹茶，用鹤守茅斋。

此曲运用了许多的对比手法，风格清新，意蕴悠远，充满了哲理意味。

金字经 秋宵宴坐

◎任昱

秋夜凉如水，天河白似银，风露清清湿簟纹①。论，半生名利奔。窥吟鬓②，江清月近人。

【注释】

①簟（diàn）：竹席。②吟鬓：作者的鬓发。

【译文】

秋天的夜晚凉飕飕的，像水一般，天上的银河雪白雪白，像银子一样。露水清澈，弄湿了竹席。说一说，半辈子为名利奔波。看看自己的头发，江面清明，月亮离人那么地近。

【赏析】

此曲是作者于秋夜宴席上所作，紧扣秋夜清凉爽净的特点。

作者用"水"形容秋夜的凉，给人以舒爽之感，同时还写出了秋夜空气的清新。也正因如此，所以人才可以看到满天繁星有如白银。这样的夜晚让作者深深体会到自然的奇妙。他开始后悔自己将太多时间花费在功名上，没能好好地静下心来体会自然之美。"江清月近人"化自唐代诗人孟浩然的《宿建德江》，表现出作者沉浸自然的愉悦心情，当人开始亲近自然，自然景物便好像也拥有了人的情感，变得可亲起来。但这愉悦中又有着淡淡的哀愁，"窥吟鬓"多少蕴含着对时光一去不复返的怅惘。

曲子语言清雅，意蕴深长，让人回味无穷。

清江引 积雨

◎任 昱

春来那曾晴半日，人散芳菲地。苔生翡翠衣，花滴胭脂泪。偏嫌锦鸠枝上啼^①。

【注释】

① 锦鸠：一名鹁鸪。因其在将雨时鸣声特急，故古人有鸠鸣呼雨的说法。

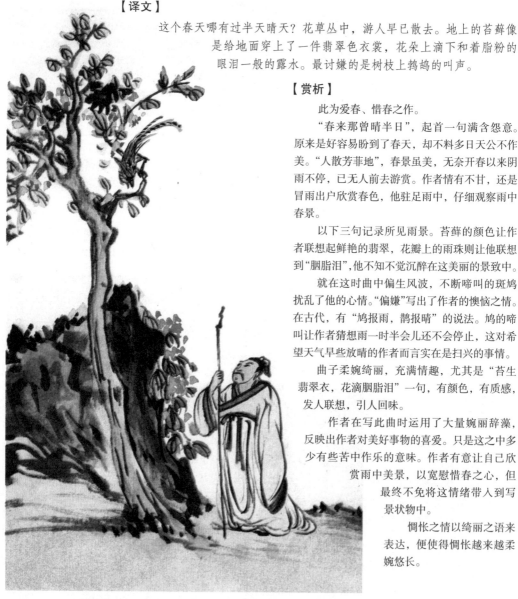

【译文】

这个春天哪有过半天晴天？花草丛中，游人早已散去。地上的苔藓像是给地面穿上了一件翡翠色衣裳，花朵上滴下和着脂粉的眼泪一般的露水。最讨嫌的是树枝上鹁鸪的叫声。

【赏析】

此为爱春、惜春之作。

"春来那曾晴半日"，起首一句满含怨意。原来是好容易盼到了春天，却不料多日天公不作美。"人散芳菲地"，春景虽美，无奈开春以来阴雨不停，已无人前去游赏。作者情有不甘，还是冒雨出户欣赏春色，他驻足雨中，仔细观察雨中春景。

以下三句记录所见雨景。苔藓的颜色让作者联想起鲜艳的翡翠，花瓣上的雨珠则让他联想到"胭脂泪"，他不知不觉沉醉在这美丽的景致中。

就在这时曲中偏生风波，不断啼叫的斑鸠扰乱了他的心情。"偏嫌"写出了作者的懊恼之情。在古代，有"鸠报雨，鹊报晴"的说法。鸠的啼叫让作者猜想雨一时半会儿还不会停止，这对希望天气早些放晴的作者而言实在是扫兴的事情。

曲子柔婉绮丽，充满情趣，尤其是"苔生翡翠衣，花滴胭脂泪"一句，有颜色，有质感，发人联想，引人回味。

作者在写此曲时运用了大量婉丽辞藻，反映出作者对美好事物的喜爱。只是这之中多少有些苦中作乐的意味。作者有意让自己欣赏雨中美景，以宽慰惜春之心，但最终不免将这情绪带入到写景状物中。

惆怅之情以绮丽之语来表达，便使得惆怅越来越柔婉悠长。

清江引 钱塘怀古

◎任 昱

吴山越山山下水，总是凄凉意。江流今古愁，山雨兴亡泪①。沙鸥笑人闲未得②。

【注释】

① 兴亡：复词偏义，偏指"亡"。② 闲未得：即不得闲。

【译文】

吴山、越山下的这片江水，总是满含着凄凉之意。江水流淌，古今往事，勾起了我的忧愁；山上的雨点像为兴亡交替而流的眼泪。那沙鸥嘲笑着我从来没有过闲心。

【赏析】

钱塘江以澎湃大潮著名于世，杭州则是曾经的南宋都城。作者于钱塘怀古，由滚滚江潮、濛濛山雨牵起兴亡悲叹，牵动故国情愁。作者面对满目清丽的山水，想到江山未改而朝代频迭，借古思今，不由觉得奔流的钱塘江水就像千载愁恨悠悠不绝，山中飘洒的雨丝如同是对兴亡无常的朝代抛洒的悲悯的泪滴，绵绵无期。末句"沙鸥笑人闲未得"笔锋一转，既是对自己在现实中为生计奔波，不能归隐的自嘲，也是自笑多情、多感，同时也是宽解之语。

曲的鉴赏知识

元代怀古曲

所谓怀古就是以历史为吟咏对象，通过回顾历史人物、历史事件，或借古讽今，或思古述怀。怀古之作中最常见的表现手法就是将历时与现实进行对照，借对照的结果构建意境，打动读者。因此，怀古作中有相当一部分都是登临某名胜之地，触景生情所作。

早期的元曲作者大多经历了由宋、金入元的历史动荡，所以他们的怀古曲多带有遗民色彩，要么追思故国，要么慨叹世事易变，风格多趋于沧桑悲凉。同时，怀古类的元曲中也有不少流露出弃世归隐的情绪——这类作品较以往朝代明显增多——很多作者都喜欢用调侃的语气，故作潇洒地书写看破红尘的情怀。譬如任昱此曲，最末一句的"沙鸥笑人闲未得"就颇有调侃意味。而隐藏在这调侃背后的往往是对世道无常的无奈和悲观灰暗的消极心态。

水仙子 幽居①

◎任 昱

小堂不闭野云封，隔岸时闻涧水春，比邻分得山田种②。宦情薄归兴浓，想从前错怨天公。食禄黄齑瓮③，忘忧绿酒钟，未必全穷④。

【注释】

①幽居：题目中的幽居有两重含义。一是指幽静的住所，二是指隐士的住所。②比邻：隔壁的邻居。③黄齑：干盐菜。指粗茶淡饭。④穷：不得志。

【译文】

小小的屋堂门没有关上，是云烟把它遮住了。对岸不时传来人们在涧水中舂米的声音。我从邻居那里要来了一片山林耕种。求官的兴致淡薄了，归隐的兴致浓了。想起以前的自己，错怪了老天爷。吃着些粗茶淡饭。喝着自酿的烧酒，忘记了忧愁，即便不得志这日子不算是彻底困窘的。

【赏析】

曲子前两句介绍了作者的居住环境。"小堂不闭"说明作者所在的地方民风淳朴，即使大敞屋门也没有什么关系。"野云封"告诉读者这个地方远离闹市，在高高的山上。"隔岸时闻涧水春"则反映了当地人的勤劳质朴。从起首二句可以看出作者十分喜爱这里的生活。他"比邻分得山田重"，自力更生，自给自足，大有在这里长久居住的意思。

"宦情薄归兴浓"，作者越是回想往事，便越觉隐居生活的美好。这种美好是建立在心灵层面的。人心在宦海，便不可避免背上名利的包袱，时间一长就患得患失。"怨天公"就是患得患失的表现之一。但放下了这颗入仕之心，就会安于平淡，易于满足，即使吃的是粗茶淡饭，也没有怨愤淤积心中，更何况还有酒可以帮助人消除忧虑。作者在曲末得出结论，选择归隐，未必就是不得意之时的无奈之举。

从"怨天公"到"未必全穷"，此曲表面写隐居生活，实际却是作者对自己精神思想的一次剖析。他回顾了自己的心路历程，审视了自己心态的变化，实现了思想层面的一次提升。对归隐生活的肯定对应的是对淡泊名利的人生观的肯定。

小梁州 春怀

◎任昱

　　落花无数满汀洲^①，转眼春休。绿阴枝上杜鹃愁，空拖逗^②，白了少年头。朝朝寒食笙歌奏^③，百年间有限风流。玳瑁筵^④，葡萄酒，殷勤红袖，莫惜捧金瓯。

【注释】

①汀洲：水边的平地。②拖逗：拖延、耽搁。③寒食：指寒食节。也称"禁烟节""冷节""百五节"，农历四月四日。④玳瑁筵：豪华、珍贵的宴席，亦作"玳筵"。

【译文】

　　无数的花瓣落满了水边的平地，一转眼，春天又过去了。翠绿的树枝上，杜鹃哀愁地叫着。白白拖延，把少年的头发都催白了。每年寒食节，人们都吹笙唱歌，短短百年的时光里，风流的时光是有限的。豪华的宴席，葡萄美酒，殷勤的佳人，都别不好意思，捧起金杯开怀畅饮吧。

【赏析】

　　此曲的作者任昱，字则明，一生不仕。本曲是作者远看水中绿洲落花无数，意识到春天将去，这里的"春休"有两层含义，一是指时令，再就是暗喻作者自己的青春年华已逝。于写景中抒发悲凉之情。

　　岸边树枝上的杜鹃鸟，也被作者加上了自己的理解，他说杜鹃鸟在枝头一声声唱着春之愁，于事无补，不但唤不回春归，还"白了少年头"。杜鹃鸟自不可能白头，这里表面上看是在嘲讽杜鹃鸟，实则是一种自嘲，对自身虚度青春年华的追悔。作者虽未直明，但言语之外的悔恨之心就欲盖弥彰了。越是悔恨就越是劝服自己要不悔，这种心理的纠缠都淋漓尽致地体现在写曲者的字里行间。

　　人生不过短短数十年，面对青春不再的现实，可以及时行乐，尽情得意。所以要趁着这大好的青春，朝朝都奏起笙歌，"玳瑁筵"、"葡萄酒"又或是"殷勤红袖"都不嫌铺张奢靡，即便是金杯也不要吝惜。用吧，喝吧，唱吧！尽情地欢快吧！

　　这首《春怀》感叹春光易逝，人生易老，须及时行乐的浪子情怀。作者运用铺陈的笔法，一连三句展示暮春景色，接着将抒怀与叙事结合，豪迈洒脱中显出几分颓唐。

阳春曲 闺怨

◎徐再思

妾身悔作商人妇，妾命当逢薄幸夫。别时只说到东吴①，三载余，却得广州书。

【注释】

① 东吴：泛指太湖流域一带。

【译文】

我真后悔嫁给了商人，我这命啊，竟碰到个负心的汉子。临走时，说是到东吴去。过了三年多，收到了从广州寄来的信。

【赏析】

此曲写闺思之怨。

"商人重利轻别离"，自唐宋以来，关于描写商人妻子闺中之怨的作品不胜枚举，在元代散曲中也是屡见不鲜。作者此曲应是从唐人刘采春的两首《啰唝曲》中得来的灵感。刘采春曾在曲中这样写道："那年离别日，只道往桐庐。桐庐人不见，今得广州书，莫作商人妇。"不过相比刘采春的，作者此曲直白了不少。

曲中女子后悔做了商人的妻子，她不无怨恨地说自己命中就当嫁给这样薄幸的郎君。她的丈夫告别的时候只说要到东吴去做一笔生意，然而三年多过去了，她接到的却是他自广州寄来的书信。此曲语语直白，却富有感染力，人物形象生动而富有生活气息。

⊙**作者简介**⊙

徐再思（约1280—1330），字德可，因酷爱甜食，所以自号甜斋，嘉兴（今属浙江）人。与张可久同时。其散曲多以自然风景和闺阁之情为主题，语言清丽俊俏，风格细腻委婉，今存小令一百零三首。后人将其作品和贯云石的合为一集，后者自号酸斋，该集遂取名为《酸甜乐府》。

阅金经 春

◎徐再思

紫燕寻旧垒①，翠鸳栖暖沙。一处处绿杨堪系马②。他，问前村沽酒家。秋千下，粉墙边红杏花③。

【注释】

①旧垒：旧巢。②"一处处"句：王维《少年行》："系马高楼垂杨边。"此用其意。③"问前村"三句：隐括杜牧《清明》诗："借问酒家何处有？牧童遥指杏花村"的诗意，且形象更为丰富。

【译文】

燕子在寻找着旧时的巢，翠绿色的鸳鸯停在暖暖的沙滩上。一棵棵杨树正好用来拴马。他正在打听前面村子里卖酒的人家在哪。在那秋千架下，粉白的墙边，开放着粉红的杏花。

【赏析】

首句化北宋阮逸女《浣溪纱》的句子，此诗曰："新叶初发淡无痕，春山交映绿为魂。轻烟半笼小黄昏，燕子归来寻旧垒。风华尽处是离人，花随柳絮落纷纷。"此诗在春意盎然的描写中满含着对春尽离别的隐忧。本曲化"燕子归来寻旧垒"整句为首句，为全曲定下隐忧基调。首两句对仗工整，也形成对比。燕子南来北往，即使回到旧垒，只怕旧时所爱再也找不到旧垒；鸳鸯则以"栖"字描绘，与描写燕子之"寻"相比，一种静谧安详、满足恬然的情态呼之欲出。正如唐朝杜牧《鸳鸯》"两两戏沙汀，长疑画不成"，"凫鸥皆尔类，惟羡独含情"所描写的那样。此处以莺莺燕燕与鸳鸯的对比来比喻风尘女子与良家女子的差别。接下来出现一个少年游子，骑马者以长途跋涉为多，他为春景所陶醉，愿意停下脚步系马买醉。"堪"字将春天风光宜人、令人喜之不禁的情形表达出来。

曲后半进一步点明主题。整半片曲化杜牧《清明》诗的意境，而去其村景的质朴和恬淡色彩，代之以"秋千""粉墙"的脂粉气，与前文的鸳鸯前后照应。其化《清明》诗的意境，不免使人冥想其追怀忘人的意味。与前文的"寻"字对应，自然而然世人争相传诵的"人面桃花"故事于此显得颇为切题，崔护《题都城南庄》诗曰："去年今日此门中，人面桃花相映红。人面只今何处去，桃花依旧笑春风。"崔护的故事赞美了少年时代纯真而美好的爱情。本曲没有点明少年游子此回是

寻觅旧时酒家，也并没有指明游子此番是寻人，而其旨意全用背景的方式作衬，首两句对偶在联想阐发的基础上才获得了比兴手法的推测结论。只有深析本曲才能使其隐含的多层意义在领悟中层层臻明。

全曲语言清丽，描写的风景如诗如画，描写春景，色彩鲜明多变，纯以工笔描绘，如用了"紫"、"翠"、"绿"、"粉"、"红"，五种色彩点缀画面，真是五彩缤纷。

蟾宫曲 春情

◎徐再思

平生不会相思，才会相思，便害相思。身似浮云①，心如飞絮，气若游丝。空一缕余香在此②，盼千金游子何之③？证候来时④，正是何时？灯半昏时，月半明时。

【注释】

① 身似浮云：形容身体虚弱，走路晕晕乎乎，摇摇晃晃，像飘浮的云一样。② 余香：指情人留下的定情物。③ 盼千金游子何之：殷勤盼望的情侣到哪里去了。何之，往哪里去了。千金：喻珍贵。千金游子：远去的情人是富家子弟。④ 证候：即症候，疾病，此处指相思的痛苦。

【译文】

有生以来都不懂相思，刚懂了相思，便害了相思。身子像飘浮的云儿一样，心像纷飞的柳絮，气息微弱，像游丝一般。空剩下一缕余香留在这儿，我的心上人去了哪里？相思病要是来了，是在什么时候呢？是灯光半昏半明的时候，是月亮半明半暗的时候。

【赏析】

这是一首闺妇思夫之作。

曲子起首句连用三个"相思"，一下子就点明了整首曲子的主旨，旗帜鲜明地展示了作者写本首曲子的目的。同时，读者从这三个"相思"中，足可感受到少妇对丈夫的忠贞和感情的热烈，同时，此句又展现了少妇的纯真和多情。"才会相思，便害相思"，又透露出她与丈夫共同生活不久就天各一方，自己独守空房的可悲遭遇。仿佛我们听到了少妇在喁喁自语，这自语中却掺杂着无尽的哀怨，也掺着少妇敢为情死的意念。首句寥寥几语便展现了极为丰富的内涵。

"身似浮云"三句，是漂亮的鼎足对。"身似浮云"表现了少妇坐卧不宁的心态；"心如飞絮"表现了少妇的魂不守舍；"气若游丝"表现了少妇因思念而恹恹欲病的形态。作者通过对少妇身、心、气的描写，将少妇"便害相思"的情态表现得淋漓尽致。短短几句，就足见女主人公的相思之苦、恋情之深。

尽管如此，丈夫远在千里，善良而多情的少妇只好以燃起炉香的方式为出游在外的丈夫祈祷祝福，把自己的心意寄托于冥冥苍穹。当最后一缕炉香的余烟

飘入空中，少妇心中也不由得生气自己的疑惑：自己苦苦相思的丈夫到底身在何处呢？他能否如自己所盼的那样早早回家门呢？到此，作者点出了少妇相思的根源。几句话，就将我们带入一个余香飘渺，思情摇摇、迷乱怅惘的意境。

最后，作者又着重点明了少妇害相思病最严重的时刻——"灯半昏时，月半明时"。将少妇孤灯伴长夜的寂寞推向极致。一连四个"时"字，将这相思绝好地展现出来，强化了主旨的表达。

沉醉东风 息斋画竹①

◎徐再思

葛陵里神龙蜕形②，丹山中彩凤栖庭③。风吹粉箨香④，雨洗苍苔冷，老仙翁笔底春生。明月阑干酒半醒⑤，对一片儿潇湘翠影⑥。

【注释】

①息斋：元画家李衎，号息斋道人。善绘竹，有《竹谱》。
②葛陵里神龙蜕形：《神仙传》载，东汉费长房身跨青竹杖腾身入云，下地后弃杖于葛陵水中，竹杖即化为青龙。葛陵，湖名，在河南新蔡县境内。③"丹山"句：《山海经·南山经》："丹穴之山有鸟焉，其状如鸡，五彩而文，名曰凤凰。"古人谓凤凰以竹实为食。④箨（tuò）：竹的壳叶。⑤阑干：纵横的样子。⑥潇湘翠影：谓竹。湘地以产斑竹著称，称湘妃竹，相传为湘夫人泪点洒竹而化。

【译文】

这竹像是葛陵中的神龙幻化出真身，丹山中的凤凰也飞来，栖息在庭院里。风儿吹过，仿佛夹带着笋壳的芳香，雨水清洗过的苍苔，泛着微微的冷意。你这老神仙，笔下生出了无限春意。当明亮的月光照在栏杆上，我酒后初醒，看着这画儿，就像是面对着一片活生生的潇湘竹林。

【赏析】

元代画家李衎，号息斋道人，善画竹石，有《竹谱》行世，此曲即品评其竹画。在当时李衎的画非常受人追捧。据记载，李衎师从李颇，其所画之竹，两百年来都没有人能超越。他曾经深入竹林，悉心揣摩竹子的情状。

曲首引用两个神话典故：传说东汉费长房跨青竹杖腾身入云，落地后弃杖于葛陵水中，竹杖即化为青龙；古人认为凤凰以竹为食，故此处称彩凤栖庭。此两句喻写画作之神奇。中间三句进一步描写画作风貌：一竿竿新竹带粉飘香，竹根边的青苔好像被雨淋过，显得分外滋润，真所谓"笔底春生"了。结以酒意半醒，观赏画中潇湘翠影，朦胧中尽显竹之神韵。

曲子前四句连用两组对仗，使曲子显得工整、严谨。中间三句正面描写画作真貌，清丽生动。最后两句写醉中赏画，朦胧而充满神韵。

沉醉东风 春情

◎徐再思

　　一自多才间阔①，几时盼得成合。今日个猛见他门前过。待唤着怕人瞧科②。我这里高唱当时水调歌③，要识得声音是我。

【注释】

① 多才：对所爱的人的爱称。间阔：即久别。② 瞧科：看见，发现。③ 水调歌：《碧鸡漫志》载：隋炀帝开凿汴河时，曾制《水调歌》。《水调》，是唐时大曲，其歌头称为《水调歌头》，此处的《水调歌》，当指《水调歌头》。

【译文】

　　自从和心爱的人儿久别，何时盼到跟他相聚过！今天猛然间看见他从门前走过，想叫他一声又怕被别人看见。我高声唱起离别时唱过的水调歌，他一定要听出来那是我的声音啊。

【赏析】

　　全曲用一个少女的口吻描写人物的内心独白，将女子的心理活动刻画得细腻微妙、入木三分，一个恋爱中急切情真的女子形象呼之欲出。

　　女子的内心自述隐含其恋爱经历的描述，她与恋人阔别多时，首句用"一自"，表明从分手之后那一刻起，她的思念就没有停止过，她的思想非常单纯而朴素，只是"盼得成合"。而这时少女猛然间看到阔别已久的恋人从门前走过，想要叫他，又怕被别人看见。她灵机一动，高声唱起从前两人都很喜欢的《水调歌头》，以唤起恋人的记忆，以让他循音而来，与自己再续前缘。少女的娇俏聪明之态仿佛显现在读者面前。

　　此曲曲尾戛然而止，似有未完之意。以此留给读者无穷的想象空间和余味。可以想象她的恋人听到她的歌声会有何反应，此后将发生什么样的故事，使读者也关心起这个女子的命运来。

　　曲子全用白描的手法，语言极具民歌特点。曲中无一句文人词藻，无一处评论及作者感情的

流露，作者完全隐匿，用一种极冷静的处理手法描述，客观地展现事实。而这种客观描写将一个个性极强的少女形象展现在读者面前，使人对她的纯真多情和直率活泼产生喜爱之情，作者对她的褒扬之情也就不言而喻了。

蟾宫曲 送沙宰①

◎徐再思

宦游人过钱塘②，江水汤汤③，山色苍苍。马首西风，鸡声残月，雁影斜阳。男子志周流四方，循吏心恪守三章④。岐麦林桑⑤，渡虎驱蝗⑥。人颂甘棠⑦，春满琴堂⑧。

【注释】

① 沙宰：姓沙的州县长官，名不详。② 钱塘：今浙江杭州。在钱塘辖境内的浙江江段称钱塘江。③ 汤汤：浩浩荡荡。④ 三章：法律。从刘邦入关"约法三章"的成语衍出。⑤ 岐麦：汉代张堪为渔阳太守，民作歌谣曰："桑无附枝，麦穗两歧。张君为政，乐不可支。"岐，同"歧"。林桑：南朝梁时沈瑀为建德百姓每人种十五株桑树，人咸欢悦，顷之成林。⑥ 渡虎：东汉宋均任九江太守时，郡多虎患。宋均至江，除削赋税，群虎相与东游渡江。驱蝗：东汉卓茂任密县令，爱民如子，值天下大蝗，河南二十余县皆被害。又东汉的鲁恭、宋均，皆有类似的作为，后人遂以"驱蝗"喻县令的德政。⑦《甘棠》：篇名。相传因召伯循行南方，曾在甘棠树下休息，百姓感思其德而作。⑧ 琴堂：春秋时宓子贱任单常日弹琴，身不下堂而地方大治。后遂以琴堂指称县官的办公之处。

【译文】

我这在外做官的人路过了钱塘。江中的流水浩浩荡荡，山色苍苍。西风吹拂着马儿，鸡叫声里，天空中升起一片弯弯的月亮，夕阳里有一群大雁飞过。好男儿应该志在四方，当个好官，严守法律规章。你要鼓励农桑，驱除灾患，为人称颂，让你所管辖的地方大治。

【赏析】

这是一首馈赠之作，作者没有将笔墨放在惜别之情上，而是将自己带入到远行的情景之中，歌咏志向，鼓舞友人。"江水汤汤，山色苍苍"，化自范仲淹的《严先生祠堂记》，"汤汤"与"苍苍"既写出了友人所去之地的遥远，又让读者感受到二人相别时的苍凉心情。后面的"马首西风，鸡声残月，雁影斜阳"则含蓄地表明了二人心情苍凉的原因——友人的前路困难重重。

"男子志周流四方"，作者突然笔锋一转，一扫前面的沉郁，赋予了曲子积极豪迈的气息。他援引刘邦约法三章的典故，寄语友人要为民做事，做个善待百姓，勇于向社会黑暗挑战的好官。而在曲的末尾，他又援引召伯循行南方和宓子贱弹琴的典故，表示对友人的信心，让曲子的基调变得明朗昂扬。

全曲感情深沉，用典自然贴切，人称徐再思"以清丽工巧见长"，但这首曲子却反映了他清朗俊逸的一面。

水仙子 夜雨

◎徐再思

一声梧叶一声秋，一点芭蕉一点愁，三更归梦三更后。落灯花棋未收，叹新丰孤馆人留①。枕上十年事，江南二老忧，都到心头。

【注释】

① "叹新丰"句：唐代马周未做官时，客游长安，住在新丰旅店中，穷困潦倒，受尽店主人白眼。新丰，在今陕西临潼县东。馆，旅舍。

【译文】

　　梧桐叶每响一声就增添一分秋意，芭蕉叶上的雨点每落下一点便增添一点愁伤。我在三更时分梦见自己回到了家乡。灯芯的余烬落在地上，棋盘还没有收拾好。可叹我就像马周一样，寄居在孤寂的旅馆中。我在枕头上回想着十年来的往事。江南那两位老人还在为我独自在外而担忧，这一桩桩心事，都萦绕在我的心上。

【赏析】

　　首句以雨打梧桐破题，使人直思白居易《长恨歌》中的诗句："春风桃李花开日，秋雨梧桐叶落时。"此处以春华秋凉的对比来表达生离死别的长恨。而此曲的游子远游于异乡，夜卧孤馆，正如司马光《孤桐》诗所叹"初闻一叶落，知是九秋来"，萧瑟落寞的情怀随着一叶的降落霎时充满心头。梧桐向来与凤凰相

关联，因为凤凰非梧桐不栖，爱梧桐者无不以之作为高洁、不同流合污以及忠贞的象征。如晏殊《撼庭秋》有诗句："别来音信千里，恨此情难寄。碧纱秋月，梧桐夜雨，几回无寐！"此处与《长恨歌》一样以"梧桐夜雨"独卧的悲凉来表达对爱情的忠贞之情。

　　紧接首句，接下来描写游子百无聊赖，听着雨滴随着高高的梧桐叶落下，敲打在芭蕉上，离愁难遣的情形。李煜《长相思》中有诗句："秋风多，雨如和，帘外芭蕉三两窠，夜长人奈何。"林逋《宿洞霄宫》曰"此夜芭蕉雨，何人枕上闻"，更是深悲长夜愁苦的绵长无限。因之作者到"三更"午夜梦回，再难入眠，愁肠百结。

　　然后笔触从窗外转入室内，化南宋赵师秀的《约客》诗"有约不来过夜半，闲敲棋子落灯花"之句进一步强调独处的孤单。下一句更以"新丰"一词来表达作者的羁旅客愁和备受冷落的遭遇。而作者由此境引发身世之慨叹，联想到自己宦游不得志的经历以及落魄无依的悲惨境况，感慨万千，发出"枕上十年事"的感叹。此句取意于杜牧《遣情》："十年一觉扬州梦，赢得青楼薄幸名。"作者十年也只得了个薄情郎的名声。而以"十年"之久的悲伤游子情怀回想起年迈双亲，亲情之深厚感人之至、催人泪下。本曲以此作结，令人心神摇荡。

　　全曲通过对秋色的描写，表达了作者在外思念家乡和对自己潦倒落寞的际遇倍感无奈的情怀。其间离愁别恨、失意落魄的感伤、亲情无报的无奈等等种种寂寥凄凉的伤感情绪交织。全曲语言朴实无华、自然清新，数量词的巧妙连用体现了高超的语言表达技巧。全篇情景交融，言短意长而感情真挚动人。其中将人生的失意落魄与亲情相融，更是独出心裁。

水仙子 惠山泉①

◎徐再思

自天飞下九龙涎，走地流为一股泉，带风吹作千寻练②。问山僧不记年，任松梢鹤避青烟。湿云亭上③，涵碧洞前，自采茶煎。

【注释】

①惠山泉：又称惠泉，在江苏无锡市内惠山的白石坞下，水味醇美，被誉为"天下第二泉"。②千寻：形容极长。古以八尺为一寻。③湿云亭：及下句的"涵碧洞"，都是惠泉旁的景点。

【译文】

从天上飞下了巨龙吐出的涎液，落在地上，流淌成了一股清泉，被风儿吹成了一条千寻长的白练。问过山中的和尚，也不知道已历经多少年了，任凭松树梢头的白鹤躲避在苍翠的云烟里。径自在湿云亭边，涵碧洞前，兀自采来茶叶煮来品尝。

【赏析】

惠山泉位于江苏省无锡市，因其水质绝佳而称名于世。相传经唐代陆羽亲品其味，故一名陆子泉。宋苏轼有《惠山谒钱道人》诗曰"独携天上小团月，来试人间第二泉"。元代大书法家赵孟頫专为惠山泉书写了"天下第二泉"五个大字。此散曲为描写惠山泉的名曲。

作者欲称道惠山泉之水质，先描绘其流泉形态之美。首句从九龙峰的飞泉入手，化用李白《望庐山瀑布》中家喻户晓之句"飞流直下三千尺，疑是银河落九天"。唐代陆羽《惠山寺记》曾介绍过九龙峰的得名："山有九陇，若龙之偃卧然。"因此本曲首句曰："自天飞下九龙涎"，以泉水比喻为"龙涎"。而又化李白《将进酒》中"黄河之水天上来"的句子，谓之曰"自天飞下"，既使人想象其峰之高，又使人想象飞泉长泻之奇观。写泉水落入平地后在地面蜿蜒游行流淌之状，采用拟人手法，用"走地"二字写其悠然。而以挂于崖间的泉水比作一匹长长的随风摇动的白练，恰如唐徐凝《望庐山瀑布》"虚空落泉千仞直，雷奔入江不暂息。今古长如白练飞，一条界破青山色"一诗意境之灵逸生动。本曲起三句鼎足对采用夸张、比喻、拟人等手法交代了泉水的来龙去脉。在作者笔下，惠山泉源远流长，因山形奇丽多姿而形成种种态势的泪泪

清泉，或如龙涎飞吐、雄奇壮观，或如平原走马、恣行无碍，或如悬空白练、飞动飘逸。

至此来访者已饱餐秀色，接下来是直奔主题了。先从山僧松鹤的"不记年"令人遐想仙寿。古言云："松鹤延年"，也令人默叹其闲云野鹤的闲适生活。最后三句点题：山僧"不记年"的原因是耽于煎茶呀。惠山泉以水质佳而闻名，作者慕名而来，山僧松鹤饮其水而延寿，则为泉佳之证。"自采茶煎"以一个"自"字来表达山僧们坦然自若、心无旁骛、宁静悠然之态。"山僧""松鹤""湿云亭""涵碧洞"这些景物于此形成一种世外仙境般的美丽奇景，使人对出于此境的惠山泉水产生一种喜爱之情。

蟾宫曲 赠名妓玉莲

◎徐再思

荆山一片玲珑①。分付冯夷②，捧出波中。白羽香寒，琼衣露重，粉面冰融。知造化私加密宠，为风流洗尽娇红。月对芙蓉，人在帘栊。太华朝云③，太液秋风④。

【注释】

① 荆山：在湖北南漳县西，以产玉著称，名闻天下的"和氏璧"即产于此。② 冯夷：水神。③ 太华：即五岳之一的华山，在陕西华阴县南。华山以山顶池生千叶莲花得名，又峰顶若莲形，称"玉井莲"。④ 太液：皇家宫苑内的池沼。《开元天宝遗事》："明皇秋八月，太液池有千叶白莲数枝盛开。"白居易《长恨歌》："太液芙蓉未央柳。"芙蓉即荷花，亦属莲。

【译文】

你就像荆山的一块美玉，被水神从水波中捧出。你的肌肤像洁白的羽毛，散发出清凉的馨香；你那美丽的衣裳像仿佛缀满了露点闪闪发光；你那涂着脂粉的面庞，像正在融化的冰雪一样。我知道是造物主私下里对你暗加宠爱，为了让你风流无限，把你清洗得如此娇美。月亮照在荷花丛里，你靠在窗边。你让我想起华山上清晨里的云彩，太液池中缓缓吹过的秋风。

【赏析】

玉莲姓张，是至正间的江南名妓。夏庭芝《青楼集》张玉莲条："丝竹咸精，捕博尽解。笑谈亹叠，文雅彬彬。南北令词即席成赋，审音知律时无比焉。往来其门率多贵公子。积家丰厚，喜延款士夫，复挥金如土无少靳借。"秀出风尘，看来作者的这首赠曲不会是对牛弹琴。

这支小令是在受赠对象的芳名上作文章。首句切"玉"字，"荆山""玲珑"都是玉的名称，"玲珑"还有表现美玉形象的意味。二、三句拈出"冯夷""波中"，为"玉"过渡到"莲"作准备，以下就几乎句句述莲了。"白羽"化用了杜诗，杜甫在《赠已上人》中有"江莲摇白羽"的句子。"白羽""琼衣""粉面"，无一不是对白莲花花姿的生动比喻，在诗人心目中，"玉莲"的基本特征就应当是洁白吧。"洗尽娇红""月对芙蓉"，将"玉莲"之白发挥得淋漓尽致。末两句则直接扣合"玉莲"或"白莲"，足见作者的巧思。

然而，作品并非单纯地卖弄游戏技巧，而是尽力以玉莲花的粹美来比喻人物，表达了对张玉莲清雅脱俗、出污泥而不染的品质的赞美。如"为风流洗尽娇红""月对芙蓉，人在帘栊"，就明显地含有张玉莲身处青楼而守身自好的寓意。又如"太华朝云""太液秋风"，在影射人名的同时，借助仙家和皇家景物的意象，映示了玉莲的清逸和优雅。全曲造语婉丽，对仗工整，怜香惜玉之情溢于言表。故吴梅《顾曲麈谈》评此曲"正镂心刻骨之作，直开玉茗（汤显祖）、粲花（吴炳）一派矣"，给予了极高的评价。

水仙子 马嵬坡①

◎徐再思

翠华香冷梦初醒②，黄壤春深草自青。羽林兵拱听将军令③，拥鸾舆蜀道行④。妾虽亡天子还京。昭阳殿梨花月色⑤，建章宫梧桐雨声⑥，马嵬坡尘土虚名。

【注释】

① 马嵬坡：在陕西兴平县西。唐天宝十五载（756），玄宗避安史之乱奔蜀经此，禁卫都指挥陈玄礼发动兵谏，诛权臣杨国忠，其从妹杨贵妃被迫自缢。② 翠华：以翠鸟羽毛作装饰的旗帜，指天子的仪仗。③ 羽林：皇帝的扈从军队。唐设左右羽林军。④ 鸾舆：天子的车驾。⑤ 昭阳殿：汉代洛阳后宫，为赵飞燕姊妹受宠时居处，此代指杨贵妃生前的居殿。⑥ 建章宫：汉长安宫殿名，此代指唐玄宗的居殿。

【译文】

那用翠鸟羽毛装饰的天子仪仗，散发着清冷的幽香。杨玉环刚刚从睡梦中醒来。黄色的泥土中，春色深深，芳草兀自显得绿油油的。羽林军拱手听着将军的兵令，簇拥着皇上的车驾向蜀道行进。尽管我无奈地死去了，但总算让天子平平安安地回到了京城。昭阳殿里开着梨花，月光照耀。建章宫里，梧桐树在雨点的击打中发出阵阵响声。马嵬坡尘土飞扬，一切都不过是虚名。

【赏析】

这支曲子开头用了一组对仗，营造出了不嗟自悲的意境。尽管此两句并未直接描述马嵬兵变的相关情节，但还是令人想起杨贵妃死时的悲惨场景。三、四两句写羽林军要挟唐玄宗缢死杨贵妃。而"鸾舆蜀道行"，也反衬出了杨贵妃独眠黄土的不幸遭遇。作者借用杨贵妃的口吻说自己"无怨无悔"，这就加重了整首曲子的悲剧意味。

最后三句，作者举出三个地名——"昭阳殿""建章宫""马嵬坡"，写出"天子还京"后的好景不再，也揭示出杨贵妃代人受过的无辜。这三句再现了白居易《长恨歌》"春风桃李花开日，秋雨梧桐叶落时。西宫南内多秋草，落叶满阶红不扫"及"昭阳殿里恩爱绝"的诗境，而"马嵬坡尘土虚名"一句，直接点题，把这首曲子的悲剧气氛发挥到了极致。

此曲借杨贵妃的不幸批评了唐玄宗的荒政误国，也揭示出盛衰治乱的本质。

天净沙 题情

◎徐再思

多才惹多愁，多情便多忧，不重不轻证候①。甘心消受，谁叫你会风流。

【注释】

① 证：通"症"。

【译文】

我这满腹的才气，让我生出许多忧愁；感情丰富就会有诸多忧伤，我这毛病不轻不重。我心甘情愿地忍受着，谁叫你如此懂得风流。

【赏析】

此曲一整篇专论"情"殇。而作者有如此推论线索：多才所以多愁，多情所以多忧，多愁多忧必然导致多病。最后归结一句，一切由风流引起。正如唐陆龟蒙《自遣诗三十首》："多情善感自难忘，只有风流共古长。"多情与风流几乎是相等的一个词语。

一般来说，才华横溢的人多半心思敏感，心思敏感的人又总是比常人更容易生出烦恼。"多才惹多愁"，人人都以才华出众为荣，却少有人知多才的烦恼。而多情也与之类似。正所谓"才子风流，自古多情空余恨"，而多情者必然为情所苦。因为即使处处用情用心，对方却不一定会投桃报李。如王实甫《西厢记》第一本第四折："小子多愁多病身，怎当他倾国倾城貌。"如此为多情所困，自身已是多愁多病还恋着对方倾国倾城之貌，嘴上说的是想退却，其实内心正如本曲所调侃的"甘心消受"。宋柳永《大石调·倾杯》词中如此说："早是多愁多病，那堪细把旧约前欢重省。"愁与病总是共存，而同时又与情关联。

此曲像是作者的自我剖析，他将自己的"愁""忧"归结到多才与多情上，猛地一看多少有无病呻吟之嫌。但作者又很聪明地用一个"不重不轻证候"洗清了这一嫌疑。才与情虽然给他带来了烦恼，但这烦恼却没有大到干扰他的生活。所以他会在曲末说"甘心消受，谁叫你会风流"。曲末这句像是自嘲，又像是对自己的宽慰。

可见世上事事都有两面性，有拥有的一面，就有失去的一面，主要是自己怎么去看待，像本曲作者这样，自我反思，得一个相对的"万全之策"，也不失为一良方。

曲的鉴赏知识

元人中的浪子情怀

元代时，汉族的社会地位是最低的。但是相对来说，元代是一个国力强盛的朝代，疆域也非常广阔，魏源《元史新编》说："元有天下，其疆域之袤，海漕之富，兵力物力之雄廓，过于汉唐。"因为没有边患，经济也相对来说较其他朝代要发达，另外统治者来自于游牧民族，有热爱文艺的传统，在蒙古族的民俗习惯影响下，元代社会形成一种独特的带有游牧民族特点的艺术氛围。唐初时代在文人作品中就出现了的游侠儿形象，元代因国力富强，人民生活条件相对来说较为优越。这时期的作品中也出现了游历天下的文人形象，但是这时的游子已完全没有唐代游侠儿那种独步天下、啸傲山林的气概。元代的游侠儿一词几乎只能以"游子"或"浪子"来替代。"浪子"一词，大多指不务正业的流浪者，也指外出流浪而不归者。元代的文人游子大多以求学、求官、游历山水为主。关汉卿在《南吕·一支花·不伏老》中如此自述："我是普天下郎君领袖，盖世界浪子班头。"关汉卿自称是浪子中的头目。这里的浪子多指寄寓勾栏的文人。一般来说，元代的浪子一般浪迹江湖，或寄迹青楼，或遁迹书会，这与当时的社会背景有关系。他们的作品或以山水为主题、或以爱情为主题，中间也出现了歌伎的艺术形象，大部分表现出思乡的愁绪和抑郁不得志的愤懑忧伤。

蟾宫曲 山中乐

◎孙周卿

　　草团标正对山凹①，山竹炊粳②，山水煎茶。山芋山薯，山葱山韭，山果山花。山溜响冰敲月牙③，扫山云惊散林鸦。山色元佳，山景堪夸。山外晴霞，山下人家。

【注释】

① 草团标：圆形茅屋。② 粳（jīng）：稻。③ 山溜：山中溪水。

【译文】

　　圆茅屋正对着山坳，我用山中砍来的竹子做饭，用山泉煮茶。我享受着山中采来的芋头、红薯、香葱、韭菜、水果和鲜花。山中溪水的声响好像冰块敲打着月牙。山中乌云扫过，惊散了乌鸦。山色最美，山景真让人赞叹。晴天里山外飘着彩霞，山下住着户人家。

【赏析】

　　此曲可谓别具一格，作者除了连用十五个"山"字，来凸显自己归隐山野、自得其乐外，更是在层次上叠放有加，句句不离"山"，句句都进一步强调了归隐之乐。从而使得曲子在音节律动上奔放押韵，对称响亮。不免让读者联想到这样一幅画面：一位山野高人，踱步山林中，边走边高声吟唱。

　　此曲是从近到远的描写，先是山下草房茅屋若隐若现、山水竹林间烧饭煮茶，红薯土豆、葱花韭菜，水果鲜花，色彩鲜艳明亮，又充盈着山野乡土之味，节奏明快、恣意潇洒。

　　然后便是远景的描写，泉水叮咚仿佛冰敲月牙，风吹云散仿佛惊散了林子里的乌鸦。联想过后便是作者的赞美：山色山景清幽恬静。再到更远处，山外火红的晚霞，映衬着山下村野人家。就好似一幅动态图，色彩明丽静雅，画中人自得其乐。

　　孙周卿之曲以洒脱著称，此曲正体现了他的这一特点。

⊙作者简介⊙

　　孙周卿，约生活于1320年前后，生卒年、字号、生平皆不详。其婿为诗人傅若金。散曲多为游宴、闺情、隐居之作。风格洒脱，可庄可俗。今存小令二十三首。

水仙子 舟中

◎孙周卿

孤舟夜泊洞庭边，灯火青荧对客船，朔风吹老梅花片。推开篷雪满天，诗豪与风雪争先。雪片与风鏖战[1]，诗和雪缴缠[2]，一笑琅然[3]。

【注释】

① 鏖战：激战。② 缴缠：纠缠。③ 琅然：指笑声朗朗的样子。

【译文】

一叶孤舟在夜晚停泊在洞庭湖边。岸上的灯火与这船儿相对着，闪闪发光。北风吹拂，把梅花都吹老了。我推开船窗，大雪漫天飞舞。这时候我作诗的豪情简直比大风大雪还要激荡。雪花与大风激战着，我的诗句又同飞雪纠缠在一起。我朗声大笑了起来。

【赏析】

首两句化唐张继《枫桥夜泊》整首诗的意境："月落乌啼霜满天，江枫渔火对愁眠。姑苏城外寒山寺，夜半钟声到客船。"本曲以洞庭湖的灯火来概写江边风景，南方水乡冬夜的幽静美丽因与此诗的关联而变得清晰明朗。而曲中的"孤"字表达远游无依的寂寞，一如此诗的离愁别绪、悠悠情丝贯穿整曲。"孤舟""灯火"两句描写出一种旷远幽寂的静态景色，而作者在这种没有人声的冬夜静谧中倾听着自然的声音，并且与自然进行心灵交流，使接下来的字句充满盎然生机。

在夜半的静寂中，"朔风"一词使读者与作者一道听到了陡然而至的凄厉的呼啸声，而狂风撼动着梅树，发出簌簌的声音，梅花片片吹落。此句写景全着眼于听觉，风吹、撼树、花落，虚实相生，实景不难想象。"老"字以常识推测，同时传达出己身的感慨。其"推开"的动作朴素自然，表明作者听风已久，动作不徐不急。入眼却是雪花漫漫，这是实景的描写，纠正前文作者以听觉所作的推测。读者不免会与作者一同发出"呀！"的一声，原来猜测错误，风吹雪落的声音与风吹落花的声音十分相似。作者的惊喜之状可以想见，特别是以下接连用三个动词"争"、"战"、"缠"步步递进，把风雪逐渐大作，随着风雪作者诗兴大发的情景描绘得生动形象。作者以拟人的手法赋予风雪人类的动作，既使作者欣喜若狂、对风雪喜爱之至的感情表达得淋漓尽致，又使人洞悉作者在静夜若有所待的孤寂苦涩情怀。即使结句刻意阐明作者的欢畅心情，但孤舟夜泊、风雪为伴的凄寒冷寂沁骨至深，贯穿全曲。

本曲前半语言隽永、耐人寻味，而后半豪气满怀、生趣盎然。在游子羁旅因愁抒怀的作品中少有作品如此洒脱、豪放，其以想象与事实对比的描写别出心裁又与生活中的情理相符。全曲动静相衬，使静态越感幽静，而动态越感生动。

曲的鉴赏知识

散曲中的风骨

王国维曾经评曰："温飞卿之词，句秀也。韦端己之词，骨秀也。李重光之词，神秀也。"这里提到"神骨"，也即神韵和风骨。南朝时梁代刘勰《文心雕龙》最早提出风骨一说，将端直的言辞和俊爽的意气统一结合为诗文的"风骨"。汉魏之际曹氏父子、建安七子等人诗文风格俊爽刚健，形成了文学史上"建安风骨"的独特风格。后来文人一再继承他们的传统，形成文学上的豪放一派。宋代在婉约词流行的期间，苏轼等人将豪放派发扬光大，写出了流传千古的名词佳句。元代散曲对豪放派也不无继承。孙周卿的《水仙子·舟中》豪情勃发，可谓有骨。

骂玉郎过感皇恩采茶歌 述怀

◎顾德润

蛛丝满甑尘生釜①，浩然气尚吞吴②。并州每恨无亲故③。三匝乌④，千里驹，中原鹿⑤。走遍长途，反下乔木⑥。若立朝班，乘骢马，驾高车，常怀卞玉⑦，敢引辛裾⑧。羞归去，休进取，任揶揄。暗投珠⑨，叹无鱼⑩，十年窗下万言书。欲赋生来惊人语，必须苦下死工夫。

【注释】

①甑：瓦制的饭锅。釜：铁锅。②浩然气：正大刚然之气，为儒家所要求的气质之本。《孟子》："我善养吾浩然之气。"③并州：河北、山西的中北部一带，其地民风豪健。④三匝乌：喻无所栖托。语本曹操《短歌行》："月明星稀，乌鹊南飞。绕树三匝，无枝可依。"⑤中原鹿：《史记·淮阴侯列传》："秦失其鹿，天下共逐之，于是高材疾足者先得焉。"指群雄并争时在中原大地上建功立业。⑥乔木：故国。《孟子·梁惠王下》："所谓故国者，非止谓有乔木之谓也。"⑦卞玉：春秋楚人卞和于荆山下得一玉璞，两次上献都被视为欺诳，第三次才受承认而得价值连城的"和氏璧"。⑧辛裾：魏时侍中辛毗好直谏，魏文帝曹丕不纳，起身入内，辛毗"随而引其裾"，拉住不放，终使文帝改变了成命。裾，衣袖。⑨暗投珠：即"明珠暗投"，喻怀才不遇。⑩叹无鱼：战国时齐孟尝君门下有食客名冯谖，因不得赏识，弹铗（长剑）作歌道："长铗归来乎！食无鱼。"

【译文】

饭锅中长满蜘蛛网，铁锅中尘土堆积，我我依旧有着勾践吞灭吴国那样的豪情。我常常怨恨自己在并州没有亲人旧交。我是绕树三匝却找不到栖息之处的乌鸦，是一匹千里马，是中原人

人争得的鹿。我走遍遥远的路途，却又回到了故园。假如让我进朝为官，乘着宝马，坐在高高地车子上，我一定像卞和怀玉那样拥持着真才实干，也敢像辛毗那样拉着皇帝的袖子直谏。如今我却惭愧地回到了家中，不再想进取功名，任由旁人笑骂嘲讪。我像明珠被扔在黑暗处，像冯谖那样因无人赏识而长叹，十年寒窗苦读，写成的万言书也毫无用处。要想说得出有生以来真正惊人的话，一定要下死工夫啊。

【赏析】

顾德润曾任杭州路吏，一生沉郁下僚。友人朱晞颜称他是"漫仕犹隐"的"隐吏"，"谑浪笑傲睨世而不废啸歌者"（《顾君泽真赞》）。

本曲题名述怀，是作者抒发怀抱之作。结合作者的生平来看，本曲的立意在宣泄怀才不遇的悲愤感慨，继续追求功业的心情显而易见。

此作采用了带过曲的形式。由〔骂玉郎〕〔感皇恩〕〔采茶歌〕三曲合成，抚今追昔，浮想联翩。篇尾能够重新反思自身，又表明心志要更加努力，其积极的态度在元代散曲中并不多见。

作品前三句叙述自己窘困的现状，饭锅已生尘埃，

⊙作者简介⊙

顾德润，生卒年不详，字君泽（一作均泽），号九山，松江（今属上海）人。曾任杭州路吏，后迁平江（今江苏苏州市）首领官。其人才学高超，却怀才不遇，满腔愤懑。

曾自刊《诗隐》及《九山乐府》。散曲作品慷慨悲昂，《太和正音谱》评其曲"如雪中乔木"。《北宫词纪》《朝野新声太平乐府》中收录了他大量的散曲。现存于世的作品有，小令八首，套数二套。

结蛛网，生计之窘困可以想见。但即便如此依然没有削减作者追求功业的豪情，不因贫困而堕失壮志。他盼望着与志同道合的人一起开创未来。

四至六句即转写其时群英竞展才华，追求实现抱负的的外界形势。七、八句述出事与愿违、自己满怀热情出来闯荡却失意还乡的事实。九至十三句展开了自己一旦得官遂志、飞黄腾达的联翩浮想。接下又以六句诉说求仕路上屡屡碰壁、屡遭白眼的感慨。曲子以梦想和现实做反复对比，其中的悲慨之情如潮水激荡，越来越澎湃汹涌。结尾"欲赋生

来惊人语，必须苦下死工夫"的结语警然出奇，虽然是牢骚满篇，但最终还是着眼自身，这样的精神和情怀在元代知识分子中是难能可贵的。

在表现手法上，这首曲有两个特点较为明显。一是在遣词造句上引经据典，几乎是句句用典。如"尘生釜"，用《后汉书·范冉传》"釜中生尘范史云（范冉字史云）"语；"吞吴"用杜甫《八阵图》"江流石不转，遗恨失吞吴"；"并州"句用李白《少年行》"经过燕太子，结托并州儿"意；"暗投珠"，用《史记·邹阳传》"明月之珠，以暗投人于道路"等。由于是述说平生抱负的作品，所以用典虽多却越能体现出作者对于人生和事业认真积极的态度。这与元代读书人普遍的玩世不恭的消极人生态度，甚至是很多诗歌满篇牢骚却空无一物的情况大相径庭，体现出卓尔不群的格调，有助于曲意的凝练雅饬。

二是在意象上，近于"意识流"的联翩浮想，不断将遭想与现实作对比的手法体现出回环往复又不杂乱无章的动感，使曲情随激荡不断增强。〔骂玉郎过感皇恩采茶歌〕句密韵促，又恰恰迎合了作者在浮想联翩中"述怀"的需要，这就使曲子的音韵和曲词达到了相互浑融、相得益彰的效果。

作者虽然失意却并没有被击倒。窘困的现状并不能夺走他的志气，失败不能让他心灰意冷，就连旁人的羞辱嘲笑也不能让他放弃奋斗追求的决心。相反，他还把这些挫折当成进一步完善自身的动力。将自己的壮志难酬归结在自己的学问，所下的工夫还不到家

上。从中可以看出作者非常善于自省，心态十分积极。在元代，由于读书人的地位低下，这种励志类型的咏怀并不多见。

全曲音韵铿锵，累如贯珠，在不断追述怀才不遇坎坷经历的过程中，其向上进取之情却始终贯穿其中，仿佛打着鼓点的自励曲。人称顾德润作曲如"雪中乔木"，由此可见。

醉高歌带摊破喜春来 旅中

◎顾德润

长江远映青山，回首难穷望眼。扁舟来往蒹葭岸①，烟锁云林又晚。篱边黄菊经霜暗，囊底青蚨逐日悭②。破情思晚砧鸣③，断愁肠檐马韵④，惊客梦晓钟寒。归去难，修一缄回两字报平安。

【注释】

① 蒹葭：芦苇。② 青蚨：金钱的别称。悭（qiān）：指稀少。③ 砧：捣衣的座石或垫板。④ 檐马：悬于檐下的铁瓦或风铃。

【译文】

绵长的江面倒映着远处的青山，我回头远望，看不到边。小船在长满芦苇的岸旁来来往往。烟雾笼罩着山林，又到了傍晚时分了。篱笆边黄色的菊花被霜打过之后变得多么黯淡，我口袋里的银两一天天越来越少。傍晚的捣衣声一阵阵响着，打断了我的思绪；屋檐下铁马的响声，使我忧伤得肝肠寸断；清晨的钟声那么凄冷，把我这客居的人儿从睡梦中惊醒。要回家是那样的艰难，我只能写一封信，回复家人几个字，报一报平安。

【赏析】

首句的"长江远"使人联想到屈原的名句："路漫漫其修远兮，吾将上下而求索。"那么本曲作者追求至山穷水尽的地步也就可想而知了。"回首难穷望眼"，使人联想起屈原《涉江》中的"船容与而不进兮，淹回水而疑滞"。而作者又如屈原一样，"路幽昧而险隘，岂余身之惮殃兮！"接下来以"蒹葭"的意境描写乘舟溯回往来求索之状。《诗经·蒹葭》："蒹葭苍苍，白露为霜。所谓伊人，在水一方。"本曲作者取诗经对爱情的执着追求之意表达自己对理想的狂热执着之情。"又晚"感慨离乡日久、岁月流逝如梭的无奈。"黄菊"一句暗扣作者老景将至、白发苍苍的事实。"青蚨逐日悭"，既是因求索至日暮途穷，又是因求索无得、雄图无以展施。接着作者用三句鼎足对肆意渲染客居旅馆的孤独忧伤情怀。"晚砧""檐马""晓钟"，

以时间排序，从入晚开始，一直到早上，游子一夜无眠，耳边各种声音回荡。捣衣磨杵棒的声音更使人想起为离乡的游子寄添衣服，因此总带着劝游子归乡的意味。正如孟郊《闻砧》诗中所写，"月下谁家砧，一声肠一绝"，"杵声不为衣，欲令游子归"。宋许玠《汉宫春夜》中有如此诗句："渴龙滴水续铜壶，檐马呼风摇玉佩。……眉山两点亦何有，中锁万斛相思愁。"此处同本曲一样，以"檐马"的声响来刻画愁思不断的烦闷心情，而又如元曾瑞《醉花阴·元宵忆旧》套曲所述之凄厉悲凉："恨檐马玎珰，怨塞鸿悽切。"而钟声有唤人警醒之意，如杜甫《游龙门奉先寺》："欲觉闻晨钟，令人发深省。"在晨钟声里作者的思乡之情达到不可抑制的地步。作者求索不得，转而思归。此处以"归去难"对照上文的"回首难"，表达了与屈原《离骚》里"国无人莫我知兮，又何怀乎故都"相似的怨愤之情。末句写作者假言宽慰家人，表明作者追求之志不减，将继续前行。

黄蔷薇过庆元贞
御水流红叶

◎顾德润

步秋香径晚，怨翠阁衾寒①。笑把霜枫叶拣，写罢衷情兴懒。几年月冷倚阑干，半生花落盼天颜②，九重云锁隔巫山。休看作等闲，好去到人间。

【注释】

①衾：指被子。②盼天颜：希望得到上天眷顾。

【译文】

傍晚漫步在芳香的秋日小径里，我埋怨着房间里的被子一点也不暖和。笑着把经霜的枫叶捡起。把心中情感写在上面，兴致慵懒。这几年倚着阑干看那清冷的月儿，半生已过，鲜花凋落，多希望上天眷顾我。重重云雾笼罩着巫山。别把它看得太简单，还是回人世间好。

【赏析】

"笑把霜风叶拣，写罢衷情兴懒"，此曲蕴含了一个典故：红叶题诗。传说，唐朝时，书生于佑在宫墙外散步时捡到一片提有诗句的红叶，诗如此写道："流水何太急，深宫尽日闲。殷勤谢红叶，好去到人间。"一看即为宫女所作。一入宫门深四海，很多宫女终己一生都见不到皇帝一面，只能任大好年华在寂寥中逝去。

而宫女的这一境遇很容易引起那些不被赏识的文人的不平。元朝时期，知识分子的地位下降，以往朝代知识分子都把科举取士当作自己晋身的主要途径，但在元朝，一如姚燧所载"入仕惟三途：一由宿卫，一由儒，一由吏。由宿卫者……十之一；由儒者，十分之半；由吏者……十九有半焉。""几年月冷倚阑干"，表面是写宫女的凄苦寂寥，实是抒发作者不得志的抑郁。宫女的心愿是"半生花落盼天颜"，文人的心愿不外乎得到天子的赏识，用满腹学问报效国家。但"九重云锁隔巫山"却暗示了得天颜眷顾的渺茫。

可贵的是，作者并未因此消沉，"休看作等闲，好去到人间"说明作者仍对找到施展才能的空间抱有希望。

清江引 钱塘怀古

◎曹 德

长门柳丝千万缕①，总是伤心树。行人折嫩条，燕子衔轻絮，都不由凤城春做主②。

【注释】

① 长门：汉长安宫名，武帝时陈皇后失宠即居此。② 凤城：京城。

【译文】

长门宫前那千万条柳丝，总是让我伤心。行人攀折它嫩绿的柳条，燕子衔走了它那轻柔的柳絮。这些事京城的春神都做不了主。

【赏析】

柳枝在中国传统诗词中一直作为临别赠物出现，所以柳与别情基本上画上了等号。《诗经·采薇》中有诗句："昔我往矣，杨柳依依。"古人那时即以送行时折柳相赠，表示依依惜别之情。后《折杨柳》成为著名的曲名和词牌名，李白等许多著名诗人以之为题写过许多送别诗。唐鱼玄机有《折杨柳》诗："朝朝送别泣花钿，折尽春风杨柳烟。愿得西山无树木，免教人作泪悬悬。"因为杨柳比喻赠别的离情，所以杨柳与不断送别客人的妓女也取得一定关联。这以《望江南·莫攀我》为代表："莫攀我，攀我太心偏。我是曲江临池柳，者人折了那人攀，恩爱一时间。"这里以青楼女子的口吻，奉劝男子不必多情，并以柳树自喻，表明自己沦落风尘的悲凉处境。

本散曲以"钱塘怀古"为题咏柳，喻意复杂。开篇以"长门"二字点明描写宫前柳树，而作者主要取柳树柔弱的特点来进行刻画。"千万缕"是说明柳树的生命力强，然后语义直转，下一断语："总是伤心树。"使人联想到离别之人不断地攀折而柳树又不断重生的过程，说明长门宫前送别的时日之多。因为折柳是为了赠别，所以见柳就如同临别，因而总是伤心树。而曲中进一步叹息，不仅柔弱的"嫩条"可以随意被行人攀折，就连燕子也可以随意叼啄"轻絮"，以此表达柳树没有丝毫能力的软弱。啄"轻絮"似化白居易《钱塘湖春行》之句："几处早莺争暖树，谁家春燕啄新泥。"春天燕子忙于筑巢，叼絮啄泥是燕子在春天的典型行为。末句发出沉重的喟叹："都不由凤城春做主！"不仅柳树柔弱无能，就连春神也做不了主。"燕子"与"凤"形成一种对比，与首句"长门"之词一关联，使人浮想联翩。而柳枝自古以来的多种喻意与这几种意象交织，使人猜测其暗示的真正意义。

难怪元末陶宗仪《南村辍耕录》会将曹德的两首《清江引》当作讽刺伯颜的作品，因为伯颜之事涉及当时的皇后。后至元元年（1335）七月，在当时的朝廷上发生了一件骇人听闻的大事。伯颜声称皇后答纳失里的兄弟唐其势塔剌海想要谋反，四处捉拿。唐其势塔剌海为了躲避追捕，藏匿于皇后的宫中。伯颜缉查此事以后，逼着皇后服毒自尽。而伯颜竟然没有受到任何干涉，当时的皇帝顺帝任其妄为。伯颜的行为，实是以下弑上的忤逆行为，但是朝廷大臣们此时一个个只知自保。后代文人难免会从当时文人的诗词中寻找敢言者，而曹德两首文意隐晦的《清江引》便被人牵强附会地说成是与此事有关联。《辍耕录》曰："太师伯颜擅权之日，剡王彻彻都、高昌王帖木儿不花皆以无罪杀。山东宪吏曹明善时在都下，作《岷江绿》二词以讽之，大书于五门之上。伯颜怒，令左右暗察得实，肖形捕之。明善出避吴中……此曲又名'清江引'。"然而曹德作《清江引》，于伯颜构陷二王之至元五年的前四年，那么曹德所遭遇的官司也许并非由之引起。换句话说，本曲也许并没有任何讽刺寓意，只是纯粹的一篇苦伤别、咏物之作。此曲在历史上引起诸多猜测并使作者招致官府追捕，这与其喻意复杂不无关系。

⊙作者简介⊙

曹德，字明善，生卒年不详，衢州（今属浙江）人。曾任衢州路（今属浙江）吏、山东宪使。性格耿直，曾作《清江引》讥讽权贵，被迫南逃避祸。《录鬼簿》评价其曲"华丽自然，不在小山之下"，其曲语言流畅，风格活泼，今存小令十八首。

庆东原 江头即事

◎曹 德

闲乘兴，过小亭，没三杯着甚资谈柄？诗题小景，香销古鼎，曲换新声。标致似刘伶，受用如陶令。

【译文】

乘着悠闲的兴致，来到小亭中。不喝他几杯美酒，哪里能找到聊天的话题？为眼前的小景写首小诗，在古旧的鼎里把熏香烧完，换一首新制的曲子唱上一唱。咱风神清朗，像刘伶一样。享受这美好时光，像陶渊明一样。

【赏析】

有人将曹德的《庆东原·江头即事》三首集齐如下：

"低茅舍，卖酒家，客来旋把朱帘挂。长天落霞，方池睡鸭，老树昏鸦。几句杜陵诗，一幅王维画。猿作怪，鹤莫猜，探春偶到南城外。池鱼就买，园蔬旋摘，村务新开。省下买花钱，拼却还诗债。闲乘兴，过小亭，没三杯着甚资谈柄？诗题小景，香销古鼎，曲换新声。标致似刘伶，受用如陶令。"

此三首同调小曲组成一幅美丽的江边图景，茅舍酒馆、老树飞禽、乘兴酒客等等无不融入画境。第一首对酒馆作细致的环境描写，第二首描写酒馆的别致和酒客的清逸，第三首重墨描摹酒客欢饮吟诗、焚香听曲的欢娱场景。

本曲为第三首小令。我们可以把整首小令看作一幅酒馆江景图画，那么此曲描绘的恰是从整幅图画中截下来的一角，景中以人物为主，主要是酒馆里饮酒的客人，他们在其间怡然自乐。全曲首先以一个"闲"字点明客人来酒店的闲情逸致，说明客人此时悠然自得，心情愉悦。特别是"乘兴"二字，更点明其兴致勃勃。"过小亭"，说明来此酒馆也得经过一段路程，所以客人是乘兴移步而来。来此目的不言而喻，所以诗人用"没三杯"一句大呼描绘出一个豪情勃发的酒客形象。此处酒客更不是一般客人，而是几个清雅文人，好友相约，来此尽兴。接下来具体描写与会者的雅情逸兴：即景题诗，可谓高雅；更有浓郁焚香缭绕，悦耳清乐助兴。因此客人在酒店流连忘返，曲中用一句"曲换新声"来表达时间流逝的过程，客人们不厌其烦地换曲子，将各种曲子一一听下去，感到其乐无穷。

末两句描写客人的感受，呼应上文的"没三杯着甚资谈柄"，点明高雅的娱乐助兴是次要的，而欢宴还是以饮酒为主题。作者以西晋两位出名的饮酒狂士来点明酒客们在宴饮中乐不可言的自满情怀，用了"标致""受用"两个词，点明对刘伶、陶渊明的高度评价。

此曲特意把景物设置在乡间，陋舍乘兴，表达出一种清高脱俗的情怀。其语言清丽有味、用词别致。全曲连用三个鼎足对、两个对偶句，结构严谨。

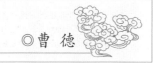

折桂令 江头即事

◎曹 德

问城南春事何如？细草如烟，小雨如酥。不驾巾车①，不拖竹杖，不上篮舆②。着二日将息蹇驴③，索三杯分付奚奴④。竹里行厨⑤，花下提壶。共友联诗，临水观鱼。

【注释】

①巾车：有篷的小车。②篮舆：竹轿。③着：安排。将息：调养，休息。④奚奴：奴仆。⑤行厨：出行途中携具从事烹饪。

【译文】

城南的春色如今怎样？细嫩的小草一丛丛像绿烟一样，飘飞的小雨像酥油一样。咱也不乘坐那装着车篷的小车，也不拿拐杖，也不坐竹轿。让那跛脚的驴儿调养它两天；叫仆人去打几杯好酒。在竹林里下厨做饭，在花丛中拎着酒壶；同朋友们一起联句作诗；又坐在水边，观赏那水中的小鱼。

【赏析】

这是一首描写老年行乐的逸情小令。首句用设问句"城南旧事何如？"点明主题。"城南旧事"出自于陆游的典故。陆游有《八十四吟诗》："七十人稀到，吾过十四年。交游无辈行，怀抱有曾玄。饮敌骑鲸客，行追缩地仙。城南春事动，小蹇又翩翩。"这是陆游在八十四岁时所作的诗，诗中满怀老当益壮的豪情，充满自赞之感。本曲以"城南旧事"一词借指陆游老年游春的活动以及与朋友共度的闲情逸致。陆游另有《城南》一诗："城南亭榭锁闲坊，孤鹤归飞只自伤。尘渍苔侵数行墨，尔来谁为拂颓墙？"多次吟咏城南，可见诗人对城南春游的钟情。曹德于《村居》散曲中曰："茅舍宽如钓舟，老夫闲似沙鸥。江清白发明，霜早黄花瘦。"从其中的"老夫""白发"可知一向为官的曹德，所写村居闲情的诗文多出自于老年。

紧接问句，是关于春景的作答。词句借韩愈《早春呈张水部》"天街小雨润如酥，草色遥看近却无"的诗境化出，展现出早春的美景，也显示了作者跃跃欲动的游春心情。以下仿陆游的城南诗，写到此老年光景出行的别具一格。诗人既不乘车也不步行、坐轿，而是"着二日将息蹇驴"，此句与下句"索三杯分付

奚奴"的对句形成一种奇趣，也极力渲染出诗人此时的闲适恬淡与随意。这种情怀与陆游的奇幻豪情自然大有分别，从中却也透露出与陆游相似的自满情怀。

末四句用两组对仗，进一步描绘春游的乐趣：在竹林里野炊，在花下饮酒，与朋友联诗娱乐，在水边观鱼怡情。杜甫《严公枉驾草堂兼携酒馔》有诗句："竹里行厨洗玉盘，花边立马簇金鞍。"作者化用其诗，因诗人骑的是蹇驴，谈不上"立马"，所以用"花下提壶"代替。

整首既兴吟咏的散曲清新自然、徐婉秀丽、淡雅恬适而又妙趣盈溢。

黄蔷薇过庆元贞（一）

◎高克礼

又不曾看生见长，便这般割肚牵肠。唤奶奶酪子里赐赏①，撮醋醋孩儿弄璋②。断送得他萧萧鞍马出咸阳③，只因他重重恩爱在昭阳④，引惹得纷纷戈戟闹渔阳⑤。哎三郎⑥，睡海棠⑦。都则为一曲《舞霓裳》⑧！

【注释】

① 奶（nǎi）奶：指宫中的老嬷嬷。酪子里：暗地里。② 撮：借作"促"，催使。醋醋：宋元对年轻使女的称呼。弄璋：《诗经·斯干》："乃生男子，载寝之床，载衣之裳，载弄之璋。"后因以"弄璋"作生男的借语。此指杨贵妃举办认收安禄山为干儿子的仪式。③ 萧萧：马鸣声。咸阳：今属陕西。此处代指唐代京城长安。④ 昭阳：汉长安宫殿名，后多代指皇后的专殿。⑤ 渔阳：唐郡名，治所在今天津蓟县。安禄山官平卢范阳河东三镇节度使时，于此起兵叛乱。⑥ 三郎：唐玄宗李隆基在宫中的小名。⑦ 睡海棠：据《杨太真外传》载，唐玄宗于沉香亭上召杨贵妃，贵妃酒困未醒，玄宗笑说："岂是妃子醉，直海棠睡未足耳。"⑧ 则：只。《舞霓裳》：即《霓裳羽衣曲》，可伴奏入舞。

【译文】

有没有亲眼看着他长大，却对他这么牵肠挂肚。叫宫中的老嬷嬷暗地里赏他东西，又催着使女准备那认干儿子的仪式。害得那君王骑着马逃出了长安。只不过因为在昭阳宫里跟皇上那么恩爱，招惹出渔阳郡到处兵乱爆发。哎，唐明皇啊，醉后睡觉时像海棠在睡觉一般的杨贵妃啊。（这一切事端的出现）都是因为那一曲《舞霓裳》。

【赏析】

据《安禄山事迹》记载，杨贵妃以绣花的襁褓裹住安禄山，命宫人用彩轿抬起，送去沐浴，即"洗儿"；洗完后又派人把这个肥胖的胡儿包在襁褓里，整整闹

⊙作者简介⊙

高克礼，生卒年不详，约生活于1331年前后，字敬臣（一作敬德），号秋泉，河间（今属河北）人。其人生性淡泊，官至庆元理官，后归隐。与乔吉关系甚笃。善作曲，曲风工巧，在当时享有盛名。《全元散曲》收录其小令四首。明代朱权《太和正音谱》将其列入"词林英杰"一百五十人之中。

了三天，而"玄宗就观之，大悦"。本本曲正是针对杨贵妃这场"洗儿"闹剧的渲染和讽刺。劈空而起，辛辣犀利，表现出强烈的轻蔑和愤慨。值得注意的是本篇的鞭挞所向。起首四句固然以杨贵妃首当其冲，而占中心地位的三句，则巧妙地分派给唐玄宗、杨贵妃、安禄山人各其一，从而将安史之乱的责任者一网打尽。"哎三郎，睡海棠"以呼语成句称呼中各含对玄宗和杨妃的嘲讽之意。

黄蔷薇过庆元贞（二）

◎高克礼

燕燕别无甚孝顺①，哥哥行在意殷勤②。玉纳子藤箱儿问肯③，便待要锦帐罗帏就亲。唬得我惊急列蓦出卧房门④。他措支剌扯住我皂腰裙⑤，我软兀剌好话儿倒温存⑥。一来怕夫人情性哏，二来怕误妾百年身。

【注释】

① 孝顺：此为对人有好处之意。② 哥哥行：哥哥那边。③ 玉纳子：玉制的盒子。元杂剧《金钱记》提到定亲的信物，有"敢是罗帕藤箱玉纳子"之句，可见以"玉纳子"、"藤箱儿"下定，是元代的习俗。问肯：下聘礼。④ 惊急列：惊慌而急急动作的样子。蓦：同"迈"。⑤ 措支剌：猛然急速之状。腰裙：腰间的围裙。⑥ 软兀剌：软绵绵。倒：反过来。

【译文】

　　我这美娘子对人没什么好处，小公子却一味地讨好。他准备好玉盒子、藤箱儿要来下聘，马上就要在帐帏间亲人家。吓得我慌慌忙忙跑出睡房门外。他猛地拽住我的皂色围裙，我只好跟他说起软绵绵的好话，反过来跟他温存。我跟他说，我这样一来是害怕夫人性子暴，二来是怕就此耽误了我的一生。

【赏析】

　　燕燕是关汉卿《诈妮子调风月》杂剧的女主角。她本是小姐莺莺的婢女，遭小千户引诱而失身。千户后又追求莺莺小姐，燕燕愤其用情不专。以后二女皆为千户占有。本篇是"借树开花"，重塑了燕燕的形象。

　　曲子以燕燕的声口陈述，起首两句凭空擘起，迅速进入故事氛围，显示了燕燕纯朴的内心：作为一名侍候主人的婢女，她一向以为只有下人主动讨好才有可能得到主子的欢心，而如今自己毫无表示，小千户就"在意殷勤"。对此她感到奇怪但无多少戒心，"哥

哥行"的称呼证明了这一点。但是，小千户竟取出"玉纳子"与"藤箱儿"作为娶她的定礼；还欲将"问肯"与"就亲"并作一步。"便待要"三字，将小千户的色狼相表现出来。"在意殷勤"的真实居心暴露得如此遽然，不能不引起读者对燕燕的关心。

　　〔庆元贞〕述出了燕燕的一系列反应。她先是吓慌了，扭身往户外逃跑。殊不料小千户动作更快，拦住去路不算，还"措支剌扯住我皂腰裙"。这就造成了更为惊险的场面。在燕燕面前似乎只有两条路：一是挣扎反抗，但这往往会激起施暴方更强的欲望；二是违心服从，任人摆布。

　　作者让燕燕采用了软拖的方式，"好话儿倒温存"，而这又不是出于机变，乃是燕燕的真实心声。"一来怕夫人情性哏，二来怕误妾百年身"，少女的守贞心志，人格尊严与生活理想，都在这两句自白中显现出来了。

　　作者设置了形象、曲折的情节，全曲酷肖人物的声气心理，又加入"惊急列""措支剌""软兀剌"等俗语，极富生活气息。这一切都说明作者受到了民间说唱文学的影响。值得指出的是，曲的前两句本为关汉卿剧作的原文，而作者毫不费力地将其引入另一轨道，这在"借树开花"的技巧上也是令人击节的。

普天乐

◎王仲元

树杈桠^①，藤缠挂。冲烟塞雁，接翅昏鸦。展江乡水墨图，列湖口潇湘画^②。过浦穿溪沿江汉^③，问孤航夜泊谁家？无聊倦客，伤心逆旅，恨满天涯。

【注释】

① 杈桠：即"槎牙"，树枝错杂的样子。② 湖口：湖沿。潇湘画：北宋宋迪以湖湘一带的风景为底本，画有八幅山水，人称"潇湘八景"。③ 浦：宽阔的水面。

【译文】

在枝干错杂的树梢头，古藤缠绕着挂在上面。塞外的大雁冲入烟雾里，黄昏的乌鸦飞起来，翅膀挨着翅膀。这一切就像展开了一副江边水乡的水墨画卷，又像陈列着描绘潇湘八景的图画。我经过宽阔的水面，穿过小溪，沿着江边前行，问人家这小船夜晚该停在哪儿。我这百无聊赖而又疲倦不堪的人，在旅舍中忧愁着，心中的愁恨充满在天边。

【赏析】

本曲作者王仲元，生平不详，但其所存散曲，具有元末时期的特征，属文采派。这首曲子是写游子羁旅漂泊的愁怀，与马致远的《天净沙·秋思》有异曲同工之妙。

开篇四句对于所见之景的描写：盘根错节的枯树枝，藤蔓缠绕其上；远处一缕青烟冲上云霄，仿佛把大雁都挡住了，一团黑压压的乌鸦胡乱飞行、躁动不安。作者仿佛在拿笔描绘一幅水墨潇湘画，"塞雁"也点出了时令是秋季，其色调是苍茫灰蒙、昏暝幽暗的。前六句状写了"枯树、藤蔓、塞雁、昏鸦"以及"江乡湖口、浦溪江汉"，运用了排比的修辞手法，使

得句式上层层叠进，仿佛在逐次加码，步步近逼，给读者呈现一种画面的流动感和造成心理上的暗示。

"过浦穿溪沿江汉"的"过""穿""沿"都表现了作者旅途的漫长及艰难。接着作者又道出了"问孤航夜泊谁家？"的感慨，可见前文写景是为了抒情，也是为作者的此种心情埋伏笔、作铺垫。异乡游子有家不能回的孤苦，因这一声疑问表现出来，展现了作者的迷茫和无助。

结尾的三个四字句，在音节上使得收尾铿然有力，振动人心："无聊倦客，伤心逆旅，恨满天涯。"直抒胸臆，层层渲染自己对于旅途的怨恨情绪，这种情绪，也随着羁旅漂泊满布天涯。而那声疑问也成了全曲的中心句，"孤航"也是作者现状的一种体现了象征，是全曲的文眼。

○作者简介○

王仲元，生平不详，杭州人。生活于元代后期。与钟嗣成交厚，善绘画。著有杂剧《于公高门》《袁盎却座》《私下三关》等，多为历史传奇题材，颇具现实意义。今存小令二十一首，套数四首。《录鬼簿》评价其作品"历像演史全忠信""将贤愚善恶分，戏台上考试人伦"。

普天乐 春日多雪①

◎王仲元

无一日惠风和②，常四野彤云布③。那里肯妆金点翠，只待要进玉筛珠。这其间湖景阴，恰便似江天暮④。冷清清孤山路⑤，六桥迷雪压模糊。瞥见游春杜甫⑥，只疑是寻梅浩然⑦，莫不是相访林逋⑧。

【注释】

① 多雪：原作"多雨"，据曲文内容改。② 惠风：春日的和风。③ 彤云：浓暗的阴云，多出现于雪前。④ "江天暮"："江天暮雪"的简称，为"潇湘八景"之一，至元时已成为习语。⑤ 孤山：及下句的"六桥"，均在杭州西湖。⑥ 游春杜甫：杜甫有"三月三日天气新""黄四娘家花满蹊"一类诗句，元代即附会出"杜甫游春"故事，且编为杂剧。⑦ 寻梅浩然：元代流传"孟浩然踏雪寻梅"故事，亦形诸杂剧。孟浩然，唐代诗人。⑧ 林逋：指观赏梅花。林逋为北宋高士，隐居西湖孤山，植梅畜鹤，并以梅诗著名。

【译文】

没一天有和煦的清风，野外常常四处密布着乌云。老天爷哪里愿意妆点些金色绿色的景物？它老是下雪，像洒落白玉和珍珠一般。这段时间湖面上阴阴沉沉，就好像《江天暮雪》中的图景。孤山的山路上冷清清的，六桥被积雪覆盖，已经不太明显了。我看到像杜甫一样游春的行人，还怀疑他是来探赏梅花的孟浩然呢？要不就是来访的林处士吧？

【赏析】

本篇题目存疑。《全元散曲》中作"春日多雨"。《乐府群珠》明钞本，"雨"字清楚，下部漫漶模糊，无从判断。"多雨"为春日共性，"多雪"单为西湖春天的特色，而作者正因西湖春天的特色而咏。

上阕直接写景。首句由"惠风"起笔。"无一日"和风，可见春风之烈。苏轼有专门描写西湖风雨的名诗，如《六月二十七日望湖楼醉书》："黑云翻墨未遮山，白雨跳珠乱入船。卷地风来忽吹散，望湖楼下水如天。"由之大约可以想见此时"惠风"之状。而春风又是卷着"彤云"吹来，布满四野。历来西湖的春风以妆点春景出名，如贺知章的名句"不知细叶谁裁出？二月春风似剪刀"。而此时风云却带来雨珠，使湖光暗淡下来。作者用"江天暮"来描写当时的湖景。

"潇湘八景"为元时最受人喜爱的八幅名画，其中一景即为《江天暮雪》画作中的图景。此处略去"雪"字，恰可准确描绘当时雪欲来未下之情景，也表明西湖正如美女无论是浓妆淡抹还是风行露宿均不改其美丽本质。唐代祖咏《终南望馀雪》诗曾云："林表明霁色，城中增暮寒。"下雪时天气寒冷，而一到天暮则更加寒冷，所以"江天暮"三字又准确地描绘出当时西湖寒冷阴沉的情形。

下阕描写游人的感受。"冷"字对应"江天暮"，承上启下，寒意袭人。取"孤山"之景，是游人所睹。"模糊"是因为游人视线受限，此时也是雪天一色了。正如韩愈《春雪》诗云："入镜鸾窥沼，行天马度桥。"雪后，鸾窥沼则如入镜，马度桥则如行天。最后游人终于发现另一个观景者，曲子连用三组比拟来表达游人的惊喜。杜甫、孟浩然、林逋三组人物都是极具盛名的文人雅士，以之来赞赏赏雪者，由之可感受到作者对春雪的喜爱之情。

粉蝶儿 集曲名题秋怨
［套数］（节选）

◎王仲元

［石榴花］常记得《赏花时》节《看花回》，《上京马》《醉扶归》①。《归来》窗半《月儿低》②，真个《醉矣》③。《柳青娘》《虞美人》扶只④，困腾腾《上马娇》无力，《步步娇》弄影儿行迟。似《凤鸾》交配答《双鸳鸯》对⑤，人都道《端正好》夫妻⑥。

［斗鹌鹑］不误这《万年欢》娱⑦，翻做了《荆湘怨》忆。把一个《玉翼婵》娟⑧，闪在《瑶台月》底。想曩日《逍遥乐》事迷，今日《呆古朵》自悔⑨。子落得《初问口》长吁⑩，《哭皇天》泪滴。

［普天乐］空闲了《愿成双》、《鸳鸯》儿被⑪。《搅筝琶》断毁，《碧玉箫》尘迷。《四块玉》簪折，《一锭银》瓶坠。叹姻缘《节节高》天际，这淹证候越《随煞》愁的⑫。想《两相思》病体，把《红芍药》枉吃，有《圣药王》难医。

［尾］我每夜伴《穿窗月》影低，好《也罗》你可《快活三》不归⑬。空教人立苍苔《红绣鞋》儿湿，可怕不恋上别的《赚煞》你⑭！

【注释】

① 上京：元代的上都，在今内蒙古。②《归来》：指《归来乐》，诸宫调曲牌名。③《醉矣》：指《醉也摩挲》，曲牌名。④ 扶只：扶着。⑤《凤鸾》：指《凤鸾吟》，诸宫调曲牌名。配答：配搭。⑥ 端正：真正。⑦ 不误："不料"之意。⑧《玉翼婵》：曲牌正名为《玉翼蝉》。⑨ 呆古朵：呆呆的样子。⑩ 子：同"只"。⑪《鸳鸯》：指《双鸳鸯》或《鸳鸯煞》，均曲牌名。⑫ 淹证候：恶毛病。⑬《也罗》：指《也不罗》，曲牌名。也罗，语气助词，略同于"呀"。三不归：宋元方言，"总是不归"之意。⑭ 赚：使人觉得吃亏。

【译文】

我常常想起我们在赏花时节看完花回来，骑着上京的骏马，喝醉了互相搀扶着往回走。回来后月儿低低的照着窗儿，我俩真是醉了。美丽的姑娘扶着，我困恢恢的，上马的力气都没有，款款步行，影子轻轻晃着。我俩像凤鸾又像鸳鸯，成双成对，人人都说我们是一对好夫妻。

本想不耽误这长久的欢娱，却变成了劳燕分飞。你把我这美丽的姑娘，扔在月下受罪。想以前迷恋于欢乐之中，如今只能呆呆地独自懊悔。只落得人家刚问起就长长叹气，哭喊着苍天，流下眼泪。

闲置了鸳鸯绣被，毁坏了古筝琵琶，让玉箫布满尘灰，把玉簪折断，银瓶摔碎。可叹姻缘在天边高不可攀，我的相思病让我忧愁难耐。我看我这相思病啊，吃再多药也没用，就是药王也医不好。

我夜夜陪伴着穿窗而入的月光，你倒好，在外快活，总是不回来。空教我苍苔之上，红绣鞋都湿了。你就不怕我喜欢上了别人，让你吃大亏？

【赏析】

集曲牌名制曲，是散曲的巧体之一。巧体又名"排体"，以形式奇巧取胜。本曲取自一套八支曲，这八支曲以七十多种曲牌名融会贯通成篇，本曲为后四支。

这四支曲子以巧体的奇特形式记叙一位女子的爱情经历。全曲以女子内心独白的方式来进行描述，从夫妻恩爱生活的回忆到夫妻离别、独守空闺、愁苦难当以至于因愁闷患病，最后在凄苦的回忆中以女子悲愤的猜疑作结。从"看花回""醉扶归"的细腻描写中，可以猜想女子与丈夫本是相亲相爱的"端正好夫妻"，婚姻生活幸福，此为下文描写女子深感悲愤的心理状

态作好铺垫。"不误"句描写离别之始，作者全用今昔对比来突出离别之苦。"不误"、"想曩日"句回想往日的欢娱，"翻做了""闪在""子落得"句描述分离时的悲惨情状。越感到往日生活的幸福，越感到分离时痛苦的深重，直到哭天喊地、泣血捶膺。第三节描写离人走后思妇独守空闺的生活情景。在长久的孤独等待中，愁苦发展到高潮。作者细致地列举了筝箫玉簪闲置的情景。筝箫等都是用来娱乐的器具，玉簪是用来妆扮的饰物，在独守空闺期间，思妇与一切欢乐绝缘。相思达到最深沉的地步就是一病不起，女子甚至到了有药难医的地步，可见对丈夫相爱之深。尾曲则是别出心裁的一笔。它由前时的悲愁进一步发展为"怨"，并进而对丈夫产生了猜疑，且假以心生报复之意来表达一种因爱极而生出的娇嗔。尾曲的表述使人物的形象极富于个性，表达也富于力度。

"集曲名"体式手法后来也用于诗词，如清吟梅山人《兰花梦奇传》：《锦衣香》处系裙腰，为惜芳春《步步娇》。人《醉花阴》双劝酒，《凤凰台上忆吹箫》。斜《傍妆台》《骂玉郎》，海棠月上《意难忘》。《红娘子》解双罗带，《沉醉东风》锦帐香。一时思君《十二时》，《念奴娇》亦惜奴痴。《销金帐》里《花心动》，《烛影摇红》夜漏迟。十二阑干《忆旧游》，《石榴花》放动新愁。自从郎去《朝天子》，《懒画眉峰》《上小楼》。

江儿水 笑靥儿

◎王仲元

一团儿可人衡是娇①，妆点如花貌。打叠脸上愁②，出落腮边俏③。千金这窝里消费了。

【注释】

① 可人：合人心意。衡(zhēn)：总是。② 打叠：收拾。
③ 出落：显出。

【译文】

这一团小酒窝总是娇娇滴滴的，装点着你像花儿一样的美貌。它清理掉了你脸上的愁意，显露出了你俏丽的腮帮。那么多的钱都耗在你这小小的酒窝里了。

【赏析】

元代散曲在题材、表现手法上颇能创新，取得了突出的成就，使得散曲在题材上百无禁忌，所以连"笑靥儿"也就是脸上的酒窝也能入题。

南宋胡铨有"君恩许归此一醉，傍有梨颊生微涡"的诗句。朱熹讥讽道："十年浮海一身轻，归对梨涡却有情。世上无如人欲险，几人到此误平生。"一褒

一贬两种态度是缘于当事和旁观的区别。而本曲以一种极活泼的语言和表达方式调侃式地对某种现象进行了揭露。其意旨趋于赞同朱熹。

全曲对细节描摹入微，少女巧笑娇媚之情态跃然纸上，而仿如画家用工笔细描，脸上横折沟壑以至于斑点也难逃其笔。对美女脸上娇笑的表情进行描写，古已有之。如《诗经·硕人》中有"巧笑倩兮！美目盼兮！"这种表情描写将美女顾盼巧笑的情态刻画得生动形象。传统诗词一般以动作情态的描写来间接描绘少女的表情，仿如速描。如李清照《点绛唇》中描写少女的情态："和羞走，倚门回首，却把青梅嗅。"以少女的娇羞情态来隐现其天真笑容。

此曲则是摒除动作、形态描写，将笔墨全情凝聚于"笑靥儿"的无穷魅力，而其背景则是"如花貌"。"笑靥儿"一起，整个脸上荡起笑容，不仅使整个脸蛋显得"一团儿可人"，而且具有妆点作用，使脸上显出娇俏之态。宋朱熹《伊洛渊源录》卷三引《上蔡语录》："明道终日坐，如泥塑人，然接人浑是一团和气。""一团和气"，此处指态度和蔼可亲，现现多有不讲原则之贬义。以上表明"笑靥儿"第一个特点是可以使女人扮"娇"。下文强调"笑靥儿"第二个特点是可以使女人扮"俏"。"打叠""出落"二词，显示出笑靥所具有的特殊妆点功能，笑这种表情是最美丽的表情，它可以一扫脸上的愁容，使脸蛋增添"俏"之美态。然而"叠"字却将女子的"愁"态隐现，使人对女子的娇俏产生疑虑。因之最后一句为点睛之笔，化"销金窝"及"千金买笑"的习语，使之正好印证朱熹的"几人到此误平生"的讥讽。非常巧妙的是，全文用词遣句一如所描写之笑态的甜美，多采用澳言媚语，末句仿佛是不经心的打趣之言，却如蜜糖毒药，喻贬于扬。

后庭花 怀古

◎吕止庵

孤身万里游，寸心千古愁。霜落吴江冷①，云高楚甸秋②。认归舟，风帆无数，斜阳独倚楼。

【注释】

①吴江：即吴淞江，起自太湖，东流入海。②楚甸：楚地，多指苏、扬一带。甸：外围之地。

【译文】

我独自一人，云游万里，一颗心怀着千古悠悠的哀愁。寒霜落下，吴江变得那样地冷。白云高高地飘着，这楚地处处弥漫着秋意。我寻找着载我回乡的船只，无数的船儿经过了也没有看见他。我只好在夕阳里孤独地倚着小楼。

【赏析】

曲子一开始，作者就用"孤"和"万里"的对比，凸显了个人在万千世界中的渺小。接下来的"寸心"又和"千古愁"形成强烈反差，用心的小来衬托出愁之多。作者只用了10个字就刻画出一个形单影只、心事重重的人物形象。

"霜落吴江冷，云高楚甸秋"，此句表面上写景，实际却是在抒发孤寂忧愁的心境，一个"冷"字实是曲中人凄凉内心的写照。而曲中人为何如此惆怅？接下来"认归舟"中的"归"相当于告诉读者个中原因，原来曲中人正孤身一人漂泊异乡。"认"字表现了他渴望回乡的迫切心情，但"风帆无数"却暗示了归乡的遥遥无期，不由让人想起唐代词人温庭筠《望江南》中的"过尽千帆皆不是，斜晖脉脉水悠悠"。最后"斜阳独倚楼"与前面的"孤身万里游，寸心千古愁"相呼应，曲中人孤单寂寥的样子顿时浮现在读者眼中。

⊙作者简介⊙

吕止庵，生卒年、字号、生平均不详，从其留下的作品来看，是位浪迹天涯的游子，今存散曲小令三十三首，套数四首。《太和正音谱》评其曲"如晴霞结绮"。

后庭花（一）

◎吕止庵

　　风满紫貂裘，霜合白玉楼。锦帐羊羔酒①，山阴雪夜舟②。党家侯，一般乘兴，亏他王子猷③。

【注释】

①"锦帐"句：北宋忠武军节度使党进性粗豪，每逢雪天，多在销金帐内低斟浅酌，饮羊羔酒。②"山阴"句：晋王徽之居山阴（今浙江绍兴），大雪夜眠觉，忽忆戴逵，即乘夜驾船往剡溪就访。晨至戴家，以为"乘兴而来，兴尽而返"，不进门就原路返回了。③亏：不及。王子猷：王徽之，字子猷。

【译文】

　　风儿把紫貂皮衣鼓得满满的，寒霜铺满了白玉般的小楼。我想起党进在销金帐中畅饮着羊羔美酒，又想起王徽之在山阴雪夜乘舟去寻访戴逵。同样是乘兴作乐，党家这位大官爷，就是不如王徽之。

【赏析】

　　此曲意在比较真假名士与真假风流，采用了"尊题"之法。

　　首对偶句写冬景，暗含对两种冬令消遣娱乐方式的比较，一种是风中跋涉外游，另一种大约于白玉楼中足不出户。因之用另两句对仗来对比党进和王子猷。宋祝穆等《事文类聚》中有一段记载："陶榖得党家姬，冬日取雪水煎茶，谓姬曰：'党家识此风味否？'姬曰：'彼粗人，安有此？但能销金帐底，浅斟低唱，饮羊羔美酒耳。'"宋初陶谷的《清异录》中对党进有"彼粗人也"的批评。元人对党进一般持贬抑态度。元薛昂夫曾将党进和孟浩然进行对比，评判高下，其《蟾宫曲·雪》曰："一个饮羊羔红炉暖阁，一个冻骑驴野店溪桥。你自评跋：那个清高？那个粗豪？"此处推崇孟浩然的清高，以党进的粗豪作反面衬托。王子猷出身名门，性格不羁，颇具魏晋文人率性而为的作风。晚唐诗人杜牧《润州二首·其一》追缅其事有这样的诗句："大抵南朝皆旷达，可怜东晋最风流。"本曲以"山阴雪夜舟"回忆王子猷访戴安道的故事，《世说新语》以其事称道王子猷不拘形迹、洒脱放浪的名士风度。本曲将此事与党进的"锦帐羊羔酒"相提并论，先用一句"一般乘兴"，对两人都作了肯定，意谓两人均能尽兴。《晋书·王徽之传》载，王子猷访戴安道未见而返，"人问其故，徽之曰：'本乘兴而来，兴尽而返，何必见安道邪？'"王子猷"兴尽而返"的佳话千古流传，党进的"销金帐底，浅斟低唱"传为笑谈，作者却并不否认他们两人都能尽兴。两人只是在方式上有等差。一个"亏"字表达出对王徽之的推崇之情。以此可见当时对清高脱俗的崇尚。

后庭花（二）

◎吕止庵

　　碧湖环武林①，仙舟出涌金②。南国山河在，东风草木深。冷泉阴③，兴亡如梦，伤时折寸心。

【注释】

① 武林：杭州灵隐、天竺诸山的总名，后亦为杭州的别称。② 涌金：杭州西城门名。③ 冷泉：在杭州灵隐飞来峰下。阴：水的南面。

【译文】

　　碧绿的湖面环绕着杭州，游人的小船，驶出了涌金门外。南国的山河还在，东风吹过，花草树木又茂盛起来了。在冷泉的南边，我想起历史上的兴亡往事，就像一场梦一样。我感伤时事，心痛不已。

【赏析】

　　吕止庵描写西湖美景的散曲小令《后庭花》有四首，排列如下：

　　六桥烟柳鬈，两峰云树分。罗袜移芳径，华裙生暗尘。冷泉春，赏心乐事，水边多丽人。

　　碧湖环武林，仙舟出涌金。南国山河在，东风草木深。冷泉阴，兴亡如梦，伤时折寸心。

　　香飘桂子楼，凉生莲叶舟。落日鸳鸯浦，西风鹦鹉洲。冷泉秋，水西寻寺，题诗忆旧游。

　　江南春已通，陇头人未逢。水浅梅横月，山明雪映松。冷泉冬，烹茶无味，有人锦帐中。

　　从曲中所用"春"、"阴"、"秋"、"冬"四字可知小令是写西湖四时之景。本曲选夏景一首而以"阴"字代"夏"字。"阴"此处为方位词，水的阴面为南。而古人一般以东风、西风、南风、北风对应春、秋、夏、冬四季。四首诗中三首用季节本名，而唯此一首用方位词代替，必有可究之因。

　　展读本曲，首两句写西湖夏季的景色，真是处处碧色，画船游湖，美景当前，该是行乐之良辰。但作者的笔锋急转直下，化用杜甫《春望》名句"国破山河在，城春草木深"而发出感慨。在上一首写春景的散曲中，最后一句"水边多丽人"也是化用杜诗，其讽抑之意不言而喻。而此处以"南国"代以"国破"，意味深长。将"城春"改为"东风"是指明春风令草木生长茂盛，承接上首散曲接连讥讽。而用"冷泉阴"代替"冷泉夏"也就自然而然。作者利用汉字的多义性，将"阴冷"之意以之与当时的炎热季节形成一种醒目的反差，以此起到警醒的作用。而"兴亡如梦"更是进一步点明主旨，国破家亡的痛苦哀愁随着时间的流逝被人遗忘得一干二净，处处"暖风吹得游人醉"。此处以之贬斥醉生梦死者，而同时使人流连在苏轼《念奴娇·赤壁怀古》"人生如梦"这种为功业无成而勃发的无奈感伤中。最后一句直接化用唐钱起《逢侠者》的诗句："寸心言不尽，前路日将斜。"而作者心情更为悲凉，"寸心折"，回天无力，心绪全无。

　　全曲以景起兴，感事伤怀，在历史与现实的时空转换中大胆直指，笔力直刺封建统治阶级，感情沉郁悲壮。

后庭花 秋思

◎吕止庵

西风黄叶疏，一年音信无。要见除非梦，梦回总是虚。梦虽虚，犹兀自暂时相聚①，近新来和梦无。

【注释】

① 尤兀自：还能够。

【译文】

西风吹起，树上的黄叶稀稀疏疏，一年了，他连个音信都没有。想见他除非是在梦里，但梦过之后，总是虚幻的。梦虽然是虚幻的，好歹还能短暂地相聚。然而最近这段日子，我却连梦也没有了。

【赏析】

曲子一开始作者就用西风、黄叶营造出萧瑟的气氛，"一年音信无"又点明了曲子的主题——闺中秋思，思念情人。"要见除非梦中见"，说明曲中人自知和情人相见遥遥无期，这不由让读者同情起其处境。偏偏作者还嫌不够，接下来的"梦回总是虚"承接"梦中见"，构成一层转折，让曲中人的悲伤愈发浓重。本来相见无期，靠梦聊以慰藉就已经很不堪了，结果梦还总是虚的，不能为人解忧。

但梦见了，终归要比梦不见好，"梦虽虚，犹兀自暂时相距"与前句构成曲子的第二层转折，进一步强调了曲中人的愁肠百结。而末句的"近新来和梦无"则又和"梦虽虚"构成第三层转折，将曲中人的悲伤推向高潮——曲中人连从梦中得到安慰都不可得。短短的一首小曲，竟转了三次，曲中人的悲伤也随着这三层转折而递进。

曲的鉴赏知识

本 色

本色是品评元曲的重要标准。所谓"本色"主要是针对曲的语言风格而言，大致包括三方面内容。一是曲子的语言要质朴自然，明朗易懂；二是曲子的风格要简单疏淡，真率豪宕；三是曲子要恪守音律，依腔合度。明代曲论家王骥德认为，小曲应"语语本色"，篇幅较大的曲子也应以本色为主，但可以在"引子"和"过曲"处，使用华丽的文藻。

天净沙 为董针姑作

◎吕止庵

玉纤屈损春葱[1]，远山压损眉峰[2]。早是闲愁万种。忽听得卖花声送，绣针儿不待穿绒[3]。

【注释】

①玉纤：女子的手。春葱：喻女子手指。②远山：妇女的眉式。因望之淡如远山而名。③绒：指绣线。

【译文】

雪白的手指常常弯着，都弯坏了。远山一般淡美的眉毛总是皱着，都皱坏了。心中早已有无数的忧愁，忽然听见门外传来卖花人的声音，顿时打乱了心绪绣花针都忘了穿线了。

【赏析】

此曲描写思春女，与唐朱绛《春女怨》相仿，其诗为："独坐纱窗刺绣迟，紫荆花下啭黄鹂。欲知无限伤春意，尽在停针不语时。"而此曲纯以人物动作情态刻画入诗。针姑是对针线女子的称呼，所以作者先从其飞针走线的动作入手，以"玉纤"和"春葱"的局部使人联想针姑容貌的美丽。"屈损"一词用来描写十指劳作时的整体形状，而其意暗含针姑的伤春心理。接下来观其表情，似有所思，眉毛不知为什么皱成了远山的形状，揭示其内心情感的起伏变化。

第三句承上启下。"闲愁万种"是对"屈损""压损"的小结，"早是"则为领起下文留出余地。"早"字使人想到针姑的闲愁并非一日之事，而是积累已久。而她的闲愁是什么呢？然后诗人抓住了一个小小的镜头，让这位针线女子停住了手。引起这一变化的原因是听到了门外的卖花声，这如同春天报信的使者带来了春天到来的消息，因耳中听到的卖花声可以引起人对春日美丽图景的联想。宋刘辰翁《临江仙》有"湖边柳色渐啼莺，才听朝马动，一巷卖花声"之句，读来春意盎然。宋赵葵有"三月名园草色青，梦回犹听

卖花声"之句，卖花声将春的景象深深印在人的头脑中。本曲用一个"忽"字将沉浸在愁思之中的董针姑生灵活现地展现在读者面前。她猛然意识到此时是春天的季节，不禁停止绣作。于是读者与作者在此时不由恍然大悟：其由来已久的闲愁原来是为萌动的爱情而生。此处以细节描写将一个深锁春闺的少女的心理刻画入微。在春天到来的季节，少女对人生产生了种种美好的遐想，而对爱情婚姻生活的美好向往使之思绪远扬，远处传来的卖花声在她心里激起了无数的涟漪，感春、怀春、惜春、思春种种意象与她对自己青春年华的感伤交融汇织，使之浑然忘我。

全句以一个忽停久驻的动作作结，仿如唐白居易《琵琶行》诗句"曲终收拨当心画，四弦一声如裂帛"式的戛然结尾，意味深长。

曲的鉴赏知识

借 调

北曲的套数一般由属于同一宫调的曲子连接在一起，联套时，曲牌的排列大致有一定的规则。而借用其他宫调的称为借宫犯调，散曲借调的情况比较少。

醉花阴 ［套数］

◎陈子厚

　　宝钏松金髻云軃①，甚试曾浓梳艳裹。宽绣带掩香罗②，鬼病厌厌③，除见他家可。［出队子］伤心无奈，遣离人愁闷多。见银台绛蜡尽消磨，玉鼎无烟香烬火。烛灭香消怎奈何。［幺］情郎去后添寂寞，盼佳期无始末。这一双业眼敛秋波④，两叶愁眉蹙翠蛾。泪滴胭脂添玉颗。［尾］着我倒枕捶床怎生卧，到二三更暖不温和。连这没人情的被窝儿也奚落我。

【注释】

① 軃（duǒ）：下垂。② 掩：宽掩，松放出。香罗：指香罗带，即腰带。这一句中，"宽绣带"与"掩香罗"同义。③ 厌厌：即"恹恹"，有气无力的样子。④ 业：恶劣。

【译文】

　　腕上的金镯子松了，头上的髻子也松了，开始微微地下垂。哪里还会像往日那样，去浓妆打扮？腰间的香罗绣带，也已经松了，我病恹恹的，这病除非见到他才会好。我多么伤心，又多么无奈，离别的人啊，就是忧愁多。烛台上红蜡烛都要烧完了，香炉都没烟了，熏香也灭了。烛光灭了，熏香烧完了，我该怎么办！我那情郎走后，我的寂寞越来越深重。我盼他回来，这日子没个头。这一双不争气的眼睛也没精神了，我愁眉紧锁。泪水落下，像玉珠子一般。我翻腾着枕头，捶打着床，叫我怎能睡得下？直到二更、三更，被子还没暖和。连这不通人情的被子也嘲弄着我！

【赏析】

　　此套数由宋词同词牌名翻新出奇，以内心独白的方式描绘一位独守空闺的寂寞思妇。读者首先看到一个对镜自叹慵懒病深的思妇。她用手拂扫头发，发出"宝钏松金髻云軃"的感慨。接下来思妇照见自己的妆扮，想起浓妆艳裹的往日时光，今昔对比，感慨万分。然后照见自己的身体，病体慵懒，瘦弱无力，随便地披散着旧衣。至此思妇竟然发出一声长叹："除见他家可！"于是思妇相思之由豁然明了，正如宋柳永《蝶恋花》中所吟："衣带渐宽终不悔，为伊消得人憔悴。"

　　散曲接下来描写思妇眼光所及，描绘了住所内的生活场景。"银台""玉鼎"的描写使人想象得出思妇与离人往日的幸福生活，必是夫妻恩爱、锦衣玉食。而思妇对离人忠贞不渝的爱情必是源于深厚的感情基础。思妇回忆情郎远去的情景，感叹如今苦挨寂寞的忧伤，一边回想一边感叹，一边顾镜自怜。"敛秋波"对"蹙翠蛾"，现在是眼光无神、愁眉紧锁，而读者由此不难想象她往日容颜的艳丽。"泪滴胭脂添玉颗"语言、动作、情态毕现。尾曲思妇的情感更加激烈，"倒枕捶床"为悲愤之极的动作情态，思妇的个性也有所流露，颇具天真况味。而最后一句慨叹"连这没人情的被窝儿也奚落我"，对爱人因爱生恨而迁露于身边的事物，佻达诙谐之态呼之欲出。较之南唐后主李煜"罗衾不耐五更寒"及宋代词人李清照同名双调小令中的"玉枕纱橱，半夜凉初透"等著名词句，其表情达意的力度更强。

⊙作者简介⊙

　　陈子厚，生卒年、生平不详，代表作有《醉花阴》等。明代朱权《太和正音谱》将其列于"词林英杰一百五十人"之中。

解三酲

◎真 氏

奴本是明珠擎掌①，怎生的流落平康②？对人前乔做作娇模样③，背地里泪千行。三春南国怜飘荡④，一事东风没主张⑤。添悲怆，那里有珍珠十斛⑥，来赎云娘⑦。

【注释】

① 明珠擎掌：此句意思是说我本是父母的掌上明珠。② 平康：唐代长安城有平康里，为歌伎聚集之所，后来作妓院的代称。③ 乔：假装。④ 三春南国怜飘荡：命运像江南春天的柳絮，飘泊不定。⑤ 一事东风没主张：一切事都要受人摆布，自己做不了主。⑥ 那里有珍珠十斛：谁能出珍珠十斛。⑦ 云娘：唐人传奇《裴航》载，秀才裴航在蓝桥驿遇仙女云英，向其求婚，虽历尽周折，终于结合。此处真氏自比云娘。

【译文】

我本来是父母的掌上明珠，怎么流落到了妓院里？在人前装着娇俏模样，暗地里却流下眼泪千行。命运像南国春天的柳絮，飘泊不定。一切都要受人摆布，自己不能做主。这一切增添了我的忧伤。谁有十斛珍珠来赎我呢？

【赏析】

此曲为倾诉哀怨、渴望自由之作。

作者本是南宋著名学者真德秀的后代，后由于南宋灭亡，她的家族破落，不幸流落于烟花巷陌。

本是掌上明珠的作者，谁知今日竟沦落为娼。在人前强颜欢笑，极妍尽态，背地里则是满腹辛酸，泪落千行。几度春去春来，可怜自己孤身漂泊南国，如草随风摆布，自己却无法反抗。想到这些让人悲怆异常，哪里有珍珠十斛，来赎我这深陷苦海的憔悴云娘！

作者悲述自己的身世，语言明白如话。前二句运

◎作者简介◎

真氏，生卒年不详，名真真，建宁（今福建建瓯）人，歌伎，今存小令一首。据《南村辍耕录》所载，真氏乃"真西山（即真德秀）之后，父官朔方时，禄薄不足以给，侵贷公帑无偿，遂卖入娼家"。在一次宴会上，真氏遇到姚燧，后者怜惜她的身世，将其收为义女，并助其脱离乐籍，嫁予官员黄球。

用对比的写法，衬托了作者身世的不幸；三、四句通过对比，更加深刻地表现作者受尽侮辱却不得不强颜欢笑的凄苦景象。直白的语言和对比的应用，增强了曲子的艺术感染力。

一半儿 春妆

◎查德卿

自将杨柳品题人，笑拈花枝比较春。输与海棠三四分。再偷匀^①，一半儿胭脂一半儿粉。

【注释】

① 偷匀：暗地里打扮。

【译文】

自己把自己比作杨柳，微笑着采一朵花来跟它比美。比海棠差三四分，于是又暗地里打扮一番，涂上一些胭脂，一些粉头。

【赏析】

此曲是查德卿《拟美人八咏》的八首曲子中的一首，这八首曲子都以"一半儿"为曲牌。根据该曲牌的要求，其末句必须嵌入两个"一半儿"。此曲描写了少女梳妆的情景。

曲的题目是"春妆"，常人写女子梳妆，多将笔触放在描绘女子梳妆的姿态和妆容的样子上。而作者却另辟蹊径，从女子梳妆时的心理写起，让少女与春争艳，十分新颖。另一方面，既然是与春争艳，必要用春的明媚来衬少女的明艳，但作者并没有将笔墨掷在春光上，只用了一个"海棠"表现春天，让读者自行想象春之景。

而接下来的"偷"字，用得更是巧妙，充分表现了少女的俏皮可爱。末句"胭脂"和"粉"又渲染出少女的娇艳。此曲曲风活泼，构思巧妙，将少女天真、爱美的心性刻画得活灵活现。

⊙作者简介⊙

查德卿，生平、籍贯均不详，约生活于元仁宗时期。《太和正音谱》将其列入"词林英杰"一百五十人之中。明代李开先对其评价颇高，在《闲居集》中认为元人散曲当首推张可久、乔吉，次推查德卿。

今存其小令二十二首，内容涉及吊古、抒怀、咏美人、叙离情等，风格典雅，清新自然。其作品有《南吕醉太平》《双调蟾宫曲》《仙吕寄生草》《寄生草》《仙吕一半儿·拟美人八咏》《中吕普天乐》等，被大量收录于《朝野新声太平乐府》中。

一半儿 春醉

◎查德卿

海棠红晕润初妍，杨柳纤腰舞自偏。笑倚玉奴娇欲眠。粉郎前[①]，一半儿支吾一半儿软。

【注释】

① 粉郎：原指傅粉郎君。据说三国时期，魏国有个叫何晏的人，美仪容，面如傅粉，人称粉侯，又称粉郎。后人们以此称呼心仪的男子。

【译文】

脸儿像海棠花刚刚绽放那般红晕，显得那么美丽，她那像杨柳般的腰纤细肢，跳起舞来婀娜多姿。她笑着倚靠着美丽的婢女，娇滴滴的，像是要睡去。在俊美的情人面前，说话支支吾吾，软绵绵的。

【赏析】

曲子前两句一连运用了两个比喻。以海棠花粉红娇艳，来比喻佳人的醉脸，极言其粉红娇艳之状。又以杨柳来比喻醉酒佳人情不自禁地扭动着的纤腰，极言其纤细婀娜。曲子紧紧扣住"醉"展开描写，女子的形貌姿态无不突出"醉"的特点，"笑倚玉奴娇欲眠"说明她已经醉到连站都站不稳了，不自觉地靠在侍女身上想睡。就连对着心爱的人，她也没法打起精神，醉到连话也说不利索，身子也软得无法支撑了。"一半儿支吾一半儿软"，极言其娇憨慵懒之态。此曲摹写美人醉态，风格柔婉流丽，下笔极为生动，读罢让人如见佳人海棠杨柳般的醉后风姿，如闻她燕语呢喃般的娇痴醉语。

此曲摹写美人醉态，风格柔婉流丽，下笔极为生动，读罢让人如见佳人海棠杨柳般的醉后风姿，如闻她燕语呢喃般的娇痴醉语。此曲摹写美人醉态，风格柔婉流丽，下笔极为生动，读罢让人如见佳人海棠。

寄生草 感叹

◎查德卿

姜太公贱卖了磻溪岸①，韩元帅命博得拜将坛②。羡傅说守定岩前版③，叹灵辄吃了桑间饭④，劝豫让吐出喉中炭⑤。如今凌烟阁一层一个鬼门关，长安道一步一个连云栈。

【注释】

①"姜太公"句：姜太公曾以垂钓为业，直到八十岁时遇到周文王，被文王赏识，尊为尚父。后其辅佐周武王成功灭商。②"韩元帅"句：汉高祖刘邦曾铸造将坛，封韩信为大将。但韩信最后却在刘邦的许可下为吕后所杀，死在了长乐宫。③"羡傅说"句：傅说在出任殷高宗国相前，曾在傅岩当奴隶，负责建造建筑。④"叹灵辄"句：灵辄为春秋时期人，本是贫民，晋国重臣赵盾见他饥饿难耐，便予其饭食。后赵盾被晋灵公所害，其舍身相救，不知所踪。⑤"劝豫让"句：豫让是春秋末期晋国智伯的门客。后智伯被赵襄子所杀，豫让为给其报仇，毁坏了自己的容貌，还吞下热碳变成哑巴。但最终谋刺赵襄子不成，自杀身死。

【译文】

姜太公不该轻易罢隐做官，韩信命中得到汉高祖筑坛斋戒为大将。羡慕傅说能坚定地守在岩前的筑版，叹息灵辄吃了嫛桑之饭，劝说豫让突出喉咙中的炭块。现在，仕途上是一层一个鬼门关，官场上是一步一个危险。

【赏析】

此曲为借古抒怀、讽时劝世之作。

作者引用姜太公、韩信、傅说、灵辄、豫让等五位功臣名相的典故，论述权力功名的危害。这五个人的命运、结局虽然不同，但在作者看来，他们都是为功名所累的可怜人，并无本质差别。五人的选择都不可取，五人的人生也都说不上理想。而从曲子的第一句可以看出，作者推崇的是安然淡泊，自由自我的隐者生活。"凌烟阁一层一个鬼门关，长安道一步一个连云栈"，在曲子的末尾，作者聚力蓄势提出自己的观点——仕途险恶难行，功名高不可攀。

曲子虽然不长，却字字出自作者肺腑，引人深思，发人深省。

普天乐 别情

◎查德卿

　　鹧鸪词①，鸳鸯帕②。青楼梦断，锦字书乏③。后会绝，前盟罢。淡月香风秋千下，倚阑干人比梨花。如今那里，依栖何处，流落谁家？

【注释】

①鹧鸪词：按照"鹧鸪天""瑞鹧鸪"词牌填写的词。②鸳鸯帕：绣有鸳鸯的罗帕。③锦字：前秦才女苏惠作织锦回文诗寄给远方的丈夫。锦字书，指代抒写相思之情的书信。

【译文】

　　我给她写过鹧鸪词，她给我送过鸳鸯帕。青楼中的美梦醒了，她也没给我传一些音讯。重逢的希望断绝了，以前的海誓山盟都没用了。我想起以前，在淡淡的月色里，馨香的清风里，在秋千架下，你凭依阑干，美如梨花。如今你在哪里？住在哪里？流落在何处？

【赏析】

　　此为男子怀恋旧情之作。

　　《普天乐·别情》原题二首，这里选的是第二首。

　　"鹧鸪词""鸳鸯帕"皆为男女定情之物，本预示着一段美好的因缘。谁知第三句曲风突转。"青楼梦断，锦字书乏"，男子所恋之人乃青楼女子，有人从中阻挠，破坏了二人的恋情。"后会绝，前盟罢"说明曲中人已然明了，自己和恋人缘分已尽。然而，即便如此，曲中人仍然无法将情思割断。"淡月香风秋千下"，应该是曲中人与恋人曾经相会的地方，如今他只能恍恍惚惚地站在这里回忆往昔。"倚阑干人比梨花"即是他记忆中恋人的样子，她美好秀雅，令他难以忘怀。故地重游，惹起主人公无限的情思。最后连发三问：你如今在哪里？栖身在何处？流落到谁家？深深地表现了主人公对旧情人深切的关心和无限的牵挂。

柳营曲 江上

◎查德卿

　　烟艇闲①，雨蓑干，渔翁醉醒江上晚。啼鸟关关②，流水潺潺，乐似富春山③。数声柔橹江湾，一钩香饵波寒。回头贪兔魄④，失意放渔竿。看，流下蓼花滩。

【注释】

① 烟艇闲：此句写烟水之中小船静静地停泊着。② 关关：群鸟和鸣声。取自《诗经》："关关雎鸠，在河之洲。"③ 富春山：一名严陵山，汉严子陵曾隐居耕钓于此，上有子陵钓台。在今浙江桐庐县西。④ 兔魄：月亮。

【译文】

　　烟水之中小船静静地停泊着，被雨水打湿的蓑衣已经干了，渔翁从酒醉中醒来，江上天色已晚。鸟儿关关鸣叫，水儿潺潺流淌，我快乐得就像隐居在富春山里。江湾传来几声船桨声，在寒波里垂下一支钓竿。回过头看看月亮，不留神放开了鱼竿。一看，它已经漂到长满蓼花的水边了。

【赏析】

　　此曲描写隐士飘逸洒脱、悠然自得的生活。

　　烟霭中的小船自在悠闲，雨水打湿的蓑衣已然风干，渔翁从醉中醒来，江上天色渐晚。岸边传来鸟鸣声声，船下流水潺潺作响。曲子起首写了"烟艇""雨蓑""啼鸟""流水"等若干活泼而又富有诗意的事物，又加上渔翁醉眠江上这一行为，就将渔隐之乐表露无遗，好似严子陵在富春山之时。几声柔和的橹声来自江湾，寒波上闲垂一钩香饵，但由于回头贪看明月，不经意间失手掉落了渔竿，只能眼睁睁地看它漂下蓼花滩。

　　此曲写渔隐之乐，对偶自然，有声有色，情趣盎然；特别是最后关于渔翁失落钓竿的描写，诙谐生动，将渔翁纯真恬淡的天性表现得淋漓尽致，李调元《雨村曲话》评之为"皆他人不能道也"。

曲的鉴赏知识

元代的科举制度

　　元朝统治者一直尝试设科取士，但是，一直到元政权的最后五六十年，才算真正实行科举。戊戌年（1238），元统治者就开始以论、经义、词赋三种考试选拔儒生，人称戊戌选试。后来设科取士制度时行时辍，金亡后北方一带停科，直至元代中叶才复科，在科举制度推行一千三百余年的期间，元政权竟然停废长达八十年之久，为停废最久的时期。元代中期的文人姚燧论其用人体制曰："大凡今仕惟三途：一由宿卫，一由儒，一由吏。"可见科举制度基本上也是名存实亡。因此大部分儒生失去仕进机会，地位下降。再加上民族压迫政策，使得一部分人隐逸于泉林，另一部分人流连于市井。因此元代作品中往往流露归隐思想。

柳营曲 金陵故址

◎查德卿

临故国，认残碑。伤心六朝如逝水①。物换星移②，城是人非③，今古一枰棋④。南柯梦一觉初回，北邙坟三尺荒堆⑤。四围山护绕，几处树高低。谁？曾赋黍离离⑥。

【注释】

① 六朝：指三国的吴、东晋，南朝的宋、齐、梁、陈。它们都建都在金陵（今南京）。② 物换星移：言万物变化，星辰运行，光阴过得很快。王勃《滕王阁诗》："物换星移几度秋。"③ 城是人非：言城郭犹是，人民已非，环境变化得快。《搜神记》："丁令威化鹤归来时唱的歌道：'城郭如故人民非，何不学仙冢累累？'"④ 今古一枰棋：今古的成败，不过像一局棋罢了。枰，棋盘。⑤ 北邙（máng）坟：泛指墓地。因为东汉及魏的王侯公卿多葬于洛阳市北的邙山。⑥ 黍离离：《诗经·王风》有《黍离》篇。内云"彼黍离离，彼稷之穗。行迈靡靡，中心如醉"，是东周的大夫看到故国的宗庙，尽为禾黍，徘徊感叹，而作是诗。

【译文】

我来到故国，找到了残缺的碑文，心里为繁华的六朝如流水般逝去而伤心。光阴飞逝，城池还在，人却变了。古今万事就好像一盘棋局。就像从南柯梦中醒来一样，我看到北邙山上三尺荒坟。四下里群山环绕，几棵树木高高低低。是谁，曾创作了《黍离》悲歌？

【赏析】

"金陵"是南京的古称，曾是六朝旧都，很多诗人以此来吊古伤今，感叹其金粉华饰，却也兴废无常。像唐宋的诗人名家，李白、王安石、李商隐、刘禹锡等，都留下了脍炙人口的诗句。故而再在此基础上对"金陵"题词做文章，就也不容易摆脱前人的影响，此曲中的"伤心六朝如逝水"似是借用王安石的"六朝旧事如流水"，"四围山护绕"则是化用刘禹锡的"山围故国周遭在，潮打空城寂寞回"。作者对时光易逝，物是人非的沧桑感慨"今古一枰棋"，却是相当独到的，也尽显了作者冷眼观物、客观分析的立场，在他看来，朝代更替，就如同一番黑白争输赢的游戏，没有什么实在意义，不过是走过场。

"南柯梦一觉初回，北邙坟三尺荒堆"，和李商隐

的"三百年间同晓梦，钟山何处有龙盘"有异曲同工之妙。"四围山护绕，几处树高低"是作者对所见之景的描写，山峦叠嶂，高高低低的枯树败草，继而引发作者"谁？曾赋黍离离"的感慨，这实则是作者在看破世事后的冷嘲热讽。元代像作者类的文人墨客，由于社会因素被迫脱离了社会主流，甚至处于社会底层，当他们在现实中受到排挤，感到不满时，便对历史和人生的价值产生了怀疑，通常都会以消极的心态加以否定。

此曲描写与议论结合应用，层层推进，步步深入，感染力十足。

殿前欢 观音山眠松

◎查德卿

老苍龙，避乖高卧此山中①。岁寒心不肯为梁栋，翠蜿蜒俯仰相从②。秦皇旧日封③，靖节何年种④，丁固当时梦？半溪明月，一枕清风。

【注释】

① 避乖：避难。②"翠蜿蜒"句：谓青藤缠绕在松树上，沿松树而俯仰。③"秦皇"句：典出《史记·秦始皇本纪》。据载："二十八年，（始皇）乃上泰山，立石封祠。风雨暴至。休于树下，因封其树为五大夫。"④靖节：指陶渊明，陶渊明死后，其友人私下为其取谥号"靖节"。

【译文】

这松树如一条老龙，为了避难高高地卧在这山中。它虽有忍受冬寒的心灵，却不肯为梁为栋，青藤缠绕着它，沿松枝上下俯仰。它是昔日秦始皇曾封之为五大夫的那棵，还是陶渊明不知哪年栽下的那棵？抑或是丁固梦中的那棵？明月照耀溪水，清风吹过枕头。

【赏析】

观音山上有一株奇松，因为它枝干虬曲，形同卧态，所以世人称它为"眠松"。

眠松虽然具有松树凌霜耐寒的本性，但是它却没有长成像其他松树一样的栋梁之材，它独自高卧山中，只有缠绕在松身上的藤蔓俯仰相从。

作者坚定地认为，眠松拥有着不同寻常的身世，他为眠松执意世外，与清风明月做伴的潇洒脱俗而赞叹不已。

"岁寒心不肯为梁栋"一句可谓全曲的文眼。松树虽老了，但是作者将其比为"苍龙"，可见心里对它是欣赏的，并不因为松树长得不像栋梁之才而忽视其优秀的品质。之所以"不肯为栋梁"，是因为"岁寒"，以象征手法表达自己虽有才能，却因遭受迫害而避世隐逸的无奈与愠怒。"高卧"一词既是对"眠松"之高的赞美，也是对自己傲世不群性格的委婉表露。"明月、清风"等意象，传达出了作者隐逸生活的乐趣。

曲的鉴赏知识

托物言志的表现手法

托物言志就是通过运用比喻、拟人、象征或寄兴等手法，寄意于物，通过描摹某一种事物或事物某一个方面的特征或对客观对象进行叙述，来表达作者的情感和志向。古诗词中常用这种手法。如梅、兰、菊、竹以及荷花、松树等等是文人最喜欢用以托物言志的题材。有名的诗如唐黄巢的《题菊花》以及南朝范云《咏寒松诗》："修条拂层汉，密叶障天浔。凌风知劲节，负雪见贞心。"其他有名的诗句如唐白居易《赋得古原草送别》："离离原上草，一岁一枯荣。野火烧不尽，春风吹又生。"又如东晋左思《咏史·其二》"郁郁涧底松，离离山上苗"等等。元代特殊的统治背景使得托物言志的手法得到了大量曲作家的青睐。如乔吉《双调·水仙子·寻梅》："树头树底孤山上。冷风来、何处香？忽想逢缟袂绡裳，酒醒寒惊梦。"以梅来表达清雅俊逸的情怀。又比如查德卿《殿前欢·观音山眠松》以避难远离世俗的松树来表达一种隐士的高洁和坚强不屈的美好品质和情怀。

蟾宫曲 层楼有感

◎查德卿

倚西风百尺层楼，一道秦淮①，九点齐州②。塞雁南来，夕阳西下，江水东流。愁极处消除是酒，酒醒时依旧多愁。山岳糟丘③，湖海杯瓯。醉了方休，醒后从头。

【注释】

① 秦淮：水名，自句容、溧水流经金陵，入长江。② 九点齐州：九州，指天下全境。李贺《梦天》："遥望齐州九点烟。"齐州，神州。③ 糟丘：酒糟堆积成山。

【译文】

西风之中，我在百尺高楼上靠着。眼下是秦淮河两岸烟雾微茫的九州大地。塞外的大雁向南方飞来，夕阳从西边落下，江中流水滚滚东去。我忧伤到了极点。要消除这忧愁，唯有喝酒，可酒醒后依旧又许多愁绪。要是山岳都变成酒糟堆成的，湖泊海洋都成了酒杯，我要喝醉了才肯停下来，酒醒了就从头再喝一遍。

【赏析】

此曲前半写"层楼"登眺。"倚西风百尺层楼"极言层楼之高，使人想起"西北有高楼，上与浮云齐"，而古诗意在嗟叹伯乐知音难觅。此处借境生情，为愁绪之起定下基调。

初观远景，眼界广阔辽远，胸怀陡然舒展。本曲以两组对仗共五句的篇幅写景。自"秦淮"至"齐州"，眼光由近及远，并以李贺的典故来补足想象，极言所处之高与所见之奇，欣喜之状溢于字间。而"塞雁"之句，急转直下，作者的情感猛然发生了变化。塞雁指边塞之雁，一般用来比喻远离家乡的人。如杜甫《登舟将适汉阳》："塞雁与时集，樯乌终岁飞。"作者瞥见"塞雁"，想到塞雁南来北往年年迁移的艰难困苦，以之观照自身，想起自身远离家乡、四海宦游的经历，离乡背井的哀愁和对家乡亲人的思念等等种种情怀交织，感慨万千，愁思满怀。"夕阳"之句，令人想起唐司空图《九月八日》："老来不得登高看，更甚残春惜岁华。"作者连用三句鼎足对，写及"西下"的夕阳，"东逝"的流水，从宦游无依转而念及"逝者如斯"的感伤。正如李煜在《虞美人》中由"小楼昨夜又东风"引发出似一江春水的愁绪，作者不由得想起年华已逝，

往日的岁月一去不复返。唐武元衡《登阖庐古城》所写的"登高望远自伤情，柳发花开映古城。全盛已随流水去，黄鹂空啭旧春声"，正同此境。

接着作者直抒胸臆。"愁极处消除是酒"，极言其愁。前半曲寓情于景，使读者大致能推想作者愁怀之由：宦游生涯，知音伯乐难觅；离乡背井，亲情无以报答；年华渐逝，岁月等闲度过等等。作者用一个回环反复之句，表达其连绵不断、无法排遣的愁绪，也使人想起柳永"今宵酒醒何处？杨柳岸晓风残月"的凄凉茫然。愁绪深重如此，作者只能"醉了方休，醒后从头"，表达一种无奈和无力。以此种心情观照外物，自然酒醉之时所见无非"山岳糟丘，湖海杯瓯"，既合一般情理又使作者极端消极的情感以一种巧妙的方式表达出来。对比杜甫的《登高》："风急天高猿啸哀，渚清沙白鸟飞回。无边落木萧萧下，不尽长江滚滚来。万里悲秋常作客，百年多病独登台。艰难苦恨繁霜鬓，潦倒新停浊酒杯。"杜甫在"艰难苦恨"当中知止而停酒杯，与此曲作者之人生态度自然也完全不同。

清江引① 秋居

◎吴西逸

白雁乱飞秋似雪②，清露生凉夜。扫却石边云③，醉踏松根月，星斗满天人睡也。

【注释】

① 清江引：双调曲牌名。② 白雁：白色的雁。雁多为黑色，白色的雁较为稀少。元代谢宗可有《咏白雁》诗。"影乱飞鸥回远浦，阵迷宿露落平沙，声声唤起周郎恨，为带胡霜染鬓华。"③ 石边云：古人认为云从石头中生出，此指山中雾气。

【译文】

白色大雁杂乱地飞着，在这秋天里像雪片一样，清冷的露珠使秋夜生出阵阵凉意。扫开石边的云雾，醉意中踩着松下的月影，在满天星斗下，我睡下了。

【赏析】

白雁飞过天空，有如飞雪乱飘；清露生寒，使人神清气爽。曲子起首两句以"白雁""清露"两样深具秋之特征的事物，描写出秋夜的凉爽、优美。作者扫退石边的浮云，醉意朦胧地踏过松下斑驳的月影；他仰望满天星斗，然后酣然睡去。后三句作者从自己写起，将自己夜饮归来醉眼朦胧、席地而卧的形象刻画得出神入化，特别是将自己扫云踏月的醉态举止描摹得活灵活现，引人发笑。

曲名《秋居》，绘秋日山中无限清景，写山居生活的惬意怡人，文风疏淡简雅，意境萧散阔达，展现了作者洒脱旷达的品格，读罢让人抚卷称妙。

⊙作者简介⊙

吴西逸，籍贯、生卒年均不详，约生活于仁宗延祐末。曾经在大都、杭州一带游览，今存小令四十余首。《太和正音谱》称其曲为"如空谷流泉"。其曲多为记情写景，抒离愁别绪。

天净沙 闲题①

◎吴西逸

楚云飞满长空②，湘江不断流东，何事离多恨冗③？夕阳低送，小楼数点残鸿④。

【注释】

① 本题四首，此选第二。② 楚云：这里泛指南方的云。③ 冗（rǒng）：繁、多。④ 残鸿：指在夕阳中渐渐远去而残剩的雁影。

【译文】

南方的浓云在广阔的天空中飞舞，湘江水不停地流向东边。什么事让你有了这么多离愁别绪？夕阳垂落，几只大雁飞过小楼。

【赏析】

此曲为作者四首《天净沙·闲题》之一，写夕阳西下之景。

"楚云飞满长空，湘江不断流东"，起首两句以白描的手法勾勒出作者所处的环境，暗含了漂泊在外的感伤。古人有用江水喻忧愁的习惯，譬如南唐词人李煜的《卜算子》，就曾有言："问君能有几多愁，恰似一江春水向东流。"而在此曲中，湘江就象征着作者的忧愁。它滚滚而来，浩瀚无边，一眼望去看不到终点。

"何事离多恨冗"作者以一个设问句将曲的重点由风景转向自己，同时向读者透露，他的胸中充斥着离愁别绪。"夕阳低送，小楼数点残鸿"，作者寓情于景中，委婉地表达了自己的心意。天色渐晚，连动物都有巢可归，自己却流落在外。看着远处的鸿雁，他多么希望它们能将他的心意传递给远方的故人，又是

> **曲的鉴赏知识**
>
> **稼轩、韩玉开北曲四声通押之祖**
>
> 稼轩《贺新郎》："柳暗凌波路。送春归、猛风暴雨，一番新绿。"又《定风波》词："从此酒酣明月夜，耳热。""绿""热"二字，皆作上去用。与韩玉《东浦词·贺新郎》以"玉""曲"叶"注""女"，《卜算子》以"夜""谢"叶"节"、"月"（按："食"当作"节"，"食"在词中既非韵，在词韵中与"月"又非同部，想系笔误），已开北曲四声通押之祖。
>
> ——王国维《人间词话》

多么希望它们能将亲朋好友的消息送来。曲末之景加重了作者的愁苦，也将全曲的情感推向极致。

此曲风格清丽淡雅，不求极妍尽态，语言婉约，近似诗词，反映了元代后期散曲逐渐文人化的特点。

雁儿落过得胜令 叹世

◎吴西逸

　　春花闻杜鹃，秋月看归燕。人情薄似云，风景疾如箭。留下买花钱，趱入种桑园①。茅苫三间厦②，秋肥数顷田。床边，放一册冷淡渊明传。窗前，抄几联清新杜甫篇。

【注释】

① 趱（zǎn）：赶，快走。② 苫（shān）：盖上。

【译文】

　　在春天的花丛中，我听见了杜鹃的啼叫；在秋天的月下，我看着那燕子归去。人情薄得像浮云一样，时光如箭一般飞快度过。留下买花的钱，我快跑到桑园里。盖起三间茅房，秋天在几顷肥田中收获。床头上放一本陶渊明传；窗台边抄写几联杜甫的清新诗篇。

【赏析】

　　春花里听杜鹃，秋月下看归燕。人情似浮云般淡薄，风景的更迭变化似箭疾行。看破世情的作者不愿让有限的时光白白流逝，归隐之意油然而生。

　　盖起茅屋三间，置得肥田数顷，种桑耕田，衣食无忧，且有买花的余钱；"床边，放一册冷淡渊明传，窗前，抄几联清新杜甫篇"。这，便是作者向往的生活。

曲的鉴赏知识

南曲与北曲

　　元曲有南曲与北曲之分。所谓南曲就是宋元时长江以南地区（以温州、永嘉为中心）的戏曲、散曲所用曲调的统称。南曲用韵以江浙一带的语音为基准，有平上去入四声，声调柔美婉转，多拖腔，常以箫笛作为伴奏。南曲有入声字，逢入必断，曲谱的出现较北曲要晚，以《洪武正韵》为用韵准则。

　　北曲则是金元时期流星于北方的杂剧与散曲所用的音乐，源于唐宋大曲、诸宫调、宋词、鼓子词、唱赚、转踏以及北方各民族音乐，其中属诸宫调对北曲的影响最为深刻。正是受诸宫调的影响，北曲才形成了联套体的结构体制。北曲没有入声字，用韵以周德清的《中原音韵》为准。

满庭芳 樵

◎赵显宏

　　腰间斧柯，观棋曾朽①，修月曾磨②。不将连理枝梢挫③，无缺钢多。不饶过猿枝鹤窠，惯立尽石涧泥坡。还参破，名缰利锁④，云外放怀歌。

【注释】

①"观棋"句：南朝梁任昉《述异记》，载晋人王质入山砍樵，见二童子弈棋。待到局终，他才发现腰间的斧柯（斧柄）已经朽烂。②"修月"句：唐段成式《酉阳杂俎》称月亮为七宝所合成，为使月面平滑，天帝暗暗安排了八万二千户的工户为之修磨。③连理：花木异株而枝干通连。④名缰利锁：喻受名利的牵绊、禁囿。

【译文】

　　这樵夫曾因观看仙人下棋而腰间的斧子朽坏了也没察觉，他这斧头，曾为了修月亮而磨得铮亮。他从不去砍连理枝，钢铸的锋刃从没有缺口。他从不放过猿猴攀立的枝条，野鹤筑巢高树，早已习惯站在山涧边的石壁上和泥泞的山坡间。他还参透了名利这牵绊人的东西，早已不把它们放在心上。在白云之外，他放开胸怀，高声歌唱。

【赏析】

　　此曲述作者隐逸之志。

　　曲子起始提到两则神话传说，表面写樵夫，实际上是写隐士，也正是作者自己人生志趣的影子。

　　曲中樵夫俨然世外高人，他腰间的斧头，曾因他观神仙下棋而腐朽，曾因要修月宫而磨砺，从不曾将连理枝儿削斫。樵夫不畏高险，攀登在猿枝鹤窠，惯立尽石涧泥坡；他早已看破了名缰利锁，喜欢在云外放声高歌。

　　作者引用"王质观棋"和"斧凿修月"的神话传说写樵夫的超乎凡类，"不将"句写樵夫对美好事物的爱惜，"不饶过""惯立尽"二句写樵夫的坚毅精神，"还参破"三句写樵夫看破名利的洒脱胸怀。曲写樵夫，实际表达了作者的志趣与追求。

⊙作者简介⊙

　　赵显宏，生平、籍贯均不详，号学村，与孙周卿同时。长于散曲，《太和正音谱》将其列于"词林英杰"一百五十人之中。今存小令二十一首，套数二首，其曲风格清新，语言朴实流畅。

阳春曲 赠茶肆

◎李德载

茶烟一缕轻轻扬，搅动兰膏四座香①。烹煎妙手赛维扬②。非是谎③，下马试来尝！

【注释】

① 兰膏：泽兰炼成的油，清香可人，此处形容茶的清香。② 维扬：即扬州。③ 谎：指妄言虚语。

【译文】

茶水中冒出的轻烟轻轻袅袅地飘荡着，就像有人在搅动兰花膏汁一般，满座中到处都是清香。这师傅烹茶的手艺比扬州师傅还好。不是我瞎说，你就下马来尝尝看！

【赏析】

据唐陆羽《茶经》里称，"茶之为饮，发乎神农氏，闻于鲁周公"，但是未必真实，因为在中国文化的发展历程中，往往把农业等所有与植物相关的发现都归功于神农氏，这是不足为依据的，故可不用意；但据史料载，在西周时，就有以茶为贡品，并且还有专门的茶园种植地了。总而言之，中国的茶文化可谓历史悠久、长盛不衰。

本首曲子就是以"茶"为唱咏对象。作者先从茶气味的清香来赞美烹茶者手艺的高超。"茶烟一缕轻轻扬"写出冲入茶叶的水温之热。而在写第二句"搅动兰膏四座香"时，作者使用了比喻的手法，用兰膏形容茶的香气。这是因为若只是简单地说茶气很香还不足以给人留下深刻的印象，但用人们都很熟悉的兰花膏的气味来形容茶，就相当于将抽象的"香"形象化了，不仅写出"茶很香"，还写出了"茶究竟怎样香"。接下来的"烹煎妙手赛维扬"也与之类似。

曲子的前三句是对茶的正面描写和评价，末尾两句则极像茶肆老板在招徕顾客，"非是谎，下马试来尝"，突出了内容的真实性，也从侧面烘托了茶之味美气香。

本曲颇似一则广告，但写得简约凝练、不落俗套，考虑到此曲乃作者为一家茶肆写的赠曲，想那店老板得此佳作，定会眉开眼笑！

⊙作者简介⊙

李德载，生卒年、籍贯、生平皆不详，约生活于1317年前后，即元仁宗延祐中期。擅长作曲，今存《赠茶肆》小令十首。

殿前欢 大都西山①

◎唐毅夫

冷云间，夕阳楼外数峰闲。等闲不许俗人看②，雨髻烟鬟。倚西风十二阑，休长叹。不多时暮霭风吹散，西山看我，我看西山。

【注释】

① 大都西山：北京西山，属太行山脉之余段，为历史上的著名风景区。② 等闲：寻常。

【译文】

在凄冷的云层里，夕阳斜照着小楼，楼外的几座山峰，静静地坐落在那里。这山峰不肯轻易让俗人看清它，把细雨和烟雾都梳成了发髻。在西风中倚着栏杆的你，可别长长地叹息啊！过不了多久，晚霞就会被风儿吹散，西边的山就会看着我，我也看着西边的群山。

【赏析】

这是一首写景抒情的曲子。

曲子虽小，文法却曲折多致，作者在描摹景色的同时，表达了对人生的看法。曲子以"冷云间"三字领起，一下子便营造出冷寂悠远的意境。"冷云"是阴云、浓云，它一涌出便令人心情一沉。作者先用"冷云"占据画面，再写"夕阳""楼外""数峰"，便成功制造出破云而出的动感，这种动感打破了凄清冷寂的气氛，让人为之一震，而这也正是作者登楼远眺的感觉。

三、四两句突作一折。这两句是倒装，"髻""鬟"均以女子的发式代指山峦。"雨髻烟鬟"四字将西山的嵯峨嶙峋及山顶云雾缭绕的朦胧景象生动地表现出来。作者在西风中独倚栏杆，并没有因眼前的景象而生发出惆怅和感慨。没过多久，暮霭吹散，雨雾渐渐消去。文笔至此也豁然开朗，"西山看我，我看西山"，不禁让人想起李白诗句"相看两不厌，唯有敬亭山"以及宋代词人辛弃疾的"我见青山多妩媚，料青山见我应如是"。

◎作者简介◎

唐毅夫，生卒年、生平、籍贯皆不详，工散曲，有套曲一首。《太和正音谱》将其列于"词林英杰"一百五十八中。

天净沙 秋

◎朱庭玉

庭前落尽梧桐，水边开彻芙蓉①。解与诗人意同。辞柯霜叶②，飞来就我题红③。

【注释】

① 芙蓉：指荷花。② 辞柯：离开枝干。③ 题红：在红叶上题诗。唐僖宗时，有一名宫女在红叶上写了一首诗："流水何太急，深宫尽日闲。殷勤谢红叶，好去到人间。"树叶顺着御沟水流出宫墙。书生于祐拾到后添写道："曾闻叶上题红怨，叶上题诗寄阿谁？"置于流水上游又流入宫中。后两人终成良缘。

【译文】

庭院前梧桐树的叶子纷纷落下，池水边开满了芙蓉花。他们诗人有着同样的心思。那经霜的枫叶离开树枝飞到我身边，让我在它红色的身躯上题写诗歌。

【赏析】

这首《天净沙》是作者的对景抒怀之作。起首两句对仗："庭前"对"水边"，"落尽"对"开彻"，"梧桐"对"芙蓉"。这两句纯用白描的手法，却将园林中迷人的秋景完整地勾勒出来。同时，作者的叙述空间从"庭前"转换到"水边"，这也暗示出他四处徘徊、百般寻觅的惆怅心情。而句中的"尽"字和"彻"字，从侧面将作者的愁闷抒发到极致。

秋景萧索，水面凋敝，自然而然地惹起了作者悲秋的心情。可是，作者并没有直抒愁怀，第三句说"解与诗人意同"，说明梧叶善解人意，因与人的心绪相合而自甘衰残。作者这样表达，一来反衬心中的无可奈何，二来也表达自己对园中美好景物的由衷赞美。

正所谓"一切景语皆情语"。正是由于作者把景物与自己的心绪勾连起来，因此才出现了四、五两句的神来之笔。就在这时，一片"辞柯霜叶"飞入了作者的世界里。霜叶"辞柯"而依人，这正照应了第三句的"解与诗人意同"。在作者看来，霜叶的"飞来"不是无意的，而是投合了自己的心绪；而自己"题红"亦饱含着真、善、美的情怀。秋天虽暗含着悲意，但从末尾的一"辞"一"就"来看，作者对生活充满热情，这就把初时悲秋消沉的气氛一扫而尽，起到化腐朽为神奇的效果。这首小令独辟蹊径，令人拍手叫绝。

◎作者简介◎

朱庭玉，生卒年、字号、生平皆不详，今存小令四首，套数二十二首，内容多为写景、咏物、闺情、道情，饶有风致。《太和正音谱》评其曲"如百卉争芳"。

醉太平

◎程景初

恨绵绵深宫怨女，情默默梦断羊车①。冷清清长门寂寞长青芜②，日迟迟春风院宇。泪漫漫介破琅玕玉③，闷淹淹散心出户闲凝伫。昏惨惨晚烟妆点雪模糊，淅零零洒梨花暮雨。

【注释】

① 羊车：指宫中用羊牵引的小车。据《晋书》记载："（晋武帝）常乘羊车，恣其所之，至便宴寝，宫人乃取竹叶插户，以盐汁洒地，而引帝车。"② 长门：指长门宫。汉武帝的陈皇后在失宠后居于长门宫，并在该宫抑郁而终。传说她听说司马相如文章了得，便奉上千金向其求助，后者遂写就《长门赋》以感动汉武帝。后人认为《长门赋》开了宫怨诗的先河。③ 琅玕玉：一种似珠玉的美石。

【译文】

深宫中的女子愁绪绵绵，含情脉脉却实现不了遭遇皇上的羊车的美梦。长门冷清寂寞，长满了青草。在春风吹过的院子里，日子如此漫长。泪水涟涟，滴穿了地上的石块。闷闷不乐，出门散心，却无端伫立在那里。傍晚昏暗昏暗的，烟雾弥漫，眼前一片模糊，暮雨淅淅沥沥洒在梨花树上。

【赏析】

这是一首宫怨曲。

曲子一开头就点明了感情基调"恨"，而全曲亦围绕"恨"来写。这深宫中的女子哪个不曾做过"三千宠爱集于一身"的美梦，但她们中的很多人最终会发现这也只是一个梦。"情默默梦断羊车"，当意识到皇帝永远不可能宠幸自己，或者再无可能宠幸自己，"恨"就产生了。失宠或从未得宠过的宫人生活极其凄惨，"冷清清长门寂寞长青芜，日迟迟春风院宇"，少有人过问她们的情况，即使在大好春天，她们也会因百无聊赖而嫌时间过得太慢。冷宫中人对未来已失去了希望。

此曲最大的特点就是用了一连串的叠词，诸如"恨绵绵""情默默""冷清清""日迟迟""泪漫漫""闷淹淹""昏惨惨""淅零零"，这些叠词让曲子无论从感情上还是从韵律上都更为凄切动人，有力地表现出深居冷宫的女子那幽怨怅恨之情。

◎作者简介◎

程景初，生平、里籍均不详。

天净沙 离愁

◎李致远

敲风修竹珊珊①，润花小雨斑斑，有恨心情懒懒②。一声长叹，临鸾不画眉山③。

【注释】

① 敲风修竹：高高的竹子在风中互相敲击。珊珊，象声词，形容玉、铃、雨、钟等发出的舒缓的声音，此处形容竹子相互碰击的声音。② 恨：指离恨。③ 临鸾：临镜。鸾：指背面铸有鸾凤图案的镜子。

【译文】

长长的竹子在风中互相敲打着，小雨滋润着斑斑点点的花朵，我心怀忧伤，情绪十分懒散。我发出一声长长的叹息，对着镜子却不再描眉了。

【赏析】

此曲写闺中女子的离愁，为李致远三首《天净沙》小令中的一首，颇有特色。

曲子以一个工整婉丽的对仗领起，寥寥数笔便勾勒出一副清雅婉约的风景画。作者很擅长用景色表现人物的内心。"竹珊珊"暗示曲中人正心烦意乱，"雨斑斑"则谕示曲中人情绪低落。此二句和"有恨心情懒懒"相互对照，一下子便调起读者的好奇心，想知道曲中人究竟为何事所扰。"一声长叹"，极显哀怨之态，直到曲末"临鸾不画眉山"人们才恍然大悟，原来曲中人是为离愁所苦。"临鸾"有"孤鸾悲镜"之意，都说"女为悦己者容"，情人不在身边，梳妆打扮都失去了意义。

曲子围绕对镜梳妆的生活细节展开，通过景物描写，生动细腻地反映出女子孤独苦闷的内心世界，将"岂无膏沐，谁适为容"的情绪表现得恰到好处。

⊙作者简介⊙

李致远，生卒年、生平不详，字君深，至元间曾居江苏溧阳。今存小令二十六首，套数四首，《太和正音谱》将他列为曲坛名家，评其曲"如玉匣昆吾"。现代戏曲理论家孙楷第认为，李致远为溧阳（今属江苏省）人，名深，字致远。且与文学家仇远友谊深厚。

红绣鞋 晚秋

◎李致远

梦断陈王罗袜①，情伤学士琵琶②。又见西风换年华。数杯添泪酒，几点送秋花，行人天一涯。

【注释】

① 陈王罗袜：曹植在《洛神赋》中自言相遇洛神，赋中有"凌波微步，罗袜生尘"的描写。曹植受封陈留王。

② 学士琵琶：白居易有《琵琶行》长诗，述浔阳江头与长安琵琶女子的萍水相逢。白居易曾任官居翰林学士。

【译文】

陈王曹植和穿着罗袜的洛神相逢那样的艳遇像梦一样断了，白居易与琵琶女的情谊让我想起来就情绪忧伤。我又看见：在这西风里，时光又匆匆过去了。喝下几杯夹带着自己流下的眼泪的水酒，看着路边几朵似乎要送走秋天的花儿，我这远行的人儿啊，独自流浪在这遥远的天涯。

【赏析】

李致远的这首小令，开头使用典故，从两位古人的故事入手。首句"梦断陈王罗袜"举的是曹植的典故。据传，曹植作《洛神赋》，是为了表达对甄妃的思念之情。甄妃原是曹植的情人，后来被曹丕纳为妃子，但不久被郭后陷害致死。次句"情伤学士琵琶"说的是白居易的故事。白居易被贬江州的时候，在浔阳江畔结识了琵琶女，白居易听了琵琶女的身世，不禁黯然落泪。而到了元代，马致远曾写过一本《青衫泪》的杂剧，剧中说白居易与琵琶女早就相识，后来琵琶女被迫嫁给了茶商，二人在浔阳江头重聚，这才出现了白居易伤心的一幕。作者在此叙说古事，其意在于暗示自己与古人同病相怜，表达自己的失意之情。而作者借助前两句，很自然地推出"又见西风换年华"一句，这也从正面表现了作者的悲伤之意。正是因为这个，"酒"才会"添泪"，"花"才能"送秋"，作者虽在此描述客观事物，却无不透露出伤感之情。末句说明悲伤的缘由："行人天一涯。"从此天各一方，恐怕是很难再见面了。尽管这首小令用了两个典故，但语言流畅，平易自然，毫无生搬硬套之感。

折桂令 山居

◎李致远

　　枕琴书睡足柴门，时有清风，为扫红尘。林鸟呼名，山猿逐妇，野兽窥人。唤稚子涤壶洗樽，致邻僧赊酒论文①。全我天真，休问白鱼②，且醉白云。

【注释】

① 赊酒：赊酒。② 白鱼：周武王伐纣时，在黄河有白鱼跃入船舱，以为瑞兆。这里代指兴邦的国家大事。

【译文】

　　在柴门下，我枕着古琴和书本睡了个好觉。不时地，有清爽的风儿吹过，为我扫去身上的尘埃。树林里的鸟儿叫唤着我的名字，山野中的猴子追赶着进山的妇女，野兽窥视着路上的行人。我叫我的孩子洗干净酒壶，洗干净酒杯，请来附近的老和尚，赊来美酒一起一边喝酒，一边谈论着美妙的文章。我只管保全好我的天性，别问我什么兴邦的国家大事，我姑且在这白云之中大醉一番吧。

【赏析】

　　首句"枕琴书睡足柴门"，反映出隐居生活的淡泊宁静。"时有清风，为扫红尘"，此二句看似寻常，实则韵味深厚，足见作者旷达超脱的襟怀。"林鸟"等三句，写景刻画入微，直写山间禽鸟的悠闲，也从侧面表现出自己的自由自在。末尾的"白鱼"用了武王"白鱼入舟"典故，暗示国家复兴的瑞兆。但一个"休问"却又否定了"白鱼"的祥瑞之意，让人想起另一个和"白鱼"有关的典故，据《太平广记》所载，江夏渔民顾保宗，在一天晚上梦到一名白发老翁，入门坐下就哭起来，说是天下不久就会大乱。不久，顾保宗来到江岸，发现一条长一百多丈的白鱼，它正是老翁的化身。当时是东晋隆安五年（401），距晋朝灭亡不到二十年的时间。这首曲子里的"问白鱼"，便影射了元朝晚期山雨欲来的形势。

迎仙客 暮春

◎李致远

吹落红，楝花风①，深院垂杨轻雾中。小窗闲，停绣工，帘幕重重，不锁相思梦。

【注释】

① 楝（liàn）：俗名"苦楝子"，一种乔木。

【译文】

风吹落苦楝子花，深深的庭院里，轻雾中有几棵杨柳。小窗开着，我停下刺绣活儿，窗外帘幕重重，锁不住相思梦。

【赏析】

这是一首写闺思之情的曲子，描写细腻，含蓄温婉，书写情思不徐不疾，优美雅致。

楝树每年三四月间开花，花呈红紫色，香气袭人。古人称应花期而来的风为"花信风"，相较其他春花，楝树开花较晚，"楝花风"几乎是春天最后的花信风。而"垂杨轻雾"则是在说杨花掩映下的杨柳。曲子前三句中出现的意象"落红""楝花风""垂杨轻雾"皆是暮春之景。暮春常给人以好景不长之感。

"小窗闲，停绣工"暗示读者曲中人是一名女子。而结合前面的"深院"不难猜到，这女子还是一位大家闺秀。"闲"多用来表现悠闲自适，然而由于作者花了不少笔墨描绘暮春之景，在此曲中它散发出淡淡的哀愁。人们仿佛看到女主人公神情忧郁地倚靠窗口，看着窗外景色发呆的样子。情因景生，美好而短暂的春天一如女子的青春年华，孤单单地在深闺中打发时光，很容易萌生"光阴虚度，辜负年华"的慨叹。不知曲中人是否为此神伤？作者没有说，给读者留下了宽广的想象空间。深宅大院中的闺秀多不会直截了当地诉说自己的心事，因此最后作者用委婉地笔法——"帘幕重重，不锁相思梦"——来表现曲中人对感情的向往、执着，其间分寸拿捏得恰到好处。

古时文人常借书写闺怨阐述自身的遭遇、情怀。作者李致远清高孤傲，一生不得志，曾有人写诗说他"平生意气隘九州，直欲涿足万里流。讵期功名坐蹭蹬，不意岁月成缪悠"。这和本曲中为春光流逝而怅惘的思妇很有共通之处。

醉高歌过红绣鞋
寄金莺儿

◎贾 固

　　乐心儿比目连枝^①，肯意儿新婚燕尔^②。画船开抛闪的人独自，遥望关西店儿。黄河水流不尽心事，中条山隔不断相思。当记得夜深沉、人静悄、自来时。来时节三两句话，去时节一篇诗。记在人心窝儿里直到死。

【注释】

①比目：比目鱼，传说仅一眼，须两鱼并游；连枝：连在一起的树枝。比喻形影不离的情侣和朋友。②新婚燕尔：亦作"新婚宴尔"。宴，快乐之意。形容新婚时的欢乐。

【译文】

　　我们像比目鱼和连理枝一般，多么开心啊。我多想和他像新婚的夫妻那般快乐。船儿驶离岸边，抛下我独自一人，远远地望着关西的旅店。黄河水也无法让我的心事随之流走，中条山也无法将我的相思之情隔断。我还记得昔日那深夜里，人声已经静下来了，他独自来到我这。来的时候说几句话，走的时候留下一首小诗。这些事都留在我心里，一直到死。

【赏析】

　　这是一首表达思念之情的曲子。

　　据元末夏庭芝《青楼集》记载，金莺儿是山东名妓，善谈笑弹唱。贾固在山东任职时，和其一见钟情，过从甚密。进京以后不能忘情，作了这首散曲送寄她。后此事被贾固的上司知道，大怒，弹劾了贾固。但贾固与金莺儿的故事却被传为美谈。

　　情感的展开是随着男子的追忆而进行的。开头两句追忆两人新婚燕尔，两情相悦，如胶似漆的情形。紧接着写离别之苦。刚刚新婚，男子便离开了爱人乘船远行，她相送时渐隐渐微的孤独身影，他如今依然记忆犹新，每每想起心头便是一阵酸楚。他说："即便是黄河之水也流不尽我二人的绵绵情意，即便是中条山也隔不断我们两个的悠悠相思。"现实中不能相守，男子只能期待梦中与爱人温存片刻，虽然相聚总是在仓促中开始和结束，但两三句话、一篇诗的付与，却是一样的铭心刻骨，一样的执着与虔诚。

⊙作者简介⊙

　　贾固，生卒年均不详，大约生活于1368年前后，与乔吉同时，字伯坚，山东沂州人。曾任山东金宪、西台御史、扬州路总管、淮乐廉访使、左司郎中、中书省左参政事。其人风流倜傥，才华横溢，精通音律，可惜其诗曲作品大多失传。

石榴花带斗鹌鹑
寄情人（摘调）

◎王氏

看了那可人江景壁间图①，妆点费工夫。比及江天暮雪见寒儒②，盼平沙趁宿，落雁无书。空随得远浦帆归去。渔村落照船归住，烟寺晚钟夕阳暮，洞庭秋月照人孤。愁多似山市晴岚③，泣多似潇湘夜雨。少一个心上才郎，多一个脚头丈夫④。每日价茶不茶饭不饭百无是处，教我那里告诉？最高的离恨天堂，最低的相思地狱。

【注释】

① 壁间图：壁画。② 比及：犹如。③ 山市晴岚：山市，山中小镇。晴岚：雨过天晴，山间弥漫的水雾。④ 脚头丈夫：结发夫君。

【译文】

看了那像壁画一般令人喜欢的江景，我花了很长时间梳妆打扮。在傍晚下着雪的江面上看见那寒窗苦读的书生时，我正看着降落在沙滩上的大雁，可惜它没有给我带来他的家书。我的目光随着远处水面上的帆船远去。夕阳照耀着渔村，渔船归岸了，烟雾弥漫的寺庙里傍晚的钟声在夕阳中响起。洞庭湖上，秋月升起，照着我这孤独的人儿。我的哀愁多得像山市中弥漫的水雾，泪多得像潇湘夜雨。我心爱的才子没有了，我也嫁给了别人。每天茶饭不思，百无聊赖。我该向谁倾诉呢？那最高处的是离恨天；那最低处的是满是相思的地狱。

【赏析】

本篇摘自《粉蝶儿》套曲，原套是以苏小卿和双渐的爱情故事为题材，描述了苏小卿被卖给茶商冯魁为妾后的悲苦。这里的两小段是写苏小卿随冯魁的茶船返江右途中的所见所感。

"江天暮雪""平沙落雁""渔村落照""烟寺晚钟""洞庭秋月"等这些曲子中的景观，都是古潇湘八景中的景名，作者巧妙地将其织入曲中，充满诗情画意。就像一幅幅画卷徐徐展开，不过画中的色调却是凄清、寂寥的，侧面烘托出了主人公内心的寂寞与愁闷。

◎作者简介◎

王氏，大都歌伎会。生平、里籍均不详。

"少一个心上才郎"与"多一个脚头丈夫"两句互相对照、衬托，衬托了苏小卿对双渐的因思念而愁苦的心情，又烘托了她对于当下这门亲事的强烈不满。一个"教我哪里告诉"的问句，更是显得凄苦无比，反映了主人公深沉的孤独心绪。"离恨天堂""相思地狱"，两句形成强烈对比，足见她饱受怨恨相思煎熬。

普天乐 嘲西席①

◎张鸣善

讲诗书，习功课。爷娘行孝顺②，兄弟行谦和。为臣要尽忠，与朋友休言过。养性终朝端然坐，免教人笑俺风魔③。先生道："学生琢磨。"学生道："先生絮聒④。"馆东道⑤："不识字由他。"

【注释】

①西席：家庭教师。②行：行辈，一班人。③风魔：疯癫。④絮聒：啰唆。⑤馆东：出钱请老师的学生家长。

【译文】

老夫子给我讲《诗》《书》，教我学习功课。他说对父母要孝顺，对兄弟要谦恭和睦。当臣子要尽忠心，对朋友不要老说人不好。要整天端坐着修养心性，免得人家笑话自己疯疯癫癫。老夫子说道："你们要好好琢磨。"学生说："老先生真啰嗦。"东家说："他认不得字就认不得字吧，随他去得了。"

【赏析】

此曲名为《嘲西席》，意在嘲讽元廷统治下斯文扫地的局面，曲子语言通俗简练、生动诙谐，蕴含着尖锐的讥诮之气。

曲子按内容可分为三部分。首两句交代环境；中间部分写先生教授的内容；最后写先生、学生、东家的对话。

老师言之谆谆，向学生讲授了四书五经中孝顺父母、兄弟谦和、不言人过、力做忠臣、讲究仪表、注重修养等诸如此类的圣贤之道，让学生好好琢磨，可是得到反应却是学生嫌他啰唆。最有讽刺意味的是这些学生的家长，面对这种情况，他却对先生说："不

识字由他！"看来这位家长将先生请来并不是要让其传授多少道德文章，目的只在管住孩子，让他们别淘气就行了。而从这些家长的态度上，人们也可看出当时社会普遍轻视教育。

◎作者简介◎

张鸣善，生卒年不详，名择，号顽老子，是元代散曲家，平阳（今山西临汾）人，后居于扬州。曾任宣慰司令史、浙江提学等职，后称病辞官。至正二十六年（1366）为夏庭芝《青楼集》作序。其曲多为讥讽时政之作，语言幽默尖辣，构思新颖，被誉为"一代之作手"。曾作杂剧三种：《烟花鬼》《瑶琴怨》《草园阁》，均以失传，今存小令十三首，套数二篇。

其传世作品有小令十三首，套数二套，多以男女风情、山林归隐、仕途艰辛和游客思乡为题材。

普天乐 咏世

◎张鸣善

洛阳花①，梁园月②，好花须买，皓月须赊。花倚栏干看烂漫开，月曾把酒问团圆夜③。月有盈亏花有开谢，想人生最苦离别。花谢了三春近也④，月缺了中秋到也，人去了何日来也？

【注释】

① 洛阳花：即洛阳的牡丹花。欧阳修《洛阳牡丹记》称洛阳牡丹天下第一。② 梁园月：即梁园的月色。梁园，西汉梁孝王所建。孝王曾邀请司马相如、枚乘等辞赋家在园中看花赏月吟诗。③ 月曾把酒问团圆夜：化用苏轼《水调歌头》词逾："明月几时有，把酒问青天。"④ 三春：孟春、仲春、季春。

【译文】

这儿有跟洛阳一样的花儿，有跟梁园一样的月色，鲜花明月，就该买来受用。我倚靠着栏杆看花儿灿烂地开着，也曾在月圆时举酒问明月。月有圆缺花也有开有谢，我想人生最苦的事情就是离别了。花儿谢了到春天还会开，月缺了中秋夜还会圆，人走了哪天才会回来啊？

【赏析】

此曲名为"咏世"，实言"离愁"，表达了作者的人生态度和人生感慨。

花好不过洛阳，月明应数梁园。而好花须要买来观看才更觉美好，明月须要赊来观赏才愈觉明亮。曲子前四句围绕"花"和"月"，既蕴含着"行乐须及春"的处世哲理，有展示了作者对美好生活追求的愿望。

倚着栏杆看花儿烂漫开，几度持酒向明月祝团圆。五、六两句看花、问月使笔锋一转，产生美景难留的慨叹。但作者更进了一层，提出好花易谢还开，月虽缺能圆，花与月的开谢都有定时，而人间别离却后会难期。

此曲感慨深致，风格略显悲凉，但蕴涵丰厚，富有哲理，不失意趣，是一篇欣赏和思想价值都很高的作品。

普天乐 愁怀

◎张鸣善

雨儿飘，风儿飏①。风吹回好梦②，雨滴损柔肠。风萧萧梧叶中，雨点点芭蕉上。风雨相留添悲怆，雨和风卷起凄凉。风雨儿怎当③？雨风儿定当。风雨儿难当！

【注释】

①飏：即"扬"，吹动。②"风吹"句：意谓风声打断了好梦。③怎当：怎么禁得住。当，抵挡。

【译文】

雨儿飘洒着，风儿吹着。风把人从好梦中吹醒，雨滴滴落下，让人肝肠寸断。梧桐叶上风儿萧萧，芭蕉树上雨声点点。风雨交加，增添了悲怆和凄凉。怎么才能忍受这风雨？这风雨一定要忍受啊！这风雨太难忍受了！

【赏析】

这是一首抒写被风雨激发起愁怀的曲子。风雨飘摇的夜晚，作者心生悲怆，愁苦难当，继而有感而发。

曲子以风雨起兴，每句不是写风就是写雨，这种反复咏唱，复沓回环的写作手法，在气氛的渲染和刻画人物的心境上，很有艺术特色；在音律和画面感上也具有很强的冲击力。这种写法在散曲中，是独树一帜的文体形式。

古代诗词长把"梧桐""芭蕉"等与秋天联系起来（如"月如钩，寂寞梧桐深院锁清秋""一声梧叶一声秋，一点芭蕉一点愁，三更归梦三更后"），风雨交织间，仿佛那风吹走了作者的好梦，那雨卷起了作者内心的凄凉愁苦。最后三句，一问一答一感慨，极力表现了作者不堪忍受秋风苦雨所带来的满怀愁情，自问自答，层层叠叠，思绪起伏跌宕，一句比一句更有力，完美地起到了烘托作用的同时，相比于平铺直叙也更显震撼。

全曲音乐感极强，仿佛把读者也带入了风雨交加的情境中，这能很好地展现作者之"愁怀"，读罢，余音绕梁间读者似乎也深有同感了。

曲的鉴赏知识

《太和正音谱》

明代朱权所作的《太和正音谱》是现存最早的北杂剧曲谱，明清曲谱中北曲部分都是以《太和正音谱》为依据的。其成书于洪武三十一年（1398），分上下两卷。内容可分为戏曲理论和史料、北杂剧曲谱两个部分。第一部分有"乐府体式""古今英贤乐府格式""杂剧十二科""群英所编杂剧""善歌之士""音律宫调""词林须知"等七个标目，涉及戏曲的体制、流派、制曲方法、杂剧题材分类、古剧角色源流和对元代至明初戏曲作家的评价等，并有杂剧作品目录。在戏曲声乐理论方面，有关于歌唱方法、宫调性质的论述、歌曲源流以及历代歌唱家的片断史料。"词林须知"部分的内容，基本上袭用了燕南芝庵的《唱论》，但有所增补和发挥。《太和正音谱》第二部分的曲谱，依据北曲12宫调，分类列举每种曲牌的句格谱式。详注四声平仄，标明正衬，每支曲牌还举出元人或明初杂剧、散曲作品为例，共收335支曲牌。

水仙子 讥时

◎张鸣善

铺眉苫眼早三公①，裸袖揎拳享万钟②，胡言乱语成时用。大纲来都是烘③，说英雄谁是英雄？五眼鸡岐山鸣凤④，两头蛇南阳卧龙⑤，三脚猫渭水飞熊⑥。

【注释】

① 铺眉苫（shàn）眼：即舒眉展眼，此处是装模作样的意思。三公：大司马、大司徒与大司空，这里泛指高官。② 裸（luǒ）袖揎（xuān）拳：抒起袖子露出胳膊，这里指善于吵闹之人。万钟：很高的俸禄。③ 大纲来：总而言之。烘：指胡闹。④ 五眼鸡：好斗的公鸡。岐（qí）山：在今陕西岐山县。鸣凤：凤凰。两头蛇：毒蛇。⑤ 南阳卧龙：即诸葛亮，这里泛指杰出的人才。⑥ 三脚猫：没有本事的人。渭水飞熊：即周代的太公吕尚，这里指德高望重的高官。

【译文】

装模作样却早早当上了大官，整天打打闹闹却享受着万钟的俸禄，胡说八道、成了当下最受用的伎俩。总地说，全是胡闹，都在说英雄，可谁才是英雄？好斗的公鸡被当作岐山鸣叫的的凤凰，两头蛇被当成了南阳的诸葛亮，三脚猫成了渭水边那应了文王飞熊梦的姜子牙。

【赏析】

此为刺时讥世之曲。

曲子首先对高官显爵的"三公"进行了绘声绘色

的刻画：装腔作势的很早便位列三公，蛮横粗暴的享受着丰厚俸禄，胡言乱语的其时受到重用。紧接着一语点破世态：总而言之，都是胡闹与起哄。论英雄谁是真英雄？在作者看来，这混乱荒唐的年代，五眼鸡成了报吉祥的鸣凤，两头蛇冒充了雄才大略的南阳卧龙，三脚猫号称自己是兴邦济世的姜太公。极力对比，表现作者对"三公"等的深恶痛绝。全曲冷嘲热讽，语意深刻犀利，对元代上层社会的寄生性和虚伪性进行了露骨的揭露和无情的讥讽，可谓畅快淋漓。

脱布衫带过小梁州

◎张鸣善

　　草堂中夏日偏宜，正流金烁石天气。素馨花一枝玉质^①，白莲藕双亨琼臂。门外红尘衮衮飞^②，飞不到鱼鸟清溪。绿阴高柳听黄鹂。幽栖意，料俗客凡人知？

　　[幺]山林本是终焉计^③，用之行舍之藏兮^④。悼后世追前辈。对五月五日，歌楚些吊湘累^⑤。

【注释】

① 素馨花：一种自西域移植我国南方的花，枝干似茉莉，夏日开白花。② 衮衮：同"滚滚"。③ 计：安身终老的安排。④"用之"句：语本《论语·述而》："子谓颜渊曰：用之则行，舍之则藏。"意谓所用，则施展平生所习之道；不为世用，则隐居潜藏以待时机。⑤ 楚些：楚辞。湘累：战国时屈原因悲念楚国前途而投湘水自杀，世称"湘累"。累，无罪的死者。

【译文】

　　草屋里夏天最好了，那可正是金石也要融化的天气。一枝白色的馨花像玉一样，白荷花结出藕实，柄儿像玉手般弯曲。门外的尘土滚滚飞扬，飞不到那鱼儿游玩鸟儿停留的清澈的溪边。我在高高的杨柳的绿荫下，听黄鹂鸣叫。这幽居的乐趣，庸俗的凡人哪里知道？

　　山林本来就是终老的归宿，为世所用则施展平生所习之道；不能为世所用，则隐居潜藏。我伤悼后人，追怀古人。在这五月初五端午节里，我唱一唱楚辞凭吊那无辜死去的三闾大夫。

【赏析】

　　张鸣善的曲子善用巧思，诙谐幽默，辞藻华美。此曲却一改风格，言语质朴实在，情真意切。

　　曲子前半部分，开篇先说夏天那"流金烁石"的天气，适合居住在宽敞的草屋里，"流金烁石"四个字很显眼，运用了夸张的修辞手法，极言夏日之热。但是随着作者的逐句描绘，这种酷热难当仿佛也慢慢地得到了淡化消解，如玉的"素馨花"、如臂的"白莲藕"，赏心悦目，令人如饮甘泉，暑热顿消。

　　"门外红尘衮衮飞，飞不到鱼鸟清溪。"这句话的含义有两层：一是客观说明屋外闹市喧嚣、尘土飞扬却飞不进鱼池鸟林；二是指作者恬淡的内心，无论世俗如何滋扰也出淤泥而不染的境界情操。在作者这里，有的只是"归隐"生活的幽静：柳树荫下纳凉、聆听黄鹂鸟叫。可见首句的"草堂"实则是暗指作者隐居的生活环境，怀有"归隐"之心，一花即一世界、一草即一天堂。

　　下半部分，从铺陈转到了抒怀，因"用之以藏"，故"终焉计"，这其实是作者在自我开解，"归隐"就像一个梦想，虽然作者开始实行、也表达了这个梦想，可是能让自己的心始终那么坚持吗？是不能的，因为当作者面对残酷现实时，不能如同对待酷暑那样无动于衷。一个"悼"字、一个"追"字，就把作者内心的真实情感展露无遗了，继而发出"月五日，歌楚些吊湘累"的借古伤今之句。吟唱《楚辞》，纪念伟大的爱国主义诗人屈原，虽是应和时令的举动，却颇有借古人酒杯，浇胸中块垒的意味，也透露诗人未能忘情于用世的内心。

　　有希望，也有愁苦，两种思绪互相胶着，便是这一支平静又略带不甘、从容又稍显无奈的小曲表达出的情感。

梧叶儿 客中闻雨

◎杨朝英

　　檐头溜①，窗外声，直响到天明。滴得人心碎，聒得人梦怎成？夜雨好无情，不道我愁人怕听②。

【注释】

①檐头溜：檐下滴水的地方。② 不道句：不管，不顾。温庭筠《更漏子》："梧桐树，三更雨，不道离情正苦。一叶叶，一声声，空阶滴到明。"这支小令比之温词，内容略同、意境稍逊。

【译文】

　　雨水从屋檐上流下，窗外雨滴的声音，一直响到了天亮。滴得人心都碎了，吵得人哪里能做梦？这夜雨多么的无情啊，也不管我这满心忧愁的人害怕听见它。

【赏析】

　　这首小令反映的是游子的离愁别恨。为了生计，游子不得不背井离乡，外出谋生。远离故土、远离故乡的亲人，满心的离愁别恨。而恰在此时，天空中飘起了淅淅沥沥的雨，先落在屋顶，再由瓦檐滴落窗外。这令本来心绪不佳呆坐客舍中的游子又添上一层无奈和烦愁。游子一夜辗转难眠，不免对雨心生怨恨："夜雨好无情，不道我愁人怕听！"在作者笔下，游子客

◎作者简介◎

　　杨朝英，号澹斋，生卒年及生平不详，青城（属今山东）人，居龙兴（今江西南昌）。曾任郡守、郎中，后归隐。与贯云石、阿里西瑛等交往密切，被时人视为高士。他最重要的贡献是摘选元人散曲，辑成《乐府新编阳春白雪》《朝野新声太平乐府》，即"杨氏二选"。

　　其散曲多以恋情和隐居为题材，今存小令二十七首。《太和正音谱》评其曲"如碧海珊瑚"。

居客舍，因生愁思而怕听雨的心情描摹得生动传神。试想，若非主人公一夜未眠，他怎么得知窗外雨声一夜未歇呀？！不是夜雨滴个不停，主人公怎会一夜未眠呀？！作者实中有虚，虚中有实，虚虚实实，都在写人。"滴"和"聒"二字，赋予雨以人的声音、动态，十分生动形象地抒发了夜雨好无情而不解人之愁意，使愁人怕听的绵绵愁思。

　　此曲写雨夜愁思，抒发深沉的离情别恨，由雨声引发，将雨人格化，把对无情的雨的描写和复杂的心理活动的描写融为一体，情景交融，声情并茂。

水仙子（一）

◎杨朝英

灯花占信又无功①，鹊报佳音耳过风②。绣衾温暖和谁共？隔云山千万重，因此上惨绿愁红。不付能博得个团圆梦③，觉来时又扑个空④。杜鹃声又过墙东⑤。

【注释】

① 灯花占信：古人以灯花为吉兆。② 鹊报佳音：《西京杂记》：“乾鹊噪而行人至。”③ 不付能：刚刚能。④ 觉来时：醒来时。⑤ 杜鹃声：杜鹃啼声如“不如归去”。

【译文】

灯花预报的吉兆又落空了，喜鹊报告的好消息不过像耳边的一阵风一样。绣被儿温暖，我和谁一起入眠呢？他此刻与我远隔千万座山峰，因着这我眼中满是惨淡的绿叶，忧愁的红花。刚刚做了个团圆的美梦，醒来却又扑空了，杜鹃的叫声又从墙东边飞了过来。

【赏析】

这是一首闺思之曲。

曲中人牵挂情人，希望和情人的感情能有个圆满的结局。也由于每时每刻都惦念着远方的情人，所以才会下意识地在寻常事物中寻觅和情人有关的征兆，以便获得心理安慰。从首句中的“又”来看，她已经不是一次两次这样做了。

虽然占卜的结果很好，但现实却并没有照此发展。从“又无功”和“耳过风”中，人们可以感受到曲中人的失落、忧伤。“绣衾温暖和谁共”，思妇又将度过一个独眠之夜，占卜的结果和现实形成反差，让曲中人愈发难过。“惨绿愁红”即是景语，更是曲中人的心语。红花绿叶本是十分美丽，但在孤单单的曲中人眼中却是“惨”，“愁”。

好的占卜结果不能带来好的消息，和团圆美梦相对的只有孤单悲苦的现实。愿望与现实的对比越强烈，曲中人的闺思之苦就越浓重。曲子在杜鹃的啼叫声中结束，“不如归去”的啼叫声烘托出一种对夫君盼无归期的惆怅。这啼叫声承载了曲中人的思情，凸现了思念的悠远绵长。

水仙子（二）

◎杨朝英

雪晴天地一冰壶，竟往西湖探老逋①，骑驴踏雪溪桥路。笑王维作画图②，拣梅花多处提壶③。对酒看花笑，无钱当剑沽④，醉倒在西湖。

【注释】

① 老逋：指北宋诗人林逋，因其爱梅，故此代指梅花。
② 王维：唐代大诗人、画家。③ 提壶：倒酒。④ 当剑：把佩剑典当掉。

【译文】

雪停了之后，天地成了个大冰壶。我来到西湖边寻找梅花。我骑着驴踏着雪走过小桥。我笑王维竟画了那么多画幅，专拣梅花多的地方提壶喝酒。我对着美酒，看着花儿笑，没钱就卖剑买酒，在西湖边喝到醉倒。

【赏析】

此为追攀古人高远风雅以明自己志趣的曲子。

作者列举古人林逋、王维喜爱梅花之故事，又模仿李白慷慨以五花马、千金裘换酒而饮的豪放之举，于雪霁之时迎着晴光、载着酒壶前往西湖寻梅，不但雅趣可以直追先贤，所见景色也绝非一般，须以名家杰作方能形容。如此令人赏心悦目之事，当然要有潇洒旷达之人为之。作者正是合适的人选。万事只求自得其乐的他如今典当了佩剑沽取了些许美酒，不但携酒寻梅，更在寻到后把酒观花，而后醉倒在西湖之畔，表现出作者洒脱而飘逸情怀，直让俗世之人自愧弗如。

曲的鉴赏知识

元曲是最自然的文学

清代学者王国维在《宋元戏曲史》中将元曲之佳概括为"自然"二字，认为："古今之大文学无不以自然胜，而莫著于元曲。"王国维指出，元曲的作者大多没有显贵的身份，也多不是学问大家。他们写曲不为留下传世之名，而仅仅是兴致来了，写首曲子自娱娱人。所以元人写曲"关目之拙劣，所不问也；思想之卑陋，所不讳也；人物之矛盾，所不顾也"，他们只是单纯地书写心中的感想和时代的情状，文字中便自然有了真挚之理和秀杰之气。从这个角度看，如果将元曲当作中国最自然的文学，未尝不可。

落梅风 泛剡王猷（一）

◎陈德和

乘雪夜，访故人，剡溪冰短篷难进①。冻归来怕人胡议论，强支吾道："兴来还尽。"

【注释】

① 剡溪冰短篷难进：剡溪，位于浙江东部的嵊州境内，由澄潭江和长乐江会流而成。短篷：有篷的小船。

【译文】

乘着这大雪之夜，我去拜访老朋友。剡溪已经结冰了，小船难以行进。挨了冻，回来怕被人瞎说，勉强支吾着说道："兴致来了，又没了。"

【赏析】

陈德和的《落梅风·雪中十事》共有小令十首，每首都讲一个和雪有关的典故。此曲是其中之一，典出《世说新语》"王子猷雪夜访戴"。王子猷是王羲之的第五个儿子，继承了王羲之潇洒率真的个性。一天晚上，王子猷从梦中醒来，发现外面下了很大的雪，便命令仆人斟酒，一边饮酒，一边赏雪。赏着赏着，他突然想起好朋友戴逵，当即便要到戴逵家拜访。当时戴逵正居住在剡县，和王子猷所在的地方相隔很远。但王子猷却毫不在乎，连夜乘船前往戴家，直走了一夜才抵达。而到了戴逵家门口，他又立即转身返回。随从不解，问他为何如此。他说："我乘兴前往，兴致已尽，自然返回，何必一定见到戴逵。"王子猷的至情至性、洒脱不羁历来传为文坛佳话。但作者以此为题材写曲，却没有沿袭前人的套路，做起翻案文章，调侃王子猷是因为冰封剡溪，舟行困难才沿路返回的。所谓"兴来还尽"不过是担心别人嘲笑，随便编排的理由，别出心裁。"强支吾"一词将曲中人的情态表现得生动有趣。

此曲立意新颖，妙趣横生，从中亦可见作者的放达幽默。

⊙作者简介⊙

陈德和，生平、籍贯均不详，约生活于1331年前后。明代朱权《太和正音谱》将其列于"词林英杰"一百五十人之中。《类聚名贤乐府群玉》中收入其《雪中十事》等散曲。

塞鸿秋 浔阳即景①

◎周德清

长江万里白如练②，淮山数点青如淀③。江帆几片疾如箭④，山泉千尺飞如电。晚云都变露⑤，新月初学扇⑥。塞鸿一字来如线。

【注释】

①塞鸿秋：曲牌名。塞鸿，塞外飞来的大雁。即景：写眼前的景物。浔（xún）阳：江西省九江（今江西省九江市）的别称。②练：白绢，白色的绸子。③淮山：在安徽省境内，这里泛指淮水流域的远山。淀：同"靛（diàn）"，即靛青，一种青蓝色染料。④江帆：江面上的船。⑤晚云都变露：意思是说傍晚的彩霞，都变成了朵朵白云。露，这里是"白"的意思。⑥初学扇：意思是新月的形状像展开的扇子。

【译文】

万里长江白白的好像一条绸缎，淮河两岸的远山绿得像靛青一样。江上的几片船帆行驶飞快，像离弦的箭一样；山上的瀑布从千尺悬崖上飞奔而下，仿佛是一道闪电。傍晚的彩霞，都变成了朵朵白云。刚刚升起的月亮看上去就像刚刚展开的扇子一样。塞外的大雁排成"一"字飞来，就像天空中挂着一条线儿一样。

【赏析】

此曲为作者傍晚登浔阳城楼即兴之作。

"长江万里白如练"和"淮山数点青如淀"是作者远眺长江之所见。"万里白"和"数点青"形成对比，既写出了长江的磅礴气势，意向雄远，又描绘出色彩对映之美。接下来两句虽还是远眺，但移近了视界，对江帆、山泉的描绘充满动感。所谓醉翁之意不在酒，此二句中，作者写江帆是为突出江水奔腾之迅猛，写山泉则为表现山高且险峻。

五、六句写晚上云雾凝结成颗颗露珠，新月初升，玲珑可爱，好似含羞女子初展纨扇。末句异军突起，写远望到一行秋雁列队自北而南飞来。这一描写将前六句画面串联起来，苍凉渺远，增添了整个画面的内涵，引起人们无边的秋思，绵长悠远。

此曲下笔意境阔宏、极具气势，设色简洁鲜明，浓淡相宜。特别是结句对塞鸿的描写，灵动新奇，余韵悠然，引人遐想。

⊙作者简介⊙

周德清（1277—1365），字日湛，号挺斋，高安（今属江西）人。精通音律，总结北方语音特点著《中原音韵》，为散曲家用韵之本。其曲用韵精严，意境清高，评价甚高。今存小令三十一首，套数三篇。

朝天子 秋夜客怀

◎周德清

月光，桂香，趁着风飘荡。砧声催动一天霜①，过雁声嘹亮。叫起离情，敲残愁况②，梦家山身异乡。夜凉，枕凉，不许离人强③。

【注释】

①砧声：捣衣之声；砧，捣衣石。②敲残愁况：把忧愁的心境敲得更加破碎。③强（jiàng）：倔强。

【译文】

月儿发出清光，桂树散发着清香，月光与桂香在风中飘荡。捣衣声里漫天都是霜。那飞过的大雁，声音格外响亮。雁声勾起了离情，砧声敲乱我的愁绪，我梦见了家园，人却在他乡。夜很凉，枕更凉，这情景让愁人没法倔强。

【赏析】

"秋夜客怀"，从曲名可以看到，这正是一篇写在秋天的夜晚，作者在他乡思念故乡的曲子。作者周德清是宋代词人周邦彦的后代，他终身未入仕，善于音律，长于乐府。

此为一首抒发离愁别绪的曲子。夜晚月光清冷，桂花香气四溢，随风而动。这是大环境的描写，作者分别从视觉、嗅觉上铺就了一层晦暗、冰冷的基调。这时不知道哪里妇女洗衣服的声音传入作者耳中，又在听觉上勾起了游子的相思之情。画面开始有了动感，但此动感并不能带来欢乐之情，反而增添了作者内心对家乡人的思念。紧接着天空中大雁鸣叫而过，这对于作者简直就是"雪上加霜"，在古时候，鸿雁是传书信的，作者用此意象，是为了体现"归"乡的心情。

这种种的外物，都在一遍遍地勾起相思，浓化愁绪，"叫起""敲残"两动词的运用，仿佛让那无法言明离愁别绪物化成了实体，真真切切地跌宕在作者周遭。

曲子的结尾在侧面烘托了作者思乡的强烈程度，夜凉如水，辗转反侧不能入眠，思乡之情与一展宏图的愿望相互交叠，这是感性和理性的碰撞，一句"不许离人强"，写尽其味。

曲的鉴赏知识

周德清与《中原音韵》

《中原音韵》是中国最早的一部曲韵著作，也是周德清在文学方面最大的成就之一。有一段时间，由于唱曲的人不大讲究格律，曲坛上出现了混乱，为规范元曲的体制、音律、语言，特别是语音，周德清呕心沥血，完成了这部著作。该书主要分成两大部分。第一部分按照韵书的形式，根据字的读音，为曲词中5800多个经常用作韵脚的字进行分类，编成一个曲韵韵谱。第二部分则是《正语作词起例》，对韵谱编制体例、审音原则进行了说明，还对北曲的体制、音律、语言、创作方法进行了论述。元人写曲必要参照韵谱。

满庭芳 看岳王传①

◎周德清

披文握武②，建中兴庙宇③，载青史图书。功成却被权臣妒，正落奸谋④。闪杀人望旌节中原士夫⑤，误杀人弃丘陵南渡銮舆⑥。钱塘路⑦，愁风怨雨，长是洒西湖！

【注释】

① 岳王：即岳飞，宋宁宗时追封为鄂王，故称岳王。② 披文握武：指文武双全。③ 建中兴庙宇：岳飞为国竭智尽忠，挫败了金兵的侵略，使宋朝得以中兴。④ 正落奸谋：落入奸臣贼子的阴谋。⑤ 闪杀人望旌节中原士夫：弄得中原人民只能遥望宋军撤退，而不能恢复统一。闪杀：抛闪。旌节：指旌旗仪仗。士夫：宋朝的官员。这句指岳飞破金打至朱仙镇被宋廷召回的事。⑥ 误杀人弃丘陵南渡銮舆：奸臣杀害了岳飞，致使大宋皇帝渡江南逃，大片国土沦于金人之手。丘陵：泛指国土。銮舆：天子车驾，代指皇帝，即宋高宗赵构。⑦ 钱塘：即今杭州，岳飞在此遇害，后迁葬西湖。

【译文】

岳飞能文能武，使宋朝得以中兴，他的声名永垂青史。他立下功勋，却遭到权臣的怨恨，落入了奸臣贼子的阴谋。中原人民只能遥望宋军撤退，大宋皇帝只得丢弃江山渡江南逃。钱塘路上，那充满愁怨的风雨，弥漫在西湖上。

【赏析】

此曲前半写史：概括叙述英雄岳飞一生的功绩和遭受奸臣陷害的悲惨结局。主要依时间顺序叙述史实：首句叙述岳飞的非凡才略；第二句接着写岳飞的中兴功绩；第三句叙述岳飞壮烈的一生；第四、五句揭露主和派秦桧等陷害岳飞的罪行；第六、七句，进一步写岳飞的英雄业绩，追怀往事，且叙且评且议。后半着眼现实：岳飞"精忠报国"的英雄气概还在鼓舞教育着无数后代。作者用白描手法将时空拉回现实，寓情于景。人们对英雄岳飞的深切怀念之情和对投降派的谴责之情既强烈又持久，作者借西湖的愁风惨雨表达出人民的愿望。岳飞生活的年代距作者生活的年代很远了，但是岳飞"精忠报国"的英雄气概还在鼓舞教育着无数后代。作者周德清出生于1277年，而元朝初建于1271年。南宋末年抗元事迹中必有可歌可泣的英雄篇章，但作者却热情讴歌久远年代的英雄岳飞，愤怒谴责投降派赵构和秦桧，爱憎极为分明。对于前朝覆亡的不幸命运，作者能够清醒地还历史以本来面目。而在谴责腐败无能的南宋王朝的同时，从侧面抒发了对元廷统治者的强烈愤慨之情。

蟾宫曲 别友

◎周德清

倚蓬窗无语嗟呀^①，七件儿全无^②，做甚么人家？柴似灵芝，油如甘露，米若丹砂^③。酱瓮儿恰才罄撒^④，盐瓶儿又告消乏^⑤。茶也无多，醋也无多。七件事尚且艰难，怎生教我折柳攀花^⑥？

【注释】

① 蓬窗：用篾席遮拦起来的窗户。嗟呀：叹息。② 七件儿：即七件事，指日常生活中的七种必需品。武汉臣《玉壶春》一："早晨起来七件事，油、盐、柴、米、酱、醋、茶。"③ "柴似灵芝"三句：言米珠薪桂，生活资料十分昂贵。灵芝：仙草，古人认为服之可以长寿。甘露：甜美的露水。古人认为天下太平，上天才降甘露。丹砂：即朱砂。古人认为服食它可以延年益寿。④ 罄撒：本意为散失，此与下句"消乏"同义。《雍熙乐府》无名氏《斗鹌鹑》套："待去呵，青蚨又梦撒；不去呵，寸心又牵挂。"青蚨即钱。⑤ 消乏：耗散完了。⑥ 折柳攀花：指眠花宿柳，旧日文人恶习。但卢前《元曲别裁集》作"折桂攀花"，则句意为追求科举功名，因古人谓中科举曰"攀桂"，中状元要戴宫花，饮御酒。如此立意更佳。

【译文】

倚靠着蓬窗说不出话，只好一声声叹气。日常必需品全都没有，还怎么过日子？柴禾贵得像灵芝一样，油像露水一样难得，米的价格也像丹砂一样。酱缸里的酱油刚刚用完，盐瓶中的盐又没了。茶也无多了，醋也不多了。光是凑齐这生活必需品就如此艰难，还怎么让我去攀折柳树跟花儿？

【赏析】

此曲为自诉生活窘迫、辛酸、悲苦之作。

首句"无语嗟呀"引出下文，既设有悬念，又极言生活辛酸无奈以致无法诉说。接下来诉说开门七件事——柴、米、油、盐、酱、醋、茶，都是生活必需，但如今是"七件儿全无"，难怪作者靠着破窗无语叹息。四、五、六句运用比喻，说柴米油盐就好像灵芝、甘露、丹砂一样稀罕珍贵，强烈表现了元代读书人社会地位的低下。对他们来说，最基本的生存条件尚且如此艰难，又何谈逍遥自在地寻花问柳、买笑青楼呢？生活基本条件窘迫之状不言自明，人生追求之失落与渺茫更不待说。

清江引 托咏

◎宋方壶

剔秃圞一轮天外月①。拜了低低说：是必常团圆，休着些儿缺。愿天下有情底似你者②。

【注释】

① 剔秃圞：特别圆之意。② 底：的。者：语助词。

【译文】

天上一轮圆圆的月亮。我拜了拜它，低声说道："一定要常圆着，不要有一点点残缺，希望天下有情人都像你这样。"

【赏析】

"月亮"常常作为人们咏怀诉情的对象，在古时候尤甚。这篇小令写得就是一个女子对月深拜，寄托愿望的情景。

起始句中的"秃圞"，就是圆圆的意思；"剔"是语气助词。在宋元时代，市井语言当中常将字分读，这里的"秃圞"，其实就是"团"的意思，类似的比如说"窟窿"等于"孔"字是一样的。

第二句中的"低低说"颇有情调，表现了女主人公祈祷之真挚虔诚，神形具备。"是必"二字在体现主人公坚决专一的层面上，也接出了主人公的愿望——"常团圆，休着些儿缺，愿天下有情底似你者！"在另外一些杂剧作品中，也可以听见同样的声音，可见创作者们都是以丰富的戏剧情节，叙说了这个古往今来人类共同的愿望。她不让月亮有缺，一定要圆圆的，天下有情的人们都和它一样。

整曲通俗明了，真切感人，描写形象生动，如闻其面。一句"天下有情底"在体现深厚情感的同时，也增添了广博的内涵。

⊙作者简介⊙

宋方壶，生卒年不详，字子正，华亭（今上海松江）人。曾居钱塘，后因社会动乱移居华亭莺湖以西。由于其在华亭所筑别墅，四面开窗，昼夜常明，宛若洞天，遂以"方壶"（本为东海仙山之名）为名，取身处其间犹如置身海上仙山之意。后又将"方壶"作为自己的号。其散曲多抒发避世隐逸心情。今存小令十三首，套数五篇。朱权《太和正音谱》将其列于"词林英杰"一百五十人之中。

红绣鞋 客况

◎宋方壶

雨潇潇一帘风劲，昏惨惨半点灯明。地炉无火拨残星①。薄设设衾剩铁，孤另另枕如冰②。我却是怎支吾今夜冷③？

【注释】

①地炉：烧火取暖用的火炉。②另另：同"零零"。③支吾：应付。

【译文】

雨淅淅沥沥地下着，窗帘上吹着大风；屋里昏暗昏暗的，油灯发出微弱的光芒。地炉里已经没有火了，我拨开那残余的火星来取暖。被子是那么单薄，像铁一般冷。我孤零零的，枕头像也冷得冰一般。我该怎么才能挨过今晚这寒冷的天气呢？

【赏析】

起首两句就营造出一种异乎寻常的阴惨气氛。帘子本是用来遮风挡雨的，但由于"雨潇潇"且"风劲"，这凄风冷雨很可能已经飘进了曲中人的家里。灯本是用来照明的，但作者偏偏用"昏惨惨"与"半点"暗示人们，曲中人所在的地方是何等凄凉惨淡。"地炉无火拨残星"写尽了曲中人的悲哀，他一定是忍受不住寒冷，才会在已经熄灭的炉中寻找残火。

帘不能为曲中人挡风遮雨，灯不能为他带来光亮，炉子不能给他温暖，就连被褥和枕头都如铁似冰。这寒冷既是生理上的，也是心理上的。"孤另另"写尽了曲中人的凄凉与无奈，除了苦挨过这夜晚，他别无他法。他独自一人，连诉说这苦楚的对象都没有。

"我却是怎支吾今夜冷"，曲末的问句将他的悲惨处境渲染到极致，充分表现了他的痛苦和绝望，谁知道后面还有多少个类似的夜晚在等着他。

曲的鉴赏知识

反复修辞手法

反复就是为了强调某种意思、突出某种情感，特意重复使用某些词语、句子或者段落等。反复修辞手法有词语反复、词组或句子反复、语段反复等类型。如《诗经·周南·桃夭》中的"桃之夭夭，灼灼其华"，《诗经·小雅·斯干》中的"秩秩斯干，幽幽南山"，其中的"夭夭""灼灼""秩秩""幽幽"为词语反复。重叠词是采用反复修辞手法成词。重叠词用在诗词中，可以增强语气的强烈程度，使语意完整。重叠词在散曲中的大量运用更加能体现其由雅化向俗化的转化过程。在散曲中使用重叠词的如倪瓒《人月圆》中的AA式："当时明月，依依素影，何处飞来？""依依"一词将爱人柔美轻盈多情的身姿展现在读者面前。汤式《湘妃引·赠别》中的ABB式："碧茸茸芳草展青毡，白点点残梅撒玉钿，黄绀绀弱柳拖金线。"宋方壶《红绣鞋·客况》中的"雨潇潇一帘风劲，昏惨惨半点灯明""薄设设衾剩铁，孤另另枕如冰"使用ABB式的重叠词将风雨如晦、残灯如豆、薄衾透寒、孤单难眠的悲惨情况描绘得生动形象。

水仙子 居庸关中秋对月

◎宋方壶

一天蟾影映婆娑①，万古谁将此镜磨？年年到今宵不缺些儿个，广寒宫好快活，碧天遥难问姮娥②。我独对清光坐，闲将白雪歌③，月儿你团圆我却如何！

【注释】

①蟾影：相传月中有蟾蜍，故以蟾影指月。②姮(héng)娥：即嫦娥。③白雪歌：即《白雪》歌，战国时楚国的高雅歌曲，此处指代难觅知音的高雅曲调。

【译文】

天空中的月儿婆娑着媚影，古往今来，都是谁把这明镜打磨呢？每年的这个晚上，它都这么圆满一点都没有残缺。广寒宫里的人是快活呀，只是天空那么遥远了，很难向嫦娥询问。我独自一人对着这清冷的月光坐着，无聊地唱着白雪歌，月儿啊，你是圆了，我又怎么办啊！

【赏析】

中秋节是中国的传统节日，又名"团圆节"，古往今来，有不少为中秋佳节咏叹的文章，并且多以思乡念友的感情线索为主。此曲亦然。

作者在团圆节的夜晚孤身一人，仰头望见皎洁的月亮，"一天蟾影映婆娑"，首句就把读者的视线引向到了广阔的夜空。一幅疏影横斜、暗香浮动的中秋月夜动态图便呈现在了读者面前。接着作者又展开联想，从"万古"起问，以"今宵"收疑。作者把酒对月，遥想那嫦娥仙子在桂影舞动的广寒宫里，好不快活！这和作者的孤独无依、只身一人的情况形成对照，反衬其"团圆节人未圆"的现状。寄情于景，情景相融。

寂寞往往是越想排遣就越浓厚，越浓厚也就越寂寞，继而作者对月而问，又显妙趣横生。"我独对清光坐，闲将白雪歌"两句对仗工整，"独坐"与上文的"广寒宫好快活"形成对比；"闲歌"又给作者孤独的外衣加上了一抹灰色调。

尾句作者终于在无尽的孤独和无尽的思念中爆发了：月儿你团圆我却如何！体现了作者对于羁旅异乡、月圆却人散的不满。此句统摄全篇，道出主旨。

折桂令

◎王举之

鹊桥横低蘸银河，鸾帐飞香，凤辇凌波。两意绸缪，一宵恩爱，蹉跎。剖犬牙瓜分玉果，吐蛛丝巧在银盒。良夜无多，今夜欢娱，如何？

【译文】

鹊桥低低地横着，蘸着了银河中的水。合欢帐中，一阵阵馨香飘出来，织扣车从微波中驶过。牛郎织女两人情投意合，度过了一晚恩爱的日子，然而这一切都逝去了。应节的甘瓜剖开了，乞巧的凉浸水果分成一块块的；卜巧的蜘蛛恰好把蛛丝吐在银盒里，似是"得巧"。美好的夜晚不多，今晚我们就尽情欢愉吧，怎么样？

【赏析】

本曲的作者王举之流传下来的词曲较少，生平不详。这里选的是其代表作品《折桂令·鹤骨笛》里的一首。

开篇以牛郎织女鹊桥相会起兴，鸾帐凤辇，两意绸缪，作者却一改常态，叹道：一宵恩爱，万古蹉跎。

下片同样也是先描写，再抒情，用"玉果、银盒"反讽良辰美景本不多，今天欢乐畅快了，明天又该怎么办？此曲情景交融，可能是作者在七夕佳节有感而发的作品，主要表达的思想感情是时光荏苒，不要虚度光阴。"今朝有酒今朝醉"的思想是不可取的，毕竟"明日复明日，明日何其多"，今天欢愉了，那明天又该怎么办呢？人们应该把握今天，才能掌握明天。

⊙**作者简介**⊙

王举之，生卒年不详，元末人，卒于明初，著有元曲、诗作，现有少量流传于世。《太和正音谱》将其列于"词林英杰"一百五十人之中。

河西六娘子

◎柴野愚

　　骏马双翻碧玉蹄①，青丝鞋黄金羁②，入秦楼将在垂杨下系③。花压帽檐低，风透绣罗衣，袅吟鞭月下归。

【注释】

① 骏马双翻碧玉蹄：出自唐代诗人李白的《紫骝马》："紫骝行且嘶，双翻碧玉蹄。"此处旨在强调马的俊美。
② 青丝鞋黄金羁：出自宋代苏洞的《送孟信州去矣行》："青丝络马黄金羁。" ③ 秦楼：妓院。

【译文】

　　那骏马翻腾着碧玉般的蹄子，配着青丝织就的缰绳，黄金制成的马勒。我下马走进青楼，把它系在垂杨树下。那女子头上的花朵将帽檐都压低了，清风从她那华美的丝绸衣服边吹过。我挥舞着马鞭，在月色中回去。

【赏析】

　　此曲描写的就是两个场景，一个是主人公策马前往青楼，第二个情景就是从青楼返回，人们可以从曲子当中的"骏马双翻碧玉蹄""袅吟鞭月下归"这一组对照中看出。

　　"骏马双翻碧玉蹄"化自李白《紫骝马》里的成句"紫骝行且嘶，双翻碧玉蹄"，读者仿佛可眼见主人公得意洒脱、骏马雄姿矫健的姿态。

　　"青丝鞋""黄金羁"都是优良华丽的马具，和驾马的主人公陪衬起来，就呈现了一幅少年公子恣意策马的场景。

　　下一句的"秦楼将在垂杨下系"，更可见主人公的轻车熟路。上片对于"往"的铺陈，展现一种愉悦的氛围。

　　下片开头"花压帽檐低，风透绣罗衣"，这是在形容主人公衣着华美，一副翩翩公子的模样。这样的描写与上片对于骏马的形容，相得益彰，也在氛围上增添了浪漫的情味。

　　末句又回到策马的情景，不过现在是在返回的途中了，与前文映照。"袅吟""月下"都侧面刻画了主人公满足的心理状态；"往"的急迫和"返"的悠哉表明了主人公此行已如愿以偿。

　　本曲通过歌咏翩翩公子的风流，来展现对于青春活力的赞美和对于礼法教义的不屑。主人公"入秦楼"而对在秦楼内的细节不着一墨，可见此曲的偏重之处，故不可与寻常青楼买醉嬉游一概而视。

⊙作者简介⊙

柴野愚，生平、籍贯、生卒年，均不详。

梁州 秋夜闻筝摘调

◎班惟志

恰便似溅石窟寒泉乱涌，集瑶台鸾凤和鸣，走金盘乱撒骊珠迸①。嘶风骏偃，潜沼鱼惊。天边雁落，树梢云停。早则是字样分明②，更那堪音律关情。凄凉比汉昭君塞上琵琶③，清韵如王子乔风前玉笙④，悠扬似张君瑞月下琴声⑤。再听，愈惊，叮咛一曲阳关令⑥。感离愁，动别兴。万事萦怀百样增，一洗尘清。

【注释】

①骊珠：珍贵的珠。②则：即。③汉昭君塞上琵琶：西汉王嫱，字昭君。元帝时被选入宫中，为和亲，出塞远嫁匈奴，于马上弹奏琵琶。④王子乔风前玉笙：王子乔，春秋时周灵王太子，名晋，善吹笙。⑤张君瑞月下琴声：张君瑞，名珙。王实甫《西厢记》中人物。于月下弹琴，为莺莺窃听。后二人终成美眷。⑥《阳关令》：即王维的《渭城曲》："劝君更进一杯酒，西出阳关无故人。"

【译文】

就像寒冷的泉水涌动着，水花飞溅在石洞边，或是瑶台上凤凰柔和地鸣叫，或是珍珠撒落，在金盘中跳动。在风中哀叫的骏马停止了哀叫，鱼被惊吓，沉入了水底。天边的大雁飞落下来，树梢上停伫着烟云。乐声本就清晰，曲子又正合我的愁绪，我哪里受得了？凄凉得跟昭君出塞时的琵琶一样；清冷得像是王子乔在风中吹奏的玉笙；悠扬得像是张君瑞在月下月下弹奏的琴声。听几遍之后，更加动情。又弹起了一曲《阳关》，勾起了我的离别之情。万般心事萦绕心中，越来越多。四下里像洗过一样了无尘埃。

【赏析】

此为借事抒怀之曲，象声写意，逼真贴切。

作者先用了一连串的比喻形容琴声的美妙，他用"寒泉乱涌"形容琴声的清冽、奔放，用"鸾凤和鸣"强调琴音的清灵、欢快，最后又用"骊珠进"来表现琴声的

◎作者简介◎

班惟志，生卒年不详，字彦功，号恕斋，河南开封人，居杭州。曾任绍兴路总管府推官、秘书监典簿、常熟知州，至正初官江浙儒学提举，迁集贤待制。长于作诗，散曲今存套数一首。

清脆、明亮。而在描写完琴音后，他又用了夸张的手法，极言琴声给他带来的美妙感受。值得一提的是"昭君塞上琵琶""王子乔风前玉笙""张君瑞月下琴声"这三个典故中所提到的乐器并不相同，作者之所以会将它们相提并论，是为强调鼓琴者演奏出了这三种乐器的效果——凄凉、清韵、悠扬。"再听，愈惊，叮咛一曲阳关令"，说明琴声触动了作者的离情，打动了作者的心。然而美到极致的音乐不止拥有让人感动的力量，还能"一洗尘清"，净化人的灵魂。

凌波仙 吊周仲彬

◎钟嗣成

丹墀未知玉楼宣①，黄土应埋白骨冤，羊肠曲折云更变。料人生亦惘然，叹孤坟落日寒烟。竹下泉声细，梅边月影圆，因思君歌舞十全。

【注释】

① 丹墀未知玉楼宣：丹墀，指宫殿的赤色台阶或赤色地面。玉楼宣，指早亡的文士。唐代诗人李商隐的《李长吉小传》中有这样的故事："长吉将死时，忽昼见一绯衣人笑曰：'帝成白玉楼，立召君为记。天上差乐，不苦也。'"

【译文】

在宫殿中的台阶上，你还不知道自己命将不久。黄土下埋葬着沉冤的白骨，羊肠小道弯弯曲曲，天空中风云变幻。我想人生也是如此迷茫，可叹孤坟之上，夕阳西下，寒烟缭绕。竹林里泉声细，梅树边月儿是那么的圆。因为这些景致，我想起了你，你能歌善舞，十全十美。

【赏析】

此曲为吊亡抒情之作。

周仲彬，名文质，字仲彬。《录鬼簿》中称他"学问广博，资性工巧"，"明曲调，谐音律"。他与作者相交二十余载，但只到中年便因病去世，此曲便是作者为他写的悼亡之作。

曲子前三句显露作者对周仲彬英年早逝的无限惋惜。作者直抒胸怀，说不曾想到，没有来到人间多日，上天便召你回去，黄土中埋葬着未竟平生志的你的尸骨。你的离去，让我慨叹人生无常、道路曲折。

四、五句抒发了作者的人生观感。说你白白地走过这人间的一遭，然后归于孤坟，落日寒烟里，我不停地叹息、怀想。

最后三句回忆作者与亡友的交游情形。作者写了"竹下""梅边"的"泉声""月影"，怀想竹泉边的清音，怀想梅月间的舞影，怀想亡友生前的孤标风雅、潇洒多才。

本曲情意深挚，曲风悲凉，读之令人潸然泪下。

⊙作者简介⊙

钟嗣成，生卒年不详，字继先，号丑斋，大梁（今河南开封）人，居杭州。今存小令五十九首，套数一篇。其所著《录鬼簿》是中国文学史上第一部记载杂剧剧目以及元杂剧、散曲作家生平的著作，是研究元曲的重要文献。

醉太平

◎钟嗣成

绕前街后街，进大院深宅。怕有那慈悲好善小裙钗^①，请乞儿一顿饱斋^②。与乞儿绣副合欢带^③，与乞儿换副新铺盖，将乞儿携手上阳台^④。设贫咱波奶奶^⑤！

【注释】

① 小裙钗：年轻的女子。② 饱斋：饱饭。斋，施舍的饮食。
③ 合欢带：绣有花卉图案的腰带，多为新婚时所系。④ 阳台：楚顷襄王与巫山神女会遇之处，后代指男女的交欢之所。
⑤ 设贫：念贪。咱波：语尾助词，略同于"着呀"，表示希望、请求的语气。

【译文】

在前街后街间绕来绕去，走进了深宅大院里。说不定有那慈悲好善的小姑娘，会给我这小乞儿吃一顿饱饭。给我绣一条合欢带，给我换上一套新的床褥被盖，牵着我的手一起走上那幽会之地。我的姑奶奶啊，您行行好吧！

【赏析】

此曲充分表现了元曲题材广泛，崇尚俚俗的特点。作者模拟乞丐的口吻写下此曲，言谈话语没有丝毫顾忌。猛一看尽是胡言乱语，仔细一观又会发现，为了将乞丐写活，作者在语言上下了不少工夫。"绕前街后街"不仅写出了乞丐生活的大致情况——他需要穿梭于大街小巷求得别人的施舍——还暗示读者，曲中的乞丐是个行乞的老手，"绕"字说明他对周边的环境非常熟悉。而从第二句"进大院深宅"中，人们又可得知，这个乞丐除了经验丰富外，还胆大精明。他很主动地到那些有钱人家碰运气，并不担心遭到呵斥。

"小裙钗"一语未免有些轻薄，不过这却再一次突出了乞丐胆大的特点，他根本没有将深宅大院的有钱人放在眼里。他将有钱人的施舍说成"请"，仿佛自己是对方的座上宾。这还不算完，接下来他还开始畅想和"慈悲好善小裙钗"发生点风流韵事。"合欢带""新铺盖""上阳台"都有很强的暗示性。最后一句"设贫咱波奶奶"，简直让人啼笑皆非。

然而，这并非是一首简单的游戏之作。事实上，曲中的乞丐正是作者的自嘲。在元代，读书人的地位极低，并不比乞丐好多少，统治者将人分成十等，读书人居于九等，仅在乞丐之上。作者本人就是一个失意文人。这首看上去诙谐幽默的曲子实际蕴含了很多辛酸和不平。

整首曲子语言铺张，口吻酷肖，前半引而不发，后半奇致频生，以极俗的语言写出了尖新的效果。

骂玉郎过感皇恩采茶歌

◎钟嗣成

长江有尽思无尽，空目断楚天云。人来得纸真实信，亲手开，在意读，从头认。织锦回文①，带草连真②。意诚实，心想念，话殷勤。佳期未准，愁黛常颦。怨青春，挨白昼，怕黄昏。叙寒温，问缘因③，断肠人忆断肠人。锦字香黏新泪粉，彩笺红渍旧啼痕。

【注释】

①织锦回文：前秦苏蕙思念远方丈夫，织锦为回文诗图，前后左右循环可读。后多代指表达夫妻间相思的远寄文字。②草、真：两种书法体裁。③缘因：即"因缘"，缘分。

【译文】

长江是有尽头的，而思念却没有尽头，我徒然地望穿这天空中的云彩。故人寄来一纸真真切切的书信。我亲自把它拆开，用心地读着，从头到尾细细辨认着他的字迹。这信里写着她对我的思念，字迹时而潦草，时而工整。她情真意切，满心对我的思念，言语也那么亲切。她说因为我误了约会，她整天都皱着眉头。她在春天哀怨着，苦挨着白天，害怕黄昏到来。他对我嘘寒问暖，问我俩的姻缘到底怎样，真是断肠人在思念断肠人呀。那清秀的字迹上还残留着她眼泪里脂粉的清香，而那彩色的信笺上，也有那被她的泪水弄脏的痕迹。

【赏析】

这支曲子里，前面部分写日盼夜盼终于盼来情人的书信，中间部分转述书信的内容，结尾部分写读信后的感受。

起首两句，"思无尽""空目断"表现出主人公在书信到临前的焦急的心情，这就为下面看到书信后的

喜悦作了铺垫。第三句的"真实信"三字，意味深长，蕴藉深厚，从侧面反映出主人公曾在梦境里收到过来信，而此刻梦已成真，更能衬托出激动的心情。接下来，作者用"亲手开""在意读""从头认"三个表现动作的短句，表现了拆读信件时的喜悦，这一描写形象而传神，起到为下文作铺垫的效果。

"织锦回文"引出了这封信的内容，正式推出"意诚实，心想念，话殷勤"三句，即未婚妻在信中表达因一回回佳期落空而哀怨痛苦的遭遇。下面的"愁""怨""挨""怕"等字，也表现出了刻骨铭心的相思之情，人们可以想见作者转喜为悲、惆怅难平的心情。

最后写了读信之后的感受，但是除了"断肠人忆断肠人"一句直接描述自身感受之外，其余都是从对方身上着笔，这正是全曲的精到之处，体现出男女双方心心相印，呼吸相连的款款深情。

蟾宫曲 题《录鬼簿》

◎周浩

想贞元朝士无多①，满目江山，日月如梭。上苑繁华②，西湖富贵③，总付高歌。麒麟冢衣冠坎坷④，凤凰城人物蹉跎⑤。生待如何，死待如何？纸上清名，万古难磨。

【注释】

① 贞元朝士：贞元，唐德宗年号（785—805）。朝士，指官员。此处指前辈剧作家。②上苑：皇帝的园林，此处指元朝首都大都（今北京）。③西湖：杭州西湖，代指杭州。大都和杭州是元代戏曲家活动的两个中心。④麒麟冢：王侯贵族的坟墓。衣冠，指官员。坎坷，指销声匿迹，声名无闻。⑤凤凰城：凤城，指京城。蹉跎，指虚度年月。

【译文】

我想到像前人一样的才人已经不多了，满眼是山光水色，日月交替，时光飞逝。上林苑的繁华，西湖边的富人贵族，都只留在歌里了。这坟冢中的人都已销声匿迹，那京城中的显贵也都虚度了人生。活着又怎样？死了又怎样？只有那史书上的英名，多久都不会被磨灭。

【赏析】

这支曲子是周浩为钟嗣成的《录鬼簿》所题之词。钟嗣成编著的《录鬼簿》是在为自己的同行、朋友，以及当时不被重视的剧作家、曲作家立的传。因钟嗣成戏称有才华的戏剧家为不死的鬼，所以便以《录鬼簿》为名。而从周浩的这支小令里，没有敷衍，读者能听到的，是心的共鸣。

作者从历史的风云变幻起笔，人间正道却是沧桑满目，帝王将相、英雄才俊，也难免残酷的现实带来的坎坷蹉跎。死生祸福，凡事都不必过于执着，因为一切都如过眼云烟，终将消逝。唯有"纸上清名"，才能"万古难磨"。亘古永存的不都是优秀的作品和高洁的声名吗？作者体会深刻，没有泛泛而来的赞誉，而是在诗句当中，蕴涵真挚的情感，所谓"不死之鬼"也得到了恰当的延展。

可惜的是，此曲的作者留存至今的作品只有这一首，不过也正因为这一首小令，让我们能够在七百多年后的现在，在作者仅存的这篇散曲上体会到"纸上清名，万古难磨"的力量。

⊙作者简介⊙

周浩，生卒年、字号、生平均不详，大约与钟嗣成生活于同一时期。今存小令一首。

醉太平 警世

◎汪元亨

憎苍蝇竞血①，恶黑蚁争穴②。急流中勇退是豪杰③，不因循苟且。叹乌衣一旦非王谢④，怕青山两岸分吴越⑤，厌红尘万丈混龙蛇⑥。老先生去也。

【注释】

① 苍蝇竞血：像苍蝇争舔血腥的东西一样。喻争权夺利为极可鄙的事。② 黑蚁争穴：李公佐《南柯记》中的大槐安国与檀萝国争夺领土，也可鄙可恶。恶（wù）：厌恶。③ 急流勇退：比喻做官的人在顺利或得意时，抽身退隐，以避祸远害。④ "叹乌衣"句：言繁华易歇，好景不常。乌衣：指乌衣巷，六朝时王、谢豪族所居。刘禹锡有名诗《乌衣巷》。⑤ "怕青山"句：吴、越是两个互为仇敌的国家。因以喻敌对的势力。⑥ 混龙蛇：喻好坏不分，贤愚莫辨。

【译文】

我讨厌苍蝇争舔那些血腥的东西，也讨厌蚂蚁争抢巢穴。在急流中懂得后退的才是豪杰，他们从不因循惯例或苟且偷生。可叹的是乌衣巷中顷刻间便没有了王、谢两家的身影，我担心那青山会分开吴越两地。厌倦了这鱼龙混杂的世界。我这老头走了！

【赏析】

此曲抒厌世之情，遁世之志，有警世之效。

作者前二句以比喻形式写自己憎恨腐败官场中人如苍蝇竞相吮血，如黑蚁争着钻窝。后二句发表观点，认为懂得急流勇退的才是豪杰，自己不愿随波逐流、因循苟且。紧接着写他叹息乌衣巷的豪族转瞬间便成云烟，生怕青山绿水两岸分成相争的吴和越，厌倦了滚滚红尘龙蛇混杂，贤愚不分，于是决定洁身远引，拂袖而去。

⊙作者简介⊙

汪元亨，生卒年不详，生活于元末明初，字协贞，号云林，别号临川侠老，饶州（今江西鄱阳）人。曾任浙江省掾，居常熟。《录鬼簿续编》称其有《归田录》百篇行世，今存小令正好百篇，皆以归隐为题材。此外存套数一曲，杂剧三种。

通观全曲，作者感情由"憎""恶"而知"退"，由"叹""怕"而生"厌"，这几个极富感情色彩的词语使作者避世离俗之意逐一增强，最后一个"去也"，终于达到了作者感情的顶峰，利落有力。

此曲气概睥睨一切，情意真挚，表现了作者对腐朽社会的憎恶，区别于故作豪语之曲子。

朝天子 归隐

◎汪元亨

长歌咏楚辞①，细赓和杜诗②，闲临写羲之字。乱云堆里结茅茨，无意居朝市。珠履三千③，金钗十二④，朝承恩暮赐死。采商山紫芝⑤，理桐江钓丝⑥，毕罢了功名事⑦。

【注释】

① 楚辞：以屈原为代表的骚体文学。② 细赓和杜诗：赓，根据别人诗词的用韵作诗。杜诗，杜甫的诗作。③ 珠履三千：该典故出自《史记·春申君列传》："春申君有客三千余人，其上客皆蹑珠履。"④ 金钗十二：典出白居易的《答思黯（牛僧孺字）》"金钗十二行"。旨在形容歌伎之多。⑤ 商山紫芝：秦时有隐士居于商山上，以紫芝为食，须眉如白雪，人称"商山四皓"。⑥ 桐江钓丝：指东汉高士严光拒绝光武帝礼聘，在富春江，即桐江江畔垂钓自得。⑦ 毕罢：结束。

【译文】

我久久地唱着《楚辞》，依着杜甫诗歌的的韵脚写诗，又悠闲地临摹王羲之的书法。我在云雾堆积的地方盖几间茅屋，没有去城里居住的想法。看那些豪门大户养着无数门客和歌女，早上还被皇上恩宠，晚上就被赐死了。我像商山四皓那样采芝而食，像严光那样在江边打理钓丝，绝不再想求取功名之事。

【赏析】

此曲通篇都在用富贵凶险和隐居之乐作对比。起首的三个鼎足对分别以楚辞、杜甫的诗，王羲之的字为中心展开，写出了隐居生活的宁静清雅。作者读书习字，修身养性，一眼看去生活充实惬意。"长""细"表现了他对所读诗书的了解深刻，"闲"又写出了他平和的心态，说明他沉浸诗书已经有些时日了。

接下来的"结茅茨"和"居朝市"分别象征着归隐山林和追求富贵功名，这是两种截然不同的生活方式，虽然茅茨寒酸，朝市繁闹，作者还是义无返顾地取茅茨而弃朝市，这不由引起了读者的好奇，想知道他因为什么做出了这样的选择。

"珠履三千，金钗十二，朝承恩暮赐死"就是作者的答案。富贵荣华固然很好，但为了求得富贵荣华，免不了要攀附权力，而权力既可以让人生也可以让人死，由不得人自行做主。"朝承恩暮赐死"将世事的无常和险恶表露无遗。汪元亨先后作有二十首《朝天子·归隐》，每首都或多或少流露出对现实生活的不满。

桐江江畔钓鱼的严光，在商山上食紫芝的商山四皓是作者心目中的智者。"毕罢了功名事"，说明作者的弃功名实是无奈之举。谁不希望平安与富贵兼得？但当平安与富贵不能兼顾时，也只好弃富贵取平安。

沉醉东风 归田

◎汪元亨

居山林清幽淡雅，远城市富贵奢华。酒杯倾鲸量宽，诗卷束牛腰大。灞陵桥探问梅花^①。村路骑驴慢慢踏，稳便似高车驷马^②。

【注释】

① 灞陵桥：即灞桥。在长安以东的灞水上。
② 高车驷马：有着高高的车盖，并配备四匹马共拉的车驾，为达官贵人所专乘。

【译文】

我居住在山林里，这儿又清幽又淡雅，远离了城市的富贵和奢华。我大口大口地喝着美酒；写出的诗卷束在宽大的牛腰上。我在灞陵桥下，寻找着梅花。我在乡村小路上骑着毛驴慢慢前行，安稳得像坐在那有着高高的车盖，又配备着四匹马共拉的车驾上。

【赏析】

这是一首写隐居之乐的曲子。曲中意境悠游恬淡，语言直白平易又不失机趣，作者无欲无求，安然自在的心态尽展纸上。

在曲子开篇，作者就用一组对仗表明了心志，选

择山林实际上就是选择了淡泊名利的生活方式。而痛快饮酒、纵情作诗以及灞桥寻梅都是这种生活的具体表现。相比聚积物质财富，作者显然更注重修养精神。"鲸量宽"原出自杜甫《饮中八仙歌》的"饮如长鲸吸百川"，作者借它来表现无牵无挂、洒脱自适的心情。"牛腰大"则出自李白《醉后赠王历阳》中的"诗束牛腰藏旧稿"。一想到归隐之后自己在文章上所得颇丰，作者就非常快慰。从这两句可以看出作者十分喜爱这种简单而充实的生活。

元人多误把"灞陵桥探问梅花"当作孟浩然所为（孟浩然的友人在诗作中提到孟浩然骑驴吟雪，后人由此演绎出"孟浩然踏雪寻梅"），作者也是如此，在此曲中他便以孟浩然自比。梅花傲雪凌霜，被古人视作高洁坚贞的象征，"探梅"即有追寻高士之意。这说明作者"居山林"不单因为想要过清静雅致的日子，更因为希望借这种方式完善自我人格。曲末两句是作者"修身养性"的成果，"村路骑驴"和"居山林"相对，"高车驷马"则对应着荣华富贵，只要人安于平淡、心情宁静，骑在毛驴上就像坐在高车中一样，安适满足。

雁儿落过得胜令

◎汪元亨

　　至如富便骄，未若贫而乐。假遭秦岭行①，何似苏门啸②。满瓮泛香醪③，欹枕听松涛。万里天涯客，一枝云外巢④。渔樵，坐上供吟笑。猿鹤，山中作故交。

【注释】

① 秦岭行：唐韩愈因谏迎佛骨触怒宪宗，远贬潮州，途中作诗有"云横秦岭家何在，雪拥蓝关马不前"语。
② 苏门啸：西晋高士阮籍与隐士孙楚相遇于苏门山（在今河南辉县），互相长啸逍遥。③ 醪（láo）：有色的酒。
④ 一枝句：《庄子·逍遥游》："鹪鹩巢于深林，不过一枝。"谓生活需求之少。

【译文】

　　比起富贵了便骄奢淫逸，还不如在贫困中安享欢乐。要是像韩愈那样被贬出秦岭，哪里比得上像阮籍和孙楚那样在苏门山相对长啸？我的酒瓮盛满泛着幽香的美酒，我靠着枕头听着松涛的声音。我这远在万里天边的旅客，像鹪鹩一样只筑一根树枝筑巢。渔人和樵夫，坐在一起谈笑着。山中的猿猴与鹤鸟，成了我的好朋友。

【赏析】

　　汪元亨生于元末明初，他所写的散曲多抒发警世叹时的感慨，吟咏归田隐逸的生活。其散曲风格豪放，潇洒典雅，语言质朴，情味浓郁，在元末散曲作家中独树一帜。这首《雁儿落过得胜令》就十分典型地反映了汪元亨散曲的特点。

　　这支小令前四句说明归隐的缘由。作者在此用了两组对比：一组是"富便骄"与"贫而乐"，一组是"秦岭行"与"苏门啸"。孔子曾经说过："小人贫斯约，富斯骄。"（《礼记》）而《论语·学而》中，孔子又说："贫而无谄，未若贫而乐。"作者引用孔子的原话，说明安贫乐道符合圣人的"大道"，这正是作者归隐山林的思想动机。"秦岭行"取韩愈遭贬谪的典故，"苏门啸"取西晋阮籍与孙楚在苏门山隐居的故事，说明做官的凶险与隐居的逍遥，这是作者选择归隐的现实动机。开头四句皆为下文作铺垫。

　　接下来作者尽兴吟咏了隐居的快乐。"满瓮泛香

醪"二句叙述隐居生活的顺适，"欹枕"二字体现出主人的闲适自在。"万里天涯客"二句说明隐居之后，自己便不再饱受漂泊流离之苦，终于有了安身之处。"渔樵，坐上供吟笑"四句说明隐居的时候并不寂寞，有渔樵往来，猿鹤做伴。作者通过这八句描写，把"贫而乐"这种简单而自由的生活表现出来。

醉太平 警世

◎汪元亨

辞龙楼凤阙①，纳象简乌靴②。栋梁材取次尽摧折，况竹头木屑。结知心朋友着疼热，遇忘怀诗酒追欢悦，见伤情光景放痴呆。老先生醉也。

【注释】

① 龙楼凤阙：帝王宫殿。② 纳象简乌靴：指辞官而去。象简：象牙制的笏板。乌靴：官靴。

【译文】

离开那皇宫高楼，交回那笏板官靴。那些栋梁之才一个个都被残害了，何况我们这些竹块木屑一般的普通人呢？结交些知心朋友，互相关怀；碰上高兴事就一起吟诗喝酒开心忘怀；遇见让人伤心的事情（也别去管）装成痴呆。我这老头醉了！

【赏析】

汪元亨《归田录》中收录的百篇散曲，全部都为归隐之作。他的［正宫·醉太平］《警世》一共有二十首，每首都以"老先生"作结尾，譬如本曲"老先生醉也"。

作者在起首二句便告诉读者自己已经辞掉官职，离开官场。"栋梁材取次尽摧折"乃愤懑之语，暗含了作者辞官的理由——统治者不知爱惜人才。"况竹头木屑"则是作者自嘲，此句颇为诙谐。这不单是因为曲贵通俗，更是因为不同风格的语言传递给读者的感觉不同。曲的前三句皆用书面语写就，暗示读者规矩甚多的官场让作者倍感拘束。曲的后半部分则主写归隐生活，通俗直白的语言更能表现作者自由自在，无拘无束的生活状态。

曲末的"老先生醉也"颇令人玩味。不知与这句对应的是描述归隐生活的三个鼎足对，还是"见伤情"这一句。若是前者那它表现出来的便是一种悠然自得的心情，若是后者则多少有"借酒消愁，逃避烦恼"之意。不过，结合前文，环境险恶得连"栋梁材"都无可奈何，白白落得"尽摧折"的下场，更何况"竹头木屑"。后者若选择消极避世，以酒解愁，也算是情理之中。

夜行船

◎杨维桢

霸业艰危，叹吴王端为、苎罗西子①。倾城处，妆出捧心娇媚。奢侈，玉液金茎②，宝凤雕龙，银鱼丝鲙；游戏，沉溺在翠红乡，忘却卧薪滋味③。

〔锦衣香〕馆娃宫④，荆榛蔽；响屧廊⑤，莓苔翳。可惜剩水残山，断崖高寺，百花深处一僧归⑥。空遗旧迹，走狗斗鸡。想当年僭祭⑦，望郊台凄凉云树⑧，香水鸳鸯去⑨。酒城倾坠⑩。茫茫练渎⑪，无边秋水。

〔浆水令〕采莲泾红芳尽死⑫，越来溪吴歌惨凄⑬。宫中鹿走草萋萋⑭。黍离故墟⑮，过客伤悲。离宫废，谁避暑？琼姬墓冷苍烟蔽⑯。空原滴，空原滴梧桐秋雨。台城上凹⑰，台城上夜乌啼。

〔尾声〕越王百计吞吴地，归去层台高起。只今亦是鹧鸪飞处⑱。

【注释】

①苎（zhù）萝西子：西施。苎萝，山名，在浙江诸暨县南，为西施出生之处。②金茎：本为汉武帝金人承露盘的铜柱，此借指仙露般的饮料。③卧薪：喻为图大计而甘受困苦折磨。卧薪为越王勾践事，但此前吴王夫差励志三年，终于破越而为死去的父亲阖庐报了仇，性质与此接近。④馆娃宫：吴王夫差为西施所建的行宫，在苏州西南灵岩山上。⑤响屧廊：吴宫中廊名，以鞭、梓木铺地，穿行步则响。⑥"百花"句：白居易《灵岩寺》："馆娃宫畔千年寺，水阔云多客到稀。闻说春来更惆怅，百花深处一僧归。"⑦僭祭：在祭祀的礼仪上超越本分。如夫差"祭用百牢"（吴本伯爵，用牢不得超过十二，天子方可百牢）即为一例。⑧郊台：吴王祭天台，亦在灵岩山上。⑨香水：香水溪，吴宫旁的一条小溪，西施曾于此沐浴。⑩酒城：吴王为酿酒而筑建的一处小城。⑪练渎：水名，在灵岩山东南。⑫采莲泾：在苏州吴县城内。⑬越来溪：在采连泾西

南，越兵由此溪入吴故名。⑭"宫中"句：《吴越春秋》载伍子胥曾预言"将见豕鹿游于姑胥之台，荆榛蔓于宫阙"。⑮黍离：《诗经》有《黍离》篇，为东周大夫"过故宗朝宫室，尽为禾黍"的有感之作。后借指亡国的残痕。⑯琼姬：吴王夫差之女。其墓在吴县阳山。⑰台城：禁城。王宫禁近曰台。⑱"只今"句：语本李白《越中览古》："越王勾践破吴归，义士还家尽锦衣。宫女如花满春殿，只今惟有鹧鸪飞。"

【译文】

霸业已经垂危。可叹吴王还全想着出生在苎罗的西施。她捧心时的美貌真是倾国倾城。奢靡地享受着美酒甘饮，雕花食具，山珍海味。沉醉在温柔乡中游戏贪欢，早忘了当初为父王复仇的艰苦。

馆娃宫已经被荆棘榛木遮蔽，响屧廊也

⊙作者简介⊙

杨维桢（1296—1370），字廉夫，号铁崖，晚年又自号铁笛道人、抱遗老人。会稽（今浙江绍兴）人。泰定四年（1327）进士，署天台尹，改钱清场盐司令。元末兵乱，浪迹浙西山水之间，后徙居松江（今属上海）。明兴，诏征遗逸之士修纂礼乐，被召进京，百余日即乞归，至家即卒。工诗，名擅一时，号"铁崖体"。古乐府尤称名家，存世套数一首。

已经被苔藓覆盖。可惜这残留的河山美景，悬崖上高高矗立的寺庙，百花丛中一个老和尚正回寺中去。走狗斗鸡的地方，只剩下这陈旧的遗迹。想起当年，吴王在祭祀的礼仪上竟敢超越本分，如今郊台的遗迹中只看得见一片凄凉的被轻烟笼罩的树林。香水溪的鸳鸯已经飞走了，酒城也早已倒塌。练渎江面苍苍茫茫，秋波粼粼的江水无边无际。

采莲泾里的红花都死了，越来溪中吴人的歌声凄凄惨惨。昔日的宫殿中野鹿出没，芳草萋萋，这使人生起黍离之悲的遗迹，让路人无比忧伤！离宫已经废弃了，谁还会来这避暑？连琼姬的坟墓也被烟雾遮蔽，冷冷清清。空旷的原野中秋雨打着梧叶。夜晚，禁城的旧址上乌鸦在鸣叫。

越王勾践千方百计吞并了吴国，回国后建起了高高的楼台，到现在也成了鸥鸟飞来飞去的地方。

【赏析】

《夜行船·吊古》一共有七支，这里节选的是一、五、六、七曲。其中，[锦衣香]和[浆水令]在当时就得到了很多赞誉，明代剧作家梁辰鱼还将这两段曲子引入《浣纱记》的最后一折《泛湖》，做西施的唱词。

此曲是典型的吊古之作。作者到苏州郊外的吴宫遗迹游览，见断壁残垣，想往昔繁华，不由感慨万千。吴王夫差曾豪情万丈，奠定霸业，一句"霸业艰危"既写出了他建功立业的艰辛，又写出了他守护功业的艰难。然而就是这样一个克服了重重困难、战胜了无数强敌的英雄好汉，最后竟败在了纸醉金迷、软玉温香上。作者一上来便指出吴王失败的原因——耽溺享乐。

曲的鉴赏知识

音律与文辞之争

曲以唱辞为主，然而很多时候曲作者都不能兼顾曲的音律与文辞。一如罗宗信在《中原音韵序》中感叹的那样："当其歌咏之时，得俊语而平仄不协，平仄协语则不俊。必始耳中聆听、纸上可观围上，太非以填词而已，此其所以难于宋词也。"到了戏曲理论繁荣发展的明朝。汤显祖和沈璟还就"藻绘之美"和"依腔合律"孰轻孰重展开辩论。前者认为为了俊语"不妨拗折天下人嗓子"，后者则主张"宁使时人不鉴赏，无使人挠喉捩嗓"。

[锦衣香]一段充分体现了元曲好用赋笔的特点。所谓赋笔就是铺陈直叙。在此曲中，作者将一系列印证着吴国荣华的景物以哀婉叹息的语气铺排开来，通过展现它们荒凉衰败的样子，表现历史的残酷性。被荆棘遮盖的馆娃宫、蒙上了探险的响屧廊……无不是吴王玩物丧志的恶果。而从[浆水令]中，人们又可看出作者对吴王夫差的同情。一句"过客伤悲"透露了作者心思，此节中的所有景物都用"凄惨"二字形容。

[尾声]三句化自李白的《越中览古》："越王勾践破吴归，战士还家尽锦衣。宫女如花满春殿，只今惟有鹧鸪飞。"越国虽战胜了吴国，但其命运却和吴国并无本质上的差别，二者都如沧海一粟，匆匆兴起匆匆衰败。[尾声]部分将全曲的主题由"感吴国之亡"一下子升华到"叹盛衰易变"上，留下无穷余味。

在杨维桢生活的时代，元曲已呈现出典雅化的趋势，相较于早期的元曲，此曲的语言十分华美，匠气颇重，不够自然。为此曲论家王骥德还曾在《曲律》中批评此曲："用韵杂出，一也；对偶不整，二也；尘语俗语生语迭出，三也。"

沙子儿摊
破清江（摘调）

◎刘伯亨

可意的金钗，何曾簪云髻。可意的花钿①，何曾贴翠眉。可意的纱衣，何曾傍香体。科场去几时，薄情间千里②。他闪的我凄凉③，我为他憔悴。强步上凉亭，晚风清似水。好景宜多欢会。藕花荡红香，荷叶摇青翠。故人他未来到秋到矣。

【注释】

① 花钿：妇女贴于鬓、额的金花。② 间：阻隔。③ 闪：抛下。

【译文】

那惹人喜爱的金钗，哪里插过我云雾般的发髻？那人见人爱的金花，哪里贴过我青黑的眉毛？那漂亮的纱衣，哪里碰过我芬芳的身体？他赴科举离开了多久了！这薄情郎与我相隔千里。他抛下我，那么的凄凉，我为了他而憔悴消瘦。我强挪脚步，登上凉飕飕的亭中，傍晚的风儿那么清凉，像流水一样。面对这美好的景致，就应该多享受些欢愉。鲜红的荷花清香飘荡，荷叶青翠，在微风中摇曳。我心爱的人还没回来，秋天就已经来了。

【赏析】

此为思妇闺中念人伤怀之曲。

曲写女主人公恋人因外出寻求功名而离开了她，并且从此一去不返。她察觉到自己被抛弃，从此无心打扮，日渐憔悴，郁郁之情经年不展。曲首三个"可意"紧接三个"何曾"，两两相衬，强化了主人公的慵懒无绪，表现出其相思之苦。接着作者又开始重点刻画初

⊙**作者简介**⊙

刘伯亨，一作刘百亭，目盲，为书会艺人。生平、里籍均不详。

秋风光，曲中，女主人公拖着病弱的娇躯勉强步入凉亭散心，却被清凉似水的晚风，红荡香飘的藕花和浮青摇翠的荷叶触动了心扉：故人没有回来，而时节已至初秋。曲子到此戛然而止，留下无尽的怅然和哀怨。

曲子使墨如泼，比兴叠现，言词直白而近似口语，显示出浓浓的曲之原味。

沉醉东风

◎一分儿

红叶落火龙褪甲，青松枯怪蟒张牙。可咏题，堪描画，喜觥筹席上交杂。答剌苏频斟入礼厮麻^①，不醉呵休扶上马。

【注释】

① 答剌苏：蒙古语，酒。礼厮麻：蒙古语，杯。

【译文】

　　枫树落下了火焰般的红叶，像龙褪下了鳞甲。青松枯萎了，就像一条大蟒蛇吐出了利牙。这景致值得歌咏题诗，也可以入画。在宴席上，觥筹交错，一片欢喜。快把酒倒进杯里，不喝个酩酊大醉，就别扶他上马回家。

【赏析】

　　元散曲有相当一部分诞生于酒宴之上，此曲就是如此。此曲的作者一分儿是京城有名的艺妓。根据夏庭芝《青楼集》的记载，一次，一分儿应邀出席一位丁姓官员的宴会。宴上有歌女演唱助兴。当唱到"红叶落火龙褪甲，青松枯怪蟒张牙"时，丁姓官员打断了歌女，要一分儿将曲子续完。一分儿遂将曲子接了过来，不多时便续出这首《沉醉东风》。

　　"红叶落火龙褪甲，青松枯怪蟒张牙"原是在描摹树木。秋天已至，枫树的叶子变红，如"火龙褪甲"；松树枝条嶙峋弯曲，如"怪蟒张牙"。此二句比喻贴切，风格遒劲。若是常人续曲必沿袭这一风格，将重点放在秋日景色上。但一分儿却出奇出新，用一个"可咏题，堪描画"将话题转移到宴席上，把这"秋日之景"变成了宴会的背景。

　　"觥""筹"都是酒器，"席上交杂"写出了宴会上的喧闹欢乐，但正因前面有"红叶"和"青松"两句在，曲中之宴才没有给人留下"狼吞虎咽、狂喝痛饮"的印象。相反，它还衬得这宴会俗中带雅，宾客们个个豪爽疏俊，令人神往。"答剌苏"和"礼厮麻"皆为蒙古语，前者乃"黄酒"之意，后者意为"酒杯"。以蒙古语入曲一是为了押韵，二则为了增强曲子的演唱效果，渲染笑闹的气氛。此曲毕竟不是案头之作，

⊙作者简介⊙

　　一分儿，生卒年和生平皆不详。姓王，大都（今北京）歌伎，元代夏庭芝《青楼集》中称其"歌舞绝伦，聪慧无比"。今存散曲小令一首。

最后一句"不醉呵休扶上马"里里外外都透着明爽，至此，不信有人能拒绝一分儿的劝酒。

　　曲子由雅入俗，清新活泼，诙谐自然，充分体现了元曲俚俗率直的特点。元代不乏出身青楼的曲作者，只不过她们的作品大多未能保留下来，而一分儿不仅凭此曲"声价愈重"，还在散曲历史上占据了一席之地。可见时人对这首曲子的喜爱。

太常引 钱齐参议回山东①

◎刘燕哥

故人别我出阳关②，无计锁雕鞍。今古别离难，兀谁画蛾眉远山③。一尊别酒，一声杜宇④，寂寞又春残。明月小楼间，第一夜相思泪弹。

【注释】

① 参议：中书省四品属官。山东：崤山以东，元代起始限定同今山东。② 出阳关：此喻远别。③ 兀谁：同"阿谁"，谁。远山：古代妇女的一种眉式。④ 杜宇：杜鹃鸟，其鸣声如"不如归去"。

【译文】

老朋友与我作别，即将远行。我没有办法锁住他的马儿。古往今来，临别之时都让人难受，谁还有心思去描画什么眉毛啊？一杯饱含离别之情的水酒，一声杜鹃的鸣叫声把你送走，我心中满是寂寞，春天也已经快要过去了。明亮的月儿在小楼中徘徊，这还是离别之后的第一个夜晚，我的相思泪就汩汩流淌了下来。

【赏析】

此曲为酒别离曲，文辞婉约秀丽，情感真挚、绵邈深沉。《古今词话》《词苑萃编》都注"传唱一时，脍炙人口"。

首句开门见山、直接点题，由王维"劝君更尽一杯酒，西出阳关无故人"句化出，使人一睹如故。此句叙事，接下来写作者的心情。"无计锁雕鞍"一个"锁"字，奇想令人生怜。"雕鞍"指华美的马鞍，宝马必配雕鞍，骑之者必可飞速远离。元乔吉有散曲写青楼女子晚景凄凉的景况，如《春闺怨》："不系雕鞍门前柳，玉容寂寞见花羞。冷风儿吹雨黄昏后。帘控钩，掩上珠楼，风雨替花愁。"诗词一般只写"系雕鞍"，本曲用"锁"字，使本句巧妙地表达了作者无法改变离别现实的满腔无奈之感，并因之发出了"今古别离难"的感叹。上阕以一个反问句作结。女为悦己者容，悦己者远别，从此也只能像温庭筠《菩萨蛮》中所写的那样"懒起画娥眉，弄妆梳洗迟"了。哀怨之极的反问使人想象得出故人远离以后的悲惨处境，也引人联

◎ **作者简介** ◎

刘燕哥，生卒年、生平不详，元歌伎。今存散曲小令一首。

想起作者与离人曾经相爱的事实，这是作者对爱情的真实表白。

以下作者在现实与别后的生活之间作时空往来的联想，极力想象和渲染离别后的悲伤愁苦，以此表达与离人的深厚感情。因情深，所以别离难。饯别时，"一樽别酒"是眼前物，使人想起唐朝宋之问的诗句"强饮离前酒，终伤别后神"，不禁黯然伤神。"一声杜宇"是耳中恍惚所闻，使人想起黄庭坚《醉蓬莱》："杜宇声声，催人到晓，不如归是。"而此处只闻"一声"已是肝肠寸断。由之作者猛然引发春残与年暮的感伤，因之联想到今夜必是于月下小楼间孤单含泪思念，痛苦地打发难挨的寂寞时光。而这才是"第一夜"！作者于此断然作结。而读者由此句的悲苦难捱之情不免想象到此后每夜的情形，那必是如唐白居易《长恨歌》所述："孤灯挑尽未成眠""迟迟钟鼓初长夜，耿耿星河欲曙天。鸳鸯瓦冷霜华重，翡翠衾寒谁与共？"

水仙子

◎倪　瓒

　　吹箫声断更登楼，独自凭栏独自悉，斜阳绿惨红消瘦。长江天际流，百般娇千种温柔。金缕曲新声低按^①，碧油车名园共游^②，绛绡裙罗袜如钩。

【注释】

①《金缕曲》：词牌名。亦指以爱惜青春、及时行乐为表现内容的乐曲，源自杜牧《杜秋娘》："劝君莫惜金缕衣，劝君惜取少年时。" ② 碧油车：妇女所乘的一种有篷小车。

【译文】

　　那吹箫的声音停了下来，我登上高楼，独自一人倚靠着栏杆，独自一人忧伤难过。夕阳西下，绿草凄凄惨惨，红花也变得消瘦了。悠长的江水向天边流淌，我想起了她的百般娇媚，百种温柔。我们把新谱的《金缕曲》轻轻地吟唱着，坐着华美的带着车篷的小车，一起在那有名的美丽园林中游玩。她那时穿着绛红色的丝裙，罗缎做成的袜子，像天边的新月一样。

【赏析】

　　此曲为触景怀人、游子思闺之作。

　　曲子上半曲（前五句）写凭栏之所见所闻。所见是夕阳斜照、绿惨红瘦的暮春晚景；所闻是呜咽幽咽、哀哀欲绝的箫声。此段突出游子之愁怀，强调一个"独"字。继而，曲子下半曲（后三句）抒发于此凄凉情境中对旧日恋人的思念之情。回忆佳人的娇媚形貌，细数与之温存缠绵的难忘时光。此段突出昔日之欢，强调一个"共"字。曲子今昔对照，两相反衬，充满了浓浓的恋意愁情。

　　此曲曲风凄婉纤柔，曲语悲切含蓄，含不尽之意，让人为之兴叹。

⊙作者简介⊙

　　倪瓒（1301—1374），字元镇，自号风月主人，又号云林子，无锡（今属江苏）人，元代著名画家。他学识渊博，精通音律，热衷收藏名画。元至正初年将家财散尽，外出远游，泛舟五湖。著《清闲阁集》。今存小令十二首。

人月圆

◎倪 瓒

伤心莫问前朝事，重上越王台①。鹧鸪啼处，东风草绿，残照花开。怅然孤啸，青山故国，乔木苍苔②。当时明月，依依素影，何处飞来？

【注释】

① 越王台：在浙江绍兴城府山南麓。据《越绝书》载，台在勾践小城内。后渐不存。南宋嘉定年间以近民亭遗址重建，至今尚在。②"青山"二句：用南朝宋颜延之《还至梁城作》"故国多乔木"句意。

【译文】

别问我那些让人伤心的前朝往事。我再次登上了越王台。在那鹧鸪鸣叫的地方，东风吹拂，野草泛着绿色，夕阳西下，花儿竞相开放。我惆怅地独自长啸，在这青山间，故国仍在，满目是高高的树木，苍翠的苔痕。这像当年情景一样的明月，如今依依舞动着雪白的倩影。它是从什么地方飞来的呢？

【赏析】

这是一首怀古之作。游览胜地，登临故迹，一种物是人非、岁月流逝的感慨就会油然而生，激起人们对盛衰无常、昨是今非的无限慨叹。倪瓒的这首小令，悼古之思绵渺幽远，叹今之慨更加浓重。

起首一句"伤心莫问前朝事"，把作者的绝望和无奈之情表现得淋漓尽致。春秋末年，越王勾践曾在"越王台"操练兵马，终于打败吴国，报仇雪耻。"怅然孤啸"三句，慨叹江山虽在，却已人去台空的悲怆之思。其中，"啸"反映出感情的激越，而一个"孤"字，又有心事无人知会的意味。"青山故国，乔木苍苔"是登台之所见，它与之前的"东风草绿，残照花开"相比，更多了几许悲凉的色彩。青山、乔木历尽沧桑，只有那悬在空中的明月依然如故。于是，曲文的末三句从容引出："当时明月，依依素影，何处飞来？"这几句巧借唐诗的意境，让人联想起李白的诗《苏台怀古》说"只今惟有西江月，曾照吴王宫里人"。"何处飞来"乍看之下有些突兀，

但结合前文便能理解作者写此句的用意："当时"的江山早已更换了主人，那么明月怎么又会飞来重临呢？

倪瓒生活在元朝晚期，尽管他没有亲历过元兵南下灭宋的历史，但他终身不仕元朝，这与南宋遗民的感情是相通的，所以这篇曲文才表现出对历史兴衰的无限感慨。

水仙子 与李奴婢

◎夏庭芝

丽春园先使棘针屯①，烟月牌荒将烈焰焚②，实心儿辞却莺花阵。谁想香车不甚稳，柳花亭进退无门③。夫人是夫人分，奴婢是奴婢身，怎做夫人？

【注释】

① 丽春园：元人传说中妓女苏小卿的住所，元曲中用以喻指妓院。棘针屯：用棘木四周围定，即予以封锁。② 烟月牌：写着妓女名字以供嫖客拣选的花牌。荒将：急将。荒，同"慌"。③ 柳花亭：喻指内宅庭院。

【译文】

先是在妓院里闭门谢客，又急急忙忙用火把烟月牌给烧了，打定了主意要离开这风流烟花地。谁承想华贵的香车坐不稳当，她在那飘着柳花的庭院里进退维谷。"夫人是做夫人的命，我李奴婢也只是做奴婢的命，怎么做得了夫人呢？"

【赏析】

李奴婢是元代的杂剧艺人，她才貌双全，且为人豪迈，《青楼集》中说她："貌艺为最，仗义施仁。"李奴婢不甘沦落风尘，经过一番努力，终于脱籍从良，嫁给了元朝的金事里哥儿。但是，根据元代法律，"乐人"是不许嫁给做官之人的。在里哥儿兄长的干预之下，李奴婢最后惨遭抛弃。夏庭芝于是写下这首小令，赠给李奴婢。

起首三句写李奴婢决心从良，"丽春园""烟月牌""莺花阵"指的都是青楼，这正与李奴婢的身份和生活情状相符合。首句中的"棘针屯"是用带刺的棘木联作一圈用于屏隔，这首曲借用这个来表现李奴婢渴望从良、洁身自守的坚定决心。下句中的"荒将烈焰焚"，则表现出李奴婢对风月场所的深恶痛绝。第三句的"实心儿"三字是作者对李奴婢从良嫁人作出的肯定。

"谁想"二字突作一折，引出了一个悲凄的结局，也表现出作者对李奴婢遭遇的同情。"香车不甚稳"是一种委婉的表述，指的是李奴婢嫁人后地位不牢固，"进退无门"四字把他身处的悲惨处境真实地表现出来。最后三句，曲文假借李奴婢的口吻自怨自艾，但这决不是作为旁观者所发出的冷嘲热讽，而是表达了作者对李奴婢的同情。

这首小令通过希望与现实的对照，把李奴婢的婚姻悲剧淋漓尽致地表现出来。尽管诗歌有反映社会现实的传统，但是很少涉及风月场；尽管有不少文人写过一些赠妓诗作，但基本不去设计她们的悲苦生活。所以，这首曲子在一定程度上反映出散曲在题材上的优势。

⊙作者简介⊙

夏庭芝（生卒年不详），字伯和，号雪蓑。松江（今属上海）巨族，隐居不仕，与当时曲家、艺人都有往来，著有《青楼集》，录一百多位艺人、曲家生平事迹，为戏曲研究提供了重要资料。散曲现存小令二首。

水仙子 相思

◎刘庭信

秋风飒飒撼苍梧①，秋雨潇潇响翠竹，秋云黯黯迷烟树。三般儿一样苦，苦的人魂魄全无。云结就心间愁闷，雨少似眼中泪珠，风做了口内长吁②。

【注释】

① 苍梧：苍翠的梧桐树。② 长吁：长长的叹息。

【译文】

秋天的风儿呼啦啦地摇动着苍翠的梧桐，秋天的雨儿噼里啪啦地敲响翠绿的竹叶，秋天的云朵昏昏暗暗的，遮蔽住了烟雾般的树林。这三件事儿都一样让人痛苦，苦得人魂都没有了。是那云朵织就了我心中的忧愁与烦闷。那飘飞的雨丝，还不及我眼睛里的泪水多呢。那风儿，是我长长吁出的一口气。

【赏析】

此曲借秋景寄相思之情。

曲子首三句描写秋风、秋雨、秋云。秋风飒飒，秋雨潇潇，秋云黯黯，分别与苍梧、翠竹、烟树缠绕，使景物无不带着凄苦色彩，难怪对此景色，曲中人会失魂落魄。起首三句还包含了三个叠词，绝好地表现出曲中人忧郁的心境。之后二句，作者又采用了顶针的手法，进一步强调曲中人的愁苦，让人不禁同情起他的处境。后三句分别以云、雨、风喻心间愁闷、眼中之泪、口内长吁之声。说云儿凝聚，似心间愁闷凝聚；雨水稀疏，似渐渐流干的泪珠；风声萧瑟，像吐出的长长叹息。是前面的景物无不充满了点点之情，曲虽尽而意韵悠远绵长。

此曲明白晓畅，情感凄切。其首三句与尾三句成反抱之势，中间两句采用顶真格，尽得音韵回环连珠之妙，将曲情表现得更为深和真切，可谓构思精巧、韵味独特。

⊙作者简介⊙

刘庭信，生卒年不详，原名廷玉，排行第五，由于肤色黑，人称"黑刘五"，益都（今属山东）人。《录鬼簿》称他"风流蕴藉，超出伦辈。风晨月夕，唯以填词为事"。其曲多以怨别相思为题材。今小令三十九首，套数七首。

折桂令 忆别

◎刘庭信

想人生最苦离别，唱到阳关①，休唱三叠。急煎煎抹泪柔眸，意迟迟揉腮撧耳②，呆答孩闭口藏舌。"情儿分儿你心里记者，病儿痛儿我身上添些。家儿活儿既是抛撇，书儿信儿是必休绝。花儿草儿打听的风声，车儿马儿我亲自来也！"

【注释】

① 阳光：指唐代诗人王维的"渭城朝雨浥轻尘，客舍青青柳色新。劝君更尽一杯酒，西出阳关无故人。"该诗常用作送别。② 撧耳：拗弄耳朵。撧（juē）：拗弄。

【译文】

我想人生中最让人痛苦的就是离别了。那人唱起了阳关曲。啊，你别唱了一遍又一遍啊。我急急忙忙地擦干眼泪，揉一揉眼睛，慢慢地摸摸腮帮，拗弄下耳朵，支支吾吾地回答那小孩儿的问话。"情谊和缘分，你在心里记着些；病患和疼痛，都添在我身上吧。家里的活儿你不用管，可是寄回家的书信可一定不要不写了。花草中风儿送来你的消息，我亲自乘车坐马来找你了。"

【赏析】

这是一首写离情的曲子，不仅成功地表现出曲中人和爱人难舍难分的情愫，还刻画出了女子的个性。起首的"想人生最苦离别"出自《西厢记·草桥惊梦》，为曲子奠定下凄恻缠绵的基调。再看"唱到阳关，休唱三叠"一句，阳关三叠又名《阳关曲》，是中国古代著名的送行之歌。此句紧密承接上句的"离别"，反映了曲中人对离别的忧恐，她本已十分难过，不想听到离别之曲，免得愁上加愁。而接下来的三句则通过对曲中人动作的刻画，将她的离愁形象化。临别在

即，她有千言万语要诉诸情人，却因痛苦而失魂落魄，手足无措。

引号中的几句实为曲中人的肺腑之言。只要情人不变心，她宁愿多受些苦。这几段话表现了曲中女子对情人的脉脉深情，正因为太在乎对方，所以生怕距离疏远了对方对自己的感情。从"家儿话儿既是抛撇，书儿信儿是必休绝"中可以看出曲中人的善解人意，而从"花儿草儿打听的风声，车儿马儿为亲自来也"又可看出她的直率泼辣。

曲子语言明爽，刻画人物惟妙惟肖，写情细腻入微又极富生活气息。

黄钟尾（摘调）

◎刘庭信

惊回好梦添凄楚，无奈秋声忒狠毒①。风声忧，雨声怒，角声哀，鼓声助。一声听，一声数，一声愁，一声苦。投至的风声宁②，雨声住，角声绝，鼓声足；又被这一声钟撞我一口长吁，则我这泪点儿更多如窗外雨。

【注释】

①忒：太。②投至的：等到了，及至。

【译文】

一场好梦被惊醒，增添了我心中的凄凉苦楚，无奈那秋天的风声却那么无情！风儿的声音那么忧郁，雨儿的声音那么狂怒，号角的声音那么哀伤，鼓儿的声音又把这气氛增添了几分。我一声一声地听着，数着，每一声都那么忧愁，那么凄苦。等到了风声平静下来，雨声停住，角声断绝，鼓声敲罢，又被这一声晨钟撞得我发出一声长叹，弄得我这眼泪比窗外的雨点还多！

【赏析】

这首曲子的中心内容是"秋声"。起首两句顺序颠倒，当是"无奈秋声忒狠毒，惊回好梦添凄楚"，

诗人把秋声的灾难性后果置于前面，起到强调作用。下面几句作者把"秋声"的表现一一展现出来：风声、雨声、角声、鼓声。而作者又用"忧""怒""哀""助"等字，对这几个"声"进行种种修饰，把它们的特征形象地表现出来。从第七句到第十句，作者用了四个并列的三字短句，"听""数""愁""苦"与前面的风、雨、角、鼓一一对应，象征着秋声的混杂交作。以下突作转折，作者用了"宁""住""绝""足"等字，描写施虐的四种秋声的消歇，从而传达出一种苦挨苦守、度日如年的境况。然而，这时天色已经明了，惊回的"好梦"也无法重温了，一夜未能成眠的主人公也只能吁气长叹了。"撞我一声长吁"里的"撞"字用得警绝，它以钟声的重浊来暗示心情的沉重，把自己内心的悲伤表现到了极致。

这首散曲以形式巧妙取胜。词牌选以"黄钟尾"，而全曲就细细致致地描绘秋天的声音，至曲尾直接安排一声钟声作结，即使是在极度的忧伤之中也透露出诙谐。从写作手法上看，最突出的是采用嵌字体的形式，除最后一句外，每一句都嵌一个"声"字。而全曲采用反复、拟人等各种手法，比如连用四个"一声"的词语反复凸显风声雨声在主人公内心激起的强烈反响，则主人公极度苦闷和凄惨的内心世界暴露无遗；曲中两次反复列举描写"风声""雨声""角声""鼓声"，一是正面刻画秋声的冷酷无情，一是为了反衬钟声更加增添了愁苦。

水仙子

◎刘庭信

虾须帘控紫铜钩①，凤髓茶闲碧玉瓯②，龙涎香冷泥金兽③。绕雕栏倚画楼，怕春归绿惨红愁。雾濛濛丁香枝上，云淡淡桃花洞口，雨<u>丝丝</u>梅子墙头。

【注释】

① 虾须帘：带有流苏的精美帘子。② 凤髓茶：指名贵的香茶。
③ 泥金兽：以金粉饰面的兽形香炉。

【译文】

那带着流苏的帘子挂在紫铜做成的钩子上，名贵的香茶搁在碧玉做成的茶杯里，龙涎香在泥金的兽形香炉中渐渐冷却。我绕过栏杆，依靠着小楼。我害怕春天归去，绿意消退，红花落了。丁香枝上烟雾迷濛，种满桃花的洞口闲云淡淡。挂满梅子的墙头上飘着丝丝细雨。

【赏析】

起首三句鼎足对，生动描写了贵族小姐的生活情状。这里，作者举出了六种事物：虾须帘、紫铜钩、凤髓茶、碧玉瓯、龙涎香、泥金兽。这六样东西典雅华贵，精雕细琢，"控""闲""冷"等字的运用，衬托出凄冷的意境，暗示了女主人公孤寂凄凉的心境。

下面两句"绕雕栏倚画楼，怕春归绿惨红愁"，继续表现女主人公的愁怨，"怕""惨""愁"三字把她内心的烦闷表现得淋漓尽致。这种烦闷显然不在于"春归"的本身，而是借惜春叹春来暗喻爱情的愁闷。

最后三句对"绿惨红愁"进行具象化的描述。先来看"丁香枝上"，丁香花在古诗词中常用来比喻情思的愁结。例如，五代牛峤《感恩多》"自从南浦别，愁见丁香结"，李璟《浣溪沙》"丁香空结雨中愁"，这里的"丁香结"均指的这个意思。曲中在"丁香结"前冠以"雾濛濛"三字，更能表现出郁结难舒的愁怀。再来看"桃花洞口"，"桃花"常常用来喻指世外桃源，如陶渊明曾的《桃花源记》。至于"梅子墙头"，《诗经·召南》有《摽有梅》篇，以梅子的成熟喻指求偶的迫切性，所以"梅子"在文人作品中常用来指风情，如李清照《点绛唇》中少女"倚门回首，却把青梅嗅"。曲中在"梅子墙头"前面加上"雨丝丝"三字，表现出了一派凄风苦雨的惨况。

这首小令对仗工整，"虾""凤""龙"，"铜""玉""金"，"雾""云""雨"，"丁香""桃花""梅子"的同门对让人叹为观止。而"雾濛濛""云淡淡""雨丝丝"等叠词的使用，又为小曲增添了几分清婉。

水仙子 相思

◎刘庭信

恨重叠重叠恨恨绵绵恨满晚妆楼，愁积聚积聚愁愁切切愁斟碧玉瓯，懒梳妆梳妆懒懒设设懒爇黄金兽①。泪珠弹弹珠泪泪汪汪汪汪不住流，病身躯身躯病病恹恹病在我心头。花见我我见花花应憔瘦，月对咱咱对月月更害羞。与天说说与天天也还愁。

【注释】

① 懒懒设设：懒洋洋。爇（ ruò）：点火，加热。黄金兽：兽形的铜制香炉。

【译文】

我的幽怨重重叠叠，绵绵不绝，萦绕在傍晚的梳妆楼中。我的忧愁浓浓切切越积越多，斟满了我那碧玉的酒杯。我慵懒地梳妆打扮，慵懒地将炉香点燃。我流出泪水，两眼汪汪，泪水一刻也不停。我身体病快快的，这病儿在我的心中凝聚。那花儿看见了我，我也看见了花儿，花儿要变得憔悴了；我看着月亮，月亮也看着我，月亮比我还要羞报。我把我的心事向天空倾诉，我向天空倾诉了，天空也生出了忧愁。

【赏析】

此曲为元曲反复体的代表作。全曲运用叠字、联绵字、反复、回文、顶真等多种修辞手法，字面流丽工细、严谨整齐，结构巧妙精致。首先以四重"恨"、四重"愁"、四重"懒"、四重"泪"、四重"病"层层递进，因果相推，精雕细琢其因离别生恨、思人怀愁、慵懒无赖、愁极而悲、相思成疾、悲愁难遣的情态，将思妇悱恻悲凄、如泣如诉的离情怨艾表达得淋漓尽致。然后用三个回文句作结，分别描述花、月、天等环衬的外物，如"花见我我见花花应憔瘦"，采用反复、拟人等手法，回环往复，深刻地揭示出女主人公深积长累的痛苦与哀愁以及拂之不去、无法排遣的无奈情怀。

自由运用衬字起于元曲。本曲去掉衬字，按平仄则成如下诗句：

重叠恨满晚妆楼，积聚愁斟碧玉瓯，梳妆懒爇黄金兽。泪珠不住流，病恹恹病在我心头。花应瘦，月更羞，天也还愁。

比之原曲可见，大量衬字的运用便于将深深的哀痛之情酣畅淋漓地表达，使之达于极致。

刘庭信的散曲颇具婉约柔媚风格。而元杨维桢评曰："纵于圆，恣情之过也。"明朱权《太和正音谱》评其词谓"如摩云老鹤"。然瑕不掩瑜。

折桂令 隐居

◎刘庭信

护吾庐绿树扶疏①。竹坞独居，举目须臾②。鹭宿芙蕖，乌居古木，凫浴枯蒲。夫与妇壶沽绿醑③，主呼奴釜煮鲈鱼。俗物俱无，蔬圃锄蔬，书屋读书。

【注释】

① 扶疏：繁茂的样子。② 须臾：从容不迫的样子。③ 绿醑（xǔ）：美酒。

【译文】

茂密的的绿树围掩着我的茅庐。我在种满青竹的山坞中独自居住，从容不迫地抬头远望。白鹭栖息在荷花丛中，乌鸦停留在古老的大树上，野鸭在枯残的蒲草里洗起了澡。丈夫和妻子用酒壶买回来美酒；主人吩咐仆人在小锅中烹煮着鲈鱼。凡俗的事物都没有了，我时而在菜园里锄锄草，时而在书房里看看书。

【赏析】

这是首写田园生活的曲子，字里行间都流露出对恬淡生活的喜爱。而在写此曲时，作者还使用了巧体，不仅在句末押韵，曲中的每个字都押了《中原音韵》中的鱼摸部，十分新颖。

作者花了很多笔墨描写自己的居住环境。绿树、竹坞写出了其居处的清幽，同时也反映出作者的审美喜好——安静，雅致。而从"鹭宿芙蕖，乌居古木，凫浴枯蒲"来看，作者所住的地方还远离闹市，但这并没有让他感到困扰，相反，结合前面的"据目须臾"，作者观花赏鸟，乐在其中。就像"鹭""乌""凫"都尽情享受大自然赐予的美景一样，作者也任自己沉醉在自然的怀抱中。

惬意的生活离不开物质基础，"夫与妇壶沽绿醑，主呼奴釜煮鲈鱼"一方面是在强调生活的美好，一方面也是暗示读者作者没有生存之忧。曲末三句对作者的日常生活进行了概括，可以看出作者很享受这种自食其力、简单充实的日子。

由于使用巧体的关系，作者不得不在遣词造句上花费大量心思，此曲的语言虽然简练朴实，但风格仍趋于工整雅致。

朝天子 赴约

◎刘庭信

夜深深静悄，明朗朗月高，小书院无人到。书生今夜且休睡着，有句话低低道：半扇儿窗棂①，不须轻敲，我来时将花树儿摇。你可便记着，便休要忘了，影儿动咱来到。

【注释】

① 窗棂（líng）：旧式房屋的窗格。

【译文】

夜深了，静悄悄的，月亮明朗朗的，高高地挂着，小小的书院中，没有人来。读书的人啊，今晚你先别睡着了，我有句话要轻轻地跟你说：窗户半开着，你也不用轻轻地敲，我来的时候会把那长满花儿的树儿摇。你一定要记住，可不要忘记了，树影一动我就来了。

【赏析】

此曲作者刘庭信善于运用街市乡邻之谈，在元代曲作家作曲风格日渐多样化中，变用新奇，擅长笑谈之语，多作"闺怨""闺情"为主的曲子。这首小令就显示了他的这种婉约柔媚的作曲特点。唐代元稹的《莺莺传》中，莺莺写给张生的小诗就是"待月西厢下，迎风户半开。拂墙花影动，疑是玉人来"。内容和这篇小曲大致相同。此曲语言平实易懂，将男女恋情写得炽热大胆。

此曲是写一个少女嘱托她的情郎夜晚相会：夜深人静，明月当空，小书院四下无人的时候，你一定不要睡着啊，又悄悄地对他说，你把半扇窗户打开，我来的时候不敲门，就只摇晃窗台上的花草，你不要忘记了，只要花影儿动了，便是我来了。

曲文纯用口语，生动活泼，对女主人公心理的刻画到位传神，充分地展现了市民文艺的特点。

四块玉 风情

◎兰楚芳

我事事村①，他般般丑。丑则丑村则村意相投②。则为他丑心儿真，博得我村情儿厚。似这般丑眷属、村配偶，只除天上有③。

【注释】

① 村：粗俗、蠢笨。② 则：只。③ 只除：除非是。

【译文】

我做啥事都笨笨的，他哪儿都长得不好看。不好看就不好看吧，笨就笨吧，我们情意相投。只因他虽丑但却是真心的，所以我虽笨，却也对她感情深厚。像我们这样的丑人笨人凑成一对儿，只有天上才有。

【赏析】

这是一首咏唱男女恋情的曲子。作者的《四块玉·风情》共有四首，此曲为其中之一。

为了表现恋情的美好，人们多会将爱情故事的男女主人公设定成"郎有才，女有貌"，似乎只有这样才称得上"一对佳偶"。但此曲却偏偏反其道而行之。曲中的恋人一个"事事村"，一个"般般丑"，一眼看去完全和"美好"沾不上边。然而接在这"村"和"丑"后面的却是一系列有着浓厚褒义色彩的词语，譬如"意相投""心儿真""情儿厚"。它们与"丑""村"形成强烈反差，再加上作者将它们作为句子的中心，"丑""村"遂成了它们的陪衬，将它们衬得格外耀眼。二者结合形成一种质朴真率的美。而"丑"与"村"本身的语义也被大大弱化，看上去更像是自嘲之语。

爱情的美源自诚心相爱的心，就如粗劣的包装不会夺走珠宝的光芒，"丑""村"也不会让真爱黯然失色。作者之所以反复强调"丑"和"村"，实是为了引导人们将目光放在爱情本身，而非才子的"才"与佳人的"佳"上。这就相当于为爱情褪去虚美的华服，以其本来面貌打动人心。值得一提的是，考虑到"村"与"才"相对，"丑"与"佳"相对，曲中"事事村"的应为男性，"般般丑"的应为女性。

"似这般丑眷属、村配偶，只除天上有"是全曲的曲眼。作者在曲的末尾将"事事村"的曲中人及其"般般丑"的恋人升华到神仙眷侣的高度，旨在说明超越了相貌美丑的爱情的可贵。这种爱情和文人士大夫所歌咏的那种完美无缺高高在上的爱情截然不同，它有着明显的平民特点，浑朴粗豪，大胆直接，洋溢着旺盛的生命力。而作者对它的推崇也反映出元人的审美已经突破了以"雅"为贵的审美传统，相较于以往朝代更加开放。

◎作者简介◎

兰楚芳，也作蓝楚芳，生卒年不详，西域人。曾任江西元帅，功绩甚多。《录鬼簿》中称他"丰神英秀，才思敏捷"。其人颇有才华，曾与刘庭信唱和。今存小令九首，套数三首。《太和正音谱》中对其词句有"如秋风桂子"之称。

曲的鉴赏知识

"蛤蜊味"与"蒜酪味"

元人和明人喜欢用"蛤蜊味"和"蒜酪味"来品评曲子，旨在强调曲的平民性。元代的戏曲理论家曾用"蛤蜊味"和士大夫的审美情趣划分界限。钟嗣成在《录鬼簿》中说："若夫高尚之士，性理之学，以为得罪于圣门者，吾党且噉蛤蜊，别与知味者道。"而"蒜酪味"则最早见于明代的《曲论》,其作者何良俊将蒜酪味看作曲的必须："然既谓之曲，须要有蒜酪。"所谓"蛤蜊味"和"蒜酪味"实际上是说曲子要通俗质朴，自然洒脱，诙谐泼辣，妙趣横生。

凭阑人
题曹云西翁赠妓小画①

◎邵亨贞

谁写江南一段秋，妆点钱塘苏小楼②。楼中多少愁，楚山无断头。

【注释】

① 曹云西：曹知白号云西，华亭（今上海松江）人，元代山水画家。② 钱塘：今浙江杭州。苏小：苏小小，南齐时钱塘名妓，此代指受赠小画的妓女。

【译文】

　　是谁画出了江南的这一片秋光，装点在钱塘苏小小的楼间？楼中凝结着多少愁怨啊，就像那楚地的群山，没有个头。

【赏析】

　　此为题画之作。曲中所写之画乃作者朋友曹云西所作，是曹云西送予一位妓女的。

　　通常以题画为主题，作者都要将大部分笔墨用在描绘画面内容上，而在此曲中，作者却别出心裁地将曲子的重点放在了受画者身上。综观全曲，真正用来写画的只有五个字"江南一段秋"。

　　"妆点钱塘苏小楼"是一个过渡句，婉转地引出受画者。作者将受画者比成南齐名妓苏小小，无疑是

⊙作者简介⊙

　　邵亨贞（1309—1401），字复儒，号清溪，云间（今上海松江）人。元时为松江府学训导，明朝建立后，又生活了三十年。明朝初年，因被儿子牵连，遭到罢官，远戍颜上，后得到赦免。晚年过着隐居生活，不出乡里。他博学多才，除长于诗文外还长于书法，阴阳星卜、佛老医道，无不精通。与杨维桢、陶九成、钱维善等交好。著《野处集》《蚁术诗选》《蚁术词选》。今存小令二首。

对受画者的称赞。而"楼中多少愁"则写出了受画者的心情，对着这画她并不开心。曲末的"楚山无断头"既是画中景色的再现，同时也是"楼中多少愁"的原因。受画的女子看到画中连绵不断的楚山，想起与赠画者的天各一方，顿时忧愁横生。

　　短短一首题画小曲，不仅写出了画的风致，还写出了受画者的心情以及藏这画背后的缠绵的爱情故事，着实不易。

小梁州 扬子江阻风

◎汤 式

篷窗风急雨丝丝，闷捻吟髭。维扬西望渺何之^①，无一个鳞鸿至^②，把酒问篙师^③。他迎头儿便说干戈事，待风流再莫追思。塌了酒楼，焚了茶肆。柳营花市^④，更说甚呼燕子唤莺儿。

【注释】

① 维扬：扬州。② 鳞鸿：书信。③ 篙师：船工。④ 柳营花市：妓院及歌舞场所。

【译文】

篷窗吹着大风，下着丝丝细雨。我愁闷地捻着胡须吟诵着诗句。我向西望去，不知道扬州在哪。没有人带来一封信，我只好举着酒杯，问那撑着长篙的船夫。

他劈头盖脸就说起了战乱之事，说那些繁华风流的往事就再也别去追想了。酒楼已经坍塌，茶楼也被烧了。歌舞妓院里，就更别说什么呼莺寻燕的情景了！

【赏析】

这是一首叹事伤时之作。

作者要到扬州去，无奈风大雨急，船无法行驶。"闷捻吟髭"和"维扬西望渺何之"反映出作者的焦躁不安，他想靠吟诗打发时间，但又由于关注着远方的消息，静不下心吟不出来。最后，他干脆放弃吟诗的打算，向船工询问扬州的情况。扬州向来都以繁华富庶著称，作者原以为船工会大讲扬州之美，谁料"他迎头儿便说干戈事"，大大出乎作者预料。曲的上半部分用词文雅，而从"把酒问篙师"后却变得直白通俗起来。作者通过语言风格的变化为曲子增加了戏剧性效果——在前半部分文雅语风的衬托下，曲后半部分的对话愈显生动逼真。而在后半部分直白语风的比照下，曲前半部分的意境又增了几分伤感。

◎作者简介◎

汤式，生卒年不详，字舜民，号菊庄，元末象山（今浙江象山）人。初为本县吏，后流落江湖。明成祖朱棣为燕王时，待之甚优，晚年生活甚为得意。性滑稽，工散曲，著《笔花集》。存世小令一百七十首，套数六十八首。

庆东原 京口夜泊①

◎汤 式

故园一千里，孤帆数日程。倚篷窗自叹漂泊命②。城头鼓声，江心浪声，山顶钟声。一夜梦难成，三处愁相并③。

【注释】

① 京口：今江苏省镇江市。② 漂泊：流离无定。③ 三处愁相并：三处，指城头，江心和山顶。

【译文】

故乡远在千里之外，我乘着一叶孤舟，已经走了好几天了。我靠着船窗，独自哀叹着自己漂泊流浪的生活。城头上传来鼓声，江中翻滚着浪声，山顶上响起钟声。整个晚上都做不了好梦，这三处的声音把忧愁汇聚在了我这里。

【赏析】

此曲为思念家乡、忧虑前途之作。

京口即今天的江苏镇江，古时南迁北往的人们多从此处渡过长江，此地因而成为离愁别恨集中爆发之所，难以计数文人墨客在这里留下了凄切感人的诗文。

起首三句即点明曲子主旨。汤式一度落魄江湖，长时间漂泊在外让他很容易萌生羁旅之感。"倚篷窗自叹漂泊命"写尽了他的惆怅与无奈。在他看来，背井离乡已然成了他的命运，他无力反抗，只能感叹。接下来的三句皆是作者的眼前之景，无不映照着他那颗伤感的旅人之心。"城头鼓声"惹人萌生归乡之意，"江心浪声"让人想起自己正流落他乡，"山顶钟声"则暗示天色将晚，而越是晚上，人就越容易自伤自怜。城大、江阔、山高，这三种意象组合在一起反衬出作者"孤帆"的渺小，也寓示着人在命运面前的卑微。"三处愁并生"，鼓声、浪声、钟声交织一起化作离愁，致使作者一夜无眠。

曲末这一句让曲中的愁意愈发浓重。

天香引 西湖感旧

◎汤式

问西湖昔日如何？朝也笙歌，暮也笙歌。问西湖今日如何？朝也干戈，暮也干戈。昔日也二十里沽酒楼香风绮罗。今日个两三个打鱼船落日沧波。光景蹉跎，人物消磨。昔日西湖，今日南柯①。

【注释】

① 南柯：唐人《南柯记》述淳于棼梦入槐安国当了南柯太守，醒后才知是槐树南枝下的蚁穴。后因以"南柯"喻梦境、梦幻。

【译文】

西湖以前是什么样的？早上也飘荡着笙歌，晚上也飘荡着笙歌。西湖现在又成了什么样？早上也是战乱，晚上也是战乱！以前湖畔二十里都是酒楼，到处飘荡着香风，到处是穿戴华美的行人。现在呢，只有两三条打渔船，在夕阳中，在波涛里出没。时光飞逝，人儿憔悴。过去的西湖，成了今天的南柯美梦。

【赏析】

这是一首追古感怀之曲。曲子通篇都以西湖的"今""昔"对比展开，用昔日的美好衬托今日的凋败。

作者汤式生活于元末明初，亲身经历了改朝换代的大动荡，这一经历对他的创作产生了深远影响。曲子以"问西湖昔日如何"的设问句领起，说明作者对昔日的西湖非常熟悉，也正因为作者见证了"朝也笙歌，暮也笙歌"的昔日西湖，再看"朝也干戈，暮也干戈"的今日西湖才会格外感伤。

1353年张士诚在江浙一带起兵反元，杭州不可避免地被卷入战争，不过数年时间就一片萧条，富贵繁华都无处寻觅。"昔日也二十里沽酒楼香风绮罗。今日个两三个打鱼船落日沧波"，在描写西湖今昔景色时，作者特地加入衬字增加了句子的长度。这是因为相比短句，长句能更好地表现复杂凄婉的情绪。曲末的"昔日西湖，今日南柯"大有美好不再之意，又为曲子增添了几分伤感色彩。

曲子句式严整，节拍复沓，对比严谨有力却无板滞之累，给人以沧桑凝重之感。

山坡羊 书怀示友人

◎汤 式

羁怀萦挂，人情浇诈，相逢休说伤时话。路波磳①，事交杂。秋光何处堪消暇？昨夜梦魂归到家。田，不种瓜；园，不灌花。

【注释】

① 波磳：坎坷不平。

【译文】

思乡之情萦绕在我的心间。人情浅薄诡诈，相遇时别说那些感伤时事的话儿。路途坎坷，世事繁杂。在这秋天里，我该去哪儿消遣时日？昨天晚上，我梦见自己回了家中。田里已经不种瓜了；园子里的花儿也没人浇了。

【赏析】

曲写作者羁旅所感和思归之意。

作者把心里话写给朋友说："满怀羁旅的愁绪，遍历了人情的刻薄奸诈，相逢的时候，我们可不要提及那些扫人兴致的话题。"首三句作者以直白的语言述说羁旅的孤独和人世的冷暖，"相逢休说伤时话"更反衬出作者的伤心难耐之意。世路坎坷不平，世事纷繁复杂，在这高爽的秋天里，不知道哪里的风景才值得我们将时间尽情挥洒。昨天，我在梦中回到了家乡，田里，没有种瓜，园里，没有灌花。只有回到自己的家乡，才可摆脱这些世事人情的纷扰。作者感情由此一转，不由得心生思乡之念。

全曲话语不多，不务雕琢，却深见作者经历的坎坷，羁旅的疲惫，归思的浓烈。

曲的鉴赏知识

元代的山水田园曲

元曲中，对田园生活的喜爱往往和对世道人情的厌倦交织在一起，这反映了元人对人格自由的追求以及一种审美化的人生态度，他们的心灵在青山绿水、田园风光中得到了抚慰，归于宁静。这类元曲中的景，不是作为人事活动的背景出现，而是充当一种艺术媒介，是一个独立的审美对象，道释玄禅的人生情趣和艺术精神始终贯穿其中。

天净沙 闲居杂兴

◎汤式

近山近水人家，带烟带雨桑麻，当役当差县衙。一犁两耙，自耕自种生涯。

【译文】

我住在依山傍水的人家，桑田麻田里烟雨迷蒙。我想起我曾在其中当差役的县衙。如今，我扛着一张犁，拖着两把耙，自己耕种过日子啦。

【赏析】

此曲歌咏了田园生活的乐趣。

汤式曾在浙江象山担任县吏，由于厌倦官场生涯，时间不长，便辞官回家，过起了隐居生活。此曲大约写于他辞去官职，回到乡村闲居后不久所写。曲子的结构很有特点，通篇都是由同一格式的短句构成，既新颖简洁，又增强了曲子的节奏感，第四句既顺应格律只使用四个字，又改用数词与名词组合的结构，字数和句式上均使曲子的节奏有了变化，读起来既朗朗上口，又有跌宕感。

全曲除第四句外，每句在句式上均比较一致的特点，似乎削弱了曲子内容的表达力，但从另一方面说，这也正是作者构思巧妙的一个体现。作者在对曲子节奏感的营造过程中，抛开了对形式上的过渡承接的考虑，而使用各句中形象之间的比较和联系，完成了另一种方式的过渡承接。"近山近水""带烟带雨"写出了居住环境的清幽美好，"桑麻"又突出了其所住地区的丰饶富庶。结合此曲的写作背景，"当役当差"应是作者对过往生活的回忆，"役"与"差"很容易让人联想起辛苦、劳累，其中不乏对曾经的衙役生活的不满，将此句放在描绘田园风光的语句后面，乍一看颇有些唐突，但仔细一品就会发现正是因为该句的出现，整个曲子在内容上才有了起伏变化。该句同时和前文、后文构成对比，对照着前文看，它的出现凸显了曲中风景的恬淡之美，对照着后文看，它又反衬出作者对"一犁一耙，自耕自种生涯"的心满意足，只一句话而兼顾前后，可谓意蕴深厚。

末句"自耕自种生涯"，也是曲中涵义颇深的一

曲的格律知识

《天净沙》曲牌名

天净沙，又名《塞上秋》，据传无名氏有"塞上清秋早寒"之句，因之得句。《太平乐府》注：越调。单调二十八字，五句四平韵、一叶韵。曲牌格式为：△平△仄平平，△平△仄平平，△仄平平仄△。△平△仄，△平△仄平平。（"△"为可平可仄。）以马致远《天净沙·秋思》最为著名，人称"秋思之祖"。马致远这首散曲句法别致，前三句由名词性词组列出九种景物，语言凝炼，意蕴深远，顿挫有致，极好地体现了天净沙曲牌的表现力，王国维以之列为元人小令的"最佳者"。

个句子。全句为偏正结构，没有动作，也没有修饰，简洁自然，用形式上的明快，表现出了对田园生活的满足，从而也就不着一词，却有力地表达了对前文所说的"当役当差县衙"生活的厌倦。

曲子虽然短小，构思却很是巧妙。

小梁州 九日渡江（一）

◎汤式

秋风江上棹孤舟①，烟水悠悠。伤心无句赋登楼，山容瘦，老树替人愁。樽前醉把茱萸嗅②，问相知几个白头？乐可酬，人非旧，黄花时候，难比旧风流。

【注释】

①棹：指船桨。②茱萸：又名"越椒""艾子"，一种常绿，有香气的植物。

【译文】

我在秋风吹拂的江面上划着孤零零的小船，烟雾缭绕的水面多么渺茫。我心中忧伤，登上高楼，想不出诗句。群山也消瘦了，老树也在替我发愁。我手持酒杯，醉意中闻着茱萸的香气，我的知己有几个能到白头？也还有欢乐的应酬，人却不是旧时的人了，菊花开时，已没有了往日的姿色。

【赏析】

《小梁州·九日渡江》共二首，采用连章体形式，为写景抒情之佳作。两首小令，第一首佳节思亲，感叹岁月如流、风流难再、逸志难酬。第二首抒写离情别绪，进一步以东晋隐士事迹托物言志。

此为第一首，全曲情景交融。先以秋景起笔，隐衬出一个泛江观景韶华已逝的游子形象。首字"秋"点明时令，定下景物色彩基调，其意暗合作者对人生的感慨和当下的心情。接下来用"棹"字在出其不意之间隐现出奋力架孤舟的游子形象。首句全是名词，似为静态景物描写，而"棹"字实活用为动词，这样人就跃然纸上了。然后作者将眼界拓展，在读者面前展现一片浩瀚无际的烟海，并赋予这片茫茫江水一种情态，谓之"烟水悠悠"，正如作者茫茫然无所措的心情，更衬出作者离乡背井所感受到的孤独。

人以自身情感出发观感外物，往往赋予景物情感。作者的愁绪用树的愁态间接地抒发出来。正如"天若有情天亦老"，树都如此，人何以堪！前半阕诗句正是这样通过对孤舟、茫茫江水、瘦山、老树所作的静中蕴动的描写以及对划舟登楼的动态描写，情景交融，以景抒情，表达出离人游子在茫茫天地间无所依附、任岁月无情流逝而壮怀渐远竟至于无可述怀等等愁绪。此境正所谓王国维"昨夜西风凋碧树。独上高楼，望尽天涯路"的人生第一境界。

本曲下半阕以佳节思亲的离情点明"九日"的主题。离乡的游子除了"醉把茱萸嗅"以之怀人之外，也就只能酬唱自娱谴怀。而年华渐逝的作者更添一愁，头发已白，然"物是人非"，一成不变的是情，人却已不在了。因此曲中发出了"问相知几个白头"的感慨。唐代诗人杜甫《九日登梓州城》中有这样的诗句："伊昔黄花酒，如今白发翁。"就在赏花饮酒的酬唱中，年岁悄然而逝。菊花也与陶潜取得一定关联，而作者未能与他一样归隐，所以曲中如此表达："难比旧风流。"同时此句与前面的"人非旧"，前后照应，表达出年华易逝的感伤。这种情怀与宋刘过《唐多令》"故人今在否？旧江山浑是新愁。欲买桂花同载酒，终不似，少年游"所表达的情怀是一样的。此下半阕借景生情，托物言志。

小梁州 九日渡江（二）

◎汤 式

秋风江上棹孤航，烟水茫茫。白云西去雁南翔。推篷望，清思满沧浪①。

［幺］东篱载酒陶元亮②，等闲间过了重阳。自感伤，何情况。黄花惆怅，空作去年香。

【注释】

① 沧浪：此指大块的水面。② "东篱"句：檀道鸾《续晋阳秋》载，陶渊明好酒而苦不能常得，尝于九月九日于宅边东篱下摘菊盈把，坐于菊丛之侧，适逢江州刺史王弘命人送酒至，陶渊明欢然就酌，酣饮而归。载酒，置酒。陶元亮，陶渊明字元亮。

【译文】

我在秋风吹拂的江面上划着孤零零的小船，烟雾缭绕的水面多么渺茫。白色的云彩向西边飘去，大雁向南飞走。我推开船窗向外张望，河浪里满是我的忧思。

我想起了在篱笆下举杯饮酒的陶渊明，一会儿工夫重阳节就过了。我独自忧伤着。我眼前事什么样的情景啊！菊花也惆怅不已，空自吞吐着像去年一样的芬香。

【赏析】

此曲为汤式《小梁州》第二首。两首词起两句仿《诗经》中叠咏体手法，只将字词稍加变换，反复咏叹，表达一种强烈的悲愁之感。此为连章体达到的一种效果。"雁南翔"句化用曹丕《燕歌行》"群燕辞归雁南翔"的句子，进一步刻画深秋景物，体现一种悲凉之感；又借这一种常见之景来表达游子落寞的情怀。推开窗，作者的心绪回到了久远的年代，眼前的江水仿佛变成了屈原足下的"沧浪"之水。"沧浪之水清兮，可以濯吾缨；沧浪之水浊兮，可以濯吾足"，作者对诗人的向往敬仰之情由此可以想见，而作者高洁的逸志于此也灼然洞明。前半阕曲予情于景，借景生情，抒发了作者离乡思亲、惆怅忧伤、怀才不遇而年华渐逝的愁闷情怀，同时以古人的高尚情怀激励自己。

本曲下阕紧承第一首下阕的思想主题，照应题目"九日"二字，进一步表达对亲人的思念之情，以节日众人赏玩的菊花联系陶渊明东篱载酒的典故。陶潜

之爱菊名传千古，尤以《饮酒》诗中的"采菊东篱下，悠然见南山"之句而见称。作者与陶潜同为吏官，怀才不遇，希望自己能像菊花一样凌霜不凋，这既暗合作者"菊庄"之号与作者爱菊喜高洁之志，也使人联想起陶潜所描写的理想世界桃花源，表达出作者追求理想生活和自由生活的美好愿望。

全曲文辞秀雅，情致悠远，既以至情感人肺腑，又借典故表达了作者高洁忠贞的高贵品质。无独有偶，元张可久《正宫·小梁州》连章体三首中有两首与汤式两首字句稍异，最后一首曰：秋风江上棹孤航，烟水茫茫。白云西去雁南翔，推篷望，情思满沧浪。【幺】东篱误约陶元亮，过了重阳。自感伤，何情况？黄花惆怅，空作去年香。

谒金门 长亭道中①

◎汤 式

起初，看书，只想学干禄②。误随流水到天隅，迷却长亭路。古灶苍烟③，荒村红树。问田文何处居④？老夫，满腹，都是登楼赋⑤。

【注释】

① 长亭：古代于驿道上定点设置的简易建筑，供行人休息或送别。有"十里一长亭"之说。② 学干禄：求取做官。语本《论语·为政》："子张学干禄。"③ 灶：兵灶，军队屯驻做饭处。④ 田文：战国时齐国靖郭君田婴的公子，因承袭爵位。以好士著称，门客多达三千人。谥孟尝君。⑤《登楼赋》：东汉末王粲依附刘表，十余年未得重用，因登当阳城楼作此赋，抒怀才不遇之感。

【译文】

刚开始的时候，我苦读诗书，只想着求取功名，却阴错阳差地随着流水漂泊在远方，找不到回乡的路了。那古老的兵灶中萦绕着苍茫的云烟，荒凉的村庄里满是火红的枫树。那求贤若渴的孟尝君现在住在哪儿呢？我现在满肚子装着的都是那《登楼赋》。

【赏析】

这首曲子的语言非常直白，"起初，看书"都是寻常口语，以这样的句子开头就好像将读者置在了知心好友的位置上。作者没有明言看的是什么书，但从他读书的目的"学干禄"来看，不难猜出他读的是圣贤书。只是提起此事，作者颇有悔意，认为这书"误"了自己。

而从"误随流水到天隅，迷却长亭路"看，这"误"有两层含义。一是说它让作者为功利之心趋势，背井离乡。二是说它空给了作者满腹才华，一腔抱负。作者奋斗半生，其努力却最终付诸东流，"长亭路"即功名之路，一想到自己在这条路上迷失了方向，作者就懊悔不已。

"古灶苍烟，荒村红树"是作者眼之所见，皆是荒凉之景，作者借它来说明自己的失落。"问田文何处居"反映了作者对怀才不遇的不平，他希望有一番作为，却无奈遇不见慧眼识才的人，他也不免怀疑这

曲的鉴赏知识

曲以曲笔为忌

曲虽名为"曲"，却以曲笔为忌。元曲素以直白真率被后世的曲论家称道。清代的戏曲理论家李渔甚至以元曲的这一特点为标准批评明代曲作家汤显祖的《牡丹亭》："《牡丹亭》之《寻梦》《惊梦》虽佳，犹是今曲，非元曲也……'良辰美景奈何天'等语，字字俱费经营，字字俱欠明爽，此等妙语止可作文字观，不可作传奇观也。"曲的直看似容易，但要做到"直且有味"却颇为困难。

世上是否还有田文这般的豪杰。念及此处，作者不由拿东汉时的王粲自比。曲末的"满腹，登楼赋"实是满腹的失意、牢骚。

曲子的语言虽然直白，却因有真情实感贯穿其中而毫无干涩之感。再加上作者的遭遇很有代表性，这就让曲子没有流于一般的牢骚之作，而是成为整个元代知识分子群体的悲剧写照。

满庭芳 京口感怀

◎汤式

残花剩柳，摧垣废屋①，新冢荒丘。海门天堑还依旧②，滚滚东流。铁瓮城横刺着虎口③，金山寺高镇着鳌头④。斜阳候，吟登舵楼⑤，灯火望扬州。

【注释】

①垣：矮墙（也泛指墙）。②海门：长江自镇江以下江面顿然开阔，古人谓之"海"，而以始阔处称为海门。天堑：指长江。③铁瓮城：镇江的子城，始建于东吴。虎口：镇江为金陵（今江苏南京）门户，而金陵形胜，有"钟山虎踞"之说，故此处称"虎口"。④金山寺：在镇江西北金山上，为当地名胜。鳌头：金山主峰名金鳌山，以状若金鳌头得名。⑤舵楼：船上为掌舵、瞭望而建的船楼。

【译文】

满眼是残败的花儿，消颓的柳树，倾圮的矮墙，废置的房屋，新坟旧坟连成一片。海门外的长江，还像旧日一样，滚滚向东流去。铁瓮城横亘在金陵的虎口处，金山寺高高地矗立在金鳌峰的山头。我在这夕阳西下时分，吟着诗登上船头的舵楼，遥望着满是灯火的扬州城。

【赏析】

京口地处长江中下游，是南北要冲，地势险要。

本来是元代的繁华大城，却在元末的战乱中，变得满目疮痍。作者基于此而作的此曲，一方面反映了历史的无情，另一方面也抒发了内心的沉痛。全曲都是在写景，却又处处在抒情。

一开始的残花剩柳，废屋断壁，一座新坟接旧坟的残破景象，把战后京口的衰败描写得怵目惊心——花柳、残墙、废屋，仿佛让人眼见了这些和谐美好的事物逐渐凋零衰败，如此沉重的笔调让人感慨万千。

滚滚依旧的长江水，古建筑铁瓮城，金鳌峰头雄伟的金山寺，作者是在以大自然的永恒反衬历史无常、人事易分。作者感于此，虽不发一言，却让人深深思虑，得益于作者运用铺陈和对照的手法来描述这一切！

斜阳残照，作者吟唱着登上了船头的舵楼，末句的"灯火望扬州"，实则是化用了北宋诗人杨蟠《金山》里的诗句"天末楼台横北固，夜深灯火见扬州"。杨蟠在金山之顶其实也没望见扬州，更不用说本曲作者在舵楼上了，这样运用为曲子增加了怀旧的意味。"望扬州"，另一方面也暗示着作者即将乘船离开京口。

随着江水悠悠，作者的船渐行渐远，这种安静的结局，绝好地表现出作者苍茫的心情，让这支以景写情的曲子有了意在言外之妙。

小梁州（摘调）

◎汤 式

横斗柄珠星灿灿，界勾陈银汉澄澄①。恰行到梧桐金井潜身儿听：晃绿窗十分月色，隔幽花一片琴声。明出落求鸾觅凤②，暗包藏弄燕调莺。一字字冰雪之清，一句句云雨之情。卖弄他穷书生酸溜溜调关才高，迤逗的俊女流急穰穰宵奔夜行③，辱末煞老丈人羞答答户闭门扃④。那生，可称⑤，一峥嵘便到文园令⑥。富贵乃天命，长门赋黄金价不轻⑦。可知道显姓扬名。

【注释】

① 勾陈：北极星。② 出落：表现出。③ 迤逗：惹逗。④ 辱末：即"辱没"，玷辱。扃：关闭。⑤ 可称：值得称道。⑥ 文园令：管理汉文帝陵墓的官吏。⑦ "长门"句：汉武帝皇后陈阿娇失宠幽居长门宫，奉黄金百斤，请司马相如作《长门赋》，武帝读后伤心，恢复了对陈皇后的宠幸。

【译文】

天上横挂着北斗七星，一颗颗像珍珠一样灿烂夺目。银河亮澄澄的，把北极星围绕起来。卓文君刚走到梧桐树下的香精井栏边，弯下身子，听着那满满的月儿投下清辉，在翠绿的窗间摇曳的时候，从那幽深的花丛中传来的司马相如的琴声。琴中显然流淌着觅侣求偶的情意，暗地里还隐藏着捉弄与调情。每一声都像冰雪那般清铿，一句句都诉说着男欢女爱的幽情。他卖弄着他那穷苦读书人酸溜溜的才气，逗得这美人儿急忙忙地半夜里和他去私奔，羞死了老丈人，害得他不好意思地关紧了大门。这书生真值得称赞，一得志就当上了文园令。富贵是老天安排的，《长门赋》换黄金，价值不菲。他真是懂得怎么传扬自己的名声。

【赏析】

此曲是作者为《花月瑞仙亭》题的词，从卓文君被司马相如的琴声吸引而一见钟情，到因为司马相如的穷困、遭到卓文君父母的反对而深夜私奔，再到最后司马相如位极人臣的显姓扬名为题写内容。

《花月瑞仙亭》一书文言白话兼而有之，文字简略，故事情节丰富多彩，文中有些内容与《史记·司马相如列传》有出入，可能有虚构的成分，如卓王孙听说朝廷征召司马相如就去成都府看望女儿卓文君等。读者可不必深究。

湘妃引 京口道中

◎汤 式

露浸浸芳杏洗朱颜，云冉冉晴峦闪翠鬟，烟蒙蒙弱柳迷青眄①。天然图画间，恼离人情绪艰难。乞留屈律归鸿行断②，必彪不答蹇驴步懒，咿呖呜喇杜宇声干③。

【注释】

①青眄：同"青眼"，欣赏的眼光。②乞留屈律：同下两句中的"必彪不答""咿呖呜喇"，都是状动作特征的象声词。③干：声音嘶哑。

【译文】

杏花上满是露珠，像女子刚刚洗过的姣好的容颜一般。晴朗的远山中白云冉冉，就像青翠的发髻在闪烁一般。柔弱的柳枝梢头，烟雾蒙蒙，让人看都看不清。这浑然天成的美丽画卷，却触动了离别的人，让他满心都是忧伤。那乞留屈律从南方归来的大雁排成的队伍乱成一团，我骑着一头病驴，必彪不答地慵懒前行，杜鹃的叫声咿呖呜喇的，显得那么嘶哑。

【赏析】

起首三句鼎足对仗，"芳杏""晴峦""弱柳"三个意象构成一幅"天然图画"。而每个意象前面加上"露浸浸""云冉冉""烟蒙蒙"等叠词，更加增添了这幅春雨初霁图的柔和感与朦胧感。

四、五两句笔势突转，点出作者的"离人"身份。尽管春景旖旎柔美，但由于作者漂泊异乡，不只没有心情驻足欣赏，景色越美，作者的心情就越惆怅。后面的"归鸿行断""蹇驴步懒""杜宇声干"，把作者的凄凉心境表现得淋漓尽致。"乞留屈律""必彪不答""咿呖呜喇"等象声词的应用，说明诗人心烦意乱和不忍卒听。以象声词表现感受、心情，是散曲不同于诗、词的一大显著特点。

曲的鉴赏知识

元曲中特色十足的"鼎足对"

所谓"鼎足对"，是以"三足鼎立"的意思为这种修辞手法命名，指三个句子互为对偶，其中三句中任两句均成对偶。明朱权《太和正音谱》谓之曰"燕逐飞花对"，而不如"鼎足对"贴切。鼎足对的修辞手法在散曲中得到了最充分的发展，并臻于成熟。而晚唐五代词中已可见其雏形，如韦庄《酒泉子》中的"绿云倾，金枕腻，画屏深"之句已似鼎足对。"鼎足对"多出于作者的创意，为表达的需要，作者自制鼎足对。比如《天净沙》并不要求用鼎足对，而马致远《秋思》首三句就用了典型的鼎足对。也有曲牌之本格要求鼎足对，这种情形下，例外很少，例如【仙吕·寄生草】要求第三、四、五句鼎足对。查德卿《仙吕·寄生草·感世》中的鼎足对如："羡傅说守定岩前版，叹灵辄吃了桑间饭，劝豫让吐出喉中炭。"这种特殊的对仗有利于加强感情的强烈程度，使句式表达工整有致，意趣盎然。

湘妃引 赠别

◎汤 式

碧茸茸芳草展青毡，白点点残梅撒玉钿，黄绀绀弱柳拖金线。雨声干风力软，去匆匆无计留连。唱《阳关》一声声哀怨[1]，醉歧亭一杯杯缱绻[2]，上河梁一步步俄延[3]。

【注释】

①《阳关》：唐王维《送元二使安西》，有"劝君更尽一杯酒，西出阳关无故人"句，故又名《阳关曲》，为送别曲之代表。② 醉歧亭：苏轼有《歧亭五首》叙与故人陈慥客中相逢，有"须臾我径醉""为君三日醉"等语。歧亭，在江西九江。③ 上河梁：汉李陵《与苏武诗》："携手上河梁，游子暮何之？"河梁，桥梁。

【译文】

那碧茸茸的芳草展开一匹青色的地毯，点点雪白的残梅撒下白玉做成的发饰，鹅黄的柳条垂下一条条金色丝线。雨声渐渐没有了，风儿也柔软无力，他匆匆忙忙地离去了，我也没办法流连了。我唱起了《阳关》曲，每一声都满是哀怨。我在歧亭中醉倒，每一杯酒中都着有说不出的缠绵。我走上河梁，每走一步，都要拖延好一段时间。

【赏析】

起首三句描写"芳草""残梅""弱柳"，这三种事物各自呈现出青、白、黄的色彩，而作者又在其上面分别加上"碧茸茸""白点点""黄绀绀"等叠词，不仅使人觉得更加亲切、逼真，还起到了渲染氛围的作用。下面的"雨声干风力软"一句，为初春的野郊增添了另一番风景。其中，"雨声干"指的不是雨已停歇，而是雨丝稀而雨点重，"干"字意为清晰、单调。这就与离人无语凝咽、珠泪缓流的悲伤情状吻合起来了。"风力软"指的是风柔弱而无力，这很容易叫人想起两人别离时那惝惘的情态。

"去匆匆无计留连"句突作一转，把离别时的一

幕推上了前台。后面三句用了一组鼎足对：先是唱一曲哀怨的《阳关》，这是别离时双方互诉情愫；接着是二人在醉歧亭缱绻，这是通过醉酒来代替无尽的倾诉。最后是上河梁俄延，表现出双方离别在即时的依依难舍。这三句展示了送别的完整过程，"一声声""一杯杯""一步步"的叠词与前文相应，使全曲犹如一支嫋嫋的骊歌，动人肝肠。

蟾宫曲

◎汤 式

冷清清人在西厢，叫一声张郎，骂一声张郎。乱纷纷花落东墙，问一会红娘，絮一会红娘①。枕儿余衾儿剩，温一半绣床，闲一半绣床。月儿斜风儿细，开一扇纱窗，掩一扇纱窗。荡悠悠梦绕高唐②，萦一寸柔肠③，断一寸柔肠。

【注释】

① 絮：缠着人琐琐碎碎地说话。
② 高唐：战国时楚国台观名，在云梦泽中。传说楚顷襄王曾在此与巫山神女交合，后人遂以"高唐"喻男女欢会之所。③ 萦：牵挂。

【译文】

我独自一人冷冷清清地坐在西厢，叫了一声张郎，又骂他一声。花儿凌乱地从东边墙头上落下，我问了红娘一会儿，又絮絮叨叨地跟他说了一会儿。枕头和被子都宽余出好一大片，我睡暖了半边绣床，闲置着另一半绣床。月儿斜斜地照着，风儿细细地吹着，我打开一扇窗户，另一扇窗户却掩着。我恍恍惚惚梦见自己来到高唐与你欢会。那梦中的情景在我的柔肠中萦绕着，让我的柔肠啊，一寸寸断裂开来！

【赏析】

这首小令中的女主人公，假借王实甫《西厢记》中崔莺莺的口吻，抒发对情人的一片相思之情。曲文里的女主人公虽以"莺莺"代称，但不似相府千金小姐那般矜持、庄重，也没有小家碧玉的羞涩、含蓄，而是大胆轻佻、泼辣直爽，活脱脱的是个情窦初开、感情深挚的女子形象。作品缠绵悱恻，情韵悠长，写景、言情、描摹人物形象，俱能入木三分。

从形式上看，本曲也别具特色。全曲以重叠的句式串联起来："叫一声""骂一声"，"问一会""絮一会"，"温一半""闲一半"，"开一扇""掩一扇"，"萦一寸""断一寸"。这几组动作既相互对应，又相互矛盾，从中可见"莺莺"当时魂牵梦萦、剪不断理还乱的复杂心情。另外，这种重句的巧用以及全篇在对仗上的匠心，造成了作品回环婉转、缠绵悱恻、语俊韵圆效果。

天净沙 小景

◎汤 式

翠岩峣天近山椒①，绿蒙茸雨涨溪毛②，白叆叇云埋树腰③。山翁一笑，胜桃源堪避征徭④。

【注释】

①岩峣（tiáo yáo）：山高峻的样子。山椒：山顶。②蒙茸：草木茂密的样子。溪毛：溪中长出水面的水草和植物。③叆叇（ài dài）：云气浓重的样子。④桃源：桃花源，传说中的理想生活世界。

【译文】

高峻的山峰高耸入云。山雨让山溪中的青草长得非常茂盛，看上去绿油油的。浓重的白云遮住了大树的腰杆。山中的老人发出一声大笑对我说道：这里可以避开徭役租税，比那桃花源都还要好。

【赏析】

汤式的散曲笔法圆熟老练，神韵自然。关于他的曲子《录鬼簿》中有这样的评价："语皆工巧，江湖盛传之。"这首《天净沙·小景》就充分体现了他"工巧"的特点。

此曲的前三句是一个非常工整的鼎足对，分别从色彩着手，写了山顶、山脚、山腰这三处自然景色。虽然山上长满了树，但由于山高耸入天，山顶上的温度必然要比山脚处的低很多，山顶上树木的颜色也必然和山脚处的不同，所以山顶呈现出"翠"色而山脚则是"绿"色。这一"翠"一"绿"正体现了作者观察入微的特点。

作者大约是在山脚处仰望此山，此曲中属山脚处的景色描绘得最为细致，第二句中包含了雨、溪、水草三个意象。"茸"雨说明雨细且密，"绿蒙"写出了细雨笼罩下山色迷蒙的美妙。值得一提的是，"涨"作为"溪毛"的形容词有一箭双雕之妙，不仅写出了溪水的丰沛，还写出了水草于溪中漂浮的样子，一下子便让曲中景生动起来。而接下来的"白叆叇云埋树腰"则为山色增添了几分仙气。

在描绘完山景后，作者将"山翁"引入曲中，以山翁的笑写山中生活的惬意。曲末一句中的"胜桃源"是对前文的总结，"堪避征徭"则深化了曲子的主题——原来此处胜于桃源不在于风景优美，而在于没有赋税的负担——此语一出，小令便有了指摘现实的力度。

黄钟尾（摘调）

◎詹时雨

雁儿你写西风拙似苍颉字①，叫南浦愁如宋玉词②。恰春归，早秋至。多寒温，少传示。恼人肠，聒人耳。碎人心，堕人志。雁儿也直被你撺掇出无限相思③，偏怎生不寄俺有情分故人书半纸！

【注释】

① 苍颉（jié）：黄帝时史官，传说他创造了文字。② 南浦：面南的水域，古诗文中多用作送别之处。宋玉词指宋玉悲秋的辞赋，如《九辩》即有"悲哉秋之为气也""窃独悲此凛秋"等语。宋玉，战国时楚国的辞赋家。③ 撺掇（cuān duō）：怂恿。

【译文】

　　大雁呵，你在西风中写出的字儿就像苍颉造出的一样古朴，你在南边水面上鸣叫时，声音里满是忧愁，就像宋玉的辞赋。这正是春已经归去的时节，秋天早早地来到。你应该多给人说说天气的寒暑，别乱说远方的消息。你让人满腹愁肠，吵得人耳朵难受。你叫得人心都碎了，让人心志消颓。雁儿呵，我被你勾出了无限思念，可你怎么偏偏不给我送来那多情的人儿寄来的信呢！

【赏析】

　　本曲是元代曲作者詹时雨《一枝花·丽情》套曲的尾曲，属于摘调。

　　此曲是一首秋思曲。通过起首句的大雁南飞和三、四句的"恰春归，早秋至"，点名了时令是秋季。主人公仰望长空，借怨雁抒发对远方亲人的思念之情。

　　大雁飞于天际，主人公觉得很"拙"；"南浦"在诗文中是别离的象征，大雁在南浦之上凄鸣，主人公又觉得无比愁苦。"拙"和"愁"实际上都是在为下文的"少传示"作铺垫，表明大雁没有完成好传信的任务。

　　接着一个"多寒温""少传示"的对比，大雁给了人们多少天气变化的提醒，却始终迟迟不带来远方亲人的音信。下文："恼人肠，聒人耳。碎人心，堕人志。"连用四个消极的动词"恼""聒""碎""堕"，衬托出主人公因为没有亲人的消息而滋生的焦急之情，表面上怪在大雁身上，实则更是体现了主人公对亲人的牵

⊙作者简介⊙

　　詹时雨，生卒年、字号、生平均不详，客寓福建，活动于元末明初。著有杂剧《补西厢弈棋》，散曲今存套数一首。

肠挂肚。

　　开篇与结尾四句都是长句，就如同在絮絮念叨，其间八句都是三字短句，就仿佛在声声数落。这样的结构合在一起，就很好地表现出了主人公辗转起伏的心绪。

　　最后两句，直接道明了主人公焦急哀怨的真正原因，大雁一会儿"写西风"，一会儿"叫南浦"，却始终没有主人公内心期盼的"书半纸"。人们常说，希望越大，失望就越大，大概也因为如此，使得主人公最后来了句反诘："偏怎生不寄俺有情分故人书半纸！"直道心事，毫不隐晦遮掩。

　　对亲人的强烈思念让主人公时而柔和时而急躁，面对代表着鸿雁传书的大雁，主人公也好似在较劲般寄托相思，显得煞是可爱，人物描绘得至情至性，为人称道。

醉太平 讥贪小利者

◎无名氏

夺泥燕口①，削铁针头。刮金佛面细搜求，无中觅有。鹌鹑嗉里寻豌豆②，鹭鸶脚上劈精肉，蚊子腹内刳脂油③。亏老先生下手！

【注释】

① 夺泥燕口：指从燕子口中夺取它衔来筑巢的泥土。② 嗉（sù）：嗉囊，鸟类喉咙下装食物的地方。③ 刳（kū）：剖挖。

【译文】

从燕子嘴里抢夺筑巢的泥巴，从针上面削铁屑。刮取金佛的脸仔细搜求金粉，从无中觅有。在鹌鹑的食袋里找豌豆，从鹭鸶腿上劈精肉，到蚊子的肚子里刳油脂。亏您老下得去手。

【赏析】

此为讽世讥时之作。

从燕子嘴里夺取衔泥，从针头上削取铁屑，从佛面上刮下黄金，无中也要搜刮出有来。在鹌鹑嗉里寻豌豆，从鹭鸶腿上劈下精肉，从蚊子肚腹里刮出脂油。作者连用六句夸张的博喻之句，泼辣而明快地刻画出贪官污吏及为富不仁者贪婪凶狠的本相。曲终又以"亏老先生下手！"对贪官污吏及为富不仁者直

接抨击，显示作者无比愤慨之情。

此曲以夸张、博喻手法，于嬉笑怒骂间对当时贪婪无度、黩货病民的贪官污吏、为富不仁者进行了深刻而尖锐的揭露和抨击，生动形象，入木三分，是元人讽喻作品中的精品。

曲的鉴赏知识

元代前后期散曲作家

元代散曲作家，据任讷《散曲概论》统计，可考者为227人，其他人只能以"无名氏"冠名。依社会身份地位，可以将散曲作家划分为以下三类：第一类是书会才人作家。这一类作家无论在人生道路的选择、自我价值的认定，抑或是道德修养等诸方面，都与传统的文士大相径庭。代表作家如关汉卿等。第二类是平民及胥吏作家。这类作家在人生遭际、社会地位等方面与第一类作家并无大的不同，但他们不像第一类作家那样比较彻底地抛弃了名教礼法和传统士流风尚。代表作家如白朴、马致远等。第三类是达官显宦作家，以卢挚等为代表。后期作家主体基本上由南方人或移居南方的北方人构成。后期较有成就的作家主要有张可久、乔吉、张养浩、睢景臣、刘时中等。

醉太平

◎无名氏

堂堂大元，奸佞专权。开河变钞祸根源①，惹红巾万千。官法滥刑法重黎民怨，人吃人钞买钞何曾见②？贼做官官做贼混愚贤。哀哉可怜！

【注释】

①开河：元顺帝至正十一年（1351），征民夫十七万开凿黄河故道，引发了红巾军起义。变钞：指变更钞法，加印纸币，造成物价飞涨。②钞买钞：指元代发新币时，旧币换新币还要收加工费。

【译文】

偌大的元朝，奸佞专权。强征百姓开凿河道、违逆民心变更钞法，埋下祸根，惹得万千红巾军揭竿而起。官员滥用刑法加重百姓的怨恨，什么时候见过人吃人，钞买钞？贼人当了官，官员做了贼，分辨不清谁是愚人谁是贤人。真是可悲可怜！

【赏析】

此曲为讥讽时势之作。

本小令最早见于陶宗仪《南村辍耕录》。陶宗仪称："《醉太平》小令一阕，不知谁所造，自京师以至江南，人人能道之，古人多取里巷之歌谣者，以其有关世教也。今此数语，切中时病，故录之，以俟采风者焉。"

一首小令深入人心至"人人能道之"的程度，足见其是真实反映了当日社会情景，代表了广大民众的心声了的。它以"堂堂大元"之语开篇，经过一系列对黑暗现实酣畅淋漓的控诉，特别是五、六、七字一顿的九字句铿锵有力，叫苦之声不绝，控诉之声充耳，实有震撼人心之感。最后全曲收束在"哀哉可怜"一句，文风跌宕昭彰，气势磅礴，痛恶之情切肌入骨、无可阻挡，可谓是为元末野蛮残暴的统治唱响了最强有力的挽歌。

曲的鉴赏知识

元曲是元代社会生活的真实写照

元曲从民间的通俗俚语进入诗坛，有鲜明的通俗化、口语化的特点和犷放爽朗、质朴自然的情致，真实地反映了元代社会生活的方方面面。它歌唱人们日常生活、情怀，活泼生动，风格清新，手法多样，让人如在目前。它歌唱深切的爱情，泼辣大胆又不失缠绵柔婉，曲尽其妙。它揭露社会黑暗，锋芒直指社会弊端，直斥"不读书最高，不识字最好，不晓事倒有人夸俏"的社会，直指"人皆嫌命窘，谁不见钱亲"的世风。从各种角度还原了全面真实的元代社会生活风貌。

塞鸿秋 山行警

◎无名氏

东边路西边路南边路，五里铺七里铺十里铺^①。行一步盼一步懒一步，霎时间天也暮日也暮云也暮。斜阳满地铺，回首生烟雾。兀的不山无数水无数情无数^②。

【注释】

① 铺：宋代称驿站为铺，元代沿用其制。② 兀的不：如何不，怎不。

【译文】

东边路西边路南边路，五里铺七里铺十里铺。走一步盼一步懒一步，突然发现天色晚了太阳西斜晚霞满天。落日余晖洒满大地，回头一看烟雾迷蒙，山无数水无数情无数。

【赏析】

曲的题目"山行警"颇令人玩味。"东边路"和"五里铺"两句说明曲中人行路之多，而"路"与"铺"的重复出现则暗示读者，曲中人的旅程还远没有结束。接下来的"行一步盼一步懒一步"似乎说明，曲中人的山行是不得已之举，"行""盼""懒"写出了他满心疲倦，步履蹒跚的样子。也暗示读者，他已经厌烦了这样的生活，很想停下脚步安身立命。

太阳并非一下子沉入西山，"天也暮日也暮云也暮"前的"霎时间"实是曲中人的错觉，作者将此三字放在该句之前，是想告诉读者，曲中人行走山间心事重重。他无心欣赏周围的景物，才没有注意到时间的流逝。

有意思的是，发现天色已晚，曲中人不是加快脚步，而是站定下来回头眺望。但在重重烟雾之下，他很难看清远方的景致。"山无数水无数"寓意前路漫漫。重重山水将曲中人衬托得渺小卑微，曲末的"情无数"意味深长，曲中人的惆怅、迷茫、疲倦、忧伤……尽在其中。

此曲意境悠远，语言上也很有特色，除五、六句外，其余皆是仅一字之别的词组、短句，一眼看去累累如贯珠，读起来顿挫有致。

塞鸿秋 村中饮

◎无名氏

　　宾也醉主也醉仆也醉，唱一会舞一会笑一会。管甚什么三十岁五十岁八十岁，父也跪子也跪客也跪①。无甚繁弦急管催②，吃到红轮日西坠。打的那盘也碎碟也碎碗也碎。

【注释】

①跪：指跪坐。②繁弦急管：指喧闹的奏乐声。

【译文】

　　宾客喝醉了，主人喝醉了，就连仆人也喝醉了。大家时而歌唱时而欢笑。哪管它是三十岁、五十岁，还是八十岁。父亲跪下来，儿子跪下来，客人也跪了下来。没有什么音乐的催促，一直吃到太阳落山，盘子打碎了，碟子打碎了，碗也被打碎了。

【赏析】

　　此曲运用"隔离反复"的表现手法来铺陈意象，达到了合而不乱，多而不散的功能效果，也在内容上充实了乡村宴饮的酣畅欢快度，从而使得场面更加随性。

　　客人醉了，主人醉了，仆人也醉了，大家一会儿唱歌，一会儿跳舞，一会儿欢笑，不管是三十岁、五十岁还是八十岁，长辈跪坐着，儿子跪坐着，宾客也跪坐着。这些欢饮娱乐的画面都充满着不拘礼节，不分老幼，也不问身份的随意性。

　　这样的情景，并不是只有在乡村宴饮中才能看到的，在宫廷王府、州县豪门的宴饮中也一样有可能看到，只不过在乡村宴饮中更加常见罢了。那么"无甚繁弦急管催"一句的插入，就显得颇为精巧了。这正是体现出乡村独有的特色的一个细节。没有了管弦乐曲的杂糅其中，人就不仅是宴会的主角，而且也成了所有乐趣的创造者，兼为享受者的身份，使得这乐趣更加凸现出来了，这是宫廷王府、州县豪门的宴饮中所不能有的。

　　但是可以看到，如果把第四句的"父也跪子也跪客也跪"提到曲子开头，或许在层次安排上，显得更加合理，程度有一个发展的次第，"跪"较之于"醉"在表现力度上有减弱。但或许原曲也正符合作者本身想表达的自然随性、无拘无束的宗旨。

　　全曲淋漓尽致地表现了作者向往反璞归真的人生

价值追求，形象生动，颇具趣味。除第五、六句之外，每句均重复三次使用韵脚的形式，也使全曲节奏明快，铿锵作响；而第五、六句又使这样整齐划一的节奏得到了必要的调节，增加了变化。这种明快而有节律的曲句，显然也对宴饮的酣畅欢快起到了很好的烘托作用。

曲的格律知识

元人独创之巧体

　　元代散曲中出现了种类繁多的巧体，其中有通篇押同一字韵的独木桥体，如周文质的《正宫·叨叨令·自叹》："筑墙的曾入高宗梦，钓鱼的也应飞熊梦，受贫的是个凄凉梦，做官的是个荣华梦。笑煞人也么哥，笑煞人也么哥，梦中又说人间梦。"有通篇或多处采用相同句式或语气的句子的重句体，如关汉卿的《沉醉东风》："忧则忧鸾孤凤单，愁则愁月缺花残，为则为俏冤家，害则害谁曾惯，瘦则瘦不似今番，恨则恨孤帏绣衾寒，怕则怕黄昏到老。"等等。另外有每句中除韵脚外，都用叠字韵的叠韵体；前一句末字为后一句首字的顶真体；通篇由叠字构成的叠字体；句中的字面反复运用的反复体；用曲牌名连缀成篇的集曲名制曲；其他的还有嵌字体、短柱体、连环体、集谚体等等。巧体是元代文人在前人偶用修辞的基础上创出来的体式，极大地丰富了传统文学的内容和形式。

一半儿

◎无名氏

南楼昨夜雁声悲，良夜迢迢玉漏迟①。苍梧树底叶成堆。被风吹，一半儿沾泥一半儿飞。

【注释】

①良夜迢迢：长夜漫漫。迢迢，这里指漫长。

【译文】

南楼昨夜有大雁飞过，发出悲伤的声音。长夜漫漫，玉漏也仿佛慢了下来。苍梧树下的落叶已经多成了一堆，被风一吹，一半儿沾着泥土，一半儿飞了起来。

【赏析】

本曲是以哀景写哀情，衬托了作者矛盾、绝望和愁苦的心情。

长夜漫漫，主人公听到头顶大雁悲鸣而过，计时的漏壶声也仿佛缓慢了不少。先以大雁的悲鸣衬托主人公内心的悲凉，再以玉漏的"迟"来反衬主人公的难成眠。愁情与孤独跃然纸上。

梧桐树下堆成一堆的枯叶，被一阵秋风吹过，落叶或者混入泥泞，或者四散纷飞。这句话是实景也是象征，象征着主人公的某种对于寂寞的绝望，和对于辗转奔波的处境的不甘心，以风卷落叶的细节烘托了人心的凄凉，以景寓情，情景杂陈。

曲写秋夜难入眠之人的感受，全曲未着一字写情，然而作者以烘托、渲染的手法淋漓尽致地刻画了主人公内心世界的寂寥与悲凉。

曲的鉴赏知识

化情思为景物

情思是看不见的，是虚的；景物是可见的，是实的。元曲以通俗易懂为贵，有时候直抒胸臆还不足以将心绪阐释明白，将需要将无形的情思寄托在有形的景物上，让读者自行体味。清代学者方士庶这样总结化情思为景物的写作手法："山川草木，造化自然，此实境也。因心造境，以手运心，此虚境也。虚而实为，是在笔墨有无间。"

红绣鞋

◎无名氏

窗外雨声声不住，枕边泪点点长吁。雨声泪点急相逐，雨声儿添凄惨，泪点儿助长吁。枕边泪倒多如窗外雨。

【译文】

窗外，雨下得没完没了，人长吁短叹，枕头上泪痕点点。雨声和哭泣的声音两两呼应，雨声为这情景更添凄惨，泪点则促使人唉声叹气。枕边的泪竟然比窗外的雨还要多。

【赏析】

此曲通篇都在以窗外之雨对照枕边之泪。以雨喻泪的写法并不罕见，此曲很容易让人联想起唐代诗人温庭筠的《更漏子》："梧桐树，三更雨，不到离情正苦，一叶叶，一声声，空阶滴到明"。但这首曲子亦有自己的特色，只用了"雨"和"泪"两个意象就表现出人物凄恻的内心世界。

曲子以一个对偶句领起，第一句中的"声声"和第二句中的"点点"写出了雨之多、泪之多，让人如闻雨之声，如见人之悲泣。"雨声泪点急相逐"旨在以雨之急衬情之悲，说明曲中人的悲伤不是淡淡的、悠悠的，而是强烈的、浓重的。"雨声儿添凄惨"，伤心的人眼中尽是伤心之景，情与景共生共长，雨与泪浑然一体，此处的雨声成功地烘托出一幅凄凉景象。作者并没有写明曲中人悲伤的原因，但是从"泪点儿助长吁"人们却可以看出曲中人的心事重重。她一边哭一边叹，让人好不怜惜。枕边之泪不可能比窗外的雨多，曲末一句"枕边泪倒多如窗外雨"实为夸张之语，以强化曲子的表现效果，引起读者的联想。

曲终归要诉之听觉，作者让"雨声"和"泪点"彼此对照反复出现，无形中增强了曲子的节奏感，使之读来有板有眼，朗朗上口。全曲采用顶真体的方式，体现了作者高超的手法和精巧的构思。

曲的鉴赏知识

元曲中的顶针格

顶针，也称顶真、联珠、蝉联，是文学中的一种修辞手法，指上句的末几字与下句的开头使用相同的字或词，使语句声韵顿挫有致，语句紧凑而生动，一般不限制上下句的字数或平仄。如元代无名氏所作的《小桃红》："断肠人写断肠词，词写心间事。事到头来不由自。自寻思，思量往日真诚意。意诚是有，有情谁似，似俺那人儿？"

这支小令句与句之间联绵而下，句句相接而不失其自然流畅。元代散曲的巧体中这种修辞手法出现得比较多，比如刘庭信的水仙子中运用了多种修辞手法，其中就有顶针："恨重叠、重叠恨、恨绵绵恨满晚妆楼，愁积聚、积聚愁、愁切切愁斟碧玉瓯，懒梳妆、梳妆懒、懒设设懒黄金兽。"每一长句中的几个短句都用了顶针手法，使得一个长句变得紧凑而连绵，将女主人愁恨绵绵不断的情态表达得生动形象。又如无名氏的《红绣鞋》全篇运用顶针修辞手法："窗外雨声声不住，枕边泪点点长吁。雨声泪点急相逐，雨声儿添凄惨，泪点儿助长吁。枕边泪倒多如窗外雨。"其中以第一句的"雨声"、第二句的"泪点"，合作第三句的开头，然后又分作四、五句的开头，最后将第二句开头的三个字"枕边泪"作为结句的开头。全曲顶针修辞格的运用安排巧妙，十分生动地烘托出风雨中以泪洗面的悲哀凄凉气氛。

寄生草

◎无名氏

人百岁，七十稀。想着他罗裙窣地宫腰细①，花钿渍粉秋波媚②，金钗敧枕乌云坠。暮年翻忆少年游③，不如今朝醉了明朝醉。

【注释】

①窣（sū）地：拂地。②花钿：花形首饰。③翻忆：回忆。

【译文】

人生百年，能活到七十岁的就已经十分稀少了。想念她纤纤细腰和美丽的衣裙，想念她头上的花钿脸上的脂粉和含情脉脉的眼神，金钗落在枕边，乌云一般的发髻散落下来。人到暮年回忆起少年时游乐的情景，还不如今天一醉方休明天大醉不起。

【赏析】

"人百岁，七十稀"，起首两句无疑是在概叹人生苦短，结合后面一句的"想着"，人们不难想到此曲是作者暮年思旧之作。紧接着的三个鼎足对勾勒出一个身材袅娜，情致动人的女子形象。然而，这三句又不只是对女子相貌的怀念，仔细观察就会发现三句中暗含了一段风流往事。"罗裙窣地宫腰细"是作者与女子初见时女子的样子，"钿渍粉秋波媚"说明二者已互生情愫，"金钗敧枕乌云坠"则告诉读者两人已有肌肤之亲。

作者没有明言他和女子的结局，而从曲的后半段来看，两人最终没能走到一起。这段情事深藏在作者内心，对作者影响颇大，以至于几十年过去了，他仍然不能将其忘怀。"暮年翻忆少年游"，多少怅惘尽在其中。暮年的苍凉无奈和少年时的意气风发形成鲜明对比，美好的往事已成过去，黯淡的未来又无任何让人期待之处。哀叹悲伤之际，作者选择了借酒消愁。"不今朝醉了明朝醉"将作者沉痛、无奈的心情传递出来，进一步说明他是如何放不下和那名女子的曾经。若不结合对少年时这段感情经历的回忆来看，这句话就只是一句表达消极颓废的人生态度的句子了。前后内容互相映衬，互相补充，既丰富了曲子的内涵，也深化了感情的表达。

以自己的真实经历为题材，将真情实感注入曲中，想不打动人也难。

从结构上看，从"人百岁，七十稀"这样格调沉冷的暮年心绪抒发突然转向香艳绮丽的情爱描写，前后形成了巨大的反差。这样的反差使读者心中产生了一种怦然震动的感觉，从而更加凸显出作者年少时那段缠绵情史的美好，处于暮年的作者对这段感情的怀念，就这样通过巧妙的跌宕表露无遗了。前后写人生感慨，中间写香艳情爱的结构，使得全曲凄婉的基调在对往昔的回想中得到了变化之美，也使文章在艺术表现方面更具张力。

三番玉楼人

◎无名氏

风摆檐间马①，雨打响碧窗纱，枕剩衾寒没乱煞②。不着我题名儿骂，暗想他，忒情杂，等来家，好生的歹斗咱。我将那厮脸儿上不抓，耳轮儿揪罢，我问你："昨夜宿谁家？"

【注释】

① 檐间马：屋檐间的铁马。铁马即风铃。② 没乱煞：指急得不知如何是好。

【译文】

风将屋檐下的风铃吹得摇摇摆摆，雨打在碧绿的窗纱上发出响声。孤单一个躺在床上急得不知如何是好。用不着指名道姓地骂，暗暗地想他。他用情太不专一，等他来，怎么能这样欺负人。我要在他脸狠狠地抓几下，揪着他的耳朵问他："昨夜睡在谁家？"

【赏析】

此曲写闺中女子怨恨之情。

风铃响，风雨作，但是她的爱人却深夜不归，她料想他定是在某处眠花宿柳，心中除了焦急，更是生出了浓浓的怨恨。她暗下决心，等花心郎回来要和他大闹一场，要撕他的脸，揪他的耳朵，然后审问他昨夜究竟在哪里鬼混。

作者用"不着我题名儿骂"一句引出对女子心理活动的描写，一个"骂"字可谓惟妙惟肖。在中国古代文化里，女子给我们的，通常都是温柔贤惠，对丈夫恭顺之至的形象；而曲中人物一出场就让我们看到一位言辞犀利，举止粗野的妇女。这样的人物形象，在对平民百姓的恩爱生活的描写中，更让人暗暗叫好。抓脸、揪耳朵这样的举动，将这位妇女活泼开放的性格表现得更加生动、饱满了。"我问你：'昨夜宿谁家？'"语言直白且口语化，为全曲增添了浓厚的生活气息。

此曲语言生动活泼，声情并茂地表现了一位性格泼辣、敢爱敢恨，要求爱人对爱保持忠贞的"严妻"形象，读后让人心生爱怜之余，也对女子的勇敢由衷地敬畏。

这首曲子最为特别的地方，在于对女子闺中独守情景的描写。风吹响了檐间的铁马，雨打在窗纱上，

被子显得有些冷了。这样的细节描写，实际上是对女子孤独寂寞情怀的一种映衬。正是因为独守闺中寂寞难耐，才会被这样一些无关紧要的事物搅动心绪，一个人在床上心烦意乱。从另一方面看，这也反映了女子内心细致的一面，与下文对其泼辣形象的描写相结合，全曲人物形象便显得更加丰满了。

水仙子（一）

◎无名氏

　　夕阳西下水东流，一事无成两鬓秋。伤心人比黄花瘦，怯重阳九月九。强登临情思悠悠，望故国三千里，倚秋风十二楼①。没来由惹起闲愁。

【注释】

① 十二楼：泛指高楼。

【译文】

　　夕阳西下，江水向东流去。到两鬓斑白还一事无成。人伤心难过，比黄花还要憔悴，怕过九月九日重阳节。勉强登上高楼，思绪绵长，看故国三千里风光，人在高楼上秋风迎面而来。没来由地生出了许多闲愁。

【赏析】

　　此曲是作者重阳登临抒怀之作。

　　夕阳西下，江水东流；一事无成，两鬓却已斑白。首两句作者以"夕阳西下"和"水东流"比喻时间的流逝，将"一事无成"与"两鬓秋"对举，反衬出作者的伤心失意、憔悴不堪。作者使用两组当句对，既加强了句子的节奏感，又使得互成对偶的两组意象更加突出，人物的情感也从而得到了加强。

　　"伤心人比黄花瘦"语出宋代女词人李清照《醉花阴·薄雾浓云愁永昼》："莫道不消魂，帘卷西风，人比黄花瘦。"关于此词，相传有一个故事："易安以重阳《醉花阴》词函致明诚。明诚叹赏，自愧弗逮，务欲胜之，一切谢客，忘食忘寝者三日夜，得五十阕，杂易安作以示友人陆德夫。德夫玩之再三，曰：'只三句绝佳'。明诚诘之，答曰：'莫道不消魂，帘卷西风，人比黄花瘦。'正易安作也。"（见《元伊世珍·琅嬛记》）故事未必是真的，但它充分说明，世人对此三句词给予了极高的评价。作者将此句用在这里，恰合当时情景：正值九月初九，夕阳西下的黄昏，作者人已经老

了，怀念故乡的愁绪夹杂着怀旧之情，自然显得消瘦憔悴了。

　　作者怕重阳来到，又勾起离恨乡愁，更不想愁愧交加的心情雪上加霜，便只好强打精神登高临远，遥望着远方的故乡，在秋风中独倚层楼，作者情思悠悠，又没缘由地生出了许多闲愁。在这里，"没来由"也可以算是一处巧妙的曲笔。重阳佳节，登临远望，怀念故乡的思绪与老来一事无成的创痛萦绕心间，忧愁自然而然就来了，怎么会没来由呢？实际上，这两种忧伤的情绪，在作者心中其实萦绕已久，只是在重阳佳节这样一个特定的时间，变得更加浓厚了。

　　此曲意在抒发人生失意、老来凄凉之感以及怀乡之情，言辞悲怆，意境清冷，虽然无甚突出之处，却也写得工整，表达情感直白，毫不做作矫饰，可说是元曲中此类题材的代表。

水仙子（二）

◎无名氏

临行愁见整行李，几日无心扫黛眉①。不如饮的奴先醉②，他行时我不记的。不强似眼睁睁两下分离。但去着三年五岁，更隔着千山万水。知他甚日来的③？

【注释】

①扫黛眉：描眉。②奴：古时女子自称。
③来的：得以回来。

【译文】

临别在即，一整理行李就感到忧愁，好几天都没心思梳妆打扮。还不如让我先喝醉，这样就不会记得他离开的情景了。这难道不比眼睁睁地看着两人天各一方要好？他一走就是三年五载，和我相隔千山万水，怎么可能知道他什么时候才能回来？

【赏析】

曲子将女子对情人的不舍表现得十分细腻。作者非常擅长心理描写。"临行愁见整行李"一是因为整行李喻示着临别在即，二是因为整行李这件事会不断提醒曲中人，情人要走很久、走很远。"几日无心扫黛眉"不禁让人联想起宋代词人柳咏的"便纵有千种风情更与何人说"，后者也是写离别之情。对女子而言，"扫黛眉"是为取悦情人，而如今即将与情人分开，心中被愁苦充斥，已没有了取悦他人的心思。

"不如饮的奴先醉"说明曲中人对离别的充满恐惧。她希望这件事不会发生，即使发生了她也希望自己忘记，因为她无法承受分离的痛苦。她试图在酒中寻找安慰，以便能恍恍惚惚地挨过分别之日。然而，与其说她害怕离别，不如说她害怕失去情人。情人一走便是三年五载，要去的还是千山万水之外。"知他甚日来的"，对方还未远行，她就已经开始想象他归来的情景，恨不得一眨眼就挨过分离的年岁。曲末的一个问句既包含了不舍和忧伤，也包含了忐忑、担心，对情人一往情深尽在这洋溢着哀怨之情的问句之中。

曲的鉴赏知识

宫调

在音乐上，中国历代称宫、商、角、变徵、徵、羽、变宫为七声。其中任何一种为主，均可构成一种调式。凡以宫声为主的调式，称"宫"（即宫调式），而以其他各声为主的则称"调"，如高调、角调等，统称宫调。以七声配十二律（黄钟、大吕、太簇、夹钟、姑洗、仲吕、蕤宾、林钟、夷则、南吕、无射、应钟），在理论上可得十二宫、七十二调，合为八十四宫调，又称八十四调。但实际上并不全用，南宋词曲音乐仅用七宫七一调；元代北曲用六宫七一调；明清以来南曲用五宫八调，合称"十三调"；而最常用者不过五宫四调。

水仙子（三）

◎无名氏

烟笼寒水月笼沙①，江上行人陌上花。兰舟夜泊青山下，秋深也不到家，对青灯一曲琵琶。我这里弹初罢，他那里作念煞②。知他是甚日还家？

【注释】

①"烟笼"句：杜牧《泊秦淮》诗句。② 作念：记念，想念。

【译文】

烟雾笼罩着凄凉的水面，月光铺遍沙岸。行人漂泊在江面上，那田间的野花开得正艳。入夜后兰舟停泊在青山下。已经深秋了还没有到家，对着青灯一盏来把琵琶轻弹。我这里才弹完一曲，他那里一定把我深深思念。不知他哪一天也把家还？

【赏析】

"烟笼寒水月笼沙"出自杜牧的《泊秦淮》，作者将该句放在曲首，一是告诉读者曲中故事发生的地点——江边，二也是为给全曲奠定清冷的基调，烘托曲中人的心情。而接下来"江上行人陌上花"一句则颇令人玩味，这个"江上行人"究竟是指曲中人自己呢，还是指曲中人思念的人？"陌上花"一词原出自五代时期吴越王钱镠赠予妃子戴氏的诗句。传说一年春天，钱镠出宫游览，见田间花色正艳，不由思念起回娘家的戴氏，便写下"陌上花开，可缓缓归"一句寄予对方。不管"江上行人"指谁，"陌上花"一出便知这是一首描写思情的曲子。

由于在古代"兰舟"多指女子所乘之舟，可见曲中人乃一女子。不知什么缘故，她和情人失散，漂落在外。"秋深也不到家"散发着深深的无奈，她不单被思念之痛纠缠，还承受着羁旅之苦。夜深人静之时，这孤苦寂寥无以排遣，她试图用弹琵琶派遣心事，可是"里弹初罢，他那里作念煞"，弹着琵琶，心却依然在情人身上。"青灯"照出了她的孤寂，让她楚楚可怜。"知他甚日还家"，曲中人自己尚且漂泊在外，还一心惦念对方，该句充分体现了她对情人的脉脉深情，同时也和前面的"江上行人"相互照应。至此，读者才明白，原来这是一首行人思行人的曲子，这不能不让人牵挂起曲中人的命运。

曲的鉴赏知识

一切景语皆情语

清代文艺理论家王国维在《人间词话》中这样写道："昔人论诗，有景语情语之别，不知一切景语皆情语也。"文学作品中的情、景，是不割离的。但凡大家的作品，用王国维的话说"其言情也必沁人心脾，其写景也必豁人耳目"。作文者要学会将外物看成有情有意的活物，与物同一，才能游刃有余地以景达情。

朝天子 志感

◎无名氏

不读书有权，不识字有钱，不晓事倒有人夸荐。老天只恁忒心偏①，贤和愚无分辨。折挫英雄，消磨良善，越聪明越运蹇②。志高如鲁连③，德过如闵骞④，依本分只落的人轻贱⑤。

【注释】

① 恁：如此。忒：太。② 运蹇（jiǎn）：命运坎坷。③ 鲁连：鲁仲连，战国时齐国高士。④ 闵骞：名损，字子骞，孔子弟子，以品德高尚著称。⑤ 轻贱：看不起。

【译文】

不读书的人有权，不识字的人有钱，不明事理的人有人夸奖有人推荐。老天为何如此偏心，贤和愚都分辨不出。让英雄受挫折，让良善受折磨，越是聪明运气就越差。志气像鲁连那样高，德行胜过闵骞，本本分分做人却只落得被人轻贱的下场。

【赏析】

此曲为愤世之作，字里行间都洋溢着对社会阴暗面的不满。在古代，知识分子一度是四民之首，到了元代，其地位却急剧下降。元代的统治者并不注重学术文化，尽管出于巩固统治的需要，其大力推崇理学，提拔了诸如姚燧、许衡等理学学者，但总的来看，读书人仍饱受歧视。当时，民间甚至有"生员不如百姓，百姓不如祗卒"的谚语。人们普遍轻视儒生，就连"小夫贱吏"都看不起儒生。此曲中的"依本分只落的人轻贱"正是对当时社会的真实写照。

另一方面，在元代，知识分子也很难通过科举考试进阶。科举考试在元朝停办七十八年。很少有人能靠读书进入国家的权力阶层。由此看来此曲中所说的"不读书有权，不识字有钱，不晓事倒有夸荐"并非为作曲而特地夸大其词。事实上，在当时即使是步入仕途的儒生，境况也不容乐观，他们无法和蒙古人、色目人平起平坐，多沉抑下僚。

"老天只恁忒心偏，贤和愚无分辨"与其说是在咒骂上天，不如说是在表达对当政者的愤慨。而从"志高如鲁连，德过如闵骞"又可看出，作者不平不单因为自己身份卑微，无权无钱，更是因为一腔报国之心、一身才华无处施展。这激愤悲歌很能代表元代知识分子的心声。

朝天子 庐山

◎无名氏

早霞，晚霞，妆点庐山画。仙翁何处炼丹砂①？一缕白云下。客去斋余②，人来茶罢，叹浮生指落花。楚家，汉家③，都做了渔樵话。

【注释】

① 丹砂：道家炼丹的原料。② 斋余：指饭后。斋：吃素。③ 楚家、汉家：指楚汉之争。

【译文】

早霞和晚霞，将这庐山妆点得如画一般美丽。若问仙翁在哪里炼丹药，但看那一缕白云下。客人吃完饭走了，人来了喝完茶。一面慨叹浮沉人世，一面数着落花。楚家也好，汉家也罢，都成了渔樵的闲话。

【赏析】

曲前三句写景，寥寥数笔就勾勒出宛若仙境的庐山风光。"仙翁何处炼丹砂"，对着这美丽的风光，作者大胆地展开联想，也许在哪缕白云下，就能找到仙人的踪迹。"客去斋余，人来茶罢"则旨在表现一种顺任自然，自由自在的生活方式。客人们来来往往，

> **曲的鉴赏知识**
>
> **黄冠体**
>
> 黄冠体是一种元代散曲的风格。黄冠，即道士之冠，后指道士。这种体式偏重在内容方面表现道家的逸情远趣。朱权《太和正音谱》对此体的解释最为详细，其这样写道："神游广漠，寄情太虚，有餐霞服日之思，名曰道情。"

有缘即聚，缘尽则散，不拘世俗礼仪。"叹浮生，数落花"，说明作者的心灵已经从凡尘俗世中解脱出来，他将往日的经历付诸一叹，人则沉浸在自然景物中，悠闲地数起落花。"楚家，汉家，做了渔樵话"依然是作者悠闲生活的写照，但同时也有几分劝人淡漠功名，寄情山水的意味。

骂玉郎过感皇恩采茶歌 鏖兵

◎无名氏

　　牛羊犹恐他惊散，我子索手不住紧遮拦①。恰才见枪刀军马无边岸，唬的我无人处走，走到浅草里听，听罢也向高阜处偷眼看②。吸力力振动地户天关③，唬的我扑扑的胆战心寒。那枪忽地早刺中彪躯，那刀亨地掘倒战马④，那汉扑地抢下征鞍⑤。俺牛羊散失，你可甚人马平安⑥？把一座介丘县，生扭做枉死城，却翻做鬼门关。败残军受魔障⑦，得胜将马奔顽⑧。子见他歪刺刺赶过饮牛湾⑨。荡的那卒律律红尘遮望眼，振的这滴溜溜红叶落空山⑩。

【注释】

①子索：只得。②阜：土堆。③吸力力：象声词。④忽、亨：皆为象声词。⑤扑：象声词。抢下：头朝下跌落。⑥甚：说什么。⑦魔障：灾难。⑧奔顽：狂奔。⑨子：只。歪刺刺：同"哇啦啦"。⑩振：通"震"。

【译文】

　　害怕牛羊骚动惊散，我只好张开手紧紧地拦住它们。这才发现四周已刀枪林立，军马多得看不到边。慌得我不知道往哪里躲，只好藏在短短的草丛中小心聆听，听完了还到高高的山坡上张望了一下。只见两军杀得惊天动地，让我胆战心惊。那杆枪猝不及防刺中彪悍的身躯，那把刀又呼地一声砍倒战马。那个汉子扑到地上抢下征鞍。我的牛羊走散了，你的人马又怎么能平安？把一块寻常的地面硬生生地变成了枉死城、鬼门关。战败的军队像遇到魔障，得胜的一方骑着马狂奔乱玩。只看那队伍歪歪扭扭地跨过饮牛湾，士卒们掀起的滚滚尘土遮迷了人眼，震得这空山中的红叶滴溜溜地落了下来。

【赏析】

　　牛羊忽然惊散，放牧人遮拦不住，这时才看见前

面刀枪军马铺天盖地压来。他惊惶失措，无路可走，于是躲到草丛中，先是听着动静，而后探出头偷偷向外观看。那是两军交战，人仰马翻，地动天摇，吓得放牧人心扑通扑通地跳。他又暗地里埋怨："打仗害得我牛羊散失，你们又怎么可能人马平安？这介丘县城，也被你们弄成了枉死城、鬼门关。"再向外看，两军已决出胜负，一军败走，一军追赶。人马过后红尘遮天，振得红叶片片落空山。这首曲子以一个牧人的亲身见闻，描写了两军之间的一场恶战，情节扣人心弦，场面惊心动魄。值得一提的是，曲中关于战争的描写并不完全以第三方（牧人）白描完成，而是结合了他自己于其中的惊悸动态和诸多的内心感受，使得全篇血肉丰满，状物绘形宛然若见。

鹊桥仙 大雨

◎无名氏

城中黑潦[1]，村中黄潦，人都道天瓢翻了。出门溅我一身泥，这污秽如何可扫？东家壁倒，西家壁倒，窥见室家之好。问天工还有几时晴？天也道：阴晴难保。

【注释】

① 潦：积水。

【译文】

城中黑水一片，村里黄洋无边，人们都说天上的水瓢翻了，都倾向人间。刚一出门就溅了一身泥，这污秽的东西怎么才能清扫干净啊！东家的墙壁倾倒了，西家的墙壁倒坍了，家里的隐私全都让外人看见了。问老天要到何时才出现晴天？老天说它也保不准以后是阴天还是晴天。

【赏析】

曲子看似是写暴雨中的村庄，实际却在指斥现实。起首三句极言雨大且急，描摹景物形象逼真。譬如，同是积水，作者便注意到城中与村中的不同。城中走动者多，所以积水成黑色。村中土多，所以一片黄浆。人常用"瓢泼"形容雨大，而"天瓢翻了"显然比"瓢泼大雨"更能表现雨势猛烈。

在这样的大雨天出门，难免不被溅上一身的泥。但接下来的"这污秽如何可扫"却给人意在言外的感觉。"东家壁倒，西家壁倒"便已不是单纯地在说雨大，尤其是结合后面的"窥见室家之好"。雨冲毁了"东家""西家"，"室家"却完好无损，可见"壁倒"既是天灾也是人祸——平民百姓竟然连个能抵挡大雨的房子都建造不了。于是，"问天公还有几时晴"。不是在问雨何时休，而是在问世道何时才能清明。曲末的"天也道：阴晴难保"说明作者对百姓的生活充满忧虑。此曲最大的特点就是运用许多双关语，言尽而意不尽。

据元代文人孔齐《至正直记》的记载，此曲为一江西人士所作。孔齐读罢此曲，感受颇深，留下了这样一段评语："咏其词旨，盖亦有深意焉，岂非三百篇之后其讽刺之遗风邪？"元曲表现领域之宽，用词之辛辣，可见一斑。

塞鸿秋

◎无名氏

　　分分付付约定偷期话，冥冥悄悄款把门儿呀①。潜潜等等立在花荫下，战战兢兢把不住心儿怕。转过海棠轩，映着荼蘼架。果然道色胆天来大。

【注释】

① 呀：借作"桠"，推开。

【译文】

　　嘱咐了又嘱咐牢记约定佳期的话，晚晚地悄悄地把来了把门儿"呀"一声推开了。蹑手蹑脚站在花荫下等了又等，战战兢兢心里忍不住还是担惊受怕。移步转过海棠轩，对着荼蘼花架照看人影。人们说"色胆包天"，果然是这样。

【赏析】

　　此曲前四句都运用了叠词，且结合运用摹状的修辞手法，令人如身临其境，在内容上起到了很好的烘托作用，在结构上使得曲子音律感极强，急促跳动，铿锵有力。这首曲子以女子的身份描述了其夜晚私会的情景。在当时的社会条件下，深夜私会对于女子来说是不光彩的事情，而曲中的女主人公却直言不讳，可见其对于情郎的绵绵情意。

　　"冥冥悄悄""潜潜等等"两个叠词在元曲中很常用，可以说是幽会的专用语，此曲则把主人公小心翼翼、蹑手蹑脚、不露形迹的动作描写刻画得惟妙惟肖，也对环境的宁静起到了渲染的作用。深夜，女子谨慎地打开房门，可是房门还是发出了"呀"的一声叫唤，使得女主人公紧张至极，她蹑手蹑脚地跑到花荫下躲起来，心里小鹿乱撞，害怕极了。由此可见这女主人公必定是头一次私会，绝非风流之辈，展现了女主人公的稚嫩和单纯。

　　可是下片一扫前文的遮遮掩掩，在荼蘼架边，她大胆地站定了。一个"映"字，把女主人公不避讳的心理和大胆地等待情人到来的行为，表现得活灵活现。末句则是女主人公自发的感慨："果然道色胆天来大。"这是女子勇敢的自白。女主人公微妙的心理变化，是此曲的高明之处，这种变化或缘于此处便是他们相会之地，或因为想起情郎对于自己的一往情深。总而言之，作者不拘一格、不局限于繁文缛节的写作风格，在当时的社会背景下，是值得称道的。

叨叨令

◎无名氏

绿杨堤畔长亭路①，一樽酒罢青山暮。马儿离了车儿去，低头哭罢抬头觑。一步步远了也么哥，一步步远了也么哥，梦回酒醒人何处。

【注释】

① 长亭：驿道上定点设立的供行人休歇的亭所，古人多于此送行。

【译文】

绿杨堤畔，有一座离别的长亭。一樽别酒饮罢，青山已经没入黄昏里。他骑着马儿前行，我坐着车儿往回走，低着头哭了好一阵子，又连忙抬头遥看。一步步越离越远，一步步越离越远。今夜从醉梦里醒来，却不知他去了何处？

【赏析】

此曲描绘了一幅长亭送别的场景。首句点明别离的地点，"绿杨"二字表明当时的节令为春天。次句则是临行前的饯别宴，"青山暮"三字交代了具体时间，渲染出当时清冷悲凉的意境，同时也暗示离别的时刻马上就要到了，再也没有延续的可能了。第三句详细描写离别时的一幕，"马儿"为男子所骑，"车儿"属女子所乘，直要待到"马儿离了"车儿方始行动。这两句很容易让人想起元代王实甫《西厢记·长亭送别》中的一句："霎时间杯盘狼藉，车儿投东，马儿向西。两意徘徊，落日山横翠。"而到了第四句，又转写女主人公在车儿启动归家时的情态。她忍不住痛哭失声，然而很快又强抑悲声，由于马儿刚刚离去，还赶得及再多望情人几眼。五、六两句写的正是目送的情

形。"一步步远了也么哥，一步步远了也么哥"，这两句没有实际意义，用来渲染女主人公心境的愁苦。末句"梦回酒醒人何处"，女子回到家中，借酒消愁，渴望醉后在梦里觅见情郎的踪迹；可是酒醒后"人何处"的一问，更让她伤心断肠了。

游四门 海棠花下月明时

◎无名氏

海棠花下月明时，有约暗通私。不甫能等得红娘至①，欲审旧题诗。支，关上角门儿②。

【注释】

① 不甫能：即"甫能"，刚刚，恰才。红娘：《西厢记》中促成崔、张姻事的侍女。② 角门：边门。

【译文】

海棠花下月色正明的时候，正好是同佳人约会的好时机。好容易等到了小红娘来临，待要问传给小姐的题诗怎么样。"吱"的一声，角门儿忽地紧闭！

【赏析】

《西厢记》第三本中，写到张生托红娘暗递诗简，得到了莺莺的回音："待月西厢下，迎风户半开。隔墙花影动，疑是玉人来。"及至张生兴冲冲应约前往，却不料遭受莺莺沉下脸一阵抢白，差点"整备着精皮肤吃顿打"。这横生波折而又充满着生活真实气息的插曲，也许正启发了佚名的作者，写出这支谐谑性味十足的小令。

"海棠花下月明诗"，有花有月，又值明媚的春宵，可谓良辰美景。"有约暗通私"，幽会已有成约，"赏心乐事"也为期不远。月亮的"明"与"通私"的"暗"相映成趣，不难使读者想象出张生此际既兴奋又紧张的心情。大概约会还有一些技术性的细节未能落实，所以他眼睁睁地盼着牵线搭桥的红娘前来，而后者果然如期而至。于是张生"欲审旧题诗"，想向她打听自己献给莺莺小姐的情诗得到了何等的反应。走笔至此，小令一直是顺风满帆，张生的得意到了十分，期望值也到了极点。然而，结果竟然大大出

人意料，一声"支——"的门响替代了红娘的回答，"关上角门儿"就是她出场以来唯一的动作。前句的"不甫能"恰才表现出张生的热望，至此则同时显现了红娘离去的急速。曲作者所虚添的"关上角门儿"的这一笔，无疑关上了"通私"的大门，影示了《西厢记》中张生初次幽会未谐的结局。欲擒故纵，一波三折，把男女幽会中变生不测的一幕表现得栩栩如生，对痴心妄想的男主角作出了谑而不虐的奚落和调笑。

这首小令的姊妹作亦颇为风趣："落红满地湿胭脂，游赏正宜时。呆才料不顾蔷薇刺，贪折海棠枝。支，抓破绣裙儿。""呆才料"指的是游赏中的男方，结果"支"的一声抓破的却是"绣裙儿"，可见实与"蔷薇刺"无关。男主角的猴急表现当然有伤风化，却见出了民间散曲作者取材的大胆与想象力的丰富。"大胆"加上"丰富"，这正是元散曲不少清新活泼小作问世的缘由。

喜春来 七夕

◎无名氏

天孙一夜停机暇①，人世千家乞巧忙②，想双星心事密话儿长。七月七，回首笑三郎③。

【注释】

① 天孙：织女，传说为天帝的孙女。② 乞巧：农历七月初七晚上，妇女向月穿针的风俗。③ 三郎：唐明皇李隆基的小名。白居易《长恨歌》中，有唐明皇与杨贵妃七夕密誓的描写："七月七日长生殿，夜半无人私语时。在天愿作比翼鸟，在地愿为连理枝。"

【译文】

天上的织女这一晚停止织布，人间的千家万户都忙着向她乞巧。想牛郎织女互吐心事，悄悄话一定有很多。七月七，禁不住回首笑那唐明皇。

【赏析】

元人散曲中，四首一组的篇章很多。这支曲子是四节之歌其中的一首，写了七月七乞巧节，牛郎织女相会，人间忙于乞求智巧，遥想双星一年值此一见，自然心事密话头长。句末用李隆基、杨玉环典，道出这一日亦是人间男女表白恋情的好时机。这支曲子语言清新，笔调活泼，富有生活气息，带有欢快的民间风情。

这支小令开头用了一个对仗："天孙一夜停机暇，人世千家乞巧忙。"一"暇"一"忙"相互矛盾，却又相映成趣。"天孙一夜"与"人世千家"对比悬殊，这正体现出人世于七夕所领受的节日情味。第三句又转回了"双星"，牛郎与织女在经过一年的久别后，心事自然深密，情话自然绵长。这一句并不用直述表示，而用一个"想"字领起，让人生出无限遐思。

"七月七，回首笑三郎。"末两句可谓是神来之笔，"三郎"是指唐明皇，这里是借用了唐明皇与杨贵妃的典故。这两句通过李、杨二人在七夕夜的昵爱与密誓，表现了这一佳节对天下有情人不同寻常的意义。然而，尽管两人山盟海誓，但"三郎"还是在"安史之乱"中下令处死了杨贵妃。《长恨歌》记载下唐明皇日后回到宫中的情景："西宫南内多秋草，落叶满阶红不扫。""夕殿萤飞思悄然，孤灯挑尽未成眠"。从这一意义上来说，"回首"就是对历史的回顾，"笑"也不是昵笑、媚笑，而是嘲笑和嗤笑了。小令至此戛然而止，却留给人们无限遐思，使这首曲子余韵无穷。

十二月过尧民歌

◎无名氏

　　看看的相思病成，怕见的是八扇帏屏：一扇儿双渐小卿①，一扇儿君瑞莺莺②。一扇儿越娘背灯③，一扇儿煮海张生④。一扇儿书匕源仙子遇刘晨⑤，一扇儿崔怀宝逢着薛琼琼⑥。一扇儿谢天香改嫁柳耆卿⑦，一扇儿刘盼盼昧杀八官人⑧。哎天公天公，教他对对成。偏俺合骤彦⑨。

【注释】

① 双渐小卿：为元代家喻户晓的爱情故事。谓北宋书生双渐与庐州妓女苏小卿相爱，鸨母设计迫使他赴汴京应试，而将小卿卖给茶商冯魁。贩茶船经镇江金山寺时，小卿题诗于上，考取功名的双渐凭此线索赶到豫章城，夺回小卿，有情人终成眷属。最早见南宋张五牛《双渐赶苏卿诸宫调》（今佚）。② 君瑞莺莺：《西厢》故事的男女主角张珙（字君瑞）与崔莺莺。故事源于唐元稹《会真记》，金董解元有《西厢记诸宫调》，元王实甫有《西厢记》杂剧。③ 越娘背灯：宋刘斧《青琐高议》别集有《越娘记》，述西洛杨舜愈夜过茅屋，见一女子背灯面壁而坐，自述为越中女子鬼魂。杨舜愈为她迁葬，后越娘显形与杨舜愈交好。元人有《凤凰坡越娘背灯》杂剧（今佚）。④ 煮海张生：潮州人张羽与东海龙君女琼莲相爱，得仙人助以银锅，可令海水沸腾。张羽煮海，龙君无奈，终于答允了两人姻事。元李好古有《沙门岛张生煮海》演其事。⑤ 桃源仙子遇刘晨：南朝宋刘义庆《幽明录》载，剡人刘晨、阮肇入天台山采药，遇仙女邀入家中，共同生活了半年，返乡后子孙已过七代。元王子一有《刘晨阮肇误入天台》杂剧。⑥ 崔怀宝逢着薛琼琼：宋陈元靓《岁时广记》载薛琼琼为唐开元宫中筝手，于踏青时遇书生崔怀宝，两人一见钟情，后由唐明皇赐琼琼为崔妻。元代有郑光祖《崔怀宝月下闻筝》杂剧（已佚）。⑦ 谢天香改嫁柳耆卿：元代民间传说，谓词人柳永（字耆卿）与妓女谢天香热恋，开封府尹钱可假意将谢天香

婆作小妾，促使柳永进取功名，并在他得到状元后将谢天香归配柳永为妻。关汉卿有《钱大尹智宠谢天香》杂剧。⑧ 刘盼盼昧杀八官人：宋妓女刘盼盼与衡州公子八官人相爱，终于冲破礼教禁锢，由官府判断成婚。关汉卿有《刘盼盼闹衡州》杂剧（今佚）。昧，此借作"迷"。⑨ 合：该。

【译文】

　　眼看着相思成病，最怕看到的是那八幅屏风上的图画。一幅是双渐和小卿终成眷属，一幅是张生、莺莺的西厢奇缘。一幅是越娘背负青灯与杨舜愈相爱，一幅是张羽煮海求龙女。一幅是刘晨天台遇女仙，一幅是崔怀宝与薛琼琼弹筝相逢。一幅是谢天香改嫁柳耆卿，一幅是刘盼盼爱恋八官人。哎老天呀老天，你让他们成双结对，偏偏只教我落了个单。

【赏析】

　　此曲为带过曲，由十二月和尧民歌两首小令组成。

　　曲中人正为相思所苦，睹物思己，自伤自怜。全曲以"八扇帏屏"展开。在描绘这八扇帏屏时，作者采用了排比的手法，一一列举了八个人们耳熟能详的爱情故事，气势咄咄逼人，成功地表现出曲中人对爱情渴望成痴的心理，紧扣住首句的"相思成病"。有意思的是，曲中人刚刚还在说"怕见"这帏屏，可从这组排比来看，她不仅将这帏屏看了个真真切切，还对帏屏上的故事了如指掌。作者虽没有说，读者也可以猜到，曲中人一定经常对着画屏遐想。

　　接连两个"天公！天公！"实可看作曲中人感情的爆发。画屏上的"对对双"让"孤另"的曲中人倍感失落，然而与其说曲末三句传递出的是失意悲伤，不如说是愤懑不平。曲中人真率泼辣的性格至此已显露无遗。

曲的格律知识

带过曲

　　所谓带过曲，就是由两三个同一宫调的小令联缀在一起表达同一内容的曲子。之所以会使用带过曲，通常是因为一首小令还不足以将词意完满地表达出来。带过曲通常押同一韵部的字。

庆宣和

◎无名氏

花过清明也是客，客更伤怀。杜宇声三更里破窗外^①：去来^②，去来。

【注释】

①杜宇：杜鹃鸟，鸣声如"不如归去"。②去来：去吧。"来"字语助无义。

【译文】

一过清明，花儿在枝头上也待不长久了，何况我这种作客他乡的人呢！破窗外三更时就听到了杜鹃的啼鸣声，仿佛在对我说："回去吧！回去吧！"

【赏析】

起首句"花过清明也是客"，既点醒了清明过后百花很快凋谢的事实，又以花及人，说明自己在异乡作客的愁苦。花儿芳歇，各自飘零，作者观后感怀身世，发觉同病相怜，于是对生活彻底绝望了。所以次句说"客更伤怀"，伤己之外，更兼伤春伤时。这两句寄托深远，感情强烈，给人以怵目惊心的感觉。

作者之所以"伤怀"，除了因为亲眼见到花谢芳歇之外，还由于他听到了"杜宇声"。第三句说"杜宇声三更里破窗外"，其中堆砌着三层愁意：一层是杜宇，它在古诗词里向来是客愁的象征；一层是三更，象征着孤凄无眠；一层是破窗，显示了客境的困苦。四、五两句记录了杜宇的鸣声"去来！去来！"这是杜宇催归，同时又是作者心中无望的吁喊。这支小令的末两句是叠句，恰恰起到声声催促的加倍作用。作品至此戛然而止，却使人耳边仿佛还回响着"去来"的凄声。

此曲篇幅短小，但由于注重练意，又融情入景，故将羁旅的客愁表现得淋漓尽致。

曲的鉴赏知识

融情入景的写作手法

融情入景是元曲中常见的一种写作手法，最早出现于唐代。它是指将人的主观感情，包括情绪、意念，完全融化在景物描写或隐藏在景物描写之中。

寿阳曲

◎无名氏

闲花草，临路开，娇滴滴可人怜爱①。几番要移来庭院栽，恐出墙性儿不改。

【注释】

① 可人：合人心意。

【译文】

无主的花草，临着路开放着，娇滴滴地令人怜爱。我几次三番想把它移回家中栽养，担心它本性难改，窜到墙外。

【赏析】

"闲"说明花草无主，"临路开"说明花草很容易被采摘。这花长得娇美，作者也动了将它移栽到自家庭院中的心思，但最后却因"恐出墙性儿不改"作罢。初初一看，这人好生奇怪，花草顺势生长，长得高大了伸出了墙，有什么值得担心的吗？但转念一想，"出墙"多用来形容女子不忠，原来作者是以花喻人。再联系前面的"临路开"，作者所喻的多半为青楼女子，而且还不是一般的青楼女子。这"不一般"当然说的不是女子的"娇滴滴"，而是作者对这位女子产生了深深的爱怜之心。想到这一层之后，我们再从第三句的"可人怜爱"，反过来看"闲花草，临路开"两句，便发现，这短短的两句话，虽然只是对这花儿所处状态的简单描述，实际上却包含了作者心中暗藏的欣喜之情。既是"闲花草"，尚无人采摘，也就是说，自己还有机会与之亲近；而临路开，则更是给这接触提

供了方便，作者随时都可以前来赏玩，就是像下文所说，将其移至庭院中，也是没什么难处的。这正合作者心意。

爱情是自私的，作者毫不掩饰对那名女子的占有欲，"移来庭院栽"便是对这种占有欲的比喻。"娇滴滴可人怜爱"说明那女子样貌美丽，风情万种，只是如果那女子是大门不出二门不迈的大家闺秀，作者便无缘一睹她的芳容，更不会为她着迷，正因为她"临路开"，他才会为她吸引。而同样一个女子"临路开"时，人们不会嫌弃她的招摇轻浮，一旦对她产生感情，就希望她对自己忠贞不贰，只向自己一人展露媚态。"几番"写出了作者情动后的矛盾，他何尝不希望将女子娶回家？然而他又担心女子不改招摇的个性，早晚背叛自己。正因为爱之深，他才会犹疑不决。而这种犹疑不决，在"几番"的修饰下，更显出了作者希望与女子互结连理的真心实意。若不是对女子感情真挚，欲罢不能，即便真想过要赎她从良，将其取回家中，也只是想想而已，想到女子的"出墙性儿不改"，很快就会果断作罢了，哪里还会一遍又一遍地犹豫呢？

曲末一句说明了"几番"的原因，同时也与前面几句构成转折——前几句皆在说"花草"如何美丽，如何吸引人，曲末这句却对"花草"的品性提出质疑。篇幅短小的曲子常常需要靠突兀的转折领起全曲高潮，制造戏剧性的效果。换句话说，正是因为有了"恐出墙性儿不改"，此曲才没有流于平庸。这样一个转折，虽然一反前文对女子的赞美及对自己想要占有她的心理的描述，的确显得有点突兀，却仍然没有脱离实际，从全曲内涵来看，是合乎情理的。"闲花草，临路开"这两句，在点明作者所爱怜的对象作为青楼女子的身份的同时，毫无疑问，也暗示了她是有"出墙性儿"的，这样，末句作者所表达的担忧之心，也就顺理成章了。所以，这样一个转折，在实际上还起到了呼应前文的作用，曲子结构的缜密性，也处理得恰到好处。

山丹花

◎无名氏

昨朝满树花正开。胡蝶来，胡蝶来。今朝花落委苍苔。不见胡蝶胡蝶来。

【译文】

昨天满树的花儿开得正盛，蝴蝶翩翩飞来，蝴蝶翩翩飞来。

今天花落，委身于苍苔之间，却见不到那蝴蝶，蝴蝶不再回来了。

【赏析】

这是一首颇具象征意味的曲子，意蕴丰富，手法新颖。想来，作者应该是从唐人武瓘的《感事》一诗中得到了灵感。《感事》如此写道："花开蝶满枝，花谢蝶还稀。惟有旧巢燕，主人贫亦归。"只是，武瓘很明确地将《感事》的主旨设定成"感叹嫌贫爱富"，此曲却故意"语焉不详"，给读者留下了宽广的想象空间。

综观此曲"昨朝"与"今朝"用得十分巧妙，昨天还"满树花正开"到了今天却"花落委苍苔"，衰败之快，怎能让人不心生怅惘。第一个"胡蝶来，蝴蝶来"写出了一只只蝴蝶翩翩起舞样子，同时也以蝴蝶之姿衬出了花的美丽。第二个"蝴蝶来，蝴蝶来"则洋溢着哀婉之气，联系前面的"不见"二字，人们仿佛可以看到作者放眼四望寻觅蝴蝶的姿态。同样的句子放在不同的位置就表现出了不同的效果。

好端端的花，不知道发生了什么变故，一夕之间就散落苍苔。花的骤然凋落本已让人无限惋惜，更何况其凋落的景象竟如此凄凉。曲中的"花"可以被当作一切美好事物的象征，而"胡蝶"则可以看成被美好事物所吸引的人。读者怀着怎样的心事读此曲，就会读到怎样的内容，这正是此曲的高明之处。为人情世故烦恼的读罢此曲会感叹人心易变，世态炎凉。为青春流逝烦恼的读罢此曲会感叹以色示人，能好几时。为世事变迁烦恼的读罢此曲则会感叹人生苦短，好景不长。

整首曲子立意深刻，构思巧妙，语言却质朴平实，很有民歌特色。

曲的鉴赏知识

曲重尖新

曲以"尖新"为美。对此，戏曲理论家李渔有这样的看法："纤巧二字，行文大忌，处处皆然，独不忌传奇一种……纤巧二字，为文人鄙贱已久，言之似不中听，易之尖新二字……尤物足以移人，尖新二字，即文中之尤物也。"无独有偶，明代学者王骥德也有类似看法，在他看来，曲作者需要做到"要极新，又要极熟；要极奇，又要极稳"。所谓"熟"就是说不可以为出奇出新生拉硬拽，矫揉造作，而是要保证语言通俗直白，犹如街谈巷议，遣词用句如信手拈来，不着痕迹。

清江引 咏所见

◎无名氏

后园中姐儿十六七，见一双胡蝶戏。香肩靠粉墙，玉指弹珠泪。唤丫鬟赶开他别处飞。

【译文】

后花园中有个十六七岁的姑娘，见到一对蝴蝶正相互追随，结伴嬉戏。香肩靠着粉墙，玉指弹着珠泪。唤来丫鬟，吩咐道：快把蝶儿赶走，教它到别处飞去。

【赏析】

这支小令结构简短，内容新奇，构思巧妙，风格柔媚，很有民歌的风调。

起首两句交代事件的背景，"姐儿十六七""一双胡蝶戏"，纯用口语，质直无华，带有典型的小调风味。三、四句是对小姐的特写。"香肩""玉指""粉墙""珠泪"诸语，虽然文雅，但皆是些近于套语的习用书面语，体现出俚曲"文而不文"的特色。末句纯用白话，俏皮风趣，并表现出"姐儿"与"胡蝶"两者的联系。此曲仅有短短五句，却可分作三层，各层又可独立构成一幅画面，足见作者高超的文字功底。

这支小令并没有对"姐儿"的感情生活作任何说明，全曲五句纯用白描，这种意在言外的含蓄，也令人拍手叫绝。

使用蝴蝶的意象来反映女子怀春伤情，这在散曲中并不少见。清代曲家潘曾莹曾写过一首《清江引》："墙角一枝花弄暝，庭院添凄迥。黄昏深闭门，红褪燕脂冷。飘来一双胡蝶影。"此曲虽未正面描写人物，却能把独居女子的孤牺痛苦表现得淋漓尽致。

曲的鉴赏知识

怎样算一首好散曲

明代曲论家王骥德在《曲律》中就曲的鉴赏进行了总结。首先，从文字上看，曲的文字忌陈腐、俚俗、寒涩、粗鄙、错乱、蹈袭、太文语、太晦语、经史语、学究语、书生语。其次曲中的句子宜婉曲不宜直致，宜藻艳不宜枯瘁，宜溜亮不宜艰涩，宜怪俊不宜重滞，宜新采不宜陈腐，宜摆脱不宜堆垛，宜温雅不宜激烈，宜细腻不宜粗率，宜芳润不宜噍杀，总之宜自然不宜生造。

蟾宫曲 酒

◎无名氏

酒能消闷海愁山，酒到心头，春满人间。这酒痛饮忘形，微饮忘忧，好饮忘餐。一个烦恼人乞恫似阿难①，才吃了两三杯可戏如潘安②。止渴消烦，透节通关；注血和颜，解暑温寒。这酒则是汉钟离的葫芦③，葫芦儿里救命的灵丹！

【注释】

① 乞恫：同"屹怡"，皱紧的模样。阿难：释迦牟尼的弟子，其塑像常作悲苦状。② 可戏：又作"可喜"，元人方言，漂亮。潘安：晋代文学家潘岳，字安仁，俗称潘安，为古代美男子的代表。③ 汉钟离：钟离权，唐人，世传"八仙"之一。因其自号"天下都散汉钟离权"，人以"汉"字下读，遂传为"汉钟离"。民间传说他有葫芦仙丹，可起死回生。

【译文】

美酒能将如海如山的愁闷消除，酒一下到心头，马上感到春满人间的喜悦。喝酒时，痛饮起来畅快得意忘掉形骸，小饮起来忘记忧愁，喝得好忘记吃饭。一个烦恼之人像阿难一样愁眉苦脸，才吃了两三杯酒就像潘安一样俊美欢腾。酒既可以止渴，又可以消除烦恼，还可以伸筋骨，通关节；养血美颜，去除暑气，温暖肢体，驱除寒气。这酒真是汉钟离的葫芦，葫芦里装的是灵丹妙药！

【赏析】

这是首写酒的曲子。

"酒能消闷海愁山"总叙酒的功效。之后的"酒到心头，春满人间"与首句照应，极富诗情画意。四至六句，作者从"痛饮""微饮""好饮"三种饮酒之法阐述酒的妙处。这三种方法的共同特点是"忘"，也就是对首句"酒能消闷海愁山"进行更深一层的说明。七、八两句形象地说明了酒的功效。"乞恫似阿难"，佛殿里的塑像，就算面目不狰狞．但由于它蹩眉皱容、垂目悲苦，很容易给人留下怪奇的印象；"可戏如潘安"，古人称男子俊美常说"貌比潘安"。这两句一丑一妍，对比真切传神。

以下四句运用四字短句，语若贯珠，明快晓畅。而"止渴消烦，透节通关；注血和颜，解暑温寒"，这些又是酒的切切实实的效用。这就很自然引出了末两句的总结，即酒无异于仙丹妙药。

蟾宫曲 微雪

◎无名氏

朔风寒吹下银沙。蠹砌穿帘①，拂柳惊鸦。轻若鹅毛，娇如柳絮，瘦似梨花。多应是怜贫困天教少洒，止不过庆丰年众与农家②。数片琼葩，点缀槎丫③。孟浩然容易寻梅④，陶学士不够烹茶⑤。

【注释】

① 蠹砌：在台阶上留下蛀痕。蠹，蛀书的白色小虫。
② 众与：普遍地给与。③ 槎丫：乱枝。④ "孟浩然"句：元人流传孟浩然踏雪寻梅的误说，详参汪元亨《沉醉东风·归田》赏析。⑤ "陶学士"句：北宋初翰林学士陶谷，在冬日用雪水煮茶，以为韵事，见《清异录》。

【译文】

北风寒冷，吹来银沙般的雪粒。它们粘结在台阶上就像蠹鱼密集，透过珠帘钻进屋内。飘飞的雪花像鹅毛一样轻柔，像柳絮一样娇弱，像梨花一样纤瘦。大概是因为怜悯穷人，老天故意少洒，只不过为了让农家有丰收年才飞几片雪花。就那么几片晶莹的雪花，点缀着枝丫。孟浩然寻梅一目了然，而陶学士扫的雪想来不够烹茶。

【赏析】

这首小令的题目是"微雪"，而作者亦围绕着"微"字做足了文章。

首句中的"朔风寒吹"四字，说明天寒风大，很容易让人想起大雪纷飞落九天的场景。然而后面紧跟着"下银沙"三字，这是比喻雪花的微细。雪花微细，落到台阶上很快融化，曲中的"蠹砌"二字用得非常生动，雪粒融化的痕迹就好像蠹虫在台阶上蛀出了一个个小洞。而由于雪花细小，也竟然"穿帘"而入了。这一场雪势，连柳枝都压不弯，但惊起寒鸦，动静之间，紧扣"微雪"之题。

接着又运用三组比喻形容微雪的特质，其轻若鹅毛，柔靡如柳絮，瘦冷似梨花，加强了读者对这一场微雪的真实感受。

下面描述人事的两组对句构思新巧。首先暗用东汉袁安典故。据《汝南先贤传》记载，汝南大雪，洛阳令亲自巡访民户。到了袁安家跟前，看到门前积雪没有扫除，以为他已饿死，进到屋中，看到袁安僵卧

在床上。洛阳令问袁安为何不出门求助，袁安回答道："大雪人皆饿，不宜干人。"这说明大雪天对于平民百姓来说，无异于一场灾难。"多应是怜贫困天教少洒"，这是对上天降微雪的善意臆测；下句"止不过庆丰年众与农家"又似在埋怨天公仅降微雪作为虚浮。前后矛盾的两句狡狯之语让人玩味不尽，从中可见本曲冷峭的风格。

以下"数片""点缀"两句意境清新，此曲由此转入表现冬雪"韵雅"的内涵。末尾用"孟浩然""陶学士"的典故，组成一组对句。天上降微雪，正好暗合了孟浩然"踏雪寻梅"的典故。可是由于降下来的雪实在太少了，故而陶谷以雪水烹茶的雅举不能实现。这两个句子互相矛盾，无不表现出"微雪"的影响。

雁儿落带过得胜令

◎无名氏

叹光阴似水流，看日月如翻手。论颜回岂少年①，算彭祖非长寿②。恰才风雨替花愁③，今日早霜降水痕收④。燃指冬临夏，须臾春又秋。凝眸，尧舜殷汤纣⑤。回头，梁唐晋汉周⑥。

【注释】

①颜回：孔子弟子，以德行著称。因孔子对他有"不幸短命死矣"的哀叹，故后人将他作为享年不永的典型。其实颜回活了三十二岁。②彭祖：上古时人。传说活到周代，享年八百岁。③风雨替花愁：金代赵秉文《青杏儿》词首句。④霜降水痕收：苏轼《南乡子·重九涵辉楼呈徐君猷》词语。⑤殷汤纣：商朝的成汤与纣王，分别为立国和亡国君主。殷，商朝的别称。⑥梁唐晋汉周：五代时期（907—960）先后更迭的五个王朝。

【译文】

感叹光阴像流水一样易逝，看日月穿梭，昼夜交替，就像翻转手掌一样迅疾。颜回早逝称"夭折"，他哪里是年少之人；彭祖就是活到八百岁，也称不上长寿。一场风雨刚刚来临，就开始为花犯愁；今天早上看到白皑皑的霜降，露水消失了痕迹。弹指间冬去夏来，须臾间春天过去，秋天来临。还来不及眨眼，尧、舜、商汤、纣王，一代代君主变易了；回头的一瞬间，梁、唐、晋、汉、周，一个个王朝更替了。

【赏析】

这首曲子的主旨是感叹人生的短暂，作者为表达这一主旨，动用了五组对句，反复阐说，层层加码，形成一种穷形极致的风味。

第一组对句是"叹光阴似水流，看日月如翻手"。这两句都是表达时光转瞬而逝的意思。第二组对句是"论颜回岂少年，算彭祖非长寿"，它举颜回和彭祖的例子，从正反两方面说明时光之短暂。对于这一说法，庄子早就有过阐述，《庄子·齐物论》里说："莫寿于殇子，而彭祖为夭。"这是抹杀颜回与彭祖在寿命上的区别，目的是阐释人生有限的观念。第三组的两句引用了前人的现成语。金代文学家赵秉文《青杏儿》："风雨替花愁，风雨罢花也应休。"脍炙人口，遂成了元曲中的习句。这两句夹在"恰才""今日早"的口语中，形成半文半白、灵活多变的语言风格。第四联"燃指""须臾"诸语，又概括和重申了前面两句的意思。这两联一长一短，文气舒徐多变，跌宕起伏。

最有特色的是第五组的对句。这是一组扇面对，前面的"尧舜殷汤纣"五个并列的字词与后面的"梁唐晋汉周"对仗，这是诗词等文体里所罕见的。"凝眸""回首"，只表动作，并没有其他意义；不过，由于"尧舜殷汤纣""梁唐晋汉周"这两组文字呈顺序排列，"凝眸""回头"二字便让人领悟到王朝走马灯式地变换。

全曲的五组对句，均是表达对时光短暂的感慨，本身并没有很高的艺术境界。但这些对句汇合在一起，却从人生、时序、历史的不同角度互为补充，即使是老生常谈，亦富于哲理和气势，充分体现出了元曲淋漓尽致、堆叠渲染的风格特征。

梧叶儿（一）

◎无名氏

桃腮嫩，杏脸舒，红紫间锦模糊。春将暮，风乱鼓，落红疏。谁肯与残花做主？

【译文】

红艳艳的桃腮娇嫩绚丽，杏花脸儿妩媚舒展，争红斗紫，花团锦簇看得人眼花缭乱。春天即将过去，狂风乱舞，枝头落花渐渐稀疏。谁肯怜惜残花，为残花做主？

【赏析】

起首两句描写暮春时节桃、杏的美姿。"杏脸桃腮"常用来喻指女子的美貌，但是这首曲子里的"桃腮""杏脸"恰恰表现了桃杏自身，这就使读者从日常对美人的审美经验中去返视和品味这两种花品的娇丽。下一句中，"红紫"代表春天的百花，所谓"万紫千红总是春"，作者将这一片百花齐放、芳菲交杂的春景比喻为彩锦，且以"模糊"二字显示出"红紫间"的纷纭和斑斓，十分形象生动。

"春将暮"句突作一折。后面两句从"风""落红"两个方面暗示了情况的不幸变化。借自然界的花开花落来抒发"好景不常在"的感慨，这样的作品有很多。但这首小令先在开头写桃、杏的美姿，又在末尾将惨痛的结局推向最高潮，这种先扬后抑的手法，很能起到震撼人心的效果。

曲的鉴赏知识

想象的作用

元曲强调新巧，这就要求曲作者必须充分发挥想象力。文学创作离不开想象，甚至有文艺理论家认为，只有通过想象才能将艺术创作完成。而想象一般分为再造性想象和创造性想象。前者是指记忆中的事物复现，譬如联想。后者则是在人已有的生活经验、情感体验和记忆的基础上，对事物进行加工改造，创造出新的形象。通过想象作者得以将自己的所见所感和自己的内心世界结合起来，突破现实生活的局限，创造出生活中没有的审美意象。

梧叶儿（二）

◎无名氏

春三月，花满枝，秋千惹绿杨丝。才蹴罢，舒玉指，摸腰儿：谁拾得鲛绡帕儿①？

【注释】

① 鲛绡帕儿：手帕。鲛绡，传说鲛人所织之绢。

【译文】

阳春三月，鲜花开满枝头，来回晃荡的秋千牵绊着碧绿的杨柳枝条。刚刚荡过秋千，伸开玉指，摸索腰间：谁拾到了我的鲛绡手帕了？

【赏析】

此曲是重头组曲《梧叶儿》中的一首。所谓重头就是指同一个曲调重复填词数遍，《梧叶儿》组曲共有十二首，分别对应十二个月，每首的最后一个字都是"儿"，单是将这组曲完成就十分不易，更不要说将它写得精彩卓绝。

要交待曲中故事发生的时间，起首一句只需写明三月，但作者偏偏要说"春三月"。"春"字不仅点明了季节，它一出来，温暖和煦的基调就出来了。"花满枝"写出了春天的生机勃勃，"秋千惹绿杨柳丝"又写出了春天的明媚可爱，为曲中人的出场做好了准备。

曲中人的出场非常特别，作者一不描摹其形貌，二不写其情态，而直接从一个已经完成了的动作"才蹴罢"写起。妙的是，尽管"才蹴罢"是非常中性的短语，却并不妨碍读者眼前浮现出充满活力的青春少女。这是因为前一句的"秋千"引导了读者的思路。在古代，秋千是少女的娱乐器具。

"舒""摸"二句极为传神，"玉"字暗示了少女的美貌，"舒""摸"两字又写出了她的娇憨。她一定是玩得香汗淋漓，才会将手伸向腰间寻摸手帕。曲子若就此结束也未尝不可，不过作者一定要节外生枝，"谁拾得鲛绡帕儿"让整个曲子一下子变得有趣起来。古时，手帕是定情之物，很多言情故事都是从失手帕、拾手帕开始的。曲尽而趣未尽，人们忍不住会想这少女身上究竟会发生怎样的故事。

归来乐

◎无名氏

你看那秦代长城替别人打，汉朝陵寝被偷儿挖。魏时铜雀台^①，到如今无片瓦。哈哈，名利场最兜搭^②。班定远玉门关枉白了青丝发^③，马新息铜柱标抵不得明珠价^④。哈哈，却更有几般堪讶。

［幺］动不动说甚么玉堂金马^⑤，虚费了文园笔札^⑥。只恐怕渴死了汉相如^⑦，空落下文君再寡^⑧。哈哈，到头来都是假。总饶你事业伊周文章董贾^⑨，少不得北邙山下^⑩。哈哈，俺归去也呀。

【注释】

① 铜雀台：汉建安十五年（210）曹操在邺城（今河北临漳）所筑，以台上铸铜雀得名。台瓦可用作砚，为后人纷纷揭取。② 兜搭：纠缠不清。③ 班定远：东汉班超官至西域都护，封定远侯。他在西域守边三十一年，有"但愿生入玉门关"之语。玉门关：在今甘肃敦煌县西。④ 马新息句：东汉马援于建武十七年（41）任伏波将军，南征交趾，立铜柱以表功，封新息侯。他回军时载一车薏苡，却被谗言诬指为一车明珠，几于蒙冤。⑤ 玉堂金马：玉堂殿、金马门，均为汉代的宫廷建筑，后因代指入朝任高官。⑥ 文园：汉文学家司马相如曾任孝文园令，世称文园。⑦ 渴死了汉相如：司马相如有消渴症（糖尿病），《西京杂记》并谓他因此不愈而死。⑧ 文君再寡：卓文君为蜀中富豪卓王孙女，守寡时随司马相如私奔。⑨ 伊周：伊尹与周公旦。前者协助商君成汤推翻夏桀，成汤死后又先后辅佐了两朝国君；后者辅弼武王灭纣建周，以后因成王年幼，还曾一度摄理国政。董贾：董仲舒与贾谊，均为汉代的大儒。⑩ 北邙：洛阳城北山名，多墓葬，后遂成为坟地的代称。

【译文】

你看秦始皇修了万里长城竟是替别人完成了一项工程，汉朝的陵墓徒然被小偷挖个没完。魏时曹操建造铜雀台，如今却不曾留下一块瓦片。哈哈，名利场最是缠不清楚了。班超驻守玉门关，却让自己白了少年头，没有得到建功立业的机会。马援征南立铜柱纪功，到头来却因为薏苡明珠的事件儿蒙受了冤屈。哈哈，像这样的令人惊诧的例子，还有很多呢。

动不动说什么玉堂金马，虚废了文章辞

赋。只怕司马相如在求功名的过程中一命呜呼，白白地让卓文君再做一回寡妇。哈哈，到最后什么都是假的。就算你建立了伊尹、周公的伟业，富有董仲舒、贾谊的文名，到头来也只是北邙山下的一怀黄土。哈哈，我还是归田隐居去了。

【赏析】

这套散曲由前篇与[幺]篇两个部分组成，主要表达了作者的愤世之情。前篇起首举出"秦代长城""汉朝陵寝""魏时铜雀台"三样物什。这三个东西都是影响一代的大工程，而且旷日持久，费了很大人力、物力和财力。"秦""汉""魏"三朝是前后相递的关系，然而没有一个能避免灭亡的命运。"替别人打""被偷儿挖""如今无片瓦"……这几组词语，证明了古代"帝业巍巍"的不足恃。下面几句，作者又举出几个"名利场最兜搭"的例子，说明功名利禄都如过往云烟，为下面[幺]篇的"讽今"定下了冷峻的基调。

[幺]篇起笔突兀，"动不动"三字，显示出作者对"玉堂金马"的鄙夷。玉堂殿、金马门，均是汉代的皇家建筑，扬雄《解嘲》云："历金门、上玉堂有日矣。"即以进入金马门、玉堂殿作为官位亨通的象征。到元代，更成了流行的习语，而功名利禄也成了文人士子梦寐以求的生活目标，不过，元代读书人很不幸运，由于元朝科举长期中止，读书人在很长一段时间内失去了仕进的机会。然后，作者以司马相如自比，把司马相如置身于当世，并推测说司马相如将因抱负无法顺遂而断送了性命；而卓文君只能白白地再作一回寡妇。这里虽是辛辣嘲讽之语，却也流露出作者欲哭无泪、无可奈何的情状！

这套曲子因题发挥，犀利辛辣，直露不藏，淋漓酣畅，感情十分强烈。它多用仄韵押尾，有词调的韵味；而音节顿挫，衬托出作者愤切的心绪，不时插入的"哈哈"衬句，更显出嬉笑怒骂的风味。

曲的鉴赏知识

元代的宗教

元代封建统治者对宗教是持崇奉态度的。在元代，宗教比儒学的地位还要高。除道教的全真教、太一教、正一天师教，还有藏传佛教在元代都很盛行，西方的基督教、犹太教等也都得到传播。这些宗教信仰和哲学为元代巩固统治起到了很大的作用。《元史·仁宗纪》记载着元仁宗对宗教的评语："明心见性，佛教为深；修身治国，儒、道为切。"

宗教思想表现在元代的文学上，就是出现大量与宗教思想有关的作品。在大量元代散曲中宗教思想也得到体现。大部分散曲作家抱有传统知识分子以儒学入世，以佛道退隐的思想。金元以来的散曲作品中，有大量乐之语，从不同层面展示了道家逍遥遁世的精神思想，以致成为元代散曲创作的普遍情调。一向被世人歌咏赞颂的帝王名臣，如屈原、刘邦、诸葛亮等，到了元曲中却被当作追名逐利的代表，遭到否定、揶揄。相反，许由、范蠡、陶渊明等功成身退的隐士，在元曲里则备受推崇。

比如元曲中出现了专门写"道情"的黄冠体。张可久《塞鸿秋·道情》中流露出对功名利禄的鄙薄，这与宗教思想的濡染不无关系。